THE OBSIDIAN CASTLE

CURSEBREAKER
BUCH VIER

JT LAWRENCE

FIRE FINCH

FIRE FINCH

ÜBER DIE AUTORIN
JT LAWRENCE

JT Lawrence ist eine USA Today Bestsellerautorin
mit mehr als 30 Büchern und ist ein Kindle Unlimited All-Star. Mutter
einer Menagerie aus Chaos, leidenschaftliche Leserin, Gin-Fan und
urbane Farmerin.

* * *

*Bleib die ganze Nacht wach
mit USA Today Bestsellerautorin
JT Lawrence.
www.jt-lawrence.com*

* * *

facebook.com/JanitaTLawrence

x.com/stay_up_allnite

instagram.com/authorjtlawrence

amazon.com/author/jtlawrence

bookbub.com/authors/jt-lawrence

pinterest.com/stay_up_all_night

patreon.com/jtlawrence

youtube.com/@jtlawrence79

DAS OBSIDIAN-SCHLOSS
CURSEBREAKER, BUCH 4

KAPITEL 1

HOFFNUNG UND ENTSETZEN

ASHA

»Was ist die neue Information?«, fragte ich die Chalices, sobald wir den privaten Speiseraum im Copper Cog & Ale betraten. Ich stellte meinen Teller mit dem noch dampfenden Abendessen auf einem Platzdeckchen auf dem polierten Eichentisch ab, zog mir einen Stuhl heran und wartete, bis das aufgeregte Paar dasselbe tat.

»Entschuldigen Sie, während ich esse«, sagte ich. Ich wusste, es war unhöflich, aber die Alternative wäre gewesen, direkt vor ihnen umzukippen.

»Natürlich«, erwiderte Thavior und bedeutete mir mit einer Handbewegung fortzufahren. »Entschuldigung, dass wir Ihr besonderes Abendessen unterbrechen.«

Ich nahm einen Bissen und kaute langsam, da ich meinen Magen nach der langen Leere nicht überfordern wollte.

»Also«, forderte ich sie auf. »Die neue Information?«

Herr und Frau Chalice sahen einander an, Sorge spiegelte sich in ihren Augen.

1

Sabine sprach eindringlich. »Unser Privatdetektiv hat uns mitgeteilt, dass Mädchen auch aus *Waisenhäusern* entführt werden.«

Thavior nickte.

»Waisenhäuser?«, wiederholte ich, während mein Gehirn wie ein Rad in einem besonders athletischen Hamsterkäfig rotierte.

Sabine nickte, ihre Augen lasergenau auf meine gerichtet. Mein Magen verkrampfte sich, und ich hörte auf zu essen.

Es klopfte zaghaft an der Tür, und ein Zwergenkind trat mit Kaffee und Cognac für die verzweifelten Eltern ein, zusammen mit frisch geba-ckenen Gewürzkeksen, die die Luft mit ihrem Duft erfüllten.

»Danke«, sagte Thavior zu dem rothaarigen Mini-Kellner. »Das ist sehr freundlich von Ihnen.« Er kramte in seiner inneren Jackentasche und holte einen knackigen 112-Koin-Schein hervor, den er dem Zwerg über-reichte, der zögerte, ein so großes Trinkgeld anzunehmen.

»Kinder aus Waisenhäusern zu entführen«, sagte ich. »Das ist dieselbe Vorgehensweise wie bei dem alten Taranath.«

Sie hoben synchron ihre Augenbrauen. Hoffnung und Entsetzen. »Wer?«

»Gordon Taranath«, seufzte ich. »Ein Zauberer. Ein durch und durch böser alter Kerl.«

»Glauben Sie, *er* könnte der Verantwortliche sein?«, fragte Sabine.

»Nein«, antwortete ich. Es sei denn, er hätte irgendwie einen Pakt mit dem Teufel geschlossen, um nach seinem Tod im Reich zu bleiben. Unwahrscheinlich, aber angesichts der spirituellen Machenschaften von Oblivion wohl möglich. »Nicht, wenn er nicht von den Toten zurückge-kehrt ist.«

Thavior starrte mich an. »Sind Sie sicher, dass er tot ist?«

»Ja«, erwiderte ich. Natürlich erwähnte ich nicht, dass ich diejenige gewesen war, die den hauchzarten Faden durchtrennt hatte, der ihn mit seiner Lebenskraft verband.

»Sind Sie hundertprozentig sicher?«, fragte Sabine. Ich konnte sehen, wie verzweifelt sie sich wünschte, dass der alte Zauberer noch am Leben wäre, damit wir irgendeine Spur hätten. Jemanden, hinter dem wir her sein könnten.

»Hundertprozentig«, antwortete ich und erinnerte mich deutlich an den Moment, als ich den alten Zauberer seinen letzten zitternden Atemzug hatte nehmen hören, nachdem ich seinen Herzschrittmacher kurzgeschlossen hatte. Mein silberblauer Magiestrom hatte meinen Zauberstab verlassen und den alten Elfen wie ein elektrischer Pfeil durchs Herz durchbohrt. Ich hatte zugesehen, wie er starb, und gespürt, wie sein mächtiger Fluch wie ein Knochen zerbrach. Das zitternde Todesröcheln, der flatternde Herzmonitor, der um Hilfe kreischte.

»Asha?«, sagte Sabine. »Geht es Ihnen gut?«

Ich blinzelte sie an und legte mein Besteck weg, um mir die Augen zu reiben. »Ich bin nur müde«, antwortete ich.

Herr Chalice goss etwas von dem Cognac in eine Teetasse und schob sie zu mir herüber. »Wir wissen, was Sie durchgemacht haben«, sagte er.

Er hatte keine Ahnung, was ich durchgemacht hatte. Ich nahm einen großen Schluck von dem Cognac, und er brannte mir den Hals hinunter, bis er eine Pfütze Wärme in meinem Magen bildete. »Und wir wissen, dass Sie ausruhen müssen. Wir werden Sie in Ruhe lassen, sobald Sie zustimmen, uns zu helfen, Zaleria zu finden.«

»Ich bin bereits an dem Fall dran«, sagte ich. »Ich arbeite freiberuflich für die Skorpione, und das ist im Moment ihre oberste Priorität.«

»Sie sagen, Sie seien an dem Fall dran«, erwiderte Thavior vorsichtig, »aber Sie haben noch nicht mit der Arbeit daran begonnen, oder?«

Ich warf ihm einen genervten Blick zu, wobei mein Unterkiefer eigenwillig hervorsprang.

»Verstehen Sie uns nicht falsch«, fügte Sabine schnell hinzu, wobei ihr noch mehr Worte über die Lippen purzelten. »Wir schätzen alles, was Sie bisher getan haben. Wir verstehen, dass Sie andere Fälle hatten. Wir möchten nur sicherstellen, dass dies jetzt Ihre oberste Priorität ist.«

»Ich bin keine Detektivin für vermisste Personen«, wehrte ich ab.

»Und doch haben Sie all diese Tiere gefunden«, erwiderte Sabine.

»Trotzdem«, sagte ich. »Es ist nicht gerade meine Spezialität.«

Ich würde ihnen nicht verraten, dass meine Talente in grüner Magie, Fluchbrechung und Attentaten lagen.

»Wenn nur Jacquelyn Denna Knight noch arbeiten würde«, dachte ich laut nach. »Sie ist die beste Zauberdetektivin im Reich.«

»Knight?«, fragte Sabine. »Wir werden ein Treffen arrangieren, um sie an Bord zu holen.«

»Das können Sie nicht«, antwortete ich. »Sie nimmt im Moment keine Fälle an. Sie ist im dritten Trimester.«

Thavior ballte seine Finger zur Faust und knirschte mit den Zähnen. Sabine, die sah, wie die Nerven ihres Mannes direkt vor uns abgescheuert wurden, übernahm die Führung unseres Gesprächs. »Frau Rook. Wir sind hergekommen, um Ihnen ein Angebot zu machen.«

»Ich höre zu«, antwortete ich und nahm noch einen Schluck Cognac.

»Wir verstehen, dass Sie die Skorpione in diesem Fall beraten, aber wir würden Sie gerne direkt beschäftigen.«

Ich nickte, damit sie fortfahren sollte.

»Verzeihen Sie meine Direktheit... aber wir bieten Ihnen eine große Summe Geld an, um Zaleria zu finden.«

»Nur um das klarzustellen, ich *arbeite* bereits an dem Fall«, erinnerte ich sie.

»Um das klarzustellen«, erwiderte sie, »dies ist der *einzige Fall*, an dem wir wollen, dass Sie arbeiten.«

Ich beobachtete ihr Gesicht, ihre Augen voller Entschlossenheit.

»Ich verstehe.«

Thaviors Körper entspannte sich, seine angespannte Faust lockerte sich auf dem dunklen Holztisch. »Eine Million Koin.«

Ich hätte mich fast an Luft verschluckt. *Eine Million Koin?*

»Wenn Sie es gut anlegen – wir können Ihnen dabei helfen – werden Sie nie wieder arbeiten müssen«, versprach er.

Oh, ich würde es auf jeden Fall investieren. Ich würde es direkt in Dustys Anwaltskosten stecken und/oder ihre schrecklichen Eltern auszahlen. Während ich das Geld in Gedanken ausgab, interpretierten sie mein Schweigen fälschlicherweise als Zurückhaltung.

»Das heißt, eine Million Koin für Sie persönlich«, fuhr er fort, »und eine Million Koin für eine Wohltätigkeitsorganisation Ihrer Wahl durch die BetterRealm Foundation.«

Meine Ohren spitzten sich, und Sabine fuhr fort. »Wir haben uns die Freiheit genommen, die Buchhaltungsunterlagen des Thomas Harvey Conservation Project einzusehen und, nun ja… es reicht zu sagen, dass es im nächsten Quartal ohne eine erhebliche Geldspritze nicht mehr weitergeführt werden kann.«

Nun, ich konnte sehen, warum die Chalices wohlhabend waren. Ihre Fähigkeit, Menschen finanziell und emotional zu manipulieren, um sie dazu zu bringen, nach ihrer Pfeife zu tanzen, war perfekt.

»Das ist sicherlich ein großzügiges Angebot«, begann ich.

Beide schauten mich an und warteten darauf, dass ich dem Job zustimmte.

»Allerdings brauche ich etwas mehr von Ihnen, um Vollzeit einzusteigen.«

»Schauen Sie«, sagte Sabine, ihre Augen funkelten. »Normalerweise bin ich eine gute Verhandlerin. Normalerweise hätte ich Ihnen weniger als die Hälfte dieser Summe angeboten und Sie denken lassen, dass Sie erfolgreich mehr ausgehandelt hätten, als wir anfänglich zu zahlen bereit waren. Aber in diesem Fall«, sie spreizte ihre Finger auf der polierten Tischplatte, »in diesem Fall liegen alle meine Karten auf dem Tisch. Wir werden alles, ALLES tun, um Zaleria zurückzubekommen. Ein Blankoscheck.«

»Haben Sie eine Zahl im Sinn?«, fragte Thavior. Ich hatte den deutlichen Eindruck, dass er nach seiner Brieftasche griff, obwohl seine Hände auf dem Tisch blieben.

»Es ist keine Zahl«, antwortete ich. »Ich bin mit der Zahl sehr zufrieden. Wie gesagt, es ist ein äußerst großzügiges Angebot.«

Sie starrten ausdruckslos, versuchten, mich zu durchschauen. Sie boten ein Königsvermögen an. Was könnte ich sonst noch wollen?

»Da ist ein Mädchen namens Dusty«, begann ich und versuchte, es kurz zu halten. »Sie versucht, ihren Eltern zu entkommen.« Mir wurde die Ironie der Situation bewusst, während ich es sagte. Sie waren Eltern, die verzweifelt versuchten, ihre geliebte Tochter zurückzubekommen, während Dusty verzweifelt versuchte, von ihrer eigenen Familie wegzukommen. »Es gibt Anzeichen für Missbrauch«, fügte ich hinzu, »aber das Gericht hat zugunsten der Eltern entschieden.«

»Was können wir tun?«, fragte Thavior.

»Das Geld, das Sie mir zahlen werden, wird bei den Anwaltskosten sehr helfen«, sagte ich, »aber ich denke, etwas anderes von Ihnen wird uns ein positives Ergebnis sichern.«

»Was ist es?«, fragte Sabine, als ich mir sicher war, dass sie eigentlich meinte *Spuck's aus, Mädchen!*

»Was Dusty braucht, ist eine bessere Alternative zum Leben mit ihren Eltern. Wenn Sie beide vor Gericht erscheinen würden, bereit, sie zu adoptieren, würde der Richter sehen, dass Sie die bessere Option sind.«

Thavior runzelte die Stirn. »Sie adoptieren?«

»Rechtlich gesehen, auf dem Papier, ja, aber Sie müssen sie nicht bei sich aufnehmen. Das Copperfield Institute hat versprochen, sich um sie zu kümmern, bis sie ihren Abschluss macht. Sie zeigt großes Potenzial, magisch gesprochen.«

Ich dachte an das Auto, das sie wie einen strampelnden, auf dem Rücken liegenden Käfer umgeworfen hatte, und an die Art, wie sie Gedanken lesen konnte.

»Ich würde es tun«, fuhr ich fort, »aber ich kann mir nicht vorstellen, dass ein Richter jemandem wie mir das Sorgerecht zugestehen würde.«

Ich mit meiner blumenbestickten Haut, dem Ritualdolch und einem Haus voller Tränke und Gifte. Nein, das konnte ich mir nicht vorstellen. Aber ich konnte mir vorstellen, wie ein Richter die Chalices mit Sternen in den Augen ansehen würde. Sie waren eine hoch angesehene Familie, sogar jenseits des Schleiers.

»Natürlich werden wir das tun«, sagte Sabine. »Keine Frage.«

Ich hätte sie am liebsten umarmt. Stattdessen blieb ich sitzen und stimmte zu, die Suche nach Zaleria zu meiner einzigen und obersten Priorität zu machen. Es war an der Zeit.

»Danke«, erwiderte ich. »Das ist eine Sorge weniger für mich, was bedeutet, dass ich mich auf die Suche nach Zaleria und den anderen vermissten Töchtern konzentrieren kann.«

Ich meinte es aufrichtig, als ich es sagte, aber natürlich weiß jeder, dass der Weg zur Hölle mit guten Vorsätzen gepflastert ist.

KAPITEL 2
DIE LETZTE FEIER

ASHA

Als ich aufstand und den Chalices die Hand schüttelte, fühlte ich mich wie in einem Paralleluniversum. Leute wie ich schütteln normalerweise nicht die Hände von superreichen Machtpaaren, aber in den letzten vierundzwanzig Stunden hatte ich ein Machtpaar getötet und mit einem anderen einen Deal gemacht. Ich wartete, bis sie den Speisesaal verlassen hatten, und leerte dann den Rest des Brandys. Dankbar für das Essen in meinem Magen und den Komfort des Alkohols, saß ich allein da und sammelte meine Gedanken. Es war ruhig im privaten Raum, aber ich konnte meine Freunde im Hauptspeisesaal hören, wie sie redeten und lachten. Eis klapperte in Gläsern, Stühle kratzten über den Fliesenboden, Besteck klimperte auf Steinguttellern. Ich würde mich ihnen bald bei ihren Feierlichkeiten anschließen, aber nicht für lange. Nicht nur rief mich mein Bett, es benutzte sogar meinen vollen Namen, wie ein schimpfender Elternteil es tun würde.

Dies würde die letzte Feier für lange Zeit sein. Ich konnte spüren, wie die Schatten näher rückten, ich konnte das Böse in der Luft riechen. Eine dunkle Macht sammelte Kräfte. Ich wusste es, seit ich nach dem Angriff des Dusk Reapers im Krankenhaus aufgewacht war, aber ich war nicht sicher, ob das Grauen, das ich spürte, mit meinen Verletzungen zusammenhing oder mit der Verzweiflung, dass ich meinen Namen – und alles über mein Leben – vergessen hatte. Jetzt konnte ich fühlen, dass es real war, und es ging nicht um mich. Und ich wusste, dass ich die Einzige war, die es aufhalten konnte.

»Genießt du dein einsames Nachsinnen?«, fragte eine Stimme aus der Ecke.

Ich drehte mich auf meinem Stuhl in Richtung des arroganten Tons und starrte Mordecai an, der mit einem selbstgefälligen Blick dasaß und seine silberbeschlagenen Stiefel auf dem Tisch hatte. »Vampire«, höhnte ich. »Ihr wisst wirklich, wie man einen Moment ruiniert.«

»Vergib mir«, antwortete er, seine Stimme triefte vor Sarkasmus. »Ich wusste nicht, dass du gerade *einen Moment* hattest.«

Ich warf ihm einen vernichtenden Blick zu. »Warum bist du hier? Habe ich dich nicht gefeuert?«

»Ein paar Mal«, antwortete er. »Und jedes Mal habe ich dich daran erinnert, dass du tatsächlich nicht mein Arbeitgeber bist.«

»Wer ist es dann?«

Der Vampir lachte, seine Fangzähne blitzten belustigt auf. »So naiv. Du beginnst tatsächlich, mir zu gefallen ... wie Schimmel auf einem Apfel.«

»Wir Hexen mögen unsere Äpfel«, erwiderte ich. »Sie sind ausgezeichnete Träger für Gift.«

Mordecai verengte seine Augen. »Du bist eine undankbare Hexe.«

Ich schnaubte. »Undankbar? Was? Sollte ich dir dafür danken, dass du mich verfolgst? Was kommt als Nächstes, eine Stripperparty für die Orks, die versucht haben, mich zu töten?«

»Verfolgen?«, spottete er. »Schmeichle dir nicht selbst. Ich *will* nicht hier sein.«

»Und trotzdem sitzt du da, mit deinen Füßen auf dem Tisch wie ein ... wie ein eingebildeter Idiot. Wenn du wirklich nicht hier sein willst, dann geh.«

»Ich wurde mit einer Nachricht geschickt«, sagte er und betrachtete seine Hand und bewunderte seine polierten Fingernägel.

»Also bist du jetzt ein Laufbursche?«, stichelte ich und versuchte, ihn zu provozieren. Vielleicht würde er eines Tages ausrasten und mir verraten, für wen er arbeitete. Leider fiel er nicht darauf herein. Vielleicht war sein Ego nicht so zerbrechlich, wie ich angenommen hatte.

Er zuckte es ab. »Ich bin schon schlimmer genannt worden.«

Ich hörte Schritte direkt vor dem Raum, dann erschien Sams Gesicht. »Hey«, sagte er lächelnd, bis er den Blutsauger erblickte.

»Beachte ihn nicht«, sagte ich und stand auf. »Er wollte gerade gehen. Vorstellung abgesagt wegen mangelnden Interesses.«

Der brummige Detektiv trat in den Raum, verschränkte die Arme und nahm Platz ein, ohne seine verengten Augen von dem unverschämten Vampir zu nehmen.

»Ugh«, jammerte Mordecai. »Da ist der Haustier-Mensch wieder.«

»Lieber Mensch als herzlos«, konterte ich. Obwohl, um fair zu sein, die Konzepte sich nicht gegenseitig ausschlossen.

»Ich bin nicht herzlos«, antwortete der Vampir, drückte seine kalte Brust und tat so, als wäre er beleidigt. »Ich habe ein Herz. Es hat nur aufgehört zu schlagen, das ist alles.«

»Bist du bereit?«, fragte Sam und streckte seine Hand aus, um meine zu nehmen.

Ich bin sowas von bereit, dachte ich. Als ich seine Hand nahm, spürte ich Funken auf meiner Haut, und er auch, nach dem Ausdruck auf seinem Gesicht zu urteilen. Als er mich aus dem privaten Speisesaal führte, warf ich noch einen Blick in Mordecais Richtung, aber er war verschwunden.

»Wie geht's deinem untoten Freund?«, fragte Chione, als wir zum fröhlichen Tisch zurückkehrten. Ich schaute schnell zu Sam, in der Hoffnung, dass er es nicht gehört hatte. Glücklicherweise unterhielt er sich mit Ferra, während sie uns beiden ein frisches Bier brachte.

»Grimalkin«, warnte ich sie ohne zu lächeln. »Hör auf damit.«

Chione gab mir ein böses Grinsen, an das ich nicht gewöhnt war. »Ich habe nur Spaß gemacht.«

Ich sah sie bedeutungsvoll an. »Witze sollen lustig sein.«

»Du bist müde, ich verstehe schon«, sagte sie. »Humorverlust.«

Ich erinnerte mich daran, dass ich ihre Hilfe wieder für den Fall der vermissten Töchter brauchen würde, also hielt ich meine Schnippigkeit im Zaum und nahm einen großen Schluck von meinem Bier. »Wie geht es Harveys Tieren?«

Die ungewöhnlich fröhliche Stimmung der Grimalkin verblasste. »Sie sind verstört. Sie rufen ständig nach ihm.«

»Wie viel Futter gibt es?«, fragte ich. Ich konnte nicht anders, als zu schaudern, wenn ich an Liscious dachte.

»Es gibt ein paar Paletten verschiedener Art. Es sieht nach viel aus, aber angesichts der Anzahl der Tiere dort, bezweifle ich, dass es sehr lange halten wird.«

»Wie lange etwa?«

Sie zuckte mit den Schultern. »Eine Woche? Zwei? Ich bin kein Tier-pfleger.«

»Jetzt bist du einer.«

»Das ist eine vorübergehende Regelung, Hexe. *Sehr* vorübergehend. Dieser Körper wurde nicht für Overalls gemacht.«

»Würdest du bleiben, wenn ich ein Gehalt arrangiere?«, fragte ich. »Dann hättest du einen Platz zum Wohnen und ein regelmäßiges Einkommen.« Als sie nicht antwortete, versuchte ich, ihr die Idee schmackhaft zu machen. »Besser als ein Rattenfänger im SubRealm zu sein, oder? Und besser als in diesem alten Spukhaus zu leben.«

Chione seufzte und schob ihr leeres Glas weg. »Ich nehme an, schon. Woher wirst du das Geld bekommen? Meine intuitive, maßgeschneiderte Zoowärterdienstleistung ist nicht billig.«

»Das ist die alte Grimalkin, die ich kenne«, sagte ich. Sie mochte die glänzenden Dinge.

Ich würde bald eine anständige Zahlung von Mason & Sons für die Glamour-Vapes erhalten, die ich letzte Woche geliefert hatte. Ich hatte einige Ersparnisse, aber die würden nicht weit reichen. Magische Attentäter haben nicht die Angewohnheit, ihre Altersvorsorge zu priorisieren. Ich blinzelte Chione an und leerte den Rest meines Biers.

»Ich werde mir etwas einfallen lassen.«

KAPITEL 3

EIN JAHRHUNDERT SCHLUMMERN

ASHA

Sam kam mit einem großzügigen Lächeln zum Tisch zurück, nachdem er sich mit seiner Lieblings-Tech-Genie-Zwergin unterhalten hatte. Seine Augen waren weich. »Bereit zu gehen?«

»Ich war noch nie bereiter«, antwortete ich. Es war wunderbar gewesen, köstliches Essen zu genießen und alle zu sehen, die ich liebte, aber im tiefsten Inneren wollte ich nur ein heißes Bad und ein Jahrhundert Schlummern, vorzugsweise in den Armen eines besonders gut aussehenden Detektivs.

Wir verabschiedeten uns, und Ferra gab mir eine ihrer rippenknackenden Umarmungen.

Sam holte seine Geldbörse heraus. »Wie viel schulde ich dir?«

»Überhaupt nichts«, antwortete die Zwergin. Als Sam und ich sofort begannen zu protestieren, brachte sie uns zum Schweigen. »Ich war mehr als glücklich, euch alle hier als *meinen* Gäste zu haben, aber Sabine Chalice hat die gesamte Rechnung bezahlt – inklusive großzügigem Trinkgeld – obwohl ich ihr versichert habe, dass das nicht nötig war.«

Ich ging und versprach praktisch jedem am Tisch, dass ich mich melden würde, sobald ich mich erholt hätte. Jeder brauchte etwas von mir, aber ich schob den überwältigenden Gedanken beiseite. Ich gab Dusty eine extra lange Umarmung und sagte ihr, sie solle den Kopf hochhalten.

Rick und Stoker standen noch immer Wache, als wir aus dem Pub traten, was mich schuldig fühlen ließ. Sam und Stoker begrüßten einander, aber ich konnte sehen, dass der Detektiv nicht begeistert über die Anwesenheit eines riesigen Orks war.

»Ihr hättet nicht bleiben müssen«, sagte ich zu ihnen. »Ihr braucht eure Ruhe.«

»Es wird keine Ruhe geben, bis Sie in Sicherheit sind«, sagte Rick.

Sam schien weicher zu werden; ich spürte, wie seine eben noch angespannten Muskeln sich entspannten.

»Sie kennen Stoker«, sagte ich zu ihm. »Und das ist Rick. Ohne sie hätte ich es nicht aus dem SubRealm herausgeschafft.«

Sam streckte seine Hand aus, und sie schüttelten alle Hände. »Danke«, brachte er hervor.

»Asha hat mein Leben gerettet«, sagte Rick. »Jetzt gehört es ihr.«

»Du musst nicht so extrem sein«, erwiderte ich lächelnd. »Geht nach Hause, und wir treffen uns bald wieder.«

»Nö«, sagte der Ork und schüttelte den Kopf. »Ich gehe nirgendwohin.«

»Nein, wirklich«, sagte ich. »Ich bin sicher bei Sam. Ich werde euch anrufen-«

»Ich bleibe bei dir«, erklärte er, wobei seine riesigen Muskeln spannten. »Ich bin jetzt dein Leibwächter.«

Ich wollte sagen: *Ich brauche keinen Leibwächter*, aber natürlich stimmte das nicht.

»Bei mir das Gleiche«, sagte Stoker. »Ich weiche nicht von Ihrer Seite, bis dieser Krieg vorbei ist.«

»*Krieg?*« fragte Sam. »Ich habe das Gefühl, als hätte ich etwas verpasst.«

»Ich bringe dich auf den neuesten Stand«, sagte ich und bedeckte meinen Mund mit beiden Händen, als ich gähnte. »Aber nicht heute.«

Wir quetschten uns in Sams Auto wie der Anfang eines schlechten Witzes.

Eine Hexe, ein Werwolf und ein Ork steigen in einen Polizeiwagen …

Aber so sehr ich mich auch bemühte, mir fiel keine lustige Pointe ein.

Sam blickte zu mir herüber, während er den Motor startete. In seinem Blick lag Zuneigung. Ich war sicher, dass er wusste, dass ich das Gleiche fühlte – und mehr. Ich schlief innerhalb von Minuten in der warmen Kabine ein und fühlte mich sicherer, als ich es seit Monaten getan hatte. Das, kombiniert mit dem Gestank eines reifen Orks, reichte aus, um jeden K.O. zu hauen. Als ich wegdämmerte, sah ich vor meinem geistigen Auge Mordecais blasses Gesicht, seine Fangzähne glitzerten, als er höhnisch grinste. *Er hatte eine wichtige Nachricht für mich*, dachte ich. *Ich habe die Nachricht nicht bekommen …*

Und dann war ich weg.

KAPITEL 4

WAISENBENGEL

WOODHAVEN KINDERHEIM

MERCURY NCELE

Ich schaute in den Spiegel. Ich wusste nicht, wonach ich suchte, aber ich fand es nicht.

Ich wusste, dass ich kein besonders hübsches Gesicht hatte, aber ich bin auch nicht unscheinbar. Manchmal wünschte ich mir, ich wäre das eine oder das andere, statt genau in der Mitte zu sein. Man möchte entweder einen schönen Donut oder einen schlichten, richtig? Nicht einen, bei dem man nicht wirklich herausfinden kann, was er ist, egal wie viele Bissen man nimmt.

Meine Haut hatte ein ähnliches Problem. Nicht weiß genug, nicht schwarz genug, einfach eine unbeholfene Zwischenfarbe, die es schwierig machte, irgendwo dazuzugehören. Es war eine schöne Farbe – das sagten die anderen Mädchen. Die weißen Kinder bewunderten meine »Bräune«, während die schwarzen Kinder sagten, sie wünschten, ihre Haut wäre heller, wie meine. Es war nett von ihnen, das zu sagen. Die meisten Waisen waren freundlich; die Hausleiterinnen auch. Ich bin mir sicher, dass es da draußen viele schreckliche »sichere Orte« gibt, aber dies war keiner davon. Wir fanden sogar einen grimmigen Spaß

16

daran, über diese schrecklichen Orte in den Büchern zu lesen, die Ms. Hammond für uns im örtlichen Wohltätigkeitsladen kaufte. Annie, Oliver, James, die Baudelaire-Kinder, all diese armen Waisen in furchtbaren Situationen. Aber am Ende würden ihre Umstände ihr Schmelztiegel sein, oder? Und sie würden wie Schmetterlinge aus ihrem qualvollen Kokon hervorgehen. Aber hier gab es keinen Schmelztiegel, keine harte Prüfung, aus der ich triumphierend hervorgehen könnte. Nur das gleiche Bett, die gleichen Mahlzeiten, die gleichen Unterrichtsstunden, immer und immer wieder wie ein endloser Murmeltiertag. Welche Hoffnung liegt in dieser Art von Leben?

Ich weiß, wie das klingt – als wäre ich eine undankbare Göre, die Dinge findet, über die man sich beschweren kann, wenn es gar nicht so schlimm ist. Wollte ich hässlich sein? Wollte ich schlecht behandelt werden? Wollte ich eine schreckliche Prüfung in meinem Leben? Denn genau so klang es.

Nein, ich wollte diese Dinge nicht und war dankbar für das, was ich hatte. Ich wusste, dass Tausende von Kindern in Südafrika jede Nacht hungrig ins Bett gingen. Kinder, die keine warmen Betten hatten wie wir. Ich kannte Kinder in meinem Alter – sechzehn –, die die Schule verlassen mussten, um für ihre jüngeren Geschwister zu sorgen, weil ihre Eltern gestorben waren und ihnen nichts als Schulden hinterlassen hatten. Ich sehe sowohl die fiktiven als auch die realen Waisen in meiner Vorstellung – kalt, traurig, hungrig – und ich versuche, mich zu zwingen, dankbar für das zu sein, was ich habe.

Manchmal stellte ich mir katastrophale Ereignisse vor, die unser enges kleines Leben auf den Kopf stellen würden. Biblische Fluten, die die Grundmauern des Kinderheims wegspülen würden. Ein Tornado, der uns alle in den Himmel saugen würde. Ein großes Feuer, das jeden unserer Besitztümer verbrennen würde – außer unseren kostbaren Büchern. Es ist nicht so, dass ich wollte, dass jemand verletzt wird; das wollte ich definitiv nicht. Aber es hinderte mich nicht daran, mich nach einer Art Ereignis zu sehnen, das mich von diesem Leben des Dazwischenseins befreien würde.

Ich verstehe, dass ich wie ein Bengel klinge, weil ich mehr will, aber ich kann dieses Gefühl der Sehnsucht nicht abstellen. Es ist ein Teil von mir, genau wie mein hübsches/schlichtes Gesicht und meine hellbraune Haut.

Mercury Ncele – Waisenbengel. Ungenießbarer Donut.

Eines Tages, sagte ich zu meinem Spiegelbild. *Eines Tages werden sich die Dinge für dich ändern.*

KAPITEL 5

DIE PROTAGONISTIN

QUECKSILBER

»Suchst du nach Pickeln?«, fragte eine freche Stimme hinter mir. Ich war so in meine eigenen Gedanken versunken gewesen, dass ich zusammenzuckte, als ich sie hörte. »Nein«, antwortete ich.

»Natürlich nicht«, sagte Marielle, ihre Augen funkelten vor Neuigkeiten hinter ihrer unmodischen, dickglasigen Brille. »Du kriegst ja nie Pickel. Also was? Du hast dich einfach selbst bewundert, oder?«

Ich drehte mich zu ihr um. »Nein«, antwortete ich. »Ich habe nur nachgedacht.«

»Du denkst zu viel nach«, sagte Marielle. Sie nahm die alte Cosmo, die ich auf dem Nachttisch hatte, und ließ sich damit auf meine schmale Matratze fallen, wobei sie die Seiten zu schnell umblätterte, um irgendetwas zu lesen. Ihre Haare waren in Lockenwickler gedreht und ordentlich unter einer Einhorn-Duschhaube versteckt. Als sie wieder zu mir aufsah, stand ich immer noch einfach nur da.

»Ernsthaft, Ncele«, sagte sie. »Du denkst wirklich zu viel nach.«

Marielle war eines der wenigen weißen Mädchen, die meinen Nachnamen richtig aussprachen – mit einem leichten Schnalzen der Zunge am Gaumen nahe den Vorderzähnen für das *C*. N(klick)eh-leh. Was ich zu schätzen wusste, aber das Schnalzen verstärkte auch die Vorstellung, dass ich ein nerviger Platzverschwender war.

Vielleicht bin ich paranoid, aber wenn dein eigener Name buchstäblich der Laut ist, mit dem jemand seine Gereiztheit ausdrückt, kann das sicher nichts Gutes für die Zukunft bedeuten. Oder drei Klicks hintereinander, wie ein Zauberspruch oder der Laut von jemandem, der dich wirklich bedauert. *Klick-klick-klick*, arme kleine Waisengöre.

Manchmal betrachtete ich meinen Nachnamen als eine Art langweiligen Fluch. Wie sollte jemals etwas Aufregendes in meinem Leben passieren?

»Was ist denn deine Neuigkeit?«, fragte ich.

Marielle hörte auf, durch die Zeitschrift zu blättern. »Welche Neuigkeit?«

»Du hast etwas zu sagen«, antwortete ich wissend.

»Okay, gut«, sagte sie und schob ihre Brille den Nasenrücken hoch, während ihre Sommersprossen unter einem Hauch von Aufregung verblassten. »Draußen steht ein teures Auto.«

Ich wartete darauf, dass sie fortfuhr, aber sie tat es nicht. »Und?«, forderte ich sie auf.

»Und nichts.«

»Du bist aufgeregt wegen eines ... Autos?« Ich beurteilte sie nicht. Jeder hat so seine Dinge.

»Nicht so sehr wegen des Autos, sondern *wer* mit dem Auto *gekommen* ist«, sagte sie, wobei ihr Einhornhorn zitterte.

»Wer?«

Sie zuckte mit den Schultern. »Ich weiß nicht. Aber es könnte jeder sein, oder? Vielleicht jemand Berühmtes oder jemand Reiches.« Ihre Augen schimmerten, während sie sich verschiedene Szenarien ausmalte. Sie setzte eine dramatische Stimme auf: »Ein philanthropischer Milliardär, der Ms. Hammond eine Villa und eine Million Dollar schenken will. Oder ein hübscher Schauspieler, der bei uns bleiben will, um in seine neue Rolle einzutauchen. Oder eine reiche alte Dame mit fünfzig Katzen und nur noch wenigen Tagen zu leben, die uns all ihr Geld geben will – und all ihre Katzen!«

»Ich sehe, du hast dir bereits viele Gedanken darüber gemacht«, erwiderte ich.

»Na ja, das Auto steht schon den ganzen Morgen hier«, sagte Marielle.

War das so? Ich hatte es nicht bemerkt. Zu sehr in meinen eigenen nutzlosen Gedanken versunken, tadelte ich mich. Nichts Interessantes würde mir je passieren, wenn ich mit dem Kopf in den Wolken bliebe. Sieh dir zum Beispiel Marielle an. Schau, wie glücklich und aufgeregt sie wegen des Autos eines Fremden war. Ich hätte einen ganzen Morgen damit verbringen können, über den Fahrer zu fantasieren, wenn ich nur präsent gewesen wäre. Wenn ich »im Moment« gewesen wäre, wie es in dem Zen-Buch im Bücherregal unten hieß.

»Du hast recht«, sagte ich. »Es *ist* aufregend.« Ich lächelte sogar, um ihr zu zeigen, dass ich nicht sarkastisch war.

Marielle knallte die Zeitschrift zu. »Ich weiß, oder?« Dann machte sie ihr aufgeregtes Gesicht: eine Grimasse mit verrückten Augen, was mich noch mehr zum Lächeln brachte.

Ich beschloss genau in diesem Moment, aufzuhören, ein Zuschauer in meinem Leben zu sein, und stattdessen die Hauptfigur zu werden. Die Protagonistin, glaube ich, wird das genannt, auch wenn es ein supermerkwürdiger Name ist.

Wenn die Dinge nicht von selbst passieren würden, müsste ich sie eben geschehen lassen.

»Also«, sagte ich und ging endlich weg von dem Spiegel, der mich nicht länger quälen sollte. »Was werden wir jetzt tun?«

Marielles Augen weiteten sich, durch ihre dicken Linsen noch vergrößert. »Was meinst du mit, was werden wir tun?«

»Werden wir versuchen herauszufinden, wem das Auto gehört?«

»Ja, das werden wir!«, rief sie aus und kletterte unbeholfen vom Bett, während die Aufregung noch immer ihre Wangen färbte.

Ich zog eine alte graue Strickjacke an. Sie hatte bessere Tage gesehen, aber ich würde sie nie wegwerfen. Sie war eines der wenigen Dinge, die ich noch von meiner Mutter hatte.

Ich schaute zu Marielle; meine beste Freundin, ein unerschrockenes, bebrilltes Einhorn. Wir nickten und machten uns auf, um zu ermitteln.

KAPITEL 6
NANCY DREW UND DAS SCHICKE AUTO

Wir rannten die Treppe hinunter und wären vor lauter Aufregung beinahe gestolpert. Wahrscheinlich würde es am Ende eine Enttäuschung sein. Der Fahrer wäre vermutlich nur ein langweiliger Verwandter von Ms. Hammond oder ein ehemaliger Bewohner, der ein Blumengesteck als Dankeschön für all die Fische vorbeibrachte. Ja, der Grund für die Luxuslimousine würde superlangweilig sein, aber das war mir egal. Immerhin tat ich *etwas*. Wie heißt dieses Sprichwort? Besser geliebt und verloren als niemals geliebt? So ungefähr. Na ja, wir würden losziehen und enttäuscht werden, anstatt gar nicht erst loszuziehen.

Wir rasten durch den Gemeinschaftsraum und ernteten dabei ziemlich amüsierte und neugierige Blicke. Ich war nicht sicher, ob es an Marielles Kopfbedeckung lag oder an meinem plötzlichen und ungewöhnlichen Ausbruch von Aktivität. Wir rannten durch die von Schuhen zerkratzten Korridore, vorbei an den Schlafsälen der jüngeren Kinder und an der Mensa, die nach Schellfischpastete und gekochtem Brokkoli roch. Normalerweise würde mich dieser Geruch deprimieren, aber heute nicht.

»Tut mir leid, kann nicht stehen bleiben!«, rief Marielle einem Kind zu, das angehalten hatte, um uns zuzusehen.

Ich kicherte. Es war so dämlich, aber ich spürte ein seltsames Gefühl der Euphorie. Wir stürmten durch die Hintertür hinaus auf den kleinen Besucherparkplatz, der normalerweise leer war. Die große schwarze Luxuslimousine wirkte völlig fehl am Platz, was sie noch beeindruckender machte.

Mit prüfenden Augen betrachteten wir das Auto und versuchten zu erraten, wer wohl der Besitzer dieses Wunderwerks sein könnte. Ich hatte absolut null Interesse an Autos, aber selbst ich konnte erkennen, dass dieses wirklich eine Schönheit war. Sogar die Reifen waren neu.

Wenn ich ein Auto wäre, dachte ich unwillkürlich, dann wäre ich ein mittelgroßer grauer Toyota mit ein paar Beulen und Kratzern. Eintönig und vernachlässigt, aber noch fahrtüchtig.

»Du machst es schon wieder«, flüsterte Marielle.

Ich runzelte die Stirn.

»Zu viel nachdenken«, erklärte sie.

Sie hatte Recht. Ich schüttelte die nutzlosen Gedanken aus meinem Kopf und schloss die Augen, genoss den warmen Sonnenschein auf meinem Gesicht, bis sie mir auf den Arm schlug.

»Nummernschild«, sagte sie und zeigte auf das Kennzeichen des Autos. VIP 300 GP.

Das »VIP« verstand sich von selbst. »GP« stand für Gauteng Province.

»Also ist es ein Auto von hier«, sagte ich. Johannesburg und Umgebung. Das war nicht viel, aber es war auch nicht nichts. Schau uns an! Total Nancy Drew und das schicke Auto. Die Fenster waren getönt, aber wir konnten trotzdem das Innere erkennen. Leder – nicht überraschend – und sehr saubere Polsterung.

»Keine Hunde«, vermutete ich laut. »Und keine Kinder.«

»Watson«, sagte Marielle, »ich glaube, du hast den Fall geknackt.«

Ich kniff die Augen zusammen und sah Marielle an, während die Sonnenstrahlen vom Auto direkt in meine Augen reflektierten.

»Keine Kinder«, wiederholte sie. »*Et voila.*«

Ich rümpfte die Nase. »Prospektoren?« So nannten wir potenzielle Adop-tiveltern. Ich weiß nicht, wer das Wort zuerst falsch ausgesprochen hatte, aber sie wurden schon so genannt, solange ich in Woodhaven war... also für immer. Sogar Ms. Hammond benutzte es manchmal und erweiterte die Metapher, indem sie uns ihre Goldnuggets nannte, was dann zu einfach nur *Nuggets* wurde, was mich immer eher an einen Eimer KFC denken ließ als an Edelmetall.

Marielles Lächeln war triumphierend. Sie wackelte mit den Augen-brauen. »Prospektoren.«

»Ich glaube nicht«, antwortete ich. »Nur weil sie keine Kinder *haben*, heißt das nicht, dass sie welche *wollen*. Außerdem weißt du genauso gut wie ich, dass reiche Leute keine Waisen von hier adoptieren. Sie gehen zu diesen gehobenen Kinderheimen in den grünen Vororten. Und sie adop-tieren Babys, keine Kinder. Und schon gar keine Teenager.«

»Wir haben hier Babys«, argumentierte Marielle. »Kleinkinder jedenfalls.«

»Bongi wird fünf«, sagte ich. »Sie ist kein Kleinkind.«

»Sie ist aber superniedlich«, entgegnete Marielle. »Vielleicht wollen diese bestimmten reichen Leute nicht mit der Babyzeit umgehen. Die ist sehr chaotisch. Bongi ist stubenrein.«

»Du lässt sie klingen wie einen Welpen!«

»Sie *ist* ein bisschen wie ein Welpe«, sagte Marielle. »Niedlich. Begeis-tert. Holt Bälle zurück, wenn du sie wirfst.«

»Wir kommen vom Thema ab«, sagte ich. »Ich glaube nicht, dass dieses Auto einem Prospektor gehört.«

Marielle nickte. »Gut. Was ist dann deine Theorie?«

»Ich habe noch keine. Ich brauche mehr Informationen.«

»Jetzt sprichst du meine Sprache«, sagte sie, und ihr strahlendes Lächeln kehrte zurück.

Marielle und ich schlichen uns zurück ins Gebäude, während neue Fragen mein Gehirn überfluteten. Warum war das Auto den ganzen Morgen hier gewesen? Warum hatten wir Ms. Hammond oder den mysteriösen Gast nicht gesehen? Die Mittagsglocke würde bald läuten – würden sie an der Mahlzeit in der Mensa teilnehmen? Ich konnte mich nicht erinnern, dass Ms. Hammond jemals eine Mahlzeit verpasst hätte, aber das bedeutete nicht, dass sie nie eine ausließ. Wahrscheinlich war ich nur zu sehr in meinen eigenen Gedanken, um aufmerksam zu sein. Das war die alte Mercury. Mercury *klick-klick*. Jetzt war ich Mercury Watson Nancy Drew Zen-Meister. Immer präsent im Moment und auf der Suche nach Informationen, sammelte jeden Hinweis, der zur Lösung des Rätsels beitragen könnte. Ohne es zu besprechen, gingen Marielle und ich zu Ms. Hammonds Büro, das eine Offene-Tür-Politik für jedes Kind im Haus hatte.

Die Tür war geschlossen.

»Die Handlung verdichtet sich«, murmelte Marielle leise.

Neue Theorien schossen mir durch den Kopf. Die reiche Person war hier, um das Waisenhaus zu kaufen. Es auszuweiden, abzureißen und dann in Sardinenbüchsen-Apartments mit italienischem Flair zu »entwickeln«. Niemand würde Ms. Hammond die Schuld geben. Sie hatte ihr Leben Woodhaven gewidmet und war jetzt über das Rentenalter hinaus. Ich bezweifelte, dass sie viel gespart hatte; früher kaufte sie uns einfache kleine Leckereien, wenn sie konnte – was nicht oft der Fall war. Billige Schokoladenpralinen, die sie heimlich mit einem verschwörerischen Zwinkern und einem Klaps auf die Schulter in unsere Taschen steckte. Die liebe Ms. Hammond. Niemand würde ihr vorwerfen, wenn sie beschloss, ihre goldenen Jahre weit weg von uns Waisenkindern zu verbringen, Gin zu trinken und Poker zu spielen.

»Ich habe ihre Tür noch nie geschlossen gesehen«, flüsterte Marielle und schob ihre Brille den Nasenrücken hinauf.

»Ich auch nicht«, stimmte ich zu.

Neuere, wildere Ideen tauchten auf. Der Besitzer der Luxuslimousine war in Wirklichkeit von der Bank. Er war hier, um uns alle rauszuwerfen und das Haus zu pfänden, weil Ms. Hammond die letzten Hypothekenraten wegen ihrer wachsenden Bingo-Sucht verpasst hatte. Oder... er war ihr neuer Freund! Und deshalb brauchten sie Privatsphäre. Sie würden durchbrennen und auf eine dauerhafte Hochzeitsreise zu seiner Privatinsel gehen, wo sie den ganzen Tag in einer Doppelhängematte schaukeln würden und uns in den Händen einer neuen Hausmutter zurücklassen, von der Sorte, die wirklich nett erscheint, bis sie allein mit dir ist und dann ihre bösen Absichten zeigt.

»Mercury?«, sagte Marielle.

Ich sah sie an. »Ja?«

»Du denkst schon wieder zu viel nach.«

Die Mittagsglocke läutete. Ich hatte keinen Appetit. Besonders hatte ich keinen Appetit auf salzigen Fisch und blasses Gemüse, aus dem alle Nährwerte herausgekocht worden waren. Die rotbackige Köchin war zwar freundlich genug, hatte aber kein besonderes Talent zum Kochen. Marielle und ich blieben vor Ms. Hammonds geschlossener Tür stehen und beobachteten die Gesichtsausdrücke des anderen.

»Wir können das Mittagessen nicht auslassen«, sagte ich.

»Sie werden es definitiv bemerken«, erwiderte Marielle.

»Wir bekommen Strafpunkte.«

»Und kalte Fischpastete.«

Trotzdem bewegten wir uns nicht. Mit gespitzten Ohren beobachteten wir einander und die Tür. Und wir warteten.

KAPITEL 7

LECK AN EINEM ÖFFENTLICHEN GEHWEG

MERCURY

Die Mittagszeit kam und ging, und Ms. Hammonds Tür blieb geschlossen. Wir versuchten, durch das Schlüsselloch zu spionieren, aber ohne Erfolg. Ein Schlüssel auf der Innenseite schien die Sicht zu versperren.

Das noble Auto blieb draußen geparkt und wirkte noch luxuriöser, als die Sonne unterging und seine silbernen Verzierungen in verschiedene Rosé-Gold-Töne tauchte. Marielle und ich hatten im Korridor gespielt, um der Langeweile zu entgehen. Tic-Tac-Toe, Schiffe versenken, Wahrheit oder Pflicht und Zahlenspiele, bei einem davon addierten wir die alphabetischen Werte der Buchstaben in Jungennamen, um die prozentuale Chance auszurechnen, wen wir heiraten würden. Nicht dass eine von uns Interesse an den Jungen im Woodhaven Kinderheim hatte. Wir kannten uns alle viel zu gut. Es wäre, als würde man seinen Bruder küssen, da waren wir uns einig und verzogen angewidert die Gesichter.

Es würde keine Schwärmereien, keine Dates und schon gar keine Küsse geben, bis wir unseren Abschluss hatten. Man musste achtzehn sein, um alt genug zu sein, um zu gehen, und selbst dann blieben manche Kinder. Ich schätze, es fühlte sich seltsam an, allein in der echten Welt zu sein, wenn man es gewohnt war, sich hier wohlzufühlen. Marielle und ich hingegen zählten die Jahre. Wir würden uns zusammen eine Wohnung nehmen und uns beim Kochen abwechseln. Wir würden auf Jobsuche gehen, auf Partys und an die Orte reisen, die wir in unseren abgenutzten Zeitschriften sahen. In der Welt draußen zu sein, würde so ein Abenteuer sein, sagten wir uns. Besonders jetzt – jetzt, da ich beschlossen hatte, das Leben zu leben, anstatt es nur zu beobachten.

Marielle und ich waren zu einem mündlichen Spiel übergegangen – »Würdest du lieber?« –, das oft in etwas ziemlich Ekelhaftes ausartete, wie: »Würdest du lieber an einem öffentlichen Gehweg lecken oder Pater Ben einen Zungenkuss geben?« oder »Würdest du lieber Schnecken essen oder mit einer Tarantel in deinen Haaren schlafen?«

Ich war gerade dabei, die undankbare Wahl zwischen einem Tattoo mit einem falsch geschriebenen Wort oder einem Bart zu treffen, als ich durch Geräusche hinter Ms. Hammonds Bürotür gerettet wurde. Marielle riss sich ihre Einhorn-Duschhaube vom Kopf, und ich richtete schnell meine Wirbelsäule auf und strich mir über meine kinnlangen Zöpfe. Es gab weitere Geräusche – vielleicht Schritte – und gedämpftes Reden, dann ein leises Lachen.

Wir sahen uns mit hochgezogenen Augenbrauen an. Das klang gut. Fröhlich. Also wussten wir nicht, wer die fremde Person war, aber zumindest klang es nicht so, als gäbe es schlechte Nachrichten für Ms. Hammond. Die gedämpften Geräusche kamen der Tür näher. Ich war versucht, näher heranzugehen, um zu lauschen, aber ich spürte Marielles Hände an meinem Arm, die mich in die entgegengesetzte Richtung zogen. Sofort begannen wir, uns zu entfernen, damit sie, wenn sie die Tür öffneten, keine Ahnung hätten, dass wir draußen campiert und versucht hatten herauszufinden, was vor sich ging. Der Griff drehte sich, und wir erhöhten unser Tempo, um einen kleinen Abstand zwischen uns und diejenigen zu bringen, die wir ausspioniert hatten.

Aber es war zu spät.

»Mercury!«, rief Ms. Hammond. »Marielle!«

Sie sprach Marielles Namen immer mit einem französischen Flair aus, als ob das Mädchen eine noble französische Herkunft hätte, anstatt einfaches altes Afrikaans-Blut. Wir beschwerten uns nicht; wir mochten den Klang. Vielleicht würden wir eines Tages gemeinsam Paris besuchen. Die echte Welt schien nicht so einschüchternd, wenn man einen Freund hatte, mit dem man sie teilen konnte.

Wir drehten uns um, begierig darauf, zu sehen, wer die Fremde war.

Eine Frau mit rabenschwarzem Haar stand da und betrachtete uns. Ich bemühte mich, meinen Mund zu schließen. Sie hatte super-blasse Haut, dunkles Haar und bordeauxroten Lippenstift und trug das unglaublichste viktorianische schwarze Kleid, lang und spitzenartig, wie feines schwarzes Spinnwebenseide. Sie trug einen schwarzen Choker mit einem hübschen Edelstein, der das Licht reflektierte und aufblitzte, wenn sie sich bewegte.

»Kommt her, bitte, Mädchen«, sagte Ms. Hammond auf ihre gewohnt freundliche Art. Wir huschten aufgeregt hinüber.

»Das ist Miss Black. Sie besucht uns heute.«

Ich beäugte die Frau mit Misstrauen. Miss *Black*? Konnte sie sich kein besseres Pseudonym einfallen lassen?

Ich tadelte mich sofort für den aufdringlichen Gedanken und den unfreundlichen Unterton. Vielleicht war ihr Name *wirklich* Black. Es war ein ziemlich häufiger Name, oder? Und doch war es kein angenehmes Gefühl, als ihre Augen auf mich gerichtet waren. Da war etwas, das mich nervös machte, auch wenn ich nicht genau sagen konnte, was es war. Marielle und ich tauschten schnelle Blicke aus, glücklich, dass wir endlich das Rätsel gelöst hatten, wer in Hammonds Büro gewesen war. Aber wer war diese mysteriöse Frau, und was machte sie in Woodhaven?

»Wie wunderbar, euch kennenzulernen«, schnurrte Miss Black, und ihre grauen Augen musterten uns. »Was für schöne junge Mädchen ihr seid.«

Marielle strahlte. Ich ließ mich weniger leicht mit süßen Worten ködern, mein Gehirn schwirrte vor Misstrauen.

Ms. Hammond schien glücklich; es war offensichtlich ein gutes Treffen gewesen. »Möchtet ihr Miss Black herumführen?«

»Natürlich«, sagte Marielle, alle Spuren von Unfug waren verschwunden. Nur klare süße Augen und ein offensichtlicher Wunsch zu gefallen.

»Wunderbar«, erwiderte Ms. Hammond. »Danke.«

Als wir uns zum Gehen wandten, legte die Hausmutter ihre kühle Handfläche auf meinen Ellbogen. »Mercury, darf ich kurz mit dir sprechen?«

KAPITEL 8

DEN VANILLE-FLUCH UMKEHREN

MERCURY

Marielle und ich tauschten Blicke aus, als wir uns trennten. Sie sollte Miss Black herumführen, während ich Ms. Hammond in ihr Büro folgte. Was zum Teufel ging hier vor? Normalerweise saß sie an ihrem Schreibtisch, wenn sie uns wegen Verwaltungsangelegenheiten oder Disziplinarmaßnahmen hereinrief, aber heute deutete sie an, dass ich mich mit ihr auf die Couch setzen sollte. Ich setzte mich unbeholfen, halb ihr zugewandt, halb das Büro nach Hinweisen über die mysteriöse Miss Black absuchend.

»Mercury«, sagte Ms. Hammond und schaute mir in die Augen. Ihre Worte waren langsam und deutlich. »Ich habe wunderbare Neuigkeiten für Sie.«

Ich runzelte die Stirn, ohne die geringste Ahnung, was sie als Nächstes sagen würde.

»Miss Black, eine reizende Dame, möchte Sie adoptieren.«

Ich starrte sie weiterhin an. *Non comprehendo*, wollte ich sagen. Sicher hatte ich mich verhört. Bestimmt gab es einen Fehler. Erstens adoptierte niemand uns ältere Kinder. Das hatten wir vor Jahren akzeptiert. Sie wählten immer die jüngeren Kinder, die niedlichen – und fast immer die weißen – nicht uns schlaksige Teenager, und schon gar nicht die braun-häutige Waisengöre Mercury Ncele, den unberührbaren Krapfen.

»Wie?«, war alles, was ich herausbrachte.

»Wir hatten ein langes Gespräch, in dem Miss Black mir mitteilte, was für ein Kind sie suchte, und ich stellte ihr eine kurze Liste mit Namen zur Verfügung, die wir dann ausführlich durchgegangen sind. Am Ende entschied sie, dass Sie die ideale Kandidatin wären.«

»Kandidatin?«, wiederholte ich.

»Ich nehme an, es klingt für jemanden in Ihrem Alter durchaus wie ein Vorstellungsgespräch. Es geht nicht darum, das niedlichste Kleinkind auszuwählen. Es geht darum, jemanden zu finden, der in die Kultur der neuen Familie passt.«

»Und die Kultur von Miss Blacks Familie ist?«

Ms. Hammond zuckte mit den Schultern. »Oh, sie hat eine wunderbare Familie zu Hause. Wir haben die Hausbesuche vor diesem Treffen durch-geführt. Sie werden sich dort auf jeden Fall wohler fühlen.«

»Wohler?«, fragte ich. Ich wusste, dass ich wie ein Papagei klang, der einfach nur dasaß und Wörter wiederholte, aber mein Gehirn war so damit beschäftigt, alles zu verarbeiten, dass kaum Raum für intelligente Konversation blieb.

»Nun, sie ist außerordentlich wohlhabend, wissen Sie, was bedeutet, dass Sie, wenn diese Vereinbarung funktioniert, bestimmte Privilegien genießen werden, die Sie sonst nicht hätten. Sie werden eine exklusive Privatschule besuchen können, sich schöne neue Kleidung aussuchen, mehr Freunde in Ihrem Alter haben ...«

»Marielle ist in meinem Alter«, sagte ich. »Wir wollten zusammenzie-hen, wenn wir achtzehn werden.«

»Ich weiß, Liebes, dass Sie beide eine besondere Freundschaft haben. Aber Sie können in Kontakt bleiben.«

»Ich werde sie verlassen.« *Genau wie ihre Eltern.*

»Nein, nein, nein«, sagte Ms. Hammond. »So dürfen Sie nicht denken. Sie müssen tun, was das Beste für Sie ist.«

»Woher weiß ich, was das Beste für mich ist?«

Ms. Hammond lächelte. »Ich denke, die Entscheidung ist leicht zu treffen. Denken Sie daran, wenn Sie mehr Möglichkeiten haben – was bei Miss Black der Fall sein wird – dann werden Sie Marielle von größerem Nutzen sein, wenn Sie beide achtzehn sind. Vielleicht können Sie die Wohnung bezahlen. Oder für die Reisen aufkommen, von denen ihr beide immer redet. Denn wie Sie wissen, wenn Sie Woodhaven verlassen, haben Sie nicht viel, was Sie Ihr Eigen nennen können. Marielle wird jede Hilfe brauchen, die sie bekommen kann.«

»Sie sagen also, dass der Umzug zu Miss Black Marielle helfen wird.«

»Ich denke, es wird euch beiden enorm helfen. Aber, liebe Mercury«, ihre Stimme war jetzt sanfter, »es ist, wie Sie wissen, vollkommen *Ihre* Entscheidung. Nur weil eine Familie Sie adoptieren möchte, heißt das nicht, dass Sie gehen müssen.«

»Es scheint sehr plötzlich zu sein«, sagte ich.

»Ja«, kicherte sie. »Ich muss Ihnen nicht sagen, dass Adoption normalerweise ein langwieriger Prozess ist. Aber Miss Black hat dafür gesorgt, dass die Hausbesuche, Anwaltskosten und bürokratischen Hürden alle vor diesem Zeitpunkt erledigt wurden. Also blieb uns nur noch, uns zu treffen und die richtige junge Dame für sie auszusuchen.«

So vieles ergab keinen Sinn. Ich wusste, dass mit genug Geld Adoptionen beschleunigt werden konnten, aber das hier ging in Höchstgeschwindigkeit. Und warum ausgerechnet ich von allen Kindern hier?

»Warum ich?«, fragte ich. »Und warum sollte sie eine Sechzehnjährige adoptieren wollen?«

»Sie hat ihre Gründe. Sie hatte nie ein Händchen für Babys und Kinder, aber jetzt verspürt sie das Bedürfnis, ihren Segen zu teilen, und ich nehme an, sie sucht auch nach etwas Gesellschaft. Sie suchte nach jemandem zwischen zwölf und sechzehn. Und was Ihre Frage 'warum ich?' betrifft, ich sage Ihnen warum. Weil Sie *Mercury Ncele* sind und der

Welt so viel zu bieten haben! Sie waren schon immer das wunderbarste Kind, seit Sie als süßes kleines Wesen hierher gebracht wurden bis jetzt – Sie sind eine wunderschöne, intelligente junge Frau. Ja, Sie hatten einen schwierigen Start ins Leben. So etwas passiert. Aber jetzt ist Ihre Zeit gekommen, um – wage ich es zu sagen? – Ihre Flügel auszubreiten! Es ist eine einmalige Gelegenheit, den Verlauf Ihrer Zukunft zu verändern. Und, wenn ich für einen Moment egoistisch sein darf, muss ich gestehen, dass ich hoffe, dass Sie im Leben so erfolgreich sind, dass Sie finanziell in der Lage sein werden, uns hier in Woodhaven zu unterstützen.«

»Also werde ich möglicherweise Marielle helfen, *und* Ihnen helfen.«

»Am wichtigsten ist, dass Sie *sich selbst* helfen«, sagte sie.

Ich saß da und dachte eine Weile nach. In eine wohlhabende Familie zu ziehen, wenn man selbst nichts Eigenes besaß, schien eine Selbstverständlichkeit zu sein, oder? Und eine erstklassige Schule zu besuchen könnte mein Leben verändern. Aber da war die nagende Tatsache, dass Miss Black eine völlig Fremde war, über die ich nichts wusste.

»Man sagt, dass man kaum je die Dinge bereut, die man tut, sondern die Dinge, die man nicht tut«, sagte ich, wahrscheinlich um mich selbst zu überzeugen.

Ms. Hammond nickte. »Es ist Ihre Entscheidung, mein liebes Goldstück. Ich werde sie so oder so respektieren.«

»Wie lange habe ich Zeit zum Entscheiden?«, fragte ich.

»Die Papiere liegen unterschriftsbereit auf meinem Schreibtisch.«

»Also würde ich mit Miss Black gehen ...?«

»Heute«, sagte sie und lächelte, ihre Augen funkelten. »Es ist alles sehr plötzlich, nicht wahr?«

HEUTE? Ich war ja für den Abbau von Bürokratie, aber noch am selben Tag abzureisen schien extrem.

»Ich weiß, das ist viel zu verkraften. Was ich empfehle, ist, dass Sie etwas Zeit mit Miss Black verbringen, wenn sie mit Marielle zurückkommt, und sehen, wie Sie sich bei ihr fühlen. Ich bin sicher, Sie werden sehen, was für eine reizende Frau sie ist.«

»Was, wenn ich mich entscheide, mit ihr zu gehen und es hasse?«

»Wir werden Sie mit offenen Armen wieder willkommen heißen! Aber Sie müssen sich Zeit geben, sich einzuleben. Eine so dramatische Veränderung wird zumindest verwirrend sein.«

»Ich werde tun, was Sie sagen, Ms. Hammond«, sagte ich, und wir blieben auf der Couch sitzen und warteten.

Du hast doch gesagt, du willst ein aufregenderes Leben führen, Ncele, sagte ich zu mir selbst. Heute Morgen noch hast du gesagt, du willst anfangen, Chancen zu ergreifen und Dinge zu tun. Weniger gewöhnlich sein. Dein Leben leben. Und dann taucht eine wohlhabende Fremde auf, die dich unerklärlich gerne adoptieren möchte.

Worüber gibt es da nachzudenken?

Kehre den Vanille-Fluch um!

Wir hörten Marielles und Miss Blacks Schritte näherkommen, und mein Herz begann schnell zu schlagen. Als sie um die Bürotür spähten, lächelten sie herzlich.

»Was für ein wunderbares Zuhause Sie haben«, gurrte Miss Black. Ihre Haare und ihr Lippenstift waren immer noch perfekt, was ich beunruhigend fand. »Sie haben es einfach so warm und behaglich gemacht. Nun, ich wäre überhaupt nicht überrascht, wenn Mercury sich entscheidet, hier zu bleiben!«

Ich warf einen Blick auf Marielle und fragte mich, wie ich ihr die Neuigkeit beibringen sollte, aber sie schien bereits einverstanden zu sein. Ihr Gesicht war freudestrahlend.

»Du bist der glücklichste Fisch *der Welt*,« sagte Marielle zu mir. »Hat Ms. Hammond es dir schon erzählt?«

»Ja«, antwortete ich und versuchte, ihr Lächeln zu erwidern, zögerte jedoch.

»Ich bin so, so neidisch, meine Freundin«, plapperte sie. »Aber Miss Black sagt, ich kann jederzeit zu Besuch kommen. Das Haus ist gar nicht weit, und sie wird sogar ihren Fahrer schicken, um mich abzuholen!«

Miss Black strahlte uns an. »Natürlich! Das wird kein Problem sein. Ich denke, es ist wichtig, eure Freundschaft zu bewahren. Auf jeden Fall. Mercury – wenn du natürlich einwilligst, mitzukommen – du wirst die Unterstützung deiner Woodhaven-Familie brauchen. Unbegrenzte Telefonate und so viele Besuche, wie wir einplanen können, ohne deine Schularbeit und außerschulischen Aktivitäten zu beeinträchtigen.«

Schularbeit. Ich würde auf eine richtige Schule gehen. Vielleicht sogar auf eine Universität, was für mich nie in Frage gekommen war. Ich hatte nie gewagt, von einem Universitätsbesuch zu träumen, weil ich wusste, dass ich es mir nie leisten könnte. Ich holte tief Luft und ließ sie langsam entweichen. Mein Herz schlug immer noch heftig, und ich konnte spüren, dass mein Gesicht gerötet war.

Miss Black schaute auf ihre teure Uhr. »Jetzt galoppiert der Tag davon! Ich will dich nicht drängen, Mercury, aber ich würde dich gerne noch vor dem Abendessen zum Einkaufen deiner neuen Schuluniform und Schreibwaren mitnehmen. Und vielleicht noch ein paar kleine Extras, wenn du möchtest. Du willst sicher neue Kleidung, ja?«

Während alle Blicke auf mich gerichtet waren, fixierten meine Augen Miss Black. So viel, so schnell, und *jeder* konnte sehen, dass es zu schön war, um wahr zu sein. Ich sah wahrscheinlich aus wie ein Reh im Scheinwerferlicht. Als ich nicht antwortete, lächelte sie und fuhr fort, um mich aus meinem zungengebundenen Zustand zu locken.

»Wir sollten nicht zu lange im Einkaufszentrum bleiben, denn Chefkoch Pablo hasst es, wenn wir zu spät zum Essen kommen. Er schimpft schrecklich mit mir, wenn das Essen kalt wird oder Soufflés zusammenfallen, nur weil ich zu spät komme. Er kocht heute zu deinen Ehren seine berühmte Lasagne. Und einen Rucola-Kirschtomaten-Salat. Schlammkuchen zum Nachtisch.«

Ich war immer noch stumm, also versuchte Marielle, es weniger peinlich zu machen. »Mercury liebt Lasagne!«

Ms. Hammond nickte zustimmend. Wieder sahen sie mich alle erwartungsvoll an. Ich hatte das Gefühl, dass dies entweder die beste oder die schlechteste Entscheidung meines ganzen Lebens sein würde. Ich holte noch einmal tief Luft, stand auf und ging zu Ms. Hammonds Schreibtisch. Der Stift lag auf den offiziell aussehenden Papieren, bereit und wartend, um mein Schicksal zu besiegeln. Ich nahm ihn auf und mit zitternder Hand unterschrieb ich auf der gestrichelten Linie.

Die drei Frauen jubelten und klatschten, als ob ich etwas Feierwürdiges getan hätte. Ich lächelte auch. Es wäre geizig gewesen, es nicht zu tun. Miss Black, gut gelaunt, ließ ihre Autoschlüssel vor mir baumeln. »Diesmal fahre ich, aber wir werden dich bald zum Fahrunterricht bringen, damit du dein eigenes Auto haben kannst.«

Marielle keuchte laut auf und verengte dann in gespieltem Hass ihre Augen.

»Keine Sorge«, sagte ich zu ihr. »Sobald ich es gelernt habe, bringe ich es dir bei.«

»Ich werde dich *so sehr* vermissen«, sagte Marielle.

Wir umarmten uns, und ich war zunächst zu aufgewühlt, um zu antworten. »Ich werde dir keine Gelegenheit geben, mich zu vermissen. Ich werde dich ständig anrufen!«

Ich sah Tränen in ihren Augen, die meinen entsprachen. »Das will ich doch hoffen!«

Als nächstes war Ms. Hammond an der Reihe, mich zu umarmen. »Ach, du süßes Mädchen. Ich habe dich geliebt, seit dem Tag, an dem ich dich kennenlernte. Du hast so viel Potenzial, liebe Mercury. Zögere nicht, die Welt zu erobern!«

Miss Black schenkte mir ein wehmütiges Lächeln in Anerkennung des bittersüßen Moments. Auf dem Weg nach draußen nahm sie meinen Koffer, der vor der Bürotür aufgetaucht war.

»Ich habe ihn für dich gepackt«, sagte Marielle. »Hoffe, ich habe nichts vergessen!«

Das Auto piepte und entriegelte sich, und Miss Black hielt die Beifahrertür für mich auf. Ich zögerte ein letztes Mal, hob meinen Koffer auf und stieg ein.

KAPITEL 9

CHEF PABLO

MERCURY

Es war das seltsamste Gefühl der Welt, Woodhaven zu verlassen. Marielle und ich winkten wie verrückt, bis das Auto außer Sicht war. Es war das einzige Zuhause, das ich je gekannt hatte – oder zumindest das einzige, an das ich mich erinnern konnte – und ein Teil von mir bereute es bereits. Aber ich hielt mir selbst eine strenge Standpauke. Das würde ein tolles Abenteuer werden. Genau das, was ich mir gewünscht hatte. Also würde ich allen Mut zusammennehmen und das Beste daraus machen. Ich beobachtete die Landschaft, die vorbeizog, und versuchte, nicht zu viel nachzudenken.

»Ernsthaft, Ncele«, hatte Marielle an diesem Morgen gesagt. »Du denkst wirklich zu viel nach.«

Die Atmosphäre im Auto war super seltsam. Erstens war ich es nicht gewohnt, in Autos zu fahren. Ms. Hammond würde uns nur irgendwohin bringen, wenn wir unbedingt irgendwohin mussten. Alles andere passierte in Woodhaven. Zweitens war es einfach komisch, im persönlichen Raum von jemandem zu sein, besonders wenn man ihn nicht von Adam kennt und sie einen gerade verdammt noch mal *adoptiert* haben. Und drittens waren mein Kopf und mein Herz einfach ein Brei von Gefühlen, deren Verarbeitung Wochen, vielleicht Monate dauern würde.

Aber ich bin dafür bereit, sagte ich mir immer wieder. *Ich kann das schaffen.*

Miss Black fuhr ruhig und selbstsicher, und in ihrer Luxuslimousine war es eine angenehme Fahrt. Der Innenraum sah noch neu aus und roch auch so. Ich schaute zu ihr hinüber. Sie muss meinen Blick gespürt haben, und wir lächelten uns unbeholfen an. Oder besser gesagt, sie war selbstsicher und ich nicht. Vielleicht könnte ich das von ihr lernen. Ich übte gleich da, auf dem Beifahrersitz. Ich tat so, als ob das Auto mir gehörte – dass ich es mit der Provision gekauft hatte, die ich für ein erfolgreiches Geschäftsprojekt bekommen hatte – und dass ich so schön, kultiviert und wohlhabend war, wie Miss Black zu sein schien. Ich richtete meinen Rücken auf, hob mein Kinn und schaute auf meine zerschlissene Jeans hinab. Ja, das fühlte sich besser an. Gerader Rücken, Kinn hoch. Das könnte ich definitiv schaffen.

Ich würde etwas sagen. Ich würde mir ein Gesprächsthema ausdenken, um zu zeigen, dass ich keine schüchterne kleine Maus war. Ich atmete ein und aus und beobachtete die vorbeiziehenden Gebäude.

»Wie weit ist die Mall?«, fragte ich. Miss Black sah auf die Uhrzeit am Armaturenbrett und klickte mit der Zunge.

»Oh, meine liebe Mercury, ich glaube nicht, dass wir heute noch Zeit haben, zur Mall zu fahren. Wir gehen morgen früh. Ist das in Ordnung?«

»Natürlich«, antwortete ich. Es machte mir überhaupt nichts aus; ich war wirklich aufgeregt, das Haus zu sehen. Und nachdem ich das Mittagessen verpasst hatte, freute ich mich auf die versprochene Lasagne. Aber ich verstand nicht, was sich zwischen dem Verlassen von Ms. Hammonds Büro und diesem Moment geändert hatte. »Es macht mir nichts aus. Ich möchte Chef Pablo an meinem ersten Tag nicht verärgern.«

Miss Black lächelte, aber es erreichte ihre Augen nicht.

Ich versuchte es erneut: »Wann, glauben Sie, kann ich mit der Schule beginnen?«

»Oh«, antwortete die Frau. »Bald. Wirklich bald.«

Ich blieb eine Weile still. Es schien, als ob Miss Black nicht plaudern wollte, und ich wollte nicht nervig sein. Vielleicht mochte sie es nicht, beim Fahren abgelenkt zu werden. Das war durchaus verständlich, besonders angesichts des teuren Autos. Mein Kopf war voller Fragen. Es gab so viele Dinge, die ich unbedingt wissen wollte, aber ich müsste geduldig sein.

Mein Magen knurrte laut, und ich lachte verlegen. Ich hätte zum Mittagessen etwas essen sollen. Jetzt würde mein Magen den Rest der Fahrt knurren und mich mit jedem Geräusch in Verlegenheit bringen.

»Hungrig?«, fragte Miss Black.

»Ja«, murmelte ich. »Tut mir leid.«

»Mach dir keine Sorgen«, sagte sie und lächelte wieder. »Im Handschuhfach ist ein Protein-Shake-Smoothie.«

Ich bewegte mich nicht.

»Nur zu«, sagte sie. »Nimm ihn, wenn du magst. Chef Pablo macht ausgezeichnete Smoothies. Vitamine, Mineralien, Kollagen, alles bio. Wir werden deinen Teint im Nu glätten.«

Mir war nicht bewusst, dass mein Teint »geglättet« werden musste, aber ich tat, wie mir gesagt wurde. In dem kleinen Fach fand ich eine schicke Glas- und Silikonflasche mit einer blassgelben Flüssigkeit darin.

»Sind Sie sicher, dass ich ihn haben kann?«, fragte ich. »Was ist mit Ihnen?«

»Oh, ich spare meinen Appetit für heute Abend auf«, sagte sie und sah mich auf eine intensive Weise an, die ich nicht verstand. Die dunklere Seite meines Humors ließ mich denken, sie plane, *mich* zum Abendessen zu haben, wie die böse Hexe im Lebkuchenhaus, und ich zog meine Lippen nach innen, um nicht unangemessen zu lachen. Ich öffnete die Flasche und nahm einen Schluck. Es war cremig, reichhaltig und leicht süß. *Vanille*, dachte ich. *Wie ironisch.*

»Es ist köstlich«, sagte ich. »Danke.«

»Trink aus«, drängte sie, und das tat ich.

Als ich den Shake ausgetrunken hatte, setzte ich den Deckel wieder auf und stellte die leere Flasche in den Getränkehalter des Beifahrersitzes. Ich fühlte mich viel besser, jetzt, wo ich etwas im Magen hatte. Ich glaube, mein Hunger hatte mich nervös gemacht, denn jetzt war ich viel entspannter. Ich spürte, wie mein Körper in den Sitz sank und mein Herz sich von seinem bisherigen unaufhörlichen Hämmern verlangsamte. Was für eine Erleichterung. Ich spürte sogar, wie sich die Unbeholfenheit zwischen Black und mir auflöste. *Das wird alles in Ordnung sein*, dachte ich. *Besser als in Ordnung.* Die Sonne ging unter, und das goldene, rosafarbene Licht, das sie auf die Stadt warf, war ein Ölgemälde wert. Ich muss müder gewesen sein, als ich dachte, denn zusammen mit der untergehenden Sonne schlossen sich auch meine Augenlider. Ich wollte nicht bei Miss Black einschlafen, aber ich dachte, ich würde meine Augen nur kurz schließen, um sie vor dem nächsten Teil des Abenteuers auszuruhen. Ich muss eingeschlafen sein, denn als ich fühlte, wie das Auto anhielt, öffnete ich meine trüben Augen, um zu sehen, ob wir zu Hause waren, und es war Nacht. Ich war verwirrt, benebelt, und mein Mund war trocken. Wir waren lange gefahren.

Miss Blacks Tür öffnete sich, und das Innenlicht ging an. Sie griff nach meinem Koffer und warf ihn aus dem Auto, zusammen mit der leeren Glasflasche. Ein paar Obdachlose stürzten sich darauf, rissen ihn auf und nahmen meine Sachen.

»Was tun Sie da?«, fragte ich. Meine Stimme klang klein und weit weg. »Meine Sachen.«

»Keine Sorge«, sagte sie. »Die wirst du nicht mehr brauchen.«

»Wohin fahren wir?«, fragte ich. Es war schwer, die Worte zu bilden. Meine Zunge fühlte sich ungeschickt in meinem Mund an.

»Wir machen nur einen kurzen Stopp bei einer Autowaschanlage. Wir werden bald an unserem Ziel sein.«

Es schien jedoch so spät zu sein, und das Auto war bereits sauber. »Aber ... Chef Pablo wird sauer sein«, sagte ich und kämpfte darum, meine Augen offen zu halten.

Miss Black schaute zu mir herüber und lachte, diesmal ein echtes Lachen.

»Oh, Mercury, es gibt keinen Chef Pablo.«

KAPITEL 10

EINE FINSTERNIS VON MOTTEN

ASHA

Ich wusste, dass ich träumte, aber ich konnte nicht aufwachen. Die Sybil-Zwillinge hatten mich in ihrer Gewalt.

Ihre steifen, untoten Körper zuckten um mich herum, ihre Zungen waren geschwollen, ihre dunklen Augen wirbelten wie animierte Cartoon-Schwarze-Löcher. Ihre Lippen bewegten sich nicht, aber ich hörte trotzdem ihre Stimmen.

Ashaaaaaa...Du denkst, du bist damit davongekooommen...

Du denkst, du hast uns getötet...

Aaaaaashaaaa...

Dummes Mädchen.

Du bist so niedlich.

Aber sehr dumm.

Du kannst keine Sybilsssss töten...

Jetzt werden wir für immer bei dir seiiiin...

Dumme Hexe.

Hast dich selbst verflucht...

Schrecklicher Hexenfluch...

Für immeeeeer...

Die Worte und Bilder waren fehlerhaft und verzerrt, als würde meine Traumlandschaft über eine instabile WLAN-Verbindung gestreamt werden. Ich biss die Zähne zusammen und ballte meine Fäuste, um mich zum Aufwachen zu zwingen. Ich wollte ihre verwesenden Körper nicht sehen. Ich wollte nicht an unser schmerzhaftes Scharmützel erinnert werden, bei dem ich Alyndra ein Auge genommen und dann ihrem Bruder das Leben geraubt hatte.

Als ich nicht aus dem Traum auftauchen konnte, drehte ich mich von ihnen weg, aber das half nicht. Sie erschienen wie durch Zauberhand vor mir, egal in welche Richtung ich mich wandte.

Ashaaaaaaa ...

Ich schaute nach unten und sah einen Zauberstab in meiner Hand. Frustriert schlug ich zu, aber anstatt Magie zu schleudern, schnitt der Stab durch Alyndras Oberkörper wie ein frisch geschärftes Schwert. Er schlitzte ihre Brust direkt auf und enthüllte tausend schwarze Motten, die sich wie eine giftige Wolke in die Luft erhoben. Eine Finsternis von Motten. Sie blockierten meine Luft und mein Licht. Erstickten mich wieder wie der Ork, der mich im SubRealm niedergedrückt hatte, wie der Minenschacht, der nach meiner Verwendung der Phönixfeder eingestürzt war. Ich spürte, selbst im Wissen, dass ich träumte, dass ich für immer darum kämpfte, Sauerstoff in meine Lungen zu ziehen, die Sonne auf meiner Haut zu spüren. Warum war es immer ein Kampf ums Überleben, selbst im Schlaf?

Die klaffende Wunde war auch ein schreiender Mund, dieser furchtbare schrille Schrei, der mich in der Höhle, in der wir gekämpft hatten, zu ertauben drohte. Es war kein menschlicher Laut. Er war nicht von dieser Welt.

Ihr Inneres war schwarz und hohl wie ein verfluchtes Osterei. Die Haut begann, sich selbst wieder zusammenzunähen, obwohl sie nekrotisch war, als wäre ein dunkler Zauberer bei uns – unsichtbar in Körper und Werkzeug – und nähte sie mit verzaubertem Faden zusammen.

Gregory schlug nach mir. Ich blockte seine Hand. Seine Haut löste sich dort, wo wir uns berührten. Ich war angewidert, schaute aber nicht weg. Es hörte nicht auf. Die Haut schmolz von seinem Skelett, seine Organe sickerten durch seinen elfenbeinfarbenen Brustkorb. Ich sah mit Entsetzen zu; er lächelte ein knochiges Grinsen, als die Haut von seinem Schädel glitt. Es schien ihn nicht zu beunruhigen. Ich schätze, er wusste auch, dass ich träumte.

»Lasst mich in Ruhe«, sagte ich zu beiden. »Unsere Geschichte ist vorbei.«

Sie kicherten leise. »Verstehst du es nicht?«, fragte Alyndra. »Indem du uns getötet hast, hast du deine Seele für die Ewigkeit an unsere gebunden.«

Ich dachte an Oblivion und was ich dort über die Seelen von Mordopfern gelernt hatte. *Nein, das kann nicht stimmen*, dachte ich bei mir. *Wenn das wahr wäre, würde mein Geist von den unzähligen Seelen, die an ihm hängen, zerfetzt werden. Allein im letzten Monat hätte ich unbeabsichtigt einen Gestank von Orks, den alten Mann Taranath, ein paar Dusk Reapers, Adrather hinzugefügt ...*

Ich erinnerte mich an die Geister – die Opfer des Brückenunfalls – die gekommen waren, um Derek während des katastrophalen Feuers im Riverside Asylum abzuholen und ihn stillschweigend weggeführt hatten. Wohin?

Es war zu viel, um es zu verstehen, und die Traumlandschaft war zu surreal, um darin zu bleiben. Ich musste aufwachen.

»Unsere Geschichte ist vorbei!«, schrie ich sie an.

»Unsere Geschichte ist vorbei?«, gluckste Gregory, sein Augapfel glitt seinen Wangenknochen hinunter, seine Zähne klapperten in einem grausigen Lächeln. »Dumme Hexe. Unsere Geschichte hat gerade erst begonnen.«

Er stürzte sich auf mich und ich schrie, fiel rückwärts, als ich versuchte, seinem Griff zu entkommen. Fallen, fallen, fallen, der Boden fing mich nicht auf. Ich fiel ins Unendliche.

Ich spürte Gregorys Hand auf meiner Schulter und schrie erneut, schlug um mich, um ihn von mir fernzuhalten.

»Asha!«, sagte eine Stimme, die keinem der Zwillinge gehörte. »Asha! Wach auf!«

Mein Fallen verlangsamte sich.

»Asha!«

Eine männliche Stimme. Vertraut, freundlich, zuverlässig. Endlich fing mich das Bett auf und ich hörte auf zu fallen. Ich öffnete meine Augen.

»Merlin?«, fragte ich blinzelnd. Ich atmete schwer und war schweißgebadet. Bevor er Zeit hatte zu antworten, spürte ich, wie die Tränen brannten, als sie mit Wucht kamen.

Merlin sah bestürzt aus. »Es war nur ein Traum, Rookie. Dir geht's gut.«

»Merlin«, sagte ich noch einmal weinend. Mir standen keine Worte zur Verfügung, nur ein Gefühl völliger Erleichterung, dass ich sicher im Bett war und dass Merlin für mich da war. Schluchzer donnerten aus mir heraus, während Merlins Gesichtsausdruck von Alarm zu Mitgefühl wechselte, während er mir Taschentücher reichte.

»Du Arme«, murmelte er und nahm meine klamme Hand in seine. »Was haben sie dir angetan?«

Das brachte mich nur noch mehr zum Weinen. Er ließ es zu. Merlin saß ewig da und hielt einfach den Raum. Langsam begann ich, mich besser zu fühlen.

»Das Bett hat mich aufgefangen«, sagte ich.

Merlin lachte überrascht. »Natürlich hat es dich aufgefangen, Rookie.«

»Es hätte mich fast nicht aufgefangen«, sagte ich. Ich wusste, dass ich keinen Sinn ergab, aber es war mir egal.

»Es wird dich am Ende eines Traums immer auffangen«, sagte er sanft.

»Wird es nicht«, antwortete ich und kannte und fühlte die Wahrheit. »Eines Tages wird es mich einfach fallen lassen.«

KAPITEL 11

DER HORROR VON CHARYBDIS

ASHA

»Hoffentlich stört es dich nicht, dass ich meinen Schlüssel benutzt habe, um reinzukommen-«

Stören? Ich war so erleichtert, ihn zu sehen. Ich schüttelte den Kopf. Es störte mich nicht.

»Ich habe mir Sorgen gemacht«, sagte er und blinzelte mich durch seine runden Brillengläser an. »Ich hatte tagelang nichts von dir gehört, und du bist nicht ans Telefon gegangen.«

Der Handyempfang im SubRealm ist wackelig, wollte ich sagen. *Besonders wenn man in einem Käfig eingesperrt ist und der Akku leer ist.*

»Also bin ich ein paarmal vorbeigekommen und habe geklingelt, bin aber wieder gegangen, als du nicht geantwortet hast. Aber dieses Mal habe ich dich rufen gehört. Schreien. Ich dachte-« Er schüttelte den Kopf. »Ich weiß nicht, was ich dachte. Ich habe nicht nachgedacht. Ich bin einfach reingestürmt, um dir zu helfen. Ich dachte, du würdest angegriffen werden.«

»Ich wurde angegriffen«, sagte ich. »In einem Traum, aus dem ich nicht aufwachen konnte. Danke, dass du gekommen bist.«

»Ich habe dir Kaffee mitgebracht«, sagte Merlin mit einem schiefen Lächeln. »Aber ich glaube, ich habe ihn auf dem Weg nach innen fallen lassen.«

»Ich mache uns welchen«, sagte ich.

Er schüttelte den Kopf. »Nein. Bleib du im Bett. Ich mache ihn.«

Ich schaute verwirrt auf mein Handy mit den Hunderten von Nachrichten und das Datum. Ich hatte sechsunddreißig Stunden geschlafen. Ich musste aufstehen, den kalten Schweiß aus meinem Spongebob-Pyjama wringen und den Tag beim Schopfe packen.

»Ich muss arbeiten«, antwortete ich. »Ich springe schnell unter die Dusche und treffe dich dann unten.«

»Erzähl mir alles«, sagte Merlin, als ich nach unten kam und mich endlich halbwegs menschlich fühlte.

Ich sah, dass der Mykologieprofessor seine Lieblingskrawatte mit den Pilzen trug, die er nur zu besonderen Anlässen anzog. Er war bei seiner zweiten Tasse und las die Nachrichten auf seinem Handy. »Ich sehe, du hast für ziemlichen Wirbel gesorgt.«

»Habe ich das?«, fragte ich. Ich hatte nichts anderes als meine Augenlider gesehen, seit ich vor zwei Tagen in Sams Auto auf dem Heimweg eingeschlafen war.

Er zeigte mir die Schlagzeilen der Artikel, die er gerade las.

DIE TRAGÖDIE DER SYBIL-ZWILLINGE: EIN VERHEERENDER VERLUST FÜR DAS REALM

HIGHTECH-AQUABULLET IST NICHT MEHR

CHARYBDIS-HORROR: ALTE SPRENGSTOFFSTÄBE AUS JOBURGER MINE TÖTEN HUNDERTE

»Diese lästigen Dynamitstangen«, sagte ich. »Immer am Unfugtreiben.«

»In der Tat«, antwortete er, legte sein Handy weg und leerte seinen Becher.

»Noch einen Kaffee?«, bot ich an, bereit, ihm nachzuschenken.

Er schaute auf seine Uhr. »Tut mir leid, Rookie, ich halte um elf einen Vortrag für ein paar Ivy-League-Professoren. Mykotoxine und das Mikrobiom. Ich bin nur vorbeigekommen, um zu prüfen, ob du noch atmest.«

»Ich atme noch«, sagte ich, wobei das Bild der erstickenden schwarzen Motten noch frisch in meinem Gedächtnis war.

»Aber wir werden bald ein richtiges Gespräch führen«, versprach er, stand auf und nahm seine Schlüssel.

Meine Augen füllten sich wieder mit Tränen, und ich hasste mich dafür. Ich verabscheute es, mich schwach zu fühlen. Ich versuchte, die lästigen Tränen wegzublinzeln.

Merlin erstarrte und runzelte die Stirn. »Was?«

»Es tut mir leid«, sagte ich und wischte sie mit meinem Ärmel weg. »Natürlich musst du gehen.«

Er blieb an Ort und Stelle und beobachtete, wie ich versuchte, ruhig und gefasst zu wirken, und scheiterte.

»Warte kurz«, sagte er und hob einen Finger. Bevor ich ihn aufhalten konnte, hatte er die Universität angerufen und den Vortrag verschoben. Er legte auf und lächelte mich verschmitzt an. »Wir haben eine Stunde!«

Ich erzählte Merlin alles, woran ich mich erinnern konnte. Meistens gelang es mir, meine Tränen zurückzuhalten. Er war abwechselnd entsetzt und triumphierend über die Geschichte.

»Du bist einfach brillant«, sagte er am Ende zu mir.

»Ich weiß nicht, ob das stimmt«, antwortete ich. Es fiel mir immer leichter, mich an die Fehler zu erinnern, die ich gemacht hatte, als an die Momente, in denen ich würdige Ideen hatte oder gute Entscheidungen getroffen hatte.

»Mit Bescheidenheit kommst du nirgendwo hin«, sagte er, und seine Augen funkelten hinter seinen runden Brillengläsern. »Also, was steht als Nächstes an?«

Ich holte tief Luft und seufzte. »Zaleria zu finden hat oberste Priorität«, sagte ich. »Die Chancen, die vermissten Töchter lebend zu finden, werden mit jedem Tag kleiner. Außerdem würde es viele meiner *anderen* Probleme lösen, wenn ich Zaleria finde. Die magischen Tiere füttern, Dusty aus den Fängen ihrer Eltern befreien, Maple Mellors Stimme retten und die gefährliche Anti-Werwolf-Stimmung stoppen.«

»Klingt nach dem Richtigen«, sagte Merlin und strich nachdenklich über seinen weißen Bart.

»Ich weiß nur nicht, wo ich anfangen soll.«

»Der Anfang wird sich zeigen«, antwortete Merlin. »Das tut er immer.« Er riss die Augen bei einem Blick auf seine Uhr auf. »Jetzt muss ich *wirklich* los.«

»Natürlich«, sagte ich. »Natürlich. Tut mir leid, dass ich dich so lange aufgehalten habe.«

»Asha ...« Merlin zögerte, sein Gesichtsausdruck war ernst. »Ich bin immer für dich da.«

»Danke«, sagte ich. Ich begleitete ihn zu seinem Auto.

»Im Ernst, Rookie, ich bin nur einen Anruf entfernt. Jederzeit, wenn du mich brauchst.«

Ich weiß nicht, womit ich diesen Mann verdient habe. »Danke«, wiederholte ich.

»In der Zwischenzeit, wirf mal einen Blick auf dein Bankkonto.«

»Lieber nicht«, scherzte ich. »Ich habe gerade erst aufgehört zu weinen.«

KAPITEL 12
WURSTFABRIK DES VERDERBENS

ASHA

Natürlich öffnete ich sofort meine Banking-App auf meinem Handy. Eine brandneue Einzahlung von zehntausend Koin hatte mich wieder aus den roten Zahlen geholt. Zehntausend Koin! In der Betreffzeile stand „Für die Tiere – Papa Schlumpf".

Ich seufzte erneut, diesmal mit Erleichterung und Dankbarkeit, und schrieb ihm schnell eine herzliche Nachricht, in der ich ihm Glück für die Vorlesung wünschte, zu der er bestimmt zu spät kommen würde. Er würde sich nicht zu viele Sorgen machen. Er trug ja seine Glückskrawatte. Ein Teil von mir wünschte, Merlin wäre mein Vater – oder eher ein lustiger Onkel: das passte besser zu ihm. Ich konnte mir den netten, exzentrischen Mykologen nicht als strengen Erzieher vorstellen.

Ein Geräusch zu meinen Füßen unterbrach meine Fantasie. Eine Henne pickte nach Krümeln auf dem Boden.

»Wie bist du hier reingekommen?«, fragte ich sie. Sie ignorierte mich. Anstatt sie sofort nach draußen zu bringen, ließ ich sie die Fliesen sauber picken. Die Göttin weiß, dass ich in den nächsten Tagen nicht zum Hausputz kommen würde. Circe und Odysseus beäugten das Federvieh misstrauisch. Sie wussten, es war nur eine Frage der Zeit, bis der Vogel ihren Napf mit Katzenfutter finden würde.

Ich drehte mich um, um nach besagtem Napf zu schauen, sicher, dass er nach meiner längeren Abwesenheit leer sein würde, aber das war er nicht. Sam muss hereingekommen sein, um sie zu füttern. Ich schloss meine Augen und gönnte mir den Luxus, an ihn zu denken.

Bei Aphrodite und Eros, ich liebte diesen Mann.

So, ich habe es gesagt.

Sam Armstrong war so wunderbar, entschied ich, dass er jeden Mann nach ihm unmöglich machen würde. Wenn ich den mürrischen, fürsorglichen Detektiv nicht haben könnte, wollte ich niemanden. Ich wurde schon schwach, als ich nur dastand und daran dachte, wie er mich geküsst hatte, als wir auf dem Dach waren. Wie ich bereit gewesen war, ihm jeden Teil meines Körpers und Geistes zu geben, wie ich mich öffnen und ihm alles anbieten wollte, was ich war.

Ich stellte mir vor, wie er meinen schlafenden Körper aus seinem Auto trug, wie meine bewusstlose Wange an seiner Brust gequetscht war, während er mein totes Gewicht die Treppe hinauftrug. Ich stellte mir vor, wie er mich auf mein Bett legte, langsam meine Arme aus meinem Umhang zog und meine zerstörten, schmutzigen Klamotten auszog und die schwarzen Fetzen durch meinen Lieblingspyjama ersetzte, bevor er mich zudeckte. Hat er sich neben mich gelegt?, fragte ich mich. Hat er meinen kalten, erschöpften Körper gelöffelt, wie er es nach meiner letzten schrecklichen Mission getan hatte? Er war nur ein Mensch, aber er hatte eine gewisse heilende Energie. Ich spürte eine Wärme in meinem Körper, an die ich nicht gewöhnt war; eine Sehnsucht.

Ich schloss die Augen und berührte meine Lippen und meinen Bauch. Meine Haut hungerte nach ihm.

Das Telefon klingelte und ließ mich zusammenzucken. Es schien mit besonderer Dringlichkeit zu summen.

CAPTAIN MORGAN, zeigte die Anrufer-ID.

Meine hungrige Haut müsste warten.

»Was gibt's, Captain«, sagte ich und versuchte, munter zu klingen.

»Du klingst für eine Abwechslung wach«, schnarrte Morgan.

»Ich bin bei meiner dritten Tasse magischer Bohnen«, antwortete ich.

»Ah. Verstehe.«

»Ich habe noch nicht genug Mut gesammelt, um meine Nachrichten zu checken«, gab ich zu. »Ich nehme an, da sind einige von dir dabei?«

»Nur etwa ein Dutzend. Für jede Stunde, in der du nicht erreichbar warst.«

»Oh, gut«, sagte ich. »Du hast dich zurückgehalten.«

»Du brauchtest deinen Schönheitsschlaf«, sagte Morgan.

»Verhex dich, Captain. Verhex dich.«

Sie kicherte. »Kannst du herkommen? Es wäre gut, ein umfassendes Debriefing zu deinen neuesten magischen Abenteuern zu bekommen.«

»Hab ich dich nicht im Cog gebrieft?«

Meine Erinnerung an das Festessen war etwas lückenhaft, abgesehen von dem Moment, als die Kelche ihr goldenes Ticket vor mir baumeln ließen.

»Also, du willst mich nicht sehen?«, fragte Morgan. »WARUM? Es ist meine kaputte Kaffeemaschine, oder?«

»Nein«, antwortete ich. »Es ist dein fehlerhafter Ork-Mitarbeiter. Er macht mich nervös.«

»Dann hab keine Angst!«, sagte Morgan. »Gnrok hat Urlaub.«

»Bist du sicher?«, fragte ich.

»Er ist seit Tagen nicht gekommen. Ich vermute, eine psychische Auszeit. Um ehrlich zu sein, bin ich ziemlich erleichtert. Er hat uns neulich fast in eine Brücke gefahren. Ich habe gerade erst die Stoßstange nach seiner letzten – sehr vermeidbaren – Kollision polieren lassen.«

»Du vermutest? Hat er gesagt, dass er Urlaub braucht? Oder wird er vermisst?«, fragte ich. Ich konnte nicht anders, als mir die gebrandmarkten Orks vorzustellen, die in ihren Käfigen aufgereiht waren und auf die SubRealm-Wurstfabrik des Verderbens warteten.

»Ich würde nicht sagen, dass er *vermisst* wird. Er ist seit zwei Tagen nicht zur Arbeit erschienen.«

»Also wird er vermisst«, sagte ich.

»Rook. Ich habe dringende Fälle zu bearbeiten. Kommst du nun vorbei oder nicht?«

»Nicht«, antwortete ich. »Bitte schick mir Gnroks Adresse.«

»Ugh. Du bist manchmal *unmöglich*.«

Ich lächelte. »Ich weiß.«

»Aargh.«

»Gnrok hat mich vor ein paar Wochen vor einer ziemlich unangenehmen Auseinandersetzung gerettet«, sagte ich und erinnerte mich an das unerwünschte Gefühl der Hände des Grackles-Barkeepers auf mir. »Das Mindeste, was ich tun kann, ist, nach ihm zu sehen. Wenn es ihm gut geht, muss sich keiner von uns Sorgen machen, und wir können uns auf die dringenden Fälle konzentrieren, ohne abgelenkt zu werden.«

»Ich mache mir keine Sorgen«, sagte sie.

Die brutal gebrandmarkte Haut, die riesigen Männer, die in Metallkäfige gestopft waren, der Gestank von Angst in der klammen unterirdischen Luft. Ich holte tief Luft. »Das solltest du aber.«

KAPITEL 13
BLAUGEÄDERTER HINTERN

ASHA

Ich sauste auf meiner Vespa die Hauptstraße entlang. Gnroks Heimatadresse führte mich nach Hillbrow, mitten im Herzen von Johannesburg, ein Teil der Stadt, den ich weniger als begeistert besuchen wollte. Noch vor meiner Geburt, in den 1970er Jahren, war Hillbrow ein Viertel nur für Weiße. Als die Apartheid endete, flüchteten die nervösen Mittelschichtsbewohner in die Vororte, die als sicherer galten, und ließen das Gebiet als Geist seines früheren Versprechens zurück. Gangs und Drogendealer zogen schnell ein, nutzten die Gelegenheit der verlassenen Gebäude und beuteten besonders die Gassen aus, die ursprünglich als Sanitärgassen für die Wohnhäuser genutzt wurden — schmale Gassen, durch die bei Dämmerung Pferdekutschen fuhren und Abfall sammelten. Jetzt waren sie für eine andere Art von Abfall bekannt: schmutzige Nadeln, weggeworfene Mordwaffen, gestohlene Handtaschen und gelegentlich eine Leiche.

So wenig ich die Idee mochte, einen Ort zu besuchen, der berüchtigt für Kriminalität, Überbevölkerung und Armut war, vermutete ich, dass es ein guter Ort für Orks war, die nicht unter der Erde leben wollten. Es gab eine gewisse Art von Anonymität in Hillbrow. Menschen mit etwas zu verbergen kümmern sich meist um ihre eigenen Angelegenheiten.

Ich hatte mir die Adresse eingeprägt, damit ich nicht mein Handy konsultieren musste, wenn ich auf den gefährlichen Straßen ankam. Sie war leicht zu finden, nahe dem Joubert Park, der ein praktisches Wahrzeichen war, da er riesig, über hundert Jahre alt und nicht in unmittelbarer Gefahr war, sich in absehbarer Zeit zu bewegen. Ich fuhr an der alten Kunstgalerie vorbei, die kürzlich auf mehreren Websites wegen ihres erbärmlichen Zustands Schlagzeilen gemacht hatte. Sie beherbergt einige der größten und wertvollsten Kunstwerke des Landes, darunter Werke von Picasso und Monet, doch das Gebäude selbst war ein leckendes, bröckelndes Durcheinander und oft ein Zufluchtsort für Tauben, die ihre Dankbarkeit zeigten, indem sie die unbezahlbaren Kunstwerke im Inneren segneten. Mehrere Blocks nördlich der Galerie befand sich die Adresse, die ich suchte. Ich parkte meine Wespe neben einer staubigen, sterbenden Jasminhecke. Der Sand um den Fuß der Pflanze war gelb, völlig erodiert und knochentrocken. Er sah wie Bausand aus; ich bezweifelte, dass er überhaupt organisches Material enthielt. Er sah so erschöpft und hoffnungslos aus wie die Stadt, die ihn umgab. Ich nahm meine Wasserflasche von der Vespa und goss den Inhalt in die harte Erde am Fuß der Hecke.

Ich schaute mich um, um sicherzustellen, dass niemand mich beobachtete. »*Curas vulnum,*« sagte ich. *Heile.*

Der senfgelbe Sand wurde dunkler, dann noch dunkler, bis er einen satten Kakaoton annahm. Fast unmittelbar nach der Verwandlung des Sandes in nahrhaften Boden begann die Pflanze sich aufzurichten. Sie stand gerader, ihre Blätter wurden steifer und nahmen ein wunderschönes tiefes Grün an.

»*Augescis concelo,*« flüsterte ich. *Wachse. Verbirg.*

Der Jasmin, nun üppig gedeihend, wuchs mit einem großen, belaubten Zweig über die Vespa, wie ein Junge, der seinen Arm um die Schulter seiner Freundin legt. Um anzugeben, erschien eine Fülle von Knospen, die dann zu blassen, süß duftenden Sternen aufsprangen. Ich schaute mich wieder um und vergewisserte mich, dass niemand zusah. Mit meinem Gefährt sicher vor Blicken verborgen, ging ich die rissigen Betonstufen des baufälligen Hauses vor mir hinauf.

Die Fenster waren geschwärzt und zerbrochen, die Vordertür mit Brettern vernagelt wie eine billige Taverne in einer Geisterstadt. Rostiger Stacheldraht verzierte die Wände und färbte die abblätternde Farbe durch seine langsame und stetige Oxidation in verschiedenen Orange- und Brauntönen. Ich stählte mich und klopfte an die Tür. Als es keine Antwort gab, schlug ich erneut mit den Knöcheln gegen die rohe Spanplatte und kam mit einem Splitter davon, den ich verfluchte. Ich wartete eine weitere Minute, bevor ich entschied, dass niemand zu Hause war. Es wäre leicht genug einzubrechen, mit den zerbrochenen Fenstern und billigen Einbruchsgittern. Ich erinnerte mich an Ferras Dietrich, den ich aus meiner Umhangtasche fischte und ins Schlüsselloch steckte, und schon war ich drinnen – und wünschte, ich wäre es nicht.

Die Tür schloss sich hinter mir und verriegelte sich, sobald sie einrastete. Mir drehte sich der Magen um.

Es war kein gewöhnlicher Orkgestank. Ich war den Athletenfuß-Camembert-öffentliche-Toilette-Müllfeuer-Mief des normalen Orks gewohnt. Dies war... so viel schlimmer. Ich würgte. Kaum in der Lage, den Rest meines Kaffees im Magen zu behalten, drehte ich mich instinktiv um und griff nach der Tür, aber es war zu spät. Meine verzweifelte Handfläche traf auf die drahtige, behaarte Brust eines Mannes, wo ich den Türgriff erwartet hatte. Er packte meine Finger, und ich sprang einen Meter in die Luft.

»Lassen Sie mich raus«, bestand ich mit vor Nervosität schriller Stimme.

Der Raum war so dunkel, dass ich nur den Berg einer Silhouette erkennen konnte, die mir den Weg versperrte.

Ich riss meine Hand von seiner los und bedeckte Nase und Mund. »Ich kann nicht atmen«, sagte ich. »Lassen Sie mich raus!«

Die dunkle Gestalt lachte. »Sie werden sich daran gewöhnen.«

»Nein, werde ich nicht«, entgegnete ich, »weil ich nicht bleibe. Gehen Sie mir aus dem Weg, oder ich werde –«

Der Ork hob mich an den Schultern hoch, als wäre ich eine Puppe, drehte mich um hundertachtzig Grad und knallte mich gegen eben die Tür, durch die ich unbedingt fliehen wollte. Jetzt befand ich mich im Schatten, und das schwache Licht zeigte mir ein Gesicht, das ich nicht erkannte. Wo war Gnrok?

»Dieser Geruch«, sagte ich und versuchte, ihn zu warnen, dass ich kurz davor war, mich über ihn zu übergeben. »Ist das... eine Leiche?«

Bitte lass es nicht Gnroks Kadaver sein.

Die Augen des Orks weiteten sich, und dann begann er zu kichern. Es verwandelte sich in ein riesiges Bauchgelächter, bis er so sehr vor Lachen zitterte, dass er mich unweigerlich fallen lassen musste. Sein Atem war nur geringfügig frischer als der Gestank nach verwesender Leiche, der wie giftiger Rauch aus dem Haus sickerte.

»Erinyak«, keuchte er, fast vor Heiterkeit zusammengeklappt. »Erinyak. Unser Besucher will wissen, ob du... eine... eine Leiche kochst.« Der Ork kämpfte darum, seinen Satz zu beenden, so amüsiert war er. Ein weiterer Ork erschien, eine weibliche Schlurfe, die eine verkrustete und bespritzte Schürze trug, die seit Jahren keine Waschmaschine von innen gesehen hatte. Sie starrte mich an, verschränkte ihre üppigen Arme und schaffte es trotzdem, ihren Holzlöffel wie eine Waffe zu führen. Dies brachte den übergroßen Narren vor mir zum noch hysterischeren Lachen. Ich musste warten, bis er wieder zu Atem kam, bevor ich fortfahren konnte.

»Es tut mir leid, dass ich eingedrungen bin«, sagte ich schnell, bevor er wieder zu lachen begann. »Ich suche Gnrok.«

Plötzlich hörte der Mann auf zu lachen. »Was wissen Sie?«, forderte er und drang wieder in meinen Raum ein. Ich hob meine Hände in Kapitulation, um ihn davon abzuhalten, mich zu packen.

»Ich kenne Gnrok«, platzte ich heraus. »Ich weiß, dass er ein guter Mann ist. Ich weiß, dass er vermisst wird.«

»*Ich habe dir gesagt,* dass er vermisst wird«, höhnte die Frau. Ihr dünnes, fettiges Haar hing schlaff über ihre Ohren, wie eine Kinderzeichnung. Der Geruch aus der Küche wurde schlimmer.

»Ach bitte«, grunzte der Ork. »Gnrok ist ein freier Mann. Männer ziehen gerne umher. Es liegt in unserer Natur.«

Die weibliche Orkin warf ihm einen so schneidenden Blick zu, dass ich den Schmerz in seinem Namen spürte.

»Gnrok ist ein *anständiger*«, erwiderte sie durch zusammengebissene Zähne. »Ein *echter Mann*.«

Der Ork knurrte sie an. »Was weißt du über echte Männer?«

»Gnrok muss nicht umherziehen. Er muss sich nicht *selbst finden* am Boden von Flaschen oder bei anderen Frauen.«

Ich sah, wie der Ork seine Finger zu Fäusten ballte. Er trat einen Schritt näher zu seiner Freundin. »Ich zeige dir, was ein *echter Mann* kann.«

Beide verengten ihre Augen. Eine seltsame Spannung lag im Raum, die mich zurückweichen und meinen Kopf an der Tür anstoßen ließ. Ich hörte sie knurren. Sie klang wie ein wütender Hund. Ich war mir nicht sicher, ob sie sich prügeln oder vögeln würden.

Sie hob ihren Löffel leicht an. »Ich zeige dir, was eine echte *Frau* kann.«

Die Spannung erreichte den Höhepunkt. Drohte sie, ihn zu verprügeln? Oder würde sie seinen blaugeäderten Hintern versohlen? Ich wusste es nicht, und ich wollte sicherlich nicht lange genug bleiben, um es herauszufinden.

Plötzlich schmeckte ich Rauch in der Luft. War das meine Einbildung? Aber dann sah ich ihn hinter der weiblichen Orkin hervorquellen wie eine finstere Gewitterwolke.

»Ihr Essen«, sagte ich. »Ich glaube, es... brennt an.«

Sie schaute über ihre Schulter in Richtung des Rauchs. Wie ich zuvor vermutet hatte, haben Orks keinen ausgeprägten Geruchssinn. Sie trat frustriert gegen die Wand, richtete ihre schmutzige Schürze und steuerte dann auf die Brandgefahr zu, die sie geschaffen hatte.

»Nur um das klarzustellen«, sagte ich zum Ork. »Sie essen nicht Gnrok mit Favabohnen und Chianti zum Abendessen?«

Er verstand die Hannibal-Lecter-Anspielung nicht, was ich auch nicht erwartet hatte.

»Mensch«, seufzte er. »So wie meine Frau kocht, wäre das eine Verbesserung.«

KAPITEL 14

TANZPARTNER

ASHA

Als der Ork mich endlich gehen ließ, fühlte ich mich krank und ängstlich und bereute meinen riskanten Abstecher in das zwielichtige Viertel der Stadt. Meine Haut fühlte sich schmierig an und mein Haar roch nach üblem Rauch. Ich würde nach Hause fahren müssen für meine zweite Dusche des Tages. Normalerweise badete ich gerne, aber wenn man sich so beschmutzt fühlt, hilft nur eine heiße Dusche. Ich konnte den Gedanken nicht ertragen, in Ork-verseuchtem Wasser zu liegen.

Der Besuch hatte sich von schlecht zu katastrophal entwickelt, wobei die Freundin schließlich die Haustür eingetreten hatte, damit ich entkommen konnte. Nachdem wir festgestellt hatten, dass Gnrok seit Tagen nicht zu Hause gewesen war und keine seiner Sachen fehlten, wollte der gruselige Ork mich behalten. Als Haustier, wie er sagte.

Er hätte eine Leine, erklärte er seiner Frau. *Meine Liebste. Es wird Spaß machen, einen Menschen zu haben.*

Ich dachte, er würde scherzen, bis er ein altes Lederhalsband hervorzog. Es reicht zu sagen, dass ich wenige Minuten nach seinem Vorschlag wieder frische Luft atmete. Ich konnte immer noch nicht sagen, ob sie ewig wütend aufeinander waren oder einfach nur leidenschaftliche Liebhaber. Eines war sicher – sie würden übereinander herfallen, sobald ich aus Hillbrow verschwunden war. Ob einer von ihnen überleben würde, stand in den Sternen.

Ich schauderte. Es war ein Fehler gewesen. Oder etwa nicht?

Zumindest hatte ich ausgeschlossen, dass Gnrok A) sicher zu Hause saß und sich Netflix und Lieferpizza reinzog, und B) tot auf dem Boden seiner Wohnung lag und von Straßenhunden angefressen wurde.

Ja, ich würde diesen einzigartigen Gestank wahrscheinlich nie aus meiner Kleidung bekommen, und ich würde nie wieder ein Nietenhalsband mit denselben Augen betrachten können, aber im Großen und Ganzen war ich sicher. Ich hatte noch meine Vespa, und jetzt wusste ich, dass ich nicht paranoid war. Gnrok wurde tatsächlich vermisst, genau wie sein Bruder vor ihm.

Verdammt noch mal. Ein weiterer Partner auf meiner Tanzkarte. Das war genau das, was ich nicht brauchte.

Auf dem Heimweg rief ich die Hauptmann an. Sie war in einer Notfallbesprechung, also hinterließ ich eine Nachricht. Ich hielt es kurz.

GNROK WIRD VERMISST #FAKT.

Ein kleiner Teil von mir hatte eine trotzige Einstellung dazu. *Ich hab's dir ja gesagt.* Aber meistens wünschte ich mir einfach, es wäre nicht wahr. Ich wusste, dass Chione und ich den Organhandel im Untergrund gestoppt hatten, aber ich war mir sicher, dass sie einfach woanders aufgetaucht waren. Diese Art von kriminellen Operationen ist wie Maulwurf-Klopfen. Solange es Angebot und Nachfrage gab, würde das Geschäft wie gewohnt weiterlaufen.

Unsicher, was ich wegen des vermissten Orks tun sollte, beschloss ich, auf Nachricht von den Skorpionen zu warten. In der Zwischenzeit würde ich mich um den Kelch-Fall kümmern, wie ich es versprochen hatte.

Es war ein ziemlich bizarrer Tag gewesen, aber nach einer Dusche, einem Snack und einem bösen Blick meiner Katzen, obwohl ich eine Dose ihres Lieblings-Nicht-Liscious-Futters geöffnet hatte, fühlte ich mich allgemein besser über das Reich. Die vermissten Töchter zu finden würde unzählige Probleme lösen, also war es gut, etwas zu haben, worauf ich mich konzentrieren konnte. Ich musste auch hundert Glamour-Vapes für die magische Apotheke herstellen, also dachte ich, ich könnte zwei Zauber mit einem Stab schlagen.

Ich dachte sowieso besser, wenn meine Hände beschäftigt waren. Da ich das Trankrezept bereits perfektioniert hatte, musste ich nur noch messen, mischen und gelegentlich einen Glückszauber murmeln, um sicherzustellen, dass alles nach Plan verlief. Ich spielte weißes Rauschen von meinem Lautsprecher im Trankraum ab – Gewitter und Regen –, um mich zu konzentrieren. Als ich fertig war, fünf Stunden später, war die Sonne untergegangen und meine Füße schmerzten. Ich beschloss, einen Copper Cog Zimtwhisky zu trinken und die bisher ungelesenen Nachrichten auf meinem Handy zu überprüfen.

Natürlich las ich zuerst Sams Nachrichten.

Ich habe dich schlafen lassen. Es war schwer. Ich wollte bleiben.

Ich atmete aus und spürte, wie die Sehnsucht meinen Bauch wieder wärmte. Also war er nicht geblieben, aber er hatte bleiben wollen. Ich kniff die Augen zusammen und wünschte, er wäre jetzt hier. Eines Tages, nur eines Tages, würde ich hellwach sein, wenn er mich ins Bett brachte.

PS. Ich habe die Gören gefüttert.

**Katzen*

Irgendwie dasselbe, dachte ich. *Die glücklichen Fellnasen.*

Ruf mich an, wenn du Lust hast.

Oh, Detektiv, dachte ich. *Du hast keine Ahnung, wie viel Lust ich habe.* Ich wünschte, es gäbe mehr Nachrichten von Sam, besonders nachdem so viel Zeit vergangen war, aber das war alles.

Ich antwortete auf seine Nachricht und schrieb: *Ich habe Lust.* Aber kurz bevor ich auf Senden tippte, wurde ich schüchtern und löschte es. Ich entschied mich für eine liebevolle, aber weniger spitze Antwort: *Wir haben dich nicht verdient.*

Natürlich habt ihr das, kam seine schnelle Antwort. Ich hatte gar nicht bemerkt, dass er online war. Ich war plötzlich nervös und verfluchte mich dafür. War ich nicht eine erwachsene Frau? Ich war eine grüne magiebegabte Assassine, verdammt noch mal! Warum jetzt ein errötendes Schulmädchen? Es war lächerlich. Aber es fühlte sich auch gut an. Es fühlte sich gesund und spaßig an. Was war also, wenn Detektiv Sam Armstrong mich unschuldig und schüchtern fühlen ließ?

Schön, dass du aufgewacht bist, schrieb er nach einer Weile, als ich nicht antwortete.

Finde ich auch, sagte ich und fügte ein lachendes Emoji hinzu.

Du hast so fest geschlafen, dass ich ständig überprüfen musste, ob du noch atmest.

Mein Herz weitete sich in meiner Brust, mein Atem wurde tiefer. Er *war* also eine Weile geblieben. Ich fühlte mich überschwänglich.

Ich schätze dein Engagement, scherzte ich. *Wann sehe ich dich wieder?*

Sag du es mir, schrieb er. *Ich habe von der Galaxie auf deinem Dach geträumt.*

KAPITEL 15

SCHWIERIG GEBOREN

ASHA

Ich war gerade dabei, mit Sams Worten im Kopf glückselig ins Bett zu schweben, als mein Handy klingelte und mir fast die Seele aus dem Leib schreckte. FERRA. Meine wohligen Schauer stoppten abrupt und wurden von Alarmglocken ersetzt. Meine Zwergen-Fee-Patin würde mich nie spät in der Nacht anrufen, wenn es nicht einen Notfall gäbe. Es klingelte dreimal, bevor ich mich genug gesammelt hatte, um abzunehmen.

»Rookie«, sagte sie. Zitterte ihre Stimme, oder bildete ich mir das ein?

»Ferra? Was ist los? Ist alles in Ordn-«

»Er war hier. Der schreckliche Mann.«

Ich blinzelte, während mein Kopf mögliche Übeltäter durchging, und dann verstand ich, wen sie meinte.

»Dustys Vater?«, vermutete ich. *Dieses Wiesel, dieser Tyrann.*

»Wir konnten ihn vertreiben. Fighour und die Stinktiere, und ein paar Gäste, Bacchus sei Dank. Wir haben die Äxte von den Wänden genommen und ihn verjagt.«

Ich spürte den hellen Blitz des Schocks. »Was?«

»Er sagte, er kommt mit Feuerkraft zurück. Und mit seinen Freunden. Dusty weint, das arme Mädel. Wir haben sie beschützt, aber sie sagt, er hat eine Pistole. Dass er zurückkommen wird. Sie ist verängstigt.«

»Ach nein«, sagte ich und suchte nach besseren Worten. »Es tut mir so leid.«

»Jetzt gib nicht dir die Schuld«, sagte sie. »Ich lass dich nur wissen, was passiert ist. Wir können mit dem Ungeziefer fertig werden, das können wir. Ich hab dem Mann gesagt, er soll seinen Kopf kochen gehen, und hab ihm angeboten, ihm dabei zu helfen.«

»Du bist so großzügig«, scherzte ich, und mein rasender Puls beruhigte sich ein wenig. »Aber, Ferra … eine Pistole?«

»Och, Rookie, wir haben schon viel Schlimmeres gesehen.«

Ich fuchtelte etwas herum und schaute mich in meiner Küche um. Ich wusste nicht, was ich tun sollte. »Ich bin so schnell wie möglich da.«

»Nein, nein, nein. Du gehst schön ins Bett. Ich habe Dusty bereits mit einem Becher heiße Schokolade und einem Schuss Rum eingepackt. Es wird ihr gut gehen. Wir sehen uns morgen.«

»Bist du sicher, Ferra? Ich habe das Gefühl, ich sollte dort sein. Dusty ist schließlich meine Verantwortung.«

»Quatsch, Rookie. Wir sind ein Dorf, das weißt du doch.«

Trotz Ferras Einwänden fühlte ich mich verantwortlich für das, was passiert war. Das Allerletzte, was ich jemals wollte, war, jemanden in Ferras Familie in Gefahr zu bringen. Ich müsste jetzt einen alternativen Plan für Dusty machen, nachdem Garrett herausgefunden hatte, wo sie war. Als ich mich fürs Bett fertig machte, erinnerte ich mich an den Tag vor nicht allzu langer Zeit, als wir nach der Niederlage gegen die Garretts vor dem Gerichtssaal standen. Dusty hatte sich geweigert, in ihr Auto zu steigen.

»Sie wurde schwierig geboren«, sagte Herr Garrett und versuchte, die Wachen für sich zu gewinnen.

»Woher willst du das wissen?«, fragte Dusty leise.

»Was?«, forderte Herr Garrett. »Was hast du gesagt?« Sein Ton und seine Körpersprache waren so aggressiv, dass meine Angst wieder hochschoss. Meine Magie fühlte sich instabil an, wie ein wackeliger Turm aus Bauklötzen.

Dusty war stehen geblieben. Ihre Stimme war sanft. »Ich sagte, woher willst du das wissen?«

»Woher ich das wissen will?«, höhnte er. »Weil ich dein verdammter Vater bin!«

»Bist du das denn?«, fragte sie und neigte den Kopf zur Seite. »Wir sind uns nicht sehr ähnlich. Hast du dich nie gefragt, warum?«

Ich kletterte in mein ungemachtes Bett, schloss die Augen und fragte mich, ob an der Affäre, auf die Dusty angespielt hatte, etwas Wahres dran war. Hatte sie einfach nach irgendetwas gesucht, um Misstrauen zwischen ihren Eltern zu säen, oder steckte wirklich etwas dahinter? War es möglich, dass Herr Garrett nicht Dustys biologischer Vater war? Frau Garretts blasses Gesicht war vielleicht so etwas wie ein Schuldeingeständnis – oder hatte sie einfach nur Todesangst vor ihrem Ehemann? Ich begann, die Anfänge eines Plans zu formulieren, aber bevor ich mich für etwas Konkretes entscheiden konnte, gingen meine Lichter aus.

KAPITEL 16

TANZ MIT DER DUNKELHEIT

MERCURY

Seltsame Dinge passierten. Ich erinnere mich daran, dass ich zu benommen aufwachte, um wach zu bleiben, und einige Zeit in diesem Zustand verbrachte. Auftauchen, schlafen, auftauchen, schlafen.

Tanzen mit der Dunkelheit.

Es könnten Stunden oder Tage vergangen sein, bevor ich richtig die Augen öffnen und sie offen halten konnte, und als ich es tat, sah ich, dass ich mich in einem weißen Raum befand und ein weißes Krankenhaushemd trug. Ich fühlte mich ausgeruht, was Sinn ergab, und als ich meinen Körper untersuchte, fand ich keine Anzeichen von Verletzungen. Ich saß auf der Kante des Krankenhausbettes, ließ die Beine baumeln und versuchte, mich daran zu erinnern, wie ich hierher gekommen war.

Ich erinnerte mich an Miss Black – natürlich tat ich das – und die blitzschnelle Adoption. Die Erinnerung an die Autofahrt war etwas verschwommen, und ich konnte nicht sagen, was real war und was ein Traum. Ich erinnerte mich nur daran, dass wir in den Sonnenuntergang fuhren, bis es dunkel war, und Miss Black mich anlächelte. War ich in ihrem großen, wunderbaren Haus? Mochte sie ihre Schlafzimmer so einrichten, dass sie wie medizinische Suiten aussahen? Sehr seltsam, aber jeder hat seine eigenen Vorlieben. Auf dem Beistelltisch stand ein Tablett mit einem abgedeckten Teller. Ich hob die Cloche und fand eine Platte mit wunderschönen Früchten, wie man sie in einem Kochbuch sehen würde. Große lila Pflaumen, gerade reife Bananen, geschnittene Mangos, ausgelöffelte Kiwis und Halbmondscheiben Cantaloupe-Melone. Mein Mund reagierte, bevor mein Gehirn es tat, und ich sabberte wie ein Pawlowscher Hund. Wann hatte ich zuletzt gegessen? Es war das Frühstück in Woodhaven – Haferbrei mit Milch und braunem Zucker – und wer wusste, wie lange das her war. Ich verlor keine Zeit und fing an zu essen. Es schmeckte sogar noch besser, als es aussah, und ich aß die Hälfte des Tabletts, bevor ich mich zurückhielt. Ich wusste nicht, wann ich wieder etwas zu essen bekommen würde, also beschloss ich, etwas aufzuheben.

Ich hätte mir keine Sorgen machen müssen. Innerhalb von Minuten klopfte es an der Tür.

Ich konnte nicht anders, als nervös zu sein. »Herein«, sagte ich.

Miss Black rauschte herein, ganz lächelnd. »Mercury! Du bist wach. Hast du wunderbar geschlafen?«

Ich antwortete vorsichtig. »Ja, danke.«

Miss Black sah zufrieden aus. »Ausgezeichnet. Ich habe dir Frühstück mitgebracht. Ich war mir nicht sicher, ob du Waffeln oder Crêpes bevorzugst, also habe ich beides mitgebracht.« Sie stellte das neue Tablett neben das ursprüngliche und hob die Cloche, um mir goldene Waffeln und hauchdünne Pfannkuchen zu zeigen, die mit warmem Ahornsirup beträufelt, mit Schlagsahne getoppt und mit Blaubeeren, Himbeeren und gerösteten Mandelblättchen bestreut waren. Der Duft des Essens war köstlich. Obwohl mein Magen voller Obst war, wurde ich wieder hungrig.

Miss Black, die mit ihrem perfekten kastanienroten Lippenstift, ihrem dunklen Haar und ihrer blassen Haut immer noch an eine Porzellan-puppe erinnerte, schwang den Stuhl vom Tisch weg und setzte sich. Ich liebte die Art, wie sie sich bewegte – alles, was sie tat, wirkte ausholend und elegant. Was ihre Figur betraf, war ich sicher, dass sie unter ihrem neo-viktorianischen schwarzen Kleid ein Korsett trug, denn ich hatte noch nie eine so schmale Taille gesehen.

»Nun«, sagte sie in fröhlichem Ton. »Ich bin sicher, du fragst dich, wo du bist.«

Ich nickte.

»Erinnerst du dich an die wunderbare Privatschule, von der ich dir erzählt habe?«

»Ja.«

»Nun«, sagte sie und öffnete ihre Arme. »Das ist sie!«

»Oh!«, antwortete ich, wirklich überrascht. Ich hatte erwartet, dass ich erst ein paar Tage zu Hause verbringen würde, um Schuluniformen einzukaufen. Aber das war okay, schätze ich. Die Schule war sowieso einer der wichtigsten Anreize für mich gewesen, einer der Hauptgründe, warum ich der ungewöhnlichen Adoption zugestimmt hatte. Und zumindest hätte ich die Möglichkeit, Kinder in meinem Alter kennenzulernen und Freundschaften zu schließen. Ich mochte die Vorstellung nicht, den ganzen Tag mit Miss Black in ihrem schicken Haus zu sitzen und fancy Tee zu trinken. Also war das eine gute Nachricht.

»Hat die Schule immer solches Essen?«, fragte ich. Ich wusste, dass es eine seltsame Frage war.

»Oh ja«, schnurrte Black. »Das ist erst der Anfang. Zum Mittagessen gibt es, glaube ich, Brathähnchen.«

In Woodhaven hatten wir nur zu besonderen Anlässen Brathähnchen, wie zum Beispiel an Weihnachten.

»Ist das mein Zimmer?«, fragte ich.

»Nur für jetzt. Wir werden dich untersuchen lassen, bevor du zu den anderen Mädchen kommst.«

»Untersuchen lassen?«

»Medizinisch gesprochen, nur um sicherzustellen, dass du gesund bist. Die Sicherheit der Mädchen hier in Celestia hat für uns oberste Priorität. *Puritas antecedit.* Reinheit hat Vorrang.«

»Celestia«, wiederholte ich. Ich hatte noch nie davon gehört, aber das war kaum überraschend. Ich hatte ein sehr behütetes Leben geführt. Ich konnte es kaum erwarten, Marielle von den Waffeln zu erzählen.

»Miss Black, darf ich bitte Marielle anrufen?« Ich würde auch fragen können, wie lange ich schon weg war.

Ihr freudiger Gesichtsausdruck verschwand. »Marielle?«

»Meine Freundin in Woodhaven. Sie sagten, ich könnte sie jederzeit anrufen.«

»Oh, *Marielle*«, sagte sie. »Natürlich kannst du das. Ich zeige dir, wo das Telefon ist, nach deiner Untersuchung beim Arzt.«

»Danke«, sagte ich. Ich mochte die Idee eines Arztes nicht besonders, aber je früher ich untersucht war, desto früher konnte ich zu den anderen kommen.

Miss Black spürte meine Bedenken. »Es ist nichts, worüber du dir Sorgen machen musst, Mercury Liebes. Sie ist eine wunderbar sanfte Ärztin, und die Tests werden schneller vorbei sein, als du denkst.«

Ich bekam zwanzig Minuten Zeit zum Essen und Zähneputzen. Die neue Zahnbürste fühlte sich seltsam in meinem Mund an. Meine alte war weich und wahrscheinlich nicht so effektiv gewesen, und es ließ mich darüber nachdenken, wie lange ich die alte eigentlich benutzt hatte. Ich konnte nicht anders, als die Parallelen in meiner jetzigen Situation zu sehen, auch wenn es wie eine kitschige Analogie erschien. Mein altes Leben war abgenutzt, komfortabel, weich gewesen, aber es hatte sehr wenige Perspektiven. Dieses neue Leben würde schwieriger sein, aber eine strahlende Zukunft lag in meiner Reichweite. Ich spuckte den Zahnpastaschaum mit einem erneuten Gefühl von Optimismus aus. Das würde gut für mich sein, und ich würde so hart wie möglich arbeiten, um die Privilegien, die mir gegeben wurden, voll auszunutzen.

Ein leichtes Klopfen an der Tür. Die Zahnbürste klapperte ins Glas, und ich wischte mir die Lippen ab.

»Herein«, sagte ich zum zweiten Mal in einer Stunde.

Eine attraktive blonde Frau steckte ihren Kopf um die Tür. »Hallo! Bist du Mercury?«

»Ja«, antwortete ich.

Sie öffnete die Tür weiter und lächelte großzügig. »Ich bin Doktor Bianca. Bist du bereit, für deine Untersuchung mit mir zu kommen?«

Ich setzte metaphorisch meine große-Mädchen-Höschen auf und nickte.

»Du hast einen interessanten Namen«, sagte die Ärztin zu mir, als sie mich einen weißen Gang entlang führte.

»Ja«, antwortete ich, ohne zu wissen, was ich sonst sagen sollte. Ich hatte nie die Gelegenheit gehabt, mit meinen Eltern über die Entstehung des Namens zu sprechen, bevor sie starben. Er könnte so viele verschiedene Bedeutungen haben. Hatten sie mich nach dem Planeten benennen wollen, der der Sonne am nächsten ist? Oder nach dem römischen Gott der Beredsamkeit, des Könnens und des Diebstahls? Wenn ich an meinen Namen dachte, dachte ich nur an das schwere silbrig-weiße flüssige Element, auch bekannt als Quecksilber.

»Quecksilber wurde von Alchemisten als eines der fünf elementaren Prinzipien betrachtet, aus denen alle Substanzen zusammengesetzt sein sollten«, sagte Doktor Bianca.

»Das wusste ich nicht.«

»Du wirst hier so viel lernen«, sagte sie. »Vielleicht möchtest du Ärztin werden.«

»Das würde mir gefallen«, sagte ich. Wenn ich jemand sein könnte, der Leben rettet – besonders das von Kindern und Eltern – wäre es die perfekte Karriere. Vielleicht würde ich eines Tages die Eltern eines Kleinkinds retten und ihm den Verlust ersparen, den ich durchgemacht hatte. Das wäre genug Belohnung für ein ganzes Leben.

»Vielleicht kannst du, sobald du qualifiziert bist, hier meine Praktikantin werden.« Es schien, als scherze die Ärztin nur halb.

»Das sieht mehr nach einem Krankenhaus aus als nach einer Schule«, wagte ich zu sagen.

»Oh«, sagte sie mit einem sanften Kichern. »Das ist der medizinische Flügel. Die eigentliche Schule ist einfach wunderschön, du wirst schon sehen.«

Wir begannen mit einer allgemeinen Untersuchung. Doktor Bianca wärmte ihr Stethoskop, bevor sie es auf meine Brust und meinen Rücken drückte. Sie entschuldigte sich für den Stich der Nadel, als sie Blut abnahm, und für das Unbehagen des Spekulums für den Pap-Abstrich, den ich noch nie zuvor hatte, aber vor dem mich Marielle gewarnt hatte, die über diese Dinge aus all den Cosmo-Zeitschriften wusste, die sie las. Sie war zufrieden damit, wie ich auf dem Laufband verkabelt lief, und auch damit, wie ich beim Lungenfunktionstest abschnitt, bei dem ich so stark wie möglich in eine kleine Maschine ausatmen musste. Die Röntgenaufnahmen waren schmerzlos, aber langweilig, und ich mochte die MRT überhaupt nicht, besonders als der Techniker mich dafür schimpfte, dass ich mich wand. Danach füllte ich einige Fragebögen und schriftliche Tests aus, und am Ende war ich erschöpft.

Ich wurde für das Mittagessen und ein Nickerchen zurück in mein Zimmer geschickt – es war tatsächlich Brathähnchen auf dem neuen Tablett, und es war so zart und gut –, während wir darauf warteten, dass das Labor die verschiedenen Testergebnisse bearbeitete. Am Nachmittag wurde ich zurück in Dr. Biancas Sprechzimmer gerufen. Ich durfte normale Kleidung tragen statt des Krankenhausgewandes, also nahm ich an, dass die Tests abgeschlossen waren. Meine eigene Kleidung war verschwunden – einschließlich der grauen Strickjacke meiner Mutter – und ich hoffte, dass sie gewaschen und nicht weggeworfen wurde. Das Kleid, das für mich zurückgelassen wurde, war ein schönes weißes Tunika-Kleid mit einer eleganten himmelblauen Borte. Als ich in den Ganzkörperspiegel schaute, erkannte ich mich kaum wieder. Ich war so daran gewöhnt, alte Trainingsanzughosen und Kapuzenpullover, Leggings und alte Pullover zu tragen. Das neue Kleid war einfach, elegant, hatte einen wunderschönen Schnitt, und der Kontrast des weißen Stoffes zu meiner Haut war wunderschön. Ich hatte meinen Körper – oder irgendeinen anderen Teil von mir – noch nie als schön betrachtet. Ich liebte es.

Doktor Bianca schien auch mit meinem Aussehen zufrieden zu sein, bemerkte es aber nicht. Sie bot mir einen Sitzplatz an, und ich nahm ihn an.

»Nun«, sagte sie herzlich, »du hast mit Bravour bestanden.«

Ich fühlte mich seltsam stolz, als hätte ich etwas richtig gemacht.

»Alle deine Werte liegen im normalen Bereich, deine Lungen sind stark, dein Herz ist gesund. Es gibt absolut nichts Besorgniserregendes. Du bekommst einen sauberen Gesundheitspass!«

Ich seufzte erleichtert. »Gut«, sagte ich. »Danke.«

»Ich habe nur noch eine letzte Frage für dich. Sie ist ziemlich persönlich, fürchte ich.« Sie nahm ihre Brille ab und legte sie auf den Schreibtisch zwischen uns. Es schien eine freundliche Geste zu sein, eine, bei der sie ihre Schutzhaltung aufgab, damit ich dasselbe tun würde. Oder vielleicht überanalysierte ich, wie üblich.

»Das ist in Ordnung«, antwortete ich. »Sie sind Ärztin.«

Bianca schien damit zufrieden zu sein. »Nun, es ist wichtig zu wissen, dass es keine falsche Antwort gibt. Es wird überhaupt keine Beurteilung geben. Die einzige Priorität ist Ehrlichkeit.«

»Okay«, sagte ich.

»Du wirst also die Wahrheit sagen?«, fragte sie. »Null Beurteilung.«

Ich nickte. »Ja, ich verspreche es.«

Sie nickte zurück und nahm ihren Stift, bereit, meine Antwort in meiner Patientenakte zu notieren.

»Als ich dich untersuchte, schien es, als ob du noch nicht sexuell aktiv warst.«

»Was?«, sagte ich, etwas schockiert. »Natürlich nicht. Ich bin gerade erst sechzehn geworden.«

Die Ärztin lächelte. »Das Alter ist nicht immer ein Indikator.«

»Okay, ja, natürlich, das sehe ich ein. Aber ich bin es nicht. Ich habe nicht einmal-« Meine Wangen brannten. Ich schloss die Augen, um Mut zu sammeln, dann öffnete ich sie wieder. »Ich habe noch nicht einmal einen Jungen geküsst.« *Oder ein Mädchen, was das betrifft.*

»Du bist sicher?«, fragte Doktor Bianca, während der Stift über dem Papier schwebte.

»Natürlich bin ich sicher. Das würde ich doch wissen, oder?«

»Ich nehme es an«, sagte sie lächelnd. Sie setzte ein Häkchen in den entsprechenden Block in der Akte und schloss sie. Dann war sie an der Reihe zu seufzen. Sie klopfte eine kleine Melodie auf die geschlossene Akte. »Nun, dann sind wir fertig! Vielen Dank, dass du so kooperativ warst.«

Ich musste fragen, oder es würde mich für immer stören. »Doktor Bianca, warum müssen Sie das wissen? Ich bin nur neugierig. Ich meine, es macht mir überhaupt nichts aus. Ich bin nur interessiert.«

Sie winkte meine Bedenken, gefragt zu haben, ab. »Natürlich willst du das wissen«, sagte sie. »Es wäre seltsam, wenn du es nicht wolltest.« Sie setzte sich ein wenig zurück und verschränkte ihre Finger auf dem Schreibtisch. »Die Ausbildung hier in Celestia ist äußerst maßgeschneidert. Sie berücksichtigt nicht nur deinen IQ und deine natürlichen Interessen, sondern auch deine Blutgruppe, deinen Persönlichkeitstyp, dein vorheriges Lernen und deine Erfahrungen und, ja, sogar sexuelle Erfahrungen. Du wirst einen etwas anderen Lehrplan im Gesundheitsunterricht erhalten als die Mädchen, die ... ein bisschen mehr wissen.«

»Das macht Sinn«, sagte ich.

»Es geht alles darauf zurück, euch Mädchen sicher, glücklich und gesund zu halten. Es ist unsere allerhöchste Priorität.«

»Danke, dass Sie es mir erklärt haben. Ich weiß, dass ich viele Fragen stelle, aber alles ist neu und anders hier-«

»Natürlich!«, sagte die Ärztin. »Natürlich, Mercury. Planet, der der Sonne am nächsten ist. Römischer Gott. Quecksilber.«

Ich lächelte und konnte nicht anders, als sie noch mehr zu mögen als zuvor.

»Und jetzt darfst du die Schule sehen«, sagte sie. »Ich bin sicher, du wirst sie lieben.«

KAPITEL 17

EINE BESSERE FAMILIE

MERCURY

Miss Black wartete vor dem Sprechzimmer auf mich.

»Mercury«, sagte sie herzlich mit einem kastanienbraun-elfenbeinfarbenen Lächeln, manikürte Hände auf korsettgehaltenen Hüften. »Wie ist es gelaufen?«

Doktor Bianca reichte Miss Black meine Akte. »Mit *Bravour* bestanden«, sagte sie.

Miss Black bekam wieder diesen hungrigen Blick in ihren Augen. »Ausgezeichnet.« Sie klopfte mir auf den Rücken, als wäre ich ein wohlerzogenes Haustier. »In allen Punkten?«, fragte sie und blickte der Ärztin direkt in die Augen.

»In allen Punkten«, bestätigte die Ärztin, erwiderte ihren Blick und nickte. »Ich habe keinen Zweifel, dass sie eine unserer besten-«

»Schülerinnen«, vollendete Black für sie.

»Ja«, stimmte die Ärztin zu. »Eine unserer besten Schülerinnen.« Doktor Bianca lächelte ein letztes Mal warmherzig. »Viel Glück, Mercury.«

»Das ist aufregend«, schwärmte Miss Black, während sie mich aus dem

80

medizinischen Flügel der Schule führte. »Jetzt darfst du alles sehen. Jeden. Und du kannst mit dem Rest von uns zu Abend essen.«

»Also... arbeiten Sie hier?«, fragte ich.

»Oh ja, habe ich dir das nicht gesagt?«

»Nein«, antwortete ich. »Ich muss das missverstanden haben. Ich dachte, ich würde bei Ihnen in Ihrem-«

»Du wirst bei mir wohnen, Dummerchen«, kicherte sie. »Ich bleibe hier in der Schule.«

Ich hatte es definitiv falsch verstanden. Als wir in Ms. Hammonds Büro waren, dachte ich, dass Miss Black mich als Tochter adoptieren würde. Aber ihr Angebot war nie gewesen, meine neue Mutter zu werden. Es war überhaupt nie von Müttern oder Töchtern die Rede gewesen.

»Ich dachte, Sie adoptieren mich-«

»Ich *habe* dich adoptiert, Mercury. Es ist nur eine größere Familie, als du erwartet hast. Eine bessere Familie.«

Wir verließen die weißen Wände der Arztflure und gingen nach unten – eine riesige, prächtige Treppe, die ich bisher nur in Filmen gesehen hatte. Die Teppiche waren teure Perser; die Kronleuchter glitzerten mit Glas, das wie Diamanten geschliffen war.

»Dies ist der Empfangsbereich«, erklärte Miss Black. Sie zeigte auf einen Schreibtisch, der wie ein Hotelempfang aussah. »Falls du jemals etwas brauchst, kannst du den Concierge fragen.«

»Es sieht nicht wirklich wie eine Schule aus«, wagte ich zu bemerken.

Miss Black lachte. »Es ist keine gewöhnliche Schule.«

Wie sehr ich mir wünschte, dass Marielle hier wäre, um es zu sehen! Sie würde es lieben! Und das ließ mich darüber nachdenken, warum Miss Black mich statt ihr ausgewählt hatte. Vielleicht hätte ich eines Tages den Mut, danach zu fragen.

Ich begann, die anderen Mädchen zu sehen. Erst eine, dann noch eine, und dann schienen sie überall zu sein. Sie trugen alle das gleiche Tunika-

Kleid wie ich, also vermutete ich, dass es die Schuluniform war, von der Miss Black gesprochen hatte. Die anderen Schülerinnen trugen ihr Haar offen in weichen, fließenden Locken. Einige von ihnen trugen schlichte Haarreifen, andere Blumenkränze. Sie erinnerten mich an griechische oder römische Jungfrauen, und ich hätte fast erwartet, einen Maibaum zu sehen, als wir in den Garten hinausgingen.

Es war so wunderschön. Bäume, die schwer von Blüten und Früchten waren, Rosen, die über Bögen kletterten, Gänseblümchen zu unseren Füßen. Der Rasen war makellos – fast zu perfekt, um echt zu sein. Die ganze Fassade war mit einer wunderschönen Kletterpflanze bedeckt, die wie Efeu aussah, aber die Blätter waren zarter. Sie reichten von hell- bis dunkelgrün zu herbstlichen Farben.

»Wilder Wein«, sagte Miss Black, als sie sah, wie ich ihn bewunderte.

»Wilder Wein«, wiederholte ich. *Wilder Wein. Wilder Wein.*

»*Parthenocissus tricuspidata* ist der botanische Name. Es ist trotz seines Aussehens eigentlich gar kein Efeu. Es ist eine blühende Pflanze aus der Rebenfamilie.«

Ich nickte und fragte mich, wie ich mir auf der Welt alles merken sollte, was mir beigebracht wurde.

Sie spürte meine Besorgnis. »Du solltest dir das besser merken«, neckte sie mich. »Morgen stelle ich dich auf die Probe.«

Ich zwang mich zu einem Lächeln. Miss Black legte ihre Hand auf meinen Arm. Sie hatte die weichste Haut, die ich je gefühlt hatte. »Ich scherze wegen der Prüfung«, sagte sie.

»Ich weiß«, antwortete ich. »Es ist nur viel auf einmal.«

»Hier gibt es nichts, worüber du dir Sorgen machen musst, liebe Mercury«, versicherte sie mir. »Es gibt keine Prüfungen, kein Bestehen oder Durchfallen. Das Einzige, was du hier gut machen musst, ist glücklich und gesund zu bleiben, und das machen wir dir wirklich leicht.«

Es klang, als würde sie genau dasselbe Drehbuch ablesen wie Doktor Bianca. Sie schienen es einem wirklich einzutrichtern. Es war natürlich nicht schlecht – ich meine, wer wollte nicht glücklich und gesund sein? Es erschien nur ein bisschen… ich weiß nicht.

Was wusste ich schon? Ich wusste, dass ich lächerlich war.

Dieses erstaunliche Leben war mir praktisch in den Schoß gefallen.

Fantastisches Essen, großartige Anlagen, luxuriöse Unterkünfte.

Was gab es daran nicht zu mögen?

Nicht zum ersten Mal ärgerte ich mich über mich selbst. Es war Zeit, aufzuhören, ein Waisenkind zu sein und mein neues Leben anzunehmen. Miss Black blickte mich an, als würde sie meine Gedanken lesen. Als ich wieder in der Gegenwart ankam, zwang ich mich zu lächeln.

»Danke für alles, was Sie bisher für mich getan haben«, sagte ich, und ich meinte es so.

»Oh, liebe Mercury, das ist erst der Anfang«, sagte sie. »Komm, ich zeige dir dein Zimmer.«

KAPITEL 18

WIE BESESSEN

ASHA

Ich streifte durch mein Haus wie eine Besessene. So viel zu tun, so wenig Zeit! Mein Handy vibrierte an meiner Hüfte wie ein Viehstachel. Beweg dich schneller, sagte es. Erledige alles.

Madame Copperfield: *Irgendwelche Neuigkeiten über die vermissten Töchter, meine liebe Asha?*

Captain Morgan: *OK, warum bist du noch nicht hier? Beweg deinen Hintern, Soldat. Jede Menge zu besprechen.*

Jessie: *Garrett droht zur Polizei zu gehen, wenn du seine Tochter nicht zurückbringst.*

Jax: *Kommst du zum Mittagessen? Gizmo vermisst dich und ich brauche jemanden, der all das Essen teilt, das Darick für mich kocht :)*

Merlin: *Stehende Ovationen für den Vortrag vor den Ivy-League-Professoren, trotz verspätetem Beginn, aber als ich sie fragte, was sie am wertvollsten fanden, sagten sie, dass ihnen mein südafrikanischer Akzent gefiel. Mein Genie wird verschwendet.*

Soleil: *Hexlein, wir vermissen dich. Kommst du zur nächsten Yogastunde? Heute um 18 Uhr.*

84

Mason Senior Senior: *Wir erhalten sehr viele Bestellungen für Ihre wunderbaren und hochwertigen 'Vaping'-Waren, Frau Rook. Bitte verdoppeln Sie unsere letzte Bestellung und liefern Sie so schnell wie möglich. Mit freundlichen Grüßen, Mason Snr Snr Esquire.*

Stoker: *Du warst sicher zu Hause und ziemlich im Koma, also sind Rick und ich abgehauen. Lass es uns wissen, sobald du uns brauchst.*

Ferra: *Ich hoffe, du machst dir keine Sorgen um das neue Stinktier, Rookie. Hier ist alles in bester Ordnung.*

Chione: *Hexe. Uns geht das Essen aus. Schick Verstärkung oder wir werden alle verhungern und es wird deine Schuld sein.*

Thavior Chalice: *Asha Rook, ich hoffe, diese Nachricht erreicht Sie wohlauf. Mir ist bewusst, dass es erst ein paar Tage her ist, seit wir den Auftrag angenommen haben, aber ich hoffe, Sie machen Fortschritte. Ich muss Sie nicht daran erinnern, dass mit jedem Tag, der vergeht – jeder Stunde – die Chance auf ein positives Ergebnis für uns alle sinkt. Bitte halten Sie mich unabhängig von Ihren Fortschritten auf dem Laufenden. Mit freundlichen Grüßen, TC.*

Sam: *Abendessen heute?*

Sam, nochmal: *Und mit 'Abendessen' meine ich, dass ich dich einfach nur sehen will. Essen ist ein optionales Extra, das ich besorgen kann.*

Bleib bei deiner Aufgabe, sagte ich zu mir selbst. *Lass dich nicht ablenken. Finde die vermissten Töchter. Sie haben lange genug gewartet.*

Ich ließ mich an meinem Küchentisch nieder, den Kopf auf meine Hände gestützt. Tiere gefüttert, Zaubertränke am Köcheln, Kaffee getrunken. Es war Zeit herauszufinden, wie ich die vermissten Töchter von Evaron finden würde, oder wie auch immer wir sie heutzutage nannten. Ich schob alle anderen Gedanken und Verpflichtungen beiseite. Das funktionierte für ein paar Momente, aber dann tauchte Dustys Gesicht vor meinem geistigen Auge auf. So sehr ich auch versuchte, den Gedanken wegzuwischen, er kehrte immer wieder zurück, bis ich so frustriert war, dass ich am liebsten meinen Becher zerschmettert hätte – und der war einer meiner Lieblingsbecher.

HEXE ZICKE, stand darauf. Ein Pfeil, der auf eine volle Tasse zeigte, las sich HEXE; eine leere Tasse, ZICKE. Trotzdem wollte ich ihn zerschmettern, denn wie sonst sollte ich die nervige Energie loswerden, die Dusty ständig durch meinen Kopf schleuderte?

Gerade als ich kurz vor dem Vernichtungsmodus stand, wenn nicht um den Becher zu zerbrechen, dann um die Himbeerhecke übermäßig zu stutzen, begriff ich endlich, was meine Intuition mir zu sagen versuchte.

Dusty war nicht die Ablenkung. Dusty war die Antwort.

KAPITEL 19

DREI ERBSEN AUF DER GABEL

ASHA

Ich scrollte erneut durch all meine Handynachrichten, versuchte, meine Antworten zu ordnen und so viele Fliegen wie möglich mit einer Klappe zu schlagen. *Was für eine grausame Redewendung,* dachte ich. Besonders für eine Teilzeit-Veganerin mit Geflügel als Haustiere. Wer würde außerdem einen Vogel töten wollen? Oder gar zwei? Ich nahm mir vor, die Phrase nicht mehr zu verwenden. Ich würde sie durch etwas Freundlicheres ersetzen. Ich würde zwei Erbsen mit einer Gabel essen oder zwei Zaubersprüche mit einem Stab schleudern.

Dusty zu sehen hatte oberste Priorität, also würde ich zum Copper Cog & Ale gehen. Da ich sowieso dorthin ging, könnte ich auch gleich Sam einladen. Ich würde das besonders gute Bier dort nicht trinken, da ich danach zum Hexentreffen gehen würde, und nach Bier riechend in einem Yoga-Kurs aufzutauchen – auch wenn es nicht wirklich ein Yoga-Kurs war – machte keinen guten Eindruck. *Das sind drei Erbsen auf der Gabel.*

Also hatte ich Zaleria, Sam und Soleil auf der Dusty-Gabel, und ich musste nicht einmal meinen Kaffeebecher zerschlagen.

Aber dann fiel eine der Erbsen von meiner Gabel. Ich schätze, das ist das Problem mit Erbsen. Sam hinterließ eine Sprachnachricht, dass er nicht aus dem Büro rauskommen könnte. Sein neuer Chef wollte, dass alle an einer speziellen Mittagsbesprechung teilnahmen.

Ich muss an dem Meeting teilnehmen, aber ich werde mich nicht konzentrieren können, sagte er. *Ich werde nur an Ferras Kochkünste denken.*

Es war okay. Wahrscheinlich sogar besser, so konnte ich mit Dusty plaudern, ohne die sehr gutaussehende Ablenkung.

Ich werde dich vermissen, tippte ich an Sam, löschte es dann aber wieder und seufzte über mich selbst. Ich schnappte mir meine Yogamatte, ein Dutzend Eier, die Schachtel mit Wahrheitsserum-Pralinen und rief mir eine Fahrt.

Der Uber-Fahrer kam an, und diesmal stellte ich sicher, dass es nicht Mordecai war. Wie lautete das Sprichwort? *Wer einmal lügt, dem glaubt man nicht, und wenn er auch die Wahrheit spricht.* Ich hatte den Uber statt meiner Wespe gewählt, weil ich das Gefühl hatte, nicht die mentale Kapazität zu haben, um mit dem Jo'burg-Verkehr umzugehen: die fehlenden Stoppschilder, die Straßenhändler, die Straßenmusiker, die Bettler, die blinden Roboter – auch bekannt als kaputte Ampeln. Ich hatte nicht einmal Lust, die energischen Typen mit ihren Tanzutensilien – abgenutzten Coca-Cola-Kisten – zu sehen, die vom Bürgersteig auf die Straße strömen würden und vor den leerlaufenden Autos ihre hochgradig choreografierten zwanzigsekündigen Tanzroutinen aufführen würden, um dann vor dem Umschalten der Ampel Kleingeld einzusammeln. Ich wollte einfach nur mit geschlossenen Augen auf dem Rücksitz eines Autos sitzen und darüber nachdenken, was getan werden musste.

Nach dem fragwürdigen Ausflug zu Gnroks Haus gestern fühlte ich mich ein wenig verletzlich. Normalerweise empfand ich die harte Metallhülle des Autos im Vergleich zum Wind und weiten Himmel des Zweiradfahrens als erdrückend, aber heute fand ich sie tröstlich.

Man sagt, was dich nicht umbringt, macht dich stärker, aber ich weiß, dass das nicht stimmt. Die Neurowissenschaft erzählt eine andere Geschichte: Nach einem Trauma verdrahtet sich dein Gehirn zum Schutz neu, nicht für Verbindung. Heute verspürte ich das Bedürfnis, mich zu schützen.

»Bist du sicher, dass es hier ist?«, fragte der Fahrer, als wir ankamen. Es war eine unscheinbare Straße, die für Menschen nichts zu bieten hatte – genau wie wir magischen Leute es mögen.

»Ja«, antwortete ich. »Danke.« Ich stieg aus und wartete, bis er wegfuhr, bevor ich den Schleier zum Grundstück der Fernaks durchquerte, was mir immer ein Gefühl des Nachhausekommens gab.

Ferra hatte mir gesagt, ich würde Dusty im Keller des Haupthauses finden – wo das arme Mädchen sich versteckt hatte, seit ihr Vater sie entdeckt hatte – obwohl Ferra versuchte, sie herauszulocken.

Ich genoss die Vorstellung, in das Haus der Fernaks zu gehen. Es erinnerte mich an Märchenbücher mit seinen Steinmauern und dem freundlichen Aussehen – einer gewölbten Haustür, die in Enteneiblau gestrichen war, und einem Garten, der vor Wildblumen, Kräutern und Gänseblümchen strotzte. Bienen, Schmetterlinge und Marienkäfer summten träge von Blütenblatt zu Pollen. Der mit Kieselsteinen bestreute Pfad erinnerte mich immer an riesiges Erdnussbrittlekonfit. Der Duft im Inneren war immer anders und immer köstlich. Braune Butter, Karamell, Vanillecreme, Ingwerplätzchen, Käsestangen, Zitronenbaiser, French Toast mit Beeren und erwärmtem Honig.

Ich klopfte und wartete. Trotz eines so wunderbaren Zuhauses verbrachte die Familie Fernak die meiste Zeit in ihrer Erweiterung – der Küche und Werkstatt des Cog. Sie waren fleißige Geschöpfe, die immer am Schneiden, Hämmern, Backen, Erfinden waren – manchmal alles auf einmal.

Ich sah eine Bewegung am Guckloch, eine große, runde, braune Iris, und dann öffnete sich die Tür.

Es war eines von Ferras Kindern, ein Junge, aber natürlich konnte ich mich nie an ihre Namen erinnern. Freddy? Frank? Ferdinand? Foofoo? Fizzwhopper? Nein, das klang, als käme es aus einem Roald-Dahl-Buch.

»Hi«, sagte ich und lächelte breit. »Ich bin Asha. Ich bin hier, um Dusty zu sehen.«

Er lächelte zurück. Seine Zähne waren klein und bemerkenswert weiß für jemanden, der so viel von Ferras köstlichen Backwaren konsumierte –

was mich an die Eier erinnerte, die ich mitgebracht hatte, und ich überreichte sie ihm. »Frisch gelegt«, sagte ich zu ihm. »Mit freundlichen Grüßen von meinen Dinosauriervögeln.«

»Dinosauriervögel?«, fragte Foofoo mit großen Augen.

»So nenne ich meine Hühner«, sagte ich. »Sie sind die nächsten lebenden Verwandten des T. rex.«

»Cool«, antwortete er, immer noch lächelnd. »Sieht aus, als würde ich Dinosauriereier zum Mittagessen haben.«

Er trat zur Seite, ließ mich eintreten, und ich duckte mich, um nicht mit dem Kopf gegen den niedrigen Türrahmen zu stoßen. Die Inneneinrichtung tat einen bemerkenswerten Job, die Familie Fernak wie eine gewöhnliche Zwergenfamilie aussehen zu lassen, was sie natürlich nicht war. Ferra in ihrem hochmodernen Techniklabor zu sehen, vermittelte ein viel genaueres Bild. Kupferfarbene gerahmte Fotografien von alten und neuen Verwandten bedeckten fast die gesamte Blumentapete, und für jedes Mitglied der unmittelbaren Familie, die sich jetzt auf mehr als ein Dutzend erstreckte, wenn man die BeloreZwillinge mitzählte, schien es ein Dekokissen zu geben. Die Möbel waren gedrungen, die Decke fast so niedrig wie der Türrahmen, und ein wunderbares Feuer loderte im Kamin, unabhängig von der Jahreszeit.

Ich dachte an die Hütte, in der ich meine prägenden Jahre verbracht hatte – dunkel, kalt, staubig, grau – und spürte einen nagenden Neid auf das einfache Leben dieser Zwerge. Ich war Ferra immer so dankbar, dass sie mir so viel Zuneigung zeigte, aber ich konnte nicht anders, als zu wünschen, sie hätte mich früher gefunden.

Das Stinktier wartete geduldig darauf, dass ich ihm folgte – ich hatte im gemütlichen Wohnzimmer innegehalten – und führte mich dann den Flur entlang zur Falltür und deutete auf die abgetretenen, mit Teppich ausgelegten Stufen in den Keller.

Dusty hatte offensichtlich auf meine Ankunft gewartet, denn sobald sie unsere Schritte hörte, stürmte sie auf mich zu.

»Asha!«, rief sie und leerte mit einer Bärenumarmung meine Lungen.

»Whoa, beruhige dich«, schaffte ich trotz des Sauerstoffmangels zu sagen. »Ich sehe, du nimmst Unterricht im Umarmen bei Ferra.«

Sie lachte und lockerte ihren Griff. Als ich auf ihr Gesicht hinabblickte, standen ihr Tränen in den Augen.

»Alles okay?«, fragte ich, obwohl ich wusste, dass sie es natürlich nicht war.

Das Mädchen nickte und schluckte schwer. Die Tränen verschwanden. »Bin nur froh, dich zu sehen«, sagte sie. »Komm, setz dich. Mach es dir bequem. Ich habe Tee aufgebrüht. Ferra hat uns einen Ingwer-Karotten-kuchen gebacken.«

Ich konnte an ihren kurzen Sätzen erkennen, dass sie ängstlich war. Wer könnte es ihr verübeln?

»Ich habe gehört, dein Vater hat dir einen Besuch abgestattet«, sagte ich vorsichtig, und ihr Gesicht verdunkelte sich.

»Ich verstehe nicht, wie er mich gefunden hat«, Dusty schüttelte den Kopf. »Ich dachte, ich wäre hier sicher. Ich dachte, unberührte Menschen könnten das Cog nicht sehen.«

Ich verstand es auch nicht.

»Können sie auch nicht«, sagte ich. »Es sei denn, jemand bringt sie herein.«

»Wer?«, forderte sie. »Wer würde das tun? Er weiß nichts über das Reich oder über Magie.«

»Soweit wir wissen«, warnte ich, und Dusty schloss die Augen in Akzeptanz. Sie sah so niedergeschlagen aus, dass meine eigenen Schultern absackten. Ich legte meinen Arm um ihre Schulter und drückte sie. »Kopf hoch. Lass uns diesen Tee trinken.«

Ich beobachtete sie, wie sie die bernsteinfarbene Flüssigkeit in die ungleichen Tassen goss, während mein Kopf vor Sorge kreiste. Die beunruhigende Wahrheit war, dass, wenn jemand bereit war, einen gewalttä-tigen Mann ins Cog zu bringen, Dustys Aufenthalt hier alle Beteiligten in Gefahr brachte. Erstens gab es also jemanden Magisches in unserer

Mitte, dem wir nicht vertrauen konnten. Zweitens wussten die Garretts, wo Dusty sich aufhielt. Diese Kombination von Schlussfolgerungen gefiel mir nicht. Ich sprach nichts davon laut aus. Dusty hatte genug, um sich zu belasten.

Den unterirdischen Bau der Fernaks als »Keller« zu bezeichnen, wurde ihm nicht gerecht. Es war tatsächlich der wunderbarste Raum. Er hatte nur die Größe eines Badmintonplatzes, aber er beherbergte ein privates Theater, das gleichzeitig als Spieleecke diente, einen Tischtennistisch, eine kleine Küchenzeile und ein ferngesteuertes ausziehbares Queensize-Bett. Was könnte man sich mehr wünschen? Dann zeigte mir Dusty die Magische Popcornmaschine, und meine Frage war beantwortet.

»Ferra hat sie erfunden, als sie in meinem Alter war«, sagte Dusty, ein echtes Lächeln erhellte ihr Gesicht. Sie zeigte mir eine komplizierte Stahlvorrichtung, die deutlich seit Jahren regelmäßig benutzt worden war. »Bereit?«

Ich nickte.

Sie betätigte einen Schalter, und die Maschine begann zu summen. Eine Tasse Maiskörner wurde aus dem riesigen Glasgefäß darüber freigesetzt, klapperte durch ein Rohr und in den Stahlbehälter darunter, wo eine klobige Figur eines schwarzen Drachen seine Augen und seinen Mund öffnete und einen stetigen Flammenstrom darauf spie, wodurch die Körner im Inneren platzten, während ein Stück Butter auf dem Tablett darüber schmolz. Jedes gepoppte Korn wurde sofort in das nächste Gefäß gesaugt, wo zwei kleine, frech dreinblickende Kobold-Miniaturen die Butterlava und eine großzügige Prise Salz aufbrachten, bevor sie es in die darunterstehende Schüssel fallen ließen. Sobald diese voll war, unterbrach ihr Gewicht den Brennstoffzufluss zum Drachen, und er schloss seine Augen. Dusty schaltete die Maschine aus und reichte mir das warme Popcorn. Mir fiel auf, dass ich den ganzen Tag noch nichts gegessen hatte, und ich verlor keine Zeit, es in meinen offenen Mund zu schaufeln. Es war das beste Popcorn, das ich je gegessen hatte.

»Ich würde den ganzen Tag Popcorn machen, wenn ich du wäre«, sagte ich zwischen den Bissen. Es war mir sogar egal, dass es mit Butter übergossen war.

»Am Anfang habe ich das auch getan«, gab das Mädchen zu. »Aber jetzt versuche ich, mich zu mäßigen.«

Wir setzten uns an den Tresen der Küchenzeile, wo Dusty den dampfenden Tee und den frisch gebackenen Kuchen bereitgestellt hatte. Er war noch warm und duftete nach Lebkuchen.

»Ich wäre versucht, für immer hier zu leben«, sagte ich und machte es mir bequem. Ich schwelgte in einer schnellen Fantasie eines geschützten Lebens dort unten ohne absolut keine Verpflichtungen, außer gelegentlich Popcornkerne in großen Mengen bei Checkers Sixty60 zu bestellen.

»Nun, das ist mein Plan«, sagte Dusty mit einem schiefen Lächeln. »Ich meine, wer braucht schon Sonnenschein, richtig?«

»Du warst offensichtlich noch nicht in der Bierhalle im SubRealm«, sagte ich. Die Haut der Orks war so blass, dass man jede Ader sehen konnte, die sich darunter schlängelte. Kein Wunder, dass sie so mürrisch waren – sie hatten offensichtlich im Gesundheitsunterricht nicht auf die Vitamin-D-Lektion geachtet.

Sie rümpfte angeekelt die Nase. »Will ich auch nicht.«

»Nicht alle von ihnen sind schlecht, weißt du«, sagte ich und dachte an Rick. Und Sugar Shagar, die trotz sehr vieler Persönlichkeitsmängel und mörderischer Tendenzen immer noch mehrere Eigenschaften und Talente hatte, die sie empfehlenswert machten. Das erinnerte mich – ich musste Jax bitten, eine Einführung zu arrangieren, damit ich endlich die berüchtigte Ork-Patin treffen konnte. Wir brauchten sie auf unserer Seite.

Die Kombination aus dem warmen Ingwerkuchen und dem gesalzenen Popcorn war köstlich, aber die Sorge dämpfte schnell meinen Appetit und machte es schwer zu schlucken. Ich sah auf meine Uhr. Ich hatte noch ein paar Stunden vor meinem Yoga-Kurs.

»Ich muss los«, sagte ich und stellte meine Tasse ab. »Die Chalices erwarten irgendeine Art von Fortschritt, und ich habe keinen gemacht.«

Dusty schaute mich ernsthaft an, die Hände immer noch um ihren Tee gewickelt. »Ich wünschte, ich könnte etwas tun.«

Ein Moment der Stille verging zwischen uns, als wir Blickkontakt hielten.

»Eigentlich gibt es da etwas«, antwortete ich und tippte leicht mit den Fingerspitzen auf die Tischplatte.

»Was ist es?«, fragte Dusty, ihre Schultern strafften sich in Lichtgeschwindigkeit.

Ich holte Luft. »Es wird dir nicht gefallen.«

»Das ist mir egal«, erwiderte sie aufrichtig. »Ich würde alles für dich tun, Asha.«

KAPITEL 20

VON DRACHEN UND TAUBEN

ASHA

Glücklicherweise war ich nicht mit meiner Vespa angekommen und rief einen Uber, sobald wir den Schleier wieder überquert hatten.

»Wohin fahren wir?«, fragte Dusty, deren nervöse Körpersprache und wippende Sneakers ihre Unruhe verrieten.

»Zurück zu deinem Übergangsheim«, antwortete ich mit einem Augenzwinkern.

Sie blinzelte. »Copperfield?«

Ich nickte. »Nur für einen Besuch. Ich bringe dich vor Sonnenuntergang wieder hierher zurück.«

»Warum?«

»Weil du dich sonst in einen Kürbis verwandelst.«

Sie grinste. »Ich meine, warum nach Copperfield?«

Wir stiegen in den weißen Wagen, nachdem ich unauffällig das Gesicht des Fahrers nach Mordecais dunklen Augen und finsterer Miene abgesucht hatte. Er war es nicht. Vielleicht hatte er endlich aufgegeben, mich zu verfolgen.

»Weil ich dich dort brauche. Ich erkläre es dir unterwegs.«

Die Direktorin war bei einem kurzfristig anberaumten Treffen mit dem Rat. Sie entschuldigte sich, sagte, es täte ihr leid, uns zu verpassen, und dass Dusty und ich uns wie zu Hause fühlen sollten.

Lass Matron Steel wissen, wenn ihr etwas braucht, hatte sie geschrieben. *Ich versuche, rechtzeitig zurück zu sein, um euch zu sehen.*

Madame Copperfields Grundstück war wie üblich voller schreiender, kreischender und lachender Kinder, die auf den verschiedenen Spielgeräten tobten. Die Teenager waren ruhiger, eingebunden in ihre Virtual-Reality-Praxisstunden, wo sie lernten, wie man Schutzsalben mischt und klare *protendo*-Zauber wirkt. Das waren die Kinder, die kein Zuhause hatten, wohin sie gehen konnten, wenn die Schule schloss, und ich fühlte eine besondere Verbindung zu ihnen, genau wie zu Dusty.

Natürlich hatte einer der Teenager dort liebevolle Eltern und ein gutes Zuhause – und das war genau das Mädchen, das wir besuchen wollten.

Maple wird wahrscheinlich in der Bibliothek sein, hatte Copperfields Nachricht fortgesetzt. *Sie vermisst Dusty schrecklich.*

Dusty betrat das Gebäude, als wäre es ihr Zuhause, und ich konnte sehen, wie sich ihr Körper entspannte, während wir zum Eingang des kompakten Taschenreichs gingen, in dem sich die kreative und umfassende Bibliothek der Direktorin befand. Es war eine Schwingtür aus der Vor-Portal-Zeit, damit Schüler, die die Portalmagie noch nicht gemeistert hatten – was praktisch jeden einschloss, den ich kannte, abgesehen von meinem schmierigen Goblinfreund Nilve SaltySnap – leicht eintreten konnten, ohne eigene Magie zu benötigen. Wir drückten gegen die schwere Mahagonitäfelung und mit einem leisen Rauschen wurden wir auf der anderen Seite der Wand in der unglaublichsten Bibliothek abgesetzt.

Dusty schnupperte wie ein Spürhund der Drogenfahndung. »Riechst du das?«, fragte sie leise mit einem sich ausbreitenden Lächeln.

»Alte Möbel?«

Ihre Augen verloren ihren ängstlichen Glanz. »Bücher«, antwortete sie mit atemloser Stimme, wie man einen neuen Schwarm beschreiben würde.

»Ah, ja«, stimmte ich zu. Altes Papier, Ledereinbände, Seidenbänder, Möbelpolitur, Siegelwachs, Staub. Es war in der Tat ein vertrauter und tröstlicher Geruch. Ein kleines weißes Gesicht drehte sich zu uns um, ein geschältes, gekochtes Ei in der Ferne. Als Maple Dusty erkannte, leuchtete ihr Gesicht auf. Sie sah besser aus als beim letzten Mal, als ich sie weinend im Regen auf dem Gelände von Copperfield gesehen hatte. Sie stand auf und wir gingen zu ihr hinüber, während verschiedene Bücher von ihren Regalen rutschten und einen Moment lang schwebend vor uns herdrifteten, um für sich zu werben.

Lies mich, sagten sie.

Von Drachen und Tauben: Dr. Mallards vollständige und umfassende Enzyklopädie der feinen und fantastischen Bestiarien

Spiegelgang - Wie man durch den Spiegel tritt und nie zurückblickt

Was man trägt, wenn man wegen Hexerei vor Gericht steht

Alchemie 101 von A.U. Goldstein

Das lange und turbulente Leben von Sir William Sally Dorchester Fitzpatrick, Buch 3 von 45

Reicher Zauberer, armer Zauberer: Verwandle deine Magie in Geld

So verlockend einige der Titel auch waren, ich behielt das Ziel im Auge.

»Hallo, Maple«, sagte ich, und sie lächelte uns an.

Dusty umarmte sie überschwänglich. »Ich hab dich vermisst!«

Ich fand es traurig, dass die Mädchen nicht mehr zusammen wohnten. Es war gut für beide gewesen. Jemanden zu haben, um den man sich kümmern kann, ist ein sicherer Weg, um Einsamkeit zu vertreiben.

»Wir sind gekommen, um mit dir über Zaleria zu sprechen«, sagte ich so behutsam wie möglich. Trotzdem sah ich die Panik in ihrem Gesicht. Sie schüttelte den Kopf.

»Ich weiß, dass du nicht reden kannst«, fuhr ich fort. »Aber Dusty kann uns helfen. Sie hat eine Gabe, wie du weißt.«

Nun, die Wahrheit war, dass Dusty anscheinend viele Gaben hatte, wir hatten nur noch keine Gelegenheit gehabt, das Ausmaß ihrer magischen Kräfte zu erforschen. Was wir allerdings wussten, war ihre Fähigkeit, Autos wie Burger-Patties umzudrehen und die Gedanken von Menschen zu lesen – beides kam zufällig äußerst gelegen.

Aber Maple wollte nicht, dass ihre Gedanken gelesen wurden. Ich beobachtete sie aufmerksam, als ihre Haut noch blasser wurde und ihre Augen sich weiteten. Sie sah mich an, als würde ich ihr Schmerzen zufügen. Ich erwiderte ihren Blick, darauf achtend, nicht zu forsch zu sein, aber ließ sie wissen, dass dies geschehen würde, ob es ihr gefiel oder nicht. Wir mussten die vermissten Töchter finden.

Sie presste ihre Lippen fest zusammen, als würde sie sie versiegeln.

Was verbarg Maple Mellor?

KAPITEL 21

DAS MÄDCHEN, DAS SICH SELBST VERSTUMMEN LIESS

ASHA

»Mach dir keine Sorgen, Maple«, beruhigte Dusty sie und ging zu dem verängstigten Mädchen, um sie zu umarmen. »Wir tun das Richtige. Vertrau Asha. Vertrau uns.«

Maple, bis ins Mark erschrocken, stand steif in den Armen ihrer Freundin.

»Setzen wir uns«, schlug ich vor.

Maple zögerte, begriff aber bald, dass sie nicht wirklich eine Wahl hatte. Die Wahrheit kommt immer ans Licht. Und je früher, desto besser, wenn wir die verschwundenen Mädchen lebend finden wollten.

»Ah«, murmelte ich. »Fast hätte ich es vergessen.« Ich holte das kleine Päckchen Pralinen aus meiner Manteltasche und legte es in die Mitte des Tisches. Ich zog die rosa Schleife ab, die die hübsche Schachtel versiegelte. Die Seiten der Box fielen wie eine Blume auf, wodurch sie zu einem zarten Papierteller für die Süßigkeiten wurde.

»Wenn irgendeine Situation nach Schokolade verlangt, dann wohl diese«, sagte ich mit gespielter Fröhlichkeit. Maple schenkte mir den Hauch eines Lächelns. Ich wusste, dass sie Schokolade liebte – ich hatte die Verpackungen im Müll in ihrem Zimmer im Wohnheim gesehen. Ich

99

aß eine, ebenso wie Dusty. Sie war cremig, zart und köstlich – und was am wichtigsten war: Ich konnte das Wahrheitsserum nicht schmecken, mit dem die Praline versetzt war.

Möge Sekhmet Mason & Sons Magische Apotheke segnen.

Schließlich aß Maple auch eine. Ich beobachtete, wie sie sorgfältig kaute und schluckte, und als sie nach einer weiteren griff, entspannte ich mich in meinem Stuhl.

»Also«, sagte ich sanft. »Diese Mädchen, die entführt wurden ... wir wissen nicht, wo sie sind oder wie sie behandelt werden.«

Eine Erinnerung an das tote Mädchen, Malachay – die Tochter der wahnsinnigen Hexe – blitzte in meinem Kopf auf. Ich erinnerte mich so deutlich daran, dass es mich zusammenzucken ließ.

Der Raum war noch kälter als der Gang, und die Wand rechts bestand aus zehn mal vier Kühlschranktüren aus Aluminium. Sam rückte näher an mich heran, als könnte er meinen Körper durch bloße Nähe wärmen. Ich war dankbar dafür. So sehr ich mir wünschte, dass er meine Hand hielt, war ich froh, dass er es nicht tat, denn sie war kalt und klamm.

In der Mitte des riesigen Raumes stand eine Bahre. Eine Leiche war mit dem Standardleinen des städtischen Leichenschauhauses bedeckt – ein verblasstes blaues Baumwolllaken. Morgan marschierte darauf zu und zog das Leichentuch bis zum Bauchnabel des Mädchens herunter.

Ich kniff die Augen so fest zusammen, wie ich konnte. Meine Finger ballten sich zu Fäusten.

Nein.

Meine heftige Reaktion kam nicht daher, dass ich das Mädchen kannte. Ihr Gesicht war mir nicht vertraut. Es lag auch nicht daran, dass ihr kleiner Körper verwüstet und zerkratzt war, aufgerissen von etwas mit Krallen und Reißzähnen, das ihr Fleisch, Sehnen und blutlose Knochen freilegte.

Es war vielmehr ihr zartes Alter. Ihre langen dunklen Haare, ihre blasse Haut. Ich konnte erkennen, dass sie eine Hexe war, selbst mit vierzehn, fünfzehn Jahren. Ihr Leben war so sehr kurz gewesen – ein Hauch warmer Luft in einem kalten Raum. Sie hatte nicht einmal Zeit gehabt, zu erfahren, wer sie war oder wer sie sein wollte. Sie hatte die Magie noch nicht gebändigt, die ihrem Leben einen Sinn gegeben hätte. Ich rieb mir die Stirn und öffnete wieder die Augen, atmete lang und langsam durch die gespitzten Lippen aus. Morgan und Armstrong sahen mich beide an, mit besorgten Gesichtern.

Ich machte einen weiteren Schritt auf den Körper zu, um zu signalisieren, dass ich in Ordnung war. Dass ich damit umgehen konnte. Aber als ich das tote Mädchen da liegen sah, wurde ich wie vom Blitz getroffen von Reue. Direktorin Copperfield und Morgan hatten mich vor Wochen persönlich beauftragt, herauszufinden, wer diese unschuldigen Mädchen entführte. Und was hatte ich getan? Den Fall wie die Pest gemieden. Mich mit verfluchten Ehefrauen, die in Anstalten eingesperrt waren, und einer Familie in einem Spukhaus abgelenkt.

Das Wahrheitsserum, so schien es, erweckte Erinnerungen zum Leben. Der Rückblick war so lebendig, dass ich die kalte Leichenhallenluft auf meiner Haut spüren konnte. Trotz der gemütlichen Atmosphäre in der Bibliothek überzog eine Gänsehaut meine Arme. Ich schüttelte den Kopf und ermahnte mich selbst. *Konzentrier dich.*

Ich räusperte mich und fuhr fort. »Je länger wir brauchen, um die Mädchen zu finden, desto geringer ist die Chance, sie lebend zu finden.«

Maple hörte auf zu essen und wischte sich mit dem Ärmel über die Lippen.

»Sie kann es dir nicht sagen«, meinte Dusty und übersetzte Maples besorgte Gedanken in Worte.

»Warum nicht?«, fragte ich.

»Ihre Familie«, sagte Dusty.

»Was?«, fragte ich. »Warum?« Ich dachte an Herrn und Frau Mellor, die wie freundliche, liebevolle Eltern gewirkt hatten.

Maple, die erkannte, dass Dusty mir alles erzählen würde, was sie entziffern konnte, versuchte, ihren Geist vor uns zu verschließen. Ich konnte es daran erkennen, wie sie Blickkontakt vermied und den Kopf senkte. Aber das hochwertige Wahrheitsserum ließ das nicht zu.

»Was ist mit ihrer Familie?«, drängte ich.

»Sie werden ... sie werden -«, brach es aus Dusty heraus.

Ich lehnte mich stirnrunzelnd vor. »Wütend sein?«, versuchte ich zu helfen.

Maple schüttelte den Kopf und bedeckte ihre Ohren.

Dusty sah mich an. »Sie werden ... tot sein.«

Maple brach in einen Anfall von Schluchzen aus. Das waren keine gewöhnlichen Tränen. Sie waren wochenlang von dem Mädchen zurückgehalten worden, das sich durch reinen Willen selbst zum Verstummen gebracht hatte. Die Dämme waren nun gebrochen, und sie weinte und weinte und weinte. Dusty sprang auf, um sie zu umarmen, und sie weinten eine Weile zusammen – manche Tränen sind ansteckend – und dann lehnten sie sich aneinander und verharrten schweigend. Ich verließ leise den Tisch, um ihnen etwas Zeit zu geben und mich auf die nächste Runde von Fragen vorzubereiten, die für uns alle schwer sein würden. Maple Mellor hatte etwas gesehen, und ich musste herausfinden, was es war.

KAPITEL 22

DER GEDÄCHTNISPALAST

ASHA

Ich verließ den Tisch, um durch die Bibliothek zu schlendern. Sie war wirklich wunderbar. Als ich die Buchrücken überflog, erinnerte ich mich an etwas, das Mason Senior mir über ein Buch erzählt hatte, und ich wurde zurückversetzt in diese lebendige Erinnerung.

»Es ist verhältnismäßig fortgeschrittene Magie«, hatte der Zauberer gesagt. »Ich habe so etwas noch nie gesehen. Und glauben Sie mir, ich habe einiges gesehen. Langlebigkeitselixiere waren schon immer äußerst begehrt, wie Sie sich vorstellen können, aber nie war die Nachfrage größer als jetzt. Wir erleben keinen Tag, an dem wir nicht danach gefragt werden. Nach der Void-Fraktur hat der Rat die Verfassung geändert, um sie für illegal zu erklären.«

Meine Stirn runzelte sich. »Die Void-Fraktur?« Ich verstand den Zusammenhang nicht.

»Der Grund, warum Acheron Baldassare so viel Macht anhäufen konnte, war, dass er Magus benutzte, eine Essenz, die aus dem Blut magischer Wesen gewonnen wird. Als der Rat sah, wie gefährlich das sein konnte, mussten sie es unterbinden, oder riskieren, in Zukunft ein ähnliches Schicksal zu erleiden.«

Ich dachte eine Weile darüber nach. »Also gibt es verschiedene Elixiere und verschiedene Rezepte«, sagte ich, mehr zu mir selbst als zu dem alten Mann.

»Richtig. Und Hunderte von Möglichkeiten, sie herzustellen. Und jetzt, mit der neuen verfügbaren Technologie und der riesigen Marktnachfrage, wird sich das exponentiell vervielfachen.«

»Ich habe ein schlechtes Gefühl dabei«, sagte ich.

»Wenn Sie mehr darüber wissen möchten, gibt es ein äußerst umfassendes Buch über die verschiedenen Formeln und Techniken. Der Autor ist Matahandi. Es ist natürlich verboten.« Er lächelte und entblößte seine alten, abgenutzten Elfenbeinzähne. »Aber Sie scheinen ein Händchen dafür zu haben, diese Dinge zu finden. Vielleicht können Sie eine Sondergenehmigung beantragen, um das Buch zu Bildungszwecken zu studieren, damit Sie besser gegen die Plage kämpfen können und all das. Ihnen wird schon etwas einfallen. Seien Sie nur sehr, sehr vorsichtig.«

Wenn das Buch verboten war, würde Direktorin Copperfield es haben?

Natürlich würde sie.

Ich rief Dusty zu mir, und sie ließ ihre Freundin los, die jetzt erschöpft von ihrem Gefühlsausbruch über den Tisch gebeugt saß.

»Dust«, flüsterte ich. »Wenn ich nach einem bestimmten Buch suchen würde ...«

Die Augen des Mädchens funkelten, obwohl sie leicht geschwollen waren. »Es gibt einen permanenten Beschwörungszauber. Du sagst einfach den Namen«, antwortete sie. »Den Titel oder den Autor. Wenn es hier ist, wird es zu dir kommen.« Sie lächelte. »Sie werden eigentlich gerne beschworen. Ich glaube, es gibt ihnen ein Gefühl der Wichtigkeit.«

Ich senkte meine Stimme noch weiter. »Was ist mit Büchern, die nicht ... äh, legal sind?«

Sie zuckte mit den Schultern, ihre Lippen schief verzogen. »Es sollte trotzdem funktionieren...?«

Einen Versuch war es wert.

»Matahandi«, sagte ich in den Raum. Wir warteten.

Vielleicht war das nicht der Name des Autors, dachte ich. Mason Senior mochte zwar der jüngste lebende Mason sein, aber er war auch kein

Jungspund mehr. Die meisten Menschen in seinem Alter hatten wahrscheinlich Strohballen in ihren Schädeln, wo früher ihre Gehirne waren.

»Matahandi«, sagte ich etwas lauter. Vielleicht hatte es, wie Mason Senior, alte Ohren.

Es gab ein Rascheln aus einem Raum, den wir nicht sehen konnten, und plötzlich stand ein uralter Kobold vor uns, der eine mottenzerfressene Weste trug. Der Geruch von Naphthalin kitzelte meine Nase.

Seine Augen waren hinter seiner goldgerahmten Bifokalbrille vergrößert. Obwohl ich mehr als doppelt so groß war wie er, hatte ich das deutliche Gefühl, dass er auf mich herabsah.

»Jaaaaaaa?«, erkundigte er sich und zog den Laut in die Länge, während er mich und dann Dusty offen musterte. »Craic Blackcloth hier. Womit kann ich Ihnen helfen?« Seine goldene Brosche funkelte, als er die Hände hinter dem Rücken verschränkte und sich zu seiner vollen Größe aufrichtete.

»Ähm«, begann ich, während mein Verstand die möglichen Konsequenzen abwog, wenn ich nach einem illegalen Text fragte.

»Sprecht frei heraus, Hexen«, befahl er. »Ich habe dringende Arbeit zu erledigen, und wie ihr wahrscheinlich an meinem recht runzligen Antlitz erkennen könnt, habe ich nicht viel Zeit dafür.«

Dusty ließ sich von der Art des Kobolds nicht abschrecken. Tatsächlich sah sie regelrecht begeistert aus, als Hexe bezeichnet zu werden.

»Ich suche nach einem bestimmten Buch«, sagte ich. »Es ist für ...« Ich versuchte, mich an das Wort zu erinnern, das Mason Senior benutzt hatte. »Es ist zur Erbauung«, sagte ich. »Nicht für die praktische Anwendung.«

Der alte Kobold seufzte. »Wie ich bereits sagte, liebe Mitbewohner der Reiche, ich bin alt und meine Stunden sind gezählt. Ich bitte euch, zur Sache zu kommen. Lasst uns nicht trödeln. Seid versichert, dass ich nicht hier bin, um zu urteilen oder die Behörden zu alarmieren. Ich bin fest davon überzeugt, dass kein Buch jemals verboten werden sollte, was genau der Grund für meine Berufung ist.«

»Das Buch handelt von verschiedenen Elixieren und deren Herstellung.«

»Ich verstehe!«, rief Blackloth aus. »Matahandi, eh? Warum kommt mir das so bekannt vor?« Er zog eine vornehme Holzpfeife hervor und führte sie an die Lippen. Als wir beide zusahen, ob er sie anzünden würde, wirkte er verlegen. »Eine schreckliche Angewohnheit«, murmelte er. »Habe sie vor Jahren aufgegeben. Aber sie hilft mir beim Denken.«

Wir beobachteten, wie er Luft durch die leere Pfeife zog.

»Sie müssen nachdenken?«, fragte ich. Ich hatte gehofft, es gäbe eine Art Ablagesystem, wie man es normalerweise in Bibliotheken findet. Was ich nicht erwartet hatte, war, auf den verkümmerten Hippocampus eines vergreisten Kobolds angewiesen zu sein.

»Ja«, antwortete Blackloth und wippte auf seinen langen, mit Mokassins bekleideten Füßen. »Das Buch ist vergraben, verstehen Sie.«

»Ich bin mir nicht sicher, ob ich verstehe.« Ich sah zu Maple hinüber, um zu sehen, ob es ihr gut ging. Sie war genau in der Position, in der ich sie zurückgelassen hatte.

Er brachte einen schlanken, pistazienfarbenen Finger an seine Schläfe. »Das Buch ist in meinem Gedächtnispalast vergraben.«

Natürlich hatte ich von Gedächtnispalästen oder der Methode der Orte gehört. Ich verstand nur nicht, was das mit dem Auffinden verbotener Bücher zu tun hatte. Er nahm einen weiteren tiefen Zug Luft durch seine Pfeife, seine Augen fast geschlossen, und begann vor sich hin zu murmeln. Ich versuchte zu lauschen, aber er schien im Kobold-Dialekt zu sprechen, der fast unmöglich zu verstehen war. Wir hielten uns ruhig und ließen den Zwerg durch die Räume in seinem Geist wandern.

»Ha«, krähte er nach einer Weile. Seine Lippen verzogen sich zu einem Lächeln. »Wunderbar!«

Ich schaute ihn erwartungsvoll an. »Haben Sie es gefunden?«, fragte ich.

Blackloth öffnete ein Auge. »Ich habe ein Stück Himbeer-Käsekuchen gefunden«, antwortete er. »Mit Kokosnusskrümeln! Ich wusste doch, dass ich es irgendwo gelassen hatte.«

KAPITEL 23

MAGISCHE MATRJOSCHKA-PUPPE

ASHA

Ich stampfte mit dem Fuß auf. »Könnten Sie bitte einmal ernst sein?«

Craic Blackloth öffnete beide Augen. »Ich *bin* ernst. Ich habe völlig vergessen, dass ich es dort gelassen habe. Zum Glück verderben Dinge in einem Gedächtnispalast nicht.«

Ich seufzte frustriert und überlegte, den Kobold dort stehen zu lassen, während er an Luft zog und murmelte, um stattdessen Maple zu befragen. Ich hatte Fragen, die beantwortet werden mussten, und nicht mehr viel Zeit vor meiner Yogastunde mit dem Hexenzirkel, die auf der anderen Seite der Stadt stattfand.

»Kein Grund, pampig zu werden«, sagte er. »Ich habe genau das, wonach Sie suchen.«

»Oh, Tir sei Dank«, sagte ich.

Tir war der Gott der Literatur, Wissenschaft und Kunst sowie der Traumdeuter im armenischen Heidentum. Er war auch ein Wahrsager und Führer der Seelen Verstorbener, und man wusste nie, wann das nützlich sein würde, besonders wenn man versucht war, jemanden zu erwürgen, der sich von Backwaren ablenken ließ.

107

Der Kobold schloss wieder seine Augen, als er sich in seinen Gedächtnispalast zurückversetzte, wobei er seltsame Gesten machte oder Geräusche von sich gab, wenn er Dinge erkannte, an denen er vorbeikam. Ich verstand immer noch nicht, wie er mir das tatsächliche Buch geben würde, und war neugierig, es herauszufinden. Dusty und ich tauschten amüsierte Blicke aus. Es ist nicht alltäglich, einem alten bibliophilen, westentragenden Kobold zu begegnen, der vorgibt, Pfeife zu rauchen, während er in seiner eigenen Halluzination herumläuft.

»Also gut«, sagte das Wesen. »Gut, gut, gut. Ich komme der Sache näher, ich kann es spüren.«

Ich warf noch einen Blick auf Maple, die sich immer noch nicht bewegt hatte.

Wir hörten zu, wie er leise vor sich hin murmelte. »Ich betrete die Tränkabteilung. Es wird hier sein. Es gibt drei Unterabteilungen: Leben, Liebe und Tod. Ich nehme an, es wird bei ersterem sein. Da liegt ein toter Vogel auf dem Tresen, ich weiß nicht warum. Richtig... Tinkturen, Tonika, Liebestränke, Absude... Elixiere! Mackleson, Mason, Mashaba.« Er machte einen kleinen Sprung, wie eine aufgeregte Ziege. »Ah!«, rief er triumphierend. »Matahandi.«

Ja! dachte ich und wollte am liebsten ebenfalls ziegenhaft herumhüpfen. Wir beobachteten Blackloth aufmerksam, um zu sehen, was als Nächstes passieren würde. Würde das Buch magisch in seinen knorrigen Händen erscheinen? Würde er es hinter seinem Rücken hervorziehen, wie ein Kindermagier? Oder würde es einfach im Regal auftauchen, als wäre es schon immer dort gewesen?

Der Kobold begann zu husten. Anfangs klang es relativ harmlos, aber als es schlimmer wurde, verfärbte sich sein grünes Gesicht in die Farbe einer unreifen Aubergine. Die Pfeife fiel ihm aus dem Mund und klapperte auf den Boden. Er hustete und prustete und keuchte nach Luft. Ich machte mir Sorgen. Erstickte er? Sollte ich ihm auf den Rücken klopfen? Ich wollte seine kalkigen Knochen nicht zerbrechen, aber ich wollte auch nicht, dass er starb.

Als ich an den toten Vogel dachte, hatte ich einen schrecklichen Gedanken. Was, wenn der Preis, den wir für jedes verbotene Buch zahlen mussten, das Leben des Wesens war, das es für uns holte? Vielleicht war genau das der Grund, warum ein geriatrischer Kobold genau der Richtige für den Job war? Und hier war ich und machte ihm das Leben schwer, weil er einen letzten Blick auf ein Stück Käsekuchen warf. Nein, damit könnte ich nicht leben. Ich würde ihm helfen. Ich packte seinen Oberarm und kurz bevor ich ihm auf den Rücken schlagen konnte, sprang sein Kiefer mit einem scharfen Klicken aus dem Gelenk. Schockiert und verwirrt ließ ich los und trat zurück. Sein Husten war jetzt ein schreckliches, kratziges Würgegeräusch, und ich spürte, wie mein ganzer Körper vor Mitgefühl und Ekel zusammenzuckte. Ich sah die Kanten des Buches aus seinem Mund hervorstehen, während Blackloth daran würgte, Speichel strömte und seine Augen traten hervor. Nun, das hatte ich nicht auf meiner Bingo-Karte gehabt, als ich heute Morgen aufwachte. Ich hatte nicht erwartet, einem Kobold dabei zuzuschauen, wie er ein Hardcover-Buch durch seinen Hals gebiert. Gott sei Dank sind Kobolde so... dehnbar.

Mein Würgereflex drohte mitzumachen, und ich musste wegschauen, um meine teilweise verdaute Schokolade und Popcorn bei mir zu behalten. Auch Dusty wandte den Blick ab. Es gab mehr Würgen und Spucken, und dann war es draußen und plumpste wie ein neugeborenes Baby in Blackloths wartende Hände.

Es ist ein Junge! wollte ich als Witz rufen, überlegte es mir aber anders. Ich würde bestimmt keine Scherze von Zuschauern wollen, wenn unsere Rollen vertauscht wären. Wenn überhaupt, sollten wir orale Betäubungsmittel oder Zigarren anbieten.

Der vordere Buchdeckel glänzte vom zähflüssigen Kobold-Speichel. Blackloth betrachtete das Buch in seinen Handflächen, nicht ohne einen kleinen Anflug von Stolz. Er wühlte in seiner Hosentasche, zog ein Taschentuch heraus und begann, das alte Leder zu trocknen. Jetzt konnten wir den vollständigen, mit Kupfer beprägten und geprägten Titel lesen.

1001 lebensverlängernde Elixiere und wie man sie herstellt, von Marcelo Matahandi.

»Ich weiß nicht, wie ich Ihnen danken soll«, sagte ich. Wenn ich gewusst hätte, dass es so eine... Umwälzung sein würde, hätte ich ihm sicherlich einen Obstkorb als Dankeschön mitgebracht. Bei meinem nächsten Besuch in Copperfield würde ich ihm auf jeden Fall einen Käsekuchen mit Kokosnusskruste mitbringen.

Er öffnete das Buch, bereit, im Glanz seiner Seiten zu schwelgen, als er erneut würgte.

Uh-oh. War eine Nachgeburt unterwegs? Vielleicht ein zweiter Band oder ein Nachtrag?

Aber darum musste ich mir keine Sorgen machen. Es gab etwas völlig anderes, worüber ich mir Sorgen machen musste. Ja, Blackloths Augen quollen wieder hervor, aber das lag daran, dass die Titelseite innerhalb der feuchten Umschläge von einem ganz anderen Buch stammte.

»Nein«, stöhnte er. »Nein, nein, nein.«

Der Tod ist nicht das Ende war der Titel des Inhalts, der in Matahandis Einband eingenäht war. Während er durch die Seiten blätterte, warf mir der Kobold einen unglücklichen Blick zu. »Es geht um Nekromantie«, sagte er mit einem traurigen Seufzen.

»Ich verstehe nicht«, sagte ich.

»Nekromantie ist die illegale dunkle Kunst, jemanden wieder zum Leben zu erwecken«, antwortete er.

Diesen Teil wusste ich. Was ich nicht verstand, war, wie jemand in Blackloths Gedächtnispalast eindringen konnte, um die Bücher auszutauschen. Es hatte wie ein ausgezeichnetes Sicherheitssystem gewirkt. Wer hatte es durchquert, und wie?

»Wie konnte das passieren?«, fragte ich. »Wer hat noch Zugang zu Ihrem Gedächtnispalast?«

»Niemand!«, antwortete er und sah mich an, als wäre ich verrückt. »Das ist doch der ganze Sinn des psychologischen Mechanismus. Es ist *nur* in meinem Kopf. Denken Sie daran wie an ein äußerst persönliches Taschenreich.«

Ich legte eine Hand an meine Schläfe. Die Idee eines persönlichen Taschenreichs im Kopf eines Kobolds im kleinen Taschenreich der

Bibliothek machte mich schwindelig. Es war wie eine magische Matrjoschka-Puppe. Ich war mir nicht einmal sicher, ob ich wusste, dass man ein Taschenreich in einem Taschenreich im Reich haben konnte.

Ugh. Ich musste mich setzen.

»Ich entschuldige mich«, sagte Blackloth und ließ den Kopf hängen.

»Sie haben nichts, wofür Sie sich entschuldigen müssten«, versicherte ich ihm.

Er biss sich auf die Unterlippe. »Ich habe meine Pflicht nicht erfüllt.«

»Herr Blackloth«, sagte ich. »Ich fürchte, Sie liegen falsch.«

Er sah zu mir auf, die alten grauen Augenbrauen verflochten sich wie Stahlwolle.

»Ich denke, Sie haben tatsächlich Ihre Pflicht erfüllt, aber für jemand anderen vor mir.«

Der Kobold keuchte und griff sich an die Brust. »Sie denken, ich bin korrupt!«

Ich schüttelte den Kopf. »Das denke ich nicht. Ich denke, Sie wurden hypnotisiert.«

Der Mund des Kobolds hing offen. »Hypnotisiert?«

»Sie sagten selbst, dass Ihnen der Name des Autors bekannt vorkam. Ich behaupte, das liegt daran, dass Sie das Buch kürzlich für jemand anderen geholt haben. Und dieser jemand hat Sie dazu gebracht, den Austausch vorzunehmen, den wir jetzt in Händen halten. Schauen Sie sich den Einband an«, sagte ich, und er tat es. »Das ist nicht die Arbeit eines Diebes in der Nacht. Wer auch immer das getan hat, weiß, wie man Buchrücken näht und klebt. Stimmen Sie zu?«

Niedergeschlagen stimmte der Kobold zu. »Ich würde diese perfekte Handwerkskunst aus einem Kilometer Entfernung erkennen«, sagte er. »Ich bin ein Verräter.«

Ich hätte ihn fast wieder geschlagen. »Sie sind kein Verräter. Sie wurden hypnotisiert. Jetzt müssen wir herausfinden, wer Ihnen das angetan hat.«

»Der tote Vogel könnte ein Hinweis sein«, warf Dusty ein. »Was bedeutet er?«

»Ich wage zu behaupten, dass es kein gutes Omen ist«, antwortete Blackloth.

»Eine Warnung?«, fragte die kleine Hexe.

»Vielleicht.«

»Okay«, sagte ich laut denkend. »Jemand kommt hierher und hypnotisiert Sie, um das Buch für sie zu holen.«

Der Kobold schüttelte den Kopf. »Niemand kann einfach *hierherkommen*. Das Copperfield-Institut wird von *Werwölfen* bewacht.«

Aaaah.

»Copperfield *wurde früher* von Werwölfen bewacht«, sagte ich. Die Dinge begannen langsam einen Sinn zu ergeben. Dieser Protest vor der Akademie war kein Zufall. »Wer bewacht es jetzt?« Ich hatte die Wachhütte auf dem Weg hinein nicht einmal angesehen, wahrscheinlich weil ich immer noch wütend war, dass Stoker beurlaubt werden musste, zu seiner eigenen Sicherheit, weil ein Mob von Fleischsäcken rote Farbe auf ihn werfen wollte.

»Es war ein Ork«, flüsterte Dusty.

Ja, ich erinnerte mich jetzt an sie. Ein ausdrucksloser Ork, der zu beschäftigt damit war, auf ihr Handy zu starren, um uns auch nur zu begrüßen. »Nun«, sagte ich und presste die Lippen zusammen. »Das ist kaum überraschend.«

Mein allgemeines Misstrauen gegenüber Orks hatte sich seit dem Kennenlernen von Gnrok und Rick stark verbessert, aber ich wusste, sie waren die Ausnahme - die einzigen guten Äpfel in einer Tüte voller fauler Früchte.

Ich wandte mich wieder an Blackloth. »Wenn Ihnen etwas einfällt, lassen Sie es mich bitte wissen. Die Direktorin hat meine Nummer. Wir müssen herausfinden, wer Sie überlistet hat, um ihnen das Buch zu geben.« Ich hob seine Pfeife auf und gab sie ihm zurück.

»Das werde ich«, sagte er mit neuer Kraft und Energie. »Sicherlich wird mir etwas einfallen, das unsere Ermittlungen lenken könnte.«

»Ich hoffe es«, antwortete ich. »Für den Moment sollten Sie Ihren Käsekuchen essen und ein Nickerchen machen. Vielleicht fällt Ihnen dann etwas ein.«

Er nickte enthusiastisch. »Ich stimme diesem Aktionsplan zu.« Er lüftete seinen imaginären Hut und huschte zurück in seinen versteckten Flügel, während Dusty und ich uns ungläubig anstarrten.

»Ist das wirklich gerade passiert?«, fragte sie mit vor Heiterkeit zitternder Stimme.

Die Situation war nicht komisch, aber ich konnte nicht anders, als zurückzulächeln, hörte dann aber auf, als ich mich an die Zeit erinnerte. Ich sah auf meine Uhr. »Verdammt«, sagte ich. »Ich habe nicht mehr viel Zeit.«

Wir blickten beide auf die arme Maple. Keiner von uns freute sich auf das, was als Nächstes passieren würde.

KAPITEL 24

KNURRENDE HUNDE

ASHA

Wir setzten uns an den polierten Tisch, dessen lackiertes Mahagoni die gleiche Farbe hatte wie die Wahrheitsserum-Bonbons, die wir gegessen hatten. Ich schob sie zu Maple hinüber.

»Maple?«, sagte ich sanft. Sie setzte sich widerwillig auf. »Nimm noch etwas Schokolade. Wir haben ein paar Fragen an Sie. Es sollte nicht lange dauern.«

Maple schluckte schwer und nahm einen Bonbon. Sie sah immer noch verängstigt aus, aber der blanke Terror schien aus ihrem Gesicht gewichen zu sein. Vielleicht hatte sie sich damit abgefunden, dass wir nicht ohne Antworten gehen würden. Ich blickte zu Dusty und sie nickte, dass sie bereit war.

»Maple«, begann ich. »In jener Nacht, als Zaleria entführt wurde.«

Das Mädchen vermied Blickkontakt. Ich konnte es ihr nicht verübeln.

»Sie waren wach, aber Sie haben so getan, als würden Sie schlafen.«

Das war eine gewagte Vermutung, aber sie schloss die Augen und nickte.

»Es war nicht das erste Mal«, murmelte Dusty.

Ich runzelte die Stirn. »Was?«

Dusty rutschte auf ihrem Sitz hin und her. »Es war nicht das erste Mal, dass er in ihren Schlafsaal kam.«

»*Was?*«

»Wir glauben, dass der Entführer ein Vampir ist, richtig?«

»Ja«, antwortete ich.

»Aber Vampire müssen eingeladen werden.«

»Du meinst also, es *war kein* Vampir?«, sagte ich. Ich merkte, dass ich falsch lag. »Nein. Du meinst, *er wurde eingeladen.*«

Dusty nickte langsam und ließ es für uns beide einsinken.

»Zaleria Chalice hat ihren Entführer eingeladen.«

Dusty neigte den Kopf. »Zaleria Chalice hat ihren *Freund* eingeladen.«

Mir fiel buchstäblich der Mund auf. »Sie wurde nicht entführt? Sie sind durchgebrannt? Weil ihre Eltern ihre Beziehung nicht gebilligt hätten?«

»Nein«, erwiderte Dusty. »Sie sind nicht durchgebrannt. Er hat sie gegen ihren Willen mitgenommen. Sie hat gegen ihn gekämpft, aber er hat sie betäubt. Der Kampf hat Maple geweckt. Der Vampir bemerkte, dass sie zuhörte.«

Maple sah gequält aus. Sie wollte die Erfahrung nicht noch einmal durchleben.

»Aber seine Magie wurde für Zaleria verwendet, also als er versuchte, Maple zu hypnotisieren, funktionierte es nicht. Stattdessen sagte er ihr, dass er ihre Familie töten würde, wenn sie jemandem ein Wort sagen würde.«

Ich schaute Maple an. Die Ärmste. Ich drückte ihre Hand.

»Er sagte, er würde mit ihrem kleinen Bruder anfangen -« Dusty stockte ein wenig und hörte auf zu sprechen.

»Oh, Maple«, sagte ich. »Kein Wunder, dass Sie geschwiegen haben.«

Maple begann wieder zu weinen. Sie hatte Todesangst vor den Folgen dieses Treffens. Ich erinnerte mich, wie nett ihre Eltern gewirkt hatten, wie süß das glucksende Baby war.

»Ich werde alles tun«, sagte ich. »*Alles*, um sie zu schützen.« Ich müsste mit Morgan über eine Art Sicherheitsvorkehrung sprechen – vampirsichere Vorkehrungen – oder einen Zeugenschutzplan, bis dieser verabscheuungswürdige Vampir gefunden würde. Ich würde mit Sam sprechen, um zu sehen, was er in der unberührten Welt tun könnte. Ich würde sie in mein eigenes Haus bringen und meine Lieblings-Ork-Leibwächter bitten, sie zu beschützen. Es wäre nicht für immer.

Maple weinte so heftig, dass es für Dusty schwierig war, ihre Gedanken zu lesen. Sie schüttelte den Kopf in meine Richtung. »Ich spüre nur ihre Angst«, sagte sie. »Sie kann nicht aufhören, sich das schlimmste Szenario vorzustellen, und es treibt sie in den Wahnsinn. Ich kann den Wahnsinn am Rand ihres Verstandes fühlen. Wie knurrende Hunde. Sie werden angreifen, ich kann es spüren.«

»Sie angreifen?«, fragte ich.

»Die dunklen Gedanken«, sagte Dusty. »Sie dringen ein. Vorher konnte sie sie zurückhalten. Als ob die Hunde an der Leine wären. Oder hinter einem Tor. Aber jetzt öffnet sich das Tor.«

»Jetzt?«, fragte ich. »Es wird jetzt schlimmer?«

»Ja«, sagte Dusty mit erstickter Stimme. »Es passiert genau jetzt.«

Mir stockte der Atem. Ich warf einen Blick auf die Pralinen. *Verdammt.*

»Sie sind sicher, Maple«, sagte ich zu ihr. »Sie sind hier bei uns in der Bibliothek in Sicherheit. Wir passen auf Sie auf.«

Maple zitterte.

»Sie hat keine Angst um ihr eigenes Leben«, sagte Dusty. »Es ist ihr egal, ob sie lebt oder stirbt.«

»Ich werde Ihre Familie beschützen«, versprach ich.

Sie schaute mich traurig an und schüttelte den Kopf.

»Sie können nicht«, sagte Dusty. »Das denkt sie. Sie sind jetzt so gut wie tot, und es ist alles ihre Schuld.«

»Maple! Das stimmt nicht.«

Ihr Zittern wurde stärker, und ihr ganzer Körper begann zu krampfen.

»Die Dunkelheit«, murmelte Dusty, die sich bemühte zu sprechen. »Die Hunde kommen durch das Tor.«

»Nein!« Ich packte Maples zitternde Arme über den Tisch hinweg. »Kämpf dagegen an! Sie dürfen dich nicht mitnehmen!«

»Sie wusste, dass das passieren würde«, sagte Dusty. »Sie sind seit jener Nacht da. Sie werden sie jetzt holen.«

»Nein!«, schrie ich wieder. »Kämpf gegen sie, Maple. Kämpf für deine Familie! Sie können dich nicht mitnehmen!«

»Sie haben sie«, sagte Dusty, Panik in ihrer Stimme. »Sie haben sie! Sie zerren sie weg.«

Ich drückte das Mädchen fester und versuchte, sie aufzuwecken, ihr zu zeigen, dass wir sicher in der Bibliothek waren. Ich blickte ihr in die Augen. »Bleib bei uns«, drängte ich. Aber sobald die Worte meine Lippen verließen, sah ich das Licht in ihren Augen erlöschen. Eine Kerzenflamme, ausgeblasen von einem bitteren Atem.

»Nein!«, riefen Dusty und ich gemeinsam, als Maples Körper zusammensackte. Dusty fing ihren Kopf auf, bevor er auf die Tischplatte schlug. Ich sprang auf und eilte zu Maples schlaffem Körper, nahm sie in meine Arme. Ich hob sie hoch und legte sie auf den Tisch. Dusty zog ihren Pullover aus und schob ihn unter den Kopf des Mädchens, dann holte sie eine Decke vom Ohrensessel in der Ecke und legte sie über sie. Maples Haut war kalt und bläulich verfärbt. Ich krallte meine Finger an ihr Handgelenk, als wären sie Schlangenzähne, und versuchte, einen Puls zu finden.

»Maple!«, rief ich. Ich zwang mich, die Augen zu schließen, um mich zu konzentrieren. Endlich fand ich ihn. Den schwächsten Schlag. Ihre Brust hob und senkte sich auf eine so flache Weise, dass es fast nicht wahrnehmbar war. Flüche durchzuckten meinen Schädel. Ich hatte das arme Mädchen zu weit getrieben.

»Wir brauchen einen Arzt«, sagte Dusty.

Ich schüttelte den Kopf. »Ich glaube nicht, dass ein Arzt helfen kann. Es war die Dunkelheit, die sie geholt hat.«

KAPITEL 25

EIN ZAUBERTRICK

MERCURY

Miss Black führte mich die große Treppe hinauf und durch einen Gang, der so breit und wundervoll tapeziert war, dass er in ein Fünf-Sterne-Hotel gehört hätte. Ich spähte in einige der Zimmer mit offenen Türen und konnte kaum glauben, was ich sah. Internatsschlafsäle? Auf keinen Fall. Und doch sah ich Hinweise auf die Teenager-Mädchen, die dort wohnten – Poster von Wikingern, 3D-Einhorn-Nachtlichter, Make-up, Schmuckorganizer, Kerzen, kuschelige Kissen und Decken und das ein oder andere Stofftier. Aber die Größe der Zimmer! Absolut riesig, nur für zwei Betten in jedem.

»Die Zimmer sind definitiv größer als die, die wir in Woodhaven haben«, sagte ich. Die Schlafsäle des Kinderheims waren Schuhschachteln im Vergleich hierzu. »Und nur zwei Betten in jedem!«

»Es geht eigentlich um die Gesellschaft«, sagte Miss Black. »Du kannst ein eigenes Zimmer haben, wenn du möchtest. Einige Mädchen tun das. Aber die meisten teilen sich lieber ein Zimmer, damit sie nach dem Licht-erlöschen noch reden können.« Sie zwinkerte mir verschwörerisch zu. Sie wirkte jetzt weniger angespannt, wahrscheinlich, weil ich die ärztliche Untersuchung bestanden hatte und weniger nervig war. Wir erreichten das Ende des Korridors und wurden langsamer. Miss Black öffnete die Tür mit der Nummer siebenundzwanzig. Sie zog eine Schlüsselkarte aus einer Tasche, die ich nicht sehen konnte, wie bei einem Zaubertrick, und gab sie mir.

»Falls du die Tür abschließen möchtest. Die meisten Mädchen tun es nicht, da es hier sehr sicher ist. Aber du musst tun, was dir lieber ist.«

Ich dankte ihr, nahm die Karte, und wir betraten das Zimmer.

Wie die anderen war es riesig, mit viel Platz, weißen Wänden und hohen Decken. Ein großes Fenster bot einen hübschen Blick auf das Gelände, und das eigene Badezimmer war das größte, das ich je gesehen hatte, mit einer Whirlpool-Badewanne, einer großzügigen Dusche und einem extrem flauschigen Badvorleger. Alles war weiß, von der Decke bis zum Boden, was fantastisch aussah, aber ich konnte mir nicht vorstellen, dass es sehr praktisch war.

»Du solltest alle Toilettenartikel, die du brauchst, im Schrank haben«, sagte Miss Black. »Aber wenn du irgendetwas anderes brauchst, absolut was auch immer, kannst du einfach eine Bestellung an der Rezeption aufgeben, und sie werden es für dich besorgen. Vielleicht gibt es eine spezielle Gesichtsreinigung, die du bevorzugst, oder eine bestimmte Zahnpasta? Bluetooth-Kopfhörer? Du kannst es sie einfach wissen lassen.«

Ich musste fast lachen. Eine bestimmte Zahnpasta? In Woodhaven? Ms. Hammond würde die kaufen, die am billigsten war, und zwar im Großpack.

»Ich bin sicher, es ist alles in Ordnung, danke.«

»Es gibt erstmal nur ein Bett, aber wenn du entscheidest, dass du eine Mitbewohnerin möchtest, lass es mich einfach wissen, und wir werden es arrangieren.«

Es ist ein Kingsize-Bett, dachte ich, *das muss es sein.* Ich hatte noch nie ein so riesiges Bett gesehen. Ich muss es wohl angestarrt haben, denn Miss Black sagte: »Wir kaufen nur die besten Matratzen und Memory-Kissen, also denke ich, du wirst bequem schlafen können.«

Auf dem Schreibtisch lag eine kleine, schmale Geschenkbox, eingewickelt in demselben Blauton wie der Besatz meines neuen Tunikkleides und mit einem eleganten weißen Band verschnürt. Sie stand im Schatten eines weißen Geschenkkorbs voller Obst, Handcremes, Badezusätze, gesunder Getränke und Snacks, aber sie stach heraus wie ein bunter Hund, weil sie das einzige blaue Objekt in einem Meer von Weiß war.

»Das ist für dich«, sagte Black und betrachtete das verpackte Geschenk. »Mach es ruhig auf.«

Als ich versuchte, die Box zu öffnen, bemerkte ich, dass meine Hände zitterten, und ich konnte das Band nicht aufbinden. Ich fühlte mich befangen, während Miss Black auf mich wartete, und schaffte es nur, den Knoten fester zu ziehen. Ich warf ihr einen entschuldigenden Blick zu, und sie winkte ab, nahm ein Messer aus einer versteckten Tasche und durchschnitt das schmale Band mit einer einzigen mühelosen Bewegung, bevor sie es wieder wegsteckte. Noch ein Zaubertrick. Die Klinge hatte aufgeblitzt, als sie sie hochhielt, und es war ein Bild, das in meinem Kopf bleiben würde.

Was enthielt diese magische Tasche noch? Pistolen? Baseballschläger?

Was soll ich sagen? Ich war froh, dass Miss Black und ich uns gut verstanden, denn ich wollte sie ganz sicher nicht als Feindin haben.

Ich öffnete die Box und zwang meine Finger, nicht mehr zu zittern. Darin befand sich eine Smartwatch.

»Oh«, rief ich aus. »Die liebe ich.« Und das tat ich. Es war das erste Geschenk, das ich je erhalten hatte, das brandneu war. Ich legte sie an und navigierte durch einige der Funktionen. Herzfrequenz, Sauerstoff, gegangene Schritte... und natürlich die Uhrzeit. »Nochmals vielen Dank«, sagte ich. Ich klang wie eine kaputte Schallplatte, aber was sagt man sonst, wenn jemand einem ständig Dinge schenkt?

»Sehr gerne. Die Uhr hilft uns ebenso sehr wie den Schülerinnen. Du wirst sehen, dass alle Mädchen eine haben. Du bekommst Benachrichtigungen für alle Mahlzeiten, Neuigkeiten und Veranstaltungen, also wenn du dir angewöhnst, sie zu tragen, wird dein Leben einfacher sein.«

Ein paar Stunden später vibrierte meine neue Uhr und teilte mir mit, dass es Zeit fürs Abendessen war. Mein Herz machte einen Sprung, und ich musste mir selbst sagen, dass ich mich entspannen sollte, es war nur das Abendessen. Ich wusste nicht, wohin ich gehen sollte, aber ich konnte den anderen Mädchen folgen. Ich hatte den besten Nachmittag verbracht und so getan, als wäre ich in einem schicken Hotel. Ich nahm ein langes Schaumbad, spielte Musik – den Soundtrack von *Hamilton* – und lag in meinem weißen Bademantel auf meinem riesigen Bett, während ich den Kronleuchter anstarrte und eine Nektarine aß. Ich durchsuchte die Schubladen und fand Hygieneartikel, Unterwäsche, frisch gewaschene Uniformen und Bücher. *Will ich eine Mitbewohnerin haben?*, fragte ich mich. Es wäre einfacher zu entscheiden, sobald ich einige der anderen kennengelernt hatte. Vielleicht waren sie alle total gemein. Oder vielleicht würde ich irgendwann Freundschaft mit einem anderen Mädchen schließen, und sie könnte einziehen, und dann würde ich Marielle weniger vermissen.

Marielle! Meine Güte, sie würde diesen Ort anbeten. Ich wünschte so sehr, wir hätten gemeinsam hierher kommen können. Würde Miss Black es über sich bringen, noch ein Mädchen aufzunehmen? Sobald ich mich hier zurechtgefunden hatte, würde ich das Thema mit ihr besprechen. Natürlich war jeder Neuankömmling eine enorme laufende Ausgabe, aber Celestia schien kein Budgetproblem zu haben. Ich warf mir ein Kleid und Sandalen über und machte mich zaghaft auf den Weg aus dem Zimmer. Etwa fünf Schülerinnen, alle in Tuniken, gingen in Richtung Treppe, also folgte ich ihnen schnell.

»Neues Mädchen!«, rief eine Stimme hinter mir, und ich zuckte überrascht zusammen. Ich drehte mich um, um zu sehen, wer es war. Ein Mädchen in meinem Alter mit blasser, aber gesunder pfirsichfarbener Haut, langen blonden Haaren und strahlend blauen Augen lächelte mich an. Sie war sehr hübsch – ein dekorierter Donut. Ich lächelte zurück.

»Du bist neu«, sagte sie.

»Ja. Ganz neu«, antwortete ich und hasste mich dann dafür, etwas so Dummes gesagt zu haben. Ich schüttelte den Kopf. »Ich meine, ich weiß nicht einmal, wo der Speisesaal ist.«

»Natürlich weißt du das nicht«, sagte sie. »Ich zeige ihn dir.« Sie war fröhlich, und ihr offenes Gesicht und ihre freundlichen Augen waren eine Einladung zur Freundschaft. Sie hakte meinen Arm in ihren ein. Es fühlte sich ein wenig seltsam an, aber auch tröstlich. Eine sofortige Freundin zu haben, würde es mir viel leichter machen, mich einzuleben.

»Ich bin Mercury«, sagte ich, als wir die Treppe hinuntergingen. Den Nachnamen würde ich vorerst weglassen.

»So schön, dich kennenzulernen, Mercury. Ich hoffe, wir können Freunde werden. Lass uns zusammen beim Abendessen sitzen.«

»Das wäre toll«, antwortete ich, so erleichtert. »Ich war nervös, allein zu gehen.«

Das blonde Mädchen lachte. »Hier gibt es nichts, worüber man nervös sein müsste.«

»Wie heißt du?«, fragte ich. Falls sie es mir bereits gesagt hatte, hatte ich es nicht gehört.

»Ich bin Zaleria«, sagte sie mit einem perfekten Lächeln, perfekten Zähnen. »Zaleria Chalice.«

KAPITEL 26

DIE WÄCHTER WERDEN ZUFRIEDEN SEIN

MERCURY

Der Speisesaal war, wie erwartet, genauso prunkvoll wie der Rest des Anwesens. Ich suchte nach dem Buffet, das wir früher in Woodhaven hatten. Dort war "Buffet" allerdings nur ein schickes Wort für etwas nicht so Schickes. Die Heimleiterin gab ihr Bestes – oder zumindest hoffte ich das – mit den wenigen begrenzten Zutaten, die sie vorrätig hatte. Manchmal durchforsteten wir die Zeitungsanzeigen für sie, auf der Suche nach guten Angeboten für die Art von Lebensmitteln, die wir kaufen durften: Suppenfleisch, Kartoffeln, Reis, Bohnen, Maismehl. Man konnte nie genug Maismehl haben, sagte die Heimleiterin. Es war die billigste Art, uns satt zu bekommen. Brei, Papp, sogar Maisbrot, wenn wir Glück hatten. Reis und Bohnen waren unsere anderen Grundnahrungsmittel, und niemand beschwerte sich allzu sehr.

Es reicht zu sagen, dass der Speisesaal in Celestia kein Buffet mit gummiartigen Rühreiern, zähem Toast oder gestockter Soße hatte. Stattdessen saßen wir an runden Achter-Tischen, und das Essen wurde von Kellnern serviert, bereits angerichtet und garniert, wie in einem Restaurant. Ich sage das, ohne je in einem Restaurant gewesen zu sein, aber ich hatte genug Filme gesehen, um eine gute Vorstellung davon zu haben, was es bedeutete.

Sie brachten jedem eine dampfende Schüssel duftender Kürbissuppe, mit Zimt gewürzt und mit Sahne und frischer Petersilie garniert.

»Ah, lecker«, seufzte Zaleria. »Ich *liebe* Kürbissuppe.«

Sie nahm ein Stück warmes Weißbrot aus dem Korb in der Tischmitte und reichte ihn dann weiter. Nach nur einem Bissen des knusprigen Brotes beschloss ich, dass ich den ganzen Korb essen müsste, so köstlich war es. Und die Butter! Ich glaube nicht, dass ich jemals zuvor echte Butter probiert hatte, denn sie war einfach das Beste auf der Welt. Im Kinderheim hatten wir Blöcke aus kalter, harter Margarine, und das auch nur, wenn wir es uns leisten konnten.

Alle anderen hatten bereits mit ihrer Suppe begonnen, also tat ich es auch, und sie war natürlich köstlich. Warm, würzig, süß und salzig. Einfach zu gut.

»Schwestern«, kündigte Zaleria an, »das ist Mercury. Sie ist in Zimmer siebenundzwanzig.«

Sechs freundliche Gesichter lächelten mich an, ihre Antwort ein Summen von Begrüßungen. Ich lächelte zurück und winkte schüchtern. Sie alle schienen super freundlich zu sein. Ich musste den netten Tisch erwischt haben, denn ich wusste aus Büchern und Fernsehen, dass nicht alle Teenagermädchen nett zueinander sind.

Ich nahm einen Schluck meines Wassers und verschluckte mich. Zaleria klopfte mir auf den Rücken, bis ich aufhörte zu husten.

»Alles okay?«, fragte sie mit vor Sorge weit aufgerissenen Augen.

Ich nickte. »Ja. Ich glaube, es ist nur in die falsche Röhre geraten.«

Sie zeigte Mitgefühl. »Ich hasse es, wenn das passiert.«

In Wahrheit war das Wasser sprudelnd gewesen, was mich überrascht und zum Verschlucken gebracht hatte. Auf dem Etikett der Flasche stand "Sprudelwasser". *Sprudelwasser! Was kommt als Nächstes?*

Ich beendete meine Suppe und griff nach mehr Brot. Zaleria lachte. »Langsam, Mercs! Du musst Platz für den Hauptgang lassen.«

Den Hauptgang? dachte ich. *War diese herzhafte Suppenschüssel nicht der Hauptgang?*

Ich ließ den Brotkorb in Ruhe, obwohl ich mich nach einer weiteren Scheibe sehnte.

»Und Dessert«, sagte eines der anderen Mädchen mit einem runden, glücklichen Gesicht. »Ich glaube, es gibt Pavlova!«

Ein Chor von »Ah, lecker« und ähnlichen Geräuschen ertönte am Tisch. Ich lächelte, als wüsste ich, was Pavlova war.

Eine Runde Kellner nahm unsere Schüsseln weg, und eine andere brachte gewärmte Teller mit Schweinekoteletts und Süßkartoffelecken, grünen Bohnen und Babyrote Bete. Die würzige Apfelsoße wurde separat serviert, ebenso wie der grüne Salat. Ich dachte, ich könnte zu voll sein, um zu essen, aber ich verschlang alles auf dem Teller und bediente mich dann am Salat. Zaleria schaute zustimmend zu. »Gut gemacht! Die Wächter werden zufrieden sein.«

Ich warf ihr einen fragenden Blick zu.

»Die meisten neuen Mädchen essen am Anfang nicht. Sie sind zu nervös. Es ist ein gutes Zeichen, dass du dein Essen genießt. Miss Black wird zufrieden sein.«

»Ich bin nervös«, gab ich zu. »Aber das Essen ist viel zu gut, um es abzulehnen.«

»Stimmt!«, sagte sie und lachte. Sie hatte ein entspanntes, unbeschwertes Lachen, und ich beschloss, dass ich sie mochte. »Oh, übrigens, falls sie dir jemals Essen servieren, das du nicht magst, kannst du nach etwas anderem fragen.«

»Ich kann mir nicht vorstellen, dass sie etwas servieren, das ich nicht mag«, antwortete ich.

Von Woodhaven zu kommen hatte die Messlatte ziemlich niedrig gelegt.

»Nun, weißt du, wie Maisey zum Beispiel keinen Fisch mag.« Ich schaute zu der brünetten Kurzhaarigen, die ihr Gesicht verzog. »Also bekommt sie an Fischabenden etwas anderes, weil sie das wissen. Aber wenn sie nicht im Voraus gewarnt werden, ist das auch in Ordnung, denn sie haben verzehrfertige Mahlzeiten im Hintergrund, die sie einfach in die Heißluftfritteuse stecken oder so.«

»Ich mag alle Lebensmittel«, sagte ich. »Glaube ich.«

Ich hatte nie den Luxus gehabt, die Nase über Lebensmittel zu rümpfen.

Du bekommst, was du bekommst, und du regst dich nicht auf.

»Gut. Maisey ist einfach wählerisch«, scherzte sie und zwinkerte. Maisey reagierte, indem sie Zaleria die Zunge herausstreckte, dann kicherten beide.

»Es ist gut, wählerisch zu sein«, sagte Maisey. »Es bedeutet, dass ich *Standards* habe.«

»Was auch immer«, sagte ein anderes Mädchen, zerknüllte ihre Papierserviette und warf sie auf Maisey. Maisey lachte und warf sie zurück.

Jemand räusperte sich hinter mir, und wir alle hörten auf zu lachen und saßen aufrecht.

»Guten Abend, Miss Black«, sagte das Mädchen mit dem runden Gesicht. Sie lächelte und flatterte mit den Wimpern in einer Geste der Unschuld.

»Guten Abend, meine Damen«, antwortete sie. Sie trug immer noch ihr viktorianisches, eng geschnürtes schwarzes Kleid, und der Kontrast zu den weißen Uniformen war stark. »Ich nehme an, Sie haben ein angenehmes Abendessen?«

»Oh, es war köstlich, Miss Black«, sagte Maisey. Der Rest von uns nickte in dringender Zustimmung.

»Ich bin froh, das zu hören.« Sie warf einen Blick auf meinen Teller und schien zufrieden, als sie ihn leer vorfand. »Nun denn, nur eine Erinnerung, auf Ihre Manieren zu achten.«

»Ja, Miss Black«, sangen wir im Chor.

Sie nickte forsch und überließ es uns, leise hinter ihrem Rücken zu kichern.

Die Pavlova kam, und sie war so hübsch, dass ich sie eine Weile anstarrte, bevor ich sie probierte. Die Meringue war süß und knusprig, die Früchte oben richtig frisch und herb, und die Schlagsahne brachte alles zusammen. Es war absolut...

»Hervorragend«, sagte eines der Mädchen, und ich stimmte zu.

Das Mädchen, das sich besonders auf die Pavlova gefreut hatte, die mit dem runden, glücklichen Gesicht, war auf halbem Weg durch ihre, als ihre Uhr piepte.

»Ach, Mann!«, sagte sie enttäuscht. Sie legte ihre Kuchengabel nieder. Die anderen Mädchen warfen ihr mitleidige Blicke zu.

»Was passiert?«, fragte ich Zaleria. »Muss sie irgendwo hin?«

»Francine hat ihr Tageskontingent aufgebraucht. Sie darf nichts mehr essen.«

»Es sei denn, sie geht joggen«, sagte das Mädchen neben mir.

Ich verstand nicht. »Kontingent?«

»Keine Sorge. Deine Uhr wird dir sagen, wenn du deines erreicht hast. Aber so wie du aussiehst, glaube ich, dass du in Ordnung sein wirst. Es ist wirklich nur für die Mädchen mit einem... etwas höheren BMI.«

Kontingente und BMI? Ich würde Zaleria später mehr darüber fragen, damit ich vor den anderen Mädchen nicht ahnungslos wirkte. Sie nahmen Gesundheit hier wirklich ernst. Das konnte nur gut sein.

»Ich dachte, Miss Black würde uns schelten«, sagte ich. »Oder bestrafen.«

»Oh nein«, sagte Maisey, ihre kurzen schwarzen Locken wippten, als sie den Kopf schüttelte. »Hier gibt es keine Strafen.«

»Wirklich?« Es war schwer zu glauben. »Aber Miss Black scheint sehr streng zu sein.«

»Oh, das ist alles nur Show«, sagte Francine. »Sie ist eigentlich ein Softie.«

Wieder schwer zu glauben.

»Keine Strafen... überhaupt?«

»Keine«, stimmte Zaleria ein und grinste. »Man könnte meinen, dass wir dann viel Unfug anstellen würden, nicht wahr? Aber das tun wir nicht.«

Ein anderes Mädchen nickte. »Wir haben alles, was wir brauchen, also gibt es keinen Grund, sich schlecht zu benehmen.«

Das ergab Sinn. Ich schätze, wir haben uns in Woodhaven auch gut benommen, abgesehen von gelegentlichen Diebstählen aus der Speisekammer – Marielle mochte gerne das Babymilchpulver essen, ich bevorzugte Cracker – und dem Aufbleiben weit nach dem Lichterlöschen, um Harry Potter zu lesen. Ms. Hammond bestrafte uns auch nie, nicht wirklich.

Francine beobachtete, wie ich meine Pavlova mit solcher Sehnsucht aß, dass ich es nicht ertragen konnte. Ich schob sie weg und lächelte sie an. »Sie sieht besser aus, als sie schmeckt«, sagte ich und verzog das Gesicht für den Effekt.

Zaleria hörte mich und schob ihre auch weg. »Zu süß für mich.«

Maisey hatte ihre bereits beendet, fügte aber hinzu: »Ich bereue es, das gegessen zu haben.«

Die anderen Mädchen machten mit. Zwei legten wortlos ihre Gabeln nieder, und die anderen beiden sagten: »Ich bin buchstäblich zu voll dafür« und »Es ist *viel* zu reichhaltig.«

Francine begann zu blinzeln, als ob sie Tränen zurückhalten würde. Sie schaute uns dankbar an, dann sahen wir uns alle an und lächelten.

In dieser Nacht, als ich ins Bett kletterte, ging ich all die Dinge durch, für die ich dankbar war. Das war etwas, das Ms. Hammond uns beigebracht hatte.

Wenn du willst, was du hast, wirst du immer genug haben. Wenn du willst, was du nicht hast, wirst du nie genug haben.

Diese Dankbarkeitsübung half uns, zurechtzukommen, wenn die Dinge in Woodhaven nicht so gut waren. Wenn kein Geld da war, um Strom für Licht oder heißes Wasser zu bezahlen, oder wenn uns im Winter im Bett kalt war, oder wenn das Abendessen weniger als sättigend war. Ms. Hammond erinnerte uns immer daran, dankbar für das zu sein, was wir hatten.

Celestia war so anders. Plötzlich hatte ich alles, was ich wollte – nun, abgesehen von Marielle und meiner grauen Strickjacke von Mama. Ich lag im Bett, umgeben von weißer Bettwäsche, Decken und Kissen, und begann, die Dinge aufzulisten, für die ich dankbar war, und bald war ich in einem tiefen Schlaf.

KAPITEL 27

WIR HABEN DAS GETAN

ASHA

Wir haben das getan, hatte Dusty immer wieder gesagt, während wir über Maple Mellors Körper wachten. Wir waren beide gleichermaßen entsetzt.

Wir haben das getan.

Nein, hatte ich ihr gesagt. *Der Vampir hat das getan.*

Aber das machte mich nicht wirklich besser. Ich musste definitiv den Großteil der Schuld auf mich nehmen. Maple war bei Bewusstsein, bevor wir sie bedrängt hatten, und jetzt war sie am Rande des Todes. Ein psychologisches Koma, so intensiv, dass ihr Körper fast aufgehört hatte zu funktionieren.

Die Flüche explodierten wieder in meinem Gehirn. Ich spürte ein Hin und Her in meinem eigenen verstörten Verstand.

Wir mussten es tun.

Wir mussten die Fragen stellen, um die Mädchen zu retten.

Aber zu welchem Preis?

Ich kam eine Stunde später als vereinbart im Sun Salutation Studio an. Obwohl Soleil Unpünktlichkeit verabscheute, war es das Früheste, was ich schaffen konnte, nachdem ich Matron Brohmuhilde angerufen hatte, damit sie sich um Maple kümmerte, nachdem wir sie ins Bett getragen hatten, und Dusty per Uber zurück zum Fernak-Anwesen geschickt hatte. Ich schickte der Direktorin eine hastige Sprachnachricht, in der ich ihr erzählte, was passiert war, und dass ich so schnell wie möglich zurück sein würde.

Es war ein Vampir, sagte ich ihr. *Jemand, den sie KANNTE.*

Dusty bestätigte später, dass der Mann, obwohl es zu dunkel war, um die Farbe des Umhangs zu erkennen, eine goldene Schlangenbrosche trug – eine Anstecknadel des Smaragde-Clans – genau wie Jax und Darick vermutet hatten. Magie kribbelte in meinen Fingern. Wir kamen der Sache näher. Ich hatte das Gefühl, dass wir genug entdeckt hatten, um die Geschichte langsam zu verstehen, aber die Teile noch nicht an die richtigen Stellen setzen konnten. Es war, als würde man mit verschiedenen Garnarten stricken, die sich von unbekannten Orten abspulten.

Ich klopfte an die Eingangstür des Yogastudios. Es war ruhig und dunkel. Ich wusste, dass ich zu spät war, aber hatte ich wirklich das ganze Treffen verpasst? Während ich mich fragte, ob ich noch einmal klopfen oder einfach nach Hause gehen sollte, sah ich drinnen Licht. Bald drehte sich die Türklinke, und Soleil lächelte mich an. Sie trug bereits ihren Umhang: ein atemberaubendes Muster aus blau getönten, fliegenden Raben.

»Es tut mir so leid«, sagte ich. Maples kalte Haut verfolgte mich, und ich erschauerte.

»Komm rein, liebes Kind«, sagte Soleil und schloss mich in ihre Arme. Sie war so gut darin, die Gefühle anderer zu erspüren, dass sie sofort wusste, dass ich nur so tat, als wäre alles in Ordnung. Sie führte mich hinein und schloss die Tür. Das Studio roch nach Sandelholz und Kerzenwachs. Es war vertraut und tröstlich.

Die Hohepriesterin setzte mich mit Kamillentee hin, der mit frisch gepflückten Blüten gebrüht war, und ich erzählte ihr alles. Ein paar Tränen wurden vergossen.

»Es war nicht deine Schuld«, sagte sie, als ich wegen Maple weinte.

Ich schniefte und wischte die Tränen ungeduldig mit meinem Ärmel weg. »Das sage ich mir auch immer wieder. Es zu glauben, ist etwas schwieriger.«

»Natürlich«, sagte sie. »Natürlich. Aber du hast getan, was du tun musstest. Daran gibt es nichts zu rütteln, egal wie hart du mit dir selbst ins Gericht gehst.«

Dennoch wirbelte die Schuld um mich herum. Ein nutzloses Gefühl, aber da war es nun mal.

Soleil schnippte mit den Fingern, und eine Flasche Whisky erschien auf dem Glastisch neben ihr.

»Das ist ein toller Partytrick«, sagte ich. »Wirst du ihn mir eines Tages beibringen?«

Sie zwinkerte. »Natürlich.« Soleil goss eine großzügige Menge der bernsteinfarbenen Flüssigkeit in unsere Teetassen. Sie wartete, bis ich ein paar Schlucke getrunken hatte, dann durchbohrte sie mich mit scharfen Augen.

»Und jetzt... fürchte ich, muss ich deine Last noch vergrößern.«

Sie legte ihre Hände in den Schoß und lehnte sich leicht nach vorne.

Ich zuckte mit den Schultern. Was auch immer es war, es konnte nicht schlimmer sein als das, wie ich mich bereits fühlte. Der leichtsinnige Teil von mir sagte *Ach, zum Teufel damit, lass es kommen.*

»In Ordnung«, sagte ich. Die Whisky-Kamillen-Kombination schien zu wirken. Ich seufzte und lehnte mich in den Stuhl zurück, und spürte, wie die Wirkung des Alkohols und der Kräuter mich langsam entspannte. »Was ist es?« Hoffentlich würde es nicht der sprichwörtliche Strohhalm sein, der dem Kamel das Rückgrat brach. Ich kippte den Rest des Cocktails in meinen Mund und war noch einmal froh, dass ich nicht mit meinem Roller unterwegs war.

Nun war es die Hohepriesterin, die tief Luft holte. Sie zögerte, als wüsste sie nicht, wo sie anfangen sollte. Ich sehe sie nicht gerne unwohl, also half ich ihr. »Ist es ein Fluch, der gebrochen werden muss, oder ein Auftragsmord?«

Sie lächelte – ein hölzernes Lächeln, ohne Heiterkeit. »Eigentlich ein bisschen von beidem.«

Ich nickte und wünschte mir mehr Tee, und er erschien.

»Danke«, sagte ich.

»Es wird dir definitiv nicht gefallen«, warnte sie.

»Ich bin kein Psychopath«, schoss ich zurück. »Ich töte keine Menschen, weil es mir gefällt—«

»Oh, Asha, ich weiß«, sagte die Hexe. »So habe ich das nicht gemeint. Ich denke nur, dass dir *dieser* Auftrag besonders missfallen wird.«

Ich blieb ruhig und wartete, bis sie fortfuhr.

»Die Ausbreitung des Werwolfvirus«, begann sie und hielt inne, vielleicht wartete sie darauf, dass ich meinen Frust zum Ausdruck brachte. Ich tat es nicht. »Es wird zu einem Problem für das Reich.«

»Hohepriesterin«, sagte ich, ruhig und klar. »Ich habe deutlich gemacht, wie ich über die Werwolf-Panik denke.«

»Ich weiß. Du hast eine Affinität für diese Kreaturen.«

Es war etwas mehr als das, aber ich antwortete nicht. »Was möchten Sie, dass ich tue?«

»Was wir immer tun müssen, wenn wir mit einer tödlichen Schlange konfrontiert werden. Ihren Kopf abschlagen.«

»Ihren Kopf abschlagen«, wiederholte ich, langsam verstehend.

»Asha. Wir brauchen dich, um den Alpha-Wolf zu töten.«

KAPITEL 28

EIN SEGEN UND EIN FLUCH

ASHA

Ich war sehr still während der Taxifahrt nach Hause. Soleil hatte meine Weigerung, den Alpha-Wolf zu töten, akzeptiert – vorerst. Sie sagte, ich solle darüber nachdenken, aber was sie meinte war, dass ich mich darauf vorbereiten sollte, es zu tun. Ja, ich konnte mir etwas Zeit zum Nachdenken nehmen, solange das Ergebnis war, dass ich zustimmen würde.

Sie drängte mich in die Ecke. Ich müsste mich entscheiden: entweder einen gefährlichen Werwolf töten – und vielleicht einen Krieg entfachen – oder meinen Platz im Zirkel verlieren, wie Savvy es vor Jahren getan hatte. Ich war auf keines dieser Szenarien vorbereitet, und ein kleiner Teil von mir hasste die Hohepriesterin dafür, dass sie mich zur Entscheidung zwang. Der Zirkel war meine Familie, und ich wollte sie nicht verlieren.

Verstehst du nicht? Soleils Worte hallten in meinem Kopf nach. *Wenn du zulässt, dass dieses Werwolfvirus unkontrolliert bleibt, wirst du* alle *verlieren, nicht nur deine Zirkelschwestern. Es ist eigentlich gar keine* Wahl.

Ich hatte die Werwolfpanik noch nicht ganz verinnerlicht. Ja, der Körper der Tochter der wahnsinnigen Hexe Malachay war von einem Wolf zerfleischt aufgefunden worden, und es hatte die üblichen Angriffe in der Stadt gegeben, was im normalen Bereich der Statistiken für Gewalt

135

zwischen Spezies lag. Ja, mehr unberührte Menschen wurden als üblich in Werwölfe verwandelt, aber ich wusste, dass diese Dinge in Phasen zyklisch verlaufen. Leider hinderte das die Presse nicht daran, negative Emotionen anzuheizen. Es war nicht so, dass ich glaubte, Wölfe seien komplett unschuldig – ich wusste nur, dass Menschen es auch nicht waren. Wenn die Presse die Zahlen der Wolf-Mensch-Gewalt hinausposaunt, scheinen diese Zahlen im Rampenlicht so hell, dass man leicht das große Ganze übersieht. Mensch-gegen-Mensch-Gewalt übertrifft bei weitem die andere, aber wenn man seine Version nur oft genug hinausschreit, werden sie manche Leute zwangsläufig glauben.

Soleil wollte, dass ich der Werwolffraktion den Kopf der Schlange abschlage, aber nach ihrer Logik müssten wir dann sicherlich auch das Oberhaupt der Menschen töten – den Präsidenten des Landes? Und das Oberhaupt des Rates? Es würde alles nur ins Chaos stürzen. Und ich hatte das Gefühl, dass uns ohnehin jede Menge Chaos bevorstand, ohne noch mehr davon einzuladen.

Ich gähnte laut und schaute auf mein Handy. Eine Nachricht war durchgekommen, ohne dass ich es gehört hatte.

Sam: *Besteht die Chance, dich heute Abend zu sehen?*

Mein Bauch wurde warm, als hätte ich gerade mehr von dem Kamille-Whisky-Tee getrunken.

Das musst du mir sagen, textete ich zurück. *Bin in zehn Minuten zu Hause.*

Bin gerade mit der Arbeit fertig, antwortete er. *Bis gleich. Ich bringe Abendessen mit.*

Mein Magen knurrte und schien Sams Plan eindeutig zuzustimmen.

Ich weiß, antwortete ich meinem Magen. *Er ist fast zu gut, um wahr zu sein.*

Gott sei Dank, schrieb ich Sam. *Ich wollte altes Toast zum Abendessen haben.*

Nicht, wenn ich es verhindern kann, antwortete er.

Vierzig Minuten später hatte ich geduscht, mich rasiert, meine Haare gewaschen und trug gerade etwas Make-up auf, als ich sein Auto draußen ankommen hörte. Ich spürte ein kleines Kribbeln durch meinen

Körper in Erwartung des Abends. Das Gespräch mit Soleil und der Whisky hatten geholfen, meine Schuldgefühle wegen Maple zu lindern, und ich beschloss, mich an diesem Abend trotz ihrer Bitte zu entspannen. Die Dinge schienen sich schnell zu entwickeln, und es könnte für lange Zeit meine letzte Gelegenheit sein, die Haare herunterzulassen. Ich würde Maple helfen, ich würde die vermissten Mädchen finden, ich würde irgendeine Lösung für die Werwolfpanik finden. Aber heute Abend würde ich einfach Sams Gesellschaft genießen.

Ich öffnete die Haustür und sah ihn im Licht stehen, die Hände voll mit Papiereinkaufstüten.

»Meine Dame«, sagte er und neigte leicht den Kopf.

Er ließ mich keine der Tüten nehmen. Stattdessen stapfte er hinein und stellte sie auf der Küchentheke ab. Ich liebte die Art, wie er sich in meiner Küche wohlzufühlen schien. Circe und Odysseus liefen, um ihn zu begrüßen, und er streichelte beide.

»Ihr lauft nicht, um mich nach einem harten Arbeitstag zu begrüßen«, murmelte ich zu ihnen.

Sam lachte leise. »Das ist nichts Persönliches.« Er hielt eine der Tüten hoch. »Ich habe Katzenleckerlies mitgebracht.«

Es schien eine Menge Essen zu sein. »Als du sagtest, du würdest Abendessen besorgen, dachte ich, du meintest Fast Food.«

»Nein«, antwortete er. »Ich habe vermutet, dass du heute nicht gut gegessen hast, also dachte ich, etwas nahrhaftes Essen würde helfen.«

Ich erinnerte mich daran, was ich an diesem Tag gegessen hatte. Popcorn und Wahrheitsserum-Schokolade. »Es war nicht mein bester Tag, ernährungstechnisch gesehen.«

»Keine Sorge«, antwortete er. »Ich werde das für dich in Ordnung bringen.«

Er holte das große Mezze-Plattenbrett unter der Theke hervor und begann, frisches Essen darauf zu stapeln. Salatblätter, Kirschtomaten, gewürfelter Gurken. Balsamico-Reduktion. Hummus, gerösteter Paprika-Dip, marinierte Auberginen, Kimchi, Dolmades. Veganer Käse – obwohl ich an diesem

Tag keine gute Veganerin gewesen war. Pita-Brot und Sauerteigbrot. Kleine dreieckige Spanakopita, bestreut mit Sesamsamen und Olivenöl.

»Das reicht, um eine Armee zu ernähren«, sagte ich und griff nach Tellern und Weingläsern.

»Meine Mutter hat mir immer beigebracht, lieber zu viel als zu wenig mitzubringen.«

Ich fühlte einen kleinen Stich in meinem Herzen. Ich versuchte, meinen Gesichtsausdruck neutral zu halten, aber Sam konnte man nichts vormachen.

»Habe ich etwas Falsches gesagt?«, fragte er, verschränkte die Arme und lehnte seine Hüfte gegen die Theke.

Ich schüttelte den Kopf.

»Das Essen hält sich«, sagte er langsam. »Falls du keinen Hunger hast. Kein Problem.«

»Das ist es nicht«, sagte ich.

Sein besorgter Blick verwandelte sich in Verständnis. »Ich bin ein Idiot«, sagte er.

»Nein!«, erwiderte ich. »Du bist wunderbar. Ich sterbe vor Hunger und du bist freundlich und großzügig.«

»Weil ich meine Mutter erwähnt habe«, sagte er. »Dumm von mir.«

»Nein«, sagte ich wieder. »Ich würde gerne von deiner Mutter hören. Es hat mich nur überrascht, glaube ich.«

Was würde ich nicht dafür tun, eine Mutter gehabt zu haben, die mir Dinge beibrachte wie »Bring lieber zu viel als zu wenig mit«, »Komm nie mit leeren Händen« und »Trage immer deine beste Unterwäsche«.

Die Wahrheit war, es war mir nie in den Sinn gekommen, dass er überhaupt eine Mutter *hatte*, was lächerlich war. Ich wusste wirklich nichts über den Mann. Aber natürlich hatte er eine Mutter. Man wächst nicht zu einem so rücksichtsvollen Mann heran ohne die sorgfältige Führung eines wunderbaren Elternteils. Dennoch warf mich seine Erwähnung aus der Bahn und erinnerte mich daran, was mir entgangen war. Keine Mutterliebe zu haben, ist eine lebenslange Wunde.

Ich machte ein Feuer und schenkte Wein ein, während Sam das Tablett fertig anrichtete. Es fühlte sich so gut an, Seite an Seite an sicheren, alltäglichen Dingen zu arbeiten. Ich verdrängte meine Sorgen in den Hintergrund. Wie lange sie dort bleiben würden, konnte niemand sagen. Der Detektiv brachte das Brett herein und stellte es auf den Couchtisch vor dem Feuer. Wir saßen dort auf dem Teppich, Seite an Seite, die Flammen malten auf unsere Gesichter, während wir das köstliche Essen teilten. Ich erzählte ihm, was mit Maple passiert war, aber nicht von Soleil, und er erzählte mir von seinem neuen Chef, der wie ein komplettes Arschloch klang.

»Ich kann ihn für dich verhexen, wenn du möchtest«, bot ich an.

Sam hätte fast seinen Wein vor Lachen ausgespuckt und grinste mich dann an. »Ich glaube nicht, dass das notwendig sein wird.«

»Man weiß nie«, argumentierte ich. »Es ist ein stehendes Angebot. Lass es mich wissen, wenn du deine Meinung änderst. Es kann sehr befriedigend sein, jemanden zu verhexen, der es verdient hat, verhext zu werden.«

Natürlich machte ich Witze – irgendwie. Hexereien können äußerst befriedigend sein, aber dunkle Magie zu wirken – selbst den kleinsten Fluch – bringt, obwohl es aufregend ist, *immer* Ärger mit sich. Das Pech, das du aussendest, kommt vielfach zu dir zurück, also ist es wirklich am besten, es ganz zu vermeiden.

»Inspektor Wilkinson«, sagte Sam. »Der neue Besen. Er versucht, einen guten ersten Eindruck zu machen, indem er den Status quo aufmischt, aber wir können alle durchschauen, was er tut. Er wird sich bald beruhigen, hoffe ich.«

»Wilkinson«, wiederholte ich, um mir den Namen zu merken. Ich dachte an Wilkinson Sword, einen Markennamen für Rasierklingen.

»Also hatten wir beide einen interessanten Tag«, lenkte er das Gespräch um. Wir hatten es geschafft, fast die Hälfte des Essens zu essen, und ich fühlte mich satt und glücklich.

»Ja«, stimmte ich zu und hob mein Glas. »Auf weniger interessante Tage in unserer unmittelbaren Zukunft.«

Sam nahm auch sein Glas, sah aber zweifelnd drein. »Irgendetwas sagt mir, dass dein Leben nie *nicht* interessant ist.«

Ich zuckte mit den Schultern. »Es ist ereignisreich. Das ist ein Segen und ein Fluch.«

»In der Tat«, sagte er.

Wir betrachteten einander nachdenklich. Die Atmosphäre im gemütlichen Raum schien dichter zu werden.

»Wahrscheinlich ist das der Grund, warum ich in der Vergangenheit mit niemandem eine Beziehung eingegangen bin«, meldete ich mich zu Wort.

»Zu beschäftigt damit, gegen die Bösewichte zu kämpfen«, sagte Sam.

»Zu beschäftigt, aber auch... ich will niemanden in Gefahr bringen.«

»Oh«, sagte Sam scherzhaft, »aber du hast nichts dagegen, mich da hineinzuziehen.«

Ich wusste, dass er scherzte, aber ich antwortete ernsthaft. »Doch, das habe ich«, erwiderte ich. »Das habe ich wirklich.«

»Und doch bin ich hier.« Seine Stimme war tief, und die Art, wie er mich ansah – seine Augen weich und hungrig zugleich – ließ mich schmelzen. So ein Klischee, aber so wahr. Ich wollte, dass er mich küsste. Ich wollte, dass er mich langsam gegen die Couch drückte, vor der wir saßen, und ich wollte einfach... unter ihm zerfließen. Er nahm mein fast leeres Weinglas mit seiner rechten Hand und umfasste meine Wange mit seiner linken. Ich sah in seine Augen, als er langsam – quälend langsam – seine Lippen auf meine legte. So sanft und unüberstürzt trotz der Hitze, die ich zwischen uns spürte. Er war so ein guter Küsser. Ich fühlte mich wirklich, als würde ich unter ihm schmelzen.

Sam stellte das Weinglas vorsichtig auf den Couchtisch, dann schob er das ganze Möbelstück vom Feuer weg. Eine Decke erschien auf dem Boden, zusammen mit einigen Dekokissen von der Couch. Ein Schauer lief durch meinen Körper. Sams Lächeln war verschwunden; nur Verlangen blieb übrig. Ich sah, wie seine Kiefermuskeln sich bewegten, als er seinen Hunger unterdrückte.

Unterdrück es nicht, wollte ich sagen. *Beiß lieber auf mich.*

Er drückte meine Schulter und drückte mich dann auf die vom Feuer gewärmte Decke, schob ein Kissen unter meinen Kopf. Ich hatte das Gefühl, durch den Boden zu fallen, aber Sam fing mich auf, seine Hände an meinen Armen, meiner Kehle, meiner Wange. Er schmiegte sich an meinen Hals, und mein Körper wurde unter seiner Berührung schlaff. Ich fühlte mich ihm völlig geöffnet. Mein Atem ging tief und langsam; meine Haut kribbelte überall.

Er sah mich wieder mit diesen feurigen Augen an, die mich innerlich entflammten. »Ich will dich«, flüsterte er.

Alles andere fiel weg. Ich nickte und packte ihn, zog ihn näher.

»Ich gehöre dir«, erwiderte ich, und ich meinte es in jeder Hinsicht.

KAPITEL 29

ZWEITES FRÜHSTÜCK

MERCURY

Meine Uhr vibrierte an meinem Handgelenk und weckte mich. Ich öffnete meine Augen und blickte in mein neues, wunderschönes, sonnendurchflutetes Zimmer. Alles war noch immer superweiß. Ich hatte den besten Schlaf aller Zeiten gehabt und fühlte mich zwar benommen, aber gut. Der Duschkopf hatte verschiedene Einstellungen, und ich probierte jede einzelne aus, um herauszufinden, welche mir am besten gefiel. Ich konnte mich nicht entscheiden. *Bei jeder Einstellung,* dachte ich, *muss dies die beste Dusche der Welt sein.*

Ich machte mir Sorgen, dass ich zu lange gebraucht hatte, um mich fertig zu machen, aber meine Uhr piepste pünktlich zum Frühstück, gerade als ich mit dem Anziehen fertig war. Kurz bevor ich hinausging, brach ich eine weiße Blume aus dem frischen Arrangement, das am Vorabend während des Abendessens auf den Tisch gestellt worden war, und steckte sie mir ins Haar. Ich hatte gesehen, wie die anderen Mädchen das taten, und fand, dass es gut aussah. Ich wollte dazugehören, und die Mädchen hier waren so freundlich, dass sie es mir leicht machten.

Ein sanftes Klopfen an der Tür.

»Komm rein«, rief ich, überprüfte mein Spiegelbild im Ganzkörperspiegel, der an der Innenseite der Schranktür angebracht war, und schloss sie dann.

Zaleria stand in der Türöffnung. »Fertig?«

»Fertig«, sagte ich und lächelte sie an.

Ich war es gewohnt, eine Scheibe kalten Toast zum Frühstück zu essen, weil ich den Brei nicht mochte, den die Heimleiterin als Haferbrei ausgab. Die anderen Kinder schien es nicht zu stören, aber ich konnte die Konsistenz nicht ausstehen. Außerdem ist Brei vom Speiseplan gestrichen, wenn man *Oliver Twist* ein paar Mal gelesen hat.

Ich nahm an, dass das Frühstück in Celestia großartig sein würde, und ich hatte recht. Diesmal gab es ein Buffet, ein richtiges, als hätte jemand für hundert Personen bestellt. Es gab so viele verschiedene Arten von Obst, dass ich dachte, ich würde den ganzen Tag brauchen, wenn ich alles probieren wollte. Äpfel und Trauben und Bananen, ja, aber auch exotisch aussehende Früchte, die ich noch nie zuvor gesehen hatte, darunter diese seltsame, rosa, außerirdisch aussehende mit weißem Fleisch und winzigen schwarzen Samen.

»Drachenfrucht«, erklärte Zaleria, als ich stehen blieb, um sie zu begutachten.

Joghurt, Müsli, Nüsse. Ein ganzer Tisch voller Backwaren: Croissants, Pfannkuchen, Puddingkuchen, Muffins, Scones mit Marmelade und Sahne. Dann gab es die Eierstation, wo eine ordentliche junge Köchin stand und Eier in ihrer geölten Pfanne kreisen ließ.

Ich wollte ein Frühstück mit fünf Gängen haben, aber ich bemerkte, dass die anderen Mädchen nicht viel Essen nahmen. Zaleria hatte ein Croissant und Kaffee, und ein paar getrocknete Aprikosen. Maisey hatte ein kleines Omelett. Francine hatte Lachs und Rührei auf Toast. Zaleria betrachtete meinen Teller, der vollgeladen war, und grinste. Ich fühlte mich ein wenig verlegen.

»Mach dir keine Sorgen, wir haben alle so angefangen«, sagte sie. »Aber du wirst sehen, man wird es schnell müde. Außerdem«, sie schaute auf ihre Uhr, »gibt es um halb elf Tee, also verspreche ich dir, dass du nicht verhungern wirst.«

»Tee?«

»Tee, Kaffee, Saft, Smoothies, Obst, Gebäck.«

Ah, dachte ich. *Ein zweites Frühstück, wie die Hobbits in* Der Herr der Ringe *haben.* Das gefiel mir.

»Danke, dass du so nett zu mir bist«, sagte ich.

Zaleria runzelte verwirrt die Stirn.

»Du bist nett«, sagte ich. »Du machst mir das Einleben viel leichter. Danke.«

»Natürlich!«, antwortete sie, als gäbe es keine andere Art zu sein. »Wir waren alle mal Neulinge.«

Wir setzten uns und begannen zu essen. Ich konnte es kaum erwarten, das Innere eines richtigen Klassenzimmers zu sehen.

»Wann beginnt der Unterricht?«, fragte ich.

»Oh, erst im nächsten Semester«, antwortete Maisey. »Wir haben Schulferien.«

»Oh«, sagte ich, biss in mein Croissant und bekam überall Krümel auf meinen Schoß.

Zaleria lachte mich aus. »Schau nicht so enttäuscht! Wir haben alle Ferien. Ich verspreche dir, dass es viel mehr Spaß macht als Schule. Es wird noch genug Zeit geben, um an Mathe und Naturwissenschaften zu arbeiten, oder was auch immer du so sehr ersehnst.«

»Ich habe nur ...«, sagte ich zögernd. Ich wollte nicht, dass sie schlecht von mir dachten. »Ich war einfach noch nie in einer richtigen Schule.«

Alle hörten auf zu essen, um mich anzustarren. Maisey legte ihre Gabel ab. »Was?«

»Ah«, sagte Zaleria. »Hausunterricht?«

Gewissermaßen, schätze ich. Ich nickte. »Ja.«

»Nun, du hast nichts verpasst«, sagte Francine. »Es ist hier genauso langweilig wie überall sonst.«

Irgendwie glaubte ich ihr nicht.

»Was macht ihr den ganzen Tag, wenn es keine Schulaufgaben gibt?«, fragte ich.

»Es gibt hier so viel zu tun«, sagte eines der anderen Mädchen, eine, die eine blau gerahmte Brille trug. »Du wirst dich nie langweilen. Was machst du normalerweise gerne?«

»Ich weiß nicht«, sagte ich. Woodhaven hatte kaum eine Fülle von Aktivitäten geboten. »Lesen, schätze ich.«

Ihre Augen wurden größer. »Oh mein Gott, Mercury, du wirst die Bibliothek hier lieben!«

Ich lächelte sie an. Zum Glück fragten die Mädchen nicht weiter nach Hobbys. Stattdessen zählten sie ihre eigenen auf. Francine liebte Reiten und Backen, Maisey war immer im Pool, und Zaleria machte gerne lange Spaziergänge, zeichnete und hörte Musik. Sie fragte mich, ob ich sie bei ihrem Morgenspaziergang begleiten wolle, und ich nahm ihre Einladung schnell an.

Wir verließen das Gebäude und gingen in den prächtigen Garten, vorbei an üppigen Blüten, die Luft reich mit ihrem Duft. Der Rasen sah für mich immer noch unecht aus; er war einfach zu perfekt.

»Also«, sagte Zaleria, »Keine Hobbys, dann? Außer Lesen?«

»Nein«, antwortete ich. »Ich würde gerne mit einigen beginnen. Ich könnte Francine fragen, ob ich heute Nachmittag mit ihr reiten kann. Oder vielleicht schaue ich mir die Bibliothek an.«

»Toll«, sagte Zaleria. Wir gingen an der Grenze vorbei, an der ich am Tag zuvor mit Miss Black gestanden hatte, und dahinter waren weitere Blumenbeete, weitere Bögen mit kletternden Rosen, weitere blühende Bäume. Als könnte man den ganzen Tag laufen und nie ans Ende gelangen.

»Spazierst du jeden Tag hier?«, fragte ich.

»Jep«, sagte sie lächelnd. »Muss das ganze Essen ablaufen.«

»So viel Essen«, stimmte ich zu. »Ich habe noch nie so viel Essen gesehen.«

»Woher bist du gekommen?«, fragte Zaleria. »Ich meine, wo warst du, bevor du hierherkamst?«

»Ich war in einem Kinderheim«, sagte ich. Ich spürte einen überraschenden Anflug von Heimweh.

»Ein Waisenhaus?«

Ich nickte. »Meine Eltern sind bei einem Autounfall gestorben, als ich ein Baby war.«

Zaleria blieb stehen, ein ausladender Bougainvillea-Zweig rahmte sie dort, wo sie stand. »Das tut mir so leid.« Ich konnte sehen, dass sie es ernst meinte, denn für einen Moment traten ihr Tränen in die Augen.

»Danke«, sagte ich, und wir gingen weiter. »Ich war mit ihnen im Auto, aber ich war in meinem Kindersitz angeschnallt, also habe ich überlebt.« Ich zuckte mit den Schultern. »Nun, das hat mir Ms. Hammond erzählt. Sie war die Hausmutter in dem Heim, in dem ich untergebracht war.«

»Ah«, sagte Zaleria. »So tragisch. Es tut mir sehr leid.«

»Ich habe mir früher gewünscht, dass ich mit ihnen gestorben wäre«, sagte ich. Das hatte ich noch nie jemandem erzählt, nicht einmal Marielle. »Denn was für einen Sinn hatte es, dass ich am Leben war, wenn sie tot waren, verstehst du? Sie waren diejenigen, die mich wollten, und dann waren sie weg. Was hatte es also für einen Sinn, dass ich am Leben war?«

»Weil du ein Schicksal hast«, sagte Zaleria, ihre Augen funkelten.

Ich lachte leise. »Ein Schicksal? Das klingt großartig.«

»Ich kann es spüren, Mercs. Du hast etwas. Etwas Besonderes. Du bist nicht wie die anderen Schwestern.«

»Das ist nur, weil ich neu bin«, argumentierte ich. »Sobald ich mich eingelebt habe, wirst du mich nicht mehr von den anderen Mädchen unterscheiden können.«

Zaleria lachte. »Als ob das jemals passieren würde.«

AM ENDE BLIEB ich den ganzen Tag bei Zaleria und lernte die Regeln kennen. Wir tranken vormittags Tee unter der riesigen Eiche, hatten ein üppiges Mittagessen mit Meeresfrüchte-Pasta und Salat, und dann Kaffee beim Nachmittagstee, den es offenbar auch gab.

»Ich werde mich nie an so viel Essen gewöhnen«, sagte ich, während ich mir einen Schokoladen-Macadamianuss-Brownie zu meinem Kaffee nahm. Wir setzten uns auf eine Picknickdecke, von denen viele im gefleckten Schatten unter der Eiche ausgebreitet waren.

»Doch, wirst du«, antwortete Zaleria belustigt. »Oder sie werden anfangen, deine Kalorien zu zählen.«

»Nein, danke«, sagte ich. Kalorien zu zählen erschien mir wie eine seltsame und erdrückende Idee. Ich würde nur die Hälfte des Brownies essen, sagte ich mir.

Ein Schatten fiel über uns, und wir schauten blinzelnd nach oben.

»Guten Nachmittag, meine Damen«, sagte Miss Black.

Wir standen beide auf, um sie zu begrüßen.

Sie betrachtete mich interessiert. »Wie leben Sie sich ein, liebe Mercury?«

»Sehr gut, danke«, antwortete ich. »Zaleria war sehr nett.«

Miss Black lächelte Zaleria auf ihre Art an, wobei das Lächeln ihre Augen nicht erreichte. »Ausgezeichnet.«

Wir warteten darauf, dass sie ging, damit wir uns setzen und unseren Kaffee zu Ende trinken konnten, aber sie zögerte.

»Ich wollte euch beide informieren, dass Maisey Bester an unsere Hochschule in Europa weitergezogen ist.«

»Was?«, sagte Zaleria. »Schon? Packt sie gerade?«

»Bereits gepackt und im Flugzeug«, sagte Miss Black. »Ist das nicht wunderbar?«

Zaleria nickte. »Ja. Aber schade, dass wir keine Chance hatten, uns zu verabschieden.«

»Es war alles ein bisschen überstürzt«, stimmte Miss Black zu. »Es wäre schön gewesen, eine Abschiedsfeier zu haben.«

»Ja«, sagten wir beide.

Miss Black wandte sich mir frontal zu. »Eines Tages wirst du an der Reihe sein, zur Universität zu gehen, Mercury. Du wirst studieren können, was du willst. Ist das nicht aufregend?«

»Ja«, sagte ich und nickte. »Sehr.« Aber in meinem Inneren sagte mein Körper *Nein.*

»Ist das nicht total seltsam?«, flüsterte ich Zaleria zu, als Miss Black zu einer anderen Gruppe von Mädchen weitergegangen war.

»Ein bisschen«, sagte sie und stellte ihre Tasse ab.

»Ein bisschen? Wir hatten nicht einmal die Chance, Auf Wiedersehen zu sagen.«

»Das passiert von Zeit zu Zeit«, sagte Zaleria. »Es ist wunderbar für die Schwestern, die ausgewählt werden. Universität in Europa! Klingt das nicht wie das beste Abenteuer?«

Das tat es. Aber die ganze Situation ließ mich unruhig zurück, und es hatte nichts damit zu tun, dass ich den ganzen Schokoladen-Brownie gegessen hatte.

»Zaleria?«, sagte ich. Sie schaute mich an. In der Nachmittagssonne sah ihr blondes Haar wie ein Heiligenschein um ihr Gesicht aus, und sie sah hübscher aus denn je. »Wie bist du hier gelandet?«

»Oh«, antwortete sie. »Daran erinnere ich mich nicht mehr so richtig.« Bevor ich nachhaken konnte, lächelte sie und sagte: »Wettlauf zu den Apfelbäumen?«, und bevor ich antworten konnte, rannte sie los, und ich lief, um sie einzuholen.

KAPITEL 30

UNZERBRECHLICH

ASHA

Als ich aufwachte, glühten noch einige Kohlen im Kamin, aber der Raum war kalt geworden. Mein Mund war trocken. Ich zog die schwere Decke, die vorher nicht da gewesen war, über meine Brust und rückte näher an Sam heran, weil ich mich an ihn kuscheln und das Gefühl seiner warmen Haut auf meiner genießen wollte. Aber er war weg.

Verdammt, dachte ich, nur halb wach. *Wohin verschwindet er immer?*

Ich versuchte, nicht darüber nachzudenken. Eigentlich wollte ich es gar nicht wissen. Ich würde nicht zulassen, dass das die köstlichste Nacht meines Lebens ruinierte. Mein Körper schmerzte noch davon – sowohl vom Verlangen als auch von der Magie – und ich stöhnte erneut, als ich mich an die Lust der vergangenen Stunden erinnerte. Ich kuschelte mich unter die Decke, mit der er mich zugedeckt hatte, und glitt zurück in einen tiefen und zufriedenen Schlummer.

Mein Gott, Frau, schrieb er mir später am Morgen. *Jeder Teil von dir ist magisch.*

Ich wurde rot, und ich spürte, wie der Rest meiner Beckenlust pulsierte, eine physiologische Erinnerung an den Vorabend. Seine Nachricht ließ mich tiefer atmen, und ich schaltete den Wasserkocher ein, um Tee zu machen, während ich über eine Antwort nachdachte. Obwohl ich einfach nur in den Erinnerungen an die Freuden der letzten Nacht schwelgen wollte, musste ich meinen Tag planen.

Nachdem wir zweifelsfrei bestätigt hatten, dass ein Smaragde-Vampir hinter den Entführungen steckte, musste ich die Anführerin des Smaragde-Clans – Sirilla Voltane – finden, um herauszufinden, was vor sich ging. Ich fand die Idee nicht toll, mich mit einem der verabscheuungswürdigsten Vampire in der Geschichte des Reiches zu treffen, aber es musste sein. Da ich nicht wusste, wo ich anfangen sollte, schickte ich eine Nachricht an Jacqueline Denna Knight, da sie die beste Vampirjägerin war, die ich kannte.

Hi Jax, hoffe, es läuft gut bei dir und Darick/Jinx Junior. Ich muss mit Voltane in Kontakt treten. Irgendwelche Ideen?

Sie antwortete fast sofort. *Voltane! Lass das. Warum?*

Es ist definitiv ein Smaragde-Vampir, der die Mädchen entführt.

Autsch, antwortete sie. *Voltane ist anscheinend ein echtes Miststück.*

Darick hatte das beim Mittagessen erwähnt. *Darick kennt sie, oder?*

Nicht sicher. Ich werde ihn fragen. Aber du gehst mit Backup, richtig? Du gehst nicht allein?

Ich gehe nicht allein, sagte ich, halb wahrheitsgemäß. Ich hatte keine Ahnung, was passieren würde. *Ich werde mit Morgan sprechen, vielleicht können wir ein Team zusammenstellen.*

Okay, gut. Ich frage Darick und melde mich.

Ich antwortete mit einem GIF eines Trolls, der mit den Wimpern klimperte und "Danke" sagte.

Fünf Minuten später hatte ich eine Antwort.

Darick sagt, Sirilla Voltane ist untergetaucht. Wurde seit Monaten nicht gesehen.

Wie viele Monate? fragte ich. Das erste Mädchen war vor sechs Wochen verschwunden.

Ein paar Monate.

Also ist Voltane ungefähr zu der Zeit untergetaucht, als die Mädchen zu verschwinden begannen, tippte ich, mehr zu mir selbst als zu Jax.

Ja, antwortete sie. *Hör zu, ich kann dir nicht helfen, Sirilla zu finden – ich bin, naja, elfzig Monate schwanger – aber ich kann ein Treffen mit dir und Sugar Shagar arrangieren, wenn du willst.*

Sugar Shagar? Was hatte die Ork-Mafia-Patin mit den vermissten Mädchen zu tun?

Jax spürte mein Zögern.

Keine Sorge, Sugars Gebell ist viel schlimmer als ihr Biss.

Hmm, antwortete ich, nicht völlig überzeugt.

Sugar hat Augen und Ohren ÜBERALL. Wenn jemand einen Hinweis hat, wo wir die Smaragdes finden können, dann sie.

Nun, ich hatte sowieso vor, sie zu sehen. Ich musste die Xarlug-Situation besprechen und die wachsende Dynamik hinter den Gerüchten vom Ewigen Krieg. Ich hatte nur nicht erwartet, dass es so bald sein würde.

Okay, tippte ich zurück. *Bitte arrangiere es für mich *schluck**

Ehrlich, sie ist nicht so schlimm, wie die Leute sagen. Die meisten Geschichten sind Großstadtlegenden.

Wie die, in der sie ihren Ehemann getötet hat, der zufällig der mächtigste Ork im Reich war? fragte ich.

Okay, diese ist wahr.

Die, wo sie ihren zweiten Ehemann an ihrem Hochzeitstag getötet hat?

Auch wahr.

Was ist mit der, wo sie ihr Baby mit in den Krieg genommen hat, an ihre Brust geschnallt?

Die stimmt nicht. Es war eigentlich nicht ihr Baby.

Das Baby von jemand anderem??

Nein. Es war eine Bombe.

Du hast recht, sie klingt wie ein Kätzchen. Ich weiß nicht, warum ich überhaupt besorgt war.

Dir wird nichts passieren, versicherte Jax.

Also wird sie mich nicht töten? fragte ich.

Die Zauberin wartete eine Weile, bevor sie antwortete. *Das habe ich nie behauptet.*

Etwas später erhielt ich die Einzelheiten zum Treffen.

Or'Capone Trattoria, sagte Jax. *Mittag. Komm bloß nicht zu spät.*

Ich sah auf die Uhr. Es war zehn Uhr. Wenn ich bald los würde, könnte ich ein Geschenk für das Baby besorgen. Das Problem mit Ork-Kindern ist, dass sie riesig sind, daher würde ein normaler menschlicher Laden nicht ausreichen. Ich brauchte ein übergroßes Spielzeug, etwas Grelles und Unzerbrechliches. Ich wusste nicht, wo ich hingehen sollte. Ich gab bildlich auf, nahm mein Handy und rief Rick an.

Kurz darauf erschien der riesige Ork vor meinem Haus. Er kam in etwas, das wie ein Armee-Panzer-Cabriolet mit Monstertruck-Rädern aussah, mit pinkfarbenen und lila Flammen, die entlang der Seiten gemalt waren. Ich umarmte den Ork – was für mich ein Novum war – und dankte ihm, dass er gekommen war.

»Kein Problem«, knurrte er. »Ich mag es, Spielzeug zu kaufen.«

Wir einigten uns darauf, dass wir nirgendwo in der Nähe des SubRealms sein wollten, obwohl dort alles in Ork-Größe kam. »Es gibt andere Orte«, versprach er. »Los geht's!«

Ich kraxelte die Seite des Panzers hoch, froh, dass ich nie hohe Hacken trug. Es war, als würde man eine dieser Indoor-Kletterwände erklimmen. Rick prüfte, ob es mir gut ging, knallte meine Tür zu und rannte dann herum und sprang mühelos auf seinen Sitz. Als ob die Größe seines Fahrzeugs völlig normal wäre.

»Ich weiß, was du denkst«, sagte er, als er den Motor startete.

Ich lächelte ihn an, unsicher, was ich sagen sollte.

»Du fragst dich, wofür ich kompensiere.«

Ich lachte. »Nein, das habe ich nicht gedacht.«

Er wackelte spielerisch mit den Augenbrauen und ließ den Motor aufheulen, und ich lachte wieder.

»Ich dachte nur, wie anders du aussiehst. Wie... glücklich.«

»Ich habe ein neues Lebensgefühl«, sagte er. »Einem Fleischwolf einer Wurstfabrik zu entkommen, gibt dir irgendwie eine einzigartige Perspektive.«

Ich neigte zustimmend den Kopf. »So wahr«, erwiderte ich.

»Aber keine Sorge«, sagte er. »Es ist nicht alles eitel Sonnenschein. Ich weiß, dass wir einen Job zu erledigen haben. Ich werde nicht in den Sonnenuntergang trippeln und vergessen, was du für mich getan hast.«

»Ich würde es lieben, wenn du ins Glück trippelst«, sagte ich. »Ich brauche nur vorher deine Hilfe, um meine Feinde zu besiegen, die Jungfern in Not zu retten und das Reich vor den Ork-Nazis zu bewahren.«

»Ist das alles?« sagte er und lächelte wieder. Ich ertappte mich dabei, wie ich seine braunen Zahnklumpen mit weniger Abscheu als zuvor betrachtete. Mir wurde klar, dass mir sein Geruch auch nicht mehr ausmachte – ein weiteres Novum – und es dämmerte mir, dass ich meinen allerersten Ork-Freund hatte.

»Halt dich an deinem Besen fest«, sagte er, als er Gas gab.

KAPITEL 31

KLEINKIND BURNING MAN

ASHA

Rick war ein unterhaltsamer Fahrer. Er drehte Ork-Rock voll auf, trug ständig Lippenbalsam auf – »Orklippen sind die schlimmsten« – und winkte zufälligen Leuten zu, die sein monströses Auto anstarrten. Er liebte es außerdem, zu hupen und seine Federung zum Hüpfen zu bringen, wenn Kinder zuschauten. Ich konnte mir ein Lächeln nicht verkneifen. Ich beobachtete, wie sein Lufterfrischer – ein gelber Cartoon-Hanuman, der vom Rückspiegel baumelte – seinen Sandelholzduft aus seinem riesigen Räucherstäbchen versprühte, das er wie ein Gewehr in den Armen hielt.

»Es hält mich ruhig«, sagte der Ork, und ich lachte.

Wir schlitterten, hüpften und schaukelten direkt auf den Parkplatz der RealmAsia Mall, wobei wir fast auf dem Gehweg parkten. Ricks Panzer nahm zweieinhalb reguläre Parkplätze ein, aber das schien ihn nicht zu stören.

»Komm schon«, sagte er und zeigte mir den Daumen hoch. »Lass uns Spielzeug kaufen gehen.«

Die »Mall« war eher wie ein Indoorflohmarkt. Es gab hauptsächlich chinesische Flaggen und Banner, aber ich sah auch Läden, die sich auf thailändische, japanische, vietnamesische und indische Waren spezialisierten. Ich vermutete, dass Rick seinen duftenden kleinen Hanuman aus dem letzteren gekauft hatte. Es machte Spaß, herumzuwandern und sich Realm-spezifische Dinge anzusehen. Vieles davon konnte man auch in normalen Menschenläden finden – Tupperware, Backzubehör, Gartengeräte – aber einige der interessantesten Dinge hatten eindeutig Realmer als Zielgruppe. Alle Arten von Deosprays und Parfüms, speziell für Orks formuliert, sowie Shampoos für extra Volumen, nicht-fettige Körperlotion und extra-starke aufhellende Zahnpasta. Ich konnte nicht anders, als zu denken, dass Letzteres wie ein Scheunentor-Zuschließen war, nachdem das Pferd bereits geflohen war. Es gab spezielle Balsame für Goblinhaut, Zahnfeilen und maßgeschneiderte Hüte mit Löchern für Elfenohren – nicht, dass ich mir einen Elfen vorstellen könnte, der hier einkauft oder die ausgestellten Hüte trägt.

Die Hexenprodukte gefielen mir nicht besonders. Ich konnte sofort erkennen, dass die getrockneten Kräuter abgestanden und unbrauchbar waren, die Kristalle gefälscht und die gebeizten und lackierten Zauberstäbe hohl und aus billigem Holz gefertigt waren. Die »Hexe«, die an der Kasse thronte, sah mich mit harten Augen an und warnte mich stumm, den Mund zu halten und weiterzugehen.

Tabletts mit Sushi, Frühlingsrollen, Samosas, Schüsseln mit Nudeln und Eierkuchen wetteiferten um die Aufmerksamkeit unserer fünf Sinne. Es gab auch Fliegen, Donuts und *amagwinya vetkoek* – »Fettkuchen« – ein herzhafter afrikanischer Donut, dessen Versprechen bereits im Namen steckt. Die Fritteusen liefen auf Hochtouren.

»Hunger?«, fragte Rick.

Den hatte ich, aber ich brachte es nicht übers Herz, ihm zu sagen, dass ich größtenteils vegan war. Das hätte sein Gehirn sprengen können. Wir einigten uns auf modisches Sandwich-Sushi. Eins für mich, neun für ihn, und trotzdem war er vor mir mit dem Essen fertig.

Wir kamen an Schaufenster um Schaufenster mit interessanten Kleinigkeiten vorbei. Ja, viele der Waren waren billig und fröhlich, meist aus Plastik, aber andere Dinge fielen mir ins Auge. Ein riesiger Spiegel, den meine Hühner lieben würden, bunte Wimpel, die an der Außenseite ihres Stalls hübsch aussehen würden, und eine Wetterfahne in Form eines

Hadedaschreiers, dieser Wesen, die wir liebten zu hassen. Natürlich waren wir nicht hier für Hühnerstalldekor, also hielt ich mein mit Kreditkarte beladenes Handy fest in meiner Tasche. Schließlich erreichten wir den Giant Baby Store. Wie der Name vermuten ließ, war er viel größer als die anderen kleinen Läden. Babykleidung wurde prominent ausgestellt – mit Orkgrößen, die hilfreich auf Karten über den Regalen angezeigt wurden. Wie alt würde Sugars Baby jetzt sein? Ein Jahr? Ich griff nach einem niedlichen Strampler für ein 18 Monate altes Kind, für alle Fälle. Er hatte einen schimmernden Regenbogen-Ombré-Look und Hasenohren und einen Schwanz.

Rick schaute zustimmend. »Das würde ich tragen«, sagte er.

Als Nächstes stürmten wir die Spielzeugabteilung. Auf den Wahnsinn war ich nicht vorbereitet. Wegen der Orks, die ich im SubRealm gesehen hatte, erwartete ich, dass die Orkwaren hier schlicht, in neutralen Farben und, nun ja, ein bisschen schäbig sein würden. Da ich nur SubRealm-Orkkleinkinder gesehen hatte, dachte ich, sie würden alle braune, zerlumpte Kleidung tragen und mit nacktem Hintern im Schlamm spielen. Dieser Laden hätte nicht unterschiedlicher sein können.

Tablets, Roller, Miniautos, Soundsysteme, Schlagzeuge, Discokugeln, Kostüme, Schmuck, Make-up, Bausets, Neon-Nachtlichter. Es war wie eine Kleinkinderversion eines Raves beim Burning Man.

Rick konnte nicht anders, als mit einigen der Spielzeuge zu spielen, und ich war versucht, mitzumachen, aber ich wusste auch, dass die Ork-Mafia-Patentante wahrscheinlich ihre Lakaien anweisen würde, mir einen frisch abgetrennten Einhornkopf ins Bett zu legen, wenn ich zu spät zu unserem Termin käme. Ich entschied mich für ein großes Babybuch – »perfekt für kleine Orkfinger« – und einen unglaublich großen, unzerstörbaren ferngesteuerten Affen mit einem Wortschatz von sechsundneunzig Wörtern und extra-flauschigem Fell. Vielleicht würde es unterbewusst dazu beitragen, dass das Kind Tiere als Freunde und nicht nur als Nahrung betrachtet. Das Einzige, was mich an dem Ding störte, waren die sechsundneunzig Wörter. Warum bei sechsundneunzig aufhören? Wären einhunderteins nicht besser? Welche Wörter waren es, und in welcher Sprache?

Die Kassiererin lächelte mich an, als ich mich ihr näherte. Ihre Augen wanderten zwischen Rick und mir hin und her, und ihr Gesicht wurde weich.

»Ach«, sagte sie. »Ihr Baby wird etwas ganz Besonderes sein.«

Ich quietschte vor Lachen und sie sah beleidigt aus. Ich schaute zurück zu Rick, um zu sehen, ob er sie gehört hatte, aber er war zu beschäftigt damit, auf einem aufblasbaren Drachen durch den Laden zu reiten.

»Entschuldigung«, sagte ich und hielt mir eine Hand vor den Mund. Ich hatte nicht vorgehabt, so übertrieben zu reagieren. »Ich wollte nicht so laut lachen. Wir sind nur Freunde. Die Geschenke sind für das Baby einer Freundin.«

»Oh«, antwortete sie und sah enttäuscht aus. Ich hingegen verzog das Gesicht bei dem Gedanken, wie schmerzhaft es wäre, ein Ork-Menschen-Baby zur Welt zu bringen. Die Kassiererin scannte die drei Produkte, ohne auf sie hinunterzuschauen, ich bezahlte, und Rick kam schließlich herüber, um mir beim Tragen zu helfen.

»Kennst du den Weg zur Trattoria?«, fragte ich auf dem Weg zurück zum flammenden Panzer. »Ich war noch nie dort.«

»Natürlich«, antwortete er. »Sie haben die beste Schwertmuschel-Suppe der Stadt.«

»Und die Leute haben kein Problem damit, mit der Mafia zu essen?«

»Nö«, sagte Rick, während wir in sein Auto kletterten. »Nicht, wenn die Muscheln so gut sind.«

»Was ist mit der Tatsache, dass Sugar Shagar Leute gerne vergiftet?«

»Ehrlich«, sinnierte der Ork, »wenn ich beim Essen dieser Suppe sterben würde, wäre das ein guter Abgang.«

Wir grinsten einander an.

»Du musst mich nicht begleiten«, sagte ich zu Rick, sobald wir vor der Trattoria hielten. Der Motor lief noch. »Danke für den Ausflug. Ich übernehme ab hier.«

»Hab ich was Falsches gesagt?«, fragte er.

»Nein, ich meine nur, du hast mir genug geholfen. Ich weiß das zu schätzen. Ich will nicht deinen ganzen Tag in Anspruch nehmen.«

Er schüttelte den Kopf. »Du verstehst es noch nicht.«

»Was?«

»Ich will dir helfen. Ich will dich beschützen. Das ist der einzige Weg, mein Volk zu beschützen.«

»Was hast du gehört?«

Er zuckte mit den Schultern. »Das Übliche. Orks, die verschwinden. Waffen, die angehäuft werden. Xarlug-Schläger, die Leuten drohen, beizutreten oder zu sterben. Deshalb sind wir hier, um Shagar zu sehen, oder?«

»Richtig«, sagte ich. »Auch weil ich Sirilla Voltane finden muss.«

Rick ließ den Panzer abwürgen. Als ich ihn ansah, waren seine Augen weit aufgerissen.

»Voltane?«, fragte er. »Das ist Selbstmord.«

»Ich weiß«, sagte ich. »Bereit für die vergiftete Muschelsuppe?«

KAPITEL 32

DER GEWÜRZGURKEN-GREMLIN

ASHA

ie Trattoria sah wunderbar aus, das Interieur heimelig und trotz Mittagszeit mit Kerzen beleuchtet. Das Aroma des italienischen Essens war, wie Rick mich gewarnt hatte, zu gut, um es zu ignorieren. Aber zuerst mussten wir an den Sicherheitsleuten vorbei, zwei riesigen, massigen Typen, die aussahen, als könnten sie uns jeden Moment den Kopf abreißen. Ich erschauderte, als ich mich an die Prüfung erinnerte, die wir im SubRealm durchgemacht hatten, und hasste sie unerklärlicherweise dafür. Mein Ritualmesser fühlte sich an, als würde es vibrieren. Ich hoffte, sie würden nicht versuchen, mich abzutasten.

»Ich habe einen Termin bei Frau Khargol«, erklärte ich ihnen. Sie musterten mich mit gelben Augen und hielten dabei ihre Waffen so, dass mir klar war: Sie hätten kein Problem damit, mich zu töten – tatsächlich würde es ihnen vermutlich sogar Spaß machen.

»Davon wissen wir nichts«, sagte einer. Der andere stocherte in seinen Zähnen und schnüffelte in meine Richtung.

»Mag sein«, antwortete ich. »Aber ich habe trotzdem einen Termin. Bitte lassen Sie sie wissen, dass wir hier sind.«

159

Ich dachte, sie würden vielleicht noch weiter argumentieren, einfach zur Unterhaltung, aber dann schienen sie aufzugeben und öffneten die Tür. Einige der Gäste schauten von ihren Espressos und Zeitungen zu uns auf, aber wir hielten ihr Interesse nicht lange, obwohl ich das Spielzeugäquivalent eines hundert Kilo schweren Gorillas in den Händen hielt. Ein weiteres Trio von Wachen mit AK47s sicherte die Bürotür am hinteren Ende des Restaurants. Einer der Männer wirkte etwas aufgeweckter als seine stumpfsinnigen Kollegen. Er schaute auf seine Uhr. »Asha Viridian Rook?«, fragte er.

»Ja«, antwortete ich. Ich bin immer dankbar, wenn jemand mit einer automatischen Sturmwaffe höflich zu mir ist. Er hinterfragte weder meinen großen Freund noch den Spielzeugaffen. Als er an die Bürotür klopfte und eine knappe Stimme uns hereinbefahl, wurde ich nervös. Ich hätte vorher zur Toilette gehen sollen, aber jetzt war es zu spät.

Das Büro war kein gewöhnliches Büro, trotz des riesigen polierten Eichenschreibtischs, hinter dem die Ork-Patentante saß: Es war eine Männerhöhle mit großartigen Details. Ein orkgroßes Feuer loderte im Kamin, gerahmte Ölgemälde wichtig aussehender Vorfahren, eine industriegroße Kaffeemaschine und eine kleine Bar in der Ecke. Abgesehen vom anhaltenden Orkgeruch war es perfekt.

Bevor ich den Mund öffnen konnte, um Shagar zu begrüßen, hörte ich ein Gurren hinter uns und den Text zu »Peppa Pig«. Ein gigantischer Flachbildschirm zeigte ein Zeichentrickferkel in einem Kleid, und auf dem Steinboden darunter, in einem hölzernen Bällebad-Käfig, befand sich das hässlichste Baby, das ich je gesehen hatte. Peppas nervige Stimme erklärte, wie wunderbar es sei, in Schlammpfützen zu springen. Ich fragte mich, ob das Baby den englischen Akzent übernehmen würde, wenn sie es lange genug anschaute.

»Hallo, Hexe«, sagte die Mafia-Mutter.

»Guten Morgen«, erwiderte ich und stand stramm. »Gratulation zu Ihrem Baby. Sie ist... größer als ich erwartet hatte.« Den Göttinnen des Glücks sei Dank, dass ich alles in XXL gekauft hatte.

Rick trat nach vorne und bot Shagar die Geschenke an, aber sie presste die Lippen zusammen und winkte ihn in Richtung des Kindes ab. Rick und ich warfen uns einen schnellen Blick zu, dann ging er gehorsam zum britischen Bällebad und begann, mit dem Kind zu sprechen, während er es mit den Geschenken erfreute.

Sugar seufzte und rieb sich die Augen. »Setzen Sie sich.«

Es war mehr ein Befehl als eine Einladung, und ich tat wie mir geheißen. Als sich meine Augen an das schummrige Licht in der Höhle gewöhnt hatten, sah ich die dunklen Ringe unter ihren Augen. Ich fragte mich, ob ihre Schlaflosigkeit nur auf das Baby zurückzuführen war oder ob es noch andere Dinge gab, die sie nachts wachhielten.

»Was brauchen Sie von mir?«, fragte sie. Trotz ihres Spitznamens schien sie nicht besonders gut darin zu sein, irgendetwas zu beschönigen. Dennoch schätzte ich ihre Bereitschaft, direkt auf den Punkt zu kommen, besonders wenn wir so viel herauszufinden hatten.

»Danke, dass Sie mich empfangen«, begann ich. Ich hörte Rick, der mit dem Baby in Babysprache redete. Dann ging er dazu über, ihr Wörter beizubringen. »Af-fe«, sagte er und zeigte dem Baby das riesige pelzige Tier. Für einen Moment befürchtete ich, es könnte sie erschrecken und wir würden markerschütternde Schreie hören, aber das geschah nicht. Sie schien begeistert und begann, ihre eigenen Affengeräusche zu machen, woraufhin Rick mitmachte.

»Ich suche nach Sirilla Voltane«, sagte ich.

»Warum sollte ich wissen, wo Voltane ist?«, verlangte sie zu wissen. »Was unterstellen Sie mir?«

»Nichts!«, stotterte ich. »Überhaupt nichts. Ich dachte nur, Sie wüssten vielleicht, wo sie sich aufhält.«

»Und ich frage Sie noch einmal, WARUM?«

»Frau Khargol, ich meine das nicht respektlos.«

»Aber?«, forderte sie mich auf.

»Aber die Orks und Vampire haben eine lange Tradition der... Zusammenarbeit.«

Ihre camembertfarbene Haut errötete. »Sie denken also, wir arbeiten zusammen?« Ich konnte spüren, wie es in ihr brodelte, und ich wollte nicht diejenige sein, die den Deckel vom Topf fliegen ließ.

»Nein, das denke ich nicht«, antwortete ich ehrlich. »Aber ich glaube schon, dass Sirilla Voltane mit irgendeinem Plan zur Zusammenarbeit an Sie herangetreten wäre.«

»Das hat sie«, sagte Shagar. »Wer sind Ihre Spione? *Ich werde sie mir nehmen.*«

»Was?«, fragte ich alarmiert.

»Ihre Spitzel«, sagte Rick hinter mir.

»Ich habe keine Spitzel«, antwortete ich. »Ich wünschte, ich hätte welche. Glauben Sie mir, das würde mein Leben erheblich erleichtern.«

»Hmm«, sagte sie und verengte ihre Augen. Wenn sie mir glaubte, dann widerwillig.

»Es wäre logisch für den Smaragde-Clan, auf Sie zuzugehen«, fuhr ich fort. »Orks im Kampf auf seiner Seite zu haben, bedeutet den halben Sieg, besonders unter Ihrer Führung.« Ich versuchte, ihr ein wenig zu schmeicheln, aber es war alles wahr. Sugar Shagar hatte die bösen Mächte, die das Reich bedroht hatten, so gut wie besiegt.

»Die Schlangen sind an mich herangetreten, ich sagte ihnen, sie sollen verschwinden oder sterben. Ist das alles, was Sie wissen wollten?« Sie rieb sich erneut die Augen und blickte auf den Berg Papierkram auf ihrem Schreibtisch.

»Würde es Ihnen etwas ausmachen, mir zu erzählen, welchen Plan sie Ihnen vorgelegt haben?«, fragte ich. »Je mehr ich über ihre Ambitionen weiß, desto besser kann ich mich darauf vorbereiten, das Reich zu schützen.«

Die erschöpfte Orkin schnaubte. »Sie? Was wollen Sie tun? Sie sind ziemlich klein, sogar für einen Menschen.«

»Größe ist nicht alles«, konterte ich, wohl wissend, dass es ein aussichtsloser Kampf war, mit einem gefährlichen Mafiaboss – Mafiabossin? –

darüber zu streiten, dass Dynamit in kleinen Päckchen kommt. Sie mochten klein nicht. Klein war verdächtig.

»Meine Magie ist nicht klein«, sagte ich, aber mein Tonfall klang nicht sehr überzeugend.

Sie seufzte wieder. »Sehen Sie, Hexe–«

»Mein Name ist Asha.«

Ihr Auge zuckte. »Sehen Sie, *Asha*. Ich schätze, dass Sie herkommen und helfen wollen. Wirklich. Aber diese Angelegenheiten gehen weiter und tiefer, als Sie je begreifen werden.«

»Das würden Sie zu Jaqueline Denna Knight nicht sagen«, fauchte ich.

Sugar ballte ihre großen, geschwollenen Finger zu einer Faust. »Tun Sie mir einen Gefallen. Vergleichen Sie sich nicht mit Knight. Das wird für niemanden gut enden.«

Mein Magen begann zu brennen. Jetzt war ich diejenige, die kochte. »Ihre Erwartungen an mich beiseite«, sagte ich, »mir wurde die Aufgabe übertragen, die vermissten Töchter zu finden und den Ewigen Krieg zu verhindern. Ich hatte gehofft, wir könnten Verbündete sein, aber ich sehe, Sie haben bereits entschieden, dass Sie keine Hilfe brauchen.«

Rick räusperte sich, und mir wurde klar, dass ich es angesichts der mörderischen Vergangenheit dieser Frau etwas runterschrauben sollte. Doch bevor ich mich entschuldigen konnte, schloss sie die Augen und legte ihren Kopf auf den Schreibtisch. Ich fand die Geste melodramatisch, bis ich verstand, dass sie tatsächlich schlief, als ich ihr leises Schnarchen hörte. Peppa war zu Ende. Das Baby bemerkte die Stille im Raum und begann zu jammern.

»Neiiii-n«, sagte Rick und suchte nach der Fernbedienung. »Nicht weinen.«

Er schien gut darin zu sein, mit den kleinen Rackern zu spielen, aber das Weinen schien ihn zu lähmen. Da ich selbst nicht gerade Frau Mütterlich war, marschierte ich zum Laufgitter und hob das Mädchen hoch.

Heiliiiiiige, dachte ich. *Ein Walrossbaby wäre leichter*. Meine Brustmuskeln schrien zusammen mit dem Kind.

»Du bist so ein großes Mädchen!«, schwärmte ich und versuchte, meine Grimasse zu überspielen. Sie beruhigte sich ein wenig, quengelte aber immer noch. Ich sank unelegant in einen Sessel und schaute zu Rick. »Hol ihr bitte etwas warme Milch, ja?«

Erfreut, dem, was er wie eine geladene Waffe behandelte, zu entkommen, nickte Rick und verließ die Höhle. Ich drehte das Baby auf meinem Schoß um, sodass wir uns gegenübersaßen. »Hallo, kleine Maus«, sagte ich mit einem Lächeln. Ich wippte sie ein wenig auf meinen Knien und machte dann ein paar Zaubertricks, bei denen Münzen verschwanden, was sie zum *Oooohen* und *Aaaah*en brachte. Obwohl sie wie eine mürrische Gewürzgurke mit Haube aussah, fühlte ich, wie ich Zuneigung für sie entwickelte. Sie war ja schließlich nur ein Baby. Sie erinnerte mich an Jax und ihr Baby, und ich fragte mich, ob die beiden Mädchen in Zukunft Freundinnen sein würden – ob man ihnen erlauben würde, Freundinnen zu sein. Orks wurden wegen der Rolle, die sie bei Acheron Baldassares Versuch, die Leere zu übernehmen, gespielt hatten, immer noch verachtet, aber das würde nicht immer so sein. *Was würde passieren*, überlegte ich, *wenn die Orks den Guten helfen könnten, zu gewinnen?* Das wäre besser für alle, einschließlich des kleinen Gremlins, der gerade meine Oberschenkel taub werden ließ.

Rick war mit einer warmen Flasche Milch aus der Küche für das Baby zurück und Muschelsuppe für uns.

»Was denn?«, sagte er, als ich ihm einen missbilligenden Blick zuwarf. »Keine Sorge, ich werde sie zuerst probieren.«

Wir verbrachten die nächsten zwanzig Minuten in angenehmer Stille. Rick schlürfte seine Suppe – und meine – und das Baby schlürfte ihre Milch. Danach gab es einen spontanen Rülpswettbewerb zwischen den beiden, der schließlich Sugar aufweckte. Rick sah besorgt aus und machte ihr schnell einen Kaffee, den er behutsam vor sie stellte, während er sich vorsichtshalber zurücklehnte, als wäre sie ein wütender Bär.

»Was ist passiert?«, fragte sie. »Was geht hier vor?«

»Nichts«, antwortete ich mit dem, was hoffentlich eine ruhige und gefasste Stimme war. »Es passiert nichts. Das süße Baby hat gerade seine Milch getrunken, und Sie hatten eine kleine Pause. Etwa zwanzig Minuten. Alles ist gut.«

Sie blinzelte mehrmals und sah verwirrt aus. Dann entdeckte sie den dampfenden Kaffee auf dem Schreibtisch und schaute uns mit misstrauischen Augen an. »Zwanzig Minuten?«

Wir nickten.

»Aber ich fühle mich... zwanzig Jahre jünger.«

»Gut!«, sagte ich aufrichtig. »Ich bin mir sicher, dass Sie es gebraucht haben.«

Ich spürte das Gewicht des Babys an meiner Brust. Milchbetrunken und schnarchend.

»Sie haben keinen Hokuspokus gemacht?«, fragte sie und benutzte ihren Finger als imaginären Zauberstab.

»Nein«, antwortete ich mit einem steifen Lächeln. Das Baby war wirklich schwer.

»Sie wird jetzt zwei Stunden schlafen«, sagte Sugar – hauptsächlich zu sich selbst, vermutete ich. »Das bedeutet, ich kann diese Arbeit erledigen.«

Ich saß einfach da, das hölzerne Lächeln auf meinem Gesicht festgeklebt. Wäre es unhöflich, sie zu bitten, ihr Baby zu nehmen, bevor ich jegliches Gefühl in meinem Unterkörper verlor? Rick las mein Gesicht und kam herüber, überraschte mich, indem er das Babynilpferd nahm und es in die stabile Krippe in der Ecke legte. Er war ein guter Mann. Und zu denken, dass er fast von dem neonazistischen Orkbataillon getötet worden wäre.

»Es gibt noch einen anderen Grund, warum ich hier bin«, sagte ich. Ich wollte das Eisen schmieden, solange es heiß war – oder in diesem Fall, solange die wütende Bärenmutter ausgeruht war.

»Fahren Sie fort«, sagte Sugar und kippte den Kaffee wie Tequila runter.

»Es gibt eine weitere Untergrundbewegung«, sagte ich, und merkte dann, wie dumm das war, weil die meisten Orks technisch gesehen unterirdisch lebten. »Was ich meine ist, die Xarlugs gewinnen an Macht und Schwung.«

»Die Xarlugs!«, rief sie, jetzt high von Schlaf und Koffein. »Was für ein völliger Unsinn.«

»Es ist wahr«, sagte Rick. »Wir haben es mit eigenen Augen gesehen.«

»Es ist nichts als ein Gerücht«, beharrte Sugar. »Eine urbane Legende. Eine Verschwörungstheorie.«

»Frau Khargol«, beharrte ich. »Wir haben es gesehen.«

»Ha«, bellte sie. Es war kein Lachen. »Eine Hexe und ein Ork wissen mehr über *mein Volk* als ich?«

»Das wollte ich nicht andeuten«, stammelte ich. »Es ist nur so, dass wir in–«

»Spar dir das«, polterte sie. »Eure paranoiden Einbildungen werden mich nicht überzeugen.«

»Gut«, sagte ich, stand auf und hoffte, dass meine Wackelbeine nicht nachgeben würden. »Ich kann Sie nicht zwingen, mir zu glauben.«

»Es ist eine lächerliche Geschichte«, fuhr sie fort. »Die Dinge, die ich gehört habe. Orks, die wie Vieh gebrandmarkt werden. Ehrlich!«

Rick und ich sahen einander an. Er begann, sein Hemd auszuziehen.

»Große Leere, Mann!«, prustete Sugar. »Ich bin eine verheiratete Frau!« Sie tat so, als würde sie ihre Augen bedecken, während sie durch ihre fetten Finger spähte, aber als sie Ricks Brandnarbe erblickte, ließ sie das Schauspiel fallen. Sie stand langsam auf und kam um den Schreibtisch herum. Sie näherte sich dem massigen Ork – nah genug, um die Brandmarkung zu inspizieren, aber immer noch mit Abstand, als ob zu nahe zu kommen es realer machen würde. Wir standen alle eine Weile wortlos da; das Knistern des Feuers war das einzige Geräusch.

»Das kann nicht wahr sein«, flüsterte sie so leise, wie ein Ork es schaffen konnte, die Augen immer noch auf Ricks zerstörte Haut geheftet.

»Ich versichere Ihnen, es ist wahr, Frau Khargol«, sagte Rick. »Ich war dort, im Käfig. Wir hatten nur das Glück, rauszukommen, bevor wir aufgeschnitten wurden. Andere hatten nicht so viel Glück.«

Wir erzählten ihr von der Organernte und den Schlächtern, dem Horror der Fleischmaschinen und der widerlichen rosa Paste. Als ich zu den Sybil-Zwillingen kam, musste sie sich wieder setzen.

»Die *Sybil-Zwillinge*? Was haben die mit unserem Volk zu tun?«

Was hatten sie *mit eurem Volk zu tun*, dachte ich. *Sie waren tot. Tot-isch. Hoffentlich.*

»Sie haben zusammengearbeitet«, erklärte ich. »Die Xarlug brauchen Geld, um den Krieg zu finanzieren. Die Sybil-Zwillinge waren Milliardäre. Sie hatten eine Partnerschaft – oder besser gesagt, die Elfen warfen mit ihrem Geld um sich, und die Orks taten, was ihnen gesagt wurde.«

»Wir müssen das stoppen«, sagte Sugar.

Ich nickte erleichtert, froh, dass sie endlich ein Gefühl für die Dringlichkeit und Ernsthaftigkeit hatte. »Die dunklen Mächte sammeln sich«, sagte ich. »Xarlug, Smaragde. Es ist nur eine Frage der Zeit, bevor sie mehr Böses anziehen. Dies ist genau das, worauf die Vampire, die nach Acherons Tod zurückgelassen wurden, gewartet haben. Wir dürfen nicht zulassen, dass sie stärker werden.«

»Ich verstehe«, sagte die Mafia-Patentante. »Ich werde Gespräche beginnen und eine Strategie entwickeln. Wir werden uns wiedersehen.«

Ich nahm das als ihre Entlassung. »Danke, Frau Khargol.«

Rick und ich nickten einander zu und gingen zur Tür.

Kurz bevor wir hinaustraten, rief Sugar mich. »Hexe«, sagte sie. Ich beschloss, sie nicht noch einmal an meinen Namen zu erinnern. »Du suchst nach Sirilla«, sagte sie.

»Ja.«

»Sie ist in den letzten Wochen sehr ruhig gewesen. Der Zeitpunkt der Entführungen dieser Mädchen würde wahrscheinlich passen. Du könntest Recht haben. Vielleicht hat sie sie.«

Ich nickte. Ihre Überlegungen waren nicht hilfreich, aber zumindest stimmten wir überein.

»In diesem Fall«, fuhr sie fort, »solltest du vielleicht ihren Kriegsbunker überprüfen.«

»Kriegsbunker?«, fragte ich.

»Wenn sie sich bedeckt hält, ist sie wahrscheinlich dort. Sie hat den Ruf, so eine Art Weltuntergangsvorbereiter zu sein.«

»Wissen Sie, wo er ist?«, fragte ich. »Der Bunker?«

Sugar gönnte uns ein großes Bauchlachen, das unangenehm lange anhielt. »Ich mag dich, Hexe«, sagte sie schließlich. »Du hast Humor.« Sie wandte sich wieder dem Papierstapel auf ihrem Schreibtisch zu, nahm ihren Stift auf und schaute nicht zurück. »Und danke für den Affen.«

Wir gingen aus dem Restaurant. Es waren jetzt mehr Gäste da, da es Mittagszeit war. Ich fragte mich, als ich ihre Augen in meinem Rücken spürte, ob einer von ihnen der Feind war. Ich wusste, dass Sugar Wachen direkt vor ihrer Bürotür postiert hatte, aber würde das genug sein? Nachdem ich den Gewürzgurken-Gremlin kennengelernt hatte, wollte ich nicht, dass ihr ein Leid geschah.

KAPITEL 33

SCHATTEN-SCHNEEWITTCHEN

ASHA

Rick setzte mich zu Hause ab.

»Danke für alles«, sagte ich. »Die Mitfahrgelegenheit, den Rat, die Gesellschaft. Ich weiß das zu schätzen.«

»Kein Problem«, erwiderte er, ließ den Motor aufheulen und grinste. »Das sollten wir mal wieder machen.«

Ich schenkte ihm ein schiefes Lächeln und winkte, während er holpernd und schlitternd die Straße hinunterfuhr. Die Begegnung mit der Mafia-Matriarchin war nervenaufreibend gewesen, aber definitiv die Sache wert. Klar, ich hatte immer noch keine Ahnung, wo sich Voltane versteckte, aber zumindest wusste ich jetzt, wo ich mit der Suche anfangen konnte. Der Kriegsbunker würde sich in einem sehr gut getarnten Taschenreich befinden, ich musste ihn nur finden. Salty an meiner Seite zu haben, wäre unbezahlbar. Ich machte mir eine mentale Notiz, sie anzurufen und vielleicht auf ein paar Limetten-Milchshakes einzuladen. Es könnte schwierig werden, sie zu überzeugen, sich einzumischen. Sie war gerade erst ins Leben zurückgekehrt und wollte wahrscheinlich nichts riskieren, was das wieder gefährden könnte. Um sie zu überzeugen, müsste ich kreativ werden.

Sugar Shagars Rede vom Kriegsbunker hatte mich auch wieder an die Kellerkinder denken lassen, nicht dass sie jemals wirklich weit von meinen Gedanken entfernt waren. Ich träumte immer noch von ihnen – von ihren blassen, ausgemergelten Gesichtern, ihren löchrigen Decken, den kleinen Skeletten, die im Garten ausgegraben wurden – und hin und wieder glaubte ich, einen von ihnen in einer Zimmerecke oder am unteren Ende der Treppe zu sehen. Es war beunruhigend, von den Kindern verfolgt zu werden, die ich gerettet hatte. Sollte es nicht eigentlich umgekehrt sein? Aber ich wusste, warum sie da waren, warum ihre Seelen immer noch an meine gebunden waren. Es lag daran, dass ich den Fall noch nicht vollständig gelöst hatte. Ja, ich hatte mich um den alten Taranath gekümmert, aber ich hatte die Frau mit den dunklen Haaren und der glatten weißen Haut noch nicht gefunden. Die böse Version von Schneewittchen. Oder vielleicht das, wozu Schneewittchen herangewachsen wäre, wenn sie ihre Schattenseite ihr Leben hätte bestimmen lassen – Kinder bedrohend, so wie ihr Leben als Kind bedroht worden war. Schatten-Schneewittchen. Sie war diejenige, die die Kinder an Taranath geliefert hatte, und die Kelche hatten erwähnt, dass wieder Waisenkinder entführt wurden. Ich wusste, ich musste sie finden und stoppen.

Ich ging in meinen Dschungelgarten und erntete ein paar Erdbeeren zum Essen. Es gab so viele, dass ich reichlich für die Hühner übrig hatte, und ich legte auch einige auf das Vogelfutterhäuschen. Ich sprach ein kurzes Gebet zur Göttin des Überflusses und setzte mich dann auf die Bank und schrieb Sam eine SMS.

Ich habe heute Morgen die Chefin der Ork-Mafia getroffen und ihrem Baby warme Milch gegeben. Dann haben sie und Rick einen Rülpswettbewerb veranstaltet. Das Baby, nicht die Chefin der Mafia. Wie läuft dein Tag so?

Er schickte mir ein lachendes Emoji zurück.

Ich vermisse dich, schrieb er. *Ich wollte gestern Abend nicht gehen.*

Aber warum bist du dann gegangen? wollte ich fragen, tat es aber nicht. *Ich wollte auch nicht, dass du gehst*, tippte ich.

Ich konnte es kaum erwarten, ihn wiederzusehen, aber ich wollte auch nicht wie ein verliebter Welpe wirken, also kam ich zur Sache. *Ich brauche deine Hilfe bei einem Fall.* Dann, da ich mich an meine guten Manieren erinnerte, fügte ich schnell hinzu: *Bitte.*

Auf seiner Seite gab es eine kurze Pause. *Ich würde dir gerne helfen,* antwortete er. *Aber wir müssen vorsichtig sein. Wilkinson ist ein richtiger Pain in the Ass. Er steckt seine Nase überall rein.*

Oh nein, tippte ich. Das war nicht das, was ich hören wollte.

Ich kann das machen, schrieb er. *Ich brauche vielleicht nur etwas mehr Zeit. Ich kann nicht mehr einfach auf eigene Faust losziehen, er stellt zu viele Fragen. Und jedes Mal, wenn ich die Forensik- oder Datentypen nach irgendeinem Abgleich frage, muss ich es aufzeichnen, dann sieht Wilkinson es und stellt Fragen.*

Hades, schickte ich zurück. *Das ist nicht das, was ich hören wollte. Ich muss an Taranaths Bank- und Telefonaufzeichnungen kommen. Ich muss diese Frau finden, die Kinder aus Waisenhäusern entführt.*

Das wird nicht einfach werden, antwortete Sam. *Ich werde mein Bestes versuchen.*

Danke, tippte ich. *Du bist möglicherweise mein Lieblingsdetektiv im Reich.*

Freut mich zu hören, antwortete er.

»Verdammt!«, sagte ich laut und warf mein Handy neben mich auf die Bank. Die Hühner glucksten aufgeregt. Das Letzte, was ich brauchte, war ein kleinlicher Inspektor, der Sam auf den Fersen war. Ich hoffte um unser beider willen, dass er nicht lange bleiben würde. Ich konnte den Gedanken nicht ertragen, dass Sam meinetwegen in Schwierigkeiten geraten könnte.

Ich holte ein paar Mal tief Luft, genoss den Sonnenschein, der auf den Blättern spielte, und beobachtete, wie ein schwarz-weißer Holzbohrer vorbeisummte. Ein Vogel hatte die Erdbeeren auf dem Futterhäuschen entdeckt und stopfte sich voll.

Wenn Sam mir nicht helfen konnte, Taranaths Aufzeichnungen zu bekommen, müsste ich sie selbst beschaffen.

Ich saß im Garten und nahm die Sonnenstrahlen, das reine Blau des Himmels und die Energie der Bäume und Pflanzen um mich herum in mich auf. Ich versuchte, meiner Angst, all das zu verlieren, nicht nachzugeben. Mein Handy begann auf der Bank zu vibrieren, und ich sah, dass es Savannah war. War heute Dienstag? Gin-and-Frolic-Tag?

»Liebling!«, gurrte sie, als ich ranging. »Wie geht's dir?«

»Ach, du weißt schon«, antwortete ich. »Kämpfe jeden Tag darum, das Gleichgewicht im Reich wiederherzustellen, bevor es in einer Katastrophe aus Gewalt und Zerstörung implodiert.«

Sie kicherte. »Gut zu hören.«

»Ich habe keine Ahnung, welcher Wochentag heute ist«, sagte ich. »Trinken wir heute Gin?«

»Du bist zwei Tage zu früh dran«, antwortete sie. »Normalerweise würde ich sagen, scheiß drauf, lass es uns trotzdem tun, aber ich habe heute Abend ein Date.«

»Oooh«, sang ich kindisch. »Savvy und ein Fremder sitzen auf 'nem Baum.«

»Er ist kein Fremder«, sagte Savvy. »Er ist absolut wunderbar, und ich werde euch beide bald vorstellen.«

»Was dauert denn so lange?«, fragte ich.

»Ich weiß nicht«, summte sie. »Ich glaube, ich will es nicht verschreien.«

Natürlich war ich neugierig, diesen tollen Mann kennenzulernen, aber ich wollte auch seinen Hintergrund überprüfen. Nur die üblichen Kontrollen, bevor sie sich zu sehr mit jemandem einließ. Hatte er ein Vorstrafenregister? Ex-Frauen? Was dachte seine Schwester von ihm? Es gab eine Menge Kästchen zum Abhaken, bevor er meine Zustimmung bekommen würde, mit meiner flatterhaften besten Freundin auszugehen.

»Was weißt du über ihn?«, fragte ich. »Schick mir seinen vollen Namen und seine Ausweisnummer, und ich werde eine Überprüfung für dich durchführen.«

Savvy brach in schallendes Gelächter aus. »Asha! Nein!«

»Okay, schön. Nur seinen vollen Namen dann.«

»Nein!«, rief sie, immer noch lachend. Ich lächelte auch, aber ich hatte nicht gescherzt.

»Alles, was du wissen musst, beste Hexe, ist, dass er gut für mich ist« – um ehrlich zu sein, war mir aufgefallen, dass Savvy weniger trank – »und gut für Abigail. Er ist so süß zu ihr. Ich will das wirklich nicht vermasseln.« Ein kleiner Stich schützender Angst, als sie den Namen ihrer Tochter – meiner Patentochter – erwähnte. Jetzt musste ich ihn treffen. So schnell wie möglich.

Ich seufzte. »Okay. Ich höre auf, kontrollsüchtig zu sein. Aber lass uns ein Treffen vereinbaren.«

»Ja«, stimmte sie zu. »Das wird wunderbar. Bald, versprochen.«

Ich verstand ihre Zögerlichkeit. Wenn er ein aufrechter Kerl war, der sich an die Regeln hielt, könnte ihn eine beste Freundin wie ich abschrecken. Stell dir vor, du triffst die Frau deiner Träume, und dann stellt sich heraus, dass ihre beste Freundin eine grüne Hexen-Assassine mit magischem und emotionalem Gepäck ist. Nicht ideal. Außerdem, wenn ich ihn treffen und nicht mögen würde, wäre das für Savvy genauso schrecklich. Das waren also zwei gewichtige Gründe, unser Treffen aufzuschieben. Fürs Erste.

»Ich weiß, du bist beschäftigt damit, die Welt zu retten und so«, sagte Savvy. »Aber gibt es eine Chance, dass du heute Abend auf Abi aufpassen kannst? Sie braucht natürlich keinen Babysitter, aber ich will sie nicht alleine zu Hause lassen. Nicht bei all diesem Drama, das gerade passiert.«

»Natürlich«, antwortete ich. »Ich habe sie seit Ewigkeiten nicht gesehen und vermisse sie. Das wird toll.«

»Du bist unglaublich«, sagte sie. »Du bist wirklich die beste Hexe. Griffin nimmt mich mit irgendwohin.«

»Irgendwohin?« *Verdächtig.*

»Sei nicht so. Er will mich überraschen«, sagte sie.

»Hmm«, murmelte ich. »Schalte deine persönliche Ortungs-App ein, damit ich sehen kann, wo du bist.«

»Nein!«, sagte sie und lachte wieder. Ich war froh, dass sie das so lustig fand. »Asha, hör auf. Ernsthaft. Du erinnerst mich an den überfürsorglichen Vater, den ich nie hatte.«

»Autsch«, erwiderte ich. »Viel Spaß heute Abend. Ich freue mich darauf, Abi zu sehen.«

Nachdem wir aufgelegt hatten, saß ich noch eine Weile da, nahm die Fülle der magischen Energie von Mutter Natur in mich auf, und dann machte ich mich an die Arbeit.

KAPITEL 34

KLEINES TAPFERES HERZ

ASHA

Die Sonne war gerade dabei unterzugehen, als ich mit steifem Nacken von meiner Arbeit aufblickte. Ich war völlig im Flow gewesen, und die Zeit war einfach vergangen. Ich hatte alle einhundert Glamour-Vapes fertiggestellt, die die magische Apotheke bei mir bestellt hatte, und genug Trank für weitere zweihundert angesetzt, von denen ich ziemlich sicher war, dass sie sie bestellen würden. Ich brauchte das Geld wirklich, um Thomas Harveys magisches Tierschutz-projekt zu unterstützen, bis die BetterRealm-Stiftung uns den Scheck aushändigen würde. Die Vapes waren ordentlich verpackt und in einer Kiste versiegelt. Ich klebte sie zu und dachte an ein Glas Rotwein als Belohnung. Heute Abend würde ich ausruhen und Qualitätszeit mit meinem Feenpatenkind verbringen. Morgen würde ich die Ungerechtig-keiten der Welt in Ordnung bringen.

Ich schaute in den Kühlschrank, um zu sehen, was ich zum Abendessen machen könnte, dann in den Schrank und die Speisekammer. Ohne Erfolg auf allen Fronten. *Ich wäre wahrscheinlich die schlechteste Mutter,* dachte ich. Nicht einmal eine Packung Salzcracker. Na gut, ich würde etwas bestellen. Abigail könnte wählen. Das war eine viel bessere Idee als zu kochen oder die übriggebliebenen Dolmades zu servieren. Ich könnte ein paar Dinge für einen Salat und Dessert ernten.

175

Ich suchte mir eine Pinotage aus dem Weinregal aus und entkorkte sie, etwas, das mir Befriedigung bereitete. Versteht mich nicht falsch, ich liebe Schraubverschlüsse genauso wie der nächste Weinliebhaber, aber es ist etwas so Schönes an Korken, daran, eine Glasflasche mit magischem Traubensaft mit Baumrinde zu verschließen. Der Korken gab ein leises, befriedigendes Ploppen von sich, als er herauskam, und ich schenkte mir eine ziemlich großzügige Menge in mein Lieblingsweinrück und genoss sein Aroma. Ich war keine Weinkennerin, und Gin und Whisky hatten sicherlich ihren Platz – einen ziemlich großen Platz – in meinem Herzen, aber ich liebte einen kräftigen Rotwein.

Nach all diesen selbstgefälligen Gedanken hatte ich jedoch keine Zeit mehr, ihn zu trinken. Als mein Telefon mit einer panischen Sprachnachricht von Ferra vibrierte, geriet der Rest des Abends in Chaos.

»Asha!«, ertönte Ferras besorgte Stimme. Im Hintergrund war Lärm: Geschrei, Flüche. »Ich brauche dich sofort. Cog. Bitte komm.«

Verdammt, verdammt, verdammt, dachte ich, *es muss Dusty sein*. Ich schnappte mir meinen Umhang und meine Schlüssel und rannte zur Tür. Gerade als ich mit einer Hand das Tor öffnete und mit dem Handy in der anderen ein Taxi rief, kam ein Auto an, wie durch Zauber. Ich kniff die Augen zusammen und versuchte herauszufinden, wer es war. Das Beifahrerfenster glitt herunter, und da saß mein wunderschönes Feenpatenkind.

»Asha!«, rief sie aus und versuchte, auszusteigen.

»Bleib da drin«, sagte ich und sprang neben sie. Ich gab dem Fahrer die Adresse und sagte ihm, dass ich in bar zahlen würde. Das Doppelte, wenn er aufs Gas drücken würde, was er auch tat.

Ich umarmte das Mädchen fest, während wir durch die Beschleunigung des Fahrzeugs in den Sitz gedrückt wurden. »Abi, mein Lieblings-Patenkind der Welt!«

»Dein *einziges* Patenkind«, erwiderte sie lächelnd.

»Stimmt«, sagte ich. Wir hatten mit diesem albernen Austausch begonnen, als sie etwa vier war – vor einem Jahrzehnt – und er war hängen geblieben. Es war kitschig, aber keinem von uns machte das etwas aus.

»Hör zu, das ist nicht ideal, ich weiß, aber es ist etwas dazwischengekommen«, sagte ich atemlos.

Ihr Gesicht verzog sich vor Enttäuschung. »Aber ich hab dich ewig nicht gesehen! Ich wollte mit dir im Haus abhängen und die Tiere sehen.«

»Das werden wir!«, versprach ich. »Wir können es morgen machen. Ich muss nur – eine Freundin hat mich angerufen und ich muss bei ihr sein. Es ist ein Notfall.«

»Ich komme mit dir«, sagte sie mit ernstem Gesicht und großen Augen. »Ich bin gut in Notfällen. Mama sagt das. Ich bewahre einen kühlen Kopf. Was ein seltsamer Ausdruck ist –«

»Das ist nicht diese Art von Notfall«, sagte ich. »Es ist gefährlich.«

»Ich kann helfen!«, sagte sie. Kleines tapferes Herz.

Ich schüttelte den Kopf. »Du bist so ein wundervolles Kind.«

»Ich bin kein Kind«, sagte sie beleidigt. »Ich bin fast sechzehn.«

»Du bist vierzehn«, sagte ich.

»Genau«, stimmte sie zu. »Das ist fast sechzehn.«

»Ich würde dich niemals in Gefahr bringen«, sagte ich. »Ich rufe deine Mutter an, damit sie dich vom Cog abholen kann.«

»Der Cog!«, rief Abi aus. »Ich liebe es dort! Ich habe Ferra seit einer absoluten Ewigkeit nicht gesehen.«

Ich versuchte, Savvy anzurufen, aber es ging immer auf die Mailbox. »Verdammt!«, schrie ich frustriert, was den Fahrer dazu brachte, noch mehr zu beschleunigen. »Sie geht nicht ran. Ist ihr Handy tot?« Savvy war schrecklich darin, ihr Handy aufgeladen zu halten.

»Nein«, antwortete Abigail. »Griffin sagte, sie musste es ausschalten. Er nimmt sie mit auf ein Überraschungsdate.«

Diese Idee gefiel mir überhaupt nicht, und das musste man mir angesehen haben.

»Mach dir keine Sorgen, Asha«, sagte das Mädchen. »Er ist wunderbar. Du wirst schon sehen.«

Das ließ mich mich etwas besser fühlen. Abi war klug und eine gute Menschenkennerin. Deshalb dachte sie, ich sei die beste Feenpatin der Welt.

»Ich weiß nicht, was ich jetzt mit dir machen soll«, sagte ich laut denkend. Ich dachte daran, Sam zum Babysitten anzurufen, dann Soleil, dann Direktorin Copperfield, aber alle würden eine Reise erfordern, für die wir uns die Zeit nicht leisten konnten.

»Okay«, sagte ich. »Ich nehme dich mit.«

»Jaaa!«, jubelte sie.

»Du wirst nicht von meiner Seite weichen«, sagte ich ihr. »Aus keinem Grund.«

»Verstanden«, sagte sie nickend.

»Du sprichst nicht, du bewegst dich nicht, du atmest nicht ohne meine Erlaubnis.«

»Ähm«, sagte sie.

»Okay, in Ordnung, du hast meine Erlaubnis zu atmen. Aber du wirst nichts als ein Geist neben mir sein, verstehst du?«

»Ja, Asha«, sagte sie. »Ich verspreche es.«

Ich hatte keine Wahl. Wenn es zu gefährlich wäre, müsste ich sie einfach von dort wegbringen. Das Taxi kam mit quietschenden Reifen auf der dunklen Straße zum Stehen, wo ich den Fahrer gebeten hatte anzuhalten. Er sah verwirrt aus, wie sie es immer tun. »Sind Sie sicher, dass es hier ist?«, fragte er erneut, wie sie es immer tun.

»Ja, danke, auf Wiedersehen«, rief ich und gab ihm mehr Geld, als ich versprochen hatte. Er runzelte die Stirn über das Geld. Warum diese verrückte Frau ihn zu einem Ziel rasen ließ, wo offensichtlich überhaupt nichts los war, muss er sich gefragt haben. Ich schüttelte das Geld vor ihm, und er zuckte mit den Schultern und nahm es.

Ich zog an Abigails Arm, damit sie dicht bei mir war, und gab ihr eine weitere Umarmung.

»Es ist wunderbar, dich zu sehen. Bist du bereit?«, fragte ich.

Sie nickte.

Ich nahm meinen Zauberstab heraus und richtete ihn auf sie. »*Protendo!*« Der Schutzzauber bedeckte ihre Schultern wie ein Kapuzenumhang. »*Invisibilis factus*«, fügte ich hinzu und schwang meinen Zauberstab um sie herum, bis der silberne Strom sie bedeckt und völlig durchsichtig gemacht hatte.

»Wow«, sagte sie. »Cool.«

Abi hatte meine Zaubertricks schon immer geliebt. Ich unterhielt sie stundenlang damit, als sie klein war. Sie fragte ihre Mutter, ob sie zaubern könnte, und Savvy pflegte zu lügen und nein zu sagen. Es war einfacher, als ihre komplizierte Geschichte mit dem Starfall-Hexenzirkel zu erklären.

Gemeinsam eilten wir in den Cog, wo wir von Chaos empfangen wurden. Mindestens fünf uniformierte Beamte bedrohten Ferra, und die Kneipen-besucher beschützten sie. Nicht, dass Ferra jemals Schutz brauchte – sie hatte ihre vertrauenswürdige Axt von der Wand des Restaurants gerissen und war kampfbereit. Ihre rötlichen Zöpfe waren etwas unordentlich, ihre Wangen rot und heiß. Und doch waren ihre Gäste bereit, alles zu tun, um sicherzustellen, dass sie in Sicherheit war. Jedes Mal, wenn einer der Polizisten versuchte, der genialen Zwergin Handschellen anzulegen, würde eine Berührte Person sie ablenken. Ein Vampir würde sie anzi-schen und sie zum Rückzug zwingen, ein Elf würde mit rechtlichen Schritten drohen und ein Kobold würde ihnen zur Sicherheit die Taschen ausräumen.

»Lass sie in Ruhe, du Tyrann«, fauchte ein Magier an Ferras Seite. Ihr Zauberstab war draußen, und ich konnte an ihrem Gesichtsausdruck erkennen, dass sie bereit war, ihn einzusetzen.

»Ferra Fernak, Sie sind VERHAFTET«, sagte der größte Polizist.

»Was?«, rief ich aus. Das war lächerlich. Ich erkannte die Uniformen nicht einmal. Es waren weder Standard-Uniformen unberührter Menschen noch die der Skorpion-Spezialeinheit.

»Auf wessen Befehl?«, fragte ich und bahnte mir meinen Weg durch die versammelten Kreaturen. »Wer hat euch geschickt?«

Der große Mann fauchte mich an. »Das geht dich nichts an, *Hexe*.«

»Schau dich um«, erwiderte ich. »Es geht uns alle etwas an.«

Er wandte sich wieder Ferra zu, die mir ein kleines dankbares Lächeln für mein Kommen schenkte. Dann richtete sie ihre Aufmerksamkeit wieder auf die Eindringlinge, und das Lächeln verschwand. Sie hob ihre Axt etwas höher. »Dies ist mein Eigentum, und ihr habt kein Recht, hier zu sein. Und ich warne euch, dass diese Axt keine gewöhnliche ist. Sie hat einen eigenen Willen.«

Der Polizist, der mir am nächsten stand, schwankte – ich sah seinen Adamsapfel hüpfen.

»Warum machst du es dir nicht einfach?«, fragte der große Polizist. »Du wirst wegen Entführung des Garrett-Kindes verhaftet. Aber wenn du kooperierst und uns einfach das Mädchen gibst, werden wir gehen.«

Also waren sie *doch* wegen Dusty hier, dachte ich, und meine Brust schnürte sich zu.

»Nur über meine Leiche«, knurrte Ferra in einem leisen, gefährlichen Flüstern.

»Durchsucht das Gelände«, befahl der Beamte. Die anderen Männer sahen vorsichtig aus. Ich hatte das Gefühl, dass sie nicht an zischende Vampire und schmierige Kobolde gewöhnt waren.

»Das wird nicht nötig sein«, sagte ich. Ich spürte hundert Augenpaare auf mir, die darauf warteten, was als Nächstes kommen würde. Selbst Ferra sah verwirrt aus. Ich erkannte von weitem, dass dies keine echten Polizisten waren. Die Garretts hatten diese Söldner geschickt, um Dusty aufzuspüren, aber das würde nicht funktionieren. »Bitte«, sagte ich zu den uniformierten Schauspielern. »Setzt euch.« Ich deutete auf einen nahegelegenen Tisch, der im Chaos kürzlich verlassen worden war.

»Wir sind nicht hier, um zu reden«, sagte der Anführer mit verengten Augen.

»Sobald ihr das Bier hier probiert habt, werdet ihr eure Meinung ändern«, antwortete ich. Ich scherzte halb, aber es reichte aus, um zwei der Männer dazu zu bringen, sich zum Tisch zu bewegen. Ich stellte sicher, dass ich Augenkontakt mit dem Magier hatte, der neben Ferra stand, und sie gab mir ein fast unmerkliches Nicken. Ferra schnippte mit den Fingern in Richtung ihres Personals, und bald stand ein Tablett mit einem halben Dutzend randvollen Bieren dort, sowie eine Schüssel Pentagramm-Brezeln und warmen gerösteten Kastanien.

»Bitte«, sagte ich erneut. »Lasst uns eine Einigung erzielen.«

Die Polizisten schienen mit meinem Plan zufrieden zu sein, aber der Anführer vermutete, dass ich nur versuchte, die Situation zu entschärfen.

»Wenn ihr nach unserem Getränk immer noch das Mädchen mitnehmen wollt, dann könnt ihr sie haben«, bot ich an.

Der große Mann knirschte mit den Zähnen und willigte dann ein. Seine Männer setzten sich und jeder nahm ein Glas, aber er nicht.

»Sie hat recht«, sagte einer, nachdem er die Hälfte davon hinunterge-stürzt und anerkennend gerülpst hatte. Er hob sein Glas auf mich. »Das ist ein gutes.« Er steckte seine Finger in die Snackschale und griff nach einer Handvoll Brezeln. Aber die Snacks erreichten seinen Mund nicht. Der Schlaftrank, den der Magier dem Bier hinzugefügt hatte, wirkte schnell – fast zu schnell – und bald lagen die vier „Polizisten" schlaff auf ihren Stühlen. Sie würden am Morgen mit riesigen Kopfschmerzen, trockenem Mund und leeren Erinnerungen aufwachen und denken, sie hätten zu viel getrunken, und dem Teufel versprechen, nie wieder zu trinken.

Der große Polizist fluchte leise. »Ich wusste, dass man dir nicht trauen kann«, sagte er.

»Oh, man kann mir vertrauen«, antwortete ich. »Mir vertraut ein verängstigtes junges Mädchen, dass ich sie vor Schlägern wie dir beschütze. Es ist Zeit für dich zu gehen, und nimm deine Schläger mit.«

»Es ist mir egal, ob sie für den Rest ihres Lebens hier schlafen«, sagte der Mann. »Aber ich bekomme, wofür ich gekommen bin. Wenn du mir das Mädchen nicht bringst, werde ich sie finden.«

»Für wen arbeitest du?«, fragte ich.

»Ich bin Polizeibeamter der Johannesburger Metro-Reich-Einheit.«

Ich spottete. »So etwas gibt es nicht.«

Ich ließ meinen Blick über seine marineblaue Uniform wandern und blieb an seinem Namensschild hängen.

SGT. JED HARKNER.

»Jetzt schon«, erwiderte Harkner. »Inspektor Wilkinson hat uns angeheuert.«

Wilkinson? Ach, verflixt.

»Wir brauchen keine Metro-Reich-Einheit«, argumentierte ich. »Wir haben die Skorpione. Sie nehmen Befehle vom Rat entgegen.«

»Und wir nicht«, sagte Harkner.

Jetzt war ich an der Reihe, ihn stirnrunzelnd anzusehen. »Ich verstehe nicht.«

»Die Skorpione sind eine Ermittlungseinheit. Sie haben nicht viele Stiefel auf dem Boden, besonders nach dem Verrat der Orks. Wilkinson leitet jetzt die unberührte Polizei. Viele Stiefel, aber niemand, der bei Verbrechen jenseits des Schleiers hilft. Er beschloss, eine Einheit von unberührten Polizisten einzurichten, die speziell für diese Art von Dingen ausgebildet sind.« Er gestikulierte um sich herum. »Ein entführtes Mädchen, das jenseits des Schleiers versteckt ist und gefunden und zu ihren besorgten Eltern zurückgebracht werden muss.«

»Dusty wurde nicht entführt«, antwortete ich.

»Das Gericht hat ihren Eltern das Sorgerecht zugesprochen«, sagte Jed.

»Sie hat das Recht auf ihr eigenes Schicksal«, sagte ich ihm. »Das Gesetz kann sie nicht zwingen, zu ihren Missbrauchern zurückzukehren.«

Der Sergeant grinste. »Doch, das kann es.«

»Was für ein Polizist würde so etwas tun?«

Er zuckte mit den Schultern. »Ich mache die Gesetze nicht.«

Mein Blut begann zu kochen. »Es gibt ECHTE Entführungsfälle, die gerade im Gange sind. *Echte Mädchen*, die gegen ihren Willen mitgenommen wurden. Warum bist du hier, wenn du stattdessen versuchen könntest, sie zu finden?«

»Wenn du mich meine Arbeit machen lassen würdest, *Hexe*, dann könnte ich vielleicht zu meinen anderen Aufgaben übergehen, zu denen auch die Verbrechen gehören könnten, auf die du dich beziehst. Wenn du dich jedoch weigerst, aus meinem Weg zu gehen, muss ich dich wegen Behinderung der Justiz verhaften. Aber vielleicht ist das das, was du willst. Dann kannst du und deine Zwergenfreundin eine Zelle teilen.«

Ich hörte ein Grollen und merkte, dass es von Ferra kam, die immer noch ihre Axt in der Luft hielt.

»Hör zu, Harkner. Ich weiß nicht, woraus deine Truppe ihre *spezielle Ausbildung* bestand«, sagte ich. »Aber es war nicht viel, wenn du denkst, dass du und deine Männer einfach in den Lieblingsgastro-Pub des Reiches eindringen und unbeschadet wieder herauskommen könnt.« Absichtlich starrte ich sein Team an, das immer noch am Tisch schnarchte. »Wer bezahlt für diese spezielle neue Einheit von dir?«, fragte ich. Ich fand die Entstehung sehr verdächtig. »Von wem nimmst du Befehle entgegen?«

»Das geht dich nichts an«, schnüffelte Harkner und vermied Augenkontakt.

»Hmm«, antwortete ich. *Merkwürdiger und merkwürdiger.*

Harkner, der es leid war, dass ich ihn nicht ernst genug nahm, zog seinen Revolver und schaltete die Sicherung aus. Die Menge, die sich zu zerstreuen begonnen hatte, erstarrte um uns herum.

»Das ist nicht nötig«, sagte ich, ruhig wie ein Mönch in den Bergen. »Gewalt wird dieses spezielle Problem nicht lösen.« Ich trug den kugelsicheren Umhang, den Ferra für mich entworfen hatte, also wollte ich, dass sein Lauf auf mich gerichtet war und auf niemanden sonst. Dann erinnerte ich mich an Abigail, die immer noch still an meiner Seite stand, und ich brach in kalten Schweiß aus. Der Schutzzauber konnte nur so viel abschirmen. Wenn dieser schlecht ausgebildete, schießwütige Idiot beschließen würde, zu schießen...

Ich hob meine Hände. Auf keinen Fall würde ich mit Abis Leben ein Risiko eingehen.

»Ich werde nachgeben«, sagte ich. »Steck die Waffe weg.«

»Ha«, krähte er und sah zufrieden mit sich selbst aus. »Nicht so frech, wenn eine Waffe auf dich gerichtet ist, was?«

Ich wollte mit den Augen rollen und ihm ins Gesicht schlagen. Ich tat keines von beidem.

»Bring mich zu dem Mädchen«, sagte er. Ferra und ich sahen uns an, Angst weitete unsere Augen.

Ich hatte keine andere Wahl als zu gehorchen.

KAPITEL 35

VON HAUT ZU STEIN

ASHA

Sergeant Harkner legte mir kalte Stahlhandschellen an und durchsuchte grob meine Taschen nach meinem Ritualmesser und meinem Zauberstab, die er beide an sich nahm.

»Nur damit du nichts Dummes versuchst«, sagte er. »Ich schütze dich eigentlich vor dir selbst.« Allein sein Grinsen brachte mich dazu, »etwas Dummes versuchen« zu wollen.

Nachdem er sichergestellt hatte, dass ich entwaffnet war und niemand mit uns kommen würde, stieß er mich vorwärts, die Waffe an meinem Rücken. »Beeil dich. Ich bin schon zu lange hier. Ich will sie holen und verschwinden.«

Ich begann langsam aus dem Pub und um das Restaurant herum zum Haupthaus zu gehen. Meine Gedanken rasten. Dieser Mann war genauso sehr ein Polizist, wie ich eine Sonnengruß-Yoga-Expertin war. Ich versuchte verzweifelt, mir einen Reim darauf zu machen. Die Metro Realm Unit waren offensichtlich Söldner, die man anheuern konnte, aber wer bezahlte sie? Die Garretts hatten nicht viel Geld. Und wenn Inspektor Wilkinson das alles orchestrierte, bedeutete das, dass er mit drin steckte, was für niemanden etwas Gutes verhieß, besonders nicht für Sam und mich.

185

Wir gingen durch den mit Solarfackeln und Lichterketten erleuchteten Nachtgarten. Die Kräuter, die um die Trittsteinen wuchsen, verströmten ihren Duft in der stillen Luft, als wir sie unter unseren Füßen zertraten. Selbst mit einer auf mich gerichteten Waffe und wirbelnden Gedanken hatte ein Garten die Kraft, mich zu stärken. Ich hörte auf zu denken und ließ stattdessen meinen Körper mich führen. Er hatte mehr Kraft und weniger Angst. Ich verlangsamte meine Schritte und blieb neben einem Beet Fingerhüte stehen. Harkner wäre fast in mich hineingelaufen, und ich spürte den kalten Stahl seines Revolvers an meinem Rücken.

»Geh weiter«, sagte er, aber mein Körper mochte es nicht, wenn man ihm sagte, was er tun sollte, besonders nicht von einem Mann mit einer Waffe. In diesem Moment spürte ich, wie Abigail mich verließ. Ich hatte ihr aufgetragen, ein Geist zu sein, und das hatte sie getan. Als sie ging, fühlte es sich an, als würde ein verbundener Geist mich verlassen, und ich erschauderte.

»Ich warne dich, Hexe«, knurrte Harkner.

Ohne einen Gedanken im Kopf drehte ich mich um und schlug ihm mit meinem linken Unterarm die Waffe aus der Hand. Meine Handgelenke waren immer noch gefesselt. Mit der rechten Hand zur Faust geballt, rammte ich sie ihm gegen die Nase, zertrümmerte den Nasenrücken und blendete ihn vorübergehend durch die Wucht des Schlags. Er schrie überrascht auf und taumelte vorwärts, um nach mir zu greifen, aber ich wich ihm aus und suchte nach seiner Waffe, die in den dunklen Blättern des Gartenbeetes verschwunden war. Ich war auf Händen und Knien, als er mich trat und mich mit einem Treffer in den Magen kurzzeitig vor Schmerz lähmte. Als ich wieder zu ihm aufsah, hustend, hatte er seinen Revolver wieder in den Händen und blickte durch den Lauf auf mich herab.

»Du bist so eine hinterhältige Hexe«, höhnte er. »Eine verlogene, intrigierende Schlampe. Ich wusste, dass ich dir nicht trauen sollte. Du benutzt Worte und wirfst sie weg wie Müll. Deine Versprechen sind Abfall.«

Zugegeben, ich war nicht ehrlich zu dem Mann gewesen. Als Söldner war er kaum eine moralische Instanz, aber ich war nicht hier, um Beleidigungen auszutauschen.

»Ich tue, was ich kann, um das Realm zu schützen«, sagte ich, meine Stimme angespannt vom Schlag in meinen Magen. Ich war immer noch auf Händen und Knien, immer noch hustend.

Harkner kicherte – ein kaltes, gemeines Geräusch. »Du kannst das Realm nicht schützen«, sagte er. »Nicht vor dem, was kommt.«

Ich zog mich hoch. »Was meinst du damit?«, fragte ich. Wovon redete er?

»Mach dir darüber keine Sorgen, Schätzchen«, antwortete er.

Ich war seinen herablassenden Ton leid, und ich war es leid, am geschäftlichen Ende seines Laufs zu stehen.

»Ich mache mir mehr Sorgen darüber, was in *deinem* hübschen kleinen Kopf steckt«, entgegnete ich. »Hast du wirklich gedacht, ich würde dich zu Dusty bringen?«

Sein Gesicht verhärtete sich, und ich genoss es, zu beobachten, wie es im nebligen Mondlicht von Haut zu Stein wurde.

»Hast du wirklich gedacht, dass mir die Wegnahme meines Zauberstabs meine Magie nehmen würde? Denkst du, dass deine Waffe dich schützen wird?« Ich begann, meine silbernen Armbänder zwischen uns zu heben, und wir betrachteten beide das grüne Licht, das wie Feuer zwischen meinen Handflächen tanzte.

»Das würdest du nicht wagen«, sagte er und hielt nun den Revolver mit beiden Händen, um ihn ruhig zu halten. Sein Gesicht reflektierte die smaragdfarbenen Flammen zwischen uns. Ich konnte seinen Zeigefinger nicht sehen, aber ich war mir sicher, dass er am Abzug war. »Wenn du irgendetwas versuchst, sperre ich dich an einem Ort ein, der so tief und dunkel ist, dass du dir wünschst, du wärst tot.«

»Gleichfalls«, erwiderte ich. »Aber wir überspringen gleich den toten Teil.«

Sergeant Jed Harkner und ich befanden uns in einer unangenehmen Pattsituation. Seine Waffe war geladen, und meine Hände auch. Ich konnte es kaum erwarten, einen Zauber in seine Richtung zu schleudern, aber ich wollte dabei keine Kugel aus nächster Nähe abbekommen. Gleichzeitig wusste er, dass es keine Garantie gäbe, nicht von einem schmerzhaften Organ-auflösenden Zauber oder einer qualvollen Kastrations-Beschwörung oder Schlimmerem getroffen zu werden, wenn er schießen würde. Wir steckten in diesem gedanklichen Was-wäre-wenn-Schlamassel fest, keiner von uns dumm genug zu provozieren, noch stur genug, um zurückzuweichen.

»Warum gehst du nicht zu deinen Männern zurück?«, sagte ich langsam. »Hol ihnen einen Kaffee aufs Haus und bring sie nach Hause. Wir tun so, als wäre das nie passiert.« Ich wusste, dass es ein aussichtsloser Versuch war.

»Ich gehe nicht«, sagte er. »Nicht ohne das Mädchen.«

»Was ist die Besessenheit mit Dusty?«, fragte ich. »Und warum dachtest du, dass du fünf Männer brauchst, um sie zu holen?«

»Wir wurden vor ihrer... Fähigkeit gewarnt.«

Fähigkeiten, korrigierte ich innerlich. Die meisten davon hatten wir noch nicht entdeckt.

»Und natürlich wussten wir, dass ihr Leute Ärger machen würdet.«

Ich schnaubte. »Ihr Leute?«

Er nickte. »Ihr Berührte.«

Berührt im Kopf, konnte ich mir vorstellen, dass er das meinte.

»Darf ich dich daran erinnern, dass hier alle einen friedlichen Abend verbrachten, bevor du aufgetaucht bist, um ein Kind wegzunehmen? Du bist derjenige, der Ärger gemacht hat.«

»Die Fernaks wurden der Entführung beschuldigt«, sagte er.

»Schwachsinn«, entgegnete ich. »Völliger Unsinn. Sie bleibt nur für ein paar Tage hier.«

»Nicht laut den Gerichten«, sagte er. »Ich habe den Haftbefehl in meiner

Tasche. Meine Anweisungen waren, das Mädchen zu holen oder die Zwerge zu verhaften.«

»Anweisungen von Wilkinson?«, fragte ich.

»Wie ich schon sagte, das geht dich nichts an.«

Ich wusste, dass ich ihn nicht töten konnte, aber ich konnte mir nicht helfen bei dem Gedanken, welch guten Kompost er für den wunderschönen Garten um uns herum abgeben würde. Diese langen Knochen von ihm, voller Magnesium, Kalzium und Phosphor, sein Blut reich an Eisen, Stickstoff und Kalium.

Ich dachte daran, wie schön der Garten vor meinem Haus aussah, seit ich dort den Körper eines Dämmerungsschnitters abgelegt hatte. Letztendlich ist alles Energie. Leben, Magie, Liebe, Lachen, Lust, Hass. Atome und Moleküle, die um uns herum und in uns wirbeln, bereit, umfunktioniert zu werden.

Ich sah, wie seine Sehne sich bewegte, als er den Druck auf den Abzug erhöhte. Wir beobachteten, wie mein Licht noch heller wurde. Grüne Flammen sprangen von meinen Händen, begierig darauf, an die Arbeit zu gehen. Bereit, die Ungerechtigkeiten des Realms auszugleichen. Auch ich war bereit.

»Wirst du deine Waffe niederlegen?«, fragte ich. Sicherlich wollte er nicht von dieser Kraft gestochen werden – wir beide konnten spüren, wie mächtig sie war.

»Nein«, antwortete er.

»Dann lässt du mir keine Wahl.« Ich begann, meine Beschwörung auszusprechen – eine besonders fiese für einen Mann, der versuchte, ein Kind gegen seinen Willen mitzunehmen und einer Frau eine geladene Waffe an den Kopf hielt. Aber als ich auf halbem Weg durch den kurzen Zauber war, hörte ich ein leises Klicken. Meine Stimme stockte, und mein marmoriertes neongrünes Leuchten wurde ausgeblasen, ließ meine Handflächen kalt und stürzte uns in Halbdunkelheit. Ich blinzelte ungläubig. Was passierte da?

Selbst im schwachen Licht der Lichterketten konnte ich sein Lächeln sehen. Endlich senkte er seinen Revolver, schaltete die Sicherung wieder ein und steckte ihn ins Holster. Dann zeigte er mir die kleine Fernbedienung in seiner anderen Hand. Er hielt sie an sein Gesicht, um sicherzustellen, dass ich sie sehen konnte. Er drückte erneut den Knopf, und meine Handflächen funkelten. Dann klickte er ihn wieder aus, und die Anfänge der Flammen verschwanden.

Ich verengte meine Augen zu Schlitzen. *Was zum Hades...?* Ich sah auf meine Hände und bemerkte die silbernen Armbänder an meinen Handgelenken, erinnerte mich an den kalten Biss des Stahls, als Harkner sie mir angelegt hatte, und begann, eins und eins zusammenzuzählen.

»Es ist im Grunde ein Impuls, der deine magische Kraft kurzschließt«, sagte er. Sein Gesichtsausdruck war so selbstgefällig, dass ich ihn kaum ansehen konnte. »Wir haben eine Menge davon in der Einheit. Wilkinson lädt gerne solche Gadgets auf. Er ist wirklich fasziniert von euch Leuten. Er wird sich echt freuen, wenn ich ihm erzähle, wie gut es funktioniert hat.«

KAPITEL 36

UNSICHTBARER PFEIL

ASHA

Harkner schubste mich in Richtung von Ferras Haus. All die Dinge, die ich an dem Haus liebte, verschwanden aus meinem Gedächtnis – die ganze hobbitartige Niedlichkeit und Gemütlichkeit, all die kleinen Zwergendetails – und alles, was ich sah, war ein Haus, in dem ein böser Mann ein bereits traumatisiertes Mädchen in die Enge treiben und gefangen nehmen würde. Ich biss die Zähne zusammen und spürte, wie der Hass auf diesen Mann in meinen Adern brannte. Ich konnte die Emotion nicht mit meiner Magie freisetzen, also war sie gezwungen, in meinem Körper zu bleiben, wo sie wie Gift durch mich hindurch Unheil anrichtete. Ich unterdrückte einen Schmerzenslaut, als sie in mir aufflammte.

Er schob mich den Fußweg hinauf und trat die Haustür auf. Mit festem Griff um meine gefesselten Handgelenke steuerte er mich grob durch das Haus. Zwei verschiedene Arten von Schmerz, innerlich und äußerlich. Leider schienen sie sich nicht gegenseitig aufzuheben.

Ich versuchte, Dusty zuzurufen.

Lauf weg! Verschwinde von hier!

Aber meine Stimme war noch immer stumm. Es schien, als hätte die Fernbedienung auch meinen Stimmapparat kurzgeschlossen. Ich ging im Kopf hastig den Almanach der Zaubersprüche durch. Ich brauchte keine Stimme, um einen Zauber zu schleudern. Wenn ich meine Aufmerksamkeit genug bündeln könnte, um seine Spitze zu schärfen, könnte ich den Zauber aus meinem Geist wie einen unsichtbaren Pfeil abschießen.

Dusty steckte vermutlich im Keller fest, und dort gab es keinen Ausweg. Wir durchsuchten das Haus einige Minuten lang. Harkner schien es zu genießen, Dinge zu zerschlagen und Möbel umzuwerfen. Er war stärker, als er aussah. Ich sah mit Qualen zu, wie er das wunderbare Familienheim der Fernaks verwüstete, und schwor mir, Rache zu nehmen.

Nachdem wir alle Räume durchsucht hatten – was eine Weile dauerte, da das Haus einem Kaninchenbau ähnelte – drehte sich der Sergeant zu mir und stieß mich gegen eine Wand, wobei der Rahmen und das Glas von noch einem Familienporträt zerbrachen.

»Verschwende nicht meine Zeit«, zischte er durch zusammengebissene Zähne. »Ich weiß, dass sie hier irgendwo ist. Sag mir, wo sie ist!«

»Niemals.« Ich erhielt eine harte Ohrfeige für meine Antwort, hart genug, um Sterne sehen zu lassen.

»Ich warne dich, Hexe. Zum letzten Mal. Sag mir, wo das Mädchen ist.«

Ich antwortete nicht – ich sah keinen Sinn darin. Ein weiterer kraftvoller Schlag auf dieselbe Wange, und ich konnte spüren, wie ein kleines Rinnsal Blut aus meiner Nase lief. Ein Schmerzensschrei entfuhr mir, obwohl ich versucht hatte, ihn zurückzuhalten. Als ich meine Augen wieder öffnete, starrte mir der Revolver entgegen.

»Eine letzte Chance«, sagte er, packte und quetschte mein Gesicht und schlug meinen Kopf gegen die Wand, an die ich gepresst war.

Bevor ich ihm sagen konnte, wohin er seine Waffe stecken sollte, kam eine junge Mädchenstimme von unten.

»Asha, ich bin hier!«, rief die Stimme unter dem Holzboden. Gedämpft, aber nah.

Nein, wollte ich sagen. *Nein! Bleib versteckt! Hilfe wird unterwegs sein.*

Aber es war zu spät.

Harkner ließ mich los, und ich rutschte die Wand hinunter. Der Polizist sprintete den Gang entlang, trat den orientalischen Teppich von der Falltür weg und riss sie auf. Er gab mir ein letztes hässliches Grinsen und sprang in den Kellerbunker hinunter.

Ich wollte schreien. Ich würde nicht zulassen, dass er damit davonkommt. Mit oder ohne Magie, mit oder ohne Waffe, ich würde gegen diesen Mistkerl mit allem kämpfen, was ich hatte. Ich hörte, wie der Mann unten den Inhalt des Kellers zerstörte, und hasste ihn dafür. Ich wartete darauf, Dusty schreien zu hören, aber es kam nicht. Ich kroch zur Falltür und blickte hinein. Harkner verwüstete den Raum unter mir genauso, wie er es über mir getan hatte.

Eine kalte Brise wehte an mir vorbei. Ich spürte eine kühle Hand an meinem Arm, die mich sanft von der Falltüröffnung wegschob, und dann schlug sie zu und wurde verriegelt – vermutlich durch die unsichtbare Hand. Ich wollte protestieren – Dusty war noch dort unten! –, aber natürlich war sie das nicht. Mein zerschlagenes Gehirn versuchte zu verstehen, was gerade passierte, als der Sergeant begriff, dass er unter der Erde eingeschlossen war, und seinen Wutanfall begann.

»Invisibilis Reversum«, sagte Dustys Stimme. *»Monstras.«* Enthülle, was verborgen ist.

Und wie aus dem Nichts standen zwei Teenager-Mädchen vor mir.

KAPITEL 37

FÜR DEN SCHMERZ, LIEBES

ASHA

Abigail hielt die Fernbedienung hoch, die in Harkners Jackentasche gewesen war, und drückte den Knopf, der mir meine Stimme zurückgab.

»Abi!«, rief ich. »Dusty!«

Sie benutzte den kleinen silbernen Schlüssel am Schlüsselbund, um die Handschellen zu öffnen.

»Geht es dir gut?«, fragte Dusty mit vor Angst geweiteten Augen. »Abi hat mir draußen erzählt, was passiert ist.«

»Mir geht's gut!«, rief ich und vergaß dabei mein geschwollenes Auge und meine blutige Nase. »Ich hatte solche Sorgen. Aber ihr Mädels seid so schlau.«

Mein Patenkind strahlte vor Stolz und Erleichterung. »Ich kann nicht glauben, dass es geklappt hat«, flüsterte sie.

Wir ignorierten das Geschrei und Zertrümmern von Gegenständen unter uns im Keller, während sie berichtete, was sie getan hatte. Als sie bemerkt hatte, dass Dusty im Haus war, hatte sie sich von meiner Seite weggeschlichen, um sie zu warnen. Im Keller hatte sie ihren Unsichtbarkeitsmantel mit Dusty geteilt und gewartet, bis Harkner in den Raum

194

sprang. Er war in einem solchen Zustand, als er den Raum auseinander-nahm, dass er gar nicht bemerkte, wie sie ihm die Fernbedienung aus der Tasche stahlen und gemeinsam aus dem Keller kletterten.

»Ihr Mädels seid unglaublich«, sagte ich. Mein eigener Stolz ließ mir Tränen in die Augen steigen.

»Nein«, sagte Dusty. »Es war alles Abigail. Sie ist die Unglaubliche.«

Die Mädchen sahen einander an und lächelten.

»Anfangs habe ich ihr nicht geglaubt«, gab Dusty zu. »Dachte, sie wäre eine seltsame Fremde. Aber dann konnte ich spüren, dass sie gut ist. Und dass sie deine Magie trägt.«

»Dusty ist telepathisch«, erklärte ich Abigail, die angemessen beein-druckt aussah. »Unter anderen Talenten.«

Dusty errötete. »Abi ist heute Abend die Magische.«

Die Teenager sahen sich wieder an. Ich konnte erkennen, dass dies der Beginn einer langen und wunderbaren Freundschaft war. *Ich hätte sie schon früher miteinander bekannt machen sollen*, dachte ich. Aber vorher war die arme stumme Maple im Bild gewesen, und jetzt war sie es nicht mehr. Mit Hilfe von Captain Morgan waren Maple Mellor und ihre Familie unter Zeugenschutz gestellt worden. Nicht einmal ich wusste, wo sie waren. Ich hoffte, es war irgendwo hell und sonnig, wo sie als Familie heilen konnten.

Es wird nicht für immer sein, hatte Morgan gesagt. *Nur bis wir sicher sind, dass die Entführerbande hinter Gittern sitzt.*

Noch ein Grund mehr, warum ich mich im Fall des Zaleria-Kelchs beeilen musste.

Ich betrachtete die Mädchen wieder und versuchte, die Vorstellung von der Entführerbande für eine kurze Weile aus meinem Kopf zu verbannen. »Ihr zwei habt je ein großes Eis verdient«, sagte ich. »Lasst uns zu Ferra gehen und sie einweihen.«

Sie zogen identische, unbeeindruckte Gesichter. »Asha! Wir sind keine Kinder mehr!«

»Doch, das seid ihr«, sagte ich. »Verdammt fantastische Kinder.«

Als ich Ferra von der Zerstörung ihres Interieurs und Kellers erzählte und der Tatsache, dass sie einen Polizisten dort unten eingesperrt hatte, warf sie nur ihr Geschirrtuch über die Schulter und zuckte mit den Achseln. »Ach, nun«, sagte sie. »Wenn er nicht eingebrochen wäre, wäre er nicht versehentlich dort unten eingesperrt worden. Diese Tür ist dafür berüchtigt, von selbst zuzuschlagen, nicht wahr, Stinktier?«

Das war an Dusty gerichtet, die heftig nickte, während sie an ihrem schokoladenumhüllten Salzkaramelleis leckte. »Japp«, stimmte sie zu, die Lippen mit Regenbogenstreuseln gesprenkelt. »Diese Falltür schlägt ständig zu. Manchmal klappert der Schlüssel darin und sie verriegelt sich sogar selbst!«

Abigail kicherte.

Oh je, dachte ich. Wir lachten jetzt, aber wir würden sicherlich eine Welt voller Schmerzen erleben, wenn die Behörden herausfänden, dass wir im Grunde den Beamten entführt hatten, der hier hergekommen war, um einen Entführer zu verhaften. Ich nahm den Beutel gefrorener Erbsen von meiner Wange. Ferra schenkte mir noch einen Zimtwhisky ein. »Für den Schmerz, Liebes«, sagte sie und zwinkerte mir zu.

Die Mädchen unterhielten sich weiter über ihre Leckerei, während ich in meine eigenen Gedanken versank. Diese neue Abteilung – diese Jo'burg Metro Realm Unit – war der größte Quatsch, von dem ich je gehört hatte. Ich vermutete, dass es eine Fassade für eine Gruppe unberührter Menschen war, die Magie fürchteten. So weit es den Rat betraf, sollten Erstere nicht einmal existieren, aber wir alle wussten, dass sie es taten. Ich musste die Verantwortung für mindestens einen dieser Menschen übernehmen, die durch den Schleier gezogen wurden. Ich hatte Detective Sam Armstrong gezeigt, was auf der anderen Seite war – anfangs aus Notwendigkeit, redete ich mir immer ein – aber als er es einmal wusste, konnte ich den Gedanken nicht ertragen, seine Erinnerungen an uns zu löschen. Ich hatte stur beschlossen, ihn auf unserer Seite zu behalten, wie ein geliebtes Haustier in einer Wohnung mit Haustierverbot.

Diese Gedächtnislöschungen waren nicht immer sicher, sagte ich mir zur Rechtfertigung. Man wusste nie, was man versehentlich löschen könnte.

Manche Menschen litten unter einer schrecklichen, vollständigen Amnesie, nachdem ein Löschzauber schiefgegangen war. Manchmal fielen sie auf den Zaubernden zurück, und alle Götter wussten, dass ich bereits meinen gerechten Anteil an Problemen mit der Erinnerungswiederherstellung hatte.

Ein böser Gedanke kam mir. Ich fragte mich, ob ich Sams Erinnerung an seine Frau löschen könnte.

Natürlich würde ich das nie tun, niemals, und ich schalt mich selbst und verdrängte den Gedanken. Nein, es würde absolut keine Gedächtnistricks von mir geben, überhaupt nicht. Wenn der Rat mich bestrafen wollte, müsste ich es auf die harte Tour nehmen. Ich würde argumentieren, dass der Detective bei unseren Missionen, das Gleichgewicht des Reiches wiederherzustellen, nichts als hilfreich gewesen war. Nicht, dass es sie interessieren würde; sie waren meist sehr schwarz-weiß, was die Verfassung des Reiches betraf. Es gab nicht viel Spielraum für die Nuancen des Lebens oder den Geist des Gesetzes. Der Buchstabe war viel einfacher durchzusetzen, besonders da magische Wesen dafür bekannt sind, trickreich und gerissen zu sein. Elfische Anwälte waren besonders schlimm – und damit meine ich gut – darin, Wahrheiten zu verdrehen und die Bedeutung von Unterklauseln und Zusätzen zu manipulieren.

Ja, nichtmagische Leute hatten Recht, Magie zu fürchten. Das war der Grund für diese neue Popup-Polizeistation. So sehr ich die Idee und die Umsetzung auch hasste, ich verstand ihre Entstehung. Ich machte mir Sorgen, was es für Menschen wie mich bedeuten würde, und Menschen wie Sam, Menschen mit verschiedenen Talenten, die versuchten, Unrecht zu korrigieren. Ich fürchtete, dass diese neue Einheit uns nur im Weg stehen würde, oder Schlimmeres.

Finger begannen vor meinem Gesicht zu schnippen. Ich schüttelte den Kopf, blinzelte und stürzte zurück in die Gegenwart, wo die zwei Mädchen, nun beste Freundinnen, über mich kicherten.

»Was?«, fragte ich, wischte mir mit dem Ärmel über die Lippen und fragte mich, ob ich gesabbert hatte.

Abigail und Dusty lachten wieder und schauten zu dem Mann hoch, der neben mir stand.

»Sam!«, sagte ich mit mehr Gefühl als erwartet.

Er zog mich behutsam hoch und umarmte mich. Er nahm den kalten Beutel mit Erbsen von meiner Wange. »Wer hat dir das angetan?«

»Das spielt keine Rolle«, antwortete ich. »Wir sind in Sicherheit, dank dieser Rockstars.« Ich deutete auf die Mädchen, die den Detektiv anschmachteten.

»Dein Gesicht«, sagte er, sanft wie eine Brise. Er strich eine Haarsträhne aus meinem Gesicht, um den Schaden besser begutachten zu können.

»Das ist nichts«, erwiderte ich. Er dachte wahrscheinlich, ich versuchte, hart zu sein, aber ehrlich gesagt, war es keine große Sache. Ich hatte schon weit, weit Schlimmeres durchgemacht.

»Wer hat dir das angetan?«, wiederholte er. Er spielte nicht King Kong für mich, er war nicht dabei, sich auf die Brust zu schlagen und jemanden aus dem Himmel zu fegen. Aber er bestand darauf zu erfahren, wer mich angegriffen hatte.

Ich erzählte ihm von der neuen Einheit, und in seinen Augen zeigte sich so etwas wie Erkenntnis.

»Also das ist es, was vor sich geht«, sagte er. »Auf der Wache passieren seltsame Dinge. Neue Gesichter, neue Waffen, alles sehr geheimnisvoll. Jetzt weiß ich, warum sie Wilkinson hereingeholt haben. Ich hatte ein schlechtes Gefühl bei ihm, aber ich führte das auf beruflichen Neid zurück. Ich stand in der Schlange für diesen Inspektorposten. Er hat mich auch überprüft, meine Freiheit eingeschränkt. Ich dachte, ich sei der Schwierige, aber jetzt bin ich überzeugt, dass er schlechte Nachrichten ist.«

»Schlechte Nachrichten für alle«, stimmte ich zu, »aber besonders für uns.«

Er nickte. Wir müssten uns eine Weile bedeckt halten, was ich total absurd fand, da wir endlich eine neue, intimere Phase in unserer Beziehung erreicht hatten. Ich sah auch den Zorn in seinen Augen, und das tröstete mich.

»Was machen wir mit den Handlangern?«, fragte ich und schaute zu den Polizisten hinüber, die immer noch vom Schlaftrunk des Magiers bewusstlos waren, den man in ihr Bier gemischt hatte.

»Ich weiß nicht«, sagte Sam. »Wir könnten sie vor einem Muggelstripclub absetzen?«

Ich lachte.

»Das ist kein Witz«, sagte er, aber seine Lippen verzogen sich zu einem Lächeln, das mich Gedanken denken ließ, die alles andere als sauber waren. Ich räusperte mich und tat so, als wäre nichts dergleichen passiert, während ich die leichte Röte ignorierte, die meine Wangen wärmte.

KAPITEL 38

NAHRUNGSERGÄNZUNG

MERCURY

Ich war seit einer Woche in Celestia. Meine Tage waren gefüllt mit Spaziergängen, Reiten, Töpferkursen und mehr Essen, als ich möglicherweise verzehren konnte. Ich hatte meine Frühstücksportion bereits an die Portionsgrößen der anderen Mädchen angepasst. Maiseys Platz am Tisch blieb leer und erinnerte uns bei jeder Mahlzeit an ihren überstürzten Abgang.

»Vielleicht schickt sie uns eine Postkarte«, sagte Francine, aber ihr Gesichtsausdruck war nicht hoffnungsvoll.

»Sie sagen immer, dass sie es tun werden, und dann tun sie es doch nicht«, schnaufte eines der anderen Mädchen. »Erinnerst du dich an Maxine? Sie hat beim kleinen Finger geschworen, dass sie *irgendetwas* schicken würde. Ich warte immer noch.«

»Wahrscheinlich ist es so aufregend und hektisch für sie, dass sie keine Zeit haben«, schlug Zaleria vor, und alle nickten. »Wir werden es selbst sehen, wenn wir dort ankommen.«

Zur Essenszeit war ich erschöpft nach einem Tag mit Radfahren, dem Durchstöbern der umfangreichen Bibliothek und Tennisspielen mit Zaleria. Ich begann, stärker auszusehen und mich auch so zu fühlen. Ich hatte mich nie als schwach betrachtet, aber jetzt, da meine dünnen

200

Gliedmaßen etwas mehr Muskeln hatten, fühlte es sich wirklich gut an. Das Abendessen war Spaghetti Bolognese, eines meiner Lieblingsgerichte, und ein perfekt frischer grüner Salat mit gerösteten Kürbiskernen und Feta. Apfel-Rhabarber-Crumble als Dessert. Ich hatte vor meiner Ankunft in Celestia noch nie von Rhabarber gehört. Miss Black kam an unseren Tisch, und wir begrüßten sie höflich. Sie reichte mir ein kleines Glas Wasser und eine Tablette. Ich schaute sie fragend an.

»Das ist Ihre Nahrungsergänzung, Mercury, meine Liebe. Zaleria wird es Ihnen erklären.«

Als Miss Black nicht wegging, wurde mir klar, dass sie darauf wartete, dass ich die Tablette schlucke. Also warf ich sie in meinen Mund und trank das Wasser. Zufrieden ging Black in Richtung Küche. Sobald sie sich umdrehte, wischte ich mir mit der Serviette den Mund ab und entfernte heimlich die kreidige Tablette unter meiner Zunge, um sie in meine Tasche fallen zu lassen. Zaleria schien es nicht zu bemerken.

»Doktor Bianca analysiert regelmäßig unser Blut und stellt fest, wer mehr von was braucht. Bei mir ist es normalerweise Eisen, glaube ich. Und Vitamin C.«

»Sie sagen euch also nicht, was es ist?«

»Ehrlich gesagt fragen wir nie danach. Doktor Bianca ist brillant; das ist alles, was wir wissen müssen. Wir waren noch nie gesünder, oder, Schwestern?«

Sie nickten alle, und ich war sicher, dass sie Recht haben mussten. Jede von ihnen hatte ein klares Gesicht, strahlende Augen und gebräunte, trainierte Körper. *Na gut, dann nehme ich die Ergänzung*, dachte ich, aber ich tat es nicht.

In dieser Nacht hatte ich den erschreckendsten Traum.

Er begann super realistisch, wenn auch bizarr. Ich träumte, dass ich mitten in der Nacht aufwachte und den Voilevorhang beobachtete, wie er in der Brise schwankte. Als Nächstes stand eine Person in weißer Krankenhauskleidung direkt neben mir, und noch eine weitere.

»Was passiert hier?«, fragte ich ängstlich und drückte mich zurück in mein Bett.

Die Krankenschwester, die mir am nächsten stand, sprang auf. Sie schien schockiert zu sein, dass ich wach war.

»Was geht hier vor?« Diesmal richtete ich mich auf. Das schien die Krankenschwester zu erschrecken; sie stieß einen Ausruf aus und sah zu ihrer Partnerin. Sie gestikulierte etwas, das ich nicht verstand, und die Krankenschwester, die mir am nächsten war, öffnete schnell eine Art Tütchen und hielt es mir unter die Nase. Ich versuchte, den Atem anzuhalten, aber sie zwang mir den Dampf auf, und bald war ich benommen.

Dann wurde es wirklich seltsam. Es war nicht länger realistisch wie zuvor. Es war surreal und fremdartig. Die Aliens in Weiß – ja, ich hatte entschieden, dass sie Aliens waren. Wer sonst würde in der Nacht so zu mir kommen? Die Aliens hatten mich praktisch außer Gefecht gesetzt, dann auf eine Trage geschnallt, die sie zügig aus meinem Zimmer schoben. Wohin brachten sie mich? Ich erwartete, ein riesiges UFO über dem Gelände von Celestia schweben zu sehen. Aber nein. Sie schoben mich an den Zimmern der anderen Mädchen vorbei, und mir wurde klar, dass wir zum medizinischen Bereich gingen. Ich versuchte, um Hilfe zu schreien, nach Zaleria oder Francine, aber mein Mund funktionierte nicht. Der Rest meines Körpers war so fest an die Trage geschnallt, dass ich nicht sagen konnte, ob ich gelähmt war oder nicht. Ich hatte von diesen Träumen gehört, diesen Schlaftrance-Zuständen, die dich in deinem Körper einschließen, hatte gehört, wie beängstigend sie sein konnten. Glücklicherweise wusste ich, dass ich träumte, also war es nicht so erschreckend, wie es sonst gewesen wäre. Trotzdem gab es Dinge, die mir Angst machten. Die Art, wie ich die Anwesenheit der Aliens spüren konnte. Sie waren keine Ausgeburten meiner Fantasie; ihre Gegenwart war sehr real.

Den Korridor hinunter, hinunter, hinunter, hinunter. Es fühlte sich an, als würden wir stundenlang fahren. Wir passierten Doppeltüren und kamen in einen dunklen Raum. Ich versuchte, meine Augen offen zu halten, zu sehen, was geschah, aber ein massives rundes Licht ging an, direkt in meinem Gesicht, als wäre ich beim Zahnarzt. Es machte es schwieriger, die Augen offen zu halten.

Was passiert hier, fragte ich immer wieder, aber die Worte verließen meinen Mund nicht.

Ich hatte schon früher über Entführungen durch Außerirdische gelesen – natürlich hatte ich das, zusammen mit Marielle, die nicht genug bekommen konnte von übernatürlichen Geschichten. Ich wusste, was als Nächstes kommen würde. Blutentnahmen und Die Sonde. Mein Magen verkrampfte sich. Dafür hatte ich mich nicht angemeldet. Ich begann zu stöhnen. Ich wollte mich von der Trage kämpfen, aber meine nutzlosen Glieder bewegten sich nicht. Mein Stöhnen wurde lauter. Bald würde ich um Hilfe rufen können.

Ich sah, dass wir in einer Art Operationssaal waren, was meinen Terror verstärkte.

Der Alien sagte etwas zu seiner Partnerin, aber ich war so benommen, dass ich nicht verstehen konnte, was sie sagte. Ich fühlte mich, als wäre mein Kopf in einem Fischglas, und jeder Ton außerhalb davon war dumpf und monoton. Die Partnerin antwortete, und der Alien nickte. Sie hatten sich für eine Vorgehensweise entschieden, um mich vom Stöhnen abzuhalten. Ich versuchte erneut, mich zu befreien, aber ich hatte keine Chance. Der Alien in der weißen Krankenhauskleidung nahm etwas von einem Tablett neben ihr. Eine Injektion.

»Nein!«, stöhnte ich. »Nein!«

Aber sie hörte nicht zu. Ich konnte nicht genau ausmachen, was sie sagte, aber ich glaube, es war so etwas wie *Halt still, oder es wird wehtun.*

Ich bäumte mich gegen die Trage auf, drückte mich so fest ich konnte, und eine der Riemenschnallen löste sich. Sobald ich das sah, tat ich es noch einmal, und eine weitere löste sich. Ich hatte ein Bein frei. Der Alien war nicht erfreut. Sie rief ihre Partnerin, und sie beide hielten mich fest, befestigten die Schnallen wieder, dann spürte ich ohne weitere Vorwarnung, wie die Nadel der Spritze meinen Hals durchbohrte, und der Traum endete.

KAPITEL 39

MOLCHAUGE

ASHA

Als ich am nächsten Morgen in den Spiegel schaute, war mein linkes Auge zugeschwollen. Kein besonders guter Look. Ich war zu erschöpft gewesen, um es nach den gefrorenen Erbsen vom Vorabend mit einem Heilbalsam zu behandeln. Alles, was ich wollte, war mein Bett und Sam, am liebsten beides zusammen. Aber leider schlief ich wieder allein ein.

Er hatte mir jedoch ein Abschiedsgeschenk hinterlassen.

»Es war alles, was ich bekommen konnte«, hatte er mir ins Ohr geflüstert, als er mir ein Stück Papier zusteckte.

GORDON S. TARANATH

AURIC Girokonto 19X283V589

Ich kannte die Auric Bank. Sie hatte einen goldenen Löffel als Logo. Sie war nur für extrem wohlhabende Personen, daher das Logo – für jene, die nicht mit einem silbernen, sondern mit einem goldenen Löffel im Mund geboren wurden. Das überraschte mich nicht. Aber die Aufgabe, die vor mir lag, schüchterte mich ein, denn Auric hatte den Ruf, über die allerbesten Magi-Tech-Elfen-Sicherheitssysteme zu verfügen. Wie sollte ich in dieses System hacken? Ich hatte nicht viel Hoffnung, aber ich musste es tun, um herauszufinden, wen Taranath für seine schmutzige Arbeit bezahlt hatte. Besonders wollte ich Shadow Snow finden, denn ich wusste, dass sie persönlich für zahllose Entführungen verantwortlich war – Entführungen, die möglicherweise noch immer im Gange waren.

Ich ging verschiedene Planungsszenarien durch. Ich könnte mich mit einem Glamour in eine reich aussehende Elfe verwandeln und darum bitten, ein Konto zu eröffnen, sodass ich den Auric-Mitarbeiter einfrieren könnte, während ich schnell ihre Dateien durchsuchte. Aber ich wusste, dass das nicht funktionieren würde, da die Bank sicher biometrische Sicherheitsmaßnahmen eingesetzt hatte. Iris, Fingerabdrücke. Ich war gut im Zaubern von Glamours, aber nicht so gut. Die einzige Möglichkeit, an die Iris vom alten Taranath zu kommen, wäre, sie selbst zu ernten. Keine Mission, für die ich besonders geeignet war, wenn ihr den Wortwitz verzeiht. Ich musste weiter nachdenken. Es musste einen Weg geben.

Ich stand in der Küche und nahm gerade meinen ersten Schluck Kaffee – gesegnet seien die magischen Bohnen – aus meiner MOLCHAUGE-Tasse, als ich hinter mir jemanden »Guten Morgen« sagen hörte und das Ding fallen ließ, wobei die Keramik zerbrach und der Boden mit Scherben und magischem Gebräu getauft wurde. Ich wirbelte herum und sah die schockierten Gesichter zweier Mädchen, die sicher meinem eigenen Gesichtsausdruck ähnelten – abgesehen vom geschwollenen Auge.

»Oh! Asha!«, rief Abigail. »Es tut mir so leid!«

Dusty stimmte ein. »Wir wollten dich nicht erschrecken!«

Ich atmete aus und drückte meine Hand an die Brust. »Nein, es ist nicht eure Schuld. Ich habe vergessen, dass ihr Mädchen hier seid.«

Sie sahen so jung aus, wie sie da standen, in meinen alten Pyjamas. »Habt ihr eure Übernachtung genossen?«

»Wir haben nicht viel geschlafen«, gab Abigail zu. »Gestern war zu aufregend.«

»Deine Mutter wird mich umbringen«, sagte ich und zog meine kalten Gartenstiefel über meine nackten Füße, damit ich das Durcheinander aufkehren konnte, ohne mich zu verletzen.

»Wird sie nicht«, sagte mein Feenpatenkind. »Sie hat gestern Abend geschrieben, dass sie eine tolle Zeit mit Griffin hatte und dass sie dich liebt.«

»Sie wird mich nicht mehr lieben, wenn sie erfährt, dass ich euch gestern in eine gefährliche Situation gebracht habe.«

»Wir müssen es ihr ja nicht erzählen«, sagte Abi.

»Was? Ihr nicht erzählen, dass du den Tag gerettet hast? Das wird nicht passieren.«

Sie strahlte mich an. »Lass mich dir frischen Kaffee machen.«

»Nein, du hast keine Schuhe an. Geh lieber raus und füttere die Hühner.«

Ich versuchte, das Durcheinander so gründlich wie möglich zu reinigen, wickelte die zerbrochenen Stücke in Zeitungspapier und steckte sie in einen Beutel, bevor ich sie in den Müll warf. Schließlich saugte ich die Fliesen kurz ab und wischte sie zur Sicherheit noch einmal. Keramiksplitter von einer deiner Lieblingstassen abzubekommen, muss Unglück bedeuten, was ich um jeden Preis vermeiden wollte. Ich setzte frischen Kaffee auf und hörte den Mädchen zu, wie sie draußen plauderten und lachten, während ich ihn trank. Sie waren sofort beste Freundinnen geworden, und ich freute mich für beide.

Savvy würde Abigail bald abholen, aber ich wusste nicht, was ich mit Dusty machen sollte. Weder Copperfield noch der Keller der Fernaks waren noch sicher für sie. Hier war es auch nicht sicher.

Auf einmal fiel mir ein – danke, Kaffee –, dass ich das Problem nicht aus dem richtigen Blickwinkel betrachtete. Dusty unterzubringen war nicht das Problem. *Die Garretts* waren das Problem. Ich müsste das arme Kind nicht ständig in der ganzen Stadt herumscheuchen, wenn ich die ursprüngliche Gefahr beseitigen würde, die dieses Drama verursachte. Es war nicht so, als hätte ich es nicht versucht. Der Gang vor Gericht, um für das vorübergehende Sorgerecht zu kämpfen, hatte nicht funktioniert, also war es an der Zeit, außerhalb der gesetzlichen Grenzen zu arbeiten.

Ich musste Mr. Garrett beseitigen.

Als Savvy kam, um ihre Tochter abzuholen, strahlte sie vor Glück und Liebe.

»Es war die erstaunlichste Nacht meines Lebens«, sagte sie zu mir mit leiser Stimme, sodass die Mädchen es nicht hören konnten.

»Ich hatte erwartet, dass du mit einem Kater hier reingestolpert kommst«, erwiderte ich. Ich war es nicht gewohnt, meine beste Freundin nach einem Abend aus so frisch und munter zu sehen.

»Ich trinke nicht wirklich, wenn ich mit ihm zusammen bin«, sagte sie. »Ich habe nicht das Bedürfnis.«

Das überraschte mich. Niemand, den ich kannte, trank so viel wie Savvy. Alkohol trinken war ihr Ding. Feiern war ihr Ding. Kater waren definitiv ihr Ding. Vielleicht war dieser neue Mann – den ich immer noch nicht getroffen hatte und dem ich daher immer noch nicht vertraute – *tatsächlich* gut für sie.

»Und er macht mir morgens grüne Smoothies«, sagte Savvy. »Kannst du dir das vorstellen?«

Das konnte ich nicht. Die einzigen Smoothies, die ich Savannah jemals hatte trinken sehen, waren mit Wodka aufgefüllt worden. *Um die Keime abzutöten*, hatte sie mit einem Zwinkern und schelmisch funkelnden Augen hinzugefügt.

»Mama«, sagte Abigail, »kann Dusty den Tag mit uns verbringen?«

»Natürlich!«, sagte Savvy und sah beeindruckt aus. Alles, was wie normales Teenager-Verhalten aussah, war in ihren Augen ein Gewinn. Sie war es gewohnt, dass ihre Tochter mürrisch und depressiv war.

Sie trägt immer Schwarz, erzählte sie mir an unseren Gin-Abenden. Du weißt, dass ich kein Problem mit Schwarz habe, es hat sicherlich seinen Platz im Kleiderschrank. Aber jetzt will sie alles in Schwarz. Sie hat neulich eine schwarze Zahnbürste und Aktivkohle-Zahnpasta bestellt. Aktivkohle-Zahnpasta!

Ich hatte ihr daraufhin erklärt, dass Aktivkohle viele gesundheitsfördernde Eigenschaften hat.

Verdammt, Asha, darum geht es nicht!

Es ist nur eine vorübergehende Phase, sagte ich ihr. *Durchlaufen nicht die meisten Kinder eine Goth- oder Emo-Phase?* Aber Savvy sorgte sich und sorgte sich – wie ich es auch tun würde, wenn ich eine Tochter hätte.

Du könntest sie nach Copperfield schicken, schlug ich einmal vor. *Sie würde wirklich gut zu den Hexen passen.*

Nur über meine Leiche, hatte Savvy geantwortet, und ich erwähnte es nie wieder.

»Es wäre wirklich hilfreich für mich«, sagte ich zu ihnen. »Wenn ihr Mädels ein Spieldate hättet.«

Abigail lachte. »Ein Spieldate! Wir sind doch nicht drei!«

»Werdet ihr sie unter dem Radar halten?«, fragte ich Savvy, die ich über die Garrett-Situation informiert hatte.

»Natürlich«, stimmte sie zu. »Ich bin sicher, sie werden sowieso den ganzen Tag in Abis dunklem Zimmer sitzen.«

»Perfekt«, sagte ich und umarmte sie alle, als sie gingen. »Ich lasse euch wissen, sobald ich bereit bin, sie abzuholen.«

Ich winkte ihnen nach und zählte all die Dinge auf, die ich an diesem Tag zu tun hatte. Die oberste Priorität war, wie immer, der Chalice-Fall. Mein Telefon klingelte, und ich hätte fast meine zweite Tasse Kaffee für den Tag fallen lassen. Ich war eindeutig nervös. Ich sollte den Kaffee reduzieren und etwas Kamille und Baldrian zu meiner nächsten Tasse toter Blättergebräu hinzufügen. Nach meiner Erfahrung wird eine gute Strategie selten aus Angst geboren. Während meine Gedanken umherwanderten, dachte ich daran, wie praktisch ein Anti-Angst-Vape für die Kunden bei Mason & Sons wäre. Ich nahm mir vor, einen zu kreieren und zu versuchen, ihn an sie zu verkaufen... was mich an die Box mit fertigen Glamour-Vapes erinnerte, die ich liefern musste.

Der Chalice-Fall hatte in der Tat Priorität – ebenso wie die Beseitigung von Garrett –, aber ich brauchte auch das Geld für Thomas Harveys Tierschutz, dem trotz Merlins großzügiger Einzahlung neulich immer noch nur Tage blieben, bis das Futter, die Medikamente und andere Vorräte ausgehen würden. Ich ließ meine Gedanken eine Weile weiterschweifen und hoffte auf einen Geistesblitz.

Zurück bei den vermissten Mädchen dachte ich wieder an Shadow Snow. Sie schien nicht der mütterliche Typ zu sein, also glaubte ich nicht, dass sie die Kinder für sich selbst behielt. Sie war ausschließlich eine Söldner-Entführerin mit besonderen Überzeugungsfähigkeiten. Leider würde ich nicht einfach bei den Smaragdes auf einen Tee vorbeischauen und fragen können, ob sie zufällig einen ihrer Vampire nachts auf Einkaufstour schickten. Sie waren bekannt dafür, ein besonders gewalttätiger Clan zu sein, der wenig Respekt vor dem Gesetz des Rates hatte.

Nein, ich müsste schlau vorgehen.

Ich bräuchte einen Plan.

Ich brauchte sowieso Zeit zum Nachdenken, also beschloss ich, die Lieferung zu den Masons selbst zu bringen und dann hoffentlich einen Aktionsplan zu haben, wenn ich bereit war zu gehen. Ich fütterte die Katzen und sprang unter die Dusche, und eine Stunde später stand ich vor dem wunderbar vertrauten Äußeren der hundertjährigen magischen Apotheke. Ich erkannte sofort, dass etwas nicht stimmte.

KAPITEL 40

GLONNIK-KLEBER

ASHA

Normalerweise war das Innere von Mason & Sons von verschiedenen vergoldeten Laternen beleuchtet, die ihm einen warmen, fast gelblichen Schimmer verliehen, aber heute war es drinnen dunkel. Der uralte Zwerg-Lakai, der die Apotheke bewachte, war in seiner üblichen Uniform aus einem kastanienbraunen Anzug mit goldenen Quasten und Hut anwesend, wirkte aber etwas erschüttert. Seine Jacke sah aus, als hätte sie Prügel bezogen, und seine Quasten zitterten.

»Glonnik«, rief ich alarmiert. »Was ist passiert?«

»Nichts, meine Dame«, antwortete er schnell. »Überhaupt nichts.«

Der Lakai sah mir nicht in die Augen.

»Glonnik«, wiederholte ich mit tieferer Stimme. »Erzählen Sie es mir. Ich kann helfen.«

»Nein, danke, meine Dame, nein danke, keine Hilfe nötig. Ich werde den Masons sicher mitteilen, dass Sie hier waren.«

Moment mal, was? »Ich werde es ihnen selbst sagen«, erwiderte ich und trat auf die großen Türen zu. In diesem Moment hörte ich ein zerschmetterndes Geräusch, nicht unähnlich dem, als ich heute Morgen meine

Tasse fallen gelassen hatte. Ich runzelte die Stirn und versuchte zu sehen, was drinnen vor sich ging.

Glonnik krabbelte zu mir und versuchte, mir die Sicht in den Laden zu versperren, aber er war zu klein.

»Um Hexes willen«, murmelte ich, genervt von dem Zwerg. »Ich versuche nur eine Lieferung zu machen.«

»Ah, warum haben Sie das nicht gleich gesagt!«, meinte er und versuchte, das Paket von mir wegzureißen. »Ich sorge dafür, dass sie es bekommen.«

Es gab ein weiteres Scheppern, dann einen dumpfen Stoß, der mir Sorgen bereitete. Die Götter wissen, dass es nicht viel braucht, um einen alten Mason-Schädel zu brechen.

Mit einem kräftigen Ruck gewann ich wieder die Kontrolle über die Box, die ich mitgebracht hatte.

»Nein, danke«, antwortete ich mit einem falschen Lächeln. »Es ist ein wertvolles Produkt. Ich möchte sicherstellen, dass ich es ihnen persönlich übergebe.«

»Tun Sie das nicht«, sagte er. »Es wird zerstört werden. Vertrauen Sie mir einfach und kommen Sie morgen wieder, meine Dame, oder lassen Sie es bei mir.«

Ich hörte einen panischen Schrei, und ich konnte nicht anders. Lieferung hin oder her, ich ging hinein. Glonnik klammerte sich wie ein Äffchen an meinen linken Knöchel und versuchte, mich zurückzuhalten, während ich die riesigen Türen aufstieß. Ich konnte nicht verhindern, dass mir der Kiefer herunterfiel. Drei Masons, in verschiedenen Graden mit Rüstung und Waffen bekleidet, warfen mir einen Blick zu. Einer hielt ein Poolnetz, einer einen riesigen Weidenkorb-Käfig und der Älteste ein Blasrohr. Zerbrochene Fläschchen und misshandelte Bücher lagen über den Boden verstreut. Ein ganzes Produktregal – mit magisch aufgeladenen Kerzen und verzauberten Räucherstäbchen – lag mit der Vorderseite nach unten.

»Sie sollten nicht hier sein«, sagte einer der Masons. Er war nicht derjenige mit dem Sauerstoffgerät und konnte aufrecht stehen, also nahm ich an, es war Mason Junior oder Mason Senior, aber nicht Mason Senior Senior oder sein Vater, der oben an den Geschäftsabrechnungen arbeitete.

»Ich bin hier, um zu helfen«, sagte ich und zog meinen Zauberstab heraus. Der hartnäckige Zwerg klebte immer noch an meinem Bein. Glonnik-Kleber.

»Sie werden zur Komplizin«, warnte der alte Zauberer. »Gehen Sie, solange Sie noch können!«

Da hörte ich es. Die Kreatur. Ich erkannte, dass es eine Art Vogel war. Es klang wie ein Huhn... wenn Hühner so groß wie Trolle werden würden. Das Geräusch kam von hinter einem Regal, das noch stand. Alle drei Männer hatten ihre Augen auf das Tier gerichtet, bereit zuzuschlagen. Mein Zauberstab war in meiner Hand, aber ich hatte keine Ahnung, womit ich es zu tun hatte. Würde die Kreatur auf mich springen und mir die Kehle aufreißen? Würde sie mich mit einem Gift stechen, das mich für immer erblinden lassen würde? Ich machte mich bereit, rechnete mit dem Schlimmsten, und bewegte mich langsam über das zerbrochene Glas und die verschütteten Flüssigkeiten darauf zu.

Die Masons hoben ihre verschiedenen Waffen, ich meinen Zauberstab, und wir warteten.

KAPITEL 41

EIN GEFÄHRLICHER REGENBOGEN MIT FEDERN

ASHA

Ein gottloser Lärm hätte uns beinahe taub gemacht. Es war ein Kreischen mit Feuer dahinter, und ich sah, wie blaue Flammen vor uns ausbrachen und eine Welle warmer Luft zu uns schickten, die nach... verbrannten Federn roch? Ich kroch ein bisschen weiter vor, damit ich die Kreatur sehen konnte, und drehte langsam meinen Kopf um das nächste Regal, um sie zu erblicken.

Wow.

Ich blinzelte ungläubig. *Ich habe noch nie, wirklich niemals, so etwas gesehen-*

Bevor ich meinen Gedanken beenden konnte, sah die Kreatur mich und geriet in Panik. Sie stieß ein hadeda-ibisartiges »Kaaaa!« aus, und blaue Flammen rasten auf mich zu, was Glonnik zum Schreien brachte und ihn loslassen ließ. Ich stolperte rückwärts und versuchte, so viel Abstand wie möglich zwischen mich und den feurigen Angriff zu bringen. Ich stolperte über den Zwergenschrott und wäre fast auf den zackigen Teppich aus zerbrochenen Fläschchen gefallen, konnte mich aber gerade noch rechtzeitig retten.

Ich taumelte. So etwas hatte ich noch nie zuvor gesehen. Jetzt, da die Kreatur mich mit ihren kleinen Augen beobachtete, hoffte ich, dass sie nicht wieder so ängstlich reagieren würde. Sie blinzelte mich an, und ich sie.

Es war definitiv ein Verwandter des Huhns, dachte ich, denn wie ich wusste, sind Hühner die nächsten Verwandten der Dinosaurier.

Ja. Dinosaurier.

Ich kniff mich selbst. Es tat weh. Also träumte ich nicht. Aber auf zwei knallgelben, hahnenartigen Beinen stand ein leuchtend gefiederter Dinosauriervogel.

»Er ist so... süß«, sagte ich und wurde mit einer weiteren Feuersalve belohnt, die mir fast die Augenbrauen absengte.

»*SÜß?*«, prustete einer der Masons. »Haben Sie den *Schaden* gesehen, den er angerichtet hat?«

»Helfen Sie uns, ihn zu fangen«, bat Mason Senior, und wir alle begannen, auf den Vogel zuzugehen, das Poolnetz zitternd, zum Zupacken bereit. Er bekam wieder Angst, und ich konnte blaue Funken in seiner Kehle erkennen. Ich hasste es, Tiere verängstigt zu sehen, und meine letzte Mission zur Rettung von Harveys Tieren hatte mich noch mitfühlender gemacht.

»KAAAA!«, warnte uns der Vogel.

»Moment mal«, sagte ich zu den anderen. »Haben Sie irgendwelches Futter?«

»Futter?«, fragte Mason Senior Senior. Er saß in seinem Rollstuhl mit einer Decke auf dem Schoß. Seine Sauerstoffflasche war bedrohlich nahe an einer Kreatur, die gerne Dinge röstete.

»Was für Futter?«, fragte Mason Senior.

»Eigentlich alles«, antwortete ich. Es war nicht der Zeitpunkt, den Vogel nach seinen Nahrungsvorlieben zu fragen.

»Ich habe ein paar Hot Cross Buns«, sagte Senior Senior. Als die anderen beiden ihn vorwurfsvoll ansahen, fügte er schnell hinzu: »Übrig gebliebene! Trocken wie ein ausgedörrter Schwamm!«

Er griff unter seinen Stuhl in ein Versteck und holte sie heraus. Ich ging zu ihm hinüber und nahm die Aluschale mit drei duftenden Brötchen. Mason Senior Senior beäugte mich und ließ sein Zahnfleisch knacken, vielleicht fragte er sich, ob ich ihn verraten würde, weil er drei sehr frische und köstliche Hot Cross Buns vor seinen Söhnen versteckt hatte.

Ich nahm sie und drehte mich zu den anderen um, wobei ich zur Wirkung mein Gesicht verzog. »So alt!«, sagte ich. »Mindestens eine Woche alt.«

Sie nickten alle zustimmend.

Ich näherte mich langsam dem Riesenvogel. Er wirkte jetzt weniger nervös und interessierte sich für das, was ich hielt. Vielleicht konnte er – ich denke, es war ein Er, angesichts seines leuchtenden Gefieders und der markanten rasiermesserscharfen Sporen an seinen Beinen – auch den Zimt und die Muskatnuss riechen, die von den Backwaren in meinen Händen ausgingen.

»Kaaaa?«, rief er. *Futter?*, vermutete ich als Übersetzung, obwohl meine Kenntnisse des Dinosaurierdialekts etwas eingerostet waren. Er beäugte die Brötchen mit großem Interesse, und ich dachte, ich sollte mich besser bewegen, oder ich würde meine Hände als Kollateralschaden abgepickt bekommen. Schnell brach ich ein Brötchen ab und warf es mit Unterhand auf den Vogel zu. Blitzschnell fing der scharfe Schnabel das Brötchen, schnitt es in zwei Teile und warf es in einer Bewegung wieder hoch, bevor er die Stücke aus der Luft pflückte. Eins-zwei. Er schaute mich hungrig an, während er schluckte.

»Braver Vogel«, sagte ich.

»Kaaaaa!«

Okay, okay, dachte ich. *Benimm dich.* Ich warf das nächste Brötchen höher, und er schnappte es ganz, bevor es Zeit hatte, seinen Höhepunkt zu erreichen.

»Braver Vogel«, sagte ich wieder. Er beobachtete mich, während er schluckte. Stellte er sich vor, mich zu essen? Dieser Schnabel könnte mich in Sekunden zerfetzen. »Siehst du? Wir können Freunde sein.«

Ich wurde nervös, als er wieder meine Hände anstarrte. Drei Hot Cross Buns würden für diesen Riesen nicht genug sein. Sie waren nichts als ein *Amuse-Bouche*, und der Rest von uns würde Vorspeise, Hauptgericht, Dessert und ein Zahnstocher auf Rädern sein.

Er krächzte wieder und machte einen Schritt auf mich zu – oder vielmehr auf das letzte verbleibende Brötchen –, ohne seine adlerartigen Augen davon abzuwenden. Ich schluckte schwer und machte ebenfalls einen Schritt näher, und hörte die Männer hinter mir folgen.

»Alles in Ordnung«, sagte ich. »Wir werden dir nicht wehtun.« Ich versuchte, mir mehr einfallen zu lassen – es musste keinen Sinn ergeben, es ging nur darum, dass er sich an meine Stimme gewöhnte und an meinem Ton verstand, dass wir keine bösen Absichten hatten. »Wir mögen dich«, sagte ich. »Du bist ein sehr hübscher Junge. Du bist wie ein Regenbogen mit Federn. Ein gefährlicher Regenbogen mit Federn.«

Wir rückten noch näher heran.

Oh, was für einen scharfen Schnabel du hast. Was für kolossale Klauen, was für feine Sporen.

»Das ist das letzte«, sagte ich und zeigte ihm das dritte und letzte Brötchen. »Bereit?«

Sein Schnabel klapperte vor Aufregung, und nach kurzem Zögern trat er wieder vor. Ich warf den Leckerbissen hoch, und er fing ihn wie ein Teenager, der einen Erdnuss mit dem Mund auffängt.

Es gab ein fast unhörbares Rauschen, und ich bemerkte, wie eine kleine rote Feder am Hals des Vogels erschien. Verwirrt schaute ich zurück zu den Masons. Senior Senior ließ das Blasrohr auf seinen Schoß fallen und stieß triumphierend die Faust in die Luft.

»Ich hab's noch drauf!«, rief er, jubelnd über seinen Erfolg.

Ich drehte mich schnell wieder zum Vogel um, dessen Augen zu glasig wurden und der zu schwanken begann.

»Ist schon gut«, murmelte ich, verkürzte den Abstand zwischen uns, um ihn aufzufangen, bevor er fiel. Ich befürchtete, in seinem Gesichtsausdruck Verrat zu erkennen, aber da war keiner. Er steckte seinen Schnabel unter seinen Flügel und schloss die Augen, und dann spürte ich, wie sein Körper schlaff wurde.

»Was war das?«, verlangte ich zu wissen. Es klang wütender, als ich es beabsichtigt hatte – es waren meine Nerven, die die Emotion verstärkten. »Ich meine, was war in dem Pfeil?«

»Nur ein harmloses Beruhigungsmittel«, sagte Mason Senior. »Wir hätten ohne Sie niemals nahe genug herankommen können.«

»Ihr schuldet mir drei Hot Cross Buns«, sagte Senior Senior, und wir alle lachten erleichtert.

»Bringen wir Rap in seinen Käfig«, sagte der Jüngste der drei uralten Männer.

Ich hob eine Augenbraue zu ihm. Sie hatten die Kreatur bereits benannt? Wie? Ich beschloss, meine Energie zu sparen, um »Rap« zu bewegen, und Fragen später zu stellen. Der Vogel war riesig und ein totes Gewicht, daher war es nicht einfach, aber wir schafften es. Wir klopften unsere Handflächen ab und sahen einander an, vielleicht dankbar, dass wir alle noch ein Gesicht hatten.

Mason Junior rieb seine Handflächen aneinander. »Soll ich den Kessel anstellen?«

Wir setzten uns zum Tee um einen kleinen Tisch auf der Erdgeschoss-ebene. Die Wände waren mit alten Realm-Zeitungsblättern und Zauber-büchern tapeziert. Der ausgestopfte Kopf eines Braunbären, der auf einer Plakette montiert war, knurrte uns an, als ob wir nicht schon in dieser Stunde von einem wilden Tier bedroht worden wären. Senior Seniors Hände zitterten so sehr, als er seine Teetasse aufhob, dass ich nicht glauben konnte, dass er tatsächlich den Schuss mit dem Blasrohr getroffen hatte. Er sah, dass ich ihn beobachtete, und stellte die Tasse ab, bevor er einen Schluck nahm. »Es ist ein seltenes Antiquitätsstück, das Dartrohr«, krächzte er. »Vom Stamm der Mathadahadji im ländlichen Südwesten Indiens.«

»Papa ist in seiner Jugend viel gereist«, sagte Mason Senior. »Bevor es Flugzeuge gab. Können Sie sich das vorstellen?«

»Das waren noch Zeiten«, seufzte Senior Senior. »Monate auf dem Ozean, Wanderungen durch Dschungel, magische Reliquien finden, um sie meinem Vater nach Hause zu bringen.«

Mason Senior nickte stolz. »Papa hat Schlangenbisse, Jaguarangriffe, rotes Flussfieber überlebt-«

»Einmal versuchte ein Elefant, sich auf mich zu setzen!«, sagte Senior Senior und lachte so hart, dass er zu husten begann. Es war ein trockenes, hackendes Geräusch, und sein Sohn drehte schnell seinen Sauerstoff auf.

»Es lag uns immer im Blut«, sagte Junior zu mir, während wir auf das Ende des Hustenanfalls warteten.

»Sollte ich dann nicht überrascht sein, dass Sie so eine exotische Kreatur in Ihrem Laden haben?«

Sie verstummten alle. Sogar das Husten hörte auf. Sie sahen mich an und kauten eine Weile auf ihrem Zahnersatz.

»Diesbezüglich«, begann Mason Senior langsam und bedächtig. »Mir ist klar, dass es schlecht aussieht. Es sieht so aus, als hätten wir... uns... ein illegales exotisches magisches Tier beschafft.«

»Das tut es«, stimmte ich zu. »Aber ich kenne die Familie Mason, solange ich mich erinnern kann, und ich weiß, dass Sie innerhalb der Grenzen des Ratsgesetzes operieren möchten. Ich gehe automatisch davon aus, dass Sie nichts Falsches getan haben.«

Alle drei uralten Männer atmeten erleichtert aus. Es klang wie ein seufzendes Akkordeon. »Möge die Leere dich segnen, liebes Mädchen«, sagte Senior Senior. Er klopfte auf die Decke auf seinem Schoß und setzte sich etwas tiefer in seinen Rollstuhl. »Die Götter wissen, dass ich nicht einen Tag Plackerei im BoulderKeep-Arbeitslager überleben würde.«

»Möchten Sie wissen, wie die Kreatur hierher kam?«, fragte Junior.

Ich nickte.

Glonnik fluchte im Hintergrund. Er räumte das Durcheinander auf, das der Vogel verursacht hatte, und verfluchte das Tier dabei die ganze Zeit auf Zwergisch.

»Ein magischer Händler kam vor ein paar Wochen herein, um uns seine Waren zu zeigen. Er reist, wie Opa, in unbekannte Gebiete, um solche unglaublichen Artefakte zu beschaffen. Er präsentierte dieses sehr schöne Ei, das er, wie er sagte, in den Himalaya-Bergen gefunden hatte, völlig eingefroren. Es sah wirklich eher wie ein kompliziertes Ornament aus. Von Menschenhand gemacht. Wir dachten, es wäre eine fantastische Ergänzung für unsere Dekoration. Wir gingen davon aus, dass es, da es wer weiß wie lange eingefroren war, nicht mehr fruchtbar sein würde.«

»Lange Rede, kurzer Sinn, wir haben uns geirrt«, sagte Mason Senior Senior aus seinem Rollstuhl. Er sah reuevoll aus, aber auch ein bisschen zufrieden mit sich selbst, dieses Abenteuer geschaffen zu haben, das er sonst nicht erlebt hätte. Mit etwa dreihundert Jahren nahm er seine Freude, wann und wo er sie bekommen konnte.

»Opa mochte es, das Ei zu bewundern«, sagte Mason Junior. »Er verbrachte Stunden damit, es zu inspizieren und seinen Ursprung zu erraten. Er schlief mit ihm auf seinem Schoß ein.«

Senior Senior setzte sich auf und lächelte wie ein ungezogener Schuljunge und zeigte mir den Schalter seiner elektrischen Schoßdecke. »Es ist, um die alten Beine warm zu halten, verstehen Sie, aber es gab einige unbeabsichtigte Folgen.« Er verzog das Gesicht für den Effekt, aber ich konnte seine kaum verborgene Freude spüren.

Mason Senior warf ihm einen tadelnden Blick zu und fuhr fort. »Als Rap schlüpfte, hatten wir keine Ahnung, was er war. Ich meine, wir konnten sehen, dass er ein Vogel war, offensichtlich, mit seinem Schnabel und seinen Federn. Wir durchsuchten jede Bestiarien-Enzyklopädie, die wir in die Hände bekommen konnten, ohne Leute misstrauisch zu machen.«

»Wir haben sogar The Google gefragt«, sagte Senior Senior.

»Schließlich haben wir verstanden, dass wir am falschen Ort suchen. Als Rap wuchs, erkannten wir, dass er ein Dinosaurier war. Wie Sie sicher wissen, gibt es in der magischen Welt keine Dinosaurier, und schon gar nicht in den Tierenzyklopädien, magisch oder nicht. Aber als wir uns mit der Himalaya-Folklore beschäftigten, entdeckten wir längst vergangene Geschichten von dieser und anderen solchen Kreaturen. Geschichten, die über Generationen weitergegeben wurden. Offenbar gibt es einige Hinweise auf Fossilien, die Paläontologen noch nicht identifiziert haben.«

Senior Seniors Augen glitzerten. »*Prähistorische* magische Kreaturen – können Sie sich das *vorstellen?*«

»Ein magischer Dinosaurier«, sagte ich und konnte die Worte, die aus meinem Mund kamen, kaum glauben. Es klang wie ein Kinderbuch. *Der gefährliche Regenbogenvogel.*

»Nach der anerkannten Nomenklatur wäre er ein Himalaya-Sichelkrallen-Sauroraptor«, sagte Senior Senior. »Hohlgliedrig und leuchtend gefiedert. Klingt das nicht wunderbar?«

»Wir haben versucht, ihn zu verstecken, während wir planten, was wir mit ihm machen sollten«, sagte Junior. »Aber wie Sie sehen, geht uns der Platz aus – und die Dinge, die er zerbrechen kann.«

Ich erinnerte mich an die Crash-Geräusche, die ich bei meinem letzten Besuch gehört hatte. Die Geräusche hatten die Masons nervös gemacht, und jetzt wusste ich warum.

»Nun«, sagte ich lächelnd. »Glück für Sie, dass ich heute hereingekommen bin.«

»Allerdings!«, sagte Mason Senior. »Wir wären gegrillte Spieße, wenn Sie nicht gekommen wären.«

»Ich hätte mich fast selbst mariniert«, scherzte Senior Senior.

»Ihre Hilfe wird wirklich sehr geschätzt. Und vielen Dank für die Produkte, die Sie mitgebracht haben. Ich bin sicher, sie werden weggehen wie warme Semmeln. Tatsächlich, können wir bitte weitere hundert bestellen? Ich werde heute für alles bezahlen, und Sie können liefern, wann immer es für Sie bequem ist. Ich werde ein Trinkgeld für Ihren heutigen Einsatz hinzufügen, und auch für Ihre... Diskretion.«

»Ich werde es niemandem erwähnen, ich gebe Ihnen mein Wort«, sagte ich. »Ich erinnere Sie auch daran, dass Sie vor nicht allzu langer Zeit ein

Geheimnis für mich bewahrt haben – eines, das mich im Schwarzen Turm hätte landen lassen.«

»Oh, daran können wir uns nicht erinnern«, sagte Mason Senior und zwinkerte mir zu. »Wir sind sehr alt, wissen Sie. Unsere Gehirne sind einfach nicht mehr das, was sie einmal waren.«

Ich lächelte ihn wieder an. Sie waren wirklich liebenswerte Männer – was es umso befriedigender machte, ihnen meinen Plan mitzuteilen.

KAPITEL 42

FREILAUFENDER RAPTOR

ASHA

»Ich kann Ihnen helfen«, sagte ich. »Ich kenne genau den richtigen Ort.«

»Das kann nicht Ihr Ernst sein«, sagte Mason Junior und zwirbelte seinen langen weißen Bart mit einem goldberingten Finger. »Sie kennen einen Ort? Für … *Dinosaurier?*«

»Ja, den kenne ich. Er ist perfekt. Und ich kann Rap heute dorthin bringen, wenn Sie möchten.«

»Wunderbar!«, rief Mason Senior aus.

»Das scheint mir etwas voreilig«, sagte Senior Senior. »Wir müssen uns mit solchen Dingen nicht beeilen.«

»Papa«, sagte Mason Senior. »Wir haben das durchgesprochen. *Wir. Können. Den. Vogel. Nicht. Behalten.*«

Der uralte Mann sackte in seinen Stuhl zurück, die Lippen nach unten gezogen.

»Keine Sorge, Herr Mason«, sagte ich. »Dort, wo ich ihn hinbringe, können Sie ihn immer noch besuchen. Ich schicke Ihnen den Standort, sobald wir dort sind, und lasse Sie wissen, wie er sich eingelebt hat.«

Der gebrechliche Zauberer sah mich mit seinen trüben Augen an und nickte, als wolle er sich bedanken.

Mason Junior schaute auf sein Handy, starrte auf den Bildschirm und tippte mit einem Finger. Das Gerät piepte, woraufhin auch mein Handy in meiner Umhangtasche vibrierte, und er sah zufrieden aus. »Ihre Zahlung ist durchgegangen.«

»Danke«, sagte ich und beschloss, mein Glück zu versuchen, solange er noch seine Banking-App geöffnet hatte. »Falls Sie einen kleinen Beitrag für sein Futter leisten möchten«, fügte ich hinzu und dachte daran, wie die Kreatur diese Brötchen verschlungen hatte und immer noch hungrig wirkte, »wäre das sehr willkommen.«

Normalerweise bat ich nie um Hilfe, und schon gar nicht um Geld, aber ich wusste, dass jeder Cent zählte, wenn es darum ging, Thomas Harveys Tiere zu füttern.

»Das machen wir auf jeden Fall«, sagte Mason Senior, während alle drei Zaubererköpfe zustimmend nickten. »Keine Frage. Wir richten einen monatlichen Dauerauftrag ein.«

Es gab erneut ein kollektives Seufzen der Erleichterung, und Senior Senior beruhigte sich endlich genug, dass sein Sauerstoff wieder heruntergedreht werden konnte.

Ich überlegte, wie der Transport von Rap logistisch ablaufen sollte, und war mir sicher, dass ein Uber-Fahrer nicht begeistert wäre, einen feuerspeienden Nackenschnapper herumzufahren, selbst wenn er in einem Käfig wäre. Als hätte er meine Gedanken gelesen, bot Mason Junior ihren Lieferwagen an, was ich dankbar annahm. Er hatte eine hakelige Gangschaltung, eine lockere Handbremse und musste zum Starten etwas kurzgeschlossen werden, sagte er fröhlich, also würde Glonnik gerne das Fahren übernehmen.

Ich verbrachte die Fahrt hinten bei dem Vogel und tröstete ihn, als er die Augen öffnete.

»Keine Sorge«, sagte ich zu ihm. »Der Käfig ist nur da, um dich während der Reise zu schützen. Sobald wir ankommen, kannst du völlig frei als Raptor herumlaufen.«

Ich redete weiter mit ihm, in der Hoffnung, ihn zumindest so weit zu zähmen, dass er Chione nicht sofort angreifen würde.

»Du bringst was mit?«, fragte der Grimalkin, als ich ihr auf dem Weg meinen Plan erklärte.

»Einen Himalaya-Sichelklauen-Sauroraptor.« Es klang tatsächlich, wie Mason Senior Senior gesagt hatte, ziemlich wunderbar.

»Hexe«, stöhnte sie. »Ich habe dich um mehr Geld für Futter gebeten, nicht um mehr Mäuler, die gefüttert werden müssen.«

Ich versuchte, das aufkommende Schuldgefühl abzuschütteln. »Die Masons haben eine Spende gemacht, und sie haben mich auch für meine Tränke bezahlt, also sind wir für ein paar Tage versorgt. Du tust wirklich etwas Gutes. Thomas Harvey wäre so dankbar.«

»Hmph«, brummte sie. »Es ist nicht leicht, das hier.«

»Was?«, fragte ich.

»Ein guter Mensch zu sein. Es liegt mir wirklich nicht in der Natur.«

»Wenn du deine Energien ausgleichen willst – und damit meine ich, eine Zeit lang ein... *schlechter* Mensch zu sein – kannst du mir bei meiner neuen Mission helfen. Wie du weißt, brauchen Attentäter immer ein paar skrupellose Leute an ihrer Seite.«

Der Grimalkin fauchte mich an. »Ich schätze deinen Humor nicht. Ich finde, ihm fehlt es an vielem, vor allem an *Witz*.«

»Ich mache keine Witze, Chione. Ich brauche dich. Wieder.«

»Das tun auch die Tiere.«

Rap sah mich mit etwas an, das vielleicht eine kleine Menge Zuneigung war. Ich glaube, ich kam zu ihm durch. Ich war immer noch zu nervös, um meine Hände durch den Weidenkorb zu stecken und sein Gefieder zu streicheln, obwohl ich es wirklich wollte. Seine Schnabelklingen waren wahrhaft beeindruckend.

»Es wird nicht lange dauern, Chione. Ein paar Stunden morgen Abend, wenn deine nicht-nachtaktiven Tiere schnarchen.«

»Ugh«, seufzte sie. »Okay. Was soll ich tun?«

»Ich brauche dich, damit du auf deine... früheren Erfahrungen zurückgreifst.«

»Als Verführerin oder als Rattenfängerin?«, fragte sie.

Ich zögerte. »Ein bisschen von beidem«, antwortete ich.

KAPITEL 43

DIE CELESTIA-FAMILIE

MERCURY

Als ich aufwachte, saß Miss Black am Fußende meines Bettes. Sie trug, wie immer, ein pechschwarzes Korsettkleid im viktorianischen Stil und einen Choker. Sie sah nicht gerade erfreut aus. Als ich blinzelnd die Augen öffnete, kamen mir die bruchstückhaften Überreste meines Albtraums von der Alien-Entführung wieder in den Sinn, und ich war so erleichtert, dass es als Traum bestätigt wurde.

»Miss Black«, krächzte ich. »Guten Morgen.«

»Guten Morgen, meine liebe Mercury.« Ich spürte in ihrem Tonfall, dass es überhaupt kein guter Morgen war.

Ich setzte mich im Bett auf und zog mein Nachthemd um die Schultern. Da sah ich mein Kleid von gestern auf Blacks Schoß. Sie hatte die Nahrungsergänzungspille gefunden, die ich am Vorabend weggeworfen hatte.

»Möchtest du mir davon erzählen?«, fragte sie.

»Ähm«, sagte ich. »Ich wollte sie nehmen.«

»Wolltest du das«, sagte sie gedehnt. Es war keine Frage.

226

Ich nickte. »Zaleria hat mir erklärt, was es war, und ich habe zugestimmt, es zu nehmen.«

»Und trotzdem blieb es in deiner Tasche.«

»Ja«, gab ich zu. »Tut mir leid. Ich nehme es jetzt.«

Ich griff nach der Tablette, aber Miss Black riss sie weg.

»Jetzt ist es zu spät«, fauchte sie.

»Zu spät?«, fragte ich verständnislos. »Für ein Nahrungsergänzungsmittel?«

»Hinterfragst du mich?«, verlangte sie zu wissen. »Nach allem, was ich für dich getan habe? Liegt mir nicht dein Wohlbefinden am Herzen?«

»Es tut mir leid, Miss Black. Das wird nicht wieder vorkommen.«

»Muss ich beim nächsten Mal deinen Mund kontrollieren, wenn du ein Nahrungsergänzungsmittel nimmst?«

»Nein, Miss Black. Ich verspreche, dass ich es schlucken werde. Ich wusste nur nicht, was es war-«

»In Ordnung. Ich gebe dir den Vorteil des Zweifels, obwohl du ihn mir nicht gegeben hast.«

»Ich entschuldige mich«, sagte ich. »Sie haben so viel für mich getan.«

Sie hob das Kinn. »Es wird dir in Zukunft gut tun, dich daran zu erinnern.«

Ich sah angemessen zerknirscht aus. »Ja, Miss Black.«

Sie ging und nahm das beanstandete Kleid und die Tablette mit. Zu sagen, dass ich verwirrt war, wäre noch untertrieben. Ich verstand es überhaupt nicht. Und auf dem Trauma des Albtraums noch gerügt zu werden, ließ mich ziemlich selbstmitleidig fühlen. Als Zaleria hereingehüpft kam, warf sie einen Blick auf mich und blieb wie angewurzelt stehen.

»Was ist los?«

Ich schüttelte den Kopf. »Ach, nichts.«

»Nichts?«, sagte Zaleria. »Das sieht nicht nach nichts aus.«

»Mir geht's gut.« Sie musste nicht von meinen Problemen wissen.

Sie spitzte die Lippen und setzte sich aufs Bett, genau dort, wo Miss Black Minuten zuvor gesessen hatte. »Du siehst furchtbar aus-«

»Danke«, erwiderte ich.

»-und du bist nicht angezogen.«

»Ich hatte einen Albtraum«, sagte ich. Ich konnte nicht anders. »Es war erschreckend.«

»Oh nein!«, sagte sie. »Du armes Ding. Kein Wunder, dass du aussiehst, als hättest du die ganze Nacht wachgelegen.«

»Diese Ärzte in weißen Kitteln«, sagte ich. »Ich dachte, sie könnten Aliens sein.«

Zaleria lachte und schlug sich dann die Hand vor den Mund. »Tut mir leid. Ich wollte nicht lachen.«

Ihr Lachen ließ mich mich besser fühlen. Es war schließlich nur ein Traum. Ich war sicher in meinem Bett.

»Und dann hat Miss Black mich dafür getadelt, dass ich diese verdammte Pille nicht genommen habe.«

Zalerias Lächeln verschwand. »Oh ja, das ist so was wie eine Todsünde in ihren Augen.«

»Ich verstehe es nicht«, sagte ich. »Es ist doch nur ein Nahrungsergänzungsmittel.«

»Ist es aber nicht«, sagte Zaleria. »Es ist nicht wie ein Multivitamin vom Regal. Denk an all die Mühe, die darin steckt. Die Bluttests, die Analysen, die Entscheidung, was in deine spezielle Mischung kommt. Es wird speziell nach deinen Bedürfnissen hergestellt.«

»Ich vermute schon«, gab ich nach. »Ich werde es das nächste Mal nehmen. Das habe ich Miss Black versprochen.«

»Gut!«, sagte sie, stand auf und griff nach einem sauberen Kleid für mich. »Jetzt steh auf, ich will nicht zu spät zum Frühstück kommen.«

Ich zog mich schnell an, meine Uhr vibrierte an meinem Handgelenk, und Zaleria steckte mir einige Blumen ins Haar und gab mir eine Umarmung. Als wir den Speisesaal erreichten, fühlte ich mich besser. Ja, ich hatte einen Fehler gemacht, aber ich würde es nicht wieder tun. Und der Albtraum würde wie jeder andere Traum verblassen. Heute war ein neuer Tag, und ich freute mich auf einen Morgen mit Spaziergang und den Nachmittag in der Bibliothek. Wir waren die Letzten, die ankamen, und die anderen Mädchen am Tisch machten mir Komplimente zu meinem hübschen Blumenkranz, was Zaleria freute. Meine Haut war die dunkelste am Tisch, aber in unseren identischen Uniformen und Blumen im Haar sahen wir wie Schwestern aus. Zaleria und ich nahmen uns Kaffee und Croissants und setzten uns wieder an den Tisch.

»Habt ihr von Eleanor gehört?«, fragte Francine. Sie machte sich über eine Schüssel Müsli her.

Unsere beiden Köpfe schnellten hoch. »Nein«, sagte Zaleria. »Was ist los?«

»Sie wurde auch nach Europa geschickt«, sagte eines der anderen Mädchen. »Das sind zwei in einer Woche.«

Zaleria nahm einen Bissen von ihrem Gebäck. »Wow.«

»Was sind die Voraussetzungen, um für die Universität ausgewählt zu werden?«, fragte ich.

»Niemand weiß das«, antwortete Francine. »Es ist nicht wie ein Test oder so etwas. Miss Black sagt, sie nehmen dich, wenn du bereit bist.«

»Wenn du bereit bist«, wiederholte ich. Ich wünschte, ich könnte Fotos von der Universität sehen. Ich stellte sie mir wie ein mit Boston-Efeu bewachsenes Schloss vor – *Parthenocissus tricuspidata*, hatte Miss Black mir beigebracht – und ich konnte vor meinem geistigen Auge die Studenten mit ihren Büchern und Notizen umherschlendern sehen, vielleicht mit einem Bleistift hinter dem Ohr.

»Kommen schließlich alle rein?«, fragte ich.

Sie nickten alle. »Ja«, sagte das kleinste Mädchen mit leuchtenden Augen. »Alle. Es geht nur darum, uns zuerst vorzubereiten.«

Ich war seit einer Woche in Celestia, und es gab kein Anzeichen dafür, dass wir auf eine höhere Bildung vorbereitet wurden. »Wann beginnt die Schule wieder?«

»Nächstes Semester«, sagte Francine.

»Wann ist das?«, fragte ich.

»Bin mir nicht sicher«, antwortete sie. »Sie werden es uns sagen. Ich hoffe, wir werden alle in der gleichen Klasse sein.«

»Können wir auf eigene Faust anfangen zu lernen? Sind die Arbeitsbücher verfügbar?«

»Mercury, wir haben Ferien!«, sagte Zaleria und stieß mich sanft in die Rippen. »Sei nicht so ein Streber.«

»Tut mir leid«, sagte ich. »Ich freue mich nur darauf. Ich schätze, ich bin ein Streber.«

»Nee«, sagte Francine. »Du bist zu cool, um ein Streber zu sein.«

»Und zu hübsch«, sagte ein anderes Mädchen.

Ich lächelte. »Und ihr seid zu nett.«

Waren alle Schwestern so? Ich hatte noch keine Art von Streit oder Drama zwischen den Celestia-Mädchen gesehen. In Woodhaven waren wir eine wohlerzogene Gruppe gewesen, aber es hatte trotzdem Scharmützel gegeben. Das war doch normal, oder?

Zaleria hatte einen Termin bei Doktor Bianca an diesem Morgen, also beschloss ich, unsere übliche Route alleine zu gehen. Ich hatte Bluetooth-Kopfhörer, die sich mit meiner Uhr verbanden, damit ich beim Gehen Musik hören konnte. Die Kopfhörer zu bekommen, war so einfach gewesen, wie Miss Black gesagt hatte. Ich hatte einen Antrag an der Rezeption gestellt, und am nächsten Tag lag ein kleines Paket auf meinem Tisch, zusammen mit einem frischen Blumenarrangement. Ich hatte mich schuldig gefühlt, weil ich darum gebeten hatte, denn ich bekam bereits so viel, aber Zaleria meinte, alle Mädchen hätten welche und es wäre keine große Sache. Es stellte sich heraus, dass sie Recht hatte.

Ich ging aus dem Gebäude und in den mittlerweile vertrauten Garten. Ich hatte einen kleinen Taschenbuchroman mitgenommen, falls ich mich entscheiden sollte, auf einer der Picknickdecken unter der riesigen Eiche auf die Teestunde zu warten. Ich ging die gleiche Route wie immer und suchte nach neuem Wachstum an den Pflanzen, neuen Blüten, irgendetwas, was mir das Gefühl geben würde, nicht in *Und täglich grüßt das Murmeltier* gefangen zu sein. Ich bemerkte überhaupt keine Veränderung im Garten, aber ich würde morgen wieder nachsehen. Ich konzentrierte mich auf eine bestimmte Chrysanthemenblüte an einer jungen Pflanze. Ich studierte sie sorgfältig und nahm mir Zeit, bis ich das Bild davon im Kopf hatte. Ich würde sie morgen wieder überprüfen. Ich beschloss, ihr einen Namen zu geben: William. Ich verabschiedete mich.

»Bis morgen, William die Chrysantheme.«

Als ich den Punkt erreichte, an dem Zaleria und ich normalerweise umkehren würden, beschloss ich weiterzugehen. Ich genoss die Musik und die frische Luft, meine Beine fühlten sich leicht an, und ich stellte mir vor, den ganzen Tag laufen zu können. Also ging ich über den grasbewachsenen Hügel, vorbei an neuen Bäumen und neuen Blumenbeeten, neuen Holzbänken und einem Teich voller Seerosen. Ich lief weiter und weiter, bis ich auf meine Uhr schaute und sah, dass ich schon zwei Stunden unterwegs war und den Vormittagstee verpasst hatte.

Na ja, dachte ich. *Dann kann ich auch gleich weitergehen, bis ich das Ende erreiche.*

Ich war gespannt, wo das Schulgelände endete und wer unsere Nachbarn waren. Mir wurde klar, dass ich nicht einmal wusste, in welcher Provinz wir uns befanden. Miss Black hatte Marielle gesagt, dass wir ganz in der Nähe von Woodhaven seien, aber ich erinnerte mich an eine lange Fahrt hierher, und die Dinge hier waren... anders. Der Himmel hatte einen etwas anderen Blauton, das Wetter war immer warm und mild. Die Gewitter, die die kleineren Kinder in Woodhaven früher erschreckt hatten, schienen hier einfach nicht vorzukommen. Ab und zu gab es eine Wolke am Himmel, aber die Atmosphäre wurde nie grau und trostlos.

Die Bäume und Pflanzen unterschieden sich auch von denen, mit denen ich aufgewachsen war. Woodhaven hatte Jacarandas und Birken und ziemlich vernachlässigte Blumenbeete mit trockenem Sand, aber das Celestia-Gelände war reich an verschiedenen Bäumen und Pflanzen, und jedes Stück dunkler Erde war durch Mulch geschützt.

Ich fragte mich, wann ich aufhören würde, die beiden Orte zu vergleichen, wenn überhaupt. Ich fühlte mich immer noch heimwehkrank, wenn ich an das Kinderheim, Ms. Hammond und Marielle dachte. Ich fragte mich wieder, warum ich ausgewählt wurde, hierher zu kommen, und nicht Marielle. Ich wusste, dass sie es hier lieben würde. Vielleicht könnte ich Miss Black fragen, ob es eine Chance gäbe, dass sie der Celestia-Familie beitreten könnte.

Eineinhalb Stunden später hatte ich immer noch nicht den Rand des Grundstücks erreicht. *Es muss absolut riesig sein*, dachte ich. Ich wusste, dass ich umkehren musste, oder ich würde das Mittagessen verpassen, und ich wollte Miss Black nicht wieder verärgern. Seltsamerweise dauerte der Rückweg nur eine Stunde, und ich war genau pünktlich. Vielleicht hatte ich auf dem Hinweg einen Umweg genommen. Es war die einzig mögliche Erklärung.

Zaleria war nicht beim Mittagessen, und als die anderen Mädchen nach ihr fragten, erzählte ich ihnen, dass sie am Morgen einen Termin bei Doktor Bianca hatte.

Francine sah besorgt aus. »Ich frage mich, warum es so lange dauert?«

KAPITEL 44

WILLIAM DIE CHRYSANTHEME

MERCURY

Beim Abendessen war Zaleria zurück, und wir alle waren erleichtert.

»Was hat denn so lange gedauert?«, fragten wir alle.

Sie zuckte mit den Schultern. »Ich weiß nicht. Für mich hat es sich schnell angefühlt.«

Zaleria sah nicht anders aus, aber irgendetwas an ihr schien verändert. Ich konnte es nicht genau benennen.

»Welche Art von Tests haben sie gemacht?«, fragte ich.

Sie zuckte mit den Schultern. »Nur die üblichen. Sie passen mein Supplement an.«

Ich fragte mich, wann sie »mein Supplement anpassen« würden oder ob ich die Gelegenheit verpasst hatte, weil ich das letzte nicht genommen hatte.

»Hey«, sagte Francine plötzlich und legte ihr Brötchen hin. »Hatte Maisey nicht auch einen richtig langen Termin bei Bianca, bevor sie ihren Abschluss gemacht hat?«

Ein Mädchen am Tisch nickte, und wir alle richteten unsere besorgten Blicke auf Zaleria.

»Bereiten sie dich auf Europa vor?«, fragte Francine.

»Sie haben nichts dergleichen erwähnt«, antwortete sie. »Vielleicht ist es nur ein Zufall.«

Wir warfen uns besorgte Blicke zu.

»Aber selbst wenn sie mich vorbereiten«, sagte Zaleria, »ist das doch eine gute Sache, oder? Etwas, das wir feiern sollten.«

Natürlich, sagten wir alle und nickten.

»Wir wollen dich nur nicht verlieren«, sagte ich. Ich hatte bereits Marielle verloren. Was würde ich ohne Zaleria tun?

»Ach, ich schicke euch Postkarten«, versprach sie und zwinkerte. Ich konnte sehen, dass sie versuchte, tapfer zu sein. Ich spürte ihre Zurückhaltung, was das Weggehen betraf – falls es tatsächlich darum ging. Ich hatte das Gefühl, dass sie nicht so sehr gehen wollte, wie wir sie nicht gehen lassen wollten.

»Es wird nicht dasselbe sein ohne dich«, sagte Francine und nahm ihr Brötchen wieder auf. Es schien seinen Reiz verloren zu haben, denn sie legte es zurück auf ihren Teller, ohne einen Bissen zu nehmen.

In dieser Nacht, vor dem Lichterlöschen, saßen Zaleria und ich auf ihrem Bett. Ich erzählte ihr von meinem Marathon-Spaziergang und wie ich nie das Ende des Grundstücks erreicht hatte.

»Das habe ich nie gemacht«, sagte sie. »Versucht, den ganzen Weg zu gehen.«

»Ich werde es morgen wieder versuchen«, sagte ich. »Ich werde schneller gehen und hoffentlich dort ankommen.«

»Ich gehe mit dir«, sagte sie.

»Ich stelle dir William, die Chrysantheme, vor«, bot ich an, und sie lächelte und schüttelte den Kopf.

»Du bist ein seltsames Mädchen, Mercury«, sagte sie grinsend. »Ich bin so froh, dass wir Freundinnen sind.«

Am nächsten Morgen wachte ich auf und fühlte mich besser. Der Albtraum verblasste, und ich dachte, dass Miss Black mir wahrscheinlich verziehen hatte. Ich freute mich darauf, zu versuchen, den Rand des Grundstücks zu erreichen und mehr Zeit mit Zaleria zu verbringen. Ich wollte sie noch einmal nach ihrer Vergangenheit fragen, woher sie kam und wie sie nach Celestia gekommen war. Normalerweise kam sie auf dem Weg zum Speisesaal an meinem Zimmer vorbei, aber meine Uhr vibrierte und es gab kein Zeichen von ihr. War sie ohne mich hinuntergegangen? Sicher nicht. Gemeinsam zum Frühstück zu gehen, war unser Ding, genau wie unsere langen Spaziergänge und unser Kaffee mit Croissants. Vielleicht schlief sie noch, dachte ich. Sie hatte gestern einen anstrengenden Tag mit der umfassenden Reihe medizinischer Tests gehabt, vielleicht musste sie länger schlafen. Ich ging gegen den Frühstücksverkehr an, die Mädchen runzelten die Stirn, fragten sich, warum ich in die falsche Richtung schwamm. Ich kam bei Nummer einundzwanzig an und klopfte. Nichts.

»Zaleria?«, rief ich. Ich klopfte noch einmal, lauter. »Zaleria, es ist Zeit fürs Frühstück.«

Als sie nicht antwortete, öffnete ich zögernd ihre Tür. Ich machte mir Sorgen, dass sie halb angezogen wäre, und war bereit, meine Augen abzuwenden und mich zu entschuldigen, aber das Zimmer war leer. Ich fühlte mich, als hätte mir jemand in den Magen geschlagen. Es war nicht nur leer, sondern alle Sachen von Zaleria waren verschwunden – die Poster, die Bücher, ihre Kleidung – und ihr Bett war gemacht.

»Nein«, sagte ich laut, krümmte mich und setzte mich auf ihr Bett. Ich war zu geschockt, um zu weinen.

Ich ging traurig zum Speisesaal hinunter, wurde vom diensthabenden Wächter angestarrt, weil ich zu spät war, und machte mich auf den Weg zu unserem Tisch.

Als Francine meinen Gesichtsausdruck und Zalerias leeren Stuhl sah, begriff sie sofort, was passiert war, und ihre Augen füllten sich mit Tränen. Meine folgten.

Wir verbrachten den Rest der Mahlzeit damit, trostlos auf die beiden leeren Stühle zu starren.

»Wir scheinen den Glückstisch zu haben«, sagte das kleine Mädchen. Als ich sie ansah, fügte sie schnell hinzu: »Wir haben die meisten Absolventen im ganzen Speisesaal.«

Die anderen Mädchen nickten in der Hoffnung, dass sie bald an die Universität gehen könnten.

Francine schlüpfte schnell in Zalerias Rolle als meine engste Freundin. Wir verbanden uns durch die Trauer um Zalerias Abwesenheit und verbrachten ewig damit, über die Universität in Europa zu reden. Sie bestand darauf, dass ich sie Frankie nannte.

»Glaubst du, sie ist dort glücklich?«, fragte ich.

»Definitiv«, antwortete Francine. »Es soll dort unglaublich sein.«

»Warum fühlen wir uns dann so traurig?«

»Weil wir egoistische Biester sind«, sagte sie. »Wir sollten uns für sie freuen.«

Ich wusste, dass es stimmte, aber ich hatte dieses Gefühl von Unruhe, das sich nicht abschütteln ließ.

»Warum ist es so plötzlich?«, fragte ich Francine. »Ich habe Zaleria gestern Abend noch kurz vor dem Lichterlöschen gesehen. Warum nehmen sie sie mitten in der Nacht mit?«

»Es ist der Flugplan«, antwortete sie. »Sie fliegen um Mitternacht. Das hat Miss Black gesagt.«

»Warum keine Vorwarnung, keine Chance, sich zu verabschieden?«

Francine zuckte mit den Schultern. »Vielleicht ist ein sauberer Schnitt besser. Du weißt ja, wie Teenager-Mädchen sein können. Kannst du dir das Drama vorstellen, jedes Mal, wenn wir einen Abschied feiern? Das ist nicht tragbar.«

Ich stieß einen genervten Atemzug aus. »Trotzdem. Es ist einfach seltsam«, sagte ich. »Es fühlt sich nicht richtig an.«

»Du wirst dich daran gewöhnen«, sagte Francine. »Das tun wir alle, irgendwann.«

KAPITEL 45

EINE WOLFSPFOTE

ASHA

Ich fühlte mich gut auf dem Weg zum Skorpion-Hauptquartier. Es war ein glücklicher, produktiver Morgen gewesen. Dusty war sicher – zumindest für den Tag, die magische Apotheke der Masons war noch in einem Stück ... relativ gesehen, und Rap lebte sein bestes Leben in Freiheit auf der urbanen Naturschutz-Oase, die Thomas Harvey geschaffen hatte. Kleine Siege, aber ich fühlte mich trotzdem siegreich. Als Morgan anrief und mich bat vorbeizukommen, hatte ich ein gutes Gefühl dabei.

»Triff mich in der Leichenhalle«, sagte sie am Telefon.

»Du musst an deinen Anmachsprüchen arbeiten«, erwiderte ich.

»Ich meine es ernst, Rook. Städtische Leichenhalle. Jetzt.«

»Igitt«, sagte ich. »Warum?« Ich fühlte mich beschwingt und optimistisch, und ich wollte nicht, dass die eiskalte Energie des riesigen Leichenschranks mir das raubte.

»Es wird sich lohnen«, antwortete sie. »Du wirst schon sehen.«

Irgendwie bezweifelte ich das, aber ich stimmte zu.

Ich war gerade dabei, das Gespräch zu beenden, als ich sie wieder sprechen hörte. »Asha?«

Ich hob das Telefon wieder ans Ohr. »Yebo?«

»Ich dachte, ich sollte dich vielleicht warnen -« sie wurde still.

»Ich höre.«

»Wir haben einen neuen forensischen Experten.«

»O...kay? Und warum fühlst du dich genötigt, mich zu warnen? Wen habt ihr angeheuert? Einen Ork von der Straße? Stehen die Zeiten wirklich so schlecht?«

»Darum geht es nicht«, sagte sie. »Er ist menschlich. Er ist exzellent. Der Beste auf seinem Gebiet.«

»Du hast Recht, mich zu warnen«, antwortete ich. »Er klingt regelrecht gefährlich.«

Morgan stieß einen so lauten Seufzer aus, dass ich praktisch ihren Atem an meinem Ohr spüren konnte. »Er ist ein netter Kerl. Super schlau. Es ist wirklich keine große Sache -«

»Bei allen Göttern«, platzte ich heraus. »Komm endlich zum Punkt!«

»Er ist nur ein bisschen *exzentrisch*«, sagte Morgan. »Du wirst es sehen, wenn du hier bist.«

Als fluchbrechende grüne Hexe, Attentäterin, Stadtbäuerin und Hühner-und-Katzen-Mama beunruhigte mich Exzentrik nicht, also freute ich mich sogar darauf, den Mann kennenzulernen, als ich widerwillig ins gekühlte Innere der städtischen Leichenhalle trat. Ich stieß die Doppeltüren zu Lagerraum fünf auf, wie Morgan es mir gesagt hatte, und fand sie mit einem kleinen Mann, dessen Haar außergewöhnlich grün war. Ich würde sogar so weit gehen zu sagen, dass es leuchtete. Zusammen mit seinem grünen Laborkittel und grünen Turnschuhen sah er regelrecht radioaktiv aus. Ich lächelte und ging auf sie zu, während ich versuchte, nicht zu viel von der kühlen Totenluft einzuatmen. Sie lächelten zurück und Morgan stellte uns vor.

»Professor Craven, das ist unsere Beraterin für Reichsverbrechen, Asha Viridian Rook.«

»Verbrechensberaterin« war für Erstkontakte vielleicht besser geeignet als »fluchbrechende grüne Hexe, Attentäterin, Stadtbäuerin und Hühner-und-Katzen-Mama«.

Ich ignorierte die Bahre in der Mitte des gekühlten Raums. Der Körper eines Kindes, bedeckt mit einem gestärkten blauen Baumwolllaken.

Der forensische Experte verbeugte sich. »Es ist mir ein großes Vergnügen, Ihre Bekanntschaft zu machen«, sagte er. Sein Haar schien viele Grüntöne zu haben, was ihm eine ungewöhnliche und interessante Wirkung verlieh. Die Fassungen seiner Brillengläser fingen das harte Licht ein, als er sich aufrichtete, und ich sah, dass sie aussahen wie kleine goldene LEGO-Steine.

»Eine interessante Wahl für Ihre Sehhilfe, Professor Craven«, sagte ich, und er schien erfreut.

»Gewöhn dich nicht daran«, sagte Morgan. »Er trägt jeden Tag ein anderes Paar.«

Der Professor nickte. »Ich muss meinen Look frisch halten.«

Ich nickte zustimmend. *Was hat es mit dem Grün auf sich?* wollte ich fragen, aber ein ungewöhnlicher Anfall von Höflichkeit hielt mich zurück. Trug er auch jeden Tag eine andere Farbe? Warum waren seine Laborkittelknöpfe goldene Koins? War er ein Leprechaun? So viele Stilfragen, so wenig Zeit.

»Sollen wir zur Sache kommen?«, fragte er, mit Augen, die durch die bereits erwähnte Brille dramatisiert wurden.

Morgan und ich nickten. Ich rieb mir die Arme für etwas Wärme und Trost. Je schneller ich aus dem Gebäude rauskommen konnte, desto besser.

»Wie viel hat Ihnen der Captain erzählt?«, erkundigte sich der Professor.

»Nichts«, antwortete ich. »Ich hatte Angst, dass es um die Leiche eines weiteren verschwundenen Mädchens ging.«

»Dann fürchte dich nicht«, sagte er, bewegte sich zum Laken und enthüllte nur den Kopf. Ich erkannte das Mädchen als Mad Mildred Malachays Tochter, Maxine. Ich schluckte und wandte den Blick ab. Mussten wir dieses Treffen wirklich hier drinnen abhalten? Ich hatte den Tod dieses armen Kindes bereits mit angesehen.

Ich schnüffelte. »Warum sind wir hier?«

»Aha!«, sagte Professor Craven. »Ich zeige es Ihnen. Und ich mache es schnell.«

»Gott segne Sie«, sagte ich, und er nieste. Ich wollte ihn erneut segnen, aber er hielt mich auf.

»Sonst sind wir den ganzen Tag hier«, sagte er und lächelte mich an. Verwirrt lächelte ich zurück.

Er klatschte in die Hände. »Gut! Wenn ich Ihre Aufmerksamkeit bitte auf den Halsbereich der jungen Dame lenken dürfte.«

Es war schwer anzuschauen, die Haut von Krallen zerfetzt, der große Biss aus ihrer Schulter. Aber wir schauten hin.

»Jeder, der diesen Körper untersucht, würde vermuten, dass die junge Frau von einem Werwolf getötet wurde, korrekt?«

»Korrekt«, sagte Morgan. »Und das würde durch die DNA-Beweise gestützt, die bestätigten, dass der Angriff wolfsähnlichen Ursprungs war.«

»In der Tat«, sagte der Leprechaun-Professor. »Die DNA des Speichels und des Fells, die am Körper und am Tatort gefunden wurde, zeigt an, dass der Angreifer ein weiblicher Werwolf war.«

Ich nickte.

»Aber«, sagte Morgan und schaute Craven an, »ohne den geringsten Zweifel war es *kein* Werwolf, der dieses Mädchen getötet hat.«

Oh, dem Nichts sei Dank, dachte ich. Ein Grund weniger für Reichsbewohner, sich gegen die Werwolfpopulation zu wenden.

»Woher wisst ihr das?«, fragte ich, da die Beweise ziemlich überzeugend in die entgegengesetzte Richtung deuteten.

»Zusammen mit dem Werwolffell und -speichel gab es auch Wolfsblut.«

Ich öffnete den Mund, um zu widersprechen, aber er hob einen Finger.

»Nach meiner Analyse war das Werwolfblut *älter* als das menschliche Blut.«

Ich musste eine Weile darüber nachdenken, bis es Sinn ergab. »Also war der Wolf tot, bevor das Mädchen starb?«

»Vielleicht. Außerdem ist das Kratzmuster ungewöhnlich. Ich habe über hundert Autopsiebilder von Körpern untersucht, die von Werwölfen getötet wurden, und die Krallenmale hier sind einfach inkonsistent.«

»Nicht von einer Wolfspfote gemacht, also?«, fragte ich.

»Im Gegenteil«, sagte er. »Die Wunden wurden definitiv von einer Wolfspfote verursacht, aber nicht, wie wir fälschlicherweise vermuteten, von einem Wolf. Außerdem habe ich festgestellt, dass das Opfer bereits tot war, als die Krallen den Schaden anrichteten.«

»Ihr verwirrt mich«, sagte ich.

Morgan mischte sich ein. »Anfangs habe ich es auch nicht verstanden. Aber im Grunde glauben wir, dass jemand die Überreste eines toten Werwolfs benutzt hat, um Malachays Körper nach ihrem Tod zu verstümmeln.«

Das brauchte eine Weile, um einzusickern. Es erschien weit hergeholt.

»Wie ist sie dann gestorben?«

»Die erste Feststellung bezüglich ihrer Todesursache war korrekt – sie starb an Blutverlust. Nur nicht auf die Weise, die wir dachten.«

Bevor ich verbal über diese Enthüllung grübeln konnte, fuhr der forensische Experte fort. »Da ist noch eine Sache, die ich Ihnen zeigen möchte.« Er senkte das Laken nur einen Zentimeter weiter, und ich sah es. Da war etwas in ihrer Brust, gut getarnt durch die blutigen Wunden, die sie erlitten hatte. Es war ein kleines Loch, perfekt kreisförmig. Zu klein und zu perfekt, um eine Schusswunde zu sein. Mein Körper erschauerte dramatisch und ohne Vorwarnung. Ich musste kurz auf der Stelle tanzen, um die seltsame Empfindung abzuschütteln, die mein Rückgrat hinunterlief. Keiner meiner Kollegen zuckte mit der Wimper, vielleicht gewöhnt an spontane Ein-Frau-Tanzeinlagen in städtischen Leichenhallen.

»Was ist das?«, fragte ich schließlich zu dem kleinen Loch.

»Schwer zu sagen, wirklich«, sagte Craven. »Aber meine Vermutung wäre, dass dem Mädchen ein medizinischer Port eingesetzt wurde, als sie noch lebte.«

»Ein Port?«

»Eine Möglichkeit, Medikamente per Infusion schnell und einfach durch den angeschlossenen Katheter zu verabreichen, ohne wiederholt die Venen und die Haut zu punktieren.«

»Also war sie im Krankenhaus? In Behandlung?«

»Nicht unbedingt«, sagte Morgan. »Ports werden auch zum Blutabnehmen verwendet.«

Die goldenen Brillenfassungen des Professors schimmerten mir entgegen, als er zustimmend nickte. »In diesem Fall zu viel Blut.«

KAPITEL 46

BOTS GEGEN VAMPIRE

ASHA

Zwanzig Minuten später saßen Morgan und ich in einem gemütlichen Café die Straße hinunter. Es war malerisch, mit schwarz-weiß karierten Bodenfliesen, antiken Spiegeln und riesigen Rosenblüten in leicht angelaufenen Silberkaraffen. Es war eines der wenigen verbliebenen unabhängigen Cafés. Die meisten waren von der allgegenwärtigen Firma Platelet aufgekauft worden. Professor Craven war im Kühlraum geblieben, um seine Notizen ein letztes Mal durchzugehen.

»Gründlich«, sagte ich beeindruckt.

Morgan nickte. »Du hast keine Ahnung. Er hat sich praktisch mit dem Bestattungsteam angelegt, als sie kamen, um die Leiche des Malachay-Mädchens abzuholen. Er wusste, dass etwas nicht stimmte.«

»Er hat diesem Fall so sehr geholfen«, sagte ich. »Er hat mir Wochen an Arbeit erspart. Er ist wie ein kleiner magischer Kobold.«

Morgan verschluckte sich fast an ihrem Cappuccino. »Das ist er.«

»Wechselt er auch seine Farbe?«, fragte ich.

»Niemals!«, sagte Morgan. »Immer grün.«

»Was soll ich sagen? Er ist engagiert. Das gefällt mir.«

Ich beschloss, ihm etwas Grünes zu kaufen, vielleicht eine kleine Smaragdbrosche oder etwas Ähnliches. Ich hoffte wirklich, dass er bleiben würde. Es verstand sich von selbst, dass ein brillanter Forensiker sein Gewicht in Gold wert war.

»Okay«, seufzte Morgan, nachdem sie ihre Tasse in wenigen Schlucken geleert und eine weitere Runde bestellt hatte. Ihr charakteristischer londoner-bus-roter Lippenstift sah nach wie vor perfekt aus. »Also. Ein medizinischer Port und eine ausgeblutete Leiche.«

»Es kann nur eins bedeuten«, sagte ich, und wir beide nickten mit demselben grimmigen Gesichtsausdruck.

»Verdammt«, sagte ich. »Ich meine, alles deutet auf Vampire hin, aber mit einer Blutfarm habe ich nicht gerechnet.«

»Und noch dazu eine ziemlich raffinierte«, sagte Morgan. »Die Blutfarmen, die wir normalerweise aufdecken, sehen aus wie Heroinhöhlen. Unorganisiert. Schmutzige Nadeln. Aber einen Port einsetzen? Das habe ich noch nie gesehen.«

»Ich auch nicht«, antwortete ich. »Und dann Werwölfe dafür verantwortlich zu machen... es scheint eine gut durchdachte Operation zu sein.«

»Das sind eigentlich gute und schlechte Nachrichten«, sagte Morgan.

»Stimmt wohl«, stimmte ich zu. »Wenn die Mädchen zu einer Blutfarm gebracht werden, besteht zumindest eine größere Chance, dass sie am Leben sind.«

»Und sie werden sie so lange wie möglich am Leben erhalten wollen.«

Ich nickte. Vampire. Ich hasste diese Kreaturen wirklich. *Nehmen sich einfach, was sie wollen, egal, wer darunter leidet. Widerliche, widerliche Tiere.*

»Erkläre mir, warum Vampire sich so viel Mühe geben, menschliches Blut zu trinken, wenn es so viel Synthetisches auf dem Markt gibt? Ich meine, hast du die Platelet-Speisekarten in letzter Zeit gesehen?«

Platelet hatte eine Speisekarte für normale Menschen und eine weitere für uns Realmers. Das synthetische Blut wurde auf alle möglichen Arten serviert – Cappuccinos, Frappés, gefrorene Cocktails, Shots, Originalgeschmack bei Körpertemperatur. Warum sollte man illegal einen Menschen jagen, bei dem ehrlich gesagt niemand weiß, wo er oder sie gewesen ist, wenn man einfach in eine Nische bei Platelet schlüpfen und eine viel sterilere Version bestellen kann?

»Weil Vampire nichts Steriles mögen«, sagte ich. »Sie sind wild, gewalttätig. Es liegt in ihrem Instinkt zu jagen. Die Jagd, der Nervenkitzel beim Angriff, das ist eine Erfahrung, nach der sie sich zutiefst sehnen.«

»Ugh«, erwiderte Morgan. »Ich verstehe es ja. Ich... können sie nicht einfach verdammt nochmal wie der Rest von uns weiterentwickeln? Wir geben auch nicht unseren Höhlenmenschen-Tendenzen nach – zumindest nicht so oft. Warum können sie nicht einfach akzeptieren, dass es Regeln gibt, die man befolgen muss, wenn man in die anständige Gesellschaft aufgenommen werden will?«

»Der Drang ist wahrscheinlich zu stark«, antwortete ich. »Wie viele Vampire kennst du, die mit Synth völlig zufrieden sind?«

»Keinen«, sagte sie und seufzte. »Und all die Verschwörungstheoretiker auf Flitter helfen der Sache auch nicht.«

»Verschwörungstheoretiker?«, fragte ich. Ich war schon länger nicht mehr in den sozialen Medien unterwegs gewesen.

»Es gibt eine riesige Gruppe von ihnen«, sagte sie. »Oder zumindest sieht es so aus. Ich weiß nicht, wie viele davon Bots oder Vampire sind, aber laut ihnen ist synthetisches Blut der Weg, wie der Rat versucht, sie zu kontrollieren. Sie behaupten, es mache sie schwächlich und weniger blutrünstig. Sie glauben, so will die Regierung ihnen ihre Macht wegnehmen. Sie im Laufe der Zeit immer schwächer machen.«

»Klingt für mich nach einem ausgezeichneten Plan«, sagte ich. »Ich wünschte, es wäre wahr.«

Die Kellnerin kam mit unserer nächsten Runde Kaffee und fragte, ob wir etwas bestellen möchten. Die Tagessuppe war zufällig Tomaten-Basilikum mit Bocconcini. Wir schauderten beide und baten um die Rechnung.

Tomatensuppe hin oder her, nach dem Besuch in der Leichenhalle heute Morgen hatte ich das Gefühl, dass ich für lange Zeit keinen Appetit haben würde. Das Bild dieses kleinen Lochs in der Brust der armen Maxine Malachay würde so schnell nicht vergessen werden.

»Okay, Captain«, sagte ich. »Also entführen die Vampire – genauer gesagt der Smaragde-Clan – Mädchen für das, was wie eine raffinierte Blutfarm aussieht. Wenn ein Mädchen stirbt, was bei Farmen unvermeidlich ist, entsorgen sie die Leiche und schieben es den Werwölfen in die Schuhe.«

»Ja.«

»Warum nur Mädchen?«, fragte ich.

Morgan zuckte mit den Schultern. »Leichter zu entführen als Jungen?«

»Das macht Sinn. Vielleicht.«

Morgan nahm sich mehr Zeit, um ihre zweite Tasse Kaffee zu beenden. »Aber warum nehmen sie Menschen, die vermisst werden? Und warum *Kinder*? Das ist abscheulich, selbst für diese Parasiten.«

Normalerweise waren die Opfer von Blutfarmen Menschen am Rande der Gesellschaft, deren Verschwinden kaum jemand bemerken würde. Drogenabhängige, vom Pech verfolgte Prostituierte, Obdachlose. Die Entführung von Zaleria Chalice, der Tochter eines der berühmtesten Paare im Reich, ergab für mich keinen Sinn.

»Höherwertigeres Blut, vermute ich«, sagte ich. »Würdest *du* Blut kaufen, das von einem Crackhead stammt?«

Der Captain drückte seinen Ekel darüber aus. »Das ist nichts, worüber ich je nachgedacht habe, aber ich verstehe, was du meinst.«

Wir starrten uns eine Weile an und dachten nach. Jeder, der uns beobachtete, musste uns für verrückt halten, besonders wenn sie sahen, wie lange Morgan ohne zu blinzeln aushalten konnte.

»Wie geht man also vor, um eine raffinierte Blutfarm zu finden?«, fragte sie schließlich.

Ich zuckte mit den Schultern. »Keine Ahnung. Vampire sind nicht mein Spezialgebiet.«

»Wir können Jax fragen«, schlug sie vor. »Sie ist die größte Vampirhasserin im Reich.«

»Ja«, antwortete ich. Sie würde uns nicht persönlich in diesem Kampf helfen können, aber sie könnte uns beraten. Sie und Darick hatten mich bereits vor der Gefährlichkeit des Smaragde-Clans gewarnt, besonders mit Sirilla Voltane auf dem Thron.

Ich griff in meine Tasche und legte hundertfünfzig Rand auf den Tisch, um unseren Kaffee zu bezahlen.

»Nein, nein, nein«, sagte Morgan, schob das Geld zu mir zurück und holte ihre Skorpion-Kreditkarte heraus. »Geschäftsausgaben. Ich übernehme das.«

Ihr Telefon vibrierte auf dem Tisch. *CRAVEN*, verkündete ihre Anrufer-ID. Ich bedeutete ihr, den Anruf anzunehmen – nicht dass sie meine Erlaubnis brauchte – gespannt darauf, was Craven noch zu sagen hatte.

»Howzit«, sagte Morgan in ihr Handy. »Ich bin noch bei der Hexe.« Sie zwinkerte mir zu.

Ich beobachtete, wie sie mit ihm sprach, und versuchte zu erraten, was gesagt wurde. Sie gab mir keine Hinweise.

»Wirklich«, sagte sie und blickte mich mit großen Augen an. »Wirklich?« Und dann, bereit aufzulegen: »Okay. Danke, Prof. Ich bringe dir einen Tee mit. Klar.« Sie winkte der Kellnerin. »Einen Hibiskustee zum Mitnehmen, bitte. Extra groß, mit schwarzem Pfeffer.«

Ich dachte, die Kellnerin würde bei dieser ungewöhnlichen Bestellung den Kopf schief legen, aber stattdessen lächelte sie, als würde sie die Bestellung wiedererkennen, und ihre Wangen wurden leicht rot. »Oh, der geht aufs Haus.«

Ich begleitete Morgan zurück zur Leichenhalle. Ich stellte sie mir auf einer Garbage-Pail-Kids-Karte vor. Hauptmann Morgue-Ann.

»Also, diese Werwolf-DNA, die wir gefunden haben? Craven hat ein brillantes Blutuntersuchungsteam. Er sagt, sie konnten bestimmte mitochondriale Chromosomen isolieren, was bedeutet, dass wir jetzt wissen, zu welchem Rudel der Wolf gehörte.«

»Wow«, sagte ich. Wo war dieser Kobold all die Jahre gewesen?

»Erstens war es ein Weibchen. Zweitens stammt es aus dem Palefang-Rudel.«

»Kein Witz«, antwortete ich und wurde langsamer, um die Auswirkungen besser zu verarbeiten.

»Was?«, fragte Morgan und blieb stehen. Ich konnte den Hibiskustee in ihrer Hand riechen. »Du kennst das Rudel?«

»Jeder im Reich kennt dieses Rudel«, antwortete ich. »Kieron Palefang ist der oberste Alpha-Werwolf in diesem Bezirk.«

»Verdammt«, sagte Morgan.

Ich fühlte mich etwas schwindelig und bemerkte, dass ich schwitzte. Eine Kombination aus zu viel Koffein und zu vielen Informationen für einen Tag – und jetzt eine völlig neue Bedrohung für das Reich.

Ich atmete durch steife Lippen aus. *Verdammt* traf es nicht wirklich.

»Morgan, ich muss dir nicht sagen, dass Kieron Palefang dies als Kriegsakt interpretieren wird.«

Jetzt sah auch Morgan etwas wackelig aus. Ihre Finger umklammerten den Pappbecher so fest, dass ich befürchtete, sie würde das Ding zerquetschen und Hibiskustee und schwarzen Pfeffer über uns beide verteilen. Ich nahm ihn ihr ab. Sie dankte mir, und ich bemerkte, dass ihr linkes Auge zu zucken begonnen hatte. Wir standen da und starrten uns an, während die Leute vorbeigingen, als wäre es ein ganz gewöhnlicher Tag.

»Das Rudel *wird* dies als direkten Angriff auf sie – und alle Wölfe im Reich – betrachten«, sagte ich.

»Damit kommen wir nicht klar«, murmelte sie. »Es ist zu viel. Die Xarlugs mobilisieren sich, die Smaragdes werden stärker, jetzt die Wölfe. Das ist es, Rookie. Das ist der Anfang des Ewigen Krieges.«

»Nicht, wenn ich es verhindern kann«, antwortete ich.

Mir war klar, wie lächerlich ich klang. Ich war nur eine Hexe. Morgan muss man zugute halten, dass sie nicht lachte. Stattdessen holte sie tief Luft, und unsere Blicke trafen sich.

»Wenn nicht du«, sagte sie, »wer dann?«

KAPITEL 47
NEUGIER

MERKUR

Am zweiten Tag von Zalerias Abwesenheit erzählte ich Francine von meiner Idee, bis zur Grundstücksgrenze zu laufen. Sie wollte mitkommen, also machten wir uns so schnell wie möglich auf den Weg und gingen zügig los. Wieder betrachtete ich die Gärten und versuchte, einen Unterschied, irgendeinen Unterschied zu finden. Als wir William erreichten – ich hatte Francine von ihm erzählt – musterte ich ihn genau. Er sah genauso aus, wie ich ihn zwei Tage zuvor in Erinnerung hatte. Nicht ein einziger Unterschied. Ich nahm es mir gedanklich vor und wir gingen weiter.

»Warum machen wir das nochmal?«, fragte Francine nach zwei Stunden. Ihr Gesicht war gerötet und sie wurde langsamer. »Es ist wirklich weit.«

»Weil wir sehen wollen, wo das Grundstück endet«, antwortete ich.

Atemlos blieb sie stehen und stützte sich auf ihre Oberschenkel. »Warum?«

Ich hatte keine Antwort für sie. »Ich weiß nicht«, sagte ich. »Ich dachte einfach, es wäre interessant. Ich weiß nicht einmal, wo wir sind. Welche Stadt, welche Provinz. Weißt du es?«

Francine überlegte eine Weile und schüttelte dann den Kopf.

»Genau. Willst du es nicht wissen?«, fragte ich. »Musst du es nicht wissen?«

Sie schüttelte wieder den Kopf. »Warum ist das wichtig?«, fragte sie. »Bist du nicht glücklich hier?«

Die Antwort war nein. Ich war dort nicht glücklich, obwohl ich alles hatte, was ich brauchte, und die Aussicht auf eine strahlende Zukunft. Ich war nicht glücklich, weil ich zu viele Fragen ohne Antworten hatte, zu viele Bedenken.

»Macht es dich nicht wahnsinnig?«, fragte mich Francine. »Deine Neugier.«

Ich blinzelte sie an und erkannte zum ersten Mal, dass ich vielleicht neugieriger war als der Durchschnittsmensch. Ich hatte es zuvor nie bemerkt, weil Marielle genauso war.

»Es macht mich tatsächlich wahnsinnig«, sagte ich. »Ich weiß nicht, wie ich sie abstellen kann.«

»Das ist einfach«, antwortete Francine. »Hör einfach auf, so viel nach-zudenken.«

Wir erreichten den Rand des Grundstücks an diesem Tag nicht. Francine war erschöpft, und ich wollte sie nicht zurücklassen. Ich würde es am nächsten Tag wieder versuchen. Oder vielleicht auch nicht. Vielleicht würde ich aufhören, Fragen zu stellen, und mich einfach den anderen Schwestern anpassen. Sie alle schienen glücklich zu sein, und Francine hatte mir klar gemacht, dass ich es nicht war. In dieser Nacht brachte mir Miss Black mein Nahrungsergänzungsmittel, und ich schluckte es schnell, direkt vor ihr, und zeigte ihr dann das Innere meines Mundes.

Sie nickte mir knapp zu und ging weiter, wobei ihr langes schwarzes Kleid über den Boden fegte.

KAPITEL 48

BLITZE ERNTEN

ASHA

Ich sprang auf meine Wespe und machte mich auf den Weg zur Wiege der Menschheit in Muldersdrift. Es war eine Stunde Fahrt nordwestlich der Stadt, eine Gruppe von Kalksteinhöhlen, die für die bedeutenden dort gefundenen Fossilien berühmt sind. Unsere hominoiden Vorfahren, die vor etwa sieben Millionen Jahren in Afrika entstanden sind, lebten, malten und kochten in den Sterkfontein-Höhlen. Der einzige Grund, warum ich das wusste, war, dass wir es in Copperfield studiert hatten und mehr als einmal auf Exkursion dorthin mitgenommen wurden. Es war ein heiliger Ort voller alter Magie. Man würde es nicht glauben, wenn man hineinfährt – die Landschaft wird vom felsigen Highveld-Grasland dominiert, dessen Aussehen nichts davon verrät, dass es Heimat einer enormen Pflanzen- und Tiervielfalt ist, von denen einige vom Aussterben bedroht sind. Blitze schlagen häufig ein und wurden möglicherweise von unseren hominoiden Vorfahren geerntet. Ich erinnere mich, dass mir der Klang davon gefiel – Blitze ernten. Die natürlichen Quellen und dolomitischen Dolinen haben reichen, tiefen Boden und kühle Bedingungen, die eine Vielfalt an Bäumen und Sträuchern unterstützen, und die Vegetation ist voller Heilpflanzen.

Eulen und Fledermäuse nisten in den Kalksteinhöhlen, angezogen von ihrer kühlen Dunkelheit und, wie man uns sagte, von der Magie, die dem Gebiet innewohnt. Diese Tiere hatten schon immer einen übernatürlichen Ruf, zusammen mit dem Palefang-Rudel, das Sterkfontein sein Zuhause nennt. Die Höhlen sind perfekt für ihre Bauten, um ihre Jungen zu versorgen und sie vor häufigen Stürmen und Graslandbränden zu schützen – und es gibt mehr als genug kleinere Tiere, um die Rudelmitglieder zu ernähren.

Touristen trotten und klettern durch die passierbaren Teile bestimmter Höhlen, staunen über die harten Sedimentgesteinswände, die mit edelsteinähnlichen Kristallen überzogen sind, und sind völlig ahnungslos, dass nur wenige Tunnel entfernt Generationen von Werwölfen ihr Zuhause aufgeschlagen haben.

Ich kam in der Wiege an, parkte meine Vespa und joggte zur Informationskabine. Beide Frauen hinter der Glasabtrennung wirkten entschieden unberührt, also zog ich mich zurück. Ich entdeckte einen Touristenführer und ging auf ihn zu, um Hallo zu sagen.

Sehr leise erkundigte ich mich: »Ein Freund namens Stoker sagte, ich sollte herkommen. Wissen Sie, ob es irgendwelche ... Wölfe ... in der Gegend gibt?«

Offensichtlich würde eine normale unberührte Person über die Frage lachen. Wölfe sind in Südafrika nicht heimisch und schon gar nicht in Muldersdrift. Aber eine Berührte Person würde wissen, wonach ich fragte.

Der Touristenführer lächelte mich gutmütig an. »Leoparden, Braun-Hyänen, Schakale«, sagte er. »Keine Wölfe.«

Ich dankte ihm und war gerade im Begriff weiterzugehen, als er seine Stimme senkte. Er sprach so leise, dass ich ihn kaum hören konnte. »Es sei denn, Sie suchen das Palefang-Rudel.«

Der Touristenführer sagte seinem Manager, dass er in ein paar Minuten zurück sein würde, und eilte mit mir davon, um das Gebäude herum und einen Pfad hinunter. Die Gräser, die uns umgaben, waren golden und blond und grün und summten vor Insekten. Eine kleine braune Schlange glitt aus unserem Blickfeld, und ein zarter kupferfarbener Schmetterling schwebte vor mir wie eine Steampunk-Schneeflocke. Wir kamen zu einem mit Gras bewachsenen Hügel. Auf der anderen Seite befand sich der Eingang zu dem Tunnel, der zu den unbewohnten Kalksteinhöhlen führte – das heißt, unbewohnt von Menschen. Ich konnte den moschusartigen Geruch der Wölfe riechen. Es ließ mich für eine Sekunde innehalten und katapultierte mich fünfundzwanzig Jahre zurück, als ich ein Baby war, das von einem Wolf betreut wurde. Die Hexerei-Version von Romulus und Remus.

»Warten Sie hier«, sagte der freundliche Touristenführer. »Ich habe ihre Sicherheitsleute benachrichtigt. Jemand wird in Kürze bei Ihnen sein.« Ich öffnete meinen Mund, um ihm zu danken, aber er war verschwunden. Könnte er ein Magier gewesen sein? Er wusste definitiv, wie man einen Abgang macht.

Also hatte Palefang ihre Sicherheit erhöht. Ich war froh, das zu hören, bei all der Anti-Wolf-Propaganda, die sich wie ein Fleck im Reich ausbreitete.

»Was führt Sie hierher?«, fragte eine Silhouette. Weiblich, wolfsartig.

»Ich bin hier, um Kieron Palefang zu sehen«, sagte ich. »Wir haben Angelegenheiten zu besprechen.«

»Palefang hat keine Angelegenheiten mit Ihnen oder irgendeinem anderen Menschen zu besprechen.«

»Doch, die hat er«, antwortete ich. »Aber er weiß es noch nicht. Ich habe Neuigkeiten, die er hören möchte.«

»Ich bezweifle das«, erwiderte die Silhouette. »Wer hat Sie geschickt?«

»Niemand *hat* mich geschickt.«

»Sagen Sie die Wahrheit, Hexe. Ich kann es riechen, wenn Sie lügen.«

»Niemand hat mich geschickt«, wiederholte ich.

»Woher wussten Sie, wo Sie uns finden?«

»Ein Freund namens Stoker.«

»Nie von ihm gehört. Welches Rudel nennt er sein Blut?«

»Er ist ein einsamer Wolf. Neffe des verstorbenen Rusty von Copperfield, den ich stolz meinen Freund nannte.«

»Hmm«, sagte sie und dachte darüber nach. »Also pflegen Sie die Gewohnheit, sich mit Wölfen anzufreunden, ja?«

»Nicht wirklich«, gab ich zu. »Nach meiner Erfahrung bleiben Wölfe lieber unter ihresgleichen.«

»Und doch«, sagte sie und schnupperte in der Luft, »ist da etwas an Ihnen. Ihr Duft.«

»Ich versuche, das nicht persönlich zu nehmen«, antwortete ich und widerstand dem Drang, an meinen Achselhöhlen zu riechen.

»Sie haben Wolf an sich«, sagte sie. Sie machte einen Schritt näher, ins Licht, und verwandelte sich von einer Silhouette in den schönsten Werwolf, den ich je gesehen hatte. »Das ist der einzige Grund, warum ich Sie hereinlasse.« Ihr Fell war satt braun mit einer fuchsroten Aura, und das Ende ihres Schwanzes war in Schwarz getaucht. Ihre Augen waren silbern, großzügig mit Kajal umrandet.

»Danke«, antwortete ich.

Die schöne Wölfin trug einen Mehrzweckgürtel um ihre Hüften, um ihre Schlüssel, Messer und Munition zu verstauen. Sie öffnete einen der vielen Reißverschlusstaschen, um eine Karte herauszuholen, mit der sie die Gitterstäbe öffnete, die uns trennten, und bedeutete mir dann einzutreten. Es verriegelte automatisch hinter mir.

»Jetzt sind Sie unser Gefangener«, sagte sie und lächelte.

Ich hoffte, das Lächeln sollte andeuten, dass sie scherzte.

Der Alpha-Werwolf war auf dem Schießstand und bellte Anweisungen an die anderen, die alle nichts gegen seinen knappen Ton zu haben schienen. Er war groß und muskulös und hatte dickes dunkles Haar. Der geschlossene Raum hielt in seinen schalldichten Wänden das organisierte Chaos des Schießens und die Bitterkeit des Schießpulvers. Meine Begleiterin schlich sich an ihn heran und berührte seinen Rücken auf eine Weise, die zeigte, dass sie sicherlich mehr als Freunde waren. Er drehte sich um, um mich anzusehen, nickte ihr zu, legte dann seine Pistole ab und nahm seine Lärmschutzkopfhörer ab, bevor er uns durch eine Tür an der Rückseite des Raumes führte. Wir kamen in einer gemütlichen kleinen Höhle an, wo Kieron auf einen Stuhl deutete – mehr eine Anweisung als ein Angebot – und ich gehorchte.

»Ich bin Asha«, begann ich. »Ich bin hier, um-«

Der Alpha unterbrach mich. »Sie haben den Geruch eines Wolfes an sich. Warum?«

»Ich weiß es nicht«, antwortete ich. »Ich habe seit Tagen keinen Wolf gesehen.« Wenn sie nicht aufhörten, meinen Geruch zu erwähnen, würde ich bald einen Komplex bekommen.

Kieron Palefang verengte seine Augen zu Schlitzen und versuchte, mich einzuschätzen. Seine Nase zuckte. »Es gibt einen Grund.«

»Ich kenne den Grund nicht«, sagte ich, aber als die Worte meine Lippen verließen, fragte ich mich, ob es wegen jener Zeit in der Hütte war. Könnte es eine Realität geben, in der die Aufzucht durch einen Wolf dich dauerhaft mit seinem Geruch markiert?

»Um es klar zu sagen«, sagte die Wölfin, »Sie riechen wie ein Wolfsjunges.«

KAPITEL 49

GLIEDER UND SPLITTER

ASHA

»Ich bin Kieron Palefang«, sagte der dunkle Alphawolf. »Das ist meine Gefährtin, Bronx.«

Sie waren ein attraktives Paar. Er war eindeutig älter als sie, muskulöser, vernarbter. Sie war warmherzig, wunderschön, schlank.

»Mein Rudel nannte mich Bronwyn«, fügte sie hinzu. »Aber für die Palefangs bin ich Bronx.«

Ich nickte. »Ich werde nicht mehr Zeit als nötig in Anspruch nehmen. Ich sehe, Sie sind beschäftigt.«

»Wir trainieren unsere Leute«, sagte Kieron mit einem Nicken. »Der Ewige Krieg steht bevor.«

»Deshalb bin ich hier«, sagte ich. »Ich habe einige recht beunruhigende Neuigkeiten für euch sowie das Angebot eines Friedensvertrags.«

Bronx schnaubte und verschränkte die Arme. »Friedensvertrag.«

Kierons Gesichtsausdruck veränderte sich nicht. »Glaubst du nicht, dass es dafür ein bisschen spät ist?«

»Nein«, antwortete ich, lauter als beabsichtigt. »Es ist nie zu spät, einen Krieg zu verhindern, den niemand will.«

258

»Wer sagt, dass es ein Krieg ist, den niemand will? Werwölfe wurden zu Unrecht verleumdet, ausgeschlossen und an den Pranger gestellt«, sagte Bronx. »Das werden wir nicht hinnehmen.«

»Ich stimme zu, dass ihr nicht fair behandelt wurdet«, sagte ich.

»Fair?«, fauchte sie. Ihre Schneidezähne waren beeindruckend. »Das gesamte Reich hat sich gegen uns gewandt. Sie erkennen das Gute nicht an, das wir tun.«

»Was für Gutes tut ihr?«, fragte ich. »Helft mir zu verstehen.«

»Nein«, sagte Kieron. »Das ist nicht für die Öffentlichkeit bestimmt. Wir müssen es geheim halten, sonst machen wir uns angreifbar.«

»Ihr werdet schon sehen«, zischte Bronx. »Aber wenn ihr alle die Augen öffnet, wird es zu spät sein.«

»Seit Monaten verwandelt ihr Menschen«, sagte ich. »Die Leute haben *Angst*. Sie nennen es die Werwolf-Seuche. Den Wolfsfluch. Natürlich sind die Menschen gegen euch. Was habt ihr erwartet?«

»Wolfsjunges«, sagte Kieron sanft. »Wir tun das nicht für uns. Wir tun es für das Reich.«

Ich presste frustriert die Lippen zusammen. »Zu welchem Zweck?«

»Ist das nicht offensichtlich?«, fragte Bronx und wedelte mit ihrem Schwanz. »Wir bauen unsere Truppen auf. Wir werden in diesem Krieg jeden einzelnen Wolf brauchen, sonst werden die Vampire gewinnen.«

»Bronx«, knurrte Kieron. »Das ist nichts für die Ohren der Hexe.«

»Warum nicht?«, fragte ich. »Wir stehen doch auf derselben Seite, oder?«

»Das weiß ich nicht«, gab er zurück. »Stehen wir das?«

Ich legte den Kopf schief. »Natürlich tun wir das!«

»Du wurdest hierher geschickt, um uns abzuhalten?«, fragte er. »Oder um uns zu stoppen?«

»Nein«, antwortete ich. »Also, ja und nein.«

»Wer?«, verlangte er zu wissen. »Wer hat dich geschickt?«

Auf keinen Fall würde ich Soleil erwähnen. »Hunderte von Menschen wollen euren Tod«, sagte ich. »Eure Rekrutierung von Menschen ist nicht unbemerkt geblieben. Es ist meine Aufgabe, das Gleichgewicht im Reich zu wahren, und ich werde alle notwendigen Mittel einsetzen.«

»Du bist also hier, um uns anzuweisen, keine Menschen mehr zu verwandeln?«

»Nein«, antwortete ich. »Ich bin hier mit traurigen Neuigkeiten.«

»Spuck's aus, Hexe«, sagte Bronx. »Wir müssen zurück zum Training.«

»Es gibt keine einfache Art, es zu sagen.«

Sie verdrehte die Augen. Ich konnte sie praktisch denken hören: *Dafür habe ich keine Zeit.*

»Der Körper, der gefunden wurde«, sagte ich. »Mad Mildred Malachays Tochter. Von einem Werwolf zerfleischt, richtig?«

»Das war ein sehr bedauerlicher – und isolierter – Fall«, knurrte Kieron. »Wir untersuchen das und werden entschieden handeln, sobald der Täter gefunden ist.«

Ich schluckte. »Genau das befürchte ich.«

Die bewaffneten Wölfe starrten mich an.

Ich holte tief Luft und atmete langsam aus. »Maxine Malachay wurde nicht von einem Werwolf getötet.«

»Der Polizeibericht war eindeutig«, argumentierte Bronx. »Ich habe alles gelesen. Das Forensikteam fand Wolf-DNA an dem Mädchen. Ihre Kehle wurde aufgerissen–«

»Es wurde platziert«, sagte ich. »Die Wolfs-DNA wurde platziert, nachdem das Mädchen gestorben war.«

»So gerne ich das glauben würde«, sagte Kieron, »es scheint weit hergeholt. Übertrieben weit.«

»Es wurde clever gemacht«, erwiderte ich. »Blut, Fell, Speichel. Aber der neue forensische Ermittler im Fall ist äußerst gründlich, und er besteht darauf, dass es erst nach dem Tod des Mädchens geschah. Es ist leicht zu erkennen – wie die Haut nicht blutet, wenn sie ... du weißt schon.«

Wieder starrten sie mich an, verarbeiteten die neuen Informationen.

Bronx begann zu gehen, das Fell an ihren langen Gliedern wellte sich, als sich die Muskeln darunter bewegten. »Wenn das wahr ist...«

»Ich komme gerade aus dem städtischen Leichenschauhaus«, sagte ich. »Es ist wahr. Es steht noch nicht in den Nachrichten, aber bald wird es so weit sein.«

Ich war mir beim letzten Teil nicht sicher. Das Reich schien in letzter Zeit darauf versessen, Wölfe zu dämonisieren.

»Das sind keine traurigen Nachrichten«, krähte Kieron. »Das sind gute Nachrichten! Zumindest für uns.«

Aber Bronx war ihm einen Schritt voraus. »Die traurige Nachricht ist, welcher Wolf geopfert wurde, um das zu inszenieren?«

Die Wahrheit dämmerte dem Alpha wie eine Wolke, die über die Sonne zieht.

»Nein«, stieß er hervor. »Nein.«

Bronx' Körper sackte zusammen, als Kierons es tat, und ihre Augen waren feucht.

»Nein«, stöhnte Kieron erneut.

Bronx nahm seine Hand, und sie setzten sich zusammen. »Es tut mir so leid«, sagte sie, während ihr jetzt Tränen aus den ausdrucksvollen Augen flossen.

Kieron zog seine Hand sanft aus ihrer, lehnte sich nach vorne und bedeckte sein Gesicht.

»Die mitochondriale DNA deutet darauf hin, dass sie ein weibliches Mitglied dieses Rudels war«, sagte ich. »Ich wollte die Nachricht persönlich überbringen, damit ihr die Wahrheit kennt.«

»Ophelia«, sagte Kieron, seine Stimme wie Kies. »Ophelia, Ophelia, Ophelia.«

»Sie wird seit ein paar Wochen vermisst«, sagte Bronx.

»Dann ergibt der Zeitpunkt Sinn«, sagte ich. »Es tut mir wirklich leid für euren Verlust.«

»Lass uns allein«, sagte Kieron.

»Das werde ich«, sagte ich und stand auf. »Aber kann ich euer Wort haben, dass ihr keinen Krieg erklärt?«

»So etwas wirst du nicht bekommen«, antwortete er.

»Macht euch nicht zum Feind des Reiches«, sagte ich. »Ich weiß, ihr seid verletzt und wütend, aber es steht so viel auf dem Spiel.«

Kieron sprang auf und schlug nach einer leeren Vase auf dem nahegelegenen Tisch, die an der Wand zerschellte und Bronx und mich erschreckte. Er heulte und trat gegen den leeren Tisch, dann hob er ihn in die Luft und schmetterte ihn immer wieder auf den Boden, bis nichts übrig blieb als Glieder und Splitter. Nachdem alles zerstört war, sank er auf die demolierten Möbel.

Mein Körper sagte mir, ich solle von dort verschwinden, aber ich musste eine Art vorübergehenden Frieden sichern, sonst würde mein heutiger Besuch das genaue Gegenteil von dem sein, was ich bezweckt hatte.

»Es gibt Leute, die glauben, ihr seid zu gefährlich«, sagte ich. »Sie wollen euch tot sehen. Sie wollen euer Rudel tot sehen.«

Kierons Nasenflügel blähten sich, und ich hörte sein tiefes, ständiges Knurren.

»Lasst uns zusammenarbeiten«, sagte ich. »Ihr baut eure Armee auf; lasst mich meine aufbauen. Schlagt nicht zu, bis wir bereit sind. Bitte.«

»Ich werde sie töten«, sagte er durch zusammengebissene Zähne. Seine Finger ballten sich zur Faust. »Ich werde diesen Vampir töten. Ich werde einen Pfahl durch ihre Brust treiben, wo ihr Herz sein sollte.«

»Und ich werde alles tun, was ich kann, um dir dabei zu helfen«, sagte ich. »Aber wir brauchen einen Plan. Die Vampire haben Stärke, Unsterblichkeit, die Fähigkeit zu hypnotisieren. Sie sind stärker als wir.«

Bronx' Augen glitzerten. »Nicht mehr lange.«

Sie begleitete mich hinaus und überließ Kieron seiner Trauer. Ich fühlte eine Verbundenheit mit ihr, die unsere frühere Feindseligkeit ersetzte. Sie schnüffelte ihre Tränen und wischte sich über die Wange. »Du fragst dich, wer Ophelia war.«

»Ja«, sagte ich. »Aber das geht mich nichts an.«

Bronx schnüffelte wieder. »Sie war die wunderbarste Wölfin, die ich je kannte. Sie war Kierons Seelenverwandte.«

»Oh!«, ich konnte die Überraschung in meiner Stimme nicht verbergen. »Ich dachte, du wärst mit ihm verbunden. Ich habe das falsch verstanden.«

Sie schüttelte den Kopf. »Du hast es nicht falsch verstanden.«

Obwohl ich neugierig war, stellte ich keine weiteren Fragen. Was ich über die Paarungsgewohnheiten von Werwölfen wusste, ließ viel zu wünschen übrig. Wir erreichten das Tor, das zurück zu den felsigen Graslandschaften draußen führte.

»Ich habe ihn getröstet«, sagte Bronx. »Und wurde im Gegenzug getröstet. Ich liebte sie auch.«

Ich spürte ihren Schmerz. »Zumindest habt ihr einander.«

»Ja«, sagte sie. »Wir haben einander. Und jetzt haben wir noch etwas anderes.«

Ich sah zu ihr auf, die Augenbrauen fragend hochgezogen.

»Jetzt haben wir einen Krieg.«

KAPITEL 50

KÖNIGSBAUER

MERCURY

Ich hatte es aufgegeben, das Celestia-Anwesen zu kartieren, und Francine war froh darüber. Sie brachte mir bei, wie man Schach spielt. Wir hatten ein riesiges Schachbrett in einem der Innenhöfe, und wir mochten es beide dort. Es war ruhig und friedlich.

»Frankie«, sagte ich, gerade als sie mit E4, dem Königsbauern, eröffnet hatte.

Sie schaute zu mir auf, ihre Aufmerksamkeit nur halb bei mir. Ich konnte sehen, dass sie ihre nächsten Züge plante. »Mmm-hmm?«

»Du kannst mir sagen, wenn das zu persönlich ist«, begann ich.

Sie runzelte die Stirn. »Zu persönlich?«, lachte sie laut. »So etwas gibt's nicht.«

Ich bewegte meinen ersten Bauern.

»Ich habe mich nur gefragt ... du kennst doch meine Geschichte, oder? Ich war in einem Waisenhaus, als Miss Black mich adoptierte.«

Sie nickte. Ich konnte erkennen, dass ihr Gehirn immer noch an ihrer Spielstrategie arbeitete.

»Ich habe mich einfach gefragt, wie *du* hierher gekommen bist«, sagte ich.

Sie sah mich ausdruckslos an, und wir saßen schweigend da, bis es unangenehm wurde. Ich fühlte mich schlecht und wollte es zurücknehmen.

»Frankie?«, sagte ich. »Du musst mir nicht antworten, wenn es zu persönlich ist. Ich dachte nur, ich frage mal.«

Sie schüttelte den Kopf, als wolle sie ihn von Gerümpel befreien.

»Ich erinnere mich nicht viel daran«, murmelte Francine, dann hellte sich ihr Gesicht auf. »Lass uns dir eine neue Eröffnung beibringen«, sagte sie und verschob fröhlich unsere Bauern zurück auf ihre Ausgangspositionen.

Später an diesem Tag rief mich Miss Black in ihr Büro. Ich hatte ein sehr schlechtes Gefühl dabei. Ich wollte nicht, dass sie wieder wütend auf mich ist. Ich klopfte leise an ihre schwere Tür, und sie forderte mich auf einzutreten.

»Mercury, Liebes«, schnurrte sie, »nimm Platz.«

Sie sah nicht verärgert aus, und ich spürte, wie mein Körper sich entspannte. Mir war gar nicht bewusst gewesen, wie verkrampft ich vor Anspannung war. Miss Blacks Korsett-Haltung war, wie immer, perfekt.

Ihr Büro war wunderschön. Minimalistisch und ziemlich streng. Es gab keine Farbe.

Sie lächelte mich über ihre zum Dach gefalteten Finger auf dem Schreibtisch an. Meine eigenen Hände waren feucht vor Schweiß, und das ließ mich mich eklig fühlen; etwas, wofür man sich schämen musste. Da ich meine weiße Tunika nicht beschmutzen wollte, verschränkte ich sie und klemmte sie zwischen meine Knie.

»Wie lebst du dich ein?«, fragte Miss Black.

»Gut«, sagte ich und nickte. Mir wurde klar, dass ich ihre Zustimmung wollte. »Sehr gut.«

»Gut«, sagte sie. »Irgendwelche Probleme?«

»Nein«, antwortete ich. »Keine Probleme. Das Leben hier ist sehr ... einfach.«

Sie beäugte mich und wartete darauf, dass ich fortfuhr.

»Ähm, ich vermisse Zaleria sehr«, gab ich zu. »Und Marielle.«

Miss Blacks Augen waren Schlitze. »Marielle?«

»Meine beste Freundin aus Woodhaven. Du hast gesagt, dass wir uns anrufen und besuchen könnten? Ich würde ihr gerne diesen Ort zeigen.« Ich hielt den Atem an. Ich ließ ihn langsam aus und fasste Mut. »Ich habe mich über den Adoptionsprozess gewundert.«

»Ach wirklich«, sagte sie. Keine Frage. »Und was möchtest du wissen?«

»Mich interessiert, wie Mädchen sich für Celestia qualifizieren. Wie wählst du sie aus, wo findest du sie, und warum hast du mich adoptiert statt Marielle?«

Sie hob ihre eleganten Augenbrauen. »Voller Fragen«, sagte sie. »Du hast einen forschenden Geist.«

Ich war noch nicht fertig. »Und woher weißt du, wann eine Schülerin bereit ist, an die Universität zu wechseln? Wo in Europa ist die Universität?«

»Ist das alles?«, dehnte sie die Worte.

»Nein«, fuhr ich fort. »Die Gartenanlage scheint endlos zu sein, und die Pflanzen verändern sich nicht.«

»Natürlich tun sie das«, sagte Miss Black. »Es ist nur nicht die Jahreszeit für Veränderungen.«

Das kaufte ich ihr nicht ab. William die Chrysantheme sah immer noch genauso aus wie damals, als ich ihn zum ersten Mal benannt hatte. Er hätte inzwischen ein Päckchen Samen sein müssen.

»Ich träume nicht, wenn ich das Nahrungsergänzungsmittel nehme«, sagte ich, fast zu mir selbst.

»Das ist normal«, sagte Miss Black.

Normal für wen?

»Es ermöglicht acht Stunden ausgezeichneten Schlaf, was, wie du weißt, unerlässlich für gute Gesundheit und Glück ist.«

Ich ließ mich nicht ablenken. »Woher kommen sie?«, fragte ich. »Die anderen Mädchen? Und wohin gehen sie?«

Miss Black lächelte mich an. »Mercury, kennst du die Redewendung 'Neugier ist der Katze Tod'?«

Die Worte hingen einen Moment in der Luft. Ich wusste nicht, was ich damit anfangen sollte.

Sie lachte. »Nicht wörtlich, Liebes. Du bist nicht in Gefahr. Es ist nur eine Redensart, die bedeutet, dass es nicht immer in deinem Interesse ist, alle Antworten zu haben.«

»Ich kann nicht anders«, erwiderte ich. »Die Fragen lassen mich nicht in Ruhe.«

»Nun, dann müssen wir dafür sorgen, dass sie dich in Ruhe lassen.«

»Ich bin mir nicht sicher, ob ich das will«, sagte ich besorgt.

Miss Black seufzte. »Das neue Semester beginnt bald, und du wirst all deine geistige Energie brauchen, um mit der Arbeit zurechtzukommen. Du hast keine Zeit für diese ... Ablenkung.«

Ich schaute sie an, unsicher, was ich sagen sollte.

»Du *willst* doch in der Schule hervorragen, Mercury, liege ich da richtig?«

»Natürlich«, sagte ich und nickte. »Natürlich. Ich kann es kaum erwarten, anzufangen.«

»Dann ist mein Rat an dich, Disziplin und Fokus zu kultivieren. Du musst dein Gehirn trainieren, es zügeln, damit du erreichen kannst, was du erreichen musst, wenn die Schule beginnt.«

»Ja, Miss Black.«

»Vielleicht kannst du die Klassen für Meditation oder Tai Chi nutzen. Die sollten dir bei deiner Neigung zur Ablenkung helfen.«

»Ja, Miss Black«, wiederholte ich. Ich verstand, dass sie mir keine der Antworten geben würde, die ich brauchte, und stand auf.

»In der Zwischenzeit werde ich mit Ms. Hammond von Woodhaven sprechen und fragen, ob Marielle Interesse hätte, zu uns zu kommen.«

Mein Kopf ruckte hoch, um sie anzusehen. »Wirklich?«

Sie nickte lächelnd. »Wirklich.«

Das wäre so toll! Das wäre so verdammt toll.

Ich hielt mich davon ab, einen Freudentanz direkt dort in Miss Blacks bedrohlichem Büro aufzuführen. Etwas von der Feindseligkeit im Raum verflog. Ich dankte Miss Black und verließ das Büro mit leichterem Gefühl. Meine Fragen und Verdächtigungen verfolgten mich zwar noch immer, aber jetzt hatte ich etwas, worauf ich mich freuen konnte.

Meditation, Kampfkunst und Marielle.

Sie würde mir helfen, diesen Ort zu verstehen.

KAPITEL 51

PREISTRÄGER

MERCURY

Ein neues Mädchen saß an unserem Tisch, auf Maiseys altem Platz. Offenbar hatte Francine sie unter ihre Fittiche genommen und flüsterte ihr beruhigende Worte zu.

»Schwestern, das ist Alicia.«

Alicia saß mit großen Augen da und nahm uns alle in sich auf. Nahm alles in sich auf. Ihre Haut war heller als meine, und sie hatte wunderschöne enge Locken.

»Hallo, Alicia«, sagte ich, und sie schenkte mir ein vorsichtiges Lächeln. »Willkommen.«

Die Kellner brachten Zwiebelsuppe und lange Baguettes. Alicia schien wie erstarrt auf ihrem Platz. Sie sah nicht einmal die dampfende Schüssel Suppe vor sich an, noch wurde sie von dem Baguette verlockt, das ich für den Tisch aufschnitt und mit Butter bestrich. Ich hob meinen Löffel, nachdem ich mit dem Brot fertig war. Die Suppe war wie immer köstlich.

»Willst du nicht essen?«, fragte ich. »Es ist wirklich gut.«

Sie sah erschrocken aus, als hätte ich ihr eine schwierige Frage gestellt.

269

»Keine Sorge«, sagte ich. »Du musst nicht. Der Hauptgang kommt noch.«

Ein Reh im Scheinwerferlicht könnte nicht verängstigter aussehen als sie. Sie erinnerte mich an die jüngeren Kinder in Woodhaven und wie Marielle und ich auf die schüchterneren aufgepasst hatten. Ich warf Frankie einen Blick zu, und sie erwiderte ihn.

Armes Ding, dachten wir beide.

Der Hauptgang kam, und er war ungewöhnlich: Hamburger und Pommes. Es war eine gesunde Version der Fast-Food-Variante, aber wir waren trotzdem begeistert. Wir bekamen nie Junk Food – oder auch nur gesundes Essen, das als Junk Food getarnt war. Selbst das Gebäck wurde aus Vollkornmehl hergestellt, und in den Desserts versteckte sich allerlei Gesundes. In Brownies und Muffins ließen sich am leichtesten Gemüse schmuggeln.

»Burger?«, sagte Dee, die früher die Kleinste am Tisch gewesen war, aber jetzt neben Alicia groß wirkte.

»Spezialwunsch«, sagte einer der vorbeigehenden Kellner.

Wir runzelten alle die Stirn. Wer hätte den Mut, Junk Food zu verlangen, wenn wir alle wussten, dass der Küchenchef stur auf Ballaststoffe, Antioxidantien und Probiotika setzte?

Alicia murmelte etwas.

»Was hast du gesagt?«, fragte Francine sanft, als würde sie zu einer scheuen Katze sprechen, die jeden Moment flüchten könnte.

»Miss Black hat mich gefragt, was mein Lieblingsessen ist«, sagte sie.

»*Ich* habe an *meinem* ersten Abend nicht *mein* Lieblingsessen bekommen«, sagte ich und tat so, als wäre ich beleidigt.

»Sie muss dich wirklich mögen«, sagte Francine. »Miss Black, meine ich.«

»Sie war nett zu mir«, sagte Alicia, aber ich war mir nicht sicher, ob ich ihr glaubte. Es klang, als hätte man ihr gesagt, was sie denken sollte.

»War sie das?«, hakte ich nach. »Inwiefern?«

Alicia wirkte wieder nervös und blickte auf den Burger hinunter, den sie noch nicht angerührt hatte.

Francine funkelte mich an. »Bedräng sie nicht«, schalt sie mich.

Ich hob meine Hände. »Was denn? Ich habe nur eine Frage gestellt.«

»Nicht heute Abend. Siehst du nicht, dass sie völlig verängstigt ist?«

Ich konnte es sehen, und genau deshalb wollte ich es wissen. Was hatte Black mit ihr gemacht?

»Tut mir leid«, murmelte ich. »Das war unsensibel von mir.«

Frankie schien damit zufrieden zu sein und machte sich über ihr eigenes Essen her. Kurz bevor sie ihre letzte Pommes aß, vibrierte ihre Uhr.

»Verdammt«, sagte sie und ließ die Pommes zurück auf ihren mit rosa Soße beschmierten Teller fallen.

Alicia schaute zu Francine und dann auf ihre eigene Uhr, die nicht vibriert hatte.

»Ist das Abendessen vorbei?«, fragte sie mit leiser, zittriger Stimme. Sie hatte ihr Essen immer noch nicht angerührt.

»Für mich schon«, seufzte Francine. »Ich habe mein Kalorienlimit für heute erreicht.«

Alicia sah verwirrt aus. Francine war jetzt genauso schlank wie wir anderen.

»Du hast noch nichts gegessen«, sagte ich zu Alicia. »Warum nimmst du nicht wenigstens ein paar Bissen?«

Sie reckte den Hals, um den Burger zu inspizieren. Die Pommes mussten bereits kalt geworden sein. Sie zögerte, nahm dann den Hamburger in beide Hände, um einen Bissen zu nehmen. Wir konnten nicht anders, als ihr zuzusehen, wie sie ihn zu ihren Lippen führte, und ich bin mir nicht sicher, ob es unsere gebannte Aufmerksamkeit oder einfach Angst war, aber sie verlor die Farbe in ihren Wangen. Sie gab ein seltsames Geräusch von sich, ließ den Burger fallen und stürmte mit der Hand vor dem Mund aus dem Raum.

»Schade«, sagte ich. »Armes Ding!«

»Du warst diejenige, die seltsame Fragen gestellt hat«, sagte Francine. Ich hatte sie noch nie gereizt erlebt. »Konntest du nicht sehen, dass sie total angespannt war?«

»Das war keine *seltsame Frage*«, argumentierte ich. »Aber es *tut* mir leid.«

»Es wird dir leidtun«, sagte sie, und dann wurden ihre Wangen rot.

Ich war schockiert. Ich hatte noch nie ein unfreundliches Wort von ihr oder einer anderen Schwester gehört. Ich muss entsetzt ausgesehen haben, denn sie wurde sofort sanfter und lehnte sich vor. »Ich sage nur, dass es bemerkt wurde, dass du zu viele Fragen stellst. Ich will einfach nicht, dass du in Schwierigkeiten gerätst. Noch nie wurde jemand von Celestia verwiesen. Ich möchte nicht, dass du die Erste bist.«

Meine Gedanken wirbelten durcheinander. »Du denkst, sie würden mich *verweisen*? Wegen harmloser Fragen?«

Immer noch nach vorne gelehnt, flüsterte sie verschwörerisch: »Ich weiß nur, dass die Mächtigen es nicht mögen. Und du machst immer weiter.«

Ich konnte nicht antworten. Francine verließ den Tisch und ging in die Richtung, in die Alicia gerannt war.

»Ist euch eigentlich klar, wie bizarr das ist?«, fragte ich den Rest des Tisches. »Dass wir keine Fragen stellen dürfen?«

Dee zuckte mit den Schultern. »Es ist ein Kompromiss, oder? Wir dürfen an einem der erstaunlichsten Orte der Welt leben, wo für alles gesorgt ist. Wo sie sich wirklich um unser Wohlbefinden kümmern. Wenn das Nichtfragen der Preis ist, um hier zu bleiben, dann stelle ich keine Fragen.«

Miss Black kam mit ihrem Tablett. »Guten Abend, meine Damen.«

Wir begrüßten sie. Ich machte mir Sorgen, wie viel von unserem Gespräch sie mitgehört hatte, aber sie schien nicht beunruhigt. Ich betrachtete mein Nahrungsergänzungsmittel und schluckte es dann, spülte es mit dem letzten Schluck Sprudelwasser aus meinem Glas hinunter. Miss Black schien zufrieden. Wir standen gleichzeitig auf und machten uns auf den Weg zu unseren Schlafsälen.

Am nächsten Morgen beim Frühstück saß jemand anderes auf meinem Stuhl. Ich warf ihr einen fragenden Blick zu, und sie sagte, Miss Black habe sie angewiesen, dort zu sitzen. Ich wollte gerade Zalerias alten Stuhl nehmen, als Black auftauchte.

»Mercury, Liebes«, sagte sie. »Komm mit mir.«

Ich folgte wie angewiesen, während in meinem Magen ein Gefühl der Beklemmung aufstieg. Miss Blacks Sanduhr-Silhouette zeigte mir den Weg in einen kleineren Raum, direkt neben dem Hauptspeisesaal.

»Ist das nicht wunderbar?«, fragte sie.

Der Tisch für acht war für eine Person gedeckt.

»Was passiert hier?«, fragte ich.

»Du bekommst deinen eigenen privaten Speiseraum. Das ist ein Privileg, das normalerweise den Schulsprecherinnen und Preisträgerinnen vorbehalten ist.«

»Von denen ich keines bin«, erwiderte ich vorsichtig.

»Aber du verdienst es trotzdem«, gurrte sie zuckersüß. »Du hast dich so gut eingelebt. Du bist gesund und stark. Du nimmst an Aktivitäten teil. Und... du hast versprochen, an deiner Konzentration zu arbeiten, richtig? Dich nicht von Kleinigkeiten ablenken zu lassen?«

»Ja«, sagte ich.

»Na also. Jetzt kannst du die Mahlzeiten in deinem ganz eigenen exklusiven VIP-Bereich genießen.«

»Bis ich aufhöre... mich ablenken zu lassen?«, fragte ich.

Bis ich aufhöre, Fragen zu stellen.

»Ja«, sagte Miss Black. »Du hast die Situation perfekt verstanden.«

KAPITEL 52

HYPNODELISCH

ASHA

Ich fuhr mit meiner Wasp nach Hause, meine Gedanken drehten sich wie in einem Karussell. Die Tatsache, dass Kieron sich auf einen Krieg vorbereitete, war beunruhigend und erschreckend, aber eigentlich war es eine gute Sache. Ohne die Armee der Wölfe hätten wir keine Chance gegen die Vampire. Der letzte Putsch war in den Köpfen aller Realmer noch frisch. Die Zerstörung, die die Hammerskins angerichtet hatten, die Menschen, die sie getötet hatten, die Häuser und Ländereien, die sie niedergebrannt hatten. Es war klar, dass all das wieder passieren würde, wenn wir nicht schnell und entschlossen handeln würden. Die Vampirclans und die mit ihnen verbündeten Xarlugs würden aus den militärischen Fehlern der letzten Revolutionäre lernen und eine bessere Strategie entwickeln, und sie würden mehr Waffen und mehr Truppen haben.

Ich wollte den Krieg um jeden Preis verhindern, aber ich musste auch für ihn als Möglichkeit planen. Für die Werwölfe war er bereits eine beschlossene Sache, und das ließ mich denken, dass mein Optimismus wahrscheinlich naiv war.

Mit dem drohenden Krieg machte ich mir mehr denn je Sorgen um Zaleria. Vampire waren böse, hinterhältige Kreaturen, und ich hatte jetzt keinen Zweifel mehr daran, dass der Grund, warum sie Blutfarmen betrieben, darin lag, ihre Armee zu stärken. Mehr Mädchen würden verschwinden, und mehr ausgeblutete Leichen würden auftauchen.

Das alles fühlte sich ein bisschen überwältigend an. Als ich zu Hause ankam, wollte ich ins Bett gehen und so tun, als würde nichts davon existieren, aber meine Katzen brachten mich ständig zum Stolpern, bis ich sie fütterte, und während ich in der Küche war, dachte ich, ich könnte genauso gut einen Tee machen und an die Arbeit gehen.

Ich überprüfte mein Handy, während ich darauf wartete, dass der Wasserkocher kochte.

Chione hatte ein Bild von Rap geschickt, der glücklich und eingelebt aussah, mit nur fünf Worten dazu. *Rap sagt Braucht Mehr Geld.* Anscheinend fraß der Raptor das Naturschutzprojekt arm.

Ich arbeite daran, antwortete ich. *Versprochen. Hab Zahlung und einen neuen Auftrag von den Maurern bekommen.*

Die Chalices hatten ihre üblichen höflichen Nachfragen geschickt, ob ich Neuigkeiten hätte. Ich wollte ihnen nicht eröffnen, dass ihre Tochter heimlich den Vampir getroffen hatte, der sie entführt hatte, aber ich vermutete, dass es irgendwann herauskommen würde, also könnte es genauso gut von mir kommen. Zumindest würde es so aussehen, als würde ich Fortschritte machen, auch wenn es sich nicht so anfühlte.

Savvy hatte über die Mädchen geschrieben und erzählt, wie toll es sei, zu sehen, wie Abigail sich mit Dusty anfreundete. *Sie reden und schmieden stundenlang Pläne*, schrieb Savvy. *Das erinnert mich an uns in der Schule.*

Ferra hatte eine Sprachnachricht hinterlassen. »Hallo, Rookie, wie geht es dir und Dusty nach all dem Drama? Alles okay? Würde die Kleine gerne wieder hierher kommen? Fig hat den Müll rausgebracht, wenn du verstehst, was ich meine, also kann Dusty ihren Keller zurückhaben, wenn sie möchte. Alles sauber und ordentlich.«

Von Sam gab es nichts, also schickte ich schnell eine Nachricht ab. *Irgendeine Chance, dass du zum Abendessen Zeit hast?*

Es dauerte eine Weile, bis er antwortete. *Arbeite spät*, sagte er und fügte das weinende Emoji hinzu.

Verdammter Wilkinson.

Essen wird sowieso überbewertet, tippte ich. *Komm nach der Arbeit vorbei, wenn du magst.*

Ich schaute auf die Uhr. Ich hatte noch ein paar Stunden, um Dinge zu erledigen, bevor ich entscheiden musste, was ich mit Dusty für die Nacht anstellen sollte. Ich erinnerte mich selbst daran, dass, wenn ich die Garretts irgendwie loswerden könnte, ich mir keine Sorgen mehr machen müsste, Dusty hin und her zu transportieren, und sie könnte zurück nach Copperfield gehen, um ihre Ausbildung fortzusetzen. Das zu lösende Problem war, die missbräuchlichen Eltern zu entschärfen, nicht das Mädchen auf unbestimmte Zeit zu verstecken – und dafür fast verhaftet zu werden. Aber wie könnte ich das tun?

Ich nahm meinen Tee mit in den Dschungelgarten und fütterte die Hühner, beobachtete, wie sie am Boden pickten, während ich an meinem Gebräu nippte. Langsam, langsam formte sich ein Plan in meinem Kopf. Die Anfänge davon hatten an diesem Morgen begonnen, nur ein hauchzarter Umriss, und ich hatte Chione bereits gefragt, ob sie helfen würde, aber jetzt wurde es klarer. Außer Chione würde ich auch Salty und ihre besondere neue Superkraft brauchen und Merlins Pilzexpertise.

Bevor ich zu meinem Zaubertranklabor ging, schrieb ich Merlin eine Nachricht.

Du bist der beste Mykologe der Welt, tippte ich.

Schmeichelei wird dich überall hinbringen, antwortete er. *Was brauchst du, kleine Hexe?*

Gibt es einen psychoaktiven Pilz, der jemanden träumerisch und empfänglich machen würde?

Es gibt bessere Wege, einen Mann zu verführen, antwortete er. *Gutes Essen und Alkohol tun normalerweise den Trick.*

Der Gedanke, Mr. Garrett zu verführen, ließ mich das Gesicht verziehen.

Keine Verführung. Überzeugung.

Gehirnwäsche? fragte Merlin.

Gehirnwäsche ist ein bisschen hart, aber im Grunde ja.

Du könntest den Sporulierenden Beröckten Hirsutum versuchen. Er ist hypnodelisch, tippte er. *Wenn du ihn richtig verwendest, ist er wie Hypnose, à la vampiro.*

Und wie verwendet man ihn richtig? fragte ich.

Mit äußerster Vorsicht, antwortete er. *Er kann tödlich sein.*

KAPITEL 53

VON EINEM VANILLE-MILCHSHAKE VERFOLGT

MERCURY

»Sie isst nicht«, sagte Francine mit besorgtem Blick.

»Wie bitte?« Frankie hatte nicht viel mit mir geredet, daher kam die Aussage wie aus heiterem Himmel.

»Alicia. Das neue Mädchen. Sie will nicht essen.«

»Das Reh im Scheinwerferlicht«, sagte ich leise. Ich meinte es nicht böse, aber Francine presste trotzdem missbilligend die Lippen zusammen.

»Es sind jetzt zwei Tage«, sagte Frankie. »Sie sieht schlimmer aus als je zuvor.«

»Sollen wir sie zu Doktor Bianca bringen?«, fragte ich.

»Das habe ich versucht. Sie will nicht gehen. Zu ängstlich. Ich habe ihr gesagt, dass Doktor Bianca großartig ist, aber ...« Sie verstummte. Es war nicht nötig, den Satz zu beenden.

»Kann ich irgendwie helfen?«, fragte ich.

»Nicht, wenn du keinen Weg kennst, jemanden zum Essen zu bringen.«

Eine Erinnerung tauchte auf, und ich versuchte, sie festzuhalten. Sie war traumhaft – so sehr, dass ich nicht sicher war, ob es eine Erinnerung oder ein Traum war, oder etwas dazwischen. Ein Vanillege-tränk. Ein Proteinshake? Ein Smoothie? Miss Black hielt es in der Hand und bot es mir an, wie eine Hexe, die einen vergifteten Apfel anbietet.

Ich schluckte den Kloß hinunter, der sich unerklärlich in meinem Hals gebildet hatte. »Was ist mit einem Getränk?«, fragte ich. »Ein Proteins-hake. Den könnte sie wahrscheinlich hinunterbekommen.«

»Das ist eine gute Idee«, sagte Frankie. »Ich werde eine Anfrage an der Rezeption stellen.«

Aber Alicia wollte den Shake zur Teestunde nicht trinken. Wir saßen mit ihr auf einer Picknickdecke unter dem Baum und versuchten, sie zu überreden.

»Bitte«, flehte Francine. »Du wirst verschwinden, wenn du keine Nähr-stoffe bekommst.«

Sie murmelte etwas.

»Wie bitte?«, fragte Frankie.

»Ich will verschwinden«, sagte Alicia.

Ehrlich gesagt war sie schon auf halbem Weg dorthin. Dünn, blass, teil-nahmslos auf der leuchtend blauen Shweshwe-Decke.

»Was?«, fragte Francine fordernd. »Warum?«

»Ich gehöre nicht hierher«, sagte das kleine Mädchen.

»So fühle ich mich auch«, erzählte ich ihr. »Ich bin sicher, jeder fühlt sich am Anfang so.«

Frankie nickte. »Es hat bei mir ewig gedauert, bis ich das Gefühl hatte, dazuzugehören«, sagte sie. Ich war ziemlich sicher, dass sie log, aber ich verstand, warum.

»Wenn du das trinkst, wirst du mehr Energie haben, um an den Aktivi-täten teilzunehmen, die wir machen«, sagte Frankie. »Du wirst Spaß haben, Freunde finden und dich viel besser fühlen.«

»Was machst du normalerweise gerne in deiner Freizeit?«, fragte ich.

»Ich weiß es nicht«, antwortete sie. »Ich kann mich nicht erinnern.«

Frankie und ich blickten sie verwirrt an. »Wie kannst du dich nicht erinnern?«

»Ich erinnere mich an nichts«, erwiderte sie, und ihre Augen füllten sich mit Tränen.

Ich kniete mich hin, zog sie an ihren kraftlosen Armen hoch und umarmte sie. »Es ist okay«, tröstete ich. »Es wird alles gut werden, das verspreche ich dir.«

Wir alle wussten jedoch, dass es nicht okay sein würde.

Dieser verdammte Vanille-Proteinshake schwebte in meinen Gedanken herum wie ein Vogel, der in einem Käfig gefangen ist. Ich sagte mir, vergiss es einfach, vergiss es, aber er tauchte immer wieder auf. Ich verstand es nicht. Verstand nicht, wieso ich von einem Vanille-Milchshake verfolgt wurde.

Ich machte mir offensichtlich Sorgen um das neue Mädchen. Vielleicht war es das, was mich ständig beschäftigte. Vielleicht konnte ich mit klarem Kopf weitermachen, wenn Frankie und ich es schafften, das Mädchen zum Essen – oder Trinken – zu bringen.

Ich versuchte es. Zuerst probierte ich die verlockendsten Dinge: Croissants, Schokolade, Erdbeeren mit Sahne. Als das nicht funktionierte, ging ich zu blanderer Kost über. Eine kleine Scheibe Baguette mit nur einem Hauch Butter. Ein paar gesalzene Süßkartoffelchips. Trockene Cracker. Nicht ein einziges Mal zeigte sie auch nur einen Anflug von Interesse oder Appetit. Schließlich wurde mir klar, dass ich härter vorgehen musste. Tough Love, nennen sie das.

»Alicia«, sagte ich frustriert, als sie nicht einmal einen Bissen von einem Pfannkuchen nehmen wollte. »Wenn du nichts isst, müssen wir dich zu Doktor Bianca bringen.«

Man hätte meinen können, ich hätte einen Elektroschocker gezogen und ihr damit gedroht. Sie sprang von ihrem Bett auf und drückte sich an die Wand, so weit wie möglich von mir entfernt. Sie wollte mich nicht einmal ansehen, sondern starrte stattdessen panikerfüllt auf den weißen Boden.

»Alicia«, sagte Francine sanft und spielte den guten Polizisten. »Ich weiß, dass du Angst hast. Aber Doktor Bianca ist so freundlich und wunderbar. Sie wird dir mit allem helfen, was dich bedrückt.«

Alicia schüttelte wie wahnsinnig den Kopf. Ihr ganzer Körper schrie *NEIN!*

Frankie sah mich an. »Wir müssen zumindest Miss Black Bescheid sagen.«

Alicia brüllte auf eine animalische Art.

»Schau«, sagte ich. »Ich hatte meine Meinungsverschiedenheiten mit Miss Black, aber sie kümmert sich um uns, das weiß ich. Sie tut alles, was in ihrer Macht steht, um sicherzustellen, dass wir gesund sind.«

Francine nickte.

»Es ist deine Entscheidung«, sagte ich und versuchte, dem Mädchen ein Gefühl der Kontrolle über das zu geben, was als Nächstes passieren würde. »Wir können dich zu Doktor Bianca bringen, oder wir können Miss Black rufen.«

Sie begann wieder den Kopf zu schütteln, ein verängstigtes Kind.

»Wenn dir diese Optionen nicht gefallen, kannst du diesen Pfannkuchen essen, und wir lassen dich in Ruhe.«

Alicia beäugte den Pfannkuchen misstrauisch.

»Ich werde mich übergeben«, sagte sie.

»Das werden wir erst wissen, wenn wir es versuchen«, schmeichelte Francine.

Alicia nahm einen kleinen Bissen vom Pfannkuchen. Kurz bevor sie schluckte, übergab sie sich.

Nachdem wir sauber gemacht hatten, ließen wir sie in ihrem Schlafsaal ruhen.

»Sie wird sterben«, murmelte Francine.

»Bist du nicht ein bisschen dramatisch?«, erwiderte ich und stieß sie mit dem Ellbogen in die Rippen, in der Hoffnung, dass unsere Freundschaft sich erholen würde.

»Ich meine es ernst, Mercs«, sagte sie. »Alicia wird sterben, wenn sie nicht isst.«

»Miss Black wird das nicht zulassen.«

»Miss Black hat ihren Zustand noch nicht einmal bemerkt«, sagte Frankie. »Sie war mit diesen endlosen Besprechungen beschäftigt.«

Miss Black war stundenlang ohne Erklärung verschwunden, abgesehen von „Besprechungen". Ich erinnerte mich an die stundenlange Besprechung, die sie mit Ms. Hammond gehabt hatte, und hoffte, dass es bald eine ähnliche in Woodhaven geben würde, um Marielle zu adoptieren. Der Hausbesuch war erledigt, hatte Hammond gesagt. Der ganze Papierkram war erledigt. *Also*, dachte ich, *sollte es relativ einfach sein, Marielle zu adoptieren.*

Es war wirklich eine Erleichterung, wenn Black weg war. Ich fühlte mich weniger beobachtet, freier. Ihre längeren Abwesenheiten ließen mich verstehen, wie angespannt ich mich fühlte, wenn sie in der Nähe war.

KAPITEL 54

FLEETWOOD JACK

ASHA

Da gab es kein Drumherumreden. Ich brauchte Nilve SaltySnap für meinen hinterhältigen Plan, um Dusty vor ihren Eltern zu retten. Das einzige Problem war, dass die schlaue Goblin weder auf meine Anrufe noch auf meine Nachrichten antwortete, also musste ich sie abholen. Ich hatte es vermieden; ich hatte keine Zeit für Ausflüge, um verschwundene Goblins zu suchen. Aber ohne Saltys neugewonnene Fähigkeit, unsichtbar zu werden, und ihre generell heimtückischen Eigenschaften wusste ich, dass ich bei meinem Herzensprojekt ohne sie nicht weit kommen würde.

Rick und Stoker hatten gefragt, wann wir zusammenkommen könnten, um über das mögliche Ende des Reiches zu sprechen. Es versprach ein heiterer Anlass zu werden, da waren wir uns einig, bei dem wir über einen möglichen Krieg und die Abschlachtung durch Vampire und Neonazi-Orks diskutieren würden. Wir würden vielleicht Tequila trinken und das Beste daraus machen – aus dem Gespräch wohlgemerkt, nicht aus dem Abgeschlachtetwerden.

Da ich jetzt so wenig Zeit hatte, dachte ich, wir könnten zwei Fliegen mit einer Klappe schlagen, indem wir gemeinsam nach Goblin City fahren und auf dem Weg plaudern würden. Sie hatten mir ohnehin in den

Ohren gelegen und darauf bestanden, meine ständigen Leibwächter zu sein, also wäre dies eine gute Gelegenheit.

Rick kam in seinem über-protzigen Monster-Truck an, dem Cabrio-Panzer, der immer noch mit pinken und lila Flammen airbrushed war. Ich strahlte ihn an. Ich will nicht lügen, sein Auto war definitiv einer der Gründe, warum ich wollte, dass wir zusammen fahren.

Trotz des beträchtlichen Umfangs des Orks gelang es Stoker und mir, auf dem Vordersitz Platz zu finden und gemeinsam nach Goblin City zu navigieren. Stoker war von dem lächerlichen Fahrzeug verzaubert, und trotz allem waren wir alle gut gelaunt, während wir auf dem Highway nach Osten rasten. Vielleicht lag es daran, dass wir verstanden, dass das Leben, wie wir es kannten, bald vorbei sein würde, und wir die kleinen Dinge genießen mussten, bevor das Reich von einer riesigen Armee blutrünstiger Kreaturen verwüstet werden würde. Rick zog das Auto plötzlich nach links, und wir besuchten den Drive-through eines Platelet-Diners. Er bestellte drei riesige Kaffees für die Fahrt, und ich bezahlte, in dem Gedanken, dass wir wahrscheinlich noch einmal für eine Toilettenpause anhalten müssten, nachdem wir die wahrhaftigen Tanks von Cappuccino auf unseren Schößen getrunken hatten.

Ich erzählte ihnen, dass Kieron Palefangs Seelenverwandte ermordet worden war und ihre Leiche benutzt wurde, um das Palefang-Rudel zu belasten. Rick war wütend; Stoker sah besorgt aus. Er wischte sich nicht vorhandenen Schweiß von Stirn und Schläfe. Seine Augen waren stumpf.

»Meine Hohepriesterin will, dass ich ihn ermorde«, sagte ich.

»Das würde den Krieg katalysieren«, sagte Rick.

»Das ist einer der Gründe, warum ich es nicht tun werde.«

»Wie konnte das passieren?«, fragte Stoker, immer noch verärgert über diese Diskussion. »Werwölfe haben jahrhundertelang in Frieden mit Menschen gelebt. Warum wenden sie sich genau dann gegen uns, wenn sie uns brauchen?«

»Mir scheint, es handelt sich um eine gut orchestrierte Desinformations- und Verschwörungskampagne«, sagte ich. »Warum sonst sollte man eines der wichtigsten Kinder im Reich entführen? Und warum den ange-sehenen Alpha für den Mord an einer anderen beschuldigen?«

»Du hast recht, aber wir können nicht alles den Vampiren in die Schuhe schieben«, argumentierte Rick. »Die Hexen wurden misstrauisch gegen-über den Werwölfen, bevor die Mädchen verschwanden.«

»Ja«, stimmte ich zu. »Soleil war besorgt über die ungehinderte Ausbrei-tung des Werwolf-Virus, bevor irgendjemand entführt wurde.«

»Die zu schnell wachsende Werwolfpopulation«, sagte Stoker. »Ihre Bedenken sind verständlich.«

»Was sie natürlich nicht erkennen, ist, dass ein großes Werwolf-Kontin-gent unsere einzige Chance gegen die Vampire und Orks ist«, sagte ich.

Rick zuckte zusammen.

»Entschuldige«, sagte ich. »Du weißt, was ich meine. Gegen die bösen Orks.«

»Ja«, sagte er, aber er schien weniger fröhlich.

»Alle Rassen und Spezies haben ihre schwarzen Schafe«, sagte ich. »Dem kann man nicht entkommen.«

»Ja«, sagte er wieder und beschleunigte.

Wir fuhren in den bizarren, protzigen, dystopischen, zuvor verlassenen Vergnügungspark, der jetzt Goblin City war.

Rick pfiff anerkennend. »Wow«, sagte er. »Sie haben das wirklich... sehr... goblinmäßig gemacht.«

Ich lachte. Es stimmte. Goblin City war wie eine verrückte Stadt für fettige Goblins. Alle möglichen Karussells waren eingeschaltet und liefen auf Hochtouren. Mir wurde schon beim Anblick des Tasse-und-Unter-tasse-Karussells schlecht, das die Kreaturen so heftig herumschleuderte, dass ich mir sicher war, dass sie manchmal komplett herausgeschleudert werden mussten. Wir sahen entsetzt zu, wie ein grünhäutiger Teenager mit Bierbauch aus einer Achterbahn fiel. Er prallte vom Boden ab, als wäre er aus Latex gemacht, und lachte lautstark über das, was wie eine schwer ausgekugelte Schulter aussah. Seine Freundestruppe eilte herbei, um ihm zu helfen, und mit etwas gemeinschaftlichem Schieben und Ziehen gab es ein Knackgeräusch, einen Schrei, und dann lagen sie alle auf dem Rücken am Boden, glucksten und strampelten vor lauter Belustigung mit den Beinen. Stoker warf mir einen alarmierten Blick zu, und ich zuckte mit den Schultern. Nach dem, was ich gesehen hatte, war ich ziemlich gelassen gegenüber ihren Kapriolen. Gummiartige Gliedmaßen waren praktisch, wenn es um körperliche Traumata ging.

Wir gingen an Familien vorbei, die Eistüten aßen, die mit neonorangenem Sirup tropften, was die gefrorene Leckerei radioaktiv aussehen ließ. Ein kleiner Gob ließ seine versehentlich fallen, und sie landete auf den sandigen Ziegeln. Er warf den Kopf zurück und heulte, seine Tränen bewässerten alle um ihn herum. Die Frau, die ich für seine Mutter hielt, klopfte dem Kind so hart auf den Rücken, dass sich ein Zahn löste, und reichte ihm dann ihre Tüte. Das Heulen hörte sofort auf. Umherstreifende Banden von Apfelwein trinkenden Goblin-Teenagern fuhren die Autoscooter und knutschten auf dem Riesenrad und dem riesigen Piratenschiff. Aber die meisten Bewohner waren nicht da, um die Jahrmarktatmosphäre zu genießen; sie holten sich Kaffee und gingen zur Arbeit. Salty gehörte nicht zu diesen fleißigen Typen. Wir würden etwas gründlicher suchen müssen, um sie zu finden.

»Hast du eine Ahnung, wo sie sein könnte?«, fragte Stoker.

Ich schüttelte den Kopf. »Sie hat früher hier gearbeitet, aber sie hat ihren Job verloren, als sie starb. Anscheinend gibt es eine Menge Papierkram, der erledigt werden muss, bevor sie wieder arbeiten kann. Der bürokratische Aufwand, der mit der Rückkehr ins Leben verbunden ist, ist beträchtlich.«

»Warum sind wir dann hier?«, fragte Rick.

»Genau aus diesem Grund«, sagte ich. »Weil Nilve SaltySnap von den Toten zurückgekehrt ist. Was bedeutet, da bin ich mir ziemlich sicher, dass sie das Leben in vollen Zügen genießt. Sie war kalt und hungrig, als sie zwischen den Welten gefangen war. Jetzt, da sie wieder in ihrem Körper ist, wird sie das Leben mit neuer Kraft genießen.«

Kalt und hungrig, dachte ich. *Wo will ein Goblin, der kalt und hungrig war, seine Zeit verbringen?* Und dann wusste ich es.

»Kommt schon, Leute«, sagte ich. »Ich glaube, ich weiß, wo sie ist.«

Wir fanden Nilve SaltySnap im Whirlpool des 70er-Jahre-Diners namens Fleetwood Jack. Sie hatte ihn für sich allein und nutzte ihn voll aus, Arme und Beine ausgebreitet, Schirmmütze und Sonnenbrille auf. Ihr Bierbauch, der durch einen ziemlich interessant aussehenden goldenen Pailletten-Bikini enthüllt wurde, durchbrach die Wasseroberfläche. Ein Eiskübel enthielt einige Biere, von denen sie nach den leeren Flaschen und Chipstüten, die an der Wand gestapelt waren, zu urteilen, bereits reichlich genossen hatte. Sie hatte Kopfhörer im Ohr, und ihre Lippen bewegten sich zum Text der Musik, während ihr Kopf im Takt wippte.

All das Wasser zu sehen, ließ mich bereuen, so viel Kaffee auf dem Weg getrunken zu haben. Wir drei näherten uns dem Whirlpool und standen am Rand, schauten auf Salty hinab. Als unsere Schatten auf sie fielen, runzelte sie die Stirn und zog ihre Sonnenbrille den Nasenrücken hinunter.

»Nicht schon wieder du«, stöhnte sie. Ihr Ausdruck war pure Enttäuschung.

»Tut mir leid«, entschuldigte ich mich. »Wir brauchen deine Hilfe.«

»Hexe!«, setzte sie sich auf. »Kannst du nicht sehen, dass ich, Hashtag, mein bestes Leben lebe?«

»Doch, kann ich.«

»Warum lässt du mich dann nicht dabei? Glaubst du nicht, dass ich es nach meiner Zeit im Vergessen verdiene? Glaubst du nicht, dass ich etwas Erholung verdiene, nachdem ich meinen Arm verloren habe?«

»Technisch gesehen hast du deinen Arm nicht verloren«, sagte ich. »Er ist noch dran. Er ist nur unsichtbar.«

»Sag das dem gutaussehenden Gob, der vorhin hier war. Als er sah, dass ich nur einen Arm hatte, konnte er nicht schnell genug rauskommen.«

»Das klingt, als könnte es *handlich* sein«, sagte Rick und grinste über seinen eigenen Witz.

Salty funkelte ihn an. »Urkomisch, Ork. Einfach urkomisch.«

»Wir könnten die *Armada* rufen«, scherzte Stoker.

Salty zischte und warf ihre leere Bierflasche nach ihm. »Clowns.«

»Was?«, sagte der Werwolf. »Ich dachte, Goblins lieben Wortspiele.«

KAPITEL 55

LATEXARTIGE GLIEDMASSEN

ASHA

Die Goblin nörgelte den ganzen Heimweg lang. Sie trug einen Strandüberwurf über ihrem feuchten Bikini und erhöhte ständig den Preis für den Job, den wir von ihr brauchten.

»Es sollte für dich relativ einfach sein«, sagte ich. Goblins waren für ihre Diebeskunst berüchtigt. »Alles, was du tun musst, ist dich unsichtbar zu machen-«

»Es ist nicht immer Unsichtbarkeit auf Abruf, weißt du«, fauchte sie. »Ich bin kein verdammtes Zirkuspferd!«

»-und in das Haus einbrechen, damit wir hineinkommen.«

»Warum?«, forderte sie zu wissen. »Was wollt ihr von den Garretts und ihrem Haus?«

»Um diesen Teil musst du dir keine Sorgen machen«, sagte ich. »Es ist ein einfacher Rein-und-Raus-Job für dich.«

»Das hab ich schon mal gehört«, brummte sie. Rick gluckste und entschuldigte sich dann, als er Saltys Todesblick sah.

»Sag mir den Plan«, sagte sie, »sonst mache ich es nicht.«

»Na gut«, sagte ich und setzte mich etwas gerader hin. »Wir müssen in das Haus der Garretts einbrechen, damit wir seinen Brandy manipulieren können.«

Ihr Gesicht verzog sich. »Brandy?«

»Dusty sagte, dass Mr. Garrett jeden Abend ohne Ausnahme nach Hause kommt und einen doppelten Brandy mit Cola trinkt. Der einfachste Weg, ihm etwas zu verabreichen, ist, den Brandy zu präparieren.«

»Und wir verabreichen ihm etwas, weil...?«

»Merlin hat den Namen von-«

»Wer?«

»Merlin«, sagte ich. »Du kennst meinen Freund Merlin, den Mykologen?«

Die Goblin schüttelte den Kopf.

»In Ordnung«, antwortete ich und atmete tief ein, um geduldig zu bleiben. »Also, Merlin hat mir den Namen eines Pilzes gegeben, der eine hypnotisierende Wirkung auf Garrett haben wird. Er wirft heute einige in meinen Briefkasten. Sobald wir ihn haben, stelle ich eine Tinktur her, und dann brichst du in das Haus ein und gibst sie in seinen Brandy. Sobald er nach Hause gekommen ist und die Tinktur wirkt, gehe ich mit Chione als Verstärkung hinein, und diese beiden stehen Wache.« Stoker und Rick nickten. »Dann werde ich Garrett hypnotisieren, damit er glaubt, dass er das Sorgerecht für seine Tochter nicht mehr will, und um das rechtliche Dokument zu unterschreiben, das Jessie mir geschickt hat und das das Sorgerecht an Copperfield überträgt.«

Salty sah überrascht aus. »Es klingt eigentlich nicht nach einem schlechten Plan. Aber das könnte auch das Bier sprechen.«

»Also wirst du helfen?«, fragte ich.

»Habe ich denn eine Wahl?«, fragte sie. »Ich weiß, was für eine sture Hexe du bist.«

»Nicht wirklich«, antwortete ich und lächelte sie an. »Nicht, wenn du zu deinem Fleetwood-Jack-Whirlpool zurückkehren willst.«

Wir sprangen zurück auf die Autobahn und Rick gab Gas. Bald schlängelten wir uns durch die Vororte, und er pfiff durch die Zähne.

»Was ist los?«, fragte ich.

»Das«, sagte er und deutete auf die Häuser. »Ich habe die unberührten Häuser noch nie so aus der Nähe gesehen. Sehen sie wirklich nicht hinter den Schleier? Wie können sie nicht wissen, dass wir direkt hier in diesem Paralleluniversum leben?«

»Ihre Gehirne sind nicht ausreichend entwickelt«, sagte Salty.

Stoker lachte. »Wenn ein Goblin dir sagt, dass das Gehirn eines Wesens nicht ausreichend entwickelt ist, ist das wirklich eine Anklage.«

Salty schlug ihm auf den Hinterkopf.

»Autsch!«, lachte er.

»Salty hat Recht«, sagte ich. »Sie erkennen Dinge nicht, an die sie nicht glauben.«

Stoker schaute aus dem Fenster und grübelte immer noch über unser früheres Gespräch nach. »Ich schätze, Unwissenheit ist ein Segen.«

Wir kamen bei meinem Haus an, und ich überprüfte den Briefkasten. Darin war eine braune Papiertüte mit meinem Namen darauf.

»Ja«, zischte ich. »Danke, Merlin!«

Ich schloss das Haus auf und sagte den anderen, sie sollten es sich gemütlich machen, während ich direkt in mein Tränkelabor stürmte. Innerhalb einer Stunde hatte ich die Tinktur aus dem Sporulierenden Beröckten Hirsutum-Pilz in einer kleinen braunen Flasche. Ich zeigte sie ihnen mit einer schwungvollen Geste, als wäre es ein kostbarer Preis, und sie klatschten mitspielsend.

Während ich in meinem Labor gearbeitet hatte, hatten sich meine Gäste die Freiheit genommen, in meinem Dschungelgarten zu wildern.

»Hoffe, es macht dir nichts aus«, sagte Salty mit einem Mund voller Apfel und spuckte dabei einen Samen auf die Theke. »Der Kühlschrank war leer.«

»Macht mir nichts aus«, sagte ich.

Rick wendete ein Omelett, und vor Stoker stand ein dampfender schwarzer Kaffee.

»Esst auf«, sagte ich. »Nur noch ein paar Stunden, bis Garrett nach Hause kommen sollte.«

Nilve trug immer noch ihren Bikini und den Überwurf, also lieh ich ihr die kleinste Kleidung, die ich hatte, die an ihr wie Größe XXL aussah, aber ihren Zweck erfüllte. Ich legte meinen Umhang an und stellte sicher, dass ich meinen Zauberstab, mein Messer und meinen Tansanit-Ring hatte. Ich überprüfte Garretts Heimatadresse – 144 Weasley Avenue –, die mir Sam geschickt hatte, nachdem ich ihn gebeten hatte, das Kennzeichen des alten Schrottautos der Garretts zu überprüfen, das wir vor dem Gerichtsgebäude abschleppen ließen.

Die Dämmerung brach herein.

Ricks Panzer war nicht unauffällig, also parkten wir einen Block vom Haus entfernt, aber nicht bevor wir Chione vom Thomas Harvey Conservation Project abgeholt hatten. Dusty war immer noch sicher bei Abigail in Savvys Haus, und wenn wir das durchziehen würden, müsste sie nicht mehr weglaufen.

Das Verlassen des lila flammenden Monstertrucks machte uns weniger auffällig, aber wir waren immer noch eine bunt zusammengewürfelte Gruppe von Eindringlingen, also zogen wir neugierige Blicke auf uns – vom Staubwedel-Mann und einem Jogger, der fast über seine eigenen Füße stolperte, als er an uns vorbeilief.

Im Freien zu sein machte uns angreifbar, aber wir konnten keine gute Deckung finden. Ich holte meinen Zauberstab heraus. »*Evoco et excito, nunc et semper, res ac mortales*«, sang ich. Ich ließ meine grüne Magie hervortreten und beschwor eine Hecke am Rand des Vorgartens des Nachbarn. »*Rubi sepe crescere!*«

Eine buschige Hecke wuchs empor, perfekt zum Verstecken einer Hexe, eines Grimalkins, eines Orks und eines Werwolfs. Ich legte die kleine braune Tropfflasche in Saltys Hände und segnete sie mit Glück. Sie schlich um die Vorderwand und verschwand hinter einer Silberbirke.

Ich schaute auf die Uhrzeit auf meinem Handy. Garrett kam normalerweise gegen sechs oder sieben Uhr abends von der Arbeit nach Hause, hatte Dusty mir gesagt. Er würde auf dem Heimweg einen Drink in seiner Stammkneipe nehmen, vielleicht zwei, dann nach Hause kommen und mit dem Brandy beginnen. Es war fast sechs Uhr, also hoffte ich, dass die Goblin sich beeilen würde. Fünf Minuten später rannte sie zurück zu unserem Versteck.

»Das ging schnell!«, sagte ich. »Brillante Arbeit.«

»Nicht so schnell mit dem Feiern«, sagte sie und hielt die Flasche hoch. Ich nahm sie ihr ab und konnte am Gewicht erkennen, dass sie noch voll war.

»Was ist passiert?«, fragte ich.

Ihr Gesicht drückte tiefes Elend aus. »Meine Portalmagie funktioniert nicht.«

»Was meinst du damit, deine Portalmagie funktioniert nicht? Du bist die beste Portalzauberin im Reich.«

»Es hat etwas damit zu tun, dass ich ins Leben zurückgekehrt bin, glaube ich. Seit du mich zurückgebracht hast – nun, den größten Teil von mir – ist meine Portalmagie unzuverlässig geworden.«

»Warum?«

Sie zuckte mit den Schultern. »Vielleicht ist es die Unsichtbarkeitssache? Ich habe noch nicht gelernt, diesen neuen Trick zu kontrollieren. Vielleicht beeinflusst es meine andere Magie.«

Ich fluchte leise. Ich brauchte Nilve SaltySnap, die Portalzauberin, nicht diejenige, die zufällig von sichtbar zu unsichtbar wechselte.

»Verdammt, Salty«, sagte ich und bereute es sofort. Es war nicht ihre Schuld, dass sie getötet wurde, während sie nach Gizmo suchte, oder dass bei ihrer Wiederbelebung ihr Arm unsichtbar geblieben war. Nicht zum ersten Mal machte ich mir Sorgen, dass Alyndra noch am Leben war. Warum sonst wäre Salty nicht vollständig ins Land der Lebenden zurückgekehrt?

Saltys frustrierter Gesichtsausdruck spiegelte meinen eigenen wider.

»Kannst du einbrechen?«, fragte ich. »Wenn wir dich über die Mauer bekommen?«

Ein kleiner Funke Hoffnung leuchtete in ihren hervortretenden Augen auf. »Ich kann es versuchen.«

So kam es, dass wir eine improvisierte menschliche Leiter bildeten, um in das Haus der Garretts einzubrechen. Stoker kletterte auf Ricks Schultern, dann kletterte ich auf Stoker. Salty kletterte an uns hoch, drückte dabei einen schleimigen Fuß auf Stokers Gesicht und gelangte ganz nach oben auf die hohe Sicherheitsmauer. Gerade als sie die Spitze erreichte, hörten wir in der Ferne ein Auto.

»Beeil dich!«, sagte ich und reichte ihr die Tinktur. Sie griff danach, ließ sie fast fallen, steckte sie dann in ihr grünes Dekolleté und sprang auf der Innenseite des Grundstücks hinunter. Wir hörten einen Krach.

»Salty!«, rief ich. »Bist du okay?«

Das Auto kam näher. Wir sahen zwei Scheinwerfer in die Straße einbiegen.

»Argh«, kam die Antwort.

»Salty?«

Mehr Gepolter, dann eine leise Stimme. »Mir geht's gut. Flasche ist okay.«

Dank sei den Göttern und Göttinnen für latexartige Gliedmaßen und Gummibrüste. Wir huschten alle zurück zur Sofort-Hecke des Nachbarn und duckten uns, als die Lichter des Autos sie erhellten. Das Garagentor begann sich zu heben, und das Auto verlangsamte und bog ein.

Ich seufzte erleichtert. Phase eins des Plans: erfolgreich.

KAPITEL 56
SCHWESTERN VERPETZEN SICH NICHT

MERCURY

Ich betrachtete mein Spiegelbild im Spiegel in meinem Kleiderschrank. Es war zwei Wochen her, seit ich Woodhaven verlassen hatte, aber es fühlte sich an wie eine Ewigkeit. Ich sah aus wie eine andere Person als die, die mich an dem Tag angestarrt hatte, als ich beschloss, etwas in meinem Leben zu verändern. Stärker, gesünder, mutiger. Irgendwie sogar hübscher, schien es. Vielleicht lag es nur an meiner gesunden Haut und den Blumen in meinem Haar, aber ich fühlte mich nicht mehr wie ein langweiliger Donut.

Doch da war auch etwas Neues in meinen Augen, etwas nicht so Hübsches. Ein Funkeln von Angst, ein Schatten der Unruhe. Das unbehagliche Wissen, dass etwas in Celestia nicht stimmte, dass immer etwas nicht gestimmt hatte. Es war nicht im Laufe der Zeit verdorben worden; so war es von Anfang an gedacht. Das Problem – oder zumindest eines der Probleme – war, dass ich nicht wusste, was es war. Das Funkeln, der Schatten. Ich konnte beim besten Willen nicht herausfinden, was oder warum. Ich wusste nur, dass etwas ganz und gar nicht stimmte.

Ich klopfte an Doktor Biancas Tür. Sie begrüßte mich herzlich.

»Hallo, Mercury«, sagte sie. »Du siehst wunderbar aus. Wie gefällt dir deine Zeit hier bisher? Ist es nicht großartig?«

Ich schenkte ihr ein gezwungenes Lächeln. »Haben Sie ein paar Minuten?«

»Immer«, antwortete sie und bedeutete mir, Platz zu nehmen. Sie öffnete eine Flasche Mineralwasser mit Kohlensäure und reichte sie mir, dann öffnete sie eine für sich selbst und setzte sich auf die Vorderseite ihres Schreibtisches, die Knöchel überkreuzt, sodass wir eher wie zwei Mädchen aussahen, die eine Limo trinken, als wie eine Ärztin und ihre Patientin.

»Bist du krank?«, fragte sie. »Du siehst jedenfalls nicht so aus.«

Ich schüttelte den Kopf. »Mir geht's gut. Es ist das neue Mädchen, um das wir uns Sorgen machen.«

»Neues Mädchen...«, wiederholte die Ärztin, während sie versuchte, sich an das Mädchen zu erinnern. »Ah. Alicia.«

»Sie isst nicht«, sagte ich. »Ich dachte, ihre Uhr würde Sie darauf aufmerksam machen, aber soweit ich das beurteilen kann, hat's außer uns niemand bemerkt.«

»Hmmm«, sagte sie. Sie sprang vom Schreibtisch und ging um ihn herum zu ihrem Computer, tippte ein paar Tasten und runzelte die Stirn. »Ja, ich sehe.«

»Ich will sie nicht in Schwierigkeiten bringen«, sagte ich. »Aber sie wird immer schwächer, und wir machen uns Sorgen.«

»Hmmm«, murmelte sie erneut. »Die Uhr alarmiert uns nur bei übermäßigem Essen, nicht bei zu wenig Essen. Das sollten wir wahrscheinlich beheben. Ich werde mit den Entwicklern sprechen.«

»Was werden wir wegen Alicia unternehmen?«, fragte ich.

»Miss Black ist zweifellos über die Situation im Bilde, aber ich werde mit ihr über einen Weg nach vorne sprechen.«

»Miss Black war in letzter Zeit oft weg«, sagte ich.

»Ja«, antwortete Doktor Bianca lächelnd. »Sie hat wichtige Arbeit zu erledigen. Ich möchte nicht, dass du dir weiter Sorgen um Alicia machst, wir werden uns um sie kümmern. Das Glück und die Gesundheit eurer

Mädchen haben bei uns oberste Priorität.« Sie verließ ihren Computer und kam wieder um den Schreibtisch herum. »Danke, dass du gekommen bist, um es mir zu sagen. Du hast das Richtige getan.«

»Sie wird doch nicht in Schwierigkeiten geraten, oder?«

Bianca sah bei der Frage verwirrt aus. »Natürlich nicht.«

Natürlich, dachte ich. Niemand geriet hier in Schwierigkeiten, wir bekamen nur Vergünstigungen, wie unsere eigenen privaten Speisesäle. Vergünstigungen statt Bestrafung. Was würde Alicia bekommen? Ihre ganz eigene luxuriöse Zwangsernährungssonde?

»Miss Black sagt, ich stelle zu viele Fragen«, platzte es aus mir heraus. Ich wusste nicht, woher die Worte kamen, sie erschienen einfach, und ich konnte sie nicht zurück in meinen Mund stopfen.

Doktor Bianca sah amüsiert aus. »Es ist gut, Fragen zu stellen. Besonders wenn du auf die medizinische Fakultät gehen und meine Praktikantin werden willst.«

Ich lächelte und erinnerte mich an unser erstes Gespräch. Seitdem hatte sich viel verändert. Jetzt war das Allerletzte, was ich tun wollte, bei Celestia zu arbeiten. Diese Erkenntnis überraschte mich. Es war vielleicht ein Wendepunkt.

»Miss Black sagte, dass Neugier den Kater tötet«, sagte ich.

Die Ärztin zögerte, dann kicherte sie. »So ein alberner Spruch. Natürlich wollen wir, dass du Fragen stellst. Celestia fördert neugierige Köpfe.«

»Miss Black nicht«, sagte ich.

Sie sah mich eine Weile an, ohne zu sprechen. »Gibt es etwas, das du mir nicht sagst?«

»Nein«, antwortete ich automatisch. Ich brauchte keine weiteren »Vergünstigungen«.

Sie war nicht überzeugt. »Ich glaube schon«, sagte sie. »Du weißt, dass du mir alles sagen kannst, richtig? Ich kann helfen.«

Konnte sie das? Nein, denn ich war mir selbst noch nicht sicher, was falsch war. Ich musste herausfinden, was es war, das mich in Celestia so unwohl fühlen ließ. Ich musste tiefer graben als nur die Schwestern zu fragen, wie sie hierhergekommen waren oder wie man an die viel gepriesene Universität kam.

»Danke, Doktor Bianca«, sagte ich. »Ich werde es Sie wissen lassen.«

Ich zog die Turnschuhe an, die ich beim Concierge angefordert hatte, und begann zu laufen. Ich würde meine nervöse Energie nutzen, um den Rand des Grundstücks zu erreichen. Ich war nicht besonders fit, aber das Laufen fiel mir leicht, und ich hielt ein gutes Tempo für mindestens zwanzig Minuten durch, bevor ich zu einem schnellen Gehen verlangsamte. Diesmal gab es neue Triebe an einigen der Pflanzen, die ich wiedererkannte, und William hatte begonnen Samen zu bilden. Miss Black hatte gesagt, der Garten verändere sich je nach Jahreszeit, also schienen wir in eine neue Phase überzugehen. Irgendwie fühlte ich mich dadurch besser und schlechter zugleich.

Ich fühlte mich schlechter, weil ich offensichtlich falsch lag mit meiner Annahme, dass der Garten sich nie veränderte. Was hatte ich noch alles falsch eingeschätzt?

Ich fühlte mich besser, weil Celestia vielleicht kein dunkles Geheimnis verbarg, was gut für alle wäre. Vielleicht war ich paranoid, weil die meisten Dinge hier zu schön schienen, um wahr zu sein, und ich nicht daran gewöhnt war, dass das Leben einfach und sorglos war. Vielleicht könnte ich mich jetzt in dieses Leben einfügen und es genießen, wie die anderen Mädchen es taten.

Ich wechselte zwischen Laufen und Gehen ab, bis ich nicht mehr weiterkam. Es war die längste Strecke, die ich zurückgelegt hatte, um an die Grenze zu gelangen, aber ich war immer noch weit davon entfernt. Ich ließ mich zum Ausruhen zu Boden sinken und zog die neuen Turnschuhe aus, die wütende Blasen an meinen Fersen enthüllten. Ich legte mich auf den Rücken und starrte in den perfekt blauen Himmel. *Was ist das für ein Ort?* fragte ich mich.

Eine alternative Realität. Ein glückliches Paralleluniversum. Eine utopische Dystopie.

Als ich mich bereit fühlte, band ich die Schnürsenkel zusammen und hängte mir die Turnschuhe um den Hals, damit ich sie nicht den ganzen Weg zurücktragen musste. Das glatte Gras war ein Balsam für meine wunden Füße.

Ich fragte mich, ob Marielle jemals kommen würde, und begann, meine Entscheidung anzuzweifeln, Miss Black zu bitten, sie zu adoptieren. Wäre sie hier sicher?

Nach einer schnellen Dusche erschien ich mit Flip-Flops im Speisesaal. Niemand schien es zu bemerken. Ich bahnte mir einen Weg zu meinem exklusiven Essbereich, aber die Tür war verschlossen. Ich drehte mich um, als eine Kellnerin sich näherte. »Mercury Ncele?«, fragte sie.

Ich nickte.

»Doktor Bianca sagt, du darfst an deinen ursprünglichen Tisch zurückkehren.«

Ich konnte nicht anders als zu lächeln. Ich war erleichtert, dass mir vergeben worden war. Ich bahnte mir meinen Weg zurück durch den Raum und setzte mich auf meinen alten Platz.

»Hallo!«, zwitscherte ich. »Ich bin zurück!«

Aber niemand beachtete mich. Sie starrten alle auf Alicias leeren Stuhl.

»Was ist passiert?«, fragte ich, silberne Nadeln der Angst in meinem Hals spürend.

Francine funkelte mich böse an. »Das sollten wir dich fragen.«

Dee warf mir den schneidendsten Blick zu, den ich je bei ihr gesehen hatte.

Die silbernen Nadeln wanderten nach unten und verwandelten meinen Magen in eine Voodoo-Puppe.

»Schwestern verpetzen sich nicht«, sagte Francine.

Der Rest der Mahlzeit wurde in Stille eingenommen.

KAPITEL 57

PLAN B

ASHA

Wir warteten so, zusammengekauert hinter Ästen und Blattwerk. Fünf Minuten, zehn Minuten, fünfzehn. Eine halbe Stunde.

»Mein Rücken bringt mich um«, sagte Rick, der sich viel tiefer ducken musste als wir.

»Warum dauert das so lange?«, schnauzte Chione.

»Ich weiß nicht«, antwortete ich. »Vielleicht wirkt die Tinktur nicht.«

»Ich habe noch nie erlebt, dass einer deiner Tränke nicht funktioniert«, sagte Stoker.

»Aber wir haben es mit einer unbekannten Zutat zu tun«, sagte ich. Ich hatte in der Vergangenheit viele Pilze in meinen Tränken verwendet, aber noch nie diesen bestimmten.

Fünf bis zehn Minuten, hatte Merlin gesagt, *und er sollte ganz euch gehören.*

Salty hatte zugestimmt, uns reinzulassen, sobald Garrett in einem hypnotischen Zustand wäre, aber das war noch nicht geschehen.

»Was jetzt?«, fragte Rick.

»Plan B«, sagte ich.

Stoker sah mich an. »Ich wusste nicht, dass es einen Plan B gibt.«

Ich erwiderte seinen Blick. »Ich auch nicht.«

Nach einiger Überredung und einem kleinen Schwur, dass es keine Hunde auf dem Grundstück gab, verwandelte sich Chione in ihre Katzenform. Elegant und in der Nacht perfekt getarnt, würde sie versuchen, einen Weg hinein zu finden. Ich machte mir Sorgen um den Kobold. Mr. Garrett war kein guter Mensch. Wenn er Salty verletzt hätte, würde ich auf eine Weise Rache nehmen, die ihn anflehen lassen würde aufzuhören. Ich wünschte, Dusty wäre hier, damit sie die Gedanken ihres Vaters lesen und mir sagen könnte, was zum Teufel los war.

Ich stand auf und nahm wieder meinen Zauberstab heraus.

»Was machst du da?«, flüsterte Stoker.

»Ich muss etwas tun«, antwortete ich, obwohl ich nicht genau wusste, was. Vornübergebeugt rannte ich zur Garagentür und hoffte, irgendwie herauszufinden, wie ich den Motor lahmlegen könnte, damit Rick sie einfach hochheben konnte. Meine Magie floss immer noch in die Hecke, also hatte ich nicht mehr viel zu geben.

Komm schon, sagte ich zu mir selbst. *Es ist nur ein kleiner Blitz.*

Aber als ich meinen Zauberstab richtete, begann die Tür sich zu heben, und meine Magie hatte nichts damit zu tun. Ich sah Chiones menschliche Füße, dann ihre Beine. Sie bedeutete uns hereinzukommen, und wir taten es und schlossen die Tür hinter uns. Ich brach den Heckenzauber und fühlte mich sofort stärker.

»Was ist passiert?«, fragte ich die Grimalkine.

»Du hast einen idiotischen Kobold dazu gebracht, uns zu helfen, das ist passiert«, höhnte sie.

»Hey!«, sagte eine Stimme. »Ich bin direkt hier, weißt du.«

Chione verdrehte die Augen. »Ihr solltet besser reinkommen.«

Mr. Garrett war im Wohnzimmer. Sein Körper lag regungslos da, das Gesicht auf dem Teppich, eine Blutlache breitete sich stetig unter seinem Kopf aus. Ich keuchte auf.

»Bei allen Hexen!«, schrie ich. »Was zum Hades ist passiert?«

»Gib mir nicht die Schuld!«, sagte der unsichtbare Kobold. »Du hast doch die Tinktur gemacht!«

Sie schmierte die kleine braune Flasche in meine Hand. Sie war komplett leer.

»Salty«, sagte ich. »Sie ist leer!«

»Ich glaube, was du sagen willst ist: 'Wow, Nilve, du hast es geschafft! Gut gemacht.'«

»Hast du den *gesamten Inhalt* in seinen Brandy geleert?«

»Nein«, spottete sie. Ich konnte mir vorstellen, wie sie die Arme verschränkte.

»Oh, Gott sei Dank«, sagte ich. Diese Menge an Tinktur würde wahrscheinlich ein Pferd töten.

»Ich habe alles in sein Glas geleert«, sagte sie.

»Du ... was?«, forderte ich. Der Blutfleck breitete sich aus. »Salty!«, schrie ich. Der Schock machte mich hektisch. »Du solltest ein paar Tropfen in die *ganze Brandyflasche* geben!«

»Das hast du mir nicht gesagt«, sagte sie.

»Es ist eine Tinktur, verflixt nochmal! Deshalb kommt die Flasche mit einem *Tropfer!*«

»Oh.«

Chione verdrehte wieder die Augen. Ich konnte erkennen, dass sie unter ihrem Atem Katzenflüche murmelte.

»Schnell«, sagte ich zu Rick. »Dreh ihn um, wir müssen die Blutung stoppen.«

»Er ist gefallen und hat sich den Kopf an der Kante des Couchtisches gestoßen«, sagte der Kobold.

»Das sehe ich«, antwortete ich mit zusammengebissenen Zähnen.

Rick und Stoker rollten Garrett auf den Rücken. Er hatte einen bösen Schnitt an der Stirn, aber er atmete noch.

»*Illumino*«, sagte ich, und die Spitze meines Zauberstabs leuchtete auf. Ich hielt ihn an den Kopf des Mannes und betrachtete die Wunde. Da war eine Menge Blut, aber sie schien nicht zu tief zu sein. Er hatte Glück, dass sein Schädel so dick war.

»*Curas vulnum,*«, rezitierte ich. Die Spitze des Stabs wechselte von einem weißen Licht zu einem heilenden blauen. Ich benutzte es, um die gebrochene Haut wieder zusammenzunähen, und die Blutung hörte auf.

»Danke der Leere«, sagte Stoker. Seine Art brauchte nicht noch mehr Blut an ihren Händen.

Ich richtete meinen Zauberstab auf den Fleck auf dem Teppich. »*Sanguis nebulum.*« Das Blut hob sich vom Teppich und verwandelte sich in Dampf.

»Okay«, sagte ich, mehr um mich selbst zu beruhigen als irgendjemand anderen. »Wir sind okay.«

Rick und Stoker hoben Garrett hoch und legten ihn in seinen schmutzigen Sessel. Ich öffnete seine Augenlider, aber seine Augäpfel waren so weit nach hinten gerollt, dass ich nur das weiße Weiße sah. Seine Atmung schien leiser zu werden, was offensichtlich überhaupt nicht in Ordnung war. Merlin hatte zur äußersten Vorsicht geraten.

Es kann tödlich sein, hatte er gewarnt.

»Wir müssen seinen Magen entleeren«, sagte ich.

»Wie?«, fragte Salty.

Ich verzog das Gesicht.

»Auf keinen Fall. Dafür habe ich mich nicht gemeldet«, sagte Chione und spreizte ablehnend ihre Finger. »Ich beschäftige mich nicht mit Erbrochenem.«

»Ugh«, stöhnte ich. Ich war auch nicht besonders scharf darauf.

»Salty sollte es tun«, sagte Chione. »Sie ist der Grund, warum er auf einem Einwegticket ins Vergessen ist.«

»Lass mich in Ruhe, Grimalkine«, sagte Salty. »Ich wurde nicht richtig eingewiesen. Es ist die Schuld der Hexe.«

Seine Atmung wurde flacher, während wir dort standen und stritten.

»Kannst du ihm nicht etwas geben?«, fragte Stoker. »Ein Gegenmittel?«

Ich schüttelte den Kopf. »Es gibt kein Gegenmittel für hypnodelische Pilze.«

Rick seufzte. »Ich mache es«, sagte er. »Aber ihr schuldet mir was.«

Er hob Garretts Körper hoch und brachte ihn nach draußen, lehnte ihn über das Geländer auf der Veranda und führte das Heimlich-Manöver durch, als ob Garrett an einer Fischgräte ersticken würde. Als nichts passierte, erhöhte er die Kraft. Es war gewaltsam, und ich schaute weg. Wir standen alle schweigend da, bis wir es endlich hörten.

»Ich war noch nie so erleichtert, jemanden seine Kekse wegwerfen zu hören«, sagte Salty, und ich stimmte zu.

KAPITEL 58

KNASTZEIT

ASHA

Sobald wir annahmen, dass Mr. Garrett außer Gefahr war, hievte Rick ihn zurück in seinen schmuddligen Sessel. *Es ist wirklich praktisch, einen Ork im Team zu haben,* dachte ich. Bei mir hätte es eine Stunde gedauert, sein totes Gewicht herumzuschleppen. Er war immer noch bewusstlos, und seine Augäpfel zeigten keine Anzeichen, dass sie zur Normalität zurückkehren würden. Ich fragte mich, ob sie jemals wieder in Ordnung kommen würden.

»Wow. Wir haben das echt vermasselt«, sagte Salty und stocherte in ihren Zähnen. Als ich genauer hinsah, bemerkte ich, dass sie sich einen kalten Hähnchenschenkel aus dem Kühlschrank genommen hatte.

»Sprich für dich selbst«, zischte Chione. Ich erkannte den katzenhaften Drang in ihr, dem Kobold den Hähnchenschenkel aus der Hand zu schlagen.

»Wenn wir das meiste davon rausbekommen haben, und nach dem Klang zu urteilen, denke ich, das haben wir, dann *sollte* er okay sein«, sagte ich. Rick hatte dem Mann den Magen effizienter ausgepumpt als jedes Krankenhaus. Er würde mit Blutergüssen aufwachen und vielleicht mit einer gerissenen Milz, aber er würde am Leben sein. Hoffte ich. *Wer braucht schon eine Milz?* Die alten Griechen glaubten, die Milz sei der Sitz

305

schlechter Laune. Vielleicht würde Mr. Garrett aus seiner Nahtoderfahrung als besserer Mensch hervorgehen. Wenn seine Augen wieder an ihren Platz rollten, könnte er besser sein als je zuvor.

»Er ist zu weit weg, um hypnotisiert zu werden«, sagte ich.

»Mission gescheitert«, sagte Salty, die sich jetzt an einer Schüssel Kartoffelsalat zu schaffen machte. »Lasst uns nach Hause gehen.«

Fast hätte ich ihr eine verpasst. »Wir gehen nicht nach Hause«, knurrte ich. »Wir müssen das in Ordnung bringen.«

»In Ordnung bringen?«, fragte Stoker. »Wie denn? Er ist praktisch im Koma.«

»Wenn wir ein paar Stunden bleiben, taucht er vielleicht wieder auf«, sagte Rick.

»Das geht nicht«, sagte ich. »Dusty hat gesagt, ihre Mutter kommt dienstags gegen neun Uhr nach Hause.« Wir schauten alle auf die alte Plastikuhr an der Wand. »Wir haben weniger als eine Stunde.«

Ich begann laut zu denken, in der Hoffnung, dass uns etwas einfallen würde. »Unser ursprünglicher Plan war, Garrett zu hypnotisieren, damit er das Sorgerecht für Dusty nicht mehr haben will.«

»Ja«, sagte Chione. »Gibt es einen anderen Weg, ihn zu überzeugen, Dusty in Copperfield zu lassen?«

»Das haben wir schon versucht«, sagte ich. »Mrs. Garrett schien an einer Auszahlung interessiert zu sein, aber ihr Mann nicht. Aber es spielt sowieso keine Rolle, weil wir das Geld nicht haben ... noch nicht.«

»Wir könnten ihm drohen«, sagte Rick, ballte seine Finger zur Faust und schlug in seine andere Handfläche.

»Ja!«, rief Salty. »Sag ihm, wenn er oder seine Schläger sich ihr wieder nähern, wird Rick ihn so übel zurechtprügeln, dass er aus seinem Arsch rülpsen wird.«

»Einschüchterung funktioniert nicht bei Leuten wie Garrett«, sagte Chione, und ich stimmte ihr zu. Eine in die Enge getriebene Ratte beißt immer zu. Tollwut war eine optionale Zugabe, aber bei Garrett nahm ich an, dass sie immer im Paket enthalten war.

»Okay«, sagte ich. »Keine Hypnose, keine Bestechung, keine Einschüchterung. Was bleibt übrig?«

Wir standen da und dachten nach, während wir Salty dabei zuhörten, wie sie diesen verdammten Kartoffelsalat kaute.

»Knastzeit«, sagte Chione.

Mein Kopf schnellte hoch, um sie anzusehen. »Wie?«

Sie zuckte mit den Schultern. »Er scheint nicht der anständigste Bürger zu sein. Vielleicht können wir hier etwas Verbotenes finden.«

»Drogen? Falschgeld?«, überlegte ich. »Oder eine illegale Waffe.« Dusty hatte gesagt, dass ihr Vater eine Pistole hatte. Das war einer der Gründe, warum sie solche Angst vor ihm hatte.

Wir begannen, nach allem Illegalen zu suchen, und ich war wieder einmal dankbar, ein Team zu haben. Es hätte mich Stunden gekostet, das ganze Haus allein zu durchsuchen, aber zusammen waren wir in dreißig Minuten fertig.

Leider fanden wir nichts, was die Aufmerksamkeit der Behörden wert wäre. Stoker fand einige Utensilien zum Drogenkonsum, aber keine tatsächlichen Drogen. Salty fand ein Pistolenholster und eine leere Patrone, aber keine Pistole.

Am liebsten hätte ich den Couchtisch umgetreten. Mrs. Garrett würde in einer halben Stunde zu Hause sein.

»Lass uns für heute Schluss machen«, sagte Stoker. »Wir haben getan, was wir können.«

»Das ist nicht gut genug«, sagte ich. »Sie werden Dusty jagen. Das werde ich nicht zulassen.«

Ich bereute es fast, Garrett nicht sterben gelassen zu haben, denn Dustys Albträume wären mit ihm gestorben.

Ich hatte eine Idee. Ich kramte nach meinem Handy und rief Detective Sam Armstrong an. Er nahm beim dritten Klingeln ab.

»Meine Lieblingshexe«, murmelte er mit seiner köstlich rauen Stimme. »Hast du das Gleiche gedacht wie ich?«

»Ähm«, sagte ich und drehte mich von den gaffenden Gesichtern meines Teams weg, um meine Röte zu verbergen.

»Ich bin gerade dabei, das Revier zu verlassen«, sagte er. »Soll ich eine Flasche Wein mitbringen?«

»Ähm«, sagte ich wieder. »Es tut mir leid, dich zu fragen, aber ich brauche deine Hilfe bei etwas.«

»Entschuldige dich nicht«, sagte er. Die Anzüglichkeit verschwand aus seiner Stimme und wurde durch etwas weitaus Geschäftsmäßigeres ersetzt. »Sag mir einfach, was du brauchst.«

»Ich schicke dir eine sich selbst löschende Nachricht«, sagte ich. »Und eine Adresse.«

»Ich werde da sein«, sagte er, und wir beendeten das Gespräch.

Fünfzehn Minuten später klingelte es an der Tür, was uns allen einen Riesenschreck einjagte.

»Das ist Sam«, sagte ich.

Ich umarmte ihn und zog ihn ins Haus. Als er den graugesichtigen Garrett sah, veränderte sich sein Gesichtsausdruck. »Ist er tot?«

Wir alle versicherten ihm das Gegenteil. Würden wir einen Detektiv zum Tatort eines von uns begangenen Mordes rufen? Nein, wir waren ziemlich zuversichtlich, dass Garrett irgendwann aufwachen würde.

»Hast du es mitgebracht?«, fragte ich.

Er nickte und griff in seine Jackentasche, holte ein Paar Latexhandschuhe heraus und eine Handfeuerwaffe in einem Plastikbeweismittelbeutel. »Ich habe die Registrierungsnummer abgefeilt. Sei vorsichtig, sie ist geladen.«

Ich nahm die Waffe von ihm entgegen und streifte dabei versehentlich seine warme Haut.

»Wir werden sie hier lassen«, sagte ich. »Aber zuerst feuern wir einen Schuss ab, um den Schießpulverrückstand auf seine Hand zu bekommen. Dann gehen wir und melden es, indem wir so tun, als wären wir ein besorgter Nachbar.«

Sams Gesicht war regungslos. Ich konnte sehen, dass er mit der Ethik der Situation rang.

»Ich weiß, es muss sich für dich falsch anfühlen«, sagte ich. »Aber wir tun das Richtige.«

Er betrachtete mich nachdenklich. »Wir begehen mehrere Straftaten und handeln unter völliger Missachtung des Gesetzes. Woher weißt du, dass es das Richtige ist?«

»Weil ich es fühle«, sagte ich. »Ich bin diejenige, deren Aufgabe es ist, das Reich wieder ins Gleichgewicht zu bringen.«

Er sah nicht überzeugt aus. Er hatte jahrzehntelang genau die Regeln aufrechterhalten, die wir jetzt brachen – die er uns *half* zu brechen.

»Natürlich fühlt es sich für dich nicht richtig an«, sagte ich. »Es muss sich schrecklich falsch anfühlen. Aber wenn du all die weniger wichtigen Dinge wegkratzt, bleibt eine grundlegende Wahrheit. Dass Dusty furchtbare Angst vor ihren Eltern hat, und wir sie vor ihnen schützen müssen. Wir müssen alles tun, was wir können, um sie in Sicherheit zu halten. Das ist alles, was zählt.«

Der Detektiv seufzte. Er verstand, was ich sagte, war aber vielleicht noch nicht bereit, voll und ganz einzusteigen. Wir hätten die ganze Nacht über die Unbeständigkeiten von Moral und Ethik diskutieren können, wenn da nicht das Geräusch eines Autos gewesen wäre, das draußen anhielt, und das Garagentor, das sich öffnete. Mrs. Garrett war früher zu Hause.

KAPITEL 59

SCHIESSEN UND ABHAUEN

ASHA

»Verdammt«, zischte ich.

Ich schaltete in den Assassinen-Modus. Keine Gefühle, nur Effizienz.

Die Ehefrau ausschalten, den Ehemann belasten.

Ich schnappte mir ein Zierkissen von der Couch und riss das Innere heraus. Es war unbedingt notwendig, dass Mrs. Garrett uns nicht erkennen würde.

»Chione«, flüsterte ich und blickte zur Tür, durch die Mrs. Garrett gleich kommen würde. »Schnapp sie dir.«

Die Grimalkin nahm den Kissenbezug von mir und sah sich nach etwas um, das wir als Verschluss benutzen könnten. Salty räusperte sich, und als ich zu ihr hinunterblickte, hielt sie ihr Bikinioberteil in den Händen. Chione griff danach. »Danke, Kobold«, sagte sie. »Wenigstens bist du zu etwas gut.«

Ich schluckte schwer und sah mich um. »Der Rest von euch, versteckt euch!«

310

Sie verschwanden in verschiedenen Schränken und Truhen, während ich die Pistole einsteckte und die Handschuhe anzog. Ich trat um die Ecke in den Flur, damit sie mich nicht sehen würde. Die Tür öffnete sich und Mrs. Garrett stolperte herein. Ich konnte das Bier an ihr riechen, selbst von meinem Standort aus.

»Schatz«, lallte sie. »Ich bin zu Hause.«

Chione stürzte sich auf sie. Ich hörte einen Schrei und ein ersticktes Geräusch. Ich rannte hin, um der Grimalkin zu helfen, den Beutel um Mrs. Garretts Kopf zu befestigen, und achtete darauf, dass er nicht zu fest saß. Ich brauchte keinen weiteren versuchten Mord auf dem Gewissen. Mit gezücktem Zauberstab richtete ich ihn auf sie. »*Impedio, duratus!*« *Erstarren!*

Ihr Widerstand erlosch. Ihr Körper erstarrte auf beunruhigende Weise, weiches Fleisch verwandelte sich in eine Oberfläche, die so hart war, dass man sich kaum vorstellen konnte, dass sie noch lebendig war. Sie war in ihrer Kampfhaltung eingefroren, unfähig, die Welt um sie herum wahrzunehmen. Ich zog den Beutel von ihrem Kopf und steckte ihn zurück in das Kissen. Salty holte sich ihr Bikini zurück.

Chione legte zwei Finger an ihre Lippen und pfiff laut. Das Team kam aus seinen Verstecken hervor und Rick half dabei, Mrs. Garrett auf die Couch zu setzen.

»Toll«, sagte Stoker. »Jetzt haben wir zwei bewusstlose Typen.«

»Besser als die Alternative«, sagte ich. »Jetzt werden wir schießen und abhauen.«

Wir waren alle bereit zu rennen. Wir würden aus der Garage fliehen und zum Panzer laufen, als ob unser Leben davon abhinge.

»Ich verstehe nicht, warum Salty uns nicht einfach teleportieren kann«, maulte Chione.

Genervt flackerte Nilve SaltySnap an und aus: sichtbar, unsichtbar.

»Weil sie sich nicht wohlfühlt«, antwortete ich. »Und glaub mir, du willst nicht Teil eines Portalzaubers sein, der schiefgeht.«

Während sie alle in der Garage warteten, den Finger am Garagentoröffner, ging ich ins Wohnzimmer, um den Job zu beenden. Ich nahm die Handfeuerwaffe aus meiner Tasche und platzierte sie in Mr. Garretts schlaffer Hand, hielt sie dort fest, manövrierte seinen Finger auf den Abzug, richtete sie dann auf die Decke und feuerte.

»Los!«, hörte ich einen der anderen sagen, und hörte, wie sich das Garagentor öffnete. Gleichzeitig bemerkte ich, dass Mr. Garrett durch den Lärm wach geworden war. Verwirrt und um sich schlagend ließen wir beide die Waffe fallen, die erneut losging und genau den Kissenbezug durchschoss, den ich gerade wieder ersetzt hatte. Ich stürzte mich auf die Waffe, aber er war schneller, griff sie und richtete sie aus nächster Nähe auf mein Gesicht.

»*Du*«, knurrte er. »Ich hätte es wissen müssen.«

»Asha!«, rief Stoker. »Wir müssen los!«

Der Lauf der Pistole wirkte riesig vor mir. Ich fragte mich, wie viel von dem Hypnodelika noch in seinem System war. »Du wirst nicht auf mich schießen«, sagte ich. »Du willst mir nicht schaden.«

Er blinzelte, seine Augen quollen hervor, sein Finger immer noch am Abzug.

»Leg die Waffe nieder«, sagte ich. »Leg sie hin. Wir haben bereits die Polizei gerufen.«

»Du kannst mir nicht sagen, was ich tun soll«, erwiderte er. »Lass die Polizei ruhig kommen. Das ist mein Haus. Du bist der Eindringling.«

Wie idiotisch ironisch, dachte ich, *wenn ich von einer Waffe getötet werde, die ich praktisch aus dem Nichts erschaffen habe.* Dieser Gedanke brachte mich auf eine Idee. Wenn ich eine Pistole erscheinen lassen konnte, konnte ich sie auch verschwinden lassen.

»*Invisibilis factus*«, murmelte ich leise.

»Halt den Mund«, sagte er beunruhigt.

Der Großteil meiner Magie wurde vom *impedio*-Zauber aufgesogen, also hatte ich nicht viel zur Verfügung. Ich hoffte, es würde reichen.

»Asha!«, rief jemand aus der Garage.

»*Invisibilis factus*«, wiederholte ich. Die Pistole schimmerte silbern, wie wellenschlagendes Wasser, und verschwand dann. Garrett, der ihr Gewicht noch spüren konnte, sah verwirrt nach unten. Ich nutzte seine Verwirrung voll aus und wollte sie ihm entreißen, aber er ließ nicht los. Wir rangen miteinander zu Boden, beide darauf bedacht, den unsichtbaren Lauf von uns selbst wegzudrehen, bis ein Schuss ertönte. Ich keuchte und wartete darauf, den Schmerz der Kupferhülle zu spüren, die meinen Körper durchbohrte, aber er kam nicht. Zum zweiten Mal in dieser Nacht sah ich, wie Mr. Garretts Blut reichlich floss und seine Schulter purpurrot färbte.

Ich rannte.

Ich hätte bleiben sollen, um mein Chaos zu beseitigen, aber ich rannte.

Die anderen sahen schockiert aus, als sie mich sahen. Erst da bemerkte ich, dass mein Shirt und mein Gesicht mit Blut bespritzt waren. Wir sprinteten aus der Garage und die dunkle Straße hinunter. Wir sprangen in den Panzer. Ich schnappte nach Luft.

»Ruft einen Krankenwagen«, sagte ich. »Er ist angeschossen.«

Stoker holte sein Handy heraus, aber Sam stoppte ihn. »Sie werden den Anruf zurückverfolgen.«

»Er weiß, dass ich es war«, platzte es aus mir heraus. »Er hat mich gesehen. Ist aufgewacht und hat mich gesehen.«

»Nun«, sagte Sam, ruhig und gefasst. Er legte eine beruhigende Hand auf meinen Arm. »Er hat sich geirrt. Es steht sein Wort gegen deins.«

»Das reicht nicht«, sagte ich kopfschüttelnd.

»Wer hat abgedrückt?«, fragte Sam.

»Er hat es selbst getan.«

»Dann ist alles in Ordnung«, sagte er. »Es wird alles gut.«

Ich atmete lang aus. Glaubte er das wirklich? Ich konnte es nicht sagen.

KAPITEL 60

HAUSGEMACHT

ASHA

Wir trennten uns mit gesenkten Köpfen. Was eine schnelle und elegante Lösung sein sollte, um Dusty aus der Gefahrenzone zu halten, hatte sich zu einem echten Albtraum für alle entwickelt. *Wann werden die Bullen hier auftauchen,* fragte ich mich. *Wann werden sie mich wegen Einbruchs und dem Platzieren einer gestohlenen Waffe verhaften?* Ich drehte die Dusche so heiß auf, wie ich es ertragen konnte, und sah zu, wie das Blut den Abfluss hinunterlief. Ich hatte das Gefühl, das ganze Team im Stich gelassen zu haben. Ich hatte sie gefährdet, sie vielleicht sogar in eine Falle gelockt, je nachdem, wie die Strafanzeige ausfallen würde. Hoffentlich würden die Behörden nur hinter mir her sein. Hoffentlich gab es keine Beweise für die Beteiligung der anderen. Nachdem ich alle Spuren von Garrett von meinem Körper geschrubbt hatte, fühlte ich mich besser. Ich trocknete mich ab und schlüpfte in einen schwarzen Trainingsanzug, der vertraut und tröstlich war. Die Katzen schauten missbilligend zu, als ich mir die Haare föhnte, fasziniert von dem seltsamen Objekt, das ihren Ohren wehtat.

Die Türklingel läutete.

Verdammt! dachte ich. Wie konnten sie schon hier sein? Ich dachte, ich hätte zumindest noch Zeit für einen wärmenden Zimtwhisky, bevor ich

314

in eine Gefängniszelle geworfen würde. Ich spähte aus meinem Badezimmerfenster auf die Straße unten, und tatsächlich stand ein offizielles Polizeiauto vor meinem Haus.

Als ich unten ankam, hörte ich Sam mit einem anderen Mann sprechen. Ich blieb stehen, um zu lauschen.

»… hatte nicht erwartet, Sie hier zu sehen, Sir«, sagte der Fremde.

Ich hörte Sams Antwort nicht.

Der Polizist fuhr fort: »… Asha Viridian Rook zum Verhör. Ist sie hier?«

»Kann das bis morgen früh warten?«, fragte Sam. »Ich habe gerade das Geschirr gespült, und Asha schläft bereits im Bett.«

»Das Geschirr?«

»Wir haben ein Brathuhn zubereitet. Es gab viel abzuwaschen.«

»Ein Brathuhn«, sagte er und dachte darüber nach, vielleicht berechnete er, wie viele Stunden es dauern würde, ein Huhn vorzubereiten, zu braten und zu essen.

»Wie gesagt, Asha schläft bereits, Lieutenant Zondo. Ich werde sie morgen früh zur Wache bringen. Ich bin sicher, sie hätte nichts dagegen, Ihre Fragen zu beantworten.«

»Aber Sie waren hier, mit ihr?«, fragte der Polizist. »In den letzten Stunden?«

»Ja«, antwortete Sam. »Wir hatten einen wundervollen Abend.«

»Nun«, sagte Zondo. »In diesem Fall brauchen Sie sie nicht herzubringen. Ich denke, wir haben es mit einer Verwechslung zu tun.«

»Wieso das denn?«

»Ein Typ drüben in Randburg«, sagte der Polizist. »Behauptete, Frau Rook sei in seinem Haus gewesen. Sagte, sie hätte auf ihn geschossen.«

»*Was?*«, fragte Sam und spielte den Schockierten. »Auf ihn *geschossen*?«

»Komische Sache, nur unter uns, Detektiv, er verhielt sich wirklich seltsam. Nervös. Neurotisch. Murmelte etwas über Hexen und Zauber. Er braucht vielleicht eine psychiatrische Untersuchung. Und seine Frau ... seine Frau war bewusstlos auf der Couch, Alkohol in ihrem Atem. Sie hat nichts gehört.«

»Sie hat einen Schuss verschlafen?«

»*Drei* Schüsse, soweit wir feststellen können«, sagte Lieutenant Zondo.

»Gütiger Himmel! Geht es ihm gut?«

»Nur eine Kugel hat ihn getroffen. Seine Schulter ist kaputt, und er wird eine Weile in Morningside bleiben, aber er schwebt nicht in Lebensgefahr.«

»Irgendwelche Anzeichen für einen Einbruch?«, fragte Sam.

»Nein.«

»Anzeichen für einen Kampf?«

»Nein, Sir.«

»Okay«, sagte Sam und seufzte. Ich stellte mir vor, wie er sich über seinen Stoppelbart kratzte, während er nachdachte. »Ich habe eine Idee, Lieutenant.«

»Ganz Ohr, Sir.«

»Haben Sie ein Testkit für Schießpulverrückstände dabei?«

»Ich habe ein paar. Sie sind im Fahrzeug.«

»Ich weiß aus Erfahrung, dass ein Alibi nicht immer ausreicht. Ich werde Asha aufwecken, und wir können ihre Hände testen. Dann können Sie ins Krankenhaus fahren und Garrett testen.«

»Das klingt gut«, stimmte der Lieutenant zu. »Nur um sie vollständig auszuschließen.«

»Genau«, sagte Sam.

Der Polizeibeamte war höflich, als ich gähnend und blinzelnd an der Küchentheke stand und mein Bestes gab, um einen schlafberaubten Zombie zu mimen.

»Wofür ist das noch mal?«, fragte ich.

»Mach dir keine Sorgen, Liebes«, antwortete Sam. »Es ist nur eine Formalität.«

Ich gähnte erneut. »Du hast mich für eine Formalität geweckt?«

Bevor er antworten konnte, lächelte mich der Polizist an. »Sie sind sauber.«

»Das will ich hoffen!«, sagte ich. »Kann ich jetzt wieder ins Bett gehen?«

Nachdem Lieutenant Zondo gegangen war, nahm Sam sein Handy.

»Ferra, hast du geschlafen? Oh gut, entschuldige den späten Anruf.« Ich runzelte die Stirn, da ich nicht verstand, warum er meine Lieblings-zwergin anrief. »Ich brauche einen Gefallen, bitte. Könntest du eine Lieferung ins Morningside-Krankenhaus schicken? Lieutenant Zondo. Trauma-Station. Großartig, danke. Keine Nachricht, nur 'Von Armstrong.' Brathuhn mit allen Beilagen. In Tupperware, nicht in einer Styroporschachtel. Kein Branding. Es muss hausgemacht aussehen.«

KAPITEL 61

UNHEIMLICHES KARUSSELL

MERCURY

Später erfuhr ich durch die Flüstereien in den Gängen, dass Alicia nach Hause geschickt worden war. Ihr Zimmer im Wohnheim war leergeräumt und geputzt worden und stand für die nächste Schülerin bereit, die das Glück hatte, Celestia besuchen zu dürfen.

Sie hat nicht gut hergepasst.

Sie war hier nicht glücklich.

Es war die richtige Entscheidung.

Ich fragte mich, woher Alicia überhaupt gekommen war und ob sie froh sein würde, nach Hause zu gehen. Sie war hier jedenfalls nicht glücklich gewesen. Hatte sie liebevolle Eltern, Haustiere, ein schönes Haus? Ein Zuhause, das nicht dieses durchdringende Gefühl der Beklemmung hatte, das ich hier spürte? Das würde ihren – unfreiwilligen? – Hungerstreik erklären.

Frankie entschuldigte sich dafür, dass sie mich beim Abendessen angeschnauzt hatte. Sie sagte mir, es sei nicht meine Schuld gewesen. Ich hätte das Richtige getan. Irgendwie musste eingegriffen werden, und wir konnten Alicia ja kaum schreiend und um sich tretend in Dr. Biancas Sprechzimmer schleifen.

»Ich war nur überrascht«, sagte Frankie. »Noch nie wurde jemand nach Hause geschickt.«

»Glaubst du, sie würden mich zurückschicken?«, fragte ich. »Wenn ich aufhören würde zu essen?«

Frankie starrte mich an. »Warum solltest du das wollen? Das ist der coolste Ort, an dem ich je gewesen bin. Und wir dürfen hier umsonst bleiben!«

»Genau das ist es«, konnte ich nicht anders zu sagen. »Es ergibt keinen Sinn. Was haben die Mächtigen von dieser Einrichtung? Was ist der Nutzen?«

Frankie starrte mich immer noch an. »Nicht alles muss einen Nutzen haben.« Sie sprach die Worte aus, klang aber nicht überzeugt.

»Da bin ich anderer Meinung«, sagte ich. »Niemand tut etwas für nichts.«

»Vielleicht tun sie es, weil sie Mädchen wie uns helfen wollen. Ist das so schockierend? Es ist eine humanitäre Aktion.«

»Aber das Gebäude«, sagte ich. »Das Gelände. Die verdammten französischen Gebäckstücke. Der ganze Luxus. Das ist doch nicht nötig, oder? Wir leiden kaum Not. Woher kommt all dieses humanitäre Hilfsgeld? Und wissen die Spender, wofür wir es ausgeben? Croissants und Pferde. Landschaftsgestaltung. Verstehst du langsam, worauf ich hinaus will?«

»Nicht alles hat eine einfache Erklärung«, sagte sie. »Das muss nicht bedeuten, dass etwas Böses im Spiel ist.«

»Das stimmt«, gab ich zu. »Ein oder zwei unbeantwortete Fragen sind normal, sogar zu erwarten. Aber so viele ...«

»Zum Beispiel?«, fragte Frankie gereizt. Sie schien sowohl genervt als auch neugierig auf meine Gedanken zu sein.

Ich wollte es nicht aussprechen. Wollte nicht noch mehr Ärger verursachen, als ich bereits hatte.

»Zum Beispiel *was*, Mercury?«, verlangte sie.

Ich seufzte und schaute mich um, um sicherzugehen, dass uns niemand belauschen konnte.

»Zum Beispiel, als ich Zaleria fragte, woher sie kommt«, flüsterte ich. »Weißt du, was sie geantwortet hat?«

Frankie schüttelte den Kopf.

»Sie sagte: ›Daran erinnere ich mich nicht mehr so genau.‹«

Frankie blinzelte mich an. Ihre Gereiztheit verschwand, und sie sah aus, als würde sie in ihrem Gedächtnis nach etwas suchen.

»Und erinnerst du dich, was du gesagt hast, als ich dich das Gleiche gefragt habe?«, fragte ich.

Frankies Augen waren weit aufgerissen, ihr Mund offen.

»Woher kommst du, Frankie?«, fragte ich.

Die Antwort kam schnell, automatisch. »Daran erinnere ich mich nicht mehr so genau.«

Danach gab es keine Wut mehr zwischen Frankie und mir. Sie war wie vor den Kopf gestoßen, als hätte sich etwas Tiefgreifendes verschoben und sie würde noch versuchen, ihr Gleichgewicht zu finden.

»Du musst dich doch an *irgendetwas* erinnern«, flüsterte ich.

»Tue ich nicht«, antwortete sie. »Ich glaube, ich hatte eine Familie, aber es ist wie ein Traum ohne Gesichter, keine konkreten Details. Als hätte ich es mir nur ausgedacht. Wie eine Fantasie.«

Meine Stimme war sanft und voller Mitgefühl für sie. »Vielleicht sind sie gestorben?«

Sie starrte in die Ferne und blinzelte, als wolle sie ihren Kopf klären, wie Scheibenwischer in einem Sturm. »Vielleicht«, sagte sie.

In dieser Nacht, als das Tablett mit den individuell angepassten Nahrungsergänzungsmitteln herumgereicht wurde, tat ich so, als würde ich meine schlucken, während ich sie unter meiner Zunge versteckte. Weil Miss Black in einem ihrer Meetings war, kam ich damit durch. Anstatt das Beweisstück aufzubewahren wie beim letzten Mal, schob ich es heimlich unter mein Kartoffelpüree, kurz bevor die Teller abgeräumt wurden. Ich würde den tiefen Schlaf vermissen, den das Nahrungsergänzungsmittel mir ermöglichte, aber ich wollte sehen, was passieren würde, wenn ich es nicht nehmen würde. Die Art und Weise, wie Miss Black beim ersten Mal reagiert hatte, als ich es übersprungen hatte, ließ mich denken, dass es nicht nur die zusätzlichen Nährstoffe waren, die sie behaupteten.

In dieser Nacht lag ich in diesem riesigen weißen Wolkenbett und wartete darauf, einzuschlafen. Ich war so daran gewöhnt, dass das Nahrungsergänzungsmittel mich bewusstlos werden ließ, dass ich nicht bemerkt hatte, wie sehr ich darauf angewiesen war, um die plappernden Affen in meinem Kopf zu stoppen. Gedanken und Verdächtigungen spielten sich immer wieder ab wie ein unheimliches Karussell. Ich würde die ganze Nacht wach liegen, Geisel meiner Paranoia. Ich bereute, die Pille nicht genommen zu haben.

KAPITEL 62

VERFLUCHT VON DER FLUCHBRECHERIN

ASHA

Sam wollte nicht über Nacht bleiben. Ich wollte Whisky trinken und mit ihm ins Bett fallen, aber er musste gehen. Er müsse über einige Dinge nachdenken, sagte er.

»Worüber?«, fragte ich, obwohl ich es bereits wusste. Seit er mich kennengelernt hatte, hatte er mehr Gesetze gebrochen als in seinem ganzen Leben zuvor, und ich wusste, dass ihn das belastete. Am meisten störte ihn, dass er einen Polizeikollegen angelogen hatte, ganz zu schweigen von seinem Diebstahl der Schusswaffe aus dem Beweismittelraum und deren Unkenntlichmachung.

»Können wir darüber reden?«, fragte ich. Ich wollte nicht, dass irgendetwas uns trennte, und schon gar nicht Mr. Garrett.

Sam griff nach meiner Hand. »Das können wir«, sagte er. »Aber nicht heute Abend.«

Als er wegfuhr, fühlte ich mich verlassen. Ich spürte, wie der ganze Abend auf mich einstürzte. Jedes Detail, das schiefgelaufen war, jeder Tropfen Blut. Ich durchlebte erneut, wie Garretts Körper gegen meinen drückte, als wir um die geladene Waffe kämpften. Es hätte in beide Richtungen gehen können, als er den Abzug betätigte. Meine Haut mochte sauber sein, an meinen Fingern mochte kein Rückstand haften, aber ich hätte genauso gut mit Blut bedeckt sein können, so schrecklich fühlte ich mich.

Das Vergießen von Blut war mir nicht fremd, aber normalerweise erledigte ich meine Aufträge allein. Ich machte immer alles allein. Doktor Gilbert, mein Psychologe, sagte, dass ich besser darin werden müsste, um Hilfe zu bitten, aber den Rest des Teams in das verworrene Durcheinander dieser Nacht hineinzuziehen, war nicht gut ausgegangen. Schuld lastete schwer auf meiner Brust, der größte Teil davon für Armstrong reserviert. Ich fühlte mich, als wäre ich ein schlechter Einfluss auf ihn. Bevor er mich kennengelernt hatte, war er ein anständiger Polizist – ein verheirateter Polizist – und jetzt war er von einer mörderischen, ehebrecherischen Hexe mit hineingezogen worden. Fast als hätte ich ihn verflucht... verflucht von der Fluchbrecherin.

Ich fiel in einen unruhigen Schlaf, der wenig Erholung bot. Alyndra Sybil, die einäugige Elfe, die zwischen der Erde und dem Vergessen gefangen war, besuchte wieder meine Träume, aber diesmal machte sie deutlich, dass sie nicht nur in meinem Geist lebendig war, sondern auch in einer Art dunklem Spiegelreich. Als sie mich anfauchte und mit ihren Krallen die Innenseite meines Arms aufritzte, war der Schmerz real, und als ich um Mitternacht aufwachte und meine Nachttischlampe einschaltete, waren die zurückgelassenen erhobenen Spuren nicht eingebildet. Ich schaltete die Lampe aus und versuchte wieder einzuschlafen, in der Hoffnung, mit ihr sprechen zu können. Was brauchte sie von mir, damit sie mich in Ruhe ließ? Es wäre vielleicht ein sinnloses Unterfangen, denn ich wusste genau, was sie wollte: Rache für den Tod ihres Zwillingsbruders zu üben.

Ich lag stundenlang, so kam es mir vor, im Dunkeln und dachte an Dusty, Rap und das unterfinanzierte Naturschutzprojekt, Kieron Palefang, Sirilla Voltane und die verschwundenen Töchter von Evaron – das Märchen und den echten Fall. Dann ertönte ein Hämmern am Tor draußen, das Läuten meiner Türklingel und weiteres hektisches Klopfen.

Ich lag still, mit geschlossenen Augen, in der Hoffnung, wer auch immer es war, würde verschwinden. Ich würde mich darum kümmern, nachdem ich etwas Ruhe bekommen hatte. Außerdem, wie unhöflich! Um ... ich schaute auf mein Handy. Halb drei Uhr morgens! an jemandes

Tor zu hämmern! Sie verdienten keine Antwort. Ich blieb regungslos liegen und weigerte mich stur, aufzustehen und nachzusehen, wer es war. Fünf Minuten vergingen wie im Schneckentempo. Ich entspannte mich in der Stille. Dann klingelte die Türklingel erneut.

Ich war gereizt genug, um aus dem Bett zu steigen – die brodelnde Energie meiner Verärgerung trieb mich die Treppe hinunter und ich schloss die Haustür auf, wobei ich zum Fußgängertor hinausspähte.

»Wer ist da?«, rief ich.

»Taxi«, kam die Antwort. »Für die Rook-Hexe.« Die Stimme war kräftig und rau, und der Akzent eindeutig orkisch.

»Ich habe kein Taxi bestellt!«, schrie ich und knallte die Tür zu, bevor er mir antworten konnte. Fluchend füllte ich den Wasserkocher und schaltete ihn ein.

Die Türklingel läutete erneut.

Ich begann, mich irrational wütend zu fühlen. *Warum können mich die Leute nicht einfach in Ruhe lassen? Warum kann ich nicht einfach ein paar Stunden für mich haben, um mich auf das vorzubereiten, was vor mir liegt?* Aber nein. Da draußen stand ein verhexter Ork, der sich auf meine verhexte Türklingel lehnte. *Um Hexes willen!*

Ich schaltete den Wasserkocher aus und ging zurück zur Tür, die ich aufriss.

»Ich. Habe. Kein. Taxi. Gerufen!«, brüllte ich. »Jetzt verschwinden Sie gefälligst!«

»Ja«, kam die Antwort. Definitiv orkisch.

»Ja, was?«, fragte ich. »Ja, es ist nicht mein Taxi, oder ja, Sie werden freundlicherweise verschwinden?«

»Ja, Sie haben kein Taxi gerufen«, antwortete er.

Tränen der Frustration brannten in meinen Augen. Bei der Mutter aller heiligen Dinge, würde dieser Ork bitte einfach gehen?

»Ich bin Frau Khargols Fahrer, und ich wurde geschickt, um Sie abzuholen.«

»Um drei Uhr morgens?«, fauchte ich. »Sie müssen verrückt sein.«

»Ich bin nicht derjenige, der verrückt ist«, erwiderte er, vielleicht andeutend, dass die Ork-Patentante es war. Oder dass ich es war.

»Es tut mir leid, aber ich werde nicht mit Ihnen kommen. Ich verlasse mein Zuhause nicht mit einem Ork, den ich noch nie getroffen habe, in einem Taxi, das ich nie bestellt habe.«

»Frau Khargol sagte, dass Sie Widerstand leisten würden.«

»Nun, da hatte sie Recht. Ich leiste sehr wohl Widerstand.«

»Sie sagte, ich sollte Ihnen sagen, dass sie Informationen über die Sache hat, nach der Sie gefragt haben, als Sie das letzte Mal in ihrem Büro waren.«

»Oh«, sagte ich und überdachte meine Position. Vielleicht war eine Fahrt vor der Morgendämmerung doch lohnenswert.

»Sie sagte auch, sie hasst diesen großen sprechenden Affen von Ihnen. Er flucht sie ständig an.«

»Den großen flauschigen? Der hat einen Wortschatz von 96 Wörtern«, sagte ich.

»Die meisten davon sind Schimpfwörter«, antwortete er. »Aber das Flauschige ist gut.«

KAPITEL 63

ZUCKERSPIONE

ASHA

Der Ork wartete, während ich mir die Haare bürstete, meinen Umhang und einen Kaugummi schnappte und meinen Zauberstab und Athame überprüfte. Mein Ring leuchtete nicht, also nahm ich an, dass ich nicht in Gefahr war. Ich füllte etwas Futter in die Näpfe der Katzen und streichelte beide kurz.

»Vermisst mich nicht zu sehr«, sagte ich zu ihnen. Als sie mich beide anstarrten, erklärte ich, dass ich nur scherzte. Ich wusste, dass sie mich nie vermissten.

Der Ork wartete neben einer langen schwarzen Limousine. Sie stellte eine ziemlich drastische Veränderung gegenüber dem lilafarbenen Panzer dar, an den ich mich allmählich gewöhnte. Als ich näher kam, öffnete er mir die Tür. Der Rücksitz war leer. Wir fuhren schweigend, teilweise weil ich nicht wusste, wie ich die Glastrennwand öffnen sollte, die uns trennte, und teilweise weil ich mich auf ein Treffen mit Sugar Shagar vorbereitete, der schlauen und gewalttätigen Patin der Ork-Mafia und selbsternannten Herrscherin der Orks.

»Ah, du bist hier, gut«, sagte Sugar, als ihr Fahrer mich ablieferte. Sie hielt ein Bündel Decken in den Armen, das, wie ich annahm, ihr Baby-Gürkchen war. »Bring uns zwei Kaffee«, wies sie ihn an.

»Der Barista ist nach Hause gegangen, Frau K.«

»Was?«, verlangte sie zu wissen. »Warum?«

»Weil es drei Uhr morgens ist.«

Sugars dicke schwarze Augenbrauen zogen sich zusammen. Sie waren so grob, dass ich befürchtete, sie würden verknoten.

»Nun, das ist keine Entschuldigung«, sagte sie nach einem Moment. »Geh und hol uns einen neuen Barista.«

»Einen... was?«, fragte der Fahrer.

»Vielleicht könnten Sie uns einfach Kaffee von der Straße holen?«, schlug ich vor und versuchte, hilfreich zu sein. Ich wollte keinen entführten Barista am Hals haben, genauso wenig wie er.

Der Ork nickte und machte einen schnellen Abgang, bevor Sugar etwas Gegenteiliges sagen konnte. Sie presste ihre Lippen zusammen und stand auf. Ich hatte keine Entschuldigung für diese Unannehmlichkeit zu später Stunde erwartet, und ich bekam auch keine. Stattdessen reichte sie mir das Deckenbündel, während sie durch den Raum schritt. Das Baby musste sich seit unserem letzten Besuch in der Größe verdoppelt haben, denn es wog eine absolute Tonne. Ich musste mich setzen. Als wir uns niedergelassen hatten, öffnete ich die Decke nur ein bisschen, damit ich ihr Gesicht sehen konnte – und um sicherzustellen, dass sie atmen konnte. Sie war immer noch das hässlichste Baby, das ich je gesehen hatte, aber sie schlief so friedlich, dass es unmöglich war, sie nicht zu lieben.

»Es gab Entwicklungen«, verkündete Sugar und holte mich zurück zum gegenwärtigen Moment, statt von salzigen Babygurken zu träumen, die an dillaromatisierten Schnullern nuckeln. Ich schaute zu ihr auf.

»Entwicklungen?«, wiederholte ich. »Welche Art von Entwicklungen?«

»Seit unserem letzten Treffen sind meine Augen in höchster Alarmbereitschaft.«

Sugars Augen. Sugar-Spione.

»Großartig«, antwortete ich. Gut platzierte Spione würden die Arbeit aller so viel einfacher machen. »Und?«

»Und sie haben mich informiert, dass deine absurden und lächerlich paranoiden Verschwörungstheorien in der Tat... korrekt sind.«

Nun ja, das wusste ich, aber ich blieb höflich. Hatte sie tatsächlich Neuigkeiten, oder war ich nur als Babysitterin hier? Ich drückte Baby Khargol näher an mich und wiegte sie ein bisschen, mehr für mich als für sie. Meine Oberschenkel verloren schnell das Gefühl. Wenn ich rennen müsste, käme ich nicht weit. Vielleicht war das ihr Plan. Ich würde Sugar durchaus zutrauen, ihr Baby als Requisite zu benutzen.

»Sie haben Dinge gesehen, neue Dinge, die äußerst besorgniserregend sind.«

Ich nickte. Das hatte ich ihr beim letzten Mal versucht zu sagen, aber ich war nicht überzeugend gewesen, und sie war stur geblieben. »Bitte sag mir alles, was du erfahren hast. Selbst ein kleines Detail könnte der Schlüssel sein, um diesen Fall zu lösen.«

»Ich interessiere mich nicht für *deinen Fall*«, fauchte sie. »Ich interessiere mich für mein Volk.«

»Aber das ist doch alles miteinander verstrickt, oder nicht?«, fragte ich. »Die Bevölkerungsexplosion der Werwölfe, die vermissten Mädchen, die Organentnahme.«

»Ist es das?«, sagte sie.

Es gab ein sanftes Klopfen, und Sugars Fahrer brachte zwei Cappuccinos in Orkgröße in roten Pappbechern mit dem Platelet-Logo herein. Sie dampften noch.

Wir dankten ihm, aber ich traute mich nicht, heißen Kaffee über dem Baby zu trinken. Ich stellte ihn auf den Steinboden neben meinem Stuhl ab. Sugar kippte ihren die Kehle hinunter und machte ein tiefes Geräusch der Befriedigung.

»Ich denke schon. Verstrickt, meine ich«, sagte ich. Aber andererseits sah ich die Dinge immer so. Alles war auf irgendeine Weise mit allem anderen verbunden. Und wir alle bestanden aus demselben Sternenstaub, richtig?

Sugar holte ihr Handy vom Schreibtisch und stellte sich damit vor das Feuer, um etwas auf ihrem Bildschirm nachzuschauen. »Sie haben Mädchen gesehen, die mitgenommen wurden«, sagte Sugar. »Menschen. Obdachlose.«

»Straßenkinder?«, fragte ich und dachte an Dusty.

»Macht Sinn«, sagte der Ork. »Niemand meldet sie als vermisst, weil niemand da ist, der sie vermissen würde.«

»Aber deine Leute haben das gesehen?«

»Ja«, bestätigte Sugar. »Außerdem mehr Xarlug-Treffen. Sie rekrutieren mehr Orks, vergrößern ihre Basis und ihre Macht für einen Krieg, von dem sie sagen, dass er kommen wird.«

»Der Ewige Krieg«, sagte ich. »So nennt Rick ihn.«

Ich erwähnte nicht, dass die Werwölfe dieselbe Strategie verfolgten.

»Sie sagen, wenn ich nicht der Bewegung beitrete, werde ich irrelevant werden. Dass unser Name in der Zukunft nichts bedeuten wird.« Sie blickte bedeutungsvoll auf ihr Baby in meinen Armen. »Ich kann nicht zulassen, dass das passiert.«

»Du kannst dich nicht den Xarlugs anschließen!«, sagte ich, und das Baby zappelte, also senkte ich meine Stimme.

»Sei still, Grünschnabel«, sagte sie. »Ich bin keine Nazi. Aber ich muss Führung zeigen.«

Ich konnte nicht anders, als von dieser Idee erschreckt zu sein. Der sprechende Affe, der bis dahin ruhig gewesen war, rief eine Beleidigung aus, die so anstößig war, dass ich erbleichte.

»Ich werde die Xarlugs an meinen Busen nehmen«, sagte sie.

Ich konnte nicht anders, als mir ein Hakenkreuz auf ihrer bläulichen Brust vorzustellen. Oder vielmehr die Ork-Version eines Hakenkreuzes, die ich bei den Skinheads gesehen hatte.

»Das kannst du nicht«, sagte ich. »Sie würden dich niemals akzeptieren.«

»Warum nicht?«

»Weil dir dein Volk am Herzen liegt!«

»Ich kann so tun, als wäre dem nicht so«, schnüffelte sie.

»Es wird nicht funktionieren, Sugar«, sagte ich. »Sie werden dich durchschauen wie eine Seidenbluse.«

»Wenn ich ihnen beitrete, kann ich ihre Pläne und Taktiken beeinflussen«, sagte sie. »Ich kann ihnen einen besseren Weg zeigen. Orks entwickeln sich weiter. Wir sind nicht mehr die einfachen kriegstreibenden Wilden, die wir einmal waren.«

»Jemand sollte das den Xarlugs sagen«, bemerkte ich.

»Dann ist es beschlossen«, sagte sie.

»Was? Nein, ich meinte nicht, dass du es tun solltest.«

»Ich bin die perfekte Person dafür«, sagte die Mafia-Mutter. »Außerdem ist es nicht so, als würde ich es aus Nächstenliebe tun. Es ist für meinen eigenen familiären Ehrgeiz. Es ist sowohl für die Khargol-Linie als auch für das gesamte Ork-Volk. Seit der Void-Spaltung werden Orks verleumdet-«

»Das ist nur, weil die Orks Baldassare geholfen haben, den Rat zu stürzen.«

»Ich weiß, was passiert ist, Hexe. *Ich* war *dabei*. Ich brauche keine Geschichtsstunde von einem *Menschen*.«

»Tut mir leid. Ich wollte nur... Mein Punkt ist, dass viele der Orks Anstifter waren, keine Opfer.«

»Du wirst sehr nervig«, sagte sie und ballte eine fleischige Faust. »Wenn du nicht meine Nachkommenschaft halten würdest, wäre ich versucht, dich zu verprügeln.«

Ich lehnte mich so weit wie möglich in den Stuhl zurück. »Ich werde still sein«, sagte ich. »Mach ruhig weiter.«

Sugar atmete tief ein und löste ihre Faust. »Wie ich sagte... Die Ork-Nation. Wir müssen unsere Macht zurückerobern, und die Xarlugs werden mir dabei helfen.«

Ich schaute schweigend zu, darauf wartend, dass sie fortfuhr.

»Nun?«, sagte sie. »Meinung?«

»Du hast mir gerade gesagt, ich soll-«

Sie ballte wieder eine Faust.

»Okay! Ich habe eine Meinung. Meine Meinung ist, dass es eine schreckliche Idee ist.«

Khargol lächelte. »Es *ist* eine schreckliche Idee.«

»Aber es könnte funktionieren«, sagte ich.

Ihr Lächeln wurde breiter. »Genau.«

Mein Treffen mit der Ork-Mafia-Patin verlief nicht nach Plan. Ich hatte zugestimmt, für Informationen herzukommen, aber jetzt erzählte sie mir von ihrem Plan, die Welt zu übernehmen – oder zumindest einen kleinen Teil der Welt.

»Ich habe das Gefühl, wir sind vom Thema abgekommen«, sagte ich. Außerdem hatte ich so schlimme Kribbeln in den Beinen, dass ich dachte, ich würde vielleicht nie wieder Gefühl darin bekommen. Als spürte sie mein Unbehagen, wurde das Kind unruhig. Ich tätschelte es, aber es wollte sich nicht beruhigen. In der Annahme, ich sei seine Mutter, stürzte es sich auf meine Brust. Ich schob sie schnell von meinem Oberkörper weg, balancierte sie auf meinen Knien, und sie begann zu schreien. Das scharfe Kreischen stach mir in die Augäpfel und hallte in der Höhle wider. Sugar verdrehte die Augen, nahm ihr Baby von meinem Schoß, hob ihr eigenes Shirt hoch und stopfte der Kleinen den Mund mit ihrer Brustwarze. Erleichtert nahm ich meinen Kaffee, der überraschenderweise noch warm war. *Kleine Siege.*

Khargol sah nicht beeindruckt von meinen Babysitter-Fähigkeiten aus. Zumindest würde sie mich nicht schlagen, während sie stillte. Oder würde sie?

»Du wolltest sagen?«

»Ich wollte sagen, dass wir vom Thema abgekommen sind«, sagte ich. »Dein Fahrer meinte, es hätte Entwicklungen gegeben. Können wir darüber sprechen? Ich habe nicht viel geschlafen, und ich möchte nach Hause gehen.«

»*Du* hast nicht viel geschlafen?«, sagte Sugar, die Halbmonde unter ihren Augen dunkler als je zuvor. »*Du hast nicht viel geschlafen?*« Ihr Blick war pures Eis.

»Entschuldige«, sagte ich. »Das war unsensibel. Du bist eine frischgebackene Mutter-«

»Halt die Klappe, Hexe«, sagte sie. Ihre Stimme war eisig. »Lass uns einfach weitermachen, ja? Damit du deinen Schönheitsschlaf haben kannst, während ich gleichzeitig ein Kind füttere und die *gesamte Nation der Orks* managen muss.«

Ich dachte darüber nach, mich erneut zu entschuldigen, überlegte es mir dann aber anders. Der Affe fluchte.

»Ich werde nicht mehr viel von deiner kostbaren Zeit in Anspruch nehmen«, sagte sie mit gefährlich sanfter Stimme. »Der Grund, warum ich dich herbestellt habe, ist, dass du bei unserem letzten Treffen nach Sirilla Voltane gefragt hast.«

»Ja«, sagte ich und wählte meine Worte sorgfältig, da ich sie nicht noch mehr verärgern wollte.

»Nun, meine Augen haben bestätigt, dass sie sich tatsächlich in ihrem Kriegsbunker befindet, wie ich schon vermutet hatte.«

»Wirklich?«

»Nicht nur das, der gesamte Smaragde-Clan ist mit ihr in das Schloss gezogen.«

»Das sind sehr gute Informationen«, sagte ich. »Danke.«

Sie sah etwas weniger verärgert aus. Sie nahm das Baby von ihrer Brustwarze, klopfte ihr auf den Rücken, bis ein beeindruckendes Rülpsen aus ihr herausbrach, und wechselte die Seite. Mit dem Baby an ihrer Brust schritt sie zurück zu ihrem Schreibtisch und öffnete eine Schublade, aus der sie einen großen Ballen schwarzen Satins zog. Ich konnte nicht erkennen, was es war, bis ich die grüne Unterseite sah, schmutzig von Asche und mit Blut bespritzt.

Sugar Shagar reichte mir den befleckten Smaragde-Umhang. Ich wollte ihn nicht nehmen, aber ich tat es. Die Ork-Patin sah zufrieden aus.

»Also, Hexe, das ist es, was ich will, dass du tust ...«

KAPITEL 64

SCHILLERNDE MÜLLHÜHNER

ASHA

Du bist aus dem Schneider.

Ich starrte auf Sams Nachricht auf meinem Handybildschirm, antwortete aber nicht. Ich hasste es, dass die Dinge zwischen uns komisch waren.

Garrett lebt, fuhr er fort. *Bei ihm wurden Rückstände nachgewiesen und du hast ein solides Alibi. Keine Zeugen. Sie ermitteln wegen seines Besitzes einer möglicherweise gestohlenen Handfeuerwaffe.*

Nun, dachte ich, während ich in meinem Garten saß, in eine Decke gewickelt den Sonnenaufgang beobachtete, *wenigstens ist das etwas.* Ich würde nicht ins Gefängnis kommen – noch nicht.

Und Zondo meinte, das Brathähnchen war köstlich.

Ich lächelte. »Die kleinen Siege häufen sich«, sagte ich zu den Hadedareiher, die auf der Stromleitung saßen.

KA-KAAAA! antworteten sie. Hadedareiher, schillernde Müllhühner. Nervig wie die Hölle, aber ich liebte sie. Die Hennen beäugten ihre Konkurrenten misstrauisch. Was die Schnabellänge betraf, hatten die Hadedareiher mindestens zehn Zentimeter mehr. Das erinnerte mich an Rap, und ich schickte Chione eine kurze Nachricht.

Wie geht's dem Raubvogel?

Hungrig, antwortete sie, schnell wie ein Peitschenhieb. *Genau wie der Rest dieser anspruchsvollen Biester. Kannst du mehr Geld auftreiben?*

Ich habe eine Spur, tippte ich. *Wenn die Informationen stimmen, werde ich die Mädchen heute retten.*

Ich dachte, sie würde etwas sagen wie »Wow, Asha, gute Arbeit! So schnell! Hol sie dir!«

Aber das tat sie nicht.

Gut, schrieb sie. *Wurde auch Zeit.*

Ich steckte mein Handy weg. Ich musste mich auf einen Plan konzentrieren.

»Niemand weiß mich zu schätzen«, sagte ich zu den Müllhühnern. Eine Ente watschelte vorbei, schnatterte und hinterließ eine große Pfütze Kot neben meinem Fuß. »Genau mein Gefühl«, erwiderte ich.

Ich nahm mein Handy wieder heraus und fragte Savvy, ob es Dusty und Abigail gut ginge.

Bestens, antwortete sie. *Dusty kann so lange bleiben, wie sie möchte.*

Es sollte nicht mehr lange dauern, tippte ich. *Danke dir.*

Der Himmel wurde heller, und ein blasses Rosa breitete sich aus.

Warum bist du wach? fragte ich Savvy. Savvy war *nie* um diese Uhrzeit wach, es sei denn, sie war auf einem kompletten Besäufnis und noch nicht ins Bett gegangen.

Ich wache heutzutage früh auf, antwortete sie. *Jetzt, wo ich nicht mehr trinke.*

Ha, dachte ich. Savvy, ohne Alkohol. Ich hatte die Frau nie ohne Alkohol gekannt. Schon in der Schule hatte sie heimlich Old Brown Sherry ins Internat geschmuggelt, und wir waren auf das Dach mit Blick auf den Schulhof geklettert und hatten ihn geteilt, über Jungs, exzentrische Professoren und Magie geplaudert. Diese Tage schienen so viel einfacher, überlegte ich. Wir mussten uns nie Sorgen machen, von Vampiren entführt oder von Orks in einem reichsweiten Krieg getötet zu werden.

Wir mussten nur etwas über Tränke und magische Artefakte lernen. Lateinische Zaubersprüche, kreative Beschwörungen und – meist harmlose – Zauberformeln. *Wie sich die Zeiten ändern.*

Ich seufzte. Es kam nicht oft vor, dass Nostalgie mich packte. Ich schüttelte es ab.

Kein Alkohol? schrieb ich. *Wer bist du und was hast du mit meiner besten Freundin gemacht?*

Urkomisch, stand in ihrer Nachricht. *Es liegt an Griffin. Ich muss nicht trinken, wenn ich bei ihm bin.*

Das nehme ich nicht persönlich, antwortete ich und fügte einen Smiley hinzu, bevor ich das Handy wieder wegsteckte.

Griffin. Ich hatte den Mann noch nicht getroffen, aber vorerst würde ich ihm wohl den Vorteil des Zweifels geben. Abi schien ihn zu lieben, und ich hatte Savannah sicherlich noch nie so glücklich gesehen.

KA-KAAAAA! krähten die scharfschnäbeligen Vögel.

Ich schrieb Sam zurück. *Danke für die Info. Mittagessen im Cog?*

Das Copper Cog & Ale war Balsam für meine ruhelose Seele. Während ich in einer Nische saß, mit meinem eigenen schwebenden Feuer als Tischdekoration, einem köstlichen dunklen Porter in der Hand und warmem knusprigem Brot auf meinem Teller, wünschte ich mir, für immer dort bleiben zu können. An den freiliegenden roten Backsteinwänden tickten die kupfernen Uhren. Das Leben könnte nicht besser sein als das, war ich sicher, aber ich lag falsch, denn als ich aufblickte, sah ich meinen grimmigen Detektiv dort stehen, der mich mit Hunger und Zuneigung anschaute.

Ich dachte, er würde sich mir gegenübersetzen – vielleicht um sich von meinen ansteckenden bösen Wegen fernzuhalten – aber er rutschte direkt neben mich auf die gepolsterte Bank und küsste mich, als wären wir ein echtes Paar.

Überraschung, Erleichterung. Am Abend zuvor hatte er so distanziert gewirkt, verloren in seinen Gedanken darüber, was unsere Beziehung mit seinem moralischen Kompass anstellte, mein Magnet, der seine Signale verwirrte. Aber jetzt saß er so nah, dass kein Platz mehr war, um über abstrakte Konzepte wie Gut und Böse nachzudenken. Es gab nur uns, unsere Körper, die sich an Knie und Handfläche berührten, und wir wussten, dass es richtig war, dass wir richtig füreinander waren und richtig zusammen. Und wieder ertappte ich mich bei dem Gedanken, dass das Leben nicht besser sein könnte als in diesem Moment. Ich atmete es ein, schwelgte darin, weil ich wusste, wie flüchtig solche Dinge sein konnten.

»Och, schaut euch diese Turteltäubchen an«, sagte Ferra. Ich wusste nicht, wie lange sie schon dort stand.

Ich stand auf, um sie zu umarmen, froh, dass meine Rippen geheilt waren, bevor sie sie erneut brechen konnte.

»Hallo, Frau Fernak«, sagte Sam. »Ich bin gekommen, um die Rechnung für die letzte Lieferung zu bezahlen, die Sie für mich organisiert haben.« Er fing meinen Blick auf und zwinkerte.

»Detektiv Armstrong«, sagte Ferra. »Diese Mahlzeit ging aufs Haus.«

»Unsinn«, sagte Sam. »Ich zahle das Doppelte, und ich lege neue Tupperdosen obendrauf.«

»Das wagst du nicht!«

»Jetzt zahle ich das Dreifache. Wenn du weiter streitest –«

»Okay, okay«, sagte die Zwergin, schob ihren gehörnten Wikingerhelm zurück und holte ihr Bestellbuch aus der Schürzentasche. »Er ist stur«, flüsterte sie mir zu. »Aber ich mag ihn trotzdem.«

»Ich auch«, sagte ich.

»Also, was darf es heute für euch sein?«

»Ich bin am Verhungern«, antwortete ich. »Ich fühle mich, als hätte ich seit Tagen nichts gegessen.«

»Aha«, sagte Ferra und kritzelte in ihr Buch. »Verstanden. Ich sage es dem Koch.«

»Ich nehme dasselbe, bitte«, sagte Sam. »Das vegane ‚Ich-verhungere'-Gericht. Klingt ausgezeichnet.«

»Jawohl, Herr Detektiv«, sagte Ferra, zwinkerte mir zu, bevor sie ihr Buch wegsteckte.

»Und noch eine Runde Porter, bitte«, sagte ich. Ein alkoholisches Mittagessen war wahrscheinlich das Letzte, was ich mir gönnen sollte, aber ich fühlte mich leichtsinnig.

Als Ferra gegangen war, wandte ich mich wieder Sam zu. Wir sahen uns tief in die Augen. Seine, liebevoll und sicher, meine – wie man mir immer sagte – alarmierend grün. Munter, elektrisch.

Er blinzelte nicht. »Ich liebe dich«, sagte er.

Als der Inbegriff der Romantik verschluckte ich mich an meinem Bier und verbrachte die nächsten zwanzig Sekunden hustend.

Sam schluckte sein Kichern herunter. »Das war nicht ganz die Reaktion, die ich erhofft hatte.«

Ich wischte mir den Mund ab, gab ihm ein schelmisches Lächeln und küsste ihn auf die Lippen. »Ich liebe dich auch.«

Wir saßen eine Weile da und hielten Händchen. Ich versuchte, nicht zu husten, versuchte, den Moment zu genießen.

»Also, was machen wir?« fragte er.

»Womit?«

»Mit uns«, sagte er und deutete auf unsere Verbindung.

»Ich weiß nicht.« Was ich wirklich sagen wollte, war: »Wir essen zu Mittag, wir betrinken uns, wir gehen zu mir nach Hause.«

»Warum müssen wir überhaupt etwas tun?« fragte ich. »Nichts hat sich geändert.«

»Oh, Asha«, sagte er und warf mir einen wehmütigen Blick zu. »Alles hat sich geändert.«

Ein Stinktier brachte uns frische Getränke und eine Platte, die groß genug war, um eine Orkarmee zu ernähren. Wir starrten beide darauf.

»Wo ist Nilve SaltySnap, wenn man sie braucht?« scherzte ich.

Unsere komplizierte Verbindung vorerst beiseite lassend, stürzten wir uns auf das herrliche Essen. Rosmarinkartoffeln, pfeffrige herzhafte Crêpes, Waldpilztörtchen mit Teigkrusten so flockig und buttrig, dass sie schon beim Anblick einer Gabel zerfielen. Karamellisierte Karotten, gegrillte grüne Bohnen, Zimtkürbispüree. Frischer, würziger Rucola, vegane Mozzarellakugeln, Kirschtomaten so geschmackvoll, dass ich wusste, dass sie aus Ferras Garten stammten, kleine Basilikumblätter mit grasigem Olivenöl und einem herben Balsamico-Guss.

Wir aßen und tranken zusammen, diskutierten über die verschiedenen Aromen und Texturen und suchten nach jedem Vorwand, uns zu berühren.

Wir schafften die Hälfte der Platte, bevor wir kapitulierten. Ein Kellner verpackte sie für uns zum Mitnehmen.

»Sieht aus, als wäre das Abendessen geregelt«, grinste Sam.

»Ich werde nie Platz für ein Abendessen haben«, erwiderte ich.

»Ich könnte dir helfen, einen Appetit zu entwickeln«, murmelte er so leise, dass ich mich fragte, ob ich ihn richtig verstanden hatte. Ich errötete und spürte, wie seine Hand etwas weiter meinen Oberschenkel hinaufwanderte.

»Kaffee?« sagte Ferra, sodass ich zusammenzuckte.

»Ja, bitte«, sagten wir beide gleichzeitig.

»Das Essen war großartig«, lobte Sam. »Diese Platte sollte auf deine Speisekarte.«

Ferra gluckste. »Kannst du dir einen Tisch mit lärmenden Orks vorstellen, die ein veganes Essen bestellen? Oder Goblins? Stell dir die Vampire vor! Sie wären empört. Nein, vielen Dank, ich werde die veganen Meisterwerke des Kochs für euch beide aufsparen.«

Als Ferra unseren Kaffee brachte, bat ich sie, sich einen Moment zu uns zu setzen.

»Ich habe mich gefragt«, sagte ich. »Ob du etwas gehört hast, weißt du, durch die Kupfer-Gerüchteküche.« Ich deutete auf die anderen Gäste. »Ich suche einen neuen Portaler.«

»Warum?« fragte Ferra mit weit aufgerissenen Augen. »Hat diese Salty sich wieder umbringen lassen?«

»Nein, sie ist sehr lebendig«, sagte ich. »Nun, manchmal wird sie unsichtbar, aber das ist nicht das Problem. Seit sie aus dem Nichts zurück ist, ist sie nicht mehr ganz sie selbst.«

Ferra nickte mitfühlend. »Das Nichts verändert einen Menschen.«

Bilder des schrecklichen Ortes begannen in mein Gehirn zu sickern, aber ich stoppte die Flut. Ich konzentrierte mich auf meine Mission, die ein sicheres und präzises Portal erfordern würde.

»Als die Sybil-Zwillinge starben«, sagte ich, »hätte Salty vollständig wiederhergestellt werden sollen. Aber sie erschien mit einem unsichtbaren Arm und lückenhafter Portalmagie. Ich kann es mir nicht leisten, sie heute Abend zu benutzen.«

»Heute Abend?« sagte Sam scharf. »Was passiert heute Abend?«

»Oh, habe ich dir das nicht erzählt?« antwortete ich. »Ich werde die verschwundenen Töchter retten.«

KAPITEL 65
PANIC PALACE

ASHA

»**W**as?«, riefen Sam und Ferra im Chor.

»Ich weiß, wo die verschwundenen Töchter sind, und ich werde sie holen.«

»Och, das ist ja einfach«, sagte Ferra mit einem Hauch von Sarkasmus in ihrer Stimme. »Du wirst rechtzeitig zum Nachtisch zurück sein.«

Ich lächelte sie an. »Ich habe nicht gesagt, dass es einfach wird.«

»Wohin müssen wir portalen?«, fragte Sam.

»Wir?«

»Du glaubst doch nicht, dass ich dich allein gehen lasse«, sagte er.

Ich war freundlich, aber bestimmt. »Ich brauche deine Erlaubnis nicht«, antwortete ich. Es war ein schmaler Grat bei Männern – lass sie eine Sache kontrollieren, und sie denken, sie hätten ein Anrecht auf alles andere.

Sam runzelte die Stirn. »So habe ich das nicht gemeint.«

»Gut«, sagte ich.

»Ahem«, sagte Ferra. »Ich hasse es, euren wohl allerersten Liebesstreit zu unterbrechen –«

»Nicht unser erster«, sagte ich.

»Und nicht unser letzter«, sagte Sam und zwinkerte mir zu.

»Aber um zum Portal zurückzukommen. Es tut mir leid wegen Nilve. Sie war wirklich die Beste im Realm.«

»Ja«, sagte ich und nippte an meinem Kaffee. Ich war mir sicher, dass es Alyndras Schuld war, dass Salty nicht vollständig wiederhergestellt war. Meine Theorie war, dass Alyndra irgendeine Art von hinterhältiger Elfenmagie benutzte, um sich an dem dünnen Lebensfaden festzuklammern, den Salty ihr unbeabsichtigt bot, und dies so lange tun würde, bis sie den Tod ihres Bruders gerächt hätte. Wenn ich Alyndra ein für alle Mal loswerden könnte, war ich ziemlich sicher, dass Salty ihre Magie – und ihren linken Arm – zurückbekommen würde. Aber das wäre vor der heutigen Mission nicht möglich. Ich wüsste nicht einmal, wo ich anfangen sollte, nach ihr zu suchen.

»Es gibt Gerüchte«, sagte Ferra. »Da ist dieser Typ unter dem Radar, der so geschickt in Taschenrealms ein- und ausreist wie kein anderer.«

»Ihn«, sagte ich. »Ich brauche ihn. Wer ist er?«

»Es ist nur ein Gerücht bis jetzt, Rookie«, sagte sie. »Ich werde mich umhören, aber das ist alles, was ich weiß.«

»Verdammt«, klagte ich. »Ich muss heute Abend los. Mit jedem Tag, der vergeht, sinkt die Chance, diese Mädchen lebend zu finden.«

»Es gibt noch einen anderen Weg«, sagte Ferra. »Aber der kommt mit gewissen ... Herausforderungen.«

Ich beugte mich vor. »Ich höre.«

»Sie nennen es The Carwash«, sagte sie. »Erfunden von Elfen, konstruiert von Zwergen, gebaut von Orks und betrieben von Goblins.«

»Die Regenbogennation«, scherzte Sam.

»Nun, ich habe das Ding nie gesehen, aber es gibt es schon lange genug, um zu wissen, dass es funktioniert ... meistens.«

»Was meinst du mit meistens?«

»Manchmal gehen die Passagiere unterwegs verloren.«

»Verloren?«, sagte ich. »Meinst du, sie treiben irgendwo im Void-Raum herum?«

»Wir wissen es nicht wirklich«, sagte sie. »Wir haben die Verlorenen nie gefunden.«

»Heilige—«, sagte Sam. »Asha, bitte. Lass uns den Portal-Typ finden. Oder einen Weg finden, Salty zu reparieren.«

»Wir haben keine Zeit«, sagte ich. »Die Mädchen haben keine Zeit.«

»Ich könnte nicht mit dem Gedanken leben, dass du irgendwo verloren gehst.«

»Du sagst, es funktioniert *meistens*«, fuhr ich fort und wandte mich an Ferra. »Von welchen Chancen reden wir?«

»Ich kenne die Zahlen nicht, Rookie, aber es funktioniert öfter als nicht.«

»Das ist beruhigend«, sagte Sam. »Also, es ist so eine Art Russisches Roulette.«

Ferras Mundwinkel verzogen sich nach unten und sie neigte den Kopf. »Man könnte es so sagen.«

»Oh mein Gott«, sagte der Detektiv. »Ich habe dich gerade erst aus dem Regen in die Traufe geholt, Asha. Musst du wirklich gleich ins nächste Feuer springen?«

»Was?«, sagte Ferra, ihre Ohren stellten sich auf. Sie liebte Bratpfannen und Feuer.

»Das ist nur eine Redewendung«, erklärte ich ihr. »Ein altes menschliches Sprichwort.«

»Gefällt mir«, sagte sie. »Und ich habe vergessen zu erwähnen, The Carwash ist unverschämt teuer. Das ist die schlechte Nachricht.«

»Gibt es auch *gute Nachrichten*?«, fragte Sam.

»Ja«, antwortete sie fröhlich. »Wenn es nicht funktioniert, gibt es eine volle Geld-zurück-Garantie.«

»Oh, das ist großartig«, sagte Sam. »Also, wenn du irgendwo im Nirgendwo herumschwebst, kannst du dich wenigstens in dem Wissen sicher fühlen, dass ein Team von unternehmerischen Goblins dir eine große Geldsumme schuldet.«

»Wenn du es so ausdrückst«, lachte Ferra, »klingt es nicht gerade nach der besten Idee, oder?«

»Aber es sieht so aus, als wäre es unsere einzige Option«, sagte ich.

Sam, sichtlich verärgert, schaute weg. Ich berührte unter dem Tisch mit meinem Fuß sein Schienbein, und er zog seinen Blick zurück zu mir.

»Diese Mädchen warten auf mich«, sagte ich. »Niemand sonst kann ihnen helfen.«

Plötzlich fühlte ich mich traurig. Damit Sam und meine Beziehung überleben konnte, müsste er sich an den Gedanken gewöhnen, dass ich mich in Gefahr begebe. Es würde nicht leicht für ihn sein. Wenn unsere Rollen vertauscht wären, würde ich es hassen zu wissen, dass er bösen Mächten ausgeliefert wäre. Gleichzeitig war mein Job keiner, von dem ich einfach in den Ruhestand gehen konnte. Er durchdrang jede Faser meines Körpers, jedes Neuron meines Verstandes.

»Ich verstehe«, sagte er und wurde etwas sanfter, als hätte er meine Gedanken gehört. Dann schüttelte er den Kopf, als wollte er sagen: »Worauf habe ich mich da bloß eingelassen?«

»Hast du ein Fahrzeug?«, fragte Ferra. »Für The Carwash?«

»Ja«, antwortete ich. Ich hatte Zugang zu einem Fahrzeug mit pinken und lila Flammen. Perfekt zum Portalen und perfekt für unser Ziel.

»Wohin geht ihr überhaupt?«, fragte die Zwergin.

»Sugar Shagar hat mich heute Morgen um drei Uhr herbeigerufen«, sagte ich. »Wir haben einen Deal.«

»Das klingt gefährlich«, sagte Ferra. »Ein Deal mit der Teufelin?«

»Sie ist nicht so schlimm«, sagte ich.

»Rookie, sie ist eine kaltblütige Killerin.«

»Nur ihre Ehemänner«, sagte ich.

»Oh, toll!«, sagte Sam.

»Und ein paar andere böse Kerle. Vampire, Hammerskins. Eigentlich ist sie überwiegend eine Kraft des Guten.«

Ferra schnaubte. »Erzähl weiter. Was beinhaltet dieser Deal?«

»Sugar hat mir die Koordinaten zum Obsidian Castle gegeben«, sagte ich.

»Unmöglich«, sagte Ferra.

»Hat sie. Sie hat überall 'Augen', anscheinend.« Sugar-Spione.

Ferra war immer noch nicht überzeugt. »Aber dieses Schloss ist so gut versteckt. Es hat Schichten um Schichten von Schutz vor Eindringlingen. Es gibt einen Grund, warum sie es als ihren Kriegsbunker benutzt. Niemand kann es finden.«

»Korrektur«, sagte ich. »Niemand ohne einen Portalschlüssel kann es finden.«

Ferra und Sam starrten mich an.

»Sugar hat mir einen Portalschlüssel in Form eines Smaragde-Umhangs gegeben.«

Die Zwergin hob ihre Augenbrauen. Sie sah beeindruckt aus. »Nun, das ändert die Dinge. Sieht so aus, als hättest du dir ein Ticket nach Obsidian Castle besorgt.«

»Hoffen wir, dass es kein Einweg-Ticket ist«, sagte ich und nahm meinen letzten Schluck Kaffee.

»Was ist das Obsidian Castle?«, fragte Sam.

»Hast du jemals von einem Panikraum gehört?«, fragte Ferra.

Er nickte. »Natürlich.«

»Nun, Obsidian Castle ist Vampiress Voltanes Panik*palast.*«

»Wer ist Voltane? Der Name kommt mir bekannt vor. Jax hat sie bei diesem Mittagessen erwähnt, glaube ich.«

»Sirilla Voltane«, sagte ich. »Anführerin des Smaragde-Clans.«

»Die Vampire, die die Mädchen entführt haben?«, fragte er.

»Bingo«, sagte ich.

»Kein Wunder, dass niemand sie finden konnte«, sagte Ferra. »Versteckt in einem sicheren Taschenrealm wie diesem.«

»Also, Sugar Shagar hat mir den Schlüssel und das Ziel gegeben. Jetzt muss ich meinen Teil der Abmachung erfüllen.«

Sam rieb sich die Stoppeln. »Der wäre?«

Ich sah ihm in die Augen. »Es zu zerstören.«

Ferra stand auf. »In dem Fall hole ich euch noch mehr Kaffee.«

»Wie läuft's bei der Arbeit?«, fragte ich Armstrong auf dem Weg zu meinem Haus.

»Ugh«, antwortete er. »Nicht gut.«

»Dein neuer Chef?«, fragte ich.

»Wilkinson. Er ist ein kompletter Idiot. Ich weiß nicht, wen er beeindrucken will, aber es funktioniert nicht.«

»Vielleicht braucht er etwas Zeit, sich einzugewöhnen«, sagte ich. »Sich an eure Arbeitsweise dort zu gewöhnen.«

»Vielleicht«, sagte Sam und seufzte. »Aber ich bezweifle es. Nach meiner Erfahrung zeigen dir Menschen, wer sie sind, und du solltest ihnen glauben.«

»Stimmt«, sagte ich. Außer Steiger, der als kompletter Betrüger angefangen hatte, aber dann das ultimative Opfer gebracht hatte, um sich zu rehabilitieren.

»Um ehrlich zu sein, die Situation bei der Arbeit ist unhaltbar. Ich kann nicht unter Wilkinson arbeiten, und er will mich loswerden. Er sucht immer nach Gründen, mich in ein Disziplinargespräch zu schleifen. Es wird irgendwie auf die Spitze getrieben werden. Ich hoffe nur, dass er das sinkende Schiff verlässt, bevor er etwas findet, wofür er mich feuern kann.«

»Aber du bist so anständig«, sagte ich. »Er wird nie etwas finden.«

»Früher war ich anständig«, antwortete er. »Jetzt nicht mehr so sehr.«

»Unsinn«, sagte ich. »Du bist so anständig, wie man nur sein kann.« So anständig wie selbstgebackenes Brot und Spaziergänge am Nachmittag. So anständig wie Steine über einen See hüpfen lassen.

»Das denkst du«, sagte er und nahm seine Augen von der Straße, um mir einen lüsternen Blick zuzuwerfen.

Mein Becken pulsierte vor Energie. Ich nahm einen tiefen, beruhigenden Atemzug.

Augen auf das Ziel, sagte ich zu mir selbst. *Keine Zeit für Ablenkungen.*

Meine Augen blieben jedoch nicht auf dem Ziel. Sie blieben auf Detektiv Sam Armstrong, als er mich in mein Haus begleitete und mich gegen die Wand drückte, bevor die Haustür Zeit hatte, sich zu schließen. Die Stunden, die wir zusammen verbracht hatten, das Feuer, das Essen, das Bier, hatten alle zu diesem Moment geführt, als ich seinen Körper spürte, der sich an meinen drückte und mich noch mehr nach ihm verlangen ließ. Das Liebesgeständnis – und der Liebesstreit – entfachten in unseren Körpern eine Kraft, die wir nicht aufhalten konnten. Nicht aufhalten wollten. Die tiefsten Küsse, die hektische Kraft unseres gegenseitigen Verlangens, das leidenschaftliche Eilen und sinnliche Verlangsamen, dann wieder Eilen und Verlangsamen, immer und immer wieder. Wir zogen uns nicht einmal aus. Ein Ruck am Stoff hier und ein abgerissener Knopf dort waren alles, was wir brauchten, um ineinander zu klettern, und das taten wir auch.

Eine Stunde später dösten wir im Dachgarten, löffelchenweise aneinandergekuschelt. Ich erinnerte mich an das letzte Mal, als wir dort oben gewesen waren, als das Gespenst von Salty aufgetaucht war. Sam hatte damals so viel Verständnis gezeigt, ich weniger. Aber das Warten hatte sich gelohnt – und gelohnt und nochmals gelohnt.

Im Halbschlaf zog Armstrong mich näher an sich heran, so dass fast jeder Teil unserer Körper sich berührte. Eine weiche Decke schützte uns vor der spätnachmittäglichen Kühle, aber ich konnte unsere Körper in meinem geistigen Auge sehen. Seiner, groß, gebräunt und stark, der meinen umschließend, klein und blass, mit Blumen, Knospen und Ranken verziert. Ein dekoratives Puzzleteil, das es nicht gewohnt war, irgendwo hineinzupassen, aber jetzt wusste, wie es sich anfühlte, geliebt und gewollt zu sein. Tränen brannten in meinen Nebenhöhlen. Ich schniefte und kuschelte mich näher. Dieser Moment, dachte ich, ist alles.

KAPITEL 66

HIER SCHLÄFT JEDER GUT

MERCURY

Nach einer Nacht mit unruhigem Schlaf und kurzen Albtraumszenen wachte ich auf und fühlte mich schrecklich. Da gab es heute Morgen kein Bewundern meiner selbst im Spiegel, nur den Versuch, die Energie aufzubringen, um aufzustehen und mir die Zähne zu putzen, was wie ein überwältigender Kraftakt erschien. Ich kam zu spät zum Frühstück, erntete den entsprechenden enttäuschten Blick vom Wächter am Eingang und schlurfte hinein.

»Was ist mit dir passiert?«, fragte Dee. »Du siehst aus, als wärst du rückwärts durch die Nacht geschleift worden.«

»Genauso fühle ich mich auch«, antwortete ich.

»Willst du nicht essen?«, fragte Frankie mit besorgtem Blick.

»Igitt, nein«, sagte ich. Ich hatte überhaupt keinen Appetit.

»Vielleicht hast du dir etwas eingefangen«, sagte Dee. »Du solltest besser zu Doktor Bianca gehen.«

»Sei nicht albern«, sagte Frankie. »Hier wird niemand krank.«

Sie hatte meine Aufmerksamkeit. »Niemand wird krank?«

»Nein«, sagte sie und biss in ihren Toast mit Cheddar und Marmelade.

349

»Der Chefkoch sagt, das liegt an unserer gesunden Ernährung«, sagte Dee.

Frankie warf ein: »Aber in Wirklichkeit liegt es daran, dass es hier keine Viren gibt.«

Moment mal. »Warum gibt es hier keine Viren?«, fragte ich.

Die Schwestern zuckten mit den Schultern. »Hab noch nie darüber nachgedacht«, sagte Frankie. »Ich schätze, weil wir keine Besucher haben, die sie einschleppen. Wir sind in unserem eigenen, so was wie einem Biom oder so.«

Biom, dachte ich. Das war interessant.

»Also ist es kein Virus«, sagte ich. »Ich habe nur nicht gut geschlafen.«

Wieder wurde ich mit Blicken bombardiert.

Dee war verwirrt. »Du hast nicht gut geschlafen? Hier schläft jeder gut.«

»Doktor Bianca sagt, das liegt an der sauberen Luft und all den Aktivitäten, die wir tagsüber machen«, sagte Frankie.

Ich stand auf, um mir dringend benötigten Kaffee zu holen.

Was war in diesen Nahrungsergänzungsmitteln? Was war wirklich *in diesen Nahrungsergänzungsmitteln?*

Denn soweit ich wusste, bekam man keine Entzugserscheinungen wie diese, wenn man auf Vitamine verzichtete.

Meine Gedanken waren düster und aufdringlich. Verwirrt. Ein Teil von mir wünschte, ich hätte die Pille nicht weggeworfen, weil ich jetzt keine Wahl mehr hatte, ob ich sie nehmen sollte oder nicht. Mein Magen verkrampfte sich, und wenn ich Essen ansah, wurde mir übel. Mein Körper protestierte; er brauchte das Nahrungsergänzungsmittel, das jetzt wahrscheinlich in der Komposttonne außerhalb der Hauptküche lag, eingebettet in seinem Bett aus buttrigem Kartoffelpüree.

Mein Magen verkrampfte sich erneut; meine Gedanken wurden wilder. Ich ließ den Kaffee stehen. Er erinnerte mich sowieso zu sehr an Zaleria. Was geschah mit mir?

Ich weiß nicht, ob es Mut oder entzugsbedingte vorübergehende Geistesverwirrung war, aber ich beschloss, Antworten zu bekommen, selbst wenn es zu meinem Rauswurf führen würde. Mein Körper schien von selbst die Treppen hochzugehen, und die verstörten Stimmen in meinem Kopf drängten mich gleichzeitig vorwärts und warnten mich.

Du bist dumm.

Was ist das für eine Krankheit? Was haben sie dir gegeben?

Celestia ist das Beste, was dir je passiert ist, und du ruinierst es.

Du musst Antworten bekommen.

Dreh jetzt um, bevor es zu spät ist.

Sie müssen dafür bezahlen, was sie den Mädchen antun.

Sie helfen den Mädchen.

Sie drogen die Mädchen.

Verbreite keine Verschwörungstheorien, das ist dumm.

Woher kam Zaleria? Wohin ist sie gegangen?

Du sabotierst deine gesamte Zukunft.

Trotzdem gingen meine wackligen Beine diese Treppen hoch. Ich würde direkt zu Miss Black gehen. Ich hatte Angst vor ihr, aber sie war diejenige, die die Antworten hatte, die ich brauchte. Ich würde einfach tief durchatmen und es hinter mich bringen. Sie konnte mir so viele »Vergünstigungen« geben, wie sie wollte. Alle Vergünstigungen.

Etwas Zeit für mich allein würde mir sowieso nicht schaden, um mein verwirrtes Gehirn zu sortieren.

Mit krampfendem Magen musste ich einen Zwischenstopp auf der Toilette einlegen und verließ sie erst, als ich wieder gerade stehen konnte. Ich weiß nicht, wie lange das gedauert hat, aber es fühlte sich wie eine Stunde an. Erschöpft ging ich auf Miss Blacks Büro zu, stellte mir die minimalistische Einrichtung vor, die spärlichen, aber stilvollen Möbel und die eintönigen Wände. Mir war schwindelig, aber nicht so benommen, dass ich nicht mehr laufen konnte. Heute wäre der schlimmste Tag des Entzugs, versicherte ich mir selbst. Morgen würde es einfacher werden.

Ich sah, dass Miss Blacks Bürotür einen winzigen Spalt offen stand. Ich verlangsamte mein Tempo, obwohl es ohnehin schon langsam war. Ich hörte ihre Stimme, leise und dennoch fest und autoritär. Ich schlich vorwärts und versuchte gleichzeitig, zu hören, was sie sagte, und meine eigenen Schritte leise zu halten, was auf den weißen Fliesen leichter gesagt als getan war. Langsam, heimlich schlich ich mich an und hoffte, dass mein Magen meine Anwesenheit nicht verraten würde. Die Tür war kaum geöffnet und bot mir nur einen halben Zentimeter zum Durchspähen. Das kam mir zugute: Miss Black dachte wahrscheinlich, ihre Tür wäre so gut wie geschlossen, und ich war gut versteckt.

Ich versuchte, meine Atmung zu kontrollieren, sie so leise wie möglich zu machen, und betete, dass mein lauter Magen sich benehmen würde, als ich durchspähte und sah, wie Miss Black mit einem jungen Mädchen dasaß, das ich nicht erkannte; ich vermutete, sie war neu. Mein Atem stockte in meiner Kehle. Sofort registrierte ich, dass etwas Seltsames vor sich ging. Es war die Art, wie sie saßen, und die merkwürdige Spannung zwischen ihnen, als wären sie irgendwie verbunden. Ihre Stühle waren einander zugewandt und wirklich nahe, so dass Miss Blacks und die Knie des neuen Mädchens sich berührten, und als wäre das nicht genug, hielten sie sich an den Händen und starrten sich gegenseitig in die Augen.

»Du wirst hier glücklich sein«, sagte Black mit roboterhafter Stimme. »Du wirst die Regeln befolgen.«

»Ich werde hier glücklich sein«, antwortete das Mädchen, ebenfalls mechanisch klingend. »Ich werde die Regeln befolgen.«

»Du bist dankbar für diese wunderbare Gelegenheit«, intonierte Miss Black.

»Ich bin dankbar für diese...«, sie verstummte.

»Wunderbare Gelegenheit«, half Black nach.

»Wunderbare Gelegenheit«, wiederholte das Mädchen.

»Nochmal.«

»Ich werde hier glücklich sein. Ich werde die Regeln befolgen. Ich bin dankbar für diese wunderbare Gelegenheit.«

»Gut«, sagte Miss Black.

»Du kannst dich nicht mehr viel an dein Leben vor deiner Ankunft hier erinnern.«

»Ich kann mich nicht mehr viel an mein Leben vor meiner Ankunft hier erinnern.«

»Die Vergangenheit ist nicht wichtig. Die Vergangenheit ist voller Schmerz und es lohnt sich nicht, darüber nachzudenken.«

»Die Vergangenheit ist nicht wichtig«, echote das Mädchen. »Die Vergangenheit ist voller Schmerz und es lohnt sich nicht, darüber nachzudenken.«

»Alles, was zählt, ist glücklich, gesund und optimistisch zu bleiben. Reinheit hat Vorrang.«

Ohne Vorwarnung würgte ich.

»Alles, was zählt, ist–«

Ich schaffte es, das Erbrochene zurückzuhalten, aber es war zu spät, ich hatte bereits das Geräusch gemacht, das sie auf meine Anwesenheit aufmerksam machte und Miss Blacks Hypnose – oder was auch immer es war – unterbrach.

Ich wartete nicht, um zu versuchen, mich zu erklären. Bevor Black überhaupt aufstand, sprintete ich in die entgegengesetzte Richtung. Ich raste den weißen Korridor hinunter, die Sohlen meiner Sandalen klatschten auf die Fliesen, und bog um die Ecke in einen weiteren weißen Gang und dann noch einen. Ich fühlte mich, als würde ich immer tiefer und tiefer in ein weißes labyrinthartiger Irrgarten laufen, bis ich mich im hellen Licht verlieren würde. Ich blickte hinter mich, um zu sehen, ob Miss Black mir folgte. Ich sah sie nicht, aber das bedeutete nicht, dass sie nicht da war.

Ich stürmte um eine weitere Ecke und rannte direkt in jemanden hinein, was uns beide zu Boden schleuderte. Doktor Biancas Brille zerschellte auf dem Boden. Ihr Gesicht war eine Maske aus Bestürzung und Schmerz. Noch am Boden liegend rieb sie ihr Handgelenk und zuckte zusammen.

»Es tut mir so leid!«, schrie ich. Ich konnte nicht anders. Adrenalin pulsierte durch mein Blut und erregte jedes Organ. Ich wusste nicht, ob ich weiter rennen sollte – aber wohin würde ich rennen?

»Mercury!«, rief die Ärztin. »Was um Himmels willen–«

»Es tut mir leid«, sagte ich erneut. »Ich hab nur–« Ich drehte mich, um hinter mich zu schauen. Der makellose Korridor war leer. »Ich hab nur– können wir reden? In Ihrem Büro?«

»Natürlich«, antwortete sie.

Ich schien weniger verletzt zu sein als sie, also stand ich vorsichtig auf und half ihr an ihrem unverletzten Handgelenk auf. Mir war schwindelig; mein Mund war trocken.

»Komm mit«, sagte sie und deutete mit dem Kopf in die Richtung, in die wir gehen sollten. Ich warf einen letzten Blick hinter mich und folgte ihr.

KAPITEL 67
LÄCHELNDES GEHIRN

MERCURY

Wir betraten das Sprechzimmer von Doktor Bianca. Ich verriegelte die Tür hinter uns, und sie runzelte die Stirn.

»Mercury«, sagte sie, so ernst wie ich sie noch nie erlebt hatte. »Sagen Sie mir, was um Himmels willen hier vor sich geht.« Sie hielt noch immer ihr Handgelenk. Sie verzog das Gesicht und legte ihre zerbrochene Brille auf den Schreibtisch.

»Kann ich Ihnen helfen, es zu verbinden oder so?«, fragte ich. Ich fühlte mich schrecklich, weil ich ihr wehgetan hatte.

»Mein Handgelenk?«, sagte sie. »Mein Handgelenk spielt keine Rolle. *Das hier* ist wichtig. *Sie* sind wichtig. Sprechen Sie mit mir.«

»Ich weiß nicht, ob ich das kann«, sagte ich. »Ich habe das Gefühl, verrückt zu werden.«

»Gut«, sagte sie in einem beruhigenden Ton. »Damit können wir arbeiten. Warum haben Sie das Gefühl, verrückt zu werden?«

»Es ist das Supplement«, antwortete ich. »Ich habe es gestern Abend nicht genommen und jetzt fühle ich mich, als hätte ich ... keine Kontrolle über meine Gedanken. Sie sollen doch Vitamine sein, oder? Aber das sind sie nicht.«

»Warum sagen Sie das?«, fragte sie.

»Weil!«, schrie ich. »Wegen dem, wie ich mich fühle!«

Sie bekam einen Blick, den ich noch nie zuvor gesehen hatte. Angst? Sie sah aus wie eine Tierpflegerin, die nicht wusste, wie sie mit einer wilden Kreatur umgehen sollte.

Ihre Worte waren langsam und vorsichtig. »Und wie fühlen Sie sich? Abgesehen von den aufdringlichen Gedanken?«

»Krank. Müde. Übel. Ich kann nicht essen. Und ich habe Angst.«

»Angst wovor?«

»Vor diesem Ort. Vor Miss Black.«

»Miss Black?«, rief sie überrascht. »Warum?«

»Ich habe gerade gesehen, wie sie jemanden hypnotisiert hat. Ein neues Mädchen.«

»Hypnotisiert?« Ein Hauch von Ungläubigkeit hatte sich in ihre Stimme geschlichen.

»Oder, ich weiß nicht, irgendeine Art von Therapie. Das Mädchen sah aus, als wäre sie in Trance, wiederholte Dinge nach Miss Black.«

»Und was hat Miss Black gesagt?«

»Dass sie glücklich sein und die Regeln befolgen soll. Und nicht an die Vergangenheit denken.«

Doktor Bianca musterte mich. »Und das macht Ihnen Angst ... warum?«

»Es waren nicht die Worte«, sagte ich. »Es war das Gefühl.«

»Ich verstehe«, sagte die Ärztin.

»Tun Sie das?«, fragte ich, Frustration ließ mich wieder die Stimme erheben.

»Ich verstehe, dass wir Sie vernachlässigt haben«, sagte sie. »Mir war nicht bewusst, dass Sie unter so großem emotionalem Druck stehen. Wir hätten es bemerken müssen und haben es nicht.«

»Sie denken, ich breche zusammen?«, fragte ich.

Sie neigte den Kopf. »Das ist kein medizinischer Begriff.«

»Aber ja?«

»Ich denke, Sie brauchen etwas Erholung.«

»Erholung? Alles, was ich getan habe, seit ich hier bin, ist mich zu erholen. Das ist einer der Gründe, warum ich verrückt werde. Ich will zur Schule gehen, aber niemand kann mir sagen, wann sie beginnen soll.«

Doktor Bianca sammelte einige Utensilien von den Edelstahltabletts und setzte sich mit Gaze und entzündungshemmenden Mitteln an ihren Schreibtisch. Sie begann fachmännisch, ihr Handgelenk zu verbinden.

»Meine Freunde verschwinden ständig. Maisey, Zaleria, Alicia.«

»Sie machen ihren Abschluss«, korrigierte sie mich.

»So sagen Sie. Aber ich habe keinerlei Hinweise auf irgendeine Art von Abschluss gesehen. Und Alicia wurde einfach direkt nach Hause geschickt. Oder so wurde es uns gesagt.«

»Sie haben Angst, dass Sie verschwinden werden?«, fragte sie.

»Ich weiß nicht«, antwortete ich. »Ich denke schon.«

»Interessant.« Sie nahm einen Stift und machte eine Notiz.

»Ist das meine Akte?«, fragte ich. »Warum lag die schon auf Ihrem Schreibtisch?«

»Miss Black bat mich, Ihr Supplement anzupassen.«

»Und haben Sie das?«

»Noch nicht. Aber jetzt, da ich mehr Informationen über Ihren psychischen Zustand habe, werde ich einen besseren Job machen können.«

»Das gefällt mir nicht.«

»Medikamente sind da, um uns zu helfen«, sagte Doktor Bianca. »Lassen Sie mich und die Medizin unsere Arbeit tun, und Sie werden sich im Nu besser fühlen. Tatsächlich haben Sie gestern Abend Ihr Supplement verpasst, also kann ich Ihnen jetzt etwas geben, das Sie einfach wieder ins Gleichgewicht bringt. Es wird all die Symptome lindern, die Sie mir beschrieben haben. Nehmen Sie dann heute Abend Ihr Supplement und alles wird wieder normal sein.«

Ich starrte sie an und wusste nicht, was ich sagen oder tun sollte. Es gab keinen Ausweg von hier. Weglaufen würde mich nur in noch mehr Schwierigkeiten bringen.

»Mercury?«, sagte sie. Als ich blinzelte, um mich auf sie zu konzentrieren, hielt sie einige weiße Kapseln und eine kleine Flasche Wasser hin. Ich zögerte, und sie hob ihre pillengefüllte Handfläche, um mich anzuspornen. »Sie werden sich besser fühlen, ich verspreche es.«

Das war es, was ich brauchte. Ich musste mich besser fühlen. Bianca war eine gute, freundliche Ärztin. Sie würde nicht versuchen, mir zu schaden. Ich nahm die Pillen.

»Ich übernehme die Verantwortung für Ihre Situation«, sagte die Ärztin. »Ihre stündlichen Glückswerte waren niedrig. Ich hätte diese Episode mit einer Beratungssitzung vorwegnehmen sollen. Ich werde Sie von nun an sorgfältiger beobachten, und wir werden es nicht wieder so weit kommen lassen. Manche Mädchen brauchen einfach etwas mehr Anleitung, um sich einzufügen. Um das Beste aus den Dingen zu machen.«

»Danke«, sagte ich. »Alles, was ich will, ist, mich besser zu fühlen.«

»Und das werden Sie«, erwiderte sie. »Schneller als Sie denken.«

Wie durch Zauberei hörte mein Magen auf sich zusammenzuziehen, meine Muskeln entspannten sich. Meine Schultern, die, wie mir nicht bewusst war, fast bis zu meinen Ohren hochgezogen waren, ließen ihre unbeholfene Haltung los und streckten sich zusammen mit meiner Wirbelsäule. Die Übelkeit verflog und hinterließ ein angenehmes, sauberes Gefühl in meinem Kopf, klar aber schwebend. Das Medikament, das sie mir gegeben hatte, wirkte entweder superschnell, oder der Placebo-Effekt war stark, aber ich ging von einer angespannten, paranoiden Person, die auf Messers Schneide stand, über zu einem warmen, weichen Körper mit einem lächelnden Gehirn – oder zumindest fühlte es sich so an.

»Na bitte«, sagte Doktor Bianca mit ihrer beruhigenden Stimme. »Ich sehe, wie es wirkt. Ist das nicht wunderbar?«

Ich nickte. Ich war so entspannt, dass ich die Fähigkeit zu sprechen verloren hatte. *Wunderbar,* dachte ich. Wenn ich mich immer so fühlen könnte, würde es mir egal sein, wo ich war – oder sogar, wer ich war. Es war wunderschön und allumfassend. Ich seufzte. Ich fühlte mich so gut.

Doktor Bianca ging, um die Tür zu öffnen. Ich wollte sie bitten zu warten, sagen, dass ich noch nicht bereit war, mich der Welt zu stellen. Ich wollte dieses Gefühl warmer Euphorie so lange wie möglich genießen. Aber ich war zu weich, um zu sprechen, und meine Augen fielen zu. Nachdem ich die Nacht zuvor kaum geschlafen hatte, würde ich jetzt eine schöne Ruhepause haben.

Ich hörte den Schlüssel im Schloss, hörte ihn drehen, aber es war sehr weit weg.

Ein anderer Raum, ein anderes Gebäude, eine andere Galaxie.

Ich kämpfte, um meine Augen offen zu halten. Ich verlor den Kampf.

Als die Ärztin die Tür öffnete, schwebte das verkniffene Gesicht von Miss Black herein.

KAPITEL 68
ROSAFARBENES SCHWEINEKOTELETT

ASHA

Natürlich dauert nichts ewig, und wir wurden bald vom Geräusch des Monstertrucks unterbrochen, der vor dem Haus vorfuhr.

»Sie sind es«, sagte ich, sprang auf und zog meine Kleidung an. Sam tat dasselbe. Als wir angezogen waren, hielt er mich fest, bevor wir die Wendeltreppe hinunterstürzten, hielt meine Schultern und sah mir in die Augen, dann küsste er mich nochmal.

»Was hat euch so lange aufgehalten?«, murmelte Salty, sobald sie im Haus waren.

»Geht dich nichts an«, flüsterte ich und versuchte, meine Haare mit den Fingern zu kämmen.

Sie machte demonstrativ einen Schmollmund wegen des fehlenden Knopfes an Sams Hemd und wackelte mit ihren drahtigen Augenbrauen in meine Richtung.

Oben auf Mister Polizist, hm? stellte ich mir vor, dass sie dachte. *Du gehst ran, Mädel.*

Ich räusperte mich verlegen und begrüßte die anderen: Rick, Stoker und

Chione. Ich erzählte ihnen von der Waschanlage und dass die Kelche zugestimmt hatten, die Portalreise zu finanzieren.

»Mir wurde gesagt, es ist unverschämt teuer«, teilte ich ihnen mit.

Du hast einen Blanko-Scheck, antworteten sie. Und nur für den Fall, dass ich nicht verstand, was »Blanko-Scheck« bedeutete, weil ich in diesem Jahrhundert geboren wurde, fügten sie hinzu: *Jeder Betrag, den du brauchst, sag uns einfach Bescheid.*

Sie würden bereitstehen, um die Transaktion durchzuführen, sobald wir die Details hätten.

Sam kochte Kaffee für uns, und wir schlürften ihn, während wir den – äußerst vagen – Plan besprachen, den wir hatten.

»Wir gehen blind hinein«, sagte ich. »Ich habe keine Ahnung, was mich an diesem Ort erwartet.«

»Abgesehen von der Tatsache, dass es eine Festung innerhalb einer Festung ist und ein paar hundert blutrünstige Mörder beherbergt«, sagte Rick.

»Nun, das stimmt«, gab ich zu.

»Ein paar hundert von ihnen ... und wir sind zu sechst.« Chione hob eine elegante Augenbraue.

»Zu fünft«, korrigierte ich sie. Alle schauten sich in der Küche um, zählten sechs Personen und blickten dann wieder zu mir.

»In Copperfield haben sie dir wohl kein Grundrechnen beigebracht, was?«, fragte Stoker.

»Chione kommt nicht mit«, sagte ich.

»Oh doch, das werde ich«, beharrte sie.

Ich schüttelte den Kopf. »Ich weiß, dass du helfen willst.«

Sie schnaubte. »Ich *will* nicht helfen. Aber ich will auch nicht, dass ihr Leute getötet werdet und die bösen Mächte durch das Reich toben.«

»Wir werden überleben«, sagte ich. »Wir haben hundert Orks im SubRealm abgewehrt, erinnerst du dich?«

»Ihr hattet Glück«, sagte sie.

Glück war nicht das Wort, das ich verwendet hätte, um zu beschreiben, was uns dort unten passiert war, aber ich ließ es auf sich beruhen.

»Chione, wenn du mitkommst und wir es nicht raus schaffen, werden alle Tiere von Thomas Harvey sterben. Es wird niemanden geben, der sich um sie kümmert. Sie werden verhungern.«

»Aber du hast gerade gesagt, dass wir alle überleben werden.«

»Teamgeist«, sagte ich. »Es bringt nichts, zu verlieren, bevor wir überhaupt dort ankommen.«

Sie verschränkte die Arme, sichtlich irritiert von menschlicher Logik.

»Früher musste ich dich anflehen und überreden, mir zu helfen«, sagte ich. »Was hat sich geändert?«

Sie gab sich nicht die Mühe, mir zu antworten. »Ich komme mit zur Waschanlage«, sagte sie.

»Gut«, antwortete ich. Würde ich vor einer magischen Waschanlage mit einer Grimalkin Faustkämpfe austragen müssen? Wir würden abwarten müssen. Ich zog meinen Umhang an und überprüfte meine Waffen: Ritualmesser, Zauberstab. Mein Ring war an meinem Finger, der Smaragde-Umhang in meiner Hand.

Ich trank den Rest meines Kaffees. »Seid ihr Leute bereit?«, fragte ich.

Ich war so froh, dass Sam mitkam; seine solide Präsenz gab mir immer ein Gefühl der Sicherheit. Wir kletterten alle in Ricks Panzer und diskutierten über unseren generellen Mangel an einem Plan.

»Das Einzige, was ich weiß«, seufzte ich, »ist, dass die Smaragdes die vermissten Mädchen entführt haben. Unsere Hauptmission ist also, die Mädchen zurückzuholen. Wenn wir gegen die Vampire kämpfen müssen, werden wir das tun. Wenn wir Sirilla Voltane töten müssen, werden wir das auch tun.«

»Der Schlange den Kopf abschlagen«, sagte Rick.

»Genau«, sagte ich.

»Du solltest Sirilla auf jeden Fall töten«, sagte Chione. »Du wirst dem Reich einen großen Gefallen tun.«

Rick nickte. »Und je mehr Fraktionen wir vor dem Krieg schwächen können, desto besser.«

»Einverstanden«, sagte ich. »Solange jeder versteht, dass unsere oberste Priorität ist, die Mädchen zu finden.«

»Die Blutfarm«, sagte Salty und schauderte dann. Ich tat mir leid für sie, dass sie ihr Leben erneut in Gefahr brachte, nachdem sie sich gerade erst von Oblivion und den schrecklichen Sybil-Zwillingen erholt hatte.

»Blutfarmen sind normalerweise unterirdisch, oder?«, überprüfte ich. »Ich meine wörtlich. Also, ich vermute, sie werden in den Gefängniszellen unter dem Schloss sein. Im Kerker?«

»Macht Sinn«, sagte Stoker.

»Wir müssen ins Schloss eindringen«, sagte ich. Niemand, auch ich nicht, mochte den Klang davon. Wenn wir es irgendwie schaffen würden, hineinzukommen, bestand eine gute Chance, gefangen zu werden, angesichts der Tatsache, dass es dort so viele Vampire gab.

Ich hatte darüber nachgedacht, für jeden einen Vampir-Glamour-Vape mitzubringen, erinnerte mich aber daran, wie Shadow Snow direkt durch meinen Glamour auf dem EverShade-Markt gesehen hatte. Ich fragte mich, wo dieser weichhäutige, rabenschwarzhaarige Vampir war, und ob sie immer noch Kinder aus Waisenhäusern stahl, wie sie es für den alten Mann Taranath getan hatte. Das letzte Mal, als ich mit Morgan sprach, sagte sie, dass immer noch Mädchen verschwanden – nicht nur geliebte Töchter aus privilegierten Häusern, sondern auch Waisen und Straßenkinder, wie Dusty es war, als ich sie zu Boden gerissen und ihr dann ein Steak und schwarzen Kaffee gekauft hatte. *Ah, die guten alten Zeiten.*

»Alles okay?«, fragte Stoker.

Ich lächelte ihn an. »Ja«, antwortete ich. »Es ist nur … Das war lange fällig. Ich suche seit Wochen nach diesen Mädchen und war die ganze Zeit fast ahnungslos. Aber jetzt scheint es etwas plötzlich zu sein.«

Gott sei Dank hatte Dusty dieses Talent, das sie hatte, und konnte unseren entscheidenden Hinweis von der armen Maple Mellor bekommen – dass die Smaragdes diejenigen waren, die für die Entführung der Mädchen verantwortlich waren. Ohne sie hätte ich Sugar nicht gefragt, wo Voltane war, und ihre Spione wären nicht mit einer Antwort zurückgekommen. Lustig, wie solche Dinge kaskadieren, sowohl zum Guten als auch zum Bösen.

Sam beobachtete mich. Ich traf seinen Blick und gab ihm ein ängstliches Lächeln. Er erwiderte es, und ich sah die Wärme in seinen Augen trotz seiner Nervosität, und ließ sie mir Mut geben.

»Wir sind da«, sagte Rick und fuhr auf einen baufälligen Parkplatz.

»Es sieht sicherlich nicht wie eine teure Waschanlage *aus*«, sagte Sam. Alle Schilder waren verblasst, die Masten bis zum Zerbrechen verrostet. Unkraut kämpfte sich durch die Löcher im Mörtel um die Ziegel, und der Asphalt hatte mehr Schlaglöcher als eigentliche Oberfläche.

»Es sieht geschlossen aus«, sorgte sich Rick und spähte aus seinem Seitenfenster. Das Neonschild summte und flackerte. Genau als es aussah, als wäre es endgültig aus, stotterte es wieder an.

»Es sieht aus, als wäre es seit langer Zeit geschlossen«, stimmte Stoker zu.

»Ich werde nachsehen«, sagte ich. Ich hebelte die schwere Lkw-Tür auf und sprang auf den Boden, wobei ich sorgfältig schaute, um nicht auf der mit Schlaglöchern übersäten Oberfläche umzuknicken. Ich machte mich auf den Weg zu den Vordertüren – staubiges Glas in Aluminiumrahmen – und klopfte. Das Innere war düster, und es sah leer aus. Da stand eine welkende Pflanze in einem Topf mit trockener Erde, die darauf wartete, ihre letzte Ölung zu erhalten. Ich klopfte noch einmal. Nichts.

Ich seufzte. Ich hatte erwartet, dass einiges schief gehen würde, aber die Tatsache, dass wir nicht einmal in das Smaragde-Taschenreich portalen konnten, war gelinde gesagt entmutigend. Wo waren meine kleinen Siege geblieben?

Ich kehrte zum Monstertruck zurück und kletterte wieder hinein. »Lass uns in die Waschzone fahren.«

Niemand war begeistert von der Idee. Das Ding sah aus wie eine alte Todesfalle.

Aber wir taten es trotzdem.

Rick umkreiste das dystopische Bürogebäude und näherte sich dem klaffenden Maul der Waschanlage. Es sah aus wie der verfluchte Mähdrescher aus einem Horrorfilm, den ich als Teenager gesehen hatte. Der Panzer war fast zu hoch für die Anlage, aber wir schafften es hinein.

»Gut«, sagte ich mit einer Autorität, die ich nicht fühlte. »Weiß jemand, wie man dieses Ding einschaltet?«

Salty schüttelte den Kopf. »Ich weiß nicht, Hexe, das scheint ... riskant. Sogar für dich.«

Ich begann vor mich hin zu murmeln. *Muss ich* alles *hier erledigen?* Ich war gerade dabei, die Tür zu öffnen, um wieder hinauszuspringen, als es einen lauten Aufprall auf der Windschutzscheibe gab und wir alle so hoch sprangen, dass wir fast mit dem Kopf gegen das Dach stießen.

Ein alter Kobold, kahl bis auf einen weißen Streifen, der direkt über seinen Kopf gekämmt war, lächelte uns durch das gehärtete Glas an. Er hatte einen äußerst beeindruckenden Bestand an weißen Nasenhaaren, und ihm fehlten viele seiner stachelartigen Zähne, was, zusammen mit seinen glänzenden, hervortretenden Augen, ihn leicht verrückt aussehen ließ. Sein uralter Jeansoverall war schmutzig und mit Dingen geflickt, die wie Teile alter Unterwäsche und Socken aussahen. Der Kobold war die Vorderseite des Autos hochgeklettert, so dass er hineinsehen konnte.

Rick, der sich immer noch vom Schock erholte, kurbelte schnell sein Fenster herunter.

»Hallo!«, sagte das ungewöhnliche Wesen. Er hatte einen deutlichen britischen Akzent, und ich fragte mich, ob er auch in einer Höhle aufgewachsen war und *Peppa Wutz* gesehen hatte – aber natürlich hatte das rosafarbene Schweinekotelett vor zweihundert Jahren nicht existiert, ebenso wenig wie das Fernsehen.

»Hallo«, sagte Rick. »Wir würden gerne reisen – falls Ihre Waschanlage heute in Betrieb ist.«

Der Rest von uns sah zweifelnd aus.

»Sie funktioniert, sie funktioniert«, sagte er und nickte.

»Das Gebäude sah ... geschlossen aus. Also waren wir uns nicht sicher.«

»Ah, das machen wir mit Absicht, nicht wahr?«, sagte der grünlich schimmernde Zwerg. »Wir wollen nicht, dass Muggel hier reinkommen und eine Autoschaum-Dusche erwarten und stattdessen einen Trip nach Narnia bekommen.« Er gackerte, und ich fragte mich, nicht zum ersten Mal, wie es Kobolde schafften, regelmäßige Gespräche zu führen, ohne sich ständig die Lippen mit diesen unglaublichen Zähnen zu durchbohren. »Nein, das alles ist Teil des Geschäfts, versteht ihr. Wir müssen es unter Verschluss halten.«

»Kommen trotzdem normale Menschen?«, fragte Rick.

»Nur die dummen«, sagte der alte Kobold und lachte und hustete dann eine ganze Weile. »Die schicken wir zum Spaß nach Narnia.«

»Das würdet ihr nicht tun«, sagte ich.

Er kicherte herzhaft. »Du hast Recht, das würden wir nicht. Wollen das Geschäft nicht gefährden, nicht wahr? Wollen nicht, dass die Vermisste-Muggel-Polizei herumschnüffelt, in unseren Akten stöbert. Fragt, ob wir Versicherungen und Steuernummern und so weiter haben. Fragt, ob unsere Technologie und Werkzeuge von den Sicherheitsleuten genehmigt wurden.«

»Sie wollen also sagen, dass es nicht von den Sicherheitsleuten genehmigt wurde?«

Seine Augen verengten sich misstrauisch. »Seid ihr Leute die Sicherheitsleute?«

»Nö«, antwortete Rick. »Wir sind definitiv nicht die Sicherheitsleute.«

Der Kobold fixierte uns alle nacheinander mit einem guten Starren und schien zufrieden. Seine Goldfischaugen verweilten einen Moment länger als angemessen auf Chione. »Gut«, sagte er, zog seine Augen von ihr weg und rieb seine langen knochigen Hände aneinander. »Sollen wir über Geschäfte sprechen?«

KAPITEL 69
OLIVHÄUTIGER TASCHENDIEB

»**W**ohin würden die werten Herrschaften heute denn gerne reisen?«, fragte er mit seinem präzisen britischen Akzent. »Zum Smaragdkap? In die griechische Metropole? Zur Insel von Allem?«

»Die Insel von Allem?«, fragte ich skeptisch. »Hast du dir das gerade ausgedacht?«

Er schnaubte, und sein langes weißes Nasenhaar wogte in der entstehenden Brise. »Du hast mich erwischt«, gab er zu.

Ich konnte meine Neugier nicht unterdrücken. »Wo würden wir landen? Wenn du uns an einen Ort schickst, der gar nicht existiert?«

Er sah fröhlich aus und zuckte mit den Schultern. »Deine Vermutung ist so gut wie meine.«

Wir tauschten alle beunruhigte Blicke aus.

»Wir müssen zum Obsidianschloss«, antwortete ich. Ich reichte ihm die Koordinaten und den Vampirumhang, der als unser Portalschlüssel dienen würde.

Der Kobold sah deutlich beunruhigt aus. »Normalerweise kommentiere ich keine Reiseziele«, sagte er. »Schließlich geht es mich eigentlich nichts an.«

»Richtig«, sagte Salty.

»Aber es wäre unverantwortlich von mir, euch eine Passage in dieses bestimmte Reich zu gewähren.«

»Wir sind uns der Risiken bewusst«, sagte ich. »Wir müssen trotzdem dorthin.«

Er sah mit dieser Antwort unglücklich aus.

»Es ist ... unsere Firmenpolitik ...«, sagte er und wählte seine Worte sorgfältig, »keine Kunden an Orte zu transportieren, an denen sie ... dem sicheren Tod gegenüberstehen.«

»Das scheint eine vernünftige Richtlinie zu sein«, sagte Rick. »Also zahlen wir im Voraus, nur für den Fall.«

Der Kobold blickte den Ork anerkennend an. »Trotzdem ... die Reise dorthin ist an sich schon gefährlich. Obsidian hat eine Fülle von Sicherheitsmaßnahmen installiert, um Leute fernzuhalten.« Er räusperte sich und spuckte auf den Boden. »Wenn ihr durch irgendeinen extremen Glücksfall am Ziel ankommt, werdet ihr von der dort lebenden Vampirbevölkerung niedergemäht. Die Glücklichen werden schnell sterben.«

»Wie ich schon sagte, wir sind uns der Risiken bewusst. Wir wollen trotzdem dorthin.« Um ehrlich zu sein, wusste ich nicht, dass das Portalen selbst gefährlich sein würde. »Wer A sagt, muss auch B sagen«, sagte ich und hoffte, dass er die deutsche Redewendung zu schätzen wusste.

»Wir mögen es nicht, wenn Kunden sterben«, fuhr er fort. »Wir bevorzugen *Stammkunden*.«

Ich tippte mit meinen Zehen gegen die Fußmatte und begann, frustriert zu werden. Wollte diese Kreatur unser Geld oder nicht? Vielleicht würde die Preisdiskussion das Gespräch ein bisschen vorantreiben.

»Wie viel wird es kosten?«, sagte ich und holte mein Handy heraus. »Wir sind bereit zu zahlen.«

»Oh, ihr könntet es euch gar nicht leisten«, sagte er und schüttelte traurig den Kopf.

Mein Zehenwippen wurde etwas heftiger, und ich bat Salty im Stillen, ihrem lächerlichen Artgenossen etwas Vernunft einzureden.

»Willst du das Geld oder nicht?«, fauchte Salty und zeigte ihre Zähne. »Sag uns, wie viel Silber du willst, oder wir machen diese lächerliche Waschanlage dem Erdboden gleich.«

Der alte Gob lehnte sich leicht zurück, als wäre er besorgt, dass Nilve tollwütig und schnell bei der Sache wäre, wenn es ums Beißen ging.

»Sie hat es nicht so gemeint«, sagte ich und stieß ihr hart genug in die Rippen, dass sie quietschte. »Aber wir haben es ziemlich eilig. Wenn wir zu lange bleiben, ruft vielleicht jemand die Sicherheitsleute, um deine Geschäftsräume zu inspizieren.«

»Schon gut, schon gut«, grummelte er und spuckte wieder auf den Boden. Abgesehen von ihrem allgemeinen Lügen und Stehlen war das mein am wenigsten favorisierter Kobold-Charakterzug. Wie Goblin City nicht vollständig von Speichelflüssen überschwemmt wurde, werde ich nie verstehen. Sturzfluten waren nichts im Vergleich zu der Menge an Sabber, die sie herunterregneten.

Er spähte ins Innere des Trucks. »Sechs Personen werden hundertausend Koin kosten.«

Ich fühlte mich, als hätte man mir eine Ohrfeige verpasst. »Hundert TAUSEND Koin? Das ist ja Straßenraub.«

Er nickte und lächelte, alle Sorgen um unsere persönliche Sicherheit offenbar verbannt.

»Technisch gesehen sind es fünf Passagiere«, sagte Chione. »Ich fahre nicht mit.«

»Warum hast du das nicht gleich gesagt?«, fragte der Kobold. »In diesem Fall werden es hundertzwanzigtausend Koin sein.«

»Was?«, sagte Rick. »Das ergibt keinen Sinn.«

»Du berechnest zusätzliche zwanzigtausend, weil es *weniger* Passagiere sind?«

»Schaut«, sagte der grüne Bandit. »Ich weiß nicht, was man euch erzählt hat, aber wir sind hier keine *Feilscher*.«

»Eher Erpresser«, murmelte ich.

»Was war das?«, sagte er und lehnte sich wieder herein, wobei er seine schleimige Hand an sein spitzes Ohr hielt.

»Ich sagte, ich zahle dir achtzigtausend, und das ist mein letztes Angebot.«

»Hundertzehn«, konterte er.

»Siebzig«, sagte ich.

»So funktionieren Verhandlungen nicht«, tadelte der kleine Unterschlagungskünstler. »Ich gehe runter, du gehst rauf, und wir treffen uns irgendwo in der Mitte.«

»Wie wäre es damit, du verkommener Gremlin«, knurrte ich. »Je mehr du 'verhandelst', desto mehr gehe ich runter. Und ich werde weiter runter gehen, bis wir bei der Telefonnummer der Sicherheitsleute ankommen.«

Er funkelte mich finster an.

»Also, sind wir uns bei siebzig einig?«, sagte ich.

Er begann sich zu beschweren.

»Okay, dann eben fünfzig!«

Endlich verschloss er seine runzligen Latexlippen und kochte in meine Richtung. Er reichte Rick die Karte mit den Bankdaten des Unternehmens. Ich machte ein Foto und schickte es zusammen mit dem Preis von fünfzigtausend Koin an die Chalices. Eine Minute später pingte sowohl mein als auch das Telefon des Scheusals mit einer Zahlungsbestätigung. Chione gab mir ein High-Five und stieg aus dem Auto. Sie war doppelt so groß wie der alte Kobold, aber das hielt ihn nicht davon ab, beim Anblick von ihr zu sabbern.

»Während ich deine Verhandlungskünste wirklich bewundere«, flüsterte Sam, »bin ich mir nicht sicher, ob es eine gute Idee ist, genau den Gremlin zu verärgern, dessen Aufgabe es ist, uns durch Zeit und Raum zu schleudern.«

»Das ist ein sehr guter Punkt, Detektiv«, sagte ich. Dann lehnte ich mich, laut genug, damit der Kobold es hören konnte, aus dem Fenster und sagte zu Chione: »Falls wir heute Abend nicht sicher zurückkommen, alarmiere den Rat. Zauberer Abarim wird es wissen wollen. Informiere auch Captain Morgan von den Skorpion-Spezialeinheiten. Sie wird außer sich sein, wenn ich für immer verschwinde. Und dann erzähl der Abteilung für Reichsgesundheit und -sicherheit von unserem Verschwinden.«

»Jawohl, Ma'am«, antwortete die Grimalkin, wobei sich ihre Lippen ganz leicht an den Ecken nach oben zogen.

»Ich hab's verstanden, ich hab's verstanden«, murmelte der olivhäutige Taschendieb und humpelte zum Kontrollpult.

Es war das erste Mal, dass ich mir das Armaturenbrett ansah. Es war glänzend, neu, high-tech – das genaue Gegenteil vom Rest des Ortes, und es beruhigte mich ein wenig. Also war der Verfall wirklich nur ein Trick, Gott sei Dank.

»Schnallt euch an!«, rief der Kobold, dann lächelte er mit all seinen nadelartigen Zähnen und zog den riesigen Stahlhebel nach unten.

»Tschüssikowski«, hörte ich ihn murmeln. »Möchte nicht in eurer Haut stecken.«

Ich weiß nicht, warum ich mehr Vorwarnung erwartet hatte, aber bevor ich es wusste, gab es ein brüllendes, rumpelndes Geräusch, und das Fahrzeug begann zu vibrieren. Wasser stürzte aus der Maschine und die Walzen senkten sich, schäumten überall.

»Juhuuu!«, kreischte Salty vergnügt und erinnerte mich daran, wie sehr Kobolde jede Art von Vergnügungsfahrt genossen. Sie war einmal die Achterbahnaufseherin in Goblin City gewesen, also dachte ich, sie könnte dieser Art von Dingen überdrüssig sein, aber offensichtlich nicht. Der Panzer wackelte so stark, dass die Gesichter meiner Freunde verschwammen; die Unschärfe verwandelte sich in einen Wirbel aus vermischten Farben, als das Auto sich nach oben drehte und aus der Existenz verschwand.

KAPITEL 70

RIECHT NACH STERNENSTAUB

ASHA

Aus der Existenz in einer Welt heraus und hinein in eine Art Übergangs-Tunnel auf dem Weg zur nächsten. Ich kannte das Limbo der Portalmagie gut, aber ich war noch nie in einem Fahrzeug gereist. Es war weitaus angenehmer, als durch den Raum zu sausen, nur geschützt durch deine Kleidung und Haut. Ich fühlte mich sicherer im Monstertruck, aber ich machte mir auch Sorgen wegen eines Crashs. Hatte der Panzer Airbags? Würden diese dünnen Sicherheitsgurte funktionieren, wenn wir direkt gegen eine feste Struktur geschleudert würden? Irgendwie bezweifelte ich das. *Zumindest sind wir in einem Panzer*, überlegte ich. Es hätte schlimmer sein können. Wir hätten in Merlins kleinem Vintage-Volkswagen-Käfer sitzen können, der definitiv weder ABS noch Airbags hatte. Er hatte kaum noch Polsterung, so alt und sonnengebleicht war er, und man musste ihn praktisch kurzschließen, um ihn zu starten, *aber nur*, wie Merlin sagte, *an Tagen, an denen man zu spät zu wichtigen Vorlesungen kam.*

Sam umklammerte meine Hand. Ich drückte zurück, dankbar für seine Beruhigung. Ich konnte ihn nicht sehen – konnte kaum meine Augen öffnen –, aber ich konnte ihn spüren. Wir holperten und rumpelten und schüttelten uns durch den glitzernden Durchgang, der nach Weltraum und Ozon roch. *Riecht nach Sternenstaub*, dachte ich, obwohl das keinen

Sinn ergab. Niemand wusste, wie Sternenstaub roch, obwohl wir alle daraus bestehen. Vielleicht roch Sternenstaub wie Sams Haut, seine Haare oder mein eigener Duft. Ich fragte mich, *wenn du ein Kind zur Welt bringst, riechst du dann seinen Sternenstaub?* Ich verfolgte den Gedanken und verlor ihn dann, wie es passiert, wenn man durch ein Portal reist und der Verstand versucht, mit dem Schwung des physischen Körpers mitzuhalten. Ein psychedelischer Trip ohne die Säure, ein Traum ohne Schlaf. Dann kam der Druck, wie immer, als wäre man Knete in der Hand eines Riesen. Gequetscht, bis die Lungen flach sind und keine Luft mehr hineinkommt. Zerdrückter Magen und Leber und Milz. Aber die Augäpfel sind es, wo man es am meisten spürt – als würden sie implodieren, explodieren oder direkt aus dem Kopf gesaugt werden.

»Duck dich!«, schrie Salty.

Ich fragte nicht, warum sie es sagte, ich gehorchte einfach. Eine Metallstange krachte durch die Frontscheibe und durchbohrte die Kopfstütze meines Sitzes, genau dort, wo mein Kopf noch eine Sekunde zuvor gewesen war.

Was zum Hexenwerk war das?!

Es ist fast unmöglich, die Augen während des Portalreisens offen zu halten. Ich wusste nicht, wie Salty die Stange rechtzeitig gesehen hatte, um mich zu warnen, aber ich liebte diesen schmierigen Goblin mehr denn je.

»Bleibt unten!«, rief sie, und ich hoffte, dass alle sie gehört hatten.

Ein weiteres Krachgeräusch und Schmerz in meiner Brust. Ich fragte mich, ob ich von einer weiteren Stange oder anderen Trümmern aus der Leere durchbohrt worden war. Aber als ich auf meine Brust schaute, war ich unverletzt. Vielleicht war es nur der intensive Druck auf mein Herz.

»Festhalten!«, brüllte Salty.

Festhalten? Woran sollen wir uns festhalten? Ich griff nach dem Griff über der Tür und dem Sitz vor mir. Es gab einen Crash; wir waren an etwas Großem und Festem entlanggeschrammt. Es schleuderte den Monstertruck von seinem Kurs ab.

Nilve SaltySnap fluchte im Goblin-Dialekt. Das war kein Hörvergnügen. Sie riss sich zusammen und ich hörte, wie sie ihren Portalzauber rezitierte, um uns wieder auf Kurs zu bringen. Zunächst fühlte es sich nutzlos an, als würde man versuchen, einen rollenden Felsbrocken mit einem Spinnennetz zu fangen, aber als die Magieschichten sich vervielfachten, verstärkten sie sich gegenseitig, und das Fahrzeug begann, an Schwung zu verlieren. Wir wurden fast bis zum Stillstand abgebremst, und unter Saltys sorgfältiger Führung korrigierte der Panzer seinen Kurs, und wir waren wieder auf dem richtigen Weg. Als ob die Leere unsere Erleichterung spürte, schien sie ebenfalls auszuatmen, und der erdrückende Druck ließ endlich nach, sodass wir die Augen öffnen und normal atmen konnten. Es war dunkel um uns herum. Wir drehten uns und schwebten durch die Luft, die sich wie Nichts anfühlte, in einem Auto, das wir nicht sehen konnten.

Langsam, ganz langsam, berührten die Reifen des Trucks den Boden. Niemand sagte ein Wort, vielleicht aus Sorge, dass die Anerkennung der perfekten Landung Unglück bringen würde.

Wir saßen im Dunkeln. Schließlich sprach Rick. »Wow.«

»Das kannst du laut sagen«, antwortete Salty, die erschöpft klang.

»Was ist passiert?«, fragte ich.

»Ich bin mir nicht sicher«, antwortete sie mit schwacher Stimme. »Da war irgendeine Art von Störung. Eine magnetische Welle oder so etwas. So etwas habe ich noch nie erlebt.«

»Du hast uns wieder auf Kurs gebracht«, sagte ich. »Wir wären von einem schwarzen Loch verdaut worden, wenn du nicht gewesen wärst.« Ganz zu schweigen von der Stange, die versucht hatte, ein Loch in meinen Schädel zu stanzen. Ich erwartete, dass sie damit prahlen würde, uns alle gerettet zu haben — oder zumindest eine Art Belohnung verlangen würde —, aber ich glaube, sie war zu erschöpft. Es war eine Sache, ein paar Leute zu portieren, aber ein ganzes Panzer-Cabriolet-Monster-Truck muss wirklich an den Kräften zehren.

Sam rieb sich das Knie. »Das war wahrscheinlich die zusätzliche Schutzschicht der Taschendimension, vor der uns der Typ von der Carwash gewarnt hat.«

»Hades«, sagte ich. Wenn es schon so schwierig war, in die Smaragde-Dimension zu gelangen, wollte ich mir nicht vorstellen, wie schwer es sein würde, in die Obsidianburg zu kommen. Aber es hatte keinen Sinn, darüber nachzugrübeln – am besten machten wir uns einfach auf den Weg.

»Ist alles in Ordnung bei euch?«, fragte ich. »Alle Körperteile noch da?«

Es gab einen Chor von Jas und Stöhnen. Wir alle waren ziemlich durchgeschüttelt worden, aber niemand schien verletzt zu sein. Wir begannen, uns aus dem Fahrzeug herauszuhieven. Es war so dunkel, dass wir uns kaum gegenseitig erkennen konnten.

»Ich habe noch nie solche Dunkelheit gesehen«, kam Sams raue Stimme. »Es ist fast so, als könnte man sie auf der Haut spüren.«

»Ja«, antwortete ich. »So ist es auf dem Schwarzmarkt. Als würde man durch Melasse waten.«

Ich hatte eine kurze Rückblende an den EverShade-Markt, als ich diesen Vampir mit der weichsten Haut traf. Sie hatte die elektrischen Augen eines Raubtiers. Sie hatte mir gesagt, dass ich dort nicht hingehöre, und dann ihren Umhang geschwungen. Verängstigt war ich davongelaufen. Warum dachte ich jetzt an sie? Ich wusste es nicht, aber ich spürte ihre Präsenz – als würde sie darauf warten, dass ich sie finde. Wenn sie zum Smaragde-Clan gehörte, könnte sie jetzt hier sein.

»In welche Richtung ist die Burg?«, fragte Rick.

Stoker schnupperte in der Luft, dann zeigte er in die Dunkelheit. Ich holte meinen Zauberstab heraus und erleuchtete ihn mit einem *illumino*-Zauber. Ich war erleichtert zu sehen, dass meine Magie in dieser Taschendimension funktionierte. Wir sahen uns gegenseitig an, um sicherzugehen, dass niemand fehlte, und machten uns dann auf den Weg zum Duft der Vampire.

KAPITEL 71

HÜBSCHE STACHELSCHWEINE

ASHA

»Ich wünschte, Jax wäre hier«, sagte Salty.

»Ich auch«, sagte ich. Jacquelyn Denna Knight hatte viele Talente, und Vampire zu töten stand weit oben auf dieser Liste. Kein Vampir konnte sie wegen ihres Dhampyr-Blutes hypnotisieren, was sie zusammen mit ihren ausgezeichneten Kampf- und Parkour-Fähigkeiten zur besten Waffe gegen Vampire machte, die wir hatten.

»Wir werden sie nie zurückbekommen«, jammerte der Kobold. »Ihr Menschen und eure Babys, ihr lasst sie alles kaputt machen.«

»Was? Nein, tun wir nicht.«

»Du solltest dir ein paar Lektionen von Kobold-Eltern holen, bevor du Mini-Hexen-Detektiv-Babys mit Herr Polizist machst.«

»Wirklich?«, sagte ich. Ich bezweifelte stark, dass Kobolde gute Eltern abgaben. Die einzige Erfahrung, die ich mit Kobold-Familien hatte, waren die, die ich in Koboldstadt gesehen hatte, wo sie ihre Sprösslinge mit Hot Dogs, Donuts, Eis und Limonade vollstopften und sie dann auf die kotzwürdigen Fahrgeschäfte setzten.

»Ja, wirklich«, sagte sie. »Kobolde arbeiten nicht für ihre Kinder, es ist andersherum. Die Kinder müssen zur Familie beitragen. So soll es sein. Es ist schließlich eine Familie, keine Wohltätigkeitsorganisation.«

»Okay«, sagte ich. »Also wenn Herr Polizist und ich Babys bekommen, müssen wir sie für uns arbeiten lassen?«

»Und lass nicht dein Leben um sie kreisen. Das ist ein weiterer Fehler, den Menschen machen. Es ist sehr schlecht für das Kind, weißt du. Zu viel Druck.«

»Das werde ich mir merken«, sagte ich. Das Letzte, womit ich auf dieser Reise gerechnet hatte, waren Erziehungstipps von Salty, aber da waren wir nun. Das Leben überraschte mich immer wieder.

Wir waren noch nicht lange gelaufen, als wir in der Ferne kleine Feuer entdeckten. Der Wachturm des Schlosses ragte vor uns auf, schwarz auf schwarz. Wir hatten keinen wirklichen Plan, nur dass wir irgendwie in das Schloss eindringen und die Mädchen retten mussten. Wir würden eine offene Schlacht mit den Vampiren nie überleben – ich schätzte, dass wir etwa fünfzig zu eins in der Unterzahl waren –, also war es besser, je weniger Aufruhr wir verursachten. Ich löschte das Licht meines Zauberstabs.

Stoker hatte die Aufgabe, die Blutfarm aufzuspüren, sobald wir die Mauern überwunden hätten. Salty hatte bereits unsere Seelen gerettet, aber sie könnte mit ihren Unsichtbarkeitstricks wieder nützlich sein. Rick und Sam waren die Muskelkraft, und ich war die Magie.

Wir schlichen uns an das Gelände rund um das Obsidian-Schloss heran und versteckten uns in einem Nadelgehölz. Verstecken war angesichts der Dunkelheit, die uns umgab, wahrscheinlich nicht nötig, aber man wusste nie bei Taschenrealitäten und dunkler Magie. Näher und näher krochen wir. Es schien auf jedem Eckturm Wachen zu geben, und der Burggraben sah aus wie ein Fluss aus schwarzem Öl.

»Wir brauchen ein Floß«, sagte Rick.

»Können wir nicht einfach rüberschwimmen?«, fragte Sam.

Wir starrten ihn alle an. »Nein«, sagte ich.

»Burggräben in magischen Reichen sind nicht vertrauenswürdig«, erklärte ihm Salty mitleidig ob seiner Unwissenheit. »In menschlichen Märchenbüchern enthalten die Gräben Wasser, richtig?«

»Richtig«, sagte er.

Sie kicherte. »Amateure.«

»Der Kobold hat recht«, sagte Rick. »Wenn Sirilla Voltane sich die Mühe gemacht hat, den Void-Raum um ihre Taschenrealität zu magnetisieren, hat sie definitiv das Schloss befestigt. Der Graben ist eine der besten Möglichkeiten dafür.«

Wir starrten auf die tintenschwarze Flüssigkeit, während wir Strategie besprachen.

»Eine Brücke wäre am besten«, sagte ich. »Denn es geht nicht nur darum, uns hineinzubringen, sondern all die Mädchen hinauszubringen.«

»Eine Brücke«, wiederholte Salty. »Na klar, Hexe. Wir packen einfach unsere Heimwerker-Werkzeuge aus und sind im Nu fertig.«

»Sarkasmus steht dir nicht«, erwiderte ich.

Sie grinste. »Lügnerin.«

»Ich weiß, dass deine Portalmagie unzuverlässig ist, aber glaubst du, du könntest uns rüberbringen? Wir können auf dem Rückweg die Zugbrücke benutzen.«

Der Kobold schüttelte den Kopf. »Zu riskant, es hier zu versuchen«, sagte sie. »Ich traue dem nicht. Ich könnte euch versehentlich in eine ganz andere Dimension schleudern.«

»Was, wenn wir einfach unsere Anwesenheit ankündigen?«, sagte Rick.

»Dann werden wir bald wie hübsche Stachelschweine aussehen, dank all der Pfeile in unseren Rücken«, antwortete Salty.

»Nicht unbedingt«, sagte ich. »Sie könnten uns hereinlassen. Wir sehen kaum bedrohlich aus.«

»Nein«, sagte Salty. »Mir gefällt dieser Plan nicht. Er gibt unseren Vorteil weg – unseren *einzigen* Vorteil.«

Das stimmte. Das Überraschungsmoment war auf unserer Seite – vorerst.

»Was, wenn wir sie dazu bringen könnten, die Brücke zu senken?«, fragte Stoker. »Dann schleichen wir uns hinein, während sie abgelenkt sind.«

»Ich habe einen Ablenkungszauber«, bot ich an. »Oder ich könnte etwas heraufbeschwören.«

Ich zerbrach mir den Kopf und überlegte, was überzeugend genug wäre, um sie dazu zu bringen, die Tore zu öffnen. Ich versuchte, mich in die stylischen Stiefel eines Vampirs zu versetzen, aber es war zwecklos. Vampire mögen gewalttätige, brutale, böse Kreaturen sein – aber dumm waren sie nicht.

»Wir brauchen ein trojanisches Pferd«, sagte Sam.

Und das, zusammen mit Ricks Vorschlag, gab mir eine Idee.

Ich näherte mich der Vorderseite des Schlosses mit erhobenen Händen. Wenn ich einen Ast oder eine weiße Fahne gehabt hätte, hätte ich sie geschwenkt. Ich hörte, wie der Wachturm-Vampir seinem Freund zurief.

»Besuch«, sagte er, und ich verstand den Rest seiner Worte nicht. Er fragte sich wahrscheinlich, wie ich das Schloss gefunden hatte.

»Ich komme in Frieden«, log ich. »Ich habe ein Geschenk für Sirilla Voltane.«

»Ach, ja?«, sagte der Wachposten. »Das glaubst du doch selbst nicht.«

»Es ist von Shagar Khargol«, rief ich. »Sie möchte einen Deal vorschlagen.«

»Also hat sie ein hübsches Mädchen in eine Höhle voller Vampire geschickt? Ehrlich gesagt klingt es, als wolle sie dich nur loswerden.«

»Krieg steht bevor«, rief ich zu ihm hinauf. »Khargol will sich verbünden. Ihr könntet die gesamte Ork-Nation in eurer Armee haben.«

Der Wächter antwortete mir nicht. Er wandte sich seinem Kameraden zu und sie diskutierten, dann ging der andere weg.

»Wir werden der Gräfin Voltane mitteilen, dass du hier bist. Sie wird uns sagen, wie sie dich getötet haben möchte, und wir werden ihre Befehle gerne befolgen.«

»Das ist nett von euch«, rief ich zurück. Ich stand dort im Freien und fühlte mich verwundbar. *Es würde nur einen gut platzierten Pfeil brauchen,* dachte ich, *um mich zu meinem Schöpfer zu schicken.* Ich versuchte, den Gedanken zu verdrängen. Die nächsten kurzen Momente verbrachte ich damit, die hungrig aussehenden Ranken zu betrachten, die die Schlossmauern hinaufwuchsen. Bis dahin wusste ich nicht, dass eine Pflanze böse aussehen konnte. Ein paar Minuten später hörte ich, wie ein Horn ertönte.

»Öffnet das Tor!«, rief jemand von drinnen. »Öffnet das Tor!«

Ich schluckte. Es ist immer beunruhigend, wenn ein Plan tatsächlich funktioniert.

KAPITEL 72
TÖTE MICH SPÄTER

ASHA

Die Zugbrücke knarrte, als sie heruntergelassen wurde. Die verschiedenen Geräusche, die sie dabei machte, ließen mich vermuten, dass sie nicht sehr oft benutzt wurde. Warum auch? Es gab nichts in diesem Taschenreich außer der Burg. Als sie endlich zitternd zum Stillstand kam, stand ein äußerst gutaussehender Vampir in einem schicken Anzug am Eingang. Seine Haut war so dunkel wie die Nacht, die ihn umgab, und seine Augen hatten den hellsten Blauton, den ich je gesehen hatte. Eine beeindruckende Kombination.

»Durchsucht sie«, sagte er, und aus der Dunkelheit kamen zwei Vampire, wie Schatten, um seinen Befehl auszuführen. Ich hielt meine Hände hoch.

»Sie ist sauber, Lucian«, sagte der Mann zu meiner Rechten.

»Bringt sie rein, schließt das Tor«, sagte er. »Mal sehen, was sie zu sagen hat.«

Ich ging auf Lucian zu. »Danke.«

Er sah unbeeindruckt aus. »Seit wann benutzt die Ork-Mafia einen *Menschen*, um ihre Drecksarbeit zu erledigen?«

»Seit Sugar und ich einander vertrauen«, sagte ich.

»Ha«, sagte er. »Ich würde einem Ork nicht weiter trauen, als ich ihn werfen könnte.«

»Glaub mir, das Misstrauen beruht auf Gegenseitigkeit«, sagte ich. »Vampire sind nicht gerade für ihre Integrität bekannt.«

Lucian zischte mich an.

»Nimm es nicht persönlich«, sagte ich. »Wenn wir deinen Clan für völlig unzuverlässig hielten, hätte ich nicht mein Leben riskiert, um herzukommen. Von allen Clans im Reich haben wir speziell euren ausgewählt.«

Seine Augen waren eiskalt, aber er schien das zu akzeptieren. Er schnippte mit seinem Umhang und ging los, also nahm ich das als Einladung, ihm zu folgen. Die Zugbrücke knarrte und zitterte hinter mir, als sie sich schloss, und ich hoffte, dass mein Team es geschafft hatte, hineinzukommen und sich zu verstecken, denn ich konnte spüren, wie mein Halt am Unsichtbarkeitszauber, mit dem ich sie verbarg, nachließ.

Ich beeilte mich, zu Lucian aufzuschließen, der zügig unterwegs war. Als wir den Innenhof überquerten, konnte ich den Blick des Wächters in meinem Rücken spüren, während ich im Herzen der Burg verschwand.

»Wie geht es Gräfin Voltane?«, fragte ich.

»Sie können Sie selbst fragen«, antwortete er.

»Irgendwie bezweifle ich das«, sagte ich. »Es ist ja nicht so, als würden Sie eine völlig Fremde direkt zu einem Treffen mit Ihrer geschätzten Anführerin spazieren lassen.«

Der Vampir musterte mich von oben bis unten. »Vielleicht sind Menschen doch nicht so dumm, wie sie scheinen.«

»Darüber lässt sich streiten«, erwiderte ich.

Lucian grinste. Ich dachte, es wäre, weil er meinen Witz geschätzt hatte, aber dem war nicht so. Er packte meine Handgelenke, und ich hörte ein Klicken. Eisenfesseln.

»Nur zur Sicherheit«, sagte er, offensichtlich zufrieden mit sich selbst.

»Natürlich«, sagte ich, schüttelte meine gefesselten Handgelenke und tat munter. »Sicherheit geht vor!«

Ich hoffte, dass mein Team bereits die verschiedenen Räume, Hallen und Türme nach den Mädchen durchsuchte. Wir vermuteten, dass die Blutfarm in den Kerkern sein würde, abseits und außer Sichtweite. Natürlich war das Finden der Mädchen nur die halbe Miete. Sie herauszubekommen würde schwieriger werden.

Mit Handgelenken, die von kaltem, dunklem Metall umschlossen waren, versuchte ich, mir alle Details einzuprägen, die ich sehen konnte, suchte nach potenziellen Waffen, Fluchtwegen und Verstecken. Die Vampire, an denen wir vorbeigingen, schienen neugierig auf meine Anwesenheit zu sein, aber niemand hielt uns auf. Ich dachte, Lucian war vielleicht ziemlich wichtig, so wie die anderen Vampire den Blick abwandten und uns Platz machten. Wir gingen über den Steinfliesenboden – selbst die Steine waren schwarz – und an den Feuerfackeln entlang der Wand vorbei.

Nach ein paar Wendungen erreichten wir einen Eingang. Lucian deutete an, dass ich zuerst eintreten sollte, und ich tat, wie mir geheißen wurde. Der große Raum war dunkel und kalt und leer. Ich wusste, dass ich in Schwierigkeiten steckte. Der Vampir schnippte mit den Fingern. Ein Glaswürfel erschien, und ich war darin. Eine kleine durchsichtige Zelle in einer schwarzen Burg in einem magischen Taschenreich. Ehrlich gesagt, war das nicht das beste Gefühl der Welt.

Lucian griff nach einem Stuhl, drehte ihn um und setzte sich darauf, auf eine Weise, die mir den Eindruck vermittelte, dass wir uns auf einen schönen langen Plausch einstellten. Sein Gesichtsausdruck war unheimlich und machte mich nervös.

»Lernen wir uns kennen«, schnurrte er.

»Okay«, antwortete ich. »Ich habe nicht so viel Zeit«, sagte ich. »Können wir die Speed-Dating-Version machen? Was ist dein Sternzeichen? Kommst du oft hierher? Bist du Dom oder Sub?«

Er fand mich nicht lustig.

»Wie heißt du?«, fragte er.

Ich zögerte. Sollte ich mir einen Namen ausdenken? Ich entschied mich dagegen.

»Es ist keine Fangfrage«, sagte er.

»Mein Name ist Asha«, sagte ich. »Asha Viridian Rook.«

»Viridian?«, sagte er und zog eine Augenbraue hoch. »Du hast Smaragde-Blut?«

»Nein. Ich bin eine grüne Hexe.«

»Und der Nachname. Rook. Du bist ein Copperfield-Waisenkind?«

»Ja.«

»Eltern tot? Oder haben sie dich aufgegeben?«

»Ich bin mir nicht sicher«, antwortete ich. »Wahrscheinlich tot. Kein Grund, etwas anderes zu denken.«

»Und du bist hier, um mit dem Clan einen Deal zu machen?«

»Ja, Sir.«

»Ich glaube dir nicht.«

»Das ist Ihr gutes Recht«, sagte ich. »Aber wirklich, ich bin hier, um mit Voltane zu verhandeln.«

»Ich werde dir noch eine Chance geben, die Wahrheit zu sagen«, sagte er.

»Ich sage die Wahrheit«, schwindelte ich.

Er schnippte erneut mit den Fingern, und ich schrie erschrocken auf, als kaltes Wasser aus allen vier Ecken des Würfels auf mich spritzte. Als ich gründlich durchnässt war, schnippte er wieder, und das Wasser hörte auf zu fließen. Ich stand wadentief in der eiskalten Flüssigkeit und zitterte. Mit einer Furcht, die der Temperatur des Wassers entsprach, wurde mir klar, dass ich etwa sechs weitere Chancen hatte, die Wahrheit zu sagen – oder ich würde ertrinken oder der Unterkühlung erliegen, was auch immer zuerst kam, oder eine lustige Kombination von beidem.

Er beobachtete mein Gesicht, als ich erkannte, was passieren würde, wenn ich weiter lügen würde. »Du verstehst das Spiel jetzt?«

»Ja«, sagte ich. Ich versuchte, das Zittern zu unterdrücken, versuchte, stark auszusehen.

»Brave kleine Hexe.« Er lächelte. Er hatte Glück, dass ich nicht neben ihm stand, denn das hätte ihm einen Faustschlag ins Gesicht eingebracht, mit oder ohne Handschellen.

»Gut. Versuchen wir es noch einmal. Warum bist du hier?«

»Um Voltane zu sehen«, antwortete ich. Es war zumindest eine halbe Wahrheit.

»Warum?«

»Weil ich versuche, die vermissten Töchter zu finden.«

Sein Auge zuckte. »Welche vermissten Töchter?«

»Jetzt bist du derjenige, der lügt«, sagte ich. »Ich weiß, dass die Smaragdes die Mädchen haben.«

Er versuchte, ungerührt zu wirken, aber ich konnte sehen, wie seine Kiefermuskeln arbeiteten.

Seine Finger spielten eine Melodie auf seinem Knie. »Wem hast du sonst noch davon erzählt? Von den Mädchen?«

»Niemandem«, sagte ich.

Das eiskalte Wasser prasselte wieder auf mich ein, die Strahlen kraftvoll genug, um blaue Flecken zu hinterlassen. Es hörte auf, als das Wasser bis zu meinen Knien reichte. Die Haut an meinen Händen war jetzt blau, und meine Zähne klapperten.

»Wem hast du sonst noch davon erzählt?«, wiederholte er.

»Detektiv Sam Armstrong«, sagte ich. »Ein Kobold namens Nilve Salty-Snap. Stoker und Rick.«

»Detektiv?«

»Er ist mein Freund«, sagte ich zur Erklärung.

»Hmm«, sagte Lucian und biss sich auf die Lippe, während er versuchte herauszufinden, ob ich die Wahrheit sagte.

»Und einem Grimalkin namens Chione«, fügte ich hinzu, in der Hoffnung, dass es überzeugend genug war.

»Also bist du hier, um die Mädchen zu finden«, sagte er.

»Ja. Es läuft nicht besonders gut, wie du wahrscheinlich sehen kannst.«

Er starrte mich an. »Wenn sonst nichts«, sagte Lucian, »bewundere ich deine Kühnheit.«

»Ich war nie gut darin, Komplimente anzunehmen«, antwortete ich.

Ich stand knietief im eiskalten Wasser, meine Füße wurden trotz der Stiefel, die ich trug, taub.

»Du wirst die vermissten Töchter nicht finden«, sagte Lucian schließlich, sein Ton so eisig wie das Wasser. »Nicht hier, nirgendwo.«

Mein Herz sank. »Was meinst du damit?«

»Es ist ein äußerst ausgeklügeltes System«, sagte der Vampir. »Unser Clan hat in tiefe, dunkle Magie investiert, um sie zu sichern.«

Ich verstand nicht, wovon er sprach. Ein weiteres magisches Sicherheitssystem?

»Warum nehmt ihr sie überhaupt? Sie sind unschuldige Kinder.«

»Ich denke, du kennst die Antwort darauf«, erwiderte er.

»Warum sie; warum jetzt?«

»Weil wir alle Kraft brauchen, die wir bekommen können, wenn wir im Krieg siegreich sein wollen.«

»Siegreich?« Mein Gesicht verzog sich vor Ekel. »Es gibt keinen Sieg im Krieg. Es gibt keine Gewinner.«

Er lächelte. »Das sagen immer die Verlierer.«

Mein Zittern hatte sich jetzt in ein vollständiges Schütteln verwandelt, und ich hielt meine Arme eng am Körper, um Wärme zu bewahren und das Zittern zu stoppen.

»Was ist dein Plan? Die Mädchen ausbluten lassen, bis sie sterben, und sie dann wegwerfen? Was dann?«

»Das geht dich nichts an, Hexe«, sagte er, stand auf und stellte den Stuhl zurück. Er war so stark – ich konnte es daran erkennen, wie der Stuhl für ihn scheinbar gewichtslos war. »Nun, ich denke, du hast mich genug unterhalten.«

»Oh, gut«, sagte ich. Selbst meine Lippen zitterten. »Freut mich, dass ich helfen konnte.«

Er hob seine Hand wieder, bereit, mit den Fingern zu schnippen. »Gibt es noch etwas, das du sagen möchtest?«

»Töte mich später«, sagte ich.

»Was?«

»Lass mich zuerst mit Voltane sprechen. Dann kannst du mich töten.«

»Warum sollte ich das tun?«

»Um den letzten Wunsch einer Hexe zu erfüllen?«, sagte ich.

Er lachte, dann verschwand sein Lächeln. »Nein.«

Die Wasserstrahlen trafen mich von allen Seiten. Ich beugte mich leicht, um meine empfindlicheren Stellen vor dem Schlimmsten zu schützen. Der Wasserstand erreichte meine Hüften, dann die Taille. Ich dachte, er würde es abstellen, aber mir wurde klar, dass es keinen Grund dafür gab. Er hatte seinen Spaß gehabt, und jetzt war es Zeit, meine flatterhafte grüne Seele in den großen Garten im Himmel zu schicken.

Das Wasser stieg bis zu meinen Rippen, dann bis zu meinem Herzen. Es war so kalt, dass es schmerzte.

»Stopp«, schrie ich. »Bitte, hör auf.«

Lucian neigte den Kopf. »Warum sollte ich?«

»Weil ich Dinge für dich tun kann!«, rief ich, als das Wasser meinen Hals berührte. »Sag mir, was du brauchst, und ich werde es tun! Verschwende meine Magie nicht. Sie kann uns beiden helfen.«

Er dachte darüber nach, während das Wasser stieg. Mein Körper schmerzte, meine Knochen waren von innen gefroren, meine Haut verlor jegliches Gefühl. Wenn ich das überleben würde – was zweifelhaft war – müsste ich wie ein Thanksgiving-Truthahn auf einer Küchentheke auftauen, bevor irgendeine Magie durch meine verengten Venen fließen könnte. Das Wasser hörte auf zu steigen.

»Ich kann dir helfen«, sagte ich.

Er schüttelte fast unmerklich den Kopf. »Ich glaube nicht.«

Lucian schnippte ein letztes Mal mit den Fingern, um den Tank zu füllen, und blieb, um mir beim Ertrinken zuzusehen.

KAPITEL 73

FRIEDHOF AUS GLAS

ASHA

Das Wasser strömte hinein und füllte den Würfel – bald reichte es mir bis zum Hals, zum Kinn, zum Mund. Ich holte den tiefsten Atemzug, den ich konnte, bevor es über meine Nase stieg. Meine kalten Muskeln und die Handschellen hinderten mich daran, effektiv zu treten, und schon bald blickte ich durch die Wand aus Wasser und Glas auf Lucians schwarz-auf-schwarze Silhouette, die uns trennte.

Er würde bleiben, bis er sicher war, dass ich tot war. Er war nicht die Art von Bösewicht, die so etwas dem Zufall überließ – oder vielleicht genoss er es einfach, mich leiden zu sehen. Ich merkte schnell, dass mein Strampeln mich nirgendwohin brachte und nur meinen Sauerstoff schneller verbrauchte, also hörte ich auf und stand in der Mitte des Würfels, während meine Lungen immer lauter schrien.

Man sagt, Ertrinken sei nicht die schlimmste Art zu sterben. Dass es ein angenehm schwebendes Gefühl sei, und bevor man es wisse, sei man weg. Diese Leute wurden offensichtlich nicht von einem Würfel kalten Wassers ermordet, denn ich hatte Angst und litt Qualen. Ich wusste nicht, dass Kälte so viel Schmerz verursachen konnte. Ich fragte mich auch nebenbei, wie sie uns von ihren Erfahrungen des Ertrinkens erzählen konnten, wenn sie doch allem Anschein nach noch lebten, um ihre Geschichten zu erzählen. Meine Lungen begannen zu rebellieren, versuchten mich zu erschüttern, damit ich Sauerstoff finde, und ließen meinen Brustkorb unwillkürlich pumpen. Sie wussten nicht, dass es keine Luft zu finden gab. Die letzten meiner silbernen Blasen verließen mich.

Ich konnte die untere Hälfte meines Körpers nicht mehr fühlen und war erleichtert, den Schmerz loszuwerden, aber meine Lungen machten das wett, indem sie nicht aufhörten zu schreien. Es war alles, was ich fühlte. Eine einzigartige Art der Folter. Langsam fühlte ich überhaupt nichts mehr, und als ich merkte, dass die Folter vorbei war, begannen meine Augen sich zu schließen.

Ich spürte eine gewaltige Bewegung und öffnete die Augen. Mir war nicht mehr kalt. Ich nahm einen tiefen Atemzug Wasser, dachte, es sei Luft, und erstickte fast, was dazu führte, dass ich noch mehr Wasser einatmete. Ich war immer noch im Würfel. Ich spürte wieder die Bewegung und sah mit verschwommenen Augen, dass Lucians Silhouette mit einer anderen rang. Schatten kämpften gegen Schatten. Es gab mir genug Hoffnung, um trotz meiner Beine, die sich anfühlten wie lange, mit kalter Suppe gefüllte Socken, zur Oberfläche zu treten. Beim ersten Versuch schaffte ich es nicht und musste wieder absinken. Ich stieß mich vom Boden ab und trat wie verrückt, um die Oberfläche zu erreichen, wo ich weiter würgte, aber etwas Luft in meine Lungen ziehen konnte. Ich klammerte mich an den Rand des gläsernen Käfigs, während ich hustete, prustete und schließlich atmete. Es gab keinen Schmerz mehr, was ich für ein schlechtes Zeichen hielt. Ich fühlte auch keine Kälte mehr, was bedeutete, dass mein Körper offiziell unterkühlt war, und wenn ich nicht bald irgendeine Wärme fände, würde ich in diesem dunklen Palast sterben. Plötzlich fiel ich durch die Luft. Verwirrt fragte ich mich, welche Art von Magie das war. Ich stürzte auf den harten Boden und platschte in das Wasser, das mich gefangen gehalten hatte. Glasscherben glitzerten. Rot strömte aus dem Handgelenk der Hand, mit der ich mich am Tank festgehalten hatte. Meine Zauberhand.

Das Wasser schwappte durch den Raum und beruhigte sich dann. Ich suchte nach den Schatten.

Starke Arme zogen mich vom Stein hoch, und ich fühlte mich, als würde ich fliegen.

»Asha!«, rief Sam.

Es erwies sich als unglaublich schwierig, meine Augen offenzuhalten, aber da war er, mein Ritter in glänzender Rüstung. Ich lag in seinen Armen. Keine schlechte Art zu sterben.

»Sam?«, sagte ich, aber das Wort kam als Würgen heraus, und Wasser lief aus meinem Mund.

Er hielt mich fester. »Du bist eiskalt.«

»Ich fühle mich gut«, antwortete ich.

»Das ist es, was mir Sorgen macht.«

Das Wasser war abgeflossen und hinterließ einen Friedhof aus Glas.

»Schnell«, sagte er, und ich wusste nicht, was er meinte. »Lasst uns sie hier rausbringen.«

Ich sah Stoker in seiner Wolfsgestalt, wie er Lucian anstarrte, den er in die Ecke gedrängt und zu Boden gezwungen hatte. Ich hörte Stoker knurren und dann sein bedrohlichstes Fauchen einsetzen, und Lucian kroch auf Händen und Füßen weiter in die Ecke zurück.

»Bring ihn mit«, befahl Sam.

Wir flossen in das, was wie der nächste Raum aussah, aber ich hatte keine Erinnerung daran, wie wir dorthin gelangt waren. Es war trocken, und im Kamin brannte ein Feuer. Sam legte mich vor die Flammen und begann, mir die nassen Kleider auszuziehen. Ich war zu taub, um zu helfen, abgesehen davon, dass ich gelegentlich ein Glied hob.

Ich hörte ein Zischen. Diesmal war es Lucian, wütend darüber, dass er ein Gefangener eines Wolfes war. Er beobachtete, wie ich bis auf meine bläulich verfärbte Haut ausgezogen wurde, während immer noch Blut aus meinem Handgelenk tropfte. Sam hängte meinen Umhang zum Trocknen in die Nähe des Feuers.

Sam wandte sich an den Vampir. »Zieh deine Kleidung aus.«

»Nein«, sagte er.

»Nein?«, sagte Sam. »Hast du gesehen, was die Fangzähne eines Werwolfs mit einem Körper anstellen können?«

Lucian knirschte so heftig mit den Zähnen, dass ich dachte, seine Fangzähne könnten zerbrechen.

»Gib mir deine Kleidung«, sagte Sam. »Jetzt.«

Der Vampir funkelte Sam an, aber er tat, was ihm gesagt wurde.

Das Feuer wärmte meinen Körper. Das klingt angenehmer, als es war, denn die Wärme ließ meine Haut kribbeln und stechen, als sie wieder zum Leben erwachte. Sam fing den Umhang auf, den Lucian in unsere Richtung warf, und er riss einen Streifen vom unteren Ende ab. Er benutzte ihn, um eine Aderpresse um mein Handgelenk zu binden, aus dem immer noch Blut pumpte. *Das zerbrochene Glas hat echten Schaden angerichtet*, dachte ich, vielleicht Sehnen durchtrennt, denn meine Finger gehorchten meinen mentalen Befehlen nicht. Nachdem er die Blutung gestoppt hatte, half mir Sam, in Lucians teuren Anzug zu schlüpfen – Umhang, Socken, Stiefel und alles. Er gab mir mein Ritualmesser und meinen Zauberstab, die er in Verwahrung genommen hatte, während ich das Schloss betrat. Mein Körper begann besser zu funktionieren. Ich konnte stehen und ein paar Schritte machen, aber ich wollte das Feuer nicht verlassen. Es war meine Sicherheitsdecke. Sam stand auf und umarmte mich eine Weile, und meine Haut verschlang seine Körperwärme. Lucian blieb auf dem Boden, nackt bis auf seine Designer-Unterhose, und betrachtete uns mit Verachtung.

Der Detektiv wandte sich an den Vampir. »Wo sind die Mädchen?«

Lucian schnaubte. »Tu, was du musst, Mensch, aber ich werde meinen Clan niemals verraten.«

»Dein Clan ist nicht hier, um dich zu beschützen«, sagte Sam. »Und wir werden alles tun, was nötig ist, um diese Kinder zu finden. Verstehst du das?«

Lucian sprach laut und deutlich. »Ich werde meinen Clan nicht verraten.«

Der Wolf sah zu Sam auf, und Sam nickte. Stoker stürzte sich auf Lucian. Hungriges Knurren, schnappende Kiefer, Lucian schrie vor Angst und Schmerz. Die Geräusche des Angriffs füllten den Raum und wurden allgegenwärtig. Alles andere verschwand. Ich musste wegschauen, aber es half nichts; ich konnte immer noch das Zerreißen von Fleisch hören.

»Stopp«, sagte Armstrong, und der Wolf winselte und trat rückwärts, die Schnauze rot gefärbt. Ich wollte nicht sehen, was von Lucian übrig war, aber ich tat es trotzdem.

Er umklammerte seinen linken Arm, der von der Schulter bis zur Handfläche scharlachrot war, ein Stück Fleisch fehlte an der Stelle, wo sein Bizeps gewesen war. Sein Hals blutete ebenfalls. Trotz allem, was er mir angetan hatte, machte mich diese Folter unruhig.

Er ist ein Vampir, sagte ich mir. *Ein Unmensch, der dich buchstäblich gerade zu töten versucht hat. Eine Kreatur, die unschuldige Mädchen für Macht ausbluten lässt. Hier ist kein Platz für Mitgefühl.*

»Wo sind die Mädchen?«, fragte Sam noch einmal. »Dies ist deine letzte Chance.«

Lucian begann vor Schmerz und Angst zu stammeln. Stoker knurrte zur Warnung, und er wurde leiser.

»Sag es uns und wir werden dich verlassen«, sagte Armstrong. »Tot oder lebendig, wie du willst.«

»Ihr werdet sie nie finden«, sagte er, seine Augen bewegten sich auf eine Weise, die mich denken ließ, er sei im Delirium. Eines seiner Augen weinte blutige Tränen. Er lächelte; seine Zähne und Fangzähne waren mit Karmesinrot überzogen.

Der Wolf schaute zu Sam auf, erwartete seinen letzten Befehl und war bereit, die Arbeit zu beenden, aber Sam konnte es nicht tun. Mit zitternden Händen holte ich meinen Zauberstab und atmete tief durch die Nase ein.

»*Fiat fulgur*«, sagte ich, und ein Blitzschlag schoss durch meinen verletzten Arm, konzentrierte sich im Zauberstab und durchbohrte dann

Lucian direkt in sein schwarzes Herz. Er keuchte und fiel gegen die Wand zurück. Bevor er sie berührte, war er tot, und sein Körper zerfiel zu Asche.

KAPITEL 74

VINEA RUMPIS

ASHA

Wir drei standen in diesem flammend bemalten Zimmer und betrachteten die schwelenden Überreste.

»Es ist Jahre her, seit ich einen Vampir zu Asche verwandelt habe«, sagte ich in die Stille hinein.

»Fühlt sich gut an?«, fragte Sam.

»Nein«, überraschte ich mich selbst mit meiner Antwort. »Aber ich bin froh, dass er tot ist.«

»Ich bin froh, dass wir dich gefunden haben«, sagte Sam.

»Ich auch«, erwiderte ich. »Danke – euch beiden.« Wir umarmten uns erneut. Stoker bellte, um die Party zu unterbrechen.

Zeit zu gehen, schien er zu sagen. Die anderen Vampire hatten sicherlich Lucians Schreie gehört und würden jeden Moment hier sein. Ich schnappte mir meinen Umhang, und wir verließen den warmen Raum, um unsere Jagd zu beginnen.

»Irgendeine Idee, wo die anderen sind?«, fragte ich.

Sam schüttelte den Kopf. »Wir haben uns getrennt, sobald wir dir gefolgt sind. Stoker und ich sind zufällig zur gleichen Zeit auf dich gestoßen. Ich hörte sie kämpfen und stieg ein. Habe auf das Glas geschossen, um es zu zerbrechen. Wie geht es deinem Handgelenk?«

Ich schaute darauf. Nur noch ein dumpfer Schmerz war übrig.

»Besser«, sagte ich. »Ich glaube, der Blitzzauber hat geholfen.«

Fußschritte in der Ferne. Laut. Wir blickten den von Fackeln erleuchteten Korridor hinunter.

»Gut«, sagte er. »Denn ich habe das Gefühl, du wirst noch einige davon werfen müssen.«

Er hatte Recht. Der Blitzschlag war eine schnelle und magisch effiziente Methode, um einen Vampir zu töten. Wirfst du allerdings zu viele, könnte deine Hand irreparabel verbrannt werden.

Ich versuchte abzuschätzen, wie viele Vampire in unsere Richtung kamen, und überlegte, ob es besser wäre, anzugreifen oder sich zu verstecken. Es stellte sich heraus, dass ich diese Entscheidung nicht treffen musste, da Sam mich seitlich in einen leeren Raum schob. Wir pressten uns an die Wand und warteten, bis sie vorbeigingen. Sie fanden das Chaos, das wir hinterlassen hatten – zerbrochenes Glas in einem Raum und Asche im anderen –, und wir nutzten ihre laute Bestürzung, um aus unserem Versteck zu schlüpfen und zurück den Korridor hinunter zu schleichen, in die Richtung, in die wir gegangen waren, bevor wir sie in unsere Richtung poltern hörten.

Wir hatten vorher alle vereinbart, dass die Blutfarm wahrscheinlich in den Eingeweiden des Schlosses lag, wo normalerweise Gefangene gehalten würden. Mein Herz schlug für diese armen Mädchen, die in der Kälte und Dunkelheit sicherlich verängstigt waren, ihr Zuhause und ihre Eltern vermissten. Es gab mir neue Energie, sie zu finden, auch wenn es unmöglich schien.

Sam, Stoker und ich bewegten uns so schnell und leise wie möglich und traten in die Schatten, wenn wir den Feind kommen hörten. Stokers Krallen klickten leise auf dem Steinboden. Wir suchten nach Stufen – jeder Art von Treppe, die uns den Durchgang zu den Kerkern unten ermöglichen würde. Es war schwierig, sich zu orientieren, da das Schloss so dunkel war und keine Sonne uns führte. Wir hätten genauso gut in einem riesigen schwarzen Zauberwürfel stecken können, der von einem Riesen manipuliert wurde, so wie wir uns von Raum zu Raum bewegten, scheinbar ohne Fortschritt.

»Es ist wie ein Virtual-Reality-Labyrinth, das nirgendwo hinführt«, sagte Sam und verlangsamte seinen Schritt. »Als würden wir einfach endlos weiterlaufen.«

»Ja«, sagte ich und versuchte, ruhig zu atmen. »Stoker, kannst du versuchen, die Mädchen zu wittern?«

Er hatte es bereits versucht, aber jetzt hielt er an und konzentrierte sich intensiv. Er schloss die Augen und bewegte seine Schnauze in Mikrobewegungen, während er allem folgte, was er in der kühlen, abgestandenen Luft des Schlosses riechen konnte. Er öffnete die Augen wieder und schüttelte den Kopf.

»Verdammt«, sagte ich. Ich fühlte mich verloren.

Stoker scharrte mit der Pfote auf dem Boden. Wir mussten in den Untergrund gelangen. Wir mussten diesem verdammten magischen Kreislauf entkommen und den Keller finden. Ich ging verschiedene Zaubersprüche in meinem Kopf durch. Der einzige, der meiner Meinung nach Potenzial hatte, war ein Zerstörungszauber. Ja, er würde Chaos anrichten – er würde im Grunde den gesamten Clan alarmieren, wo wir waren, aber was war die Alternative? In diesen düsteren Korridoren für immer gefangen zu sein? Oder zumindest so lange, bis ein paar Vampire vorbeikamen, um uns endgültig zu erledigen.

Nein, ich wollte keine Ente sein, die nur darauf wartet, abgeschossen zu werden. Ich griff nach meinem Zauberstab. Lieber richtete ich Chaos an.

Ich hatte null grüne Energie aus der Umgebung zu zapfen... bis ich mich an die dornigen Ranken erinnerte, die das Fundament des Schlosses erstickten. Sie hatten damals bösartig ausgesehen, aber jetzt würde ich sie zu meinen Verbündeten machen. Ich könnte die Bosheit der Vampire gegen sie selbst einsetzen.

Ich erklärte Sam und Stoker schnell, was ich vorhatte. Aufgrund des Risikos erwartete ich Widerstand, erhielt aber keinen. Sams Augen sagten, dass er mir vertraute, und ich dachte daran, wie sehr ich ihn liebte. Wenn dieser Zauber mich zerstören würde, hoffte ich, dass er das immer wissen würde.

Ich trat von ihnen weg, gab mir mehr Raum und begann, meine Magie zu rufen. Ich atmete langsam und tief, ließ sie zunächst tröpfchenweise einströmen. Langsam und stetig. Wenn man sich auf einen so ambitionierten Zauber vorbereitet, ist es nicht gut, sich zu beeilen. Man muss seinen Körper allmählich öffnen: den Kopf, das Herz, die Adern. Man muss die Kraft willkommen heißen, die von den Pflanzen hereinströmt, die tief aus dem eigenen Inneren sprudelt. Man muss ein Leiter sein für das Geschenk reiner Energie aus dem Nichts.

Ich atmete. Langsam, nicht selbstbewusst; ich wusste, dass die Männer geduldig mit mir sein würden, angesichts der Größe der bevorstehenden Aufgabe. Tröpfchen, Tröpfchen, Tröpfchen. Ich schloss die Augen und spreizte die Finger, atmete langsam und tief. Das Tröpfeln wurde zu einem Rinnsal und dann zu einem Strom, und die Magie füllte meinen Körper und meinen Geist.

Normalerweise wäre es genug Kraft für jeden Zauber, aber in diesem Fall brauchten wir mehr. Ich lud die Magie weiter ein, und sie floss in jeden Teil von mir – jedes Organ, jeden Muskel, jede Zelle.

Die Ranken enthielten eine riesige Menge Magie. Ich zapfte sie leicht an, bis ich vor Kraft übersprudelte, bis ich dachte, ich könnte fliegen oder explodieren, wenn ich noch mehr aufnehmen würde. Es war so viel zu halten, dass ich das Gefühl hatte, es irgendwie fallen zu lassen, aber es blieb treu und pulsierte in meinen Adern. Ich konnte Sam oder den Werwolf kaum noch sehen; ich war praktisch geblendet von der Energie um mich herum. Ich hatte das Gefühl, dass ich schmelzen würde, wenn ich sie nicht sofort kanalisierte.

Noch ein Atemzug, und mit aller Kraft öffnete ich meine Arme und rief: »*Vinea rumpis!*«

Ranken, zerstört!

Das Gefühl der Befreiung, als die Magie meinen Körper verließ, war euphorisch. Mein ganzes Wesen vibrierte, als sie wie Polarlichter um uns herum kaskadierte.

»*Rumpis!*« rief ich erneut. »*Vinea rumpis!*«

Die Wand neben uns knackte und bröckelte. Eine riesige schwarze Ranke schlug sich ihren Weg hinein und machte kurzen Prozess mit dem alten Steinschloss. Sam und Stoker sprangen zur Seite.

»Keine Sorge«, sagte ich. »Sie kennt ihre Herrin. Sie wird uns nicht verletzen.«

Aber als die Steine von der Decke zu fallen begannen, wussten wir, dass wir rennen mussten. Die Pflanze wollte uns vielleicht nicht töten, aber das einstürzende Schloss könnte es. In das Chaos im Inneren des Schlosses zu laufen schien keine gute Idee zu sein, also kletterten wir stattdessen durch das neu entstandene Loch in der Wand und sprangen auf einen Aussichtssims – eine Brustwehr, die stabil genug aussah, um uns zu halten. Von dort konnten wir einen gewundenen Pfad die Festungsmauer hinunter und entlang der Ringmauer ausmachen, aber er war nicht praktikabel, wenn das Gebäude noch einstürzte. Mir wurde klar, dass ich den Geist zurück in die Flasche stecken musste, und ich wusste nicht wie.

Wenn ich nicht wusste, wie ich die eifrige Ranke stoppen konnte, dachte ich, könnte ich sie zumindest verlangsamen.

»*Vinea impedio*«, beschwor ich. »*Impedio, impedio.*«

Die Pflanze schien widerwillig ihre Zerstörung zu stoppen, als hätte sie genau das seit Jahrhunderten tun wollen und durfte es jetzt endlich. Ich spürte ihre Frustration, dass sie pausieren musste.

»Mensch«, sagte Armstrong und beäugte mich nervös. »Das war... beeindruckend.«

Ich lächelte ihn an. »Wer braucht schon Feinde, wenn man eine Liebhaberin wie mich hat, nicht wahr?«

Ich meinte es als Scherz, aber er nickte. »Verstanden.«

Wir begannen, den gefährlichen Pfad nach unten zu erklimmen, und rutschten oft auf Steinen und Mörtel aus, die sich gelöst hatten. Wir hörten die Vampire drinnen reden und untereinander schreien, zweifellos versuchten sie herauszufinden, warum ihre Landschaftsgestaltung versuchte, sie zu töten. Wir wurden von einer Schießscharte in einem Turm aus entdeckt, aber die jungen Gesichter wichen zurück ins Dunkel, sobald sie uns sahen, anstatt herüberzufliegen, um anzugreifen. Es war eine langsame und mühsame Arbeit, und wir waren erleichtert, als wir den Boden des äußeren Burghofs erreichten. Mein Handgelenk schmerzte, und ich hatte einige neue Blasen an den Handflächen vom Klettern, aber abgesehen davon war ich in ziemlich guter Verfassung und bereit zu kämpfen. Ich *wollte* tatsächlich kämpfen, was ungewöhnlich für mich war. Ich dachte, vielleicht verweilte die kraftvolle Magie, die ich benutzt hatte, noch in meinem Blut und ließ mich mächtig fühlen – und einen erfolgreichen Zauber in einer solchen Größenordnung zu sehen, war auch ein Schub für mein Selbstvertrauen. Was auch immer es war, ich war bereit, einige Blutsauger zu Asche zu verwandeln.

Wir kletterten über Trümmer, durch das Tor und in den inneren Burghof des Schlosses. Bevor wir den Bergfried betreten konnten, wo die Gräfin sein würde, schwebte ein Ring von etwa einem Dutzend Vampiren herab, um uns zu umzingeln. Ihre identischen Umhänge flatterten im Wind, sodass wir abwechselnd schwarz, dann grün, dann wieder schwarz sahen, wie optische Täuschungen. Als ihre Füße den Boden berührten, bäumte sich Stoker auf und bellte.

»Hat ja lange genug gedauert«, sagte ich zum nächststehenden Vampir. »Worauf habt ihr gewartet?«

»Wir dachten, wir würden euch noch ein bisschen beim Herumrennen zusehen«, sagte eine Vampirin mit einer weißen Narbe, die von ihrer Stirn bis zu ihrem Kinn reichte. »Wir bekommen hier nicht viel Unterhaltung.«

»Ah, gibt es also keine WLAN-Abdeckung in bösen Taschenreichen?« fragte ich. »Kein Fantflix? Wie traurig für euch.«

Sie seufzte und schaute sich um, hielt meinen Seitenhieb keiner Antwort für würdig. Ich konnte es ihr nicht verdenken.

»Worauf warten wir?«, fragte ein hässlicher alter Vampir mit entblößten Fangzähnen. »Lasst uns einfach mit ihnen fertig werden.«

Ich starrte ihn an. »Das hat Lucian auch gesagt, und jetzt ist er ein erbärmlicher Aschehaufen.«

»Hat er wirklich versucht, dich zu ertränken?«, fragte die Frau und betrachtete mein feuchtes Haar.

»Das ist doch, was man mit Hexen macht, oder?«, krächzte der Alte. »In meiner Zeit-«

Sie verdrehte die Augen und unterbrach ihn. »Wie bist du aus seiner... Vorrichtung entkommen?«

»Warum interessiert dich das?«, fragte ich.

»Oh, nur um es mir im Kopf vorzustellen, weißt du. Lucian, wie er versagt.«

»Du warst also kein Fan, nehme ich an?«

Ihre Augen verhärteten sich. »Sagen wir so: Niemand hier trauert um seinen Verlust.«

Hartes Publikum, dachte ich. *Wie böse muss ein Vampir sein, damit seine Brüder sich gegen ihn wenden?* Er muss einige ziemlich schreckliche Dinge getan haben.

»Arroganter Hurensohn«, sagte der alte Vampir. »Gute Riddance.«

Die restlichen Vampire nickten.

»Also dann... eigentlich habe ich euch einen Gefallen getan«, sagte ich.

Sie lachte. »So weit würde ich nicht gehen, kleine Hexe.«

»Wie weit würdest du gehen?«, fragte ich.

»Ich würde mit Freuden die Menschen töten, die für die Zerstörung unseres Schlosses verantwortlich sind, wenn du das meinst.«

»Sie zu töten wäre ihnen einen Gefallen tun«, sagte ein anderer Vampir. »Sie müssten nicht unsere Gefangenen sein.«

»Dann sind wir quitt«, lächelte sie. Ihre scharfen Fangzähne drückten sich in ihre Lippen.

»Ich mach's«, sagte eines der Geschöpfe, trat vor und blickte gierig.

»Bleib«, sagte die Frau, als würde sie einen Welpen schelten.

»Aber Calista«, jammerte der Hungrige. »Wann? Wann können wir sie töten?«

»Still«, erwiderte sie. »Für alles gibt es eine Zeit. Außerdem, warum die Eile? Sie sind unsere einzige Unterhaltungsquelle.«

»Wir können einen von ihnen nehmen und die anderen weinen sehen«, sagte er. »Und die dreckige Hexe für zuletzt aufheben.« Die restlichen Kreaturen schienen zuzustimmen, nickten und rückten leicht vor. Stoker bäumte sich wieder auf, bellte, diesmal knurrend und böse.

»Genug«, sagte sie, und mit einem Handwink wurde der bettelnde Vampir rückwärts geschleudert, in den dunklen Sand. »Provoziert sie nicht. Es macht ihr Blut bitter.«

»Einige von uns mögen es bitter«, sagte der alte Vampir und schaute mir direkt in die Augen.

»Wo sind die anderen?«, fragte ich. »Der Rest des Clans? Man sagte mir, hier wären zweihundert Vampire.«

»Und trotzdem hielt du es für eine gute Idee, in unser Zuhause einzudringen? Die Chancen stehen eindeutig nicht zu deinen Gunsten.«

»Ich habe nie gesagt, dass ich es für eine *gute Idee* hielt«, antwortete ich. »Nur für eine notwendige.«

»Warum?«, forderte sie. »Warum riskierst du dein Leben, um den ganzen Weg hierher zu kommen, obwohl du weißt, dass es töricht ist?«

»Weil manche Dinge wichtiger sind als einzelne Leben«, sagte ich. »Meine Aufgabe ist es, das Gleichgewicht im Reich zu bewahren. Die Smaragdes stören dieses Gleichgewicht – wir kippen allmählich zum Bösen hin – und das kann nicht erlaubt werden.«

»Und du, eine kleine Hexe, denkst, du könntest dieses... *Kippen* aufhalten?«

Die anderen Vampire grinsten und kicherten.

Ich ignorierte sie. Schreckliche Bestien. »Du kennst doch das Sprichwort: Mach es, oder stirb bei dem Versuch.«

»Ha«, sagte Calista. »Wie passend. Du wirst sicherlich bei dem Versuch sterben.«

»Wie sollen wir es machen?«, fragte Calista den Hexenzirkel der Vampire. Sie starrte Sam an, den sie als ihr erstes Opfer ausgesucht hatte. »Das Wundervolle an mittelalterlichen Schlössern ist die schiere Anzahl an Werkzeugen, die zum Foltern und Töten zur Verfügung stehen. Barbarische Zeiten, diese, aber ich nehme an, mit euren erbärmlich kurzen Lebensspannen würdet ihr das nicht wissen.«

Ich fühlte mich ruhig genug, bis Calista ihre Augen auf Sam richtete, dann kämpften meine Angst und meine Wut um die Vorherrschaft, und ich begann zu spüren, wie die Magie wieder in meine Adern floss.

Nur über meine Leiche, dachte ich. *Nur über meine Leiche.* Ich hoffte, es würde nicht dazu kommen, aber ich würde buchstäblich sterben, bevor ich zuließe, dass sie Sam verletzten.

»Wo sind die Mädchen?«, fragte ich.

Ich dachte, sie würde vielleicht leugnen, etwas über sie zu wissen, aber das tat sie nicht. Sie warf ihr Haar aus dem Gesicht und lachte. »Glaubst du wirklich, ich würde es dir sagen?«

»Ist das, wo die anderen Smaragdes sind? Spielen sie Gefängniswärter?«

»Du hast schon seltsame Ideen im Kopf«, sagte Calista.

»Wirklich?«, antwortete ich. »Du bist diejenige, die von Folter und Töten spricht, und doch findest du meine Gedanken seltsam?«

Der alte Mann verlor seine Geduld. Er schlug seinen Umhang vor Frustration zurück. »Ich habe kein weiteres Jahrhundert zu leben«, zischte er. »Lass uns endlich anfangen.«

Calista zuckte mit den Schultern, und ein Lächeln verzog ihre Lippen. »Also gut, wenn ihr Bestien nicht auf euer Abendessen warten könnt.«

Der hungrige Vampir taumelte vom Boden hoch, hoffnungsvoll, sein Umhang mit Sand bestäubt.

Calista zischte ihn an. »Nicht du«, sagte sie.

KAPITEL 75

DER ERSTE BISS

ASHA

Der Ring aus Vampiren zog sich um uns zusammen, Flammen des Hungers in ihren Augen. Ich vermutete, dass das Leben in einem Taschenkosmos bedeutete, dass sie nicht oft frische Nahrung bekamen, was ihre verzweifelten Gesichtsausdrücke erklärte. Sie rückten langsam vor. Ich spürte, dass sie uns unberechenbare Realmers mit Vorsicht betrachteten, denn niemand wagte den ersten Biss. Stoker bellte und knurrte, schnappte warnend mit seinem Kiefer. Der Laut war so furchterregend, dass sich meine Haare aufstellten. Ich zog meinen Zauberstab, und Sam seine Waffe.

»Ach, wie niedlich«, gurrte Calista. »Schaut euch ihre Waffen an. Ein räudiger Hund, eine Pistole und ein Zauberstab.«

Ohne dass ich es wollte, pulsierten mein Arm und mein Zauberstab vor potenzieller Kraft.

»Das wirst du bereuen«, sagte ich.

»Das Einzige, was ich bereuen werde«, sagte Calista, »ist, dass es nicht mehr von euch zum Fressen gibt.«

Ich hob meinen Zauberstab.

»Packt sie!« befahl sie, und die Vampire stürzten auf uns zu.

407

Sam begann zu schießen, was sie verlangsamte, aber nicht stoppte. Stoker war erfolgreicher – er ging direkt auf ihre blassen Hälse los und riss ihnen die Kehlen auf.

»*Fiat fulgur!*« schrie ich in Richtung des alten Mannes, der geradewegs auf mich zukam. Der Blitz schoss aus der Spitze meines Zauberstabs und traf ihn direkt ins Herz. Ich hielt den Strom eine Weile dort, um sicherzugehen, dass der alte Kampfgeist nicht überleben würde, und nachdem ich sah, wie er sich stumm an die Brust griff und seine Adern schwarz wurden, ließ ich endlich los. Mit einem Rauschen von braunem Feuer verwandelte er sich in Asche. Es roch schrecklich, aber ich hatte zu viel Adrenalin in mir, um zu würgen.

Als Nächstes schickte ich einen Blitz zum Welpen-Vampir, der nur eine Sekunde brauchte, um zu verbrennen. Ich spürte, wie sich von hinten ein Arm um meine Taille legte. Ich stieß meinen Zauberstab rückwärts in die Schulter des Vampirs und benutzte ihn wie einen Taser. »*Fiat fulgur!*«

Er ließ zu spät los. Er implodierte zu schwarzen Schmetterlingen aus Asche, die in der Brise hinter mir flatterten. Stoker hatte einige Vampire getötet und andere verstümmelt. Sie hatten die Hälfte ihrer Wache verloren, aber wir standen noch.

»Habt ihr genug?« rief ich.

»Niemals«, sagte Calista, die sich bis dahin zurückgehalten hatte, um die Action zu beobachten.

»*Fiat fulgur!*« rief ich in ihre Richtung.

»*Effectus adversum!*« konterte sie und entschärfte den Zauber, bevor er in ihre Nähe kam.

Ich schickte sofort einen weiteren. »*Fiat fulgur!*«

»*Contendis!*« schrie sie und schlug meinen Zauber zu mir zurück. Ich duckte mich eine Sekunde bevor er traf und roch, wie mein Haar versengte.

Ich hätte wissen müssen, dass normale Kampfzauber Calista nicht ausschalten würden. Sie hatte eine Art Hierarchie über die anderen, und dafür gab es immer einen Grund.

Ich erwog kurz den Todeszauber, aber ich war weder mutig noch dumm genug, ihn zu versuchen. Der *supremum*-Zauber war wie eine geladene Pistole in den Händen eines Kleinkindes – ich vermied ihn um jeden Preis. Nur wenn ich dem sicheren Tod nahe wäre, würde ich es wagen, ihn zu riskieren.

»*Glaciem exquiris!*« rief ich. Die warme Magie in meiner Hand wurde arktisch, und bald strömte eine rauchende Linie aus Trockeneis aus meinem Zauberstab. Verwirrt schlug Calista das Eis weg.

Ich stellte mir einen gefrorenen Pfahl vor – einen scharfen Eiszapfen –, der das Herz des Vampirs durchbohrte. »*Glaciem exquiris!*« Der eisige Stachel flog so schnell durch die Luft, dass er fast unsichtbar war. Calista sah immer noch verwirrt aus, als er ihre Brust durchbohrte. Erst da verstand sie, was ich getan hatte. Sie knirschte mit den Zähnen und verschwamm in meine Richtung, aber es würde keine Rache für sie geben. Der Gletscherspeer wirkte zu schnell, fror zuerst ihren Oberkörper ein, dann ihren Hals. Bevor der Rest ihres Körpers gefrieren konnte, brach sie in weiße Flammen aus und hinterließ nur elfenbeinfarbene Asche.

Ich taumelte rückwärts, außer Atem. Es gab keine Zeit, erleichtert zu sein. Es waren noch vier Vampire, die auf uns zukamen, und einer hatte Sam an der Kehle. Sams Waffe lag auf dem schwarzen Sand. Ich hob sie schnell auf und versuchte, seinen Angreifer zu erschießen, aber das Magazin war leer, vielleicht der Grund, warum sie weggeworfen worden war. Ich steckte sie ein und stand schnell auf, um dem Vampir gegenüberzutreten, der kurz davor war, Sam zu verspeisen.

»Tu es nicht«, sagte ich.

Er fauchte mich an.

Neben uns brachte Stoker einen Vampir mit einem Knochenknacken zu Fall. Noch am Leben, schrie er auf und flehte um sein Leben.

»Ich warne dich«, sagte ich und richtete meinen Zauberstab auf den Vampir, der Sam festhielt. »Du willst nicht fühlen, was ein Blitzschlag mit deinem Herzen macht.«

Er sah zu seinen Freunden, die zurückwichen, wobei Stokers Opfer eine nasse Blutspur hinterließ. Er blickte zum Turm gegenüber und schrie. Ich hatte gehofft, er würde zum Rückzug rufen, aber kein solches Glück. Stattdessen rief er »Nächste Welle!«, und ein weiteres Dutzend Vampire bildete über uns einen Ring und landete langsam, um uns erneut zu umzingeln.

»Wir können das die ganze Nacht machen«, sagte der Vampir, der Armstrong bedrohte. Ich wusste sofort, dass mein Feind mich an meiner Achillesferse gepackt hatte. Ich schaute zu meiner Liebe und sah nur das: Liebe, die ich für nichts opfern würde. Detective Sam Armstrong bedeutete mir mehr als diese abscheulichen Wesen zu besiegen. Die Erkenntnis war schrecklich, und es lag keine Freiheit darin. Sam war zu meinem Makel geworden, meiner Schwäche, und jetzt war seine Lebenskraft mein Käfig geworden.

Die neue Welle von Vampiren schwebte, schwarz, grün, schwarz, und wartete auf ihre Anweisungen zum Töten.

Ich wusste, wann die Schlacht verloren war. Kummer und eiskalte Furcht überkamen mich. Ich sprach an dem Kloß vorbei, der sich in meinem Hals bildete. »Was willst du von mir?«

KAPITEL 76

STIEFEL SCHWEBEND ÜBER SCHWARZEM SAND

ASHA

Stoker verwandelte sich zurück in seine menschliche Gestalt und hob die Arme in die Luft. Die Vampire zischten ihn an. Ich zückte mein Messer.

»Wir sind lebend mehr wert als tot«, sagte ich. Ein letzter Versuch zu überleben, aber der Vampir ging nicht darauf ein.

»Wenn wir nicht so hungrig wären, hätte ich vielleicht zugestimmt«, erwiderte er. Er öffnete seinen Mund, und ich konnte seine Fangzähne nur wenige Zentimeter von Sams Hals entfernt sehen. Er hob sein Kinn für zusätzlichen Schwung.

»Nein!«, schrie ich, den Zauberstab gezückt. »*Fiat-*«

Aber eine glatte Hand bedeckte meinen Mund und erstickte den Zauberspruch. Ich konnte kaum atmen, als die anderen Vampire auf mich losstürmten und mich daran hinderten, zu Sam zu gelangen. Ich fühlte mich von Seidenumhängen gewürgt.

Nein! schrie ich in meinem Kopf. *Nein! Fiat fulgur!*

Aber die drängelnden Körper, die mich umgaben, verhinderten, dass der Zauber wirkte. Ich spürte ihre Hände an mir, wie sie mich packten, berührten, kniffen, suchten. Ich schrie erneut, schlug wild um mich, aber die erstickende Hand über meinem Mund blieb an Ort und Stelle. Ich versuchte hineinzubeißen, aber es war unmöglich. Ich trat, ich schlug, ich brüllte. Jemand schnappte sich meinen Zauberstab, ein anderer mein Messer, und noch immer suchten sie nach mehr. Hände in meinen Taschen, ein Mund nahe an meinem Hals – ein leichtes Kratzen von Fangzähnen.

Ich schüttelte meinen Kopf heftig und löste die erstickende Handfläche des Vampirs gerade genug, um etwas Fleisch zwischen meine Zähne zu bekommen. Dann biss ich so kräftig zu, wie ich konnte. Keine Zurückhaltung, kein Zögern, nur rohe Gewalt. Das Fleisch löste sich in meinem Mund, schmutzig und gallertartig, und sein Kreischen zerriss mein Trommelfell. Ich spuckte es aus.

»*Fiat fulgur! Fiat fulgur! Fiat fulgur!*« schrie ich und traf die Vampire, die über mir hingen. Meine Hände leisteten gute Arbeit, sie zu schocken, trieben sie zurück, äscherten einige ein und lähmten andere vorübergehend. Stoker war gefangen und mit dem Gesicht nach unten auf den Boden gedrückt worden. Ich wusste, was Vampire mit Werwölfen anstellten. Ich schnappte mir Messer und Zauberstab aus einem Haufen rauchender Asche, bereit, einen direkten Stromstoß ins Herz von Sams Angreifer zu jagen, aber als ich nach ihnen suchte, waren sie verschwunden.

Im Wissen, dass die nächste Welle von Vampiren unmittelbar bevorstand, im Wissen, dass Rick und Salty wahrscheinlich tot waren, dass Stoker gefangen und Sam verschwunden war, fiel ich auf die Knie, bereit aufzugeben.

Wie konnte ich nur so verfluchend dreist und dumm gewesen sein, an diesen bösen Ort zu kommen?

Die neue Welle kam herab. Ein Dutzend rauschender Umhänge; Stiefel, die über schwarzem Sand schwebten. Sie kamen näher und näher. Ich konnte es nicht ertragen. Ich sah sie an, entblößte meinen Hals und hob mein Messer an die Haut dort, spürte, wie die Klinge gegen meine Kehle drückte. Sie hatten mir alles andere genommen, aber ich würde nicht zulassen, dass sie mich bekamen.

KAPITEL 77

ZERBRECHLICHER SCHÄDEL

ASHA

»Stopp«, befahl eine männliche Stimme. Die frische Welle von Vampiren wich sofort zurück.

Meine Klinge hatte bereits Blut gezogen. Ich spürte das warme Rinnsal von Blut an meinem Hals. Ich blickte durch meine Tränen nach oben, doch ich lockerte den Druck meines Messers nicht.

Ein großer Vampir kam in mein Blickfeld, sein Umhang fegte über den Boden. Er streckte seine Hand aus, aber ich wusste es besser, als einem Vampir zu vertrauen. Ich wollte ihm sagen, dass ich ihn und seine gesamte Art hasste. Ich wollte ihn dort, wo er stand, zu Asche verwandeln. Mehr Blut rann aus meiner Kehle und lockte den Tod.

»Bitte, Asha, hör auf«, sagte der Vampir. Ich blinzelte ihn verwirrt und mit gebrochenem Herzen an. Er war eine gewaltige Gestalt, die sich in der Dunkelheit abzeichnete. Ich kniff die Augen zusammen, um die Tränen loszuwerden, die meine Sicht verschleierten. Dann erkannte ich, wer er war, und die Tränen kehrten zurück.

»Mordecai?«, fragte ich mit zitternder Stimme.

»Komm«, sagte er und krümmte seine Finger in meine Richtung. Ich senkte das Messer, nahm seine Hand, und er zog mich hoch. Ich dachte, die anderen Vampire würden höhnen und zischen, aber sie blieben zurück und mieden meine Blicke. Mordecai nahm mir das Messer ab und schob es in die Lederscheide um meine Taille, dann legte er meinen Arm um seine Schultern und half mir, die Steinstufen hinauf in die Burg zu stolpern. Er wies die anderen an, auch Stoker hereinzubringen.

»Ich weiß, was du sagen wirst«, murmelte ich.

»Nein, weißt du nicht«, erwiderte er.

»Du wirst sagen, dass ich leichtsinnig bin. Verantwortungslos. Dass ich das Leben anderer in Gefahr bringe.«

»Ich denke, das weißt du bereits«, sagte er. »Kein Grund, das Offensichtliche zu betonen.«

Obwohl er ein Vampir war, tat es weh. »Wohin bringst du mich?«

»In den Donjon«, sagte er, und als er vielleicht bemerkte, dass ich mit der Terminologie mittelalterlicher Burgen nicht vertraut war: »Die Burgfestung. Die, die du zu zerstören versucht hast.«

»Wir steckten in einer Schleife fest; wir mussten raus.«

»Das Möbiusband«, sagte Mordecai. »Du hast Glück, dass du in diese Falle getappt bist. Die anderen Fallen sind ... weniger gnädig. Wir versuchen, sie zu vermeiden, wegen der Sauerei, die sie hinterlassen. Nicht einmal die niederen Vampire genießen es, die Überreste der Leichen zu beseitigen. Das Möbiusband ist eine elegantere Lösung und äußerst effizient, um Gefangene einzufangen.«

»Ist das, was ich jetzt bin?«, fragte ich und bevor er Zeit hatte zu antworten: »Habt ihr Sam?«

Mordecai zischte bei dem Namen meines Geliebten. »Ich würde nicht darauf zählen, ihn wiederzusehen.«

»Nein«, schrie ich und blieb stehen. Ich sprach durch zusammengebissene Zähne. »Ich werde alles, *alles* tun, um sein Leben zu verschonen. Sag mir, was ich tun soll.«

»Darüber hättest du nachdenken sollen, bevor du ihn in die Smaragde-Festung gebracht hast.«

»Hast du überhaupt kein Herz?«, rief ich. »Ist in dir überhaupt keine Wärme?«

»Du weißt nichts von meinem Herzen«, erwiderte er, seine Augen fanden meine.

»Rette ihn«, flehte ich. »Rette ihn und nimm mich.«

»Ah«, seufzte Mordecai. »Wenn es nur so einfach wäre.«

»Es kann so sein«, sagte ich.

Er schüttelte den Kopf. »Oh, Hexe, eines Tages wirst du es verstehen.«

Mordecai half mir in den Donjon, und wir kamen an einer riesigen gewölbten Holztür an, die von sechs Vampiren bewacht wurde. Die flackernden Fackeln zu beiden Seiten der Tür spiegelten sich in ihren Helmen. Mordecai musste keine Befehle geben. Sobald sie sahen, dass er sich näherte, hoben sie den Eisenriegel und öffneten die gigantische Tür. Warme, übel riechende Luft strömte uns entgegen, und ich musste mich zusammenreißen, um nicht zu würgen.

»Ugh«, stöhnte ich. Ich konnte nicht anders. Mein Körper lehnte den Geruch ab und sagte mir, ich solle so schnell wie möglich weglaufen. Stoker hatte dieselbe Reaktion – es musste für ihn viel schlimmer sein, angesichts seines fortgeschrittenen Geruchssinns.

Mordecai hielt mich fest. »Du wirst dich daran gewöhnen.«

Wir traten ein, und ich zuckte zusammen, als die Tür laut hinter uns zuschlug. Die Halle war mit Kohlenbecken und Fackeln gefüllt, die Luft selbst schien in Flammen zu stehen. Sofort prickelte mein Schweiß. Ich nahm kurze, flache Atemzüge, um das Schlimmste der trockenen Hitze und des ranzigen Geruchs zu vermeiden.

»Was ist das für ein Gestank?«, fragte ich, aber Mordecai hielt die Frage nicht für wichtig genug, um sie zu beantworten.

Das letzte Mal, dass ich einen ähnlichen Gestank erlebt hatte, war, als ich eine tote Ratte – zweifellos ein Geschenk von Circe und Odysseus – unter einem Teppich im Wintergarten gefunden hatte. Es hatte als leichter Geruch begonnen, der ab und zu auftauchte, und ich dachte, ich würde es mir einbilden. Aber es war Sommer, und der Geruch wurde allmählich schlimmer. Ich beschloss, den gesamten Raum nach dem Ursprung zu durchsuchen und fand bald die halb verweste Leiche einer kleinen Ratte, die durch meine Schritte platt gedrückt worden war.

Wenn der Gestank in der großen Halle tatsächlich von einem toten Nagetier stammte, musste es eines in der Größe eines Nilpferds gewesen sein. Es war überwältigend, und ich wusste nicht, wie irgendjemand das ertragen konnte. Mein Atem wurde noch flacher, und zusammen mit der Hitze fühlte ich mich schwindelig. Stoker würgte, was mich dazu brachte, es auch zu wollen. Es war eine herkulische Anstrengung, meine Galle unten zu halten.

Was auch immer das war, warum auch immer ich hier war, ich wollte es so schnell wie möglich hinter mich bringen.

Wir gingen auf den Thron am anderen Ende der höllischen Halle zu. Ich hatte zuvor vermutet, dass der Thron leer war, da ich keine Bewegung oder Lebenszeichen durch die flimmernde Hitze gesehen hatte, die ihn verschleierte. Aber als wir uns näherten, erkannte ich, dass jemand dort saß, zart, blass und in Pelze gehüllt.

Das konnte nicht sein.

Mordecai schlug mich, weil ich starrte, und ich folgte seinem Beispiel, als er sein Knie beugte, obwohl es bizarr war, vor der Anführerin des Smaragde-Clans zu knien, wenn ich geschickt worden war, um sie und ihren Clan zu vernichten.

»Gräfin Voltane«, sagte Mordecai. »Ich bringe Geschenke.«

Stoker knurrte und wurde dafür gepeitscht.

Sirilla Voltane sah ganz anders aus, als ihr Ruf vermuten ließ. Sie war bekannt dafür, einflussreich, kraftvoll und hartnäckig zu sein. Es hieß, sie besäße sowohl körperliche als auch intellektuelle Fähigkeiten, die andere Vampire in ihrer Gegenwart erzittern ließen. Sirilla Voltane war schlau und ehrgeizig, und ihr großer Plan war es, das Reich zu übernehmen. Aber dieses zerbrechliche Geschöpf vor mir, trotz des luxuriösen Throns, der Pelze und des Zepters, war nichts wie die Legende. Ich konnte praktisch ihren zarten Schädel unter ihrer Haut sehen, so blutlos war sie. Nur eine Hand war sichtbar, während sie einen Stab umklammerte, und sie sah aus wie der Geist einer ängstlichen Tarantel.

Wenn es nicht ihre krabbelnde Hand gegeben hätte, hätte ich gedacht, sie wäre tot. Sie starrte uns mit glasigen Augen an. Ich blinzelte stellvertretend für sie, besorgt, dass ihre Augen bald völlig ausgetrocknet sein würden, besonders angesichts der Sauna, in der sie langsam vor sich hin schmorte.

»Mehr Lar«, murmelte sie. Ich verstand nicht. Ich reckte den Hals vor. »Mehr Fi.«

Ich schaute mich zu den anderen um und fragte mich, ob sie irgendwas verstanden.

»Mehr Holzscheite!«, krächzte sie und schlug mit ihrem Zepter auf den Steinboden unter ihr. »Mehr Holzscheite ins Feuer!«

Der Wächter zu ihrer Rechten, bereits schweißnass, gab schnell einem Vampir, der in der Nähe des großen Kamins stand, den Befehl. Er nahm einen Korb und ging von Kohlenbecken zu Kohlenbecken, um die verschiedenen Feuer zu schüren.

»Geschenke«, keuchte Sirilla. Ihr Atem wurde mühsam, und sie hustete. Es war ein erbärmliches Bellen, das ihr ganzes zerbrechliches Skelett erschütterte. Sie sah so schwach aus, dass ich sicher war, eine Umarmung von der rippenknackenden Ferra Fernak hätte sie erledigt.

»Ja, Gräfin«, sagte Mordecai. Im Vergleich zu Voltane war seine Stimme dynamisch und vibrierte vor Vitalität.

Ich bemerkte, dass sie sich nicht für seine Großzügigkeit bedankte. Vielleicht wollte sie keine Hexe und keinen Werwolf... und wir waren nichts, was man leicht weiterschenken konnte. Ich beobachtete, wie ihr Gesicht wieder still wurde, ihr Mund erschlaffte, und fragte mich, ob ihr Herz aufgehört hatte zu schlagen.

Wieder Mordecais dröhnende Stimme: »Was sollen wir mit ihnen machen, Eure Eminenz?«

Sirilla schloss ihre Augen und öffnete sie wieder. Ich war sowohl erleichtert für ihre Augäpfel, als auch enttäuscht, dass sie noch am Leben war.

Diese atmende Leiche könnte sogar Kapitän Morgan einiges beibringen, eine Frau, die für ihren direkten Interviewstil berüchtigt war, bei dem sie kaum blinzelte. Diese Welt schien sehr weit weg.

Die Halle wurde heißer, und ich spürte, wie Schweiß meine Rippen hinunterlief.

»Warum...«, keuchte sie. »Hexe... Lucians Kleidung?«, fragte Sirilla.

»Sie hat ihn getötet, Eure Eminenz«, antwortete Mordecai. »Und seine Uniform gestohlen.«

Ich wappnete mich für ihren Zorn.

»Ha!«, lachte sie und zeigte uns ein groteskes Lächeln, einschließlich verfärbter Fangzähne und einer herabhängenden violetten Zunge. »Ha, ha.«

Ich wartete darauf zu hören, warum sie das amüsant fand, aber sie sagte nichts weiter. Es schien, dass Lucian niemandes Liebling war, nicht einmal in einer Schlangengrube.

Ich trat einen Schritt nach vorne, direkt in eine Wand aus heißem, fauligem Gestank. Er kam definitiv von der Gräfin. Mordecai schien nervös, und ich hatte das Gefühl, er wollte mich zurückziehen.

»Sirilla«, sagte ich, und alle Wächter räusperten sich und starrten mich an. »Verzeihen Sie. Gräfin, erlauben Sie mir und meinen Freunden, unversehrt nach Hause zu gehen, und ich werde Sie oder irgendjemanden Ihrer Art nie wieder aufsuchen.«

»Freunde?«, zischte sie.

»Ein Werwolf und ein Mensch«, antwortete Mordecai.

Ich war ungemein erleichtert zu hören, dass Rick und Salty nicht gefangen genommen worden waren.

»Ich bin nicht diejenige, die G-Gnade zeigt«, röchelte sie. »Besonders nicht gegenüber Dieben, die m-meine kostbare Burg beschädigt haben.«

»Ich entschuldige mich aufrichtig für den Schaden, den ich angerichtet habe«, sagte ich.

Ich hatte mich dabei so mächtig gefühlt, unbesiegbar, unzerstörbar... und jetzt war ich ein kriecherischer Jasager. »Ich werde meine Strafe erwarten. Bitte lassen Sie meine Freunde nach Hause gehen.«

»Deine Strafe«, sagte sie, wieder mit dem knorrigen Lächeln. »Deine Strafe... ist es, deine Freunde sterben zu sehen.«

Meine Finger kribbelten, mein Kopf fühlte sich leicht vor Schwindel und Entrüstung an. Ich war nicht bereit, diese alte blutsaugende Sargdodgerin jemanden verletzen zu lassen, den ich liebte. Sie war so schwach und verrottet, ich war sicher, dass das Schlimmste, was sie tun konnte, war, uns anzuhauchen.

Dennoch enthielt sie einen gewaltigen und tiefen See des Bösen – er ging in magenwendenden Wellen aus, also war es besser, sie nicht zu sehr zu provozieren.

»Ich habe keine Angst vor Ihnen«, log ich.

»Ist das so?«, flüsterte sie, ihre Brust blubberte wie ein Kessel.

Sicherlich würde es nur einen Babyhexenzauber brauchen, um sie zu töten, einen, den sie den Erstklässlern am Copperfield Institute beibringen. Ich könnte ihre Lungen mit einem schnellen kleinen *Impedio*-Zauber stilllegen oder einen kleinen Blitz zu ihrem Herzen schicken. Aber irgendwie wusste ich, dass es nicht so einfach sein würde. Sie zu töten, würde Chaos entfesseln. Ich konnte sie nicht zu Asche verwandeln oder zu sehr verärgern – ich musste sie nur genug nerven, dass sie mich in den Kerker schicken würde, damit ich endlich die Mädchen finden konnte.

»Ich denke, Sie sind schwach«, sagte ich. »Ich denke, Sie waren immer schwach.«

Als sie nicht reagierte, dachte ich, sie hätte mich nicht gehört. Entweder das, oder sie machte einen schnellen Mikroschlaf.

Aber sie hatte mich gehört.

»Du arrogante Hure«, spuckte sie und schlug mit ihrem Zepter. »Du e- einfache, *dumme* Hexe!«

Ich wappnete mich für eine Litanei von Beleidigungen vom Thron, aber ich erwartete nicht, dass sie versuchen würde, auf mich loszugehen. Sie warf ihre vielen Pelze ab und stützte sich schwer auf ihren Stab. Die Wachen zu beiden Seiten von ihr bewegten sich, um ihr beim Aufstehen zu helfen, aber sie verfluchte sie, und sie zogen sich zurück, ihre Gesichter genauso verzerrt wie meins als Reaktion auf die Intensität des fauligen, eitrigen Gestanks. Stoker würgte, und ich schluckte die Säure hinunter, die in meiner Kehle aufwallte. Sirilla Voltane stand dort auf ihrem königlichen Sockel, ihr Körper verdreht und entstellt, ihre Knochen sahen so leicht aus wie die eines Spatzen. Sie begann, auf die Ebene herunterzusteigen, auf der wir standen, aber es fiel ihr schwer, ihren steifen, kadaverösen Körper zu bewegen. Nach Anstrengung und Fast-Stürzen, Keuchen und Schnaufen schaffte sie es schließlich herunter. Es war wie einen Autounfall in Zeitlupe zu beobachten.

Sie war kleiner als erwartet, vielleicht wegen ihrer beeinträchtigten Haltung. Ihr Smaragde-Umhang, der, wie ich sicher war, einst wunderschön hinter ihr herfloss, hing jetzt traurig von ihren kleiderbügelartigen Schultern. Ihre goldene Smaragde-Brosche – eine *S*-förmige Schlange, die aus einem Kreis ausbricht – flackerte im Feuerschein.

Kein Grund, verrückt zu werden, dachte ich. *Alles, was ich will, ist in den Kerker geschickt zu werden.*

»Ich habe H-Hexen schon immer gehasst«, zischte sie.

»Glaub mir, das Gefühl beruht auf Gegenseitigkeit.« Ich war besorgt, Mordecai könnte mich wieder schlagen, aber er tat es nicht. Ich dachte, vielleicht hatte er mich ganz aufgegeben. Dann sprach er.

»Gräfin, die Beleidigungen der Hexe existieren nur wegen ihres Neids auf Sie. Sie weiß, dass sie niemals die Macht, Stärke oder die schiere Intelligenz Eurer Eminenz haben wird. Sie zu töten wäre zu schnell, zu schmerzlos für die Respektlosigkeit, die sie Ihnen gezeigt hat.«

Verfluchte Vampire, dachte ich. *Traue ihnen niemals.*

»Lassen Sie uns sie in den Kerker werfen für einen langsamen Tod«, fuhr er fort.

Erst da verstand ich, dass er versuchte, mir zu helfen.

»Lassen Sie uns Befehle geben, dass sie ausgehungert und jedes Mal geschlagen wird, wenn sie versucht zu sprechen oder zu schlafen. Sie wird bald verstehen, wer hier die Macht hat. Lassen Sie sie leiden, wie den wahren Feind, der sie ist. Lassen Sie uns sie missbrauchen, um eine Botschaft an den Rest unserer Feinde zu senden.«

Voltane dachte darüber nach und kaute dabei auf ihren Zähnen.

Ich spielte mit, um ihr bei der Entscheidung zu helfen. »Nein, bitte«, flehte ich. »Ich werde in einem Kerker nicht überleben. Tötet mich jetzt. Beendet mein Leben, ich flehe Euch an.«

»Tötet auch mich«, knurrte Stoker. »Ich werde nicht in einem Vampirkerker leben.«

»Ihr solltet allein wegen eurer s-schlechten Schauspielkünste getötet werden«, sagte Sirilla. »Ich weiß, dass ihr nicht sterben wollt. Ich kann es... in euren Augen sehen. Du bist eine Lügnerin... und eine Scharlatanin.«

Verdammt. Ihr Körper mochte zerfallen, aber die Fäulnis hatte ihr Gehirn noch nicht erreicht.

Sie drehte sich leicht, um die Wachen hinter ihr anzusprechen. »Wir werden in den unteren B-Burghof gehen.«

Sie sahen überrascht aus. »Meint Ihr... Ihr wünscht nach *draußen* zu gehen, Eure Eminenz?«

Funken des Zorns in ihren Augen. »Der untere Burghof *ist* draußen, nicht wahr?«

»Ja, Eure Em-eminenz«, stotterte er. »Es ist nur, dass Ihr seit -«

»Schweig jetzt oder v-verliere deinen Kopf«, sagte sie, und er verstummte.

»Bringt die Kohlenbecken und die Fackeln«, befahl sie. »Wir werden ein Turnier abhalten.«

»Ein Turnier«, sagte Mordecai ungläubig. »Gräfin-«

»Mordecai, genießt du es, dass dein Kopf… mit deinen Schultern verbunden ist?«

»Ja, Eure Eminenz.«

»Dann kannst auch du schweigen, und den Männern mit den anderen G-Gefangenen helfen.«

Mein Magen versteinerte sich. *Die anderen Gefangenen?*

KAPITEL 78

EIN TOTER KOBOLD AUF SEINEM LETZTEN GANG

ASHA

Wir wurden aus der Halle des Höllenfeuers und Verfalls herausgeführt. Trotz der Schwere in meinen Knochen war das Einatmen der frischen, kühlen Luft ein Trost. Wie die Wachen diese erstickende Hitze überlebten, war mir ein Rätsel. Vampire waren höllische Kreaturen, also konnten sie wahrscheinlich die Hitze besser vertragen als wir einfachen Sterblichen.

Ich fing Stokers Blick auf. Er sah genauso besorgt aus, wie ich mich fühlte. Wir wussten, dass wir sterben würden, aber wir hofften, dass Rick und Salty irgendwie entkommen konnten. Und dann war da natürlich noch der wunderbare Sam. Meine Schuldgefühle verwandelten sich allmählich in Entsetzen.

Wir wurden aus der Festung gedrängt, die Stufen zum schwarzen Sand hinunter, wo wir gefangen genommen worden waren, zum Torhaus und durch das Fallgitter, in Richtung des Flankierungsturms, wo Dutzende von Vampiren ein improvisiertes Turnier vorbereiteten. Kohlenbecken, Lagerfeuer und flammende Fackeln überall ließen den Hof trotz der schwarzen Dunkelheit, die das Obsidianschloss ständig umgab, in der Dämmerung erscheinen. Die mit Pechnasen versehene Wehrmauer war stark rissig und wurde nur von den dornigen Ranken gehalten, genau wie die Ecktürme und Türmchen. Die Kapelle war gänzlich eingestürzt, aber ich vermutete, dass Vampire sowieso keine Kapelle brauchten. Die Ranke hatte großen Schaden angerichtet, aber das Schloss stand noch, und die Wehrmauern wirkten enttäuschenderweise stabil.

Ein großer Sessel wurde anstelle eines Throns herausgebracht, mit grünen Samttüchern bedeckt und von so vielen Kohlenbecken umstellt, wie Platz fanden. Der rachsüchtige Teil in mir hoffte, dass Sirilla Voltane selbst bald Feuer fangen würde.

Als ich die Bögen und Pfeile sah, verstand ich, um welche Art von Turnier es sich handeln würde. Ich hoffte, dass ich nicht zum Schießen aufgerufen werden würde. Ich konnte zwar einen Zauber schleudern, aber mit einem Bogen in der Hand war ich keine Jacquelyn Denna Knight.

Der Pfeilmacher überprüfte die Schäfte und Federn seiner Pfeile und vergewisserte sich, dass er mit seiner Handwerkskunst zufrieden war, was ich zu schätzen wusste. Wer wollte schon von einem minderwertigen Pfeil getötet werden? Ich jedenfalls nicht!

Wir umrundeten den letzten Teil der gekrümmten Mauer, als ich die drei eisernen Käfige sah, die an Haken in der Mauer hingen. Salty war im nächstgelegenen Käfig, und Sam hing in dem neben ihr. Rick war im letzten Käfig.

Ich spürte, wie ein Schluchzen in mir aufstieg.

Sie trugen Sirilla in einer Sänfte heraus und hoben sie behutsam vom Tragestuhl auf ihren provisorischen smaragdgrünen Thron. Die kalte Luft und die nahen Flammen verliehen ihren Wangen etwas Farbe, aber sie sah immer noch aus wie eine tote Puppe.

Sie hielt ihr Zepter, als wäre es der Lebensfaden selbst, und schlug damit auf den Boden, was in der hallenden großen Halle beeindruckender geklungen hätte. Sie holten die Gefangenen aus ihren Käfigen und stellten uns fünf schnell in eine Reihe. Ich war so glücklich, Sams Hand auf meiner zu spüren, dass ich weinen wollte. Fünf Zielscheiben in Smaragde-Farben wurden vor der Gräfin platziert, und der Pfeilmacher präsentierte seinen Bogen und seinen Köcher.

Sirilla wirkte gleichzeitig cholerisch und boshaft erfreut. Sie schlug erneut mit ihrem Stab, und alle verstummten. Das einzige Geräusch war das Knistern der Flammen. Ihre goldene Brosche glitzerte, und mit einem Anflug ihres Metzgerlächelns verkündete sie: »Lasst die Spiele beginnen.«

Mordecai flüsterte uns die Regeln zu; sie waren einfach genug, dass auch ein Kind sie verstehen konnte. Wir mussten alle ins Schwarze unserer Zielscheiben treffen, oder wir würden selbst der Pfeilspitze des geschicktesten Bogenschützen unter uns gegenüberstehen.

Rick grunzte. Ich war nicht sicher, ob der Laut Angst oder Zuversicht ausdrückte. Salty zitterte sichtbar. Ich nahm an, dass Sam in seiner Karriere als Polizist etwas Zielübung gehabt hatte, aber gleichzeitig wusste ich, dass Pfeile sich ganz anders als Kugeln verhielten. Ich hatte in Copperfield Bogenschießen geübt, war aber nie besonders gut. Für alle praktischen Zwecke ging ich davon aus, dass wir hier nicht lebend herauskommen würden. Ich holte tief Luft, Sam drückte meine Hand, und wir bekamen eine steife Lederröhre mit Pfeilen.

»Wer möchte anfangen?«, fragte ich. Meine Freunde starrten mich an. »In Ordnung, ich mache es.« Es war das Mindeste, was ich tun konnte, nachdem ich sie in dieses Schlamassel hineingezogen hatte. Sam protestierte, aber ich nahm entschlossen den Köcher und den Bogen. Mordecai zeigte mir, wo ich stehen sollte.

Ich betrachtete die Zielscheibe. Ich konnte das schaffen, oder? Ich nahm einen Pfeil und umklammerte den Bogen, um den Schuss auszurichten. Es schien weit weg zu sein. Meine Brust wurde eng.

Asha, hörte ich. Ich hörte auf zu zielen und schaute mich um. Ich dachte, es wäre Mordecais Stimme, aber sie klang so nah, als würde er mir ins Ohr flüstern. Er sah mich bedeutungsvoll an.

Asha, sagte er wieder. Aber seine Lippen bewegten sich nicht. Er versuchte, mich zu hypnotisieren.

Lass dir Zeit. Atme weiter, hörte ich. *Ich werde dich durchführen.*

Ich nickte ihm zu und schaute weg, bevor jemand erraten konnte, dass ich Hilfe bekam.

Jetzt korrigiere deinen Stand. Füße weiter auseinander, schulterbreit.

Ich bewegte meine Füße und wirbelte schwarzen Staub auf.

Ja, so ist es gut. Starke Basis. Gut. Jetzt strecke deine Haltung durch.

Mit breit gestellten Füßen straffte ich meinen Rücken und entspannte meine Schultern, die sich um meinen Hals herum verkrampft hatten.

Jetzt richten wir den Schuss aus. Ja, genau so. Lockere deinen Griff am Bogen. Leichter als das. Noch leichter. Federleichter Griff an der Bogenhand.

Wenn ich ihn noch lockerer halten würde, würde er mir aus der Hand fallen.

Ja, hörte ich ihn denken. *Genau so.*

Ich hakte die Nocke an der Bogensehne ein und spannte sie, spürte die Energie der Spannung. Es fühlte sich gut an.

Warte! Lass nicht los, bis ich es sage.

Ich konzentrierte mich so intensiv auf das Ziel, dass alles andere verblasste. Ich hielt die Waffe ruhig und wartete.

Entspann deinen Körper. Atme. Wenn du loslässt, behalte deine perfekte Haltung bei. Bewege dich nicht, um zu sehen, ob du getroffen hast. Haltung perfekt.

Verstanden.

Jetzt schließ deine Augen.

Meine Augen schließen? Ich verlor fast meine Konzentration, hätte fast die Frage geschrien. War das ein Witz für ihn? Am liebsten hätte ich den Pfeil in seine Richtung geschossen.

Vertrau mir, Asha.

Trau niemals einem Mann, der das sagt, würde Savvy sagen.

Haltung perfekt. Schließ deine Augen.

Gegen mein besseres Urteil gehorchte ich.

Jetzt wirst du das Loslassen spüren. Wenn du bereit bist, öffnest du die Augen, zielst und schießt.

Meine Nerven vibrierten.

Atme und entspann dich. Du schaffst das.

Ich atmete ein, atmete aus, öffnete die Augen und zielte, genoss das Gefühl der Spannung im Bogen, und ließ los. Der Pfeil sauste durch die Luft und traf mit einem überzeugenden Aufprall ins Schwarze. Erleichterung durchflutete mich. Der Spielmeister hob seine grüne Flagge, und meine bunt zusammengewürfelte Truppe jubelte, was mich aus meiner konzentrierten Aufmerksamkeit und dem geheimen Gespräch mit Mordecai herausriss. Ich sah ihn an, und er nickte.

Ich nahm das frisch erworbene Wissen und coachte meine Freunde durch ihre Versuche. Rick traf ins Schwarze, ebenso Stoker. Bisher drei grüne Flaggen.

Salty war zu nervös zum Schießen. Sie war zu klein für das Ziel und konnte den Bogen nicht ruhig halten, weil sie so zitterte. Ihre Hände, die normalerweise schon schleimig waren, waren vor Schweiß schmierig. Sie ließ ihn auf den Boden fallen.

»Du musst dich beruhigen«, flüsterte ich eindringlich. »Du wirst es nie schaffen, wenn du so zitterst.«

»Meinst du, das weiß ich nicht, Hexe?«, schnappte sie. Ihre Augen rollten verzweifelt und sie schüttelte den Kopf. »Es hat keinen Zweck, keinen Zweck. Ich bin ein toter Kobold auf seinem letzten Gang.« Sie begann zu jammern und fügte ihrem bereits überschmierten Körper noch mehr Schmiere hinzu.

»Nilve SaltySnap!«, flüsterte ich. »Reiß dich zusammen! Du schaffst das! Ich werde dir helfen!«

»Ich kann nicht!«, weinte sie. »Ich kann nicht!«

»Hör mir zu«, sagte ich. »Mach den Schuss. Wenn du nicht triffst, kannst du auf deine anderen Talente zurückgreifen.«

Sie runzelte ihre drahtigen Augenbrauen, ihr Gesicht glänzte vor Schweiß. »Das kann ich nicht einfach an- und ausschalten«, sagte sie.

»Nun.« Ich reichte ihr den Bogen zurück. »Dann solltest du es verdammt noch mal versuchen.«

Ich schaufelte etwas trockenen schwarzen Sand auf und rieb ihn auf ihre Hände, wie dunkles Turnermagnesia. Mordecai wies einen Vampir an, das Ziel für den Kobold zu senken, und ich führte sie durch den Schuss.

»Du schaffst das«, sagte ich, obwohl ich ziemlich sicher war, dass sie keine Chance hatte.

Füße, Haltung, atmen, das Loslassen spüren, atmen, öffnen, zielen, loslassen.

Der Pfeil flog hoch, höher als er sollte. Mordecai schaute nach unten, die Lippen gekrümmt, wissend, dass er das Ziel nicht treffen würde.

Komm schon, sagte ich zu dem Pfeil, als ob er ein empfindsamer Schaft wäre, der meinen Gedanken gehorchen würde. Ich spürte, wie der Optimismus aus meinen Freunden verschwand, als sie alle ihre Köpfe senkten.

Komm schon! schrie ich den Pfeil an.

Ich wusste aus einer Psychologie-Podcast-Folge, die ich irrtümlicherweise in der Vergangenheit gehört hatte, dass mein telepathisches Flehen mit einem unbelebten Objekt magisches Denken genannt wurde und nichts mit echter Magie zu tun hatte. Aber nichts davon spielte eine Rolle. Nur die Pfeilspitze, die das Zentrum traf, war wichtig. Ich beobachtete, wie das Geschoss an Geschwindigkeit verlor und seinen Abstieg begann. Ich betete schnell zu Artemis für ein Wunder und murmelte grimmig vor mich hin.

Artemis! Göttin, Jägerin, Juwel,

Führe diesen Pfeil ins Auge des Stiers.

Die gewichtige Pfeilspitze erreichte das Ende ihrer Reise und verkeilte sich irgendwie auf ihrem Weg nach unten im Umfang des Schwarzen. Sie hielt einen Moment, dann fiel sie ab. Wir keuchten und warteten, um zu sehen, ob der Schuss zählte, und der Spielmeister hielt seine grüne Flagge hoch. Wir schrien und jubelten, und Rick hob den überschwänglichen Kobold vom Boden und setzte sie auf seine Schultern, während er einen Siegestanz vollführte, was angesichts seines allgemein brutalen Aussehens komisch wirkte. Sie war schlammig vom Sand und Schweiß und sah so erleichtert aus, dass es schien, als könnte sie sich vollständig auflösen. Sogar einige der Vampire im Publikum jubelten, aber Voltane sah elender aus als je zuvor.

Sam lächelte zusammen mit der Gruppe, aber ich war wegen seines Schusses nervöser als wegen des kauderwelschenden Kobolds.

Ich bereitete ihn vor wie die anderen. Seine Haltung war gut, sein Griff leicht und entspannt.

»Du hast es«, sagte ich und berührte seinen Arm zärtlich. »Du hast es.«

Sam schloss die Augen, und ich sah, wie sie zuckten. Er war zu nervös. Er würde den Schuss nicht schaffen.

»Warte«, sagte ich, genau wie Mordecai es zu mir gesagt hatte, aber es war zu spät. Er hatte in dem Moment losgelassen, als ich »warte« sagte, was ihn bei seinem Schuss aus der Ruhe brachte.

Ich drehte mich zur Zielscheibe, bereit zu beten, aber es war zu spät. Es war ein kraftvoller Schuss gewesen, ohne Zeitverlust zwischen Loslassen und Treffen der Scheibe, aber der Pfeil war im vierten Ring gelandet. Ein solider Schuss, aber nicht ins Schwarze. Der Spielmeister hielt seine rote Flagge hoch.

Ich blickte gerade noch rechtzeitig zu Sirilla, um zu sehen, wie sie ihr Lächeln verbarg.

KAPITEL 79

DEN PFEIL AUF SICH NEHMEN

ASHA

»Nein!«, schrie ich. Ich fühlte mich, als würde ich brennen.

Mordecais Stimme erschien wieder. *Asha! Sei nicht dumm, Hexe. Nimm dich zusammen.*

Ich unterdrückte meine Gefühle und versuchte, sie zu zügeln. Er hatte recht. Durchzudrehen würde uns nicht aus dieser Situation befreien.

»Ich werde das in Ordnung bringen«, sagte ich zu Sam. »Vergib mir.«

»Es gibt nichts zu vergeben«, antwortete er mit einer Stimme, die mein Inneres in alle Richtungen zerrte. In seinem Blick lag kein Vorwurf, nur Zuneigung und Trauer.

»Die Hexe wird jetzt auf den M-Menschen zielen«, stieß Sirilla hervor. Ein Husten erschütterte ihren Brustkorb. »Wenn sie verfehlt ... sterben beide.«

Sams Blick wurde intensiv, er packte meine Arme. »Asha, vermassele das nicht. Du musst überleben.«

»Bist du verrückt?«, erwiderte ich. »Auf keinen Fall werde ich auf dich schießen.«

»Du musst«, sagte er. »Oder wir sterben beide.«

»Ich will nicht ohne dich leben«, sagte ich. Mein Herz begann auf eine Weise zu schmerzen, wie ich es noch nie zuvor gespürt hatte.

»Du musst«, wiederholte er. »Wer sonst wird die Mädchen retten? Wer sonst wird das Reich retten?«

Ich begann zu weinen. Ich konnte nicht anders. Der ganze Schmerz, die Frustration und die frische Trauer brachen aus mir heraus.

»Vielleicht bin ich aus diesem Grund hier«, sagte er und hielt mich fest. »Um den Pfeil auf mich zu nehmen.«

»Nein«, weinte ich, schüttelte den Kopf, während Tränen aus meinen Augen und meiner Nase flossen.

Sirilla kreischte wie eine Schleiereule. »Jetzt, H-Hexe! Oder ihr ALLE sterbt!«

Das gesamte Publikum der Vampire – hundert? Zweihundert? – stand auf, bereit, den Befehlen ihrer Anführerin zu folgen. Hungrige Augen streiften meinen Körper.

Ich starrte Gräfin Sirilla Voltane wütend an, hasste sie so sehr, verachtete sie mehr als ich je jemanden verachtet hatte, wünschte, sie wäre tot, wünschte, sie wäre mehr als tot. Schlimmer als tot. Ich wünschte ihr, für die Ewigkeit in der Vergessenheit gefoltert zu werden.

Nimm den Köcher, hörte ich Mordecai sagen. *Nimm den Bogen.*

Ich wollte ihm sagen, wohin er seinen verhexten Bogen stecken konnte. Ich funkelte auch ihn böse an.

Nimm den Pfeil mit der roten Befiederung.

Wütend suchte ich nach dem rotgefiederten Pfeil. Als ich aufblickte, stand Sam an der Stelle, wo mein ursprüngliches Ziel gewesen war.

Ich schieße nicht auf ihn, sagte ich mir. *Niemals würde ich auf ihn schießen.*

Ich nahm meine Position ein und richtete den Schuss aus, aber nur, weil ich versuchte, Zeit zu gewinnen, um mir einen Zauber auszudenken oder ein Gebet zu sprechen oder irgendetwas zu finden, das uns aus dieser Situation befreien würde.

Füße, Haltung, atmen, das Loslassen spüren, atmen, öffnen, zielen.

Ich würde nicht schießen. Natürlich nicht.

Zielen. Ich spürte wieder die Spannung in der Sehne und wusste, dass sie perfekt war.

Mordecai unterbrach meine Konzentration. *Die Spitze des rotbefiederten Pfeils besteht aus einem eingeschmolzenen silbernen Kruzifix aus der Kapelle. Ein silbernes Kruzifix. Verstehst du, Asha?*

Ja. Ich verstand auf einmal viele Dinge.

Ich öffnete meine Augen und zielte auf Sams Brust.

»Ich liebe dich«, sagte ich.

Ich sah die silberne Spitze des Pfeils klar vor dem verschwommenen Hintergrund von Sam. Die Spannung in der Bogensehne war perfekt. Ich bewegte den Bogen gleichmäßig neunzig Grad nach links, bestätigte mein Ziel und spürte das Loslassen. Der Pfeil verfehlte Mordecai knapp, zischte an ihm vorbei und bohrte sich in Sirilla Voltanes schwarzes, böses Herz.

Volltreffer.

KAPITEL 80

STRANGULO

ASHA

Chaos brach aus wie ich es noch nie erlebt hatte. Ohne zu überlegen hob der Spielleiter seine grüne Flagge. Die Vampire schrien vor Schock und Wut. Sirilla wandte ihren Blick nicht von mir ab. Gerade als ich anfing, an Mordecai zu zweifeln, sah ich Flammen aus der Stelle kommen, wo der Schaft sie durchbohrt hatte. Sie hatte sich nach Hitze und Feuer gesehnt, und jetzt würde sie von innen heraus verbrennen.

Wir waren in ernsten Schwierigkeiten. Die Horde von Vampiren bleckte ihre Reißzähne und zischte, während sie über uns herfielen, bereit, unsere Kehlen aufzureißen. Sirilla kreischte, ihre Brust schwelte, schwarzer Rauch quoll aus ihrem Mund, ihre Augen verwandelten sich in glühende Kohlen. Ein Vampir stieß Sam um und warf ihn zu Boden. Salty wurde niedergetrampelt, Rick zu Boden gerissen. Stoker, wieder in seiner Wolfsgestalt, kämpfte heroisch, schnappte, knurrte und zerriss Vampir-fleisch. Ein riesiger Vampir kam auf mich zu, gefolgt von seinen Schergen.

Es war vorbei, und wir hatten die Mädchen im Verlies nicht gerettet.

Ich griff nach meinem Messer und kämpfte so hart ich konnte, aber es war zwecklos. Ich würde mehr als das brauchen. Messer weg, Zauberstab raus, ich rief meinen alten Freund, die Ranke.

Ich nutzte den Strom der Emotionen, den ich spürte, um die Magie zu beschwören, die bereits so nah unter meiner Haut lag, und sie strömte auf meinen Befehl hin heraus.

»*Vinea rumpis!*« schrie ich. »*Vinea rumpis!*« *Ranke, zerstöre!*

Voltanes gebrochener Körper zitterte, während er brannte, Glut glühte dort, wo ihr Oberkörper gewesen war.

Die schlangenartige schwarze Ranke erwachte erneut, froh, den Job zu beenden. Mit mehr Bosheit und Kraft als zuvor schmetterte sie gegen das alte Schloss, schwang ihre dornigen Äste wie stachelige Streitkolben und zerstörte alles auf ihrem Weg.

Aber das Schloss zum Einsturz zu bringen, war nicht genug.

»*Vinea spina!*« rief ich und spürte, wie meine Kraft wie eine mächtige, sich windende Welle aus mir herausströmte. Die Ranke gehorchte und durchbohrte die Vampire mit ihren pfahlähnlichen Dornen. Sie schrien vor Schmerz auf und fielen. Es gab mehr Dornen als Vampire.

Sirilla brannte immer noch und erstickte an ihrem eigenen grauen Rauch. Sie zischte, während sie loderte.

»*Vinea strangulo!*« rief ich und richtete meinen Zauberstab direkt auf sie.

Die Ranke, die ihr am nächsten war, richtete sich wie eine wütende schwarze Python auf und schoss auf sie zu, wickelte sich um ihren Hals und würgte die wenige Lebenskraft, die noch übrig war. Aber die bösartige Ranke hörte nicht beim Würgen auf. Sie zog ihren Griff weiter zu, bis Voltanes Kopf sich von ihrem Körper löste und herunterfiel, in die Dunkelheit am Fuß der Kohlenbecken rollte.

Ich sah mich nach meinen Freunden um. Sie waren noch in Gefahr. Die Ranke hatte ihre Angreifer noch nicht erreicht, und ich konnte spüren, wie meine Magie schwächer wurde. Sie hatte einen so enormen Kraftschub verbraucht, dass sie mich schnell erschöpft hatte, und ich hatte die Warnsignale erst bemerkt, als es zu spät war.

Um diesen Kampf zu gewinnen, brauchten wir mehr Magie. Die Fülle an Feuer überall brachte mich auf eine Idee. Feuer war ein bewährtes Mittel, um Vampire zu töten, und Feuer hatte seine eigene Macht. Sobald ich es entfacht hatte, spielte es keine Rolle, ob mir die Magie ausging. Es würde hungrig werden und sich selbst ernähren.

Ich blickte auf das Reetdach der Schießscharte. Das sollte funktionieren. Ich richtete meinen Zauberstab auf das verfilzte trockene Stroh.

»*Ignem exquiris*«, sagte ich.

In meinen Händen war kaum noch Kraft. Nur ein kleiner Strom zerbrechlicher Flammen schoss in einem Bogen zum brennbaren Dach hinauf, aber das war alles, was nötig war. Innerhalb einer Minute hatte das Stroh Feuer gefangen.

»Feuer!« schrie ich. »Feuer!«

Die Vampire unterbrachen ihren Kampf, um ihr Zuhause zu retten. Sie riefen nach Wasser, aber der Brunnen war trocken. Sie mussten das bröckelnde Schloss betreten, um Vorräte zu holen. Plötzlich fühlte ich mich schwach, als hätte ich zu viel Magie verwendet, als hätte ich von meiner eigenen Lebenskraft geborgt, um die Energie der Leere zu ergänzen. Meine Knie gaben nach und ich fiel. Jemand fing mich auf.

Oh, Sam, dachte ich, *danke der Leere. Ich liebe dich.*

Aber als ich aufblickte, war es Mordecai.

KAPITEL 81

ICH HABE NOCH NIE EINEN GOBLIN GEKANNT, DER LEISE GESTORBEN IST

ASHA

»Ich hole dich hier raus«, sagte Mordecai, stieß sich vom Boden ab und hob mich in die Luft.

Ich schüttelte den Kopf. »Nicht ohne meine Freunde.«

Er knurrte frustriert. Unsere Beziehung war definitiv eine Hassliebe. Wir beide liebten es, einander zu hassen.

»Für sie ist es zu spät«, sagte er.

Ich sah nach unten und sah sie auf dem Boden liegen.

»Nein«, sagte ich. »Lass mich los.«

»Asha!«, rief er verzweifelt. »Nach allem, was wir durchgemacht haben... komm jetzt mit mir.«

»Nein«, sagte ich, aber er ließ mich nicht los.

Ich kämpfte gegen ihn an. Es war ein schwacher Versuch, aber es reichte, um ihn die Beherrschung verlieren zu lassen, sodass er mich absichtlich fallen ließ. Ich hörte, wie er abhob und mich dabei verfluchte. Ich landete schlecht und verdrehte mir das Knie. Die neue Verletzung tat kaum weh, weil meine Beine so taub waren, aber ich wusste, dass ich nicht zum Monster-Truck-Portal zurücklaufen könnte.

Ich schaute zu Rick, um zu sehen, ob er mich tragen könnte, aber er war bewusstlos. Ich spürte eine Hand an meinem Arm und hätte fast in diese Richtung zugeschlagen, sah aber gerade noch rechtzeitig, dass es Sam war.

»Asha«, hauchte er. Er blutete am Kopf. Ich wollte ihn heilen, aber ich war leer und taub. Wir umarmten einander.

»Ich liebe dich«, sagte ich, während frische Tränen meine Wangen hinunterliefen.

»Ich liebe dich auch«, sagte er.

Die Vampire hatten das Feuer fast gelöscht, aber ich hatte nicht die Energie, mich zu bewegen. Salty kroch zu uns herüber und hustete und spuckte wegen der Rauchvergiftung.

»Was ist das?«, fragte sie.

»Was ist was?«, stöhnte ich.

Sie schaute zum Himmel hinauf – oder zur Schwärze, die in diesem unheimlichen Reich als Himmel galt. Die Silhouette eines Drachen kreiste über uns.

Ich muss Wahnvorstellungen haben, aber dann müsste Salty sie auch haben.

»Er wird uns fressen«, jammerte der Goblin.

»Was ist das?«, fragte Sam.

»Ich kann keinen Drachen abwehren«, sagte ich. »Ich habe nichts mehr zu geben.«

Der Drache kam herab und spie Feuer auf das Stroh, das die Vampire gerade gelöscht hatten, und auch auf alles andere Stroh und Schilf. Das Schloss würde bis auf die Grundmauern niederbrennen und uns mit sich nehmen. Die vermissten Mädchen würden verbrennen, und wir würden zusammen mit ihnen verbrennen. Stoker schlich auf uns zu. Rick setzte sich gerade rechtzeitig auf, um eingeäschert zu werden.

»Auf Wiedersehen, liebe Freunde!«, rief der Goblin, während Tränen über ihr schmutziges Gesicht strömten. »Es war ein Abenteuer!«

Immer dieses Melodrama, dachte ich. *Verdammte Goblins. Ich habe noch nie einen Goblin gekannt, der leise gestorben ist.*

»Hey, Lumpenpack«, ertönte eine vertraute Stimme. Es klang wie Chione. Ich musste wirklich verrückt sein, wenn ich die Stimme eines Grimalkins aus einem anderen Reich hören konnte. Aber dann stieß der Drache neben uns herab, und ich sah, dass es überhaupt kein Drache war, sondern ein Himalaya-Sichelkrallen-Sauroraptor.

»Springt auf«, rief Chione. »Das Portal schließt in wenigen Minuten.«

Die anderen brüllten erleichtert und kletterten hastig auf Raps Rücken. Ich schaute zum Bergfried, wo der Kerker brannte. Ich weinte.

»Jetzt, Hexe!«, schrie sie. »Oder wir verpassen es und stecken für alle Ewigkeit in dieser Hölle fest.«

Sam zog mich mit, ich stolperte bei jedem Schritt. Er schob mich auf Raps Rücken, und Rick zog mich in seine starken Ork-Arme – ein improvisierter Sicherheitsgurt aus Fleisch und Knochen. Der Dinosauriervogel hatte sich seit meiner letzten Begegnung mit ihm verdreifacht. Kein Wunder, dass Chione sich über die Futterrechnung beschwerte. Ich schaute mich verzweifelt um und versuchte sicherzustellen, dass alle da waren. Stoker half Sam hinauf, und Salty klammerte sich um Leben und Tod an den Hals des Raptors. Das Team hatte überlebt. Ich erhaschte einen Blick auf die Überreste von Sirilla Voltane – was von ihr übrig war – und sah nur rauchende Asche, wo ich zugesehen hatte, wie sie enthauptet und verbrannt worden war. Ich dachte daran, wie sie immer wieder nach mehr Holz fürs Feuer gefragt hatte. Jetzt war sie sicher warm genug.

»Haltet euch gut fest«, sagte der Grimalkin und nahm die improvisierten Zügel aus Seil und Bändern. »Zurück zum Portal, Rap«, sagte sie. Er begann, mit seinen Raptorflügeln zu schlagen. »So schnell du kannst!«

Der Vogel schrie auf und hob unsicher vom Boden ab – ich vermutete, dass er noch nie das Gewicht eines Orks auf dem Rücken getragen hatte – und flog los, über die flammende Ringmauer hinweg und bahnte seinen Weg durch die Dunkelheit in Richtung des Monster-Trucks. Ich hielt den Atem an, als ich sah, dass sich das Portal schloss, und war sicher, dass wir es nicht schaffen würden. Jeder Muskel in meinem Körper sang vor Spannung, so gespannt wie eine eingelegte Bogensehne.

»Schneller!«, drängte Chione. »Schneller, Rap!«

Wir würden es nicht schaffen. Das Loch war bereits fast zu klein, um uns und Rap aufzunehmen, und Rap konnte einfach nicht die nötige Geschwindigkeit aufbringen, wegen des Gewichts, das er trug. Rick erkannte das. Bevor ich ihn aufhalten konnte, schob er mich nach vorne, aus seinen Armen, und sprang vom Raptor.

»Nein!«, schrie ich, als er auf den Boden unter uns fiel. *Nicht Rick!* Mein Gehirn kreischte und mein Herz schmerzte. Mit einer leichteren Last gewann Rap sofort an Geschwindigkeit und wir schossen vorwärts. Wir hielten uns fest aneinander und klammerten uns an Raps Regenbogenfedern, flogen durch das Portal, eine Sekunde bevor es zuschnappte, und krachten zurück auf den mit Schlaglöchern übersäten Asphalt der heruntergekommenen Autowaschanlage.

Das Neonschild flackerte ein letztes Mal und erlosch dann.

KAPITEL 82

ES WAR KEIN UNFALL

MERCURY

Celestia war der wunderbarste Ort. Ich hatte so viel Glück, hier zu sein. Ich wusste nicht, wie ich so viel Glück haben konnte, aber ich würde es nicht als selbstverständlich betrachten. Ich war noch nie glücklicher gewesen. Lächelnd ging ich zu meinen Schwestern in den Speisesaal, wo ich mich an meinen Tisch setzte und die anderen Mädchen begrüßte.

»Ich hatte so einen tollen Tag«, sagte ich verträumt. »Ich hoffe, ihr auch.«

Sie nickten zustimmend. Es war tatsächlich ein herrlicher Tag gewesen.

»Ich war im Töpferkurs«, sagte Dee. »Es hat Spaß gemacht. Ich habe eine Schüssel gemacht.«

»Eine Schüssel?«, erwiderte ich. »Wunderbar! Ich würde auch gerne eine Schüssel machen.«

»Mercury«, sagte Frankie mit strenger Stimme. Sie starrte mich auf eine unhöfliche Weise an, aber das machte mir nichts aus. »*Was* ist los mit dir?«

Ich seufzte. »Oh, Francine«, murmelte ich. »Gar nichts. Ich fühle mich besser als je zuvor.«

Die Vorspeise kam: geräucherter Lachs mit Frischkäse auf Melba-Toast. Ich war am Verhungern und begann schnell zu essen, wobei ich meine Portion beendete, bevor irgendjemand sonst am Tisch fertig war. Frankie beäugte mich noch immer misstrauisch.

»Maisey hätte diese Vorspeise gehasst«, sagte Frankie und funkelte mich an, als wäre sie Maisey und ich der Fisch.

»Francine«, sagte ich. »Geht es dir gut? Du scheinst nicht du selbst zu sein.«

»Ich fühle mich sehr wohl wie ich selbst, danke. Obwohl ich das von *dir* wohl nicht behaupten kann.«

»Ich bin mir sicher, ich weiß nicht, was du meinst«, erwiderte ich. Ich konnte die musikalische Qualität in meiner Stimme hören, als ob mein Glück alles von meinem Herzen bis zu meinen Stimmbändern beeinflusste.

Ich hatte das Gefühl, dass Frankie wütend vom Tisch aufstehen würde, so genervt schien sie zu sein, aber stattdessen blieb sie mir gegenüber sitzen und starrte mich an, während sie ihr Essen beendete.

Nach einem absolut köstlichen Abendessen mit Beef Wellington, gekochten Frühkartoffeln mit Butter und Petersilie sowie geröstetem Wurzelgemüse verließen wir den Speisesaal in einer Menge und bewegten uns in Richtung unserer Schlafsäle. Meine Schwestern lächelten mich an, und ich hatte das Gefühl, dass jeder einen guten Tag gehabt hatte, und das machte mich glücklich. Es war leicht, einen tollen Tag in Celestia zu haben, wo alles so nahe an der Perfektion war, wie es nur sein konnte. Wir lächelten einander an und bewegten uns wie eins, und ich fühlte mich endlich, als würde ich dazugehören. Mir wurde klar, dass ich hierher gehörte. Es war der beste Ort für mich. Ich war noch nie so glücklich gewesen.

Ich spürte einen scharfen Ellbogenstoß in meinem Rücken. »Au!«, rief ich und drehte mich um. Es war Frankie.

»Francine«, sagte ich und lächelte dann freundlich. »Mach dir keine Sorgen deswegen. Unfälle passieren.«

»Es war kein Unfall«, sagte sie gedehnt, ihre Augen funkelten boshaft. Oder vielleicht war es etwas anderes. Ich runzelte die Stirn. Ich verstand nicht.

»Du wolltest mir wehtun?« Mein Gehirn konnte diese Idee nicht verarbeiten.

»Ich wollte dich aufwecken«, erwiderte sie.

»Ich bin ... wach«, sagte ich.

»Du benimmst dich wie ein verdammter Zombie«, sagte sie. Dann benutzte sie eine lyrische Stimme, um mich nachzuäffen. »*Ooh*, das ist so *wunderbar*! Ist das Leben nicht einfach *so toll*? Ich weiß! Fantastisch! Kannst du all die *Liebe* in der Luft spüren? Ich werde meine Haare flechten wie die verdammte Brady Bunch!«

Jetzt war ich an der Reihe, sie anzustarren. Vorsichtig, ihren Temperament fürchtend, sagte ich: »Ich verstehe nicht, was du meinst.«

»Argh!«, rief sie aus, über alle Maßen frustriert. »Hör endlich auf damit! Das ist nicht lustig!«

Ich blinzelte. »Francine, gibt es etwas, was ich für dich tun kann? Du scheinst nicht ganz auf der Höhe zu sein. Ich würde gerne helfen.«

Frankie warf mir einen so schneidenden Blick zu, dass ich überrascht war, noch einen Kopf auf den Schultern zu haben. Sie stürmte davon, und ich war erleichtert. Nach dem Zähneputzen schwebte ich ins Bett und wurde von dem großartigen weißen Bett mit seinen wunderbaren Kissen und frischer Bettwäsche umhüllt. Es war wie eine Umarmung von einem Marshmallow. Wie wurde ich nur so glücklich? Ich würde es nie erfahren.

Trotzdem nagte die Idee von Frankies schlechter Laune an mir. Vielleicht musste ihr Glückslevel von Doktor Bianca bewertet werden. Ich würde dieses Thema bei ihr ansprechen. Francine war wunderbar, und sie verdiente es, so glücklich zu sein wie ich.

EPILOGUE: DER TOD IST NICHT DAS ENDE

ASHA

Rap lag ausgestreckt auf dem Asphalt des löchrigen Waschstraßen-parkplatzes, während wir uns von ihm herunterschälten. Er war erschöpft, und ich konnte den Rauch in seinen Federn riechen. Die Sterne waren herausgekommen und die Nachtluft war wohltuend kühl, eine wunderbare Atempause nach der scheinbar endlosen Hitze der Schlacht. Wir waren aus dem Smaragde-Taschenreich entkommen, aber es gab keine Zeit zum Entspannen.

»Salty!«, rief ich und packte ihren Arm, als sie nicht sofort reagierte. »Salty!«

Das Gesicht der Goblin war vor Angst fast katatonisch. »Ich spüre keine Schmerzen«, sagte sie. »Und es ist dunkel. Sind wir tot?«

»Wir haben es zurückgeschafft«, sagte ich. »Wir leben. Aber... Rick!« Ich stand immer noch unter Schock, dass er sich geopfert hatte.

Sie blinzelte mich an und schüttelte ihre Erstarrung ab. »Rick«, wieder-holte sie mit vor Panik hervorquellenden Augen.

»Wir können ihn nicht sterben lassen. Nicht, wenn er der Grund ist, warum wir überlebt haben. Du musst das Portal wieder öffnen!«

»Ich…«, stotterte sie. »Du weißt, dass ich das nicht kann!«

Meine vor Angst tauben Finger suchten nach der Smaragde-Ansteckna-
del, die ich vom verstorbenen Vampir Lucian »geerbt« hatte. »Benutze
das als Schlüssel«, sagte ich.

Sie nahm sie mir ab, sah aber nicht überzeugt aus. Ich wusste, was sie
dachte: Ihre Portalmagie war unsicher, und sie wollte nicht versehentlich
den Ork töten, während sie versuchte, ihn zu retten. Sie schüttelte den
Kopf. Ihre Augen glänzten vor Bedauern. »Zu riskant, Hexe.«

»Wir müssen ihn holen!«, schrie ich. Die grüne Drama-Queen brach
zusammen, heulte und weinte. Ich konnte nicht wütend auf sie sein, aber
ich war verzweifelt. »Bitte!«

Chione pfiff scharf ein paar Meter entfernt – sie stand am Bedienfeld der
Waschstraße. Es dauerte einen Moment, bis ich begriff, was sie wollte.
Ich riss die Anstecknadel aus den Händen der stammelnden Goblin und
warf sie der Grimalkin zu. Sie fing sie elegant auf und steckte sie in das
System, wo der Portalbediener früher den Smaragde-Umhang platziert
hatte, dann drückte sie einige Knöpfe. Ich betete zur Göttin der sicheren
Reise und Heimkehr.

Adiona, Göttin der sicheren Rückkehr,

Bring Rick zurück, bevor er verbrennt.

Ich wiederholte das Gebet dreimal flüsternd, während ich auf die leere
Waschstraßenbucht starrte. Wir konnten Rick nicht verlieren. Einfach
nicht. Nicht nach allem, was wir durchgemacht hatten. Nicht mit allem,
was wir noch bewältigen mussten. Mein Versuch einer vierten Wieder-
holung wurde durch mein Würgen vor Trauer behindert, aber als ich
mich erholte, hörte ich ein Krachen und sah einen winzigen Lichtpunkt;
eine Öffnung. Von Trauer zu Hoffnung zu Panik schrie ich mein Team an.
»Aus dem Weg!« Ich schwenkte meine Arme wie ein wahnsinniger
Verkehrsleiter und versuchte, den Weg freizumachen. Stoker verstand
und trieb das Team beiseite, gerade noch rechtzeitig. Das Portalauge
wurde größer, schrumpfte dann und explodierte förmlich, als ein riesiger
Monster-Truck hindurchkrachte und uns nur knapp verfehlte, als wir zur
Seite sprangen. Ich war noch nie so glücklich gewesen, Benzindämpfe,

verbrannten Gummi und Kohlenmonoxid zu riechen. Das Fahrzeug kam quietschend zum Stehen und ich rannte darauf zu. Die Fahrertür schwang auf und Rick sprang heraus, ein breites Grinsen auf seinem müden Gesicht. Ich umarmte ihn fest, aber er umarmte mich noch fester.

~

In der Nähe gab es eine schäbige Bar. Ihr geschmackloses Schild sah aus, als käme es direkt aus dem Rotlichtviertel in Amsterdam. Sie war perfekt.

Wir deckten Rap mit einer weggeworfenen Plane ab, um ihn warm zu halten, und während er sich ausruhte, humpelten und schlurften wir über die Straße, wobei die Stärksten von uns die Schwächsten stützten. Mein schmerzender Knöchel war geschwollen, seit ich ihn verdreht hatte, als ich nach dem Kampf mit Mordecai unsanft landete, nachdem er mich fallen gelassen hatte. Sam musste den Großteil meines Gewichts tragen. Es schien ihn nicht zu stören, und er zog mich näher an sich heran.

Als wir uns der Eingangstür näherten, versperrte uns ein glatzköpfiger Türsteher den Eingang. Er musterte uns von oben bis unten und mochte offensichtlich nicht, was er sah.

»Wir haben geschlossen«, knurrte er mit dem Gesichtsausdruck eines Riesenbabys, das gezwungen wurde, sein Gemüse zu essen.

»Nein, habt ihr nicht«, sagte Stoker. Wir konnten sanfte Musik hören, Gläser klirren.

Der Türsteher blieb standhaft. »Dieser Ort ist nichts für euresgleichen.«

Ich seufzte. Wenn wir nicht gerade knapp dem Tod entronnen – und davon erschöpft – wären, hätte ich wahrscheinlich nicht das getan, was ich als Nächstes tat. Aber ich brauchte einen Platz zum Sitzen. Ich brauchte einen großen Drink. Vor allem brauchten wir einen Ort, um zu reden und unseren nächsten Schritt zu planen. Ich hatte keine Magie mehr, also zog ich meinen treuen Dolch heraus.

»Weißt du, was das ist?«, fragte ich ihn. Ich ließ das grelle Licht die Gravur beleuchten.

Ruptor Maledictum.

Er schnaubte. »Ich spreche keine Fremdsprachen.«

»Es bedeutet *Fluchbrecher*«, sagte ich.

Der schmierige Türsteher schnaubte erneut. »Ich glaube nicht an Flüche.«

»Das wirst du, wenn ich mit dir fertig bin«, erwiderte ich, umklammerte den Griff des Messers und machte mich bereit, es zu benutzen. Gerade als ich spürte, dass die Situation zu eskalieren drohte, zeigte Sam dem Glatzkopf seine Detektivmarke.

Nach einem Moment des Überlegens entschied sich der muskulöse Klotz, beiseite zu treten. Er beobachtete uns, wie wir an ihm vorbei in die nach abgestandenem Bier riechende Bar gingen.

Salty nickte ihm zu, als sie vorbeiging. »Gute Entscheidung«, sagte sie.

»Auf das Brechen des Fluches der Smaragdes«, stieß Stoker an und hob sein Glas Bier in unsere Richtung. Wir hatten einen großen Tisch in der hinteren Ecke der heruntergekommenen Bar gefunden und unsere erste Runde Erfrischungen erhalten. Ich bestellte die Getränke enthusiastisch und das Essen widerwillig.

»Prost«, sagten wir alle und schluckten unsere Getränke. Ein Erdbeerdaiquiri für Salty, Wodka on the rocks für Chione und Pints für den Rest von uns.

»Das ist das beste Bier, das ich je getrunken habe«, sagte Rick.

Wir murmelten alle zustimmend und tranken schweigend. Wir hatten wie durch ein Wunder überlebt, wir hatten den Smaragde-Clan und seinen sadistischen Anführer vernichtet, aber niemand wollte feiern. Wie konnten wir auch, wenn wir bei unserer Hauptmission so spektakulär gescheitert waren? Wir wollten nicht über die vermissten Töchter – die toten Töchter? – reden, aber wir mussten es.

Die Speiseplatte vor uns war weit entfernt von den köstlichen Gerichten, die ich vom Cog gewohnt war, aber ich aß trotzdem davon. Ich fühlte mich innerlich so leer. Ich hoffte, der Alkohol und die Fettigen Pommes, bespritzt mit einer armseligen Entschuldigung für Ketchup – einer Tomatensauce ohne tatsächliche Tomaten darin – würden mir helfen, mich wieder menschlich zu fühlen. Es gab auch Hühnerflügel, Fleischbällchen, Spieße mit Speck und Pita-Brot. Ich beschränkte mich auf die fettigen Kartoffeln, aber die anderen verschlangen das frittierte Fleisch, ohne sich darum zu kümmern, wie es aussah und schmeckte. Ich hoffte, dass uns Salmonellen nicht verfolgen würden.

»Wie bist du ins Obsidianschloss gekommen?«, fragte ich Chione.

Sie wackelte mit ihren perfekten Augenbrauen. »Hast du nicht bemerkt, wie dieser schleimige Waschstraßen-Gob mich angesehen hat?«

Natürlich hatte ich das. *Alte Latexlippe hatte keine Chance gegen die listige Grimalkin.*

»Gute Arbeit«, sagte ich. Ich wollte die Details nicht hören.

»Wir sollten glücklich sein«, murmelte Rick. Er sah genauso niedergeschlagen aus, wie ich mich fühlte.

»Ja«, sagte Stoker. »Voltane und ihren Clan auszuschalten ist eine wichtige gewonnene Schlacht. Jedes Taschenreich, das wir zerstören, bringt uns dem Sieg näher – bevor der Krieg beginnt.«

»Ein wichtiger präventiver Schlag«, stimmte Rick zu.

Die Miene aller war traurig. Trotz des Trostes der Kohlenhydrate hatte ich das Gefühl, weinen zu müssen. Ich schüttelte den Kopf. »Ich kann nicht glauben, dass wir die Mädchen nicht bekommen haben.« Meine Stimme zitterte.

»Wir werden sie finden«, sagte Salty und biss in einen Hühnerflügel.

Wir starrten sie alle an.

»Wha?«, fragte sie mit vollem Mund knuspriger Haut.

»*Finden?*«, fragte ich, und mein Magen drehte sich um. »Was meinst du damit? Ihre *Überreste* finden?«

»Was?«, sagte sie. »Nein. Sie lebend finden und zu ihren Familien zurückbringen. Das ist doch der Plan, oder?« Sie sah sich um. »Was? Warum seht ihr mich alle so an?«

»Die vermissten Töchter sind tot, Nilve. Sie waren im Kerker des Schlosses – der, wie du weißt, wegen uns nicht mehr existiert.«

»Sie waren nicht im Kerker«, sagte sie und knackte den Hühnerknochen zwischen ihren messerscharfen Zähnen.

Schock – guter Schock, wenn so etwas existiert – ließ mich mein Glas umstoßen und Bier über den Tisch verschütten. Niemand bemerkte auch nur das verschwendete Bier, das auf ihre Schöße tropfte.

»Sie waren nicht im Kerker?«, fragte ich und artikulierte deutlich, um sicherzugehen, dass ich nicht falsch verstand.

Die Goblin lächelte und schüttelte den Kopf. »Nö. Ich hab nachgesehen. Es waren ein paar Kreaturen dort unten, aber keine Menschen. Definitiv keine Blutfarm und keine jungen Mädchen.«

Stoker neigte seinen Kopf. »Du sagst, die Smaragdes hatten die Mädchen nicht?«

»Negativ, Werwolf. Ich glaube, wir alle wissen, dass der Smaragde-Clan die Mädchen für ihre ruchlosen Zwecke entführt hat. Ich sage nur, dass die Smaragdes die Blutfarm nicht *vom Obsidianschloss aus* betrieben haben.«

Hoffnung war eine Flamme in meiner Brust. »Die Mädchen waren nicht im Taschenreich? Bist du hundertprozentig sicher?«

»Nichts im Leben ist sicher, junger Grashüpfer«, antwortete sie weise und nahm einen weiteren Hühnerflügel, nachdem sie den vorherigen vollständig verschlungen hatte. »Ich kann dir nicht sagen, wo die Mädchen sind, aber sie waren sicherlich nicht im Kerker.«

»Sie könnten woanders im Schloss untergebracht gewesen sein«, schlug ich vor. Es war ein düsterer, weitläufiger Ort mit vielen Nischen für finstere Machenschaften.

»Ich habe den Nord- und Westflügel überprüft«, sagte Rick. »Keine Spur von Teenagern oder Blutfarmen.«

Sam nickte. »Und ich den Süd- und Ostflügel, wo ich Stoker gefunden habe – und dich.«

»Außerdem«, fuhr die fettfingrige Goblin fort, »kannst du unter diesen Bedingungen keine Blutfarm betreiben. Es gab dort kein Essen, und der Brunnen war trocken. Du bräuchtest eine ganz andere Art von Taschenreich. Du kennst das Sprichwort: Hydration oder Dehydration.«

Ich sah sie fragend an.

Sie grinste mich an. »Ich glaube, das ist von Spongebob.«

»Die Vampire schienen sehr hungrig zu sein«, sagte ich und erinnerte mich daran, wie sie mich angesehen hatten, als wäre ich ein frisch gebratener Thanksgiving-Truthahn. »Wenn sie dort eine stetige Quelle frischen Blutes gehabt hätten, wären sie nicht so ausgehungert gewesen.«

Rick nickte. »Stimmt. Es sei denn, Voltane mochte es, sie als Form der Gedankenkontrolle auszuhungern. Aber so böse sie auch war, das würde ihre Armee schwächen, also glaube ich nicht, dass sie das getan hätte.«

»Es ist jedoch seltsam«, sagte Sam. »Warum eine Blutfarm haben und deinen Clan nicht damit füttern? Was ist der Sinn?«

»*1001 lebensverlängernde Elixiere und wie man sie herstellt* von Marcelo Matahandi«, antwortete ich.

»Elixiere«, rief Chione. »Jetzt sprichst du in meiner Sprache.«

Ich trommelte mit den Fingern auf dem Tisch. »Ich habe es noch nicht geschafft, das Buch in die Hände zu bekommen, aber ich weiß, je reiner das Blut, desto wirksamer das Elixier.«

»Nein«, sagte Stoker und schluckte ein Fleischbällchen am Stück. »Das ergibt keinen Sinn. Vampire sind unsterblich. Sie brauchen keine lebensverlängernden Tränke.«

»Die Tränke sind nicht für sie«, erkannte ich.

»Warum war Sirilla Voltane so... nun ja, so verwest?«, fragte Sam. »Es war, als wäre ihr Körper vor Wochen gestorben, aber sie schaffte es trotzdem, ihn durch reinen Willen herumzuschleppen.«

Wir alle rümpften die Nasen, als wir uns an ihren widerlichen Gestank und ihre leichenartige Haut erinnerten.

Salty bestellte einen weiteren Daiquiri und bestand auf einem größeren Glas und zwei Strohhalmen. »Glaubst du, sie hat das Elixier genommen?«

Wir alle verzogen wieder angewidert die Gesichter. »Wenn das das ist, was der Trank mit dir macht, ist es ein klares *Nein* von mir«, sagte Rick.

»Ich glaube nicht, dass sie das Elixier genommen hat«, sagte ich, und alle schauten mich an. »Ich meine, vielleicht hat sie das, aber das ist nicht der Grund für ihren Zustand.« Fünf Augenpaare blinzelten und warteten darauf, dass ich fortfuhr.

»Sirilla Voltane war verflucht. Ich habe es erst jetzt erkannt.«

Chione blickte von der Bewunderung ihrer Nägel auf. »Verflucht?«

»Es ist schwarze Magie«, antwortete ich. »Aber nicht irgendeine schwarze Magie. Konkret ist es Hexerei.«

»Das ergibt keinen Sinn«, sagte Salty zwischen Schlürfen ihres gefrorenen rosa Cocktails. »Oder? Was hat Hexerei in einem Vampirreich zu suchen?«

»Gute Frage«, antwortete ich.

»Das war keine rhetorische Frage«, schnappte die Goblin. »Ich habe nach einer tatsächlichen Antwort von dir gesucht, da du die einzige Hexe in unserer Gesellschaft bist.«

»Der Tod ist nicht das Ende«, murmelte ich.

Nilve schien durch meine unbeabsichtigte Undeutlichkeit wirklich verärgert und starrte mich ungeduldig an.

»Entschuldigung«, sagte ich und schüttelte den Kopf. »Ich habe nicht alle Antworten. Ich habe *keine* der Antworten. Ich versuche, es herauszufinden.«

»Der Tod ist nicht das Ende?«, fragte Sam sanft.

»Es kommt immer wieder vor«, antwortete ich. »Laut Zeugen ist es das, was Rose Devka – damals bekannt als Nicola Landau – in ihrer Trance sagte, bevor sie diesen Polizisten auf der Brücke erschoss.«

Chione hatte die Anständigkeit, bei dem Verweis auf ihre eigene dunkle Magie beschämt auszusehen.

»Und es ist im Äquinoktium-Stichzauber –«

»Was ist das?«, fragte der Ork.

»Es ist ein Sprechgesang zur Feier der Tagundnachtgleiche – zweimal im Jahr, wenn Tag und Nacht ungefähr gleich lang sind. Es ist ein bedeutsamer Anlass in der Hexerei.«

Ich holte Luft und begann, einen Teil des Zaubers zu rezitieren.

Alles, was brennt, wird bald gedeihen,

und alles, was gedeiht, muss brennen.

Der Tod ist nicht das Ende, nein, nein –

Die Welt dreht sich nur immer weiter.

Als niemand etwas sagte, fuhr ich fort. »Rose Devka. Äquinoktium-Stich. Und der Titel eines verbotenen Buches über Nekromantie, das mir versehentlich von einem Goblin-Bibliothekar namens Blackloth gegeben wurde.«

»Vielleicht war es kein Zufall«, sagte Sam.

Es fühlte sich an, als würden sich mehrere Fäden in meinem Kopf entwirren, aber ich konnte sie nicht entwirren.

Stoker lehnte sich nach vorne. »Woher weißt du, dass Voltane speziell von einer Hexe verflucht wurde?«

»Es gibt einen Nekromantie-Zauber, der anders ist als alle anderen«, antwortete ich. »Nur eine weibliche Hexe kann ihn ausführen – etwas damit zu tun, dass für die Wiedergeburt eine Gebärmutter benötigt wird – aber er ist unheimlich wie die Hölle.«

Die Goblin hatte aufgesaugt, was von der Platte übrig war, und kaute nun an ihren gummiartigen Lippen.

Ich legte meine Fingerspitzen auf dem nicht ganz sauberen Tisch aneinander. »Wisst ihr, dass parasitäre Pilze –«

Salty schlug sich vor die Stirn. »Jetzt geht's wieder los mit den verdammten Pilzen. Es ist eine Besessenheit bei dir. Wir müssen eine Intervention durchführen.«

»Lass sie ausreden«, sagte Rick.

Ich warf dem Ork einen dankbaren Blick zu und sprach schnell, um auf den Punkt zu kommen. »Es gibt also diesen parasitären Pilz, eine Art Cordyceps – Merlin wird seinen richtigen Namen kennen –, der Ameisen im Grunde zu Zombies macht, zu seinem eigenen Vorteil. Er infiziert die Zimmermannsameise, wächst durch ihren Körper, entzieht ihr Nährstoffe und übernimmt ihren Verstand. Der Zauber, an den ich denke, funktioniert ähnlich. Er verwandelt seinen Wirt allmählich in einen Zombie. In der Schule nannten wir es den Fleischpuppenzauber.«

»Das hat was«, scherzte Rick.

Sam war der Letzte, der sein Glas leerte. »Also, kurz gesagt, du meinst, dass eine Hexe Voltane in eine Fleischpuppe verwandelt hat.«

»Ja.«

»Warum?«, fragte er.

»Ich weiß es noch nicht. Aber die wichtigere Frage ist *wer*? Ich glaube, wenn wir die verantwortliche Hexe finden, werden wir auch die Mädchen finden.«

Und genau so hatten wir unsere nächste Mission umrissen, sowie einen Funken Hoffnung.

Auf unserem Weg hinaus bezahlte ich die Rechnung und nahm zehn gebratene Hühner zum Mitnehmen mit.

»Planst du ein Mitternachtsfest?«, fragte Salty und schaute mit glänzenden Augen auf die Fülle an Fleisch, obwohl sie den größten Teil der Snacks verschlungen hatte.

Das Team half mir, das warme Essen aus der Bar und über die Straße zu tragen, zu wo Rap aufgewacht war und seine versengten Federn ausschüttelte und sich putzte.

»Ja«, antwortete ich und blickte mit wachsender Zuneigung auf den Dinosaurier-Raptor. »Aber nicht für mich.«

ENDE

BÜCHER VON JT LAWRENCE

URBAN FANTASY

BLOOD MAGIC

1. The HighFire Crown

2. The Dream Drinker

3. The Witch Hunter

4. The Ember Isles

5. The Chaos Jar

6. The New Dawn Throne

CURSEBREAKER

1. The Dusk Reapers

2. The Haunted Portal

3. The EverShade Ring

4. The Obsidian Castle

5. The Pick Pocket's Curse

6. The Eternal Betrayal

STANDALONE NOVELS

The Memory of Water

(steamy psychological thriller)

Grey Magic

(witchy magical realism)

EverDark

(urban fantasy)

SHORT STORY COLLECTIONS

Sticky Fingers

Sticky Fingers 2

Sticky Fingers 3

Sticky Fingers 4

Sticky Fingers 5

Sticky Fingers 6

WHEN TOMORROW CALLS

(Futuristic kidnapping thriller)

The Stepford Florist: A Novelette

The Sigma Surrogate

1. Why You Were Taken

2. How We Found You

3. What Have We Done

NON-FICTION

The Underachieving Ovary

(memoir)

www.jt-lawrence.com